Avant d'aborder le texte

Le Mariage de Figaro
BEAUMARCHAIS

Comment lire l'œuvre

Avant d'aborder le texte

Le Mariage de Figaro

Genre : Comédie.

Auteur : Beaumarchais.

Structure : 5 actes. L'acte I comprend 11 scènes ; l'acte II, 26 ; l'acte III, 20 ; l'acte IV, 16 ; l'acte V, 19.

Personnages principaux : (Les chiffres en majuscules renvoient aux actes ; ceux en minuscules aux scènes dans lesquelles se trouvent les personnages).

Le comte Almaviva : Grand corrégidor[1] d'Andalousie.
I : sc. 8-10 ; II : sc. 10, 12, 13, 16, 17, 19-22 ; III : sc. 1-9, 11, 14-17 ; IV : sc. 5-12 ; V : sc. 6, 7, 9-12, 14-19.

La Comtesse : Son épouse.
I : sc. 10 ; II : sc. : 2-13, 16-26 ; IV : sc. 2-9 ; V : sc. 4-7, 19.

Figaro : Valet de chambre du Comte et concierge du château.
I : sc. 1- 3, 10, 11 ; II : sc. 2, 20-23 ; III : sc. 5-7, 10, 13-19 ; IV : sc. 1, 2, 6, 9-15 ; V : sc. 2-19.

Suzanne : Première camariste[2] de la Comtesse et fiancée de Figaro.
I : sc. 1, 5-10 ; II : sc. 1-4, 6, 8, 13-15, 17-24, 26 ; III : sc. 9, 10, 17-19 ; IV : sc. 1-6, 9 ; V : sc. 4, 5, 7-9, 18, 19.

Marceline : Femme de charge[3].
I : sc. 3-5 ; III : sc. 12-19 ; IV : sc. 9-16 ; V : sc. 4, 17-19.

Antonio : Jardinier du château, oncle de Suzanne et père de Fanchette.
II : sc. 21-23 ; III : sc. 15, 17, 18 ; IV : sc. 5, 6, 9-11 ; V : sc. 2, 12-14, 16-19.

Fanchette : Fille d'Antonio.
I : sc. 10 ; IV : sc. 4, 5, 14 ; V : sc. 1, 16-19.

---

1. **Corrégidor :** grand juge (voir acte III, scène 5).
2. **Camariste :** femme de chambre (on dit plutôt « camériste »).
3. **Femme de charge :** femme chargée de la garde et du soin de la vaisselle, du linge, etc. ; sorte d'intendante.

Chérubin : Premier page du Comte.
I : sc. 7-11 ; II : sc. 4-10, 14 ; IV : sc. 4-7 ; V : sc. 6, 14-19.
Bartholo : Médecin de Séville.
I : sc. 3-5 ; II : sc. 22, 23 ; III : sc. 12-19 ; IV : sc. 9-11 ;
V : sc. 2, 12-19.
Bazile : Maître de clavecin de la Comtesse.
I : sc. 9-11 ; II : sc. 22, 23 ; IV : sc. 10 ; V : sc. 2, 12-19.
Don Gusman Brid'oison : Lieutenant du siège[1].
III : sc. 12-20 ; IV : sc. 9-11 ; V : sc. 2, 12-19.
Double-main : Greffier, secrétaire de Don Gusman.
III : sc. 15.
Gripe-soleil : Jeune patoureau[2].
II : sc. 22, 23 ; IV : sc. 10-12 ; V : sc. 2, 12-19.
Une jeune bergère.
IV : sc. 4.
Pédrille : Piqueur[3] du Comte.
III : sc. 1, 3 ; V : sc. 11-19.

Sujet : Figaro, le valet du comte Almaviva, doit épouser Suzanne, la camériste de la Comtesse. Mais le Comte, infidèle à son épouse et lassé de courir la prétentaine au dehors du château, porte ses vues sur Suzanne. Il entend user du droit du seigneur qu'il avait lui-même aboli à l'occasion de son mariage avec Rosine. Figaro, Suzanne et la Comtesse se liguent pour déjouer les desseins du maître du château.

Première représentation : 27 avril 1784.

---

1. **Lieutenant du siège :** lieutenant qui tient la place d'un chef et commande en son absence. Le siège désigne le lieu où l'on rendait la justice dans les juridictions subalternes. Brid'oison est donc un juge professionnel chargé d'assister le comte ; son personnage renvoie à Goëzman.
2. **Patoureau :** pastoureau, jeune berger. Acte I, scène 22, Beaumarchais écrit aussi « patouriau ».
3. **Piqueur :** valet à cheval qui suit la bête ou règle la course des chiens pendant une chasse à courre (terme de vénerie).

PIERRE AUGUSTIN CARON DE
BEAUMARCHAIS
(1732-1799)

1732
Naissance à Paris de Pierre Augustin Caron, fils d'un horloger d'origine protestante.

1742-1745
Pensionnaire à Alfort dans une école professionnelle.

1745-1753
Apprenti horloger chez son père, qui le chasse pendant
quelques temps à cause de ses frasques.

1753-1754
Crée un échappement de montre, mécanisme dont l'horloger
du roi, Lepaute, revendique l'invention. C'est la première
« affaire » de Pierre Augustin, qui l'emporte sur Lepaute, et
gagne Louis XV et la Pompadour comme clients.

1755
Contrôleur de la bouche au château de Versailles, il est
chargé de surveiller les mets proposés au roi.

1756
Épouse une veuve aisée et prend le nom d'une terre appar-
tenant à sa femme, Beaumarchais, nom qu'il partage avec sa
sœur, la brillante Julie (1735-1798).

1757-1760
Diderot propose la théorie et la pratique du drame bourgeois
(voir p. 313) : *Le Fils naturel* et *Entretiens sur le Fils naturel*

8

(1757). Beaumarchais s'initie au théâtre et compose des parades (petites comédies lestes en style pseudo-populaire) pour le théâtre privé de l'époux de la Pompadour : *Colin et Colette, Les Bottes de sept lieues, Les Députés de la Halle et du Gros-Caillou*, etc. Il écrira ce type d'œuvres au moins jusqu'en 1765. Il perd sa femme en 1757. Deux ans plus tard, il est nommé maître de harpe des filles de Louis XV.

1760-1763

Ses relations à la Cour aidant, il rencontre vers 1760 le grand financier Pâris-Duverney, qui l'associe à ses affaires (celui-ci avait déjà été l'initiateur de Voltaire dans les années 1720). C'est le début de la fortune. En 1761, Beaumarchais achète la charge de secrétaire du roi, qui l'anoblit, puis, en 1763, l'office de lieutenant général des chasses, pour lequel il est chargé des délits de chasse sur le domaine privé du roi. Beaumarchais commence la rédaction d'*Eugénie*, son premier drame, et compose, d'après le récit de l'écrivain Marmontel, une comédie à ariettes (couplets chantés) : *Laurette*.

1764-1765

Va en Espagne s'occuper des affaires de Pâris-Duverney, et de celles de sa propre sœur, Lisette, délaissée par son fiancé Clavijo. Il racontera cette histoire à sa façon dans un des *Mémoires contre Goëzman* (1774), qui le rendront célèbre en Europe. Goethe en tirera un drame, *Clavigo* (1774). Vers 1765, rédaction du *Sacristain*, première ébauche du *Barbier de Séville*.

1767

Demi-succès d'*Eugénie*, à la Comédie-Française. Le texte est publié avec un *Essai sur le genre dramatique sérieux*, brillant exposé de la théorie du drame bourgeois.

1768

Se remarie avec une riche veuve, qui mourra en 1770.

1770

Mort de Pâris-Duverney, dont l'héritier, le comte de La Blache, refuse de reconnaître les dettes à l'égard de Beaumarchais, alors en mauvaise passe financière.

Son deuxième drame, *Les Deux Amis*, échoue nettement à la Comédie-Française.

1772

Début du procès contre La Blache, appelé à de spectaculaires rebondissements, dont la littérature tirera aussi profit. Les comédiens-italiens refusent *Le Barbier de Séville,* rédigé initialement sous forme de livret pour un opéra-comique.

1773

Le Barbier de Séville, comédie, est accepté par les comédiens-français.

Le juge Goëzman tranche contre Beaumarchais dans l'affaire La Blache. Beaumarchais — qui passe alors pour avoir falsifié un papier de Pâris-Duverney — contre-attaque en accusant le juge de corruption, lequel lui retourne le compliment. L'affaire Goëzman commence et va passionner la France et l'Europe grâce aux *Mémoires* publiés par Beaumarchais, un des plus beaux textes en prose du XVIIIᵉ siècle, comparable aux *Provinciales* de Pascal (1656-1657). Beaumarchais exploite l'animosité de l'opinion contre les juges qui, depuis 1771, dans le cadre de la réforme tentée par le chancelier Maupeou et l'exil des anciens parlements, sont nommés par le pouvoir royal. Il publie trois *Mémoires* en 1773, un quatrième en 1774. Voltaire est littéralement enthousiasmé, bien qu'il soit l'un des rares philosophes partisans de Maupeou.

1774

Jugement mi-chèvre, mi-chou : Goëzman est « mis hors de cour » et Beaumarchais « blâmé » (privé de ses droits civiques). Louis XV, peu rancunier, lui confie des missions secrètes.

1775

Le Barbier de Séville, présenté en cinq actes, échoue le 23 février à la Comédie-Française et triomphe le 26 en quatre actes. En décembre, Beaumarchais donne dans la haute politique avec un *Mémoire au roi* sur les relations franco-anglaises. Envoyé en mission à Londres par Louis XV, qui veut racheter des libelles injurieux contre sa maîtresse,

Mme du Barry, Beaumarchais y rencontre le fameux chevalier d'Éon, agent secret du roi de France, qu'il prend pour une femme (il n'était pas le seul !).

1776

Il prend contact à Londres, en février, avec un émissaire des Américains insurgés contre l'Angleterre. Le gouvernement français lui remet un million (somme considérable, à multiplier actuellement par 15 environ) pour fonder une compagnie commerciale chargée d'équiper les « Insurgents ». Déclaration d'indépendance américaine (juillet). En septembre, Beaumarchais est relevé de son blâme juridique.

Il commence peut-être *Le Mariage de Figaro* à cette époque.

1777

Il fonde la Société des auteurs dramatiques pour mieux défendre leurs droits contre les comédiens (qui s'attribuaient, par exemple, les droits d'auteur dès qu'une pièce tombait au-dessous d'un certain nombre de spectateurs, etc.).

1778

La cour d'Aix-en-Provence donne définitivement raison à Beaumarchais contre La Blache (qui, immensément riche, agissait plus par haine que par intérêt).

Mort de Voltaire et de Rousseau.

1780

Beaumarchais fonde la Société littéraire et typographique, destinée à éditer, à Kehl (en Allemagne), les œuvres complètes de Voltaire, en 70 volumes (mais aussi celles de La Bruyère, Rousseau...). Ce sera un échec financier.

Publication du *Compte rendu de l'affaire des auteurs dramatiques*.

1781

Le Mariage de Figaro est accepté par les comédiens-français (septembre). Mais il passera six fois devant la censure, de 1781 à 1784.

Début de l'affaire Kornman : Beaumarchais vole au secours d'une femme de banquier, persécutée par son mari, mais protégée par un grand seigneur. Il ne néglige pas d'autres affaires : il investit dans la Compagnie des eaux des frères Périer et dans l'immobilier avec le duc de Choiseul, ancien et célèbre ministre de Louis XV.

1782

Paisiello met en musique *Le Barbier de Séville*, opéra bouffe.

1783

Le roi interdit les représentations publiques du *Mariage* (13 juin), qui sera joué en privé le 27 septembre (avec l'accord du roi) chez le duc de Fronsac.

Le 3 septembre, on signe à Versailles le traité qui met fin à la guerre américaine et proclame l'indépendance des États-Unis.

1784

Triomphe du *Mariage*, le 27 avril. On donnera 67 représentations dans l'année, chiffre sans précédent sous l'Ancien Régime. Mort de Diderot.

1785

Édition du *Mariage*, accompagné d'une longue préface.

Beaumarchais épouse sa compagne, Mlle de Willermaulaz, rencontrée en 1774.

1786

Première à Vienne, le 1er mai, de l'opéra directement inspiré de l'œuvre de Beaumarchais, *Le Nozze di Figaro (Les Noces de Figaro)* : musique de Mozart, livret de Da Ponte.

1787

Beaumarchais bâtit à Paris, près de la Bastille (où donne aujourd'hui le boulevard Beaumarchais), une somptueuse résidence.

Première de *Tarare*, opéra mis en musique par Salieri, sous l'œil de Beaumarchais, qui le loge chez lui. La préface de l'édition développe une théorie et une réforme de l'opéra.

1788

Mémoires contre Bergasse, avocat du banquier Kornman (dont Beaumarchais s'inspirera pour créer le personnage du traître de *La Mère coupable*).

1789

Déclenchement de la Révolution française.

1792

Au théâtre du Marais, représentation de *La Mère coupable ou l'Autre Tartuffe*, dernière pièce de la trilogie consacrée à la famille Almaviva (après *Le Barbier de Séville* et *Le Mariage de Figaro*) : demi-succès, ou demi-échec.

Début de l'affaire « des fusils de Hollande » : Beaumarchais veut acheter des armes pour l'armée révolutionnaire française, qui se trouve en guerre avec l'Europe monarchique. Emprisonné en août, il n'échappe que de justesse aux massacres de Septembre, perpétrés par la foule parisienne sur les détenus.

1793

Son départ pour la Hollande, en juin, le place sur la liste des émigrés, ce qui entraîne la confiscation de ses biens. L'ancien millionnaire mène une vie errante et difficile, et finit par s'installer à Hambourg.

Publication des *Six Époques*, mémoire sur l'affaire des fusils. On représente le 20 mars, à Paris, mais sans succès, un *Mariage* avec des airs de Mozart intercalés.

1796

Retour à Paris où, après l'éviction de Robespierre et la fin de la Terreur, la Révolution a pris un tour plus modéré. Beaumarchais se dépense en démarches auprès des autorités pour récupérer l'argent investi dans les fusils de Hollande et pour proposer ses services. Il multiplie aussi, en vain, les réclamations auprès du Congrès américain, qui ne reconnaît pas ses dettes.

1797

Triomphe à Paris de *La Mère coupable*, interprétée comme la dénonciation de Robespierre à travers Bégearss (*L'Autre Tartuffe,* second titre de la pièce).

1799

Beaumarchais meurt le 18 mai.

Cadre historique, politique, idéologique
Une monarchie vacillante

Quand *Le Mariage* voit le jour, les fondements de l'Ancien Régime sont profondément ébranlés. Le régime monarchique, déjà discrédité par le libertinage et le gaspillage financier de Louis XV, voit sa ruine consommée par la faiblesse de Louis XVI. L'échec des tentatives de réformes, la résistance des privilégiés, la crise financière consécutive à la guerre d'indépendance américaine, aggravée par la crise économique, provoque une agitation croissante dans le pays. Lorsque Necker, alors ministre des Finances, publie son *Compte rendu au roi* (1781), dévoilant ainsi les mystères des finances royales, et en particulier le montant élevé des dépenses de la Cour, le scandale éclate au grand jour. Il doit démissionner, mais sa chute porte un coup sévère à la monarchie qui, plus que jamais, a montré son incapacité à évoluer, à évaluer l'impact de la propagation des Lumières, et à prendre en compte les nouvelles aspirations de ses sujets.

Le Mariage de Figaro témoigne de cette fin de règne et de l'impérieuse nécessité de mutations sociales profondes. Il dénonce la société et ses abus comme la complaisance et la corruption judiciaire ou l'oppression nobiliaire. À travers le personnage d'Almaviva, il pourfend l'image donjuanesque du « grand seigneur méchant homme », trouble-fête et parasite social ; et le désir libertin de celui-ci pour Suzanne symbolise la puissance tyrannique et le mode d'existence de la classe nobiliaire. En faisant de Figaro le rival du Comte, Beaumarchais met en lumière la volonté de la classe montante de faire reconnaître ses droits et son mérite. Aux privilèges de la naissance, il oppose la reconnaissance de l'intelligence et de la compétence. Par la bouche de Figaro, le tiers état fait entendre sa voix et revendique le droit à la dignité et au bonheur. Pour la première fois, la politique pénètre dans la sphère d'une comédie au point d'avoir fait dire à Napoléon à propos du *Mariage* : « c'est déjà la Révolution en action ».

Politique et comédie

Quoi qu'on pense de ce mot de l'Empereur, on a rarement pris garde au paradoxe d'une interprétation politique des pièces de Beaumarchais. À lire bien des critiques, une seule question se pose : sont-elles, ne sont-elles pas, et dans quelle mesure, « révolutionnaires » ? Mais pour qu'une telle interrogation, absolument inévitable, ait lieu, encore faut-il que ce théâtre donne prise à la politique, pointe quelque chose vers l'Histoire, aille un peu à sa rencontre, fasse un bout de cet imprévisible chemin. À moins de supposer — ce qui serait un postulat déconcertant chez des critiques littéraires — qu'il puisse n'y avoir, entre les textes et leurs lectures, qu'un rapport purement arbitraire. La question devient alors : comment parler de politique dans une pièce de théâtre, au XVIIIᵉ siècle, avant que Beaumarchais ne propose ses solutions ?

La réponse est simple : il faut écrire des tragédies. C'est là que les rois, les révolutions, les guerres, les modes de gouvernement, les théories et les stratégies politiques ont leur place naturelle, obligée. Or, d'entrée de jeu, avec *Eugénie* et sa préface (*Essai sur le genre dramatique sérieux*, 1767), Beaumarchais semble s'interdire cette tribune, puisque le drame bourgeois veut se tourner vers les conflits de la vie privée dans la société contemporaine, et donc exclure la politique avec les rois et les princesses : « Que me font, à moi, sujet d'un État monarchique du dix-huitième siècle, les révolutions d'Athènes et de Rome ? » (préface d'*Eugénie*, 1767). Emprisonné sous la Révolution, ou en exil, Beaumarchais a sans doute médité ce propos innocent ! Par là, le drame se situe fondamentalement dans le champ traditionnel de la comédie. Car la division classique entre tragédie et comédie n'est pas seulement de style et d'effet (rire / larmes), de niveau social (« grands » / peuple ; personnages historiques / anonymes), elle est aussi thématique : la comédie ne traite pas de politique, d'affaires de gouvernement, mais de mœurs.

Paradoxalement, c'est par la comédie et non par le drame sérieux, que Beaumarchais va d'abord porter son théâtre au-devant de la politique. Car il faut attendre la Révolution pour que *La Mère coupable* (1791) fasse une allusion explicite aux bouleversements en cours. Discours politique et discours comique vont de pair dans son théâtre. La rénovation de la comédie ne porte pas, en effet, seulement sur le rire, sur l'action, mais aussi sur un nouveau rapport de la comédie et du politique, dont les témoignages contemporains nous restituent mieux l'originalité que les considérations actuelles sur le sel critique qui assaisonnerait *Le Mariage* sans vraiment s'y fondre. La lecture révolutionnaire des comédies de Beaumarchais ne tombe pas du ciel. Fausse ou vraie, c'est à discuter, elle récompense une visée qui n'a rien de « naturel », et dont on ne peut rendre compte par « l'air du temps » ou la « flatterie » à l'égard du public. Car on risque alors de prendre l'effet pour la cause, le succès pour l'explication.

Cadre culturel
La musique

Si au XVIIIe siècle la musique instrumentale divertit la bonne société, l'opéra occupe une place de choix au hit-parade des spectacles et voit triompher le modèle italien dominé par l'art virtuose des castrats. Cependant, les spectateurs « s'ennuient toujours à l'opéra », affirme Beaumarchais. Aussi, jamais à court d'idées, après la réforme du théâtre par le drame bourgeois, et celle de la comédie par le retour « à l'ancienne et franche gaieté », il se propose de rénover l'opéra, comme en témoigne la préface de *Tarare*, l'opéra qu'il termine en 1784, et dont le thème reprend, sur le mode sérieux, celui du *Mariage* qui triomphe alors. La musique doit servir le texte, en lui donnant une expression plus forte, et non l'étouffer par son abondance : « la musique d'un opéra n'est, comme sa poésie, qu'un nouvel art d'embellir la parole dont il ne faut point abuser […]. Trop de musique dans la Musique, est le défaut de nos grands opéras », affirme-t-il, et il demande à Gluck de composer la musique de *Tarare*. Mais après le refus de celui-ci, qui se juge trop âgé pour entreprendre un tel travail, c'est au rival de Mozart, Salieri, qu'il confie la musique de son opéra. Cette première collaboration sera suivie de plusieurs autres.

La musique, depuis toujours, fait partie intégrante de la vie de Beaumarchais et imprègne ses œuvres. Dès sa jeunesse, elle lui a permis d'asseoir sa position auprès du roi en devenant le maître de harpe des filles de Louis XV. Plus tard, *Le Barbier de Séville* devait être un opéra comique et sa transformation en comédie n'est due qu'au refus des Italiens. De cette origine musicale, il reste Don Bazile, le maître à chanter, et surtout, le rôle de la partition de *La Précaution inutile* dans l'intrigue : c'est la première fois que la musique fait partie intégrante de cette dernière. En cela, Beaumarchais innove par rapport aux comédies-ballets de Molière ou aux divertissements chantés de Marivaux. Et il persiste et signe dans *Le Mariage de Figaro* : la musique ne se réduit pas au vaudeville final, mais elle intervient à l'intérieur de la pièce même, à l'acte I, puis dans la scène 4 de l'acte II avec la romance de Chérubin. En fait, musique et comédie sont si étroitement liées sous sa plume que l'ensemble de la trilogie fera l'objet d'opéras : en 1782, *Le Barbier de Séville* de Giovanni Paisiello remporte un vif succès populaire, avant d'être détrôné par celui de Rossini (1816) ; 1786 voit la première représentation des *Noces de Figaro* d'après le livret de Da Ponte ; deux siècles plus tard, 1966 marque la naissance de *La Mère coupable* de Darius Milhaud.

Architecture, jardins, peinture : un nouvel art de vivre

Jamais, en France, le plaisir de vivre ne s'est affirmé avec autant de force qu'au XVIIIe siècle. Le goût pour l'intimité transforme l'urbanisme et l'architecture, le décor et l'ameublement. On s'attache désormais à vivre dans des demeures confortables. Les grands appartements du siècle précédent font place à des appartements aux pièces plus petites, mieux chauffées, plus faciles à meubler, plus claires, plus gaies, que desservent souvent des escaliers dérobés. À l'instar des Anglais, meubles légers, guéridons, consoles, secrétaires aux multiples tiroirs secrets, tables à jeu, tables à ouvrage côtoient fauteuils, chaises longues, et bergères profondes. La Cour donne le ton : l'intérieur des appartements de Versailles a été modifié en ce sens ; Marie-Antoinette fait construire le petit Trianon où elle joue à la bergère !

L'art des jardins, lui aussi, évolue. Depuis la description du jardin de Julie, dans *La Nouvelle Héloïse*, où J.-J. Rousseau célèbre les vertus des jardins qui respectent la nature dans son désordre, voire son abandon apparent, mais joignent l'utile à l'agréable, on préfère aux jardins à la française, bien ordonnés géométriquement, les jardins à l'anglaise, d'allure plus fantaisiste et pittoresque, car ils privilégient la courbe, le sinueux, l'irrégularité, la perspective fuyante, les coins secrets et les bosquets propices aux amants et aux intrigues ! Les fêtes galantes se multiplient dans les parcs et les pelouses sont foulées par des danseurs de gavotte et de menuet, des comédiens, des chanteurs d'opéra.

La peinture traduit aussi cette joie de vivre où triomphent la grâce et l'élégance, la fantaisie, souvent liées à la vérité et au naturel. Dès le début du siècle, les toiles de bergeries et de fêtes de Watteau, les pastorales de Boucher nous invitaient à danser. Mais le rang le plus noble revient à la peinture d'histoire illustrée par l'éclatant coloriste Fragonard. C'est probablement à lui que songe Diderot, lorsqu'il met en parallèle littérature et peinture et privilégie la couleur sur le dessin, dans son *Essai sur la peinture* (1766) : « c'est le dessin qui donne la forme aux êtres ; c'est la couleur qui leur donne la vie. [...] il y a peu de grands coloristes. Il en est de même en littérature : cent froids logiciens pour un orateur ; dix grands orateurs pour un poète sublime ». Et tandis que Greuze se pique de « faire de la morale en peinture », Chardin, peintre de la petite bourgeoisie, prête cependant à ses modèles tout le raffinement vestimentaire de la haute aristocratie. La peinture du XVIIIe siècle exprime souvent le plaisir, la légèreté, la douceur des promenades dans les jardins. Mais le mouvement néoclassique de la fin du siècle (David) s'intéresse au contraire aux formes sobres et sévères, aux sujets héroïques, aux vertus antiques.

Évidemment, une comédie ne peut pas faire écho à cette grande tendance néoclassique de la fin du siècle, qui touche aussi bien la peinture que l'architecture et l'ameublement. *Le Mariage de Figaro* évoque plutôt, par son sujet même, les peintures galantes de Fragonard, Bouchard, etc. Son sous-titre, *La Folle Journée*, suggère déjà la gaieté qui règne dans la pièce, et le rythme rapide et soutenu de l'action donne de la vitalité à celle-ci. Le décor et l'ameublement, le jardin aux recoins obscurs, la multiplicité des indications sur les accessoires dans les didascalies participent de l'intrigue même, et contribuent à l'évocation de la vie quotidienne raffinée, luxueuse, de l'aristocratie de l'époque. La scène 4 de l'acte II, en conformité avec les théories de Diderot, est identique à la célèbre gravure d'après Van Loo, *La Conversation espagnole*. Elle constitue un tableau vivant. Dans *Le Mariage de Figaro*, Beaumarchais tente de mêler plusieurs arts : art dramatique, peinture, musique, danse, tendant ainsi à faire du théâtre un art total.

Cadre littéraire
À bas la tragédie, place au drame !
Le théâtre, au siècle des Lumières, constitue la distraction régulière du public parisien, composé surtout de connaisseurs et d'habitués fidèles. Les scènes sont encore peu nombreuses, (Opéra, Opéra-Comique, Comédie-Française, Théâtre de la Foire, Boulevard), spécialisées souvent dans un type de pièces. Très exigeant, souvent insatisfait des formes théâtrales éculées qu'on lui offre, ce public averti va contraindre les auteurs à réfléchir sur la création dramatique et à tracer de nouvelles voies. Ainsi, malgré les tentatives de Voltaire pour assouplir sa rigidité classique, la tragédie se survit. Le public bourgeois réclame de l'émotion et de la vertu. Et c'est à Diderot que revient, en 1757, la paternité des normes qui président à la nouvelle forme théâtrale, le drame, *sérieux et bourgeois*. Ce dernier s'ancre dans la quotidienneté, fondant sa dramaturgie non plus sur la distanciation propre à la tragédie mais sur l'imitation bouleversante de la vie réelle. De ce fait, la mise en scène acquiert une importance nouvelle. À l'espace public

(historique, politique, princier) de la tragédie en son palais, le drame substitue l'espace privé de la famille, réconciliant ainsi en son sein tragique et comique. En effet, l'espace familial, jusque-là source de rire, est désormais traité sur le mode sérieux ou pathétique. Expression moderne de la tragédie, le drame met en jeu l'unité de la Famille souvent menacée par un séducteur libertin et aristocrate, ou par la carence du Père. C'est le thème du premier drame de Beaumarchais, *Eugénie* (1767), qui, conformément aux conseils de Diderot, joue sur l'effet pathétique maximum tout en comportant une part de comique. Mais l'échec de son second drame, *Les Deux Amis* (1770), dédié au tiers état, le conduit à revenir à la comédie.

Vive le rire !

Dans le registre comique, diverses formes prédominent : la comédie traditionnelle, la farce, la parade. Cette dernière, à l'origine une scène burlesque improvisée, teintée d'obscénités et jouée aux portes des théâtres de la Foire pour attirer des spectateurs, devient en vogue, pour un temps, dans les salons aristocratiques. On compose des parades que l'on joue en société. Beaumarchais fit ainsi ses premières armes en littérature en écrivant des parades licencieuses pour le théâtre de société d'Étioles : *Les Bottes de sept lieues* (1757 ou 1758), ou *Jean-Bête à la foire* (après 1765).

Mais c'est avec *Le Barbier de Séville* (1773) que Beaumarchais joue à fond la carte du comique. Dans la préface du *Mariage*, il revendique avoir voulu « ramener au théâtre l'ancienne et franche gaieté, en l'alliant avec le ton léger de notre plaisanterie actuelle ». Il réagit ainsi contre le mouvement du siècle qui, par crainte des effets esthétiques et sociaux du rire, le cantonne à la farce et tend à affadir l'énergie qu'il dégage au profit de subtiles conversations. *Le Barbier de Séville* substitue donc au comique élégant du XVIIIᵉ siècle et à celui, noble, du drame bourgeois, un comique intensifié qui transforme radicalement le style et la dramaturgie de la comédie. La franche gaieté stylistique des comédies de Beaumarchais se caractérise par un langage naturel, approprié à la condition de chacun, par la mise en valeur des mots d'esprits, par la concision des répliques, la recherche de l'économie, de la rapidité, de la surprise, la mise au point de structures rythmiques efficaces et précises. Sur ce fond, se détachent des morceaux de bravoure extraordinairement brillants, comme certains monologues et tirades.

Si Beaumarchais se veut le disciple de Diderot, et exalte la surenchère, l'accumulation des péripéties, sans nécessité intérieure, pour susciter et exploiter des situations de parole inattendues, il ne s'écarte pas moins parfois des propositions de son maître. Ainsi, dans *De la poésie dramatique* (1758), Diderot dénonce le rôle exagéré accordé au valet dans les comédies : Beaumarchais, lui, invente le valet le plus célèbre de la comédie : Figaro, et il lui fait prononcer le plus long monologue du théâtre français, quand la comédie n'admettait que des monologues courts !

La trilogie

Placé au centre de la trilogie entre *Le Barbier de Séville* et *La Mère coupable*, *Le Mariage de Figaro* tient des deux, à la fois comédie et drame. Le château, espace à mi-chemin entre le palais et la maison ; l'ombre du vieillissement et de la mort ; la femme mariée à un époux volage et jaloux ; l'adolescent en crise de puberté ; le noble libertin qui joue au tyran nonchalant ; le valet, qui est aussi un homme et se veut citoyen pour son mérite ; la complicité et la rivalité des sexes, la représentation de la société entière dans le miroir du château, etc., tout cela se rapproche des ambitions du drame. Le rythme, le style, les scènes comiques, les masques, la gaieté dans laquelle baigne cette *Folle Journée* tiennent, eux, de la comédie. En fait, la complexité de l'intrigue, les méandres des péripéties, le foisonnement et le sérieux des thèmes entrecroisés, l'importance exceptionnelle de la musique, enfin le projet même de cette trilogie familiale font du *Mariage* une tentative de dépassement de la comédie, une pièce expérimentale, unique, où fusionnent tous les genres, tous les arts. Sans doute est-ce pour cette raison que *La Mère coupable* (1792), qui dresse le tableau de la vieillesse de la famille Almaviva et marque un net retour au drame, paraît manquée, en comparaison de l'éclat inégalé du *Mariage*.

Vie	Œuvres
1732 Naissance à Paris. **1745-1755** Acquiert une réputation d'habile horloger.	
1755 Entre à la Cour.	
	1757-1765 Écrit des parades.
	1767 *Eugénie* (drame bourgeois). **1770** *Les Deux Amis* (drame bourgeois).
1772-1774 L'affaire Goëzman succède à l'affaire La Blache. Devient agent secret de Louis XV. **1776** Fournit des armes aux insurgés d'Amérique. **1777** Fonde la Société des auteurs dramatiques.	**1773-1774** *Les Mémoires contre Goëzman* le rendent célèbre, y compris hors de France. **1775** *Le Barbier de Séville* (comédie).

ÉVÉNEMENTS CULTURELS ET ARTISTIQUES	ÉVÉNEMENTS HISTORIQUES ET POLITIQUES
	1723-1774 Règne de Louis XV.
1748 Montesquieu, *De l'esprit des lois*.	
1749 Naissance de Goethe († 1832).	
1751 Début de la parution de l'*Encyclopédie*.	
1754 Gabriel édifie la place Louis XV (auj. place de la Concorde).	
1755 Rousseau, *Discours sur l'origine de l'inégalité*.	
1756 Voltaire, *Essai sur les mœurs*. Naissance de Mozart († 1791).	**1756-1763** Guerre de Sept Ans.
1758 Diderot, *De la poésie dramatique* (théorie du drame bourgeois).	
1759 Voltaire, *Candide*.	
1770 Naissance de Beethoven († 1827).	
1774 Goethe, *Werther* (roman).	**1774-1776** Un philosophe, Turgot, est premier ministre.
	1776 Déclaration d'Indépendance des États-Unis d'Amérique.
1778 Mort de Rousseau et Voltaire.	**1778** La France défend par les armes les insurgés américains.

Vie	Œuvres
	1780 Dirige l'édition des *Œuvres complètes* de Voltaire (édition de Kehl). **1781-1784** Lutte pour faire jouer *Le Mariage de Figaro*.
1787 Bâtit près de la Bastille une somptueuse résidence.	**1787** *Tarare* (opéra ; musique de Salieri).
	1792 *La Mère coupable ou l'Autre Tartuffe*.
1793 Son départ pour la Hollande le classe comme émigré contre-révolutionnaire.	
1796 Retour à Paris. **1799** Mort à Paris (18 mai).	

ÉVÉNEMENTS CULTURELS ET ARTISTIQUES	ÉVÉNEMENTS HISTORIQUES ET POLITIQUES
1782 Laclos, *Les Liaisons dangereuses*.	
	1783 Indépendance des États-Unis, ancienne colonie anglaise.
1784 Mort de Diderot.	
1786 Mozart, Da Ponte, *Les Noces de Figaro* (opéra). David, *Le Serment des Horace* (peinture).	
1787 Mozart, Da Ponte, *Dom Juan* (opéra).	
	1788 Convocation des États-Généraux pour régler la crise financière. **1789** Début de la Révolution.
	1793 Exécution de Louis XVI. **1794** Fin de la Terreur. **1795** Régime du Directoire.
	1799 Coup d'État de Bonaparte (9 nov.).

GENÈSE
DE L'ŒUVRE

Origines et sources

Le défi

« Sixième acte » du *Barbier de Séville*, *Le Mariage de Figaro*, à en croire Beaumarchais, doit sa naissance au prince de Conti : « feu M. le prince de Conti me porta le défi public de mettre au théâtre ma préface du *Barbier*, plus gaie, disait-il, que la pièce, et d'y montrer la famille de Figaro, que j'indiquais dans cette préface. Monseigneur, lui répondis-je, si je mettais une seconde fois ce caractère sur la scène, comme je le montrerais plus âgé, qu'il en saurait quelque peu davantage, ce serait bien un autre bruit, et qui sait s'il verrait le jour ? Cependant, par respect, j'acceptai le défi ; je composai cette *Folle Journée* », écrit-il dans la préface de la pièce. De fait, comment résister à la tentation d'entreprendre ce que nul autre avant lui n'avait osé, élargir à la comédie ce qui jusqu'alors restait l'apanage de la seule tragédie antique : le récit de la destinée d'une famille ? Aucune comédie, avant celle-ci, ne développe une intrigue aussi complexe, aussi chargée d'incidents, de personnages, de scènes, d'objets, de décors, passant avec une telle ampleur du rire au drame, du verbe à la musique et à la danse, voire à la peinture, mêlant avec une telle intensité de sens les âges, les sexes, les conditions.

Ainsi, sans compter les nombreux figurants (valets, paysans, paysannes), l'action concerne 16 personnages — deux fois plus que dans *Le Barbier de Séville* ou les pièces de Marivaux ; 16 personnages répartis sur 92 scènes, un record pour le théâtre classique, à quoi on peut ajouter la palme, inattendue et provocatrice, du plus long monologue connu avant 1789 ! Alors qu'une tragédie classique compte entre 1600 et 1900 alexandrins, *Le Mariage* ne totalise pas moins de 1600 répliques : chiffre énorme, même s'il dit autant la vitesse des échanges que leur durée ! Alors que *Phèdre* de Racine (1677) s'octroie à peine deux péripéties, le critique J. Scherer en répertorie une trentaine au moins dans *Le Mariage*. Cette avalanche de records dénote une volonté d'expérimentation et d'innovation, le désir de frapper un grand coup, de transgresser les limites des genres et des tons convenus.

Le Mariage pourrait donc être une tentative masquée de dépassement de la comédie, comme *Tarare* (1787) est un essai avoué de rénovation de l'opéra, et *Eugénie* (1767) l'inscription du drame. Dépassement par l'importance qu'y prend la musique, par l'enchevêtrement des intrigues et l'abondance des péripéties, par la richesse exceptionnelle et la gravité des thèmes entrecroisés, qui renvoient à une symbolisation de la vie humaine et de la société à travers le projet inouï d'imaginer — au théâtre — le roman d'une famille, la courbe totale d'une existence racontée en trois pièces, en trois moments cruciaux, emblématiques : *Le Barbier de Séville* (acte I), *Le Mariage de Figaro* (acte II), *La Mère coupable* (acte III). La jeunesse, l'âge mûr, la vieillesse.

Une genèse incertaine

La préface fait aussi remonter à 1776 une première version de la pièce qui serait restée « cinq ans au portefeuille » (de 1776 à 1781, date de son acceptation enthousiaste par les Comédiens-Français). Mais une lettre de 1782 dit que *Le Mariage* « repose en paix [...] depuis quatre ans », soit depuis 1778. 1776 ou 1778 ? Il semble certain qu'un texte, pas forcément identique au texte actuel ni aux trois manuscrits connus, circule à partir de 1778. Il n'en reste que des traces fugitives, marquées par une expression plus directe des allusions érotiques, satiriques et personnelles : ainsi, le monologue de Figaro, à l'acte V, évoquait la police de Paris, la Bastille, les droits d'auteur, sujet de discorde publique entre Beaumarchais et les Comédiens-Français...

Pourquoi Beaumarchais ne porte-t-il pas aussitôt sa nouvelle pièce à la Comédie-Française, pourquoi attend-il 1781 ? On a avancé des raisons plausibles. Le succès remporté par *Le Barbier*, sa soif de renommée, le conduisent à ne vouloir donner sa pièce qu'aux Comédiens-Français. Or il s'est engagé depuis 1777 dans une lutte difficile avec eux au sujet des droits d'auteur, allant jusqu'à fonder la Société des auteurs dramatiques. Le différend trouvera un épilogue provisoire avec un arrêt royal du 9 décembre 1780.

Des sources présumées

On ne connaît pas de source directe au *Mariage de Figaro*, malgré tous les rapprochements établis par les critiques. Pour certains, Chérubin tient de Lindor, le jeune enfant de la pièce de Rochon de Chabannes, *Heureusement*, et emprunte quelques traits à un roman du XVe siècle, *Le Petit Jehan de Saintré* d'Antoine de La Sale. D'autres voient dans *George Dandin* de Molière l'origine des chassés-croisés du *Mariage*, dans *La Gageure inspirée* de Sedaine celle de l'épisode de la clef au second acte, et trouvent aussi des analogies avec *Le Trompeur trompé* ou *La Rencontre imprévue* de Vadé. Don Juan, affirme-t-on, a servi de modèle au comte Almaviva. Parce que la pièce de Beaumarchais porte la marque de son immense culture théâtrale, on l'accuse de plagiat ! D'autres pensent que Beaumarchais puise dans sa propre vie sa principale source d'inspiration. Il est vrai que Figaro ressemble à bien des égards à son auteur, et que les thèmes évoqués dans *Le Mariage* sont à la mode. Le libertinage d'Almaviva fait écho à celui de Valmont dans *Les Liaisons dangereuses* de Laclos, parues à la même période (1782), et témoigne de l'atmosphère de l'époque ; la reconnaissance du fils naturel se rencontre chez Diderot. Mais une seule certitude : le cinquième acte sacrifié au goût du public de sa première comédie, *Le Barbier de Séville*, a donné naissance à quantité de détails du *Mariage*.

Réception de la pièce

L'affaire du *Mariage*

Lorsque la pièce est lue à la Comédie-Française, le 29 septembre 1781, elle reçoit un accueil enthousiaste. Le censeur qui lui est attribué, Coqueley de Chaussepierre, donne un avis favorable. Mais Louis XVI oppose son veto : « Je vous renvoie, monsieur, la comédie de Beaumarchais. Je l'ai lue et fait lire. Le censeur ne doit en permettre ni la représentation ni l'impression. » En effet, cette version du *Mariage*, à la verve violemment acérée, à l'érotisme accusé, à l'action située en France, fait peur au roi. À en croire Mme Campan, il aurait dit à son sujet (*Mémoires*, 1822) : « Cela est détestable, cela ne sera jamais joué… il faudrait détruire la Bastille pour que la représentation de cette pièce ne soit pas une inconséquence dangereuse ». Beaumarchais ne renonce pas pour autant et répond : « le roi ne veut pas qu'on la joue ? On la jouera donc ». Il retouche sa pièce, transfère l'action en Espagne, gomme quelques saillies satiriques. Il procède à des lectures privées dans l'entourage royal, non sans succès. Aussitôt il réclame un second censeur. Suard, qui est nommé, le déteste et interdit à nouveau la représentation. En juin 1783 *Le Mariage* doit être joué à Versailles, sur la scène des Menus-Plaisirs, lors d'une fête offerte au frère du roi, le comte d'Artois. Au dernier moment, le roi fait annuler la représentation. Puis soudain, ô miracle, en septembre 1783, le roi cède contre toute attente et autorise Beaumarchais à faire jouer sa pièce, en privé, au château de Gennevilliers chez le comte de Vaudreuil. Une partie de la Cour, présente, goûte vivement le spectacle. Trois autres censeurs sont alors commis : ils émettent un avis favorable (1784). Encore quelques adoucissements, et enfin, en mars 1784, un « tribunal de décence et de goût » donne son feu vert.

Les premières représentations

Le 27 avril 1784, la première publique a lieu. Un suspens aussi long et intense a excité les esprits. Dans une atmosphère surchauffée, c'est le triomphe, entretenu ensuite par la guerre des libelles et une publicité soignée : ainsi, à l'occasion de la cinquantième représentation de sa pièce, Beaumarchais propose de fonder un institut de bienfaisance pour les mères nourrices pauvres et, pour la circonstance, il ajoute des couplets au vaudeville final. Dans la seule année 1784, soixante-sept représentations sont données. C'est un triomphe sans précédent, un chiffre sans équivalent sous l'Ancien Régime. La pièce rapporte un demi-million. L'archevêque de Paris tient à entretenir le succès en la condamnant (1785) ! Quant au glorieux auteur, il se retrouve, du 8 au 13 mars 1785 à Saint-Lazare, prison infamante, pour une lettre maladroite à un journal, qui semble viser le roi. Comme si la vie avait à cœur d'authentifier le célèbre monologue de Figaro (acte V, scène 3) et la dramaturgie des péripéties rebondissantes propre aux comédies de Beaumarchais.

Les problèmes de la censure

Créée à la fin du règne de Louis XIV, la censure est placée sous l'autorité du Parlement et de l'Église. Elle veille au respect de la morale, de la politique, de la religion, des personnages de l'État, du gouvernement. Au XVIIIᵉ siècle, nombre d'auteurs ont maille à partir avec elle. Nombre d'auteurs s'efforcent donc d'utiliser des subterfuges pour tromper la censure. Souvent les ouvrages interdits circulent clandestinement, et ce parfum de scandale constitue

Portrait de Louis XV par Maurice Quentin de La Tour (1704-1788). Coll. privée.

la meilleure des publicités. Le théâtre n'est pas épargné non plus : grâce au parti dévot, des « commissaires examinateurs de toutes les pièces de théâtre » sont nommés. À l'époque de la lutte qui oppose Beaumarchais aux censeurs, ces derniers se montrent nettement moins sévères. D'ailleurs, ils ont tous jugé bonne la pièce et n'ont réclamé que des modifications mineures comme celle du titre, *La Folle Journée*. Le refus auquel notre auteur se heurte tient aussi à la haine personnelle que lui voue Suard, qui, même après l'autorisation royale, poursuit la polémique dans *Le Journal de Paris*.

Les différentes éditions

La bataille de Beaumarchais avec les censeurs va de pair avec celle de l'édition du *Mariage de Figaro*. L'année 1785 voit la multiplication des contrefaçons : on en dénombre une soixantaine. Sous couvert d'ajouter une préface, Beaumarchais règle alors ses comptes, et fait une copie de son édition originale dans son imprimerie, à Kehl. Suard intervient, vainement. Le 7 avril, l'édition et sa préface sont autorisées. Entre 1784 et 1789, le succès de la pièce engendre une douzaine de parodies ou de satires. Lorenzo Da Ponte en fait aussi un livret pour l'opéra de Mozart, représenté à Vienne en 1786.

Trois manuscrits témoignent de la lutte de Beaumarchais avec ses détracteurs et de l'évolution de la pièce. Le premier, qui contient aussi le plus de variantes, appartient à la Bibliothèque Nationale ; il serait, d'après l'analyse de M.-F. Marescot, le « premier jet de *La Folle Journée* ». Le second se trouve dans les archives de la famille de Beaumarchais ; le troisième, à la Comédie-Française, et il ne comprend que les corrections et les additions du second manuscrit. Tous trois semblent postérieurs à 1781.

Pierre Augustin de Beaumarchais *(1732-1799),*
portrait par J.-M. Nattier, vers 1760, Paris, Collection particulière.

La Folle Journée
ou
Le Mariage de Figaro

BEAUMARCHAIS

comédie

représentée pour la première fois
le 27 avril 1784

ÉPÎTRE DÉDICATOIRE[1]

Aux personnes trompées sur ma pièce et qui n'ont pas voulu la voir.

Ô VOUS que je ne nommerai point ! Cœurs généreux, esprits justes, à qui l'on a donné des préventions contre un ouvrage réfléchi, beaucoup plus gai qu'il n'est frivole ; soit que vous l'acceptiez ou non, je vous en fais l'hommage, et c'est tromper l'envie dans une de ses mesures. Si le hasard vous la fait lire, il la trompera dans une autre, en vous montrant quelle confiance est due à tant de rapports qu'on vous fait !

Un objet de pur agrément peut s'élever encore à l'honneur d'un plus grand mérite : c'est de vous rappeler cette vérité de tous les temps, qu'on connaît mal les hommes et les ouvrages quand on les juge sur la foi d'autrui ; que les personnes, surtout dont l'opinion est d'un grand poids, s'exposent à glacer sans le vouloir ce qu'il fallait peut-être encourager, lorsqu'elles négligent de prendre pour base de leurs jugements le seul conseil qui soit bien pur : celui de leurs propres lumières.

Ma résignation égale mon profond respect.

L'AUTEUR.

---

1. **Épître dédicatoire** : Beaumarchais renonça à cette dédicace, qui ne sera publiée qu'en 1809.

PRÉFACE[1]

EN ÉCRIVANT cette préface, mon but n'est pas de rechercher joiseusement si j'ai mis au théâtre une pièce bonne ou mauvaise ; il n'est plus temps pour moi : mais d'examiner scrupuleusement (et je le dois toujours) si j'ai fait une œuvre
5 blâmable.

Personne n'étant tenu de faire une comédie qui ressemble aux autres, si je me suis écarté d'un chemin trop battu, pour des raisons qui m'ont paru solides, ira-t-on me juger, comme l'ont fait MM. tels, sur des règles qui ne sont pas les
10 miennes ? imprimer puérilement que je reporte l'art à son enfance, parce que j'entreprends de frayer un nouveau sentier à cet art dont la loi première, et peut-être la seule, est d'amuser en instruisant ? Mais ce n'est pas de cela qu'il s'agit.

Il y a souvent très loin du mal que l'on dit d'un ouvrage
15 à celui qu'on en pense. Le trait qui nous poursuit, le mot qui importune reste enseveli dans le cœur, pendant que la bouche se venge en blâmant presque tout le reste. De sorte qu'on peut regarder comme un point établi au théâtre, qu'en fait de reproche à l'auteur, ce qui nous affecte le plus est ce dont
20 on parle le moins.

Il est peut-être utile de dévoiler, aux yeux de tous, ce double aspect des comédies ; et j'aurai fait encore un bon usage de la mienne, si je parviens, en la scrutant, à fixer l'opinion publique sur ce qu'on doit entendre par ces mots :
25 Qu'est-ce que LA DÉCENCE THÉÂTRALE ?

À force de nous montrer délicats, fins connaisseurs et d'affecter, comme j'ai dit autre part[2], l'hypocrisie de la

---

1. Cette préface fut rédigée après la pièce pour l'édition de 1785.
2. Voir la *Lettre modérée sur la chute et la critique du* Barbier de Séville.

décence auprès du relâchement des mœurs, nous devenons
des êtres nuls, incapables de s'amuser et de juger de ce qui
30 leur convient : faut-il le dire enfin ? des bégueules[1] rassasiées
qui ne savent plus ce qu'elles veulent, ni ce qu'elles doivent
aimer ou rejeter. Déjà ces mots si rebattus, *bon ton, bonne
compagnie*, toujours ajustés au niveau de chaque insipide
coterie[2], et dont la latitude est si grande qu'on ne sait où ils
35 commencent et finissent, ont détruit la franche et vraie gaieté
qui distinguait de tout autre le comique de notre nation.

Ajoutez-y le pédantesque abus de ces autres grands mots,
décence et bonnes mœurs, qui donnent un air si important,
si supérieur, que nos jugeurs de comédies[3] seraient désolés
40 de n'avoir pas à les prononcer sur toutes les pièces de théâtre,
et vous connaîtrez à peu près ce qui garrotte le génie, intimide
tous les auteurs, et porte un coup mortel à la vigueur de
l'intrigue, sans laquelle il n'y a pourtant que du bel esprit à
la glace[4] et des comédies de quatre jours.

45 Enfin, pour dernier mal, tous les états de la société sont
parvenus à se soustraire à la censure dramatique : on ne
pourrait mettre au théâtre *Les Plaideurs* de Racine, sans
entendre aujourd'hui les Dandins et les Brid'oisons[5], même
des gens plus éclairés, s'écrier qu'il n'y a plus ni mœurs, ni
50 respect pour les magistrats.

On ne ferait point le *Turcaret*[6], sans avoir à l'instant sur
les bras fermes, sous-fermes, traites et gabelles, droits réunis,

---

1. **Bégueules** : prudes, pudibondes (sens péjoratif).
2. **Coterie** : cercle de personnes défendant idées et intérêts communs (sens
péjoratif de « clique », « clan », etc.).
3. **Jugeurs de comédies** : censeurs et critiques littéraires.
4. **Bel esprit à la glace** : esprit glacé, sans verve.
5. Dandin et Brid'oison sont tous deux des personnages de juges ; le premier
dans *Les Plaideurs* de Racine (1668) et le second dans *Le Mariage de Figaro*.
6. *Turcaret* : comédie de Lesage (1709).

tailles, taillons, le trop-plein, le trop-bu, tous les imposteurs[1]
royaux. Il est vrai qu'aujourd'hui *Turcaret* n'a plus de
55 modèles. On l'offrirait sous d'autres traits, l'obstacle resterait
le même.

   On ne jouerait point les fâcheux, les marquis, les
emprunteurs de Molière, sans révolter à la fois la haute, la
moyenne, la moderne et l'antique noblesse. Ses *Femmes*
60 *savantes* irriteraient nos féminins bureaux[2] d'esprit. Mais
quel calculateur peut évaluer la force et la longueur du levier
qu'il faudrait, de nos jours, pour élever jusqu'au théâtre
l'œuvre sublime du *Tartuffe* ? Aussi l'auteur qui se
compromet avec le public *pour l'amuser ou pour l'instruire*,
65 au lieu d'intriguer à son choix son ouvrage, est-il obligé de
tourniller[3] dans des incidents impossibles, de persifler au lieu
de rire, et de prendre ses modèles hors de la société, crainte
de se trouver mille ennemis, dont il ne connaissait aucun en
composant son triste drame.

70   J'ai donc réfléchi que, si quelque homme courageux ne
secouait pas toute cette poussière, bientôt l'ennui des pièces
françaises porterait la nation au frivole opéra-comique[4], et
plus loin encore, aux boulevards, à ce ramas infect de
tréteaux élevés à notre honte, où la décente liberté, bannie
75 du théâtre français, se change en une licence effrénée ; où la
jeunesse va se nourrir de grossières inepties, et perdre, avec
ses mœurs, le goût de la décence et des chefs-d'œuvre de nos

---

1. **Fermes … imposteurs** : noms de différents impôts qui désignent ici les
administrations et personnes chargées de les lever (« imposteurs »).
2. « Bureau » désignait un endroit où l'on débitait les marchandises.
3. **Tourniller** : tourner (terme peu usité).
4. **Opéra-comique** : on appelait « opéra-comique » des théâtres privés
ambulants installés sur les foires de Saint-Germain-des-Prés et de Saint-
Laurent, puis sur les boulevards de Paris. Ce terme désignait aussi les pièces
à couplets qu'on y jouait. L'« opéra-comique » s'oppose ici aux scènes
officielles, subventionnées, consacrées aux grands genres, la Comédie-
Française et l'Opéra.

Parade au théâtre de la Foire de Saint-Laurent.
Gouache de l'école française, 1786.
Musée Carnavalet, Paris.

maîtres. J'ai tenté d'être cet homme ; et si je n'ai pas mis plus de talent à mes ouvrages, au moins mon intention s'est-elle
80 manifestée dans tous.

J'ai pensé, je pense encore, qu'on n'obtient ni grand pathétique, ni profonde moralité, ni bon et vrai comique au théâtre, sans des situations fortes, et qui naissent toujours d'une <u>disconvenance sociale</u>[1] dans le sujet qu'on veut traiter.
85 L'auteur tragique, hardi dans ses moyens, ose admettre le crime atroce : les conspirations, l'usurpation du trône, le meurtre, l'empoisonnement, l'inceste dans *Œdipe* et *Phèdre* ;

1. **Disconvenance sociale** : opposition du caractère ou de la situation d'un personnage à ce qu'exigerait de lui sa condition sociale.

le fratricide dans *Vendôme* ; le parricide dans *Mahomet*[1] ; le
régicide dans *Macbeth*[2], etc., etc. La comédie, moins
90 audacieuse, n'excède pas les disconvenances, parce que ses
tableaux sont tirés de nos mœurs, ses sujets de la société.
Mais comment frapper sur l'avarice, à moins de mettre en
scène un méprisable avare ? démasquer l'hypocrisie, sans
montrer, comme Orgon dans *Le Tartuffe*, un abominable
95 hypocrite, *épousant sa fille et convoitant sa femme* ? un
homme à bonnes fortunes[3], sans le faire parcourir un cercle
entier de femmes galantes ? un joueur effréné[4], sans
l'envelopper de fripons, s'il ne l'est pas déjà lui-même ?

Tous ces gens-là sont loin d'être vertueux ; l'auteur ne les
100 donne pas pour tels : il n'est le patron d'aucun d'eux, il est
le peintre de leurs vices. Et parce que le lion est féroce, le
loup vorace et glouton, le renard rusé, cauteleux[5], la fable
est-elle sans moralité ? Quand l'auteur la dirige contre un sot
que la louange enivre, il fait choir du bec du corbeau le
105 fromage dans la gueule du renard, sa moralité est remplie ;
s'il la tournait contre le bas flatteur, il finirait son apologue
ainsi : *Le renard s'en saisit, le dévore ; mais le fromage était
empoisonné.* La fable est une comédie légère, et toute
comédie n'est qu'un long apologue[6] : leur différence est que
110 dans la fable les animaux ont de l'esprit, et que dans notre
comédie les hommes sont souvent des bêtes, et, qui pis est,
des bêtes méchantes.

---

1. *Phèdre* (1677) est une tragédie de Racine ; *Œdipe* (1718) et *Mahomet*
(1741) sont des œuvres de Voltaire. Vendôme désigne un personnage
d'*Adélaïde du Guesclin* (1734), autre tragédie de Voltaire, moins connue que
les précédentes.
2. **Macbeth** : tragédie de Shakespeare (début du XVIIe siècle) adaptée en
français par Ducis en 1784.
3. **Homme à bonnes fortunes** : séducteur. Allusion à *L'Homme à bonnes
fortunes,* pièce de Baron (1686).
4. Allusion au *Joueur,* comédie de Regnard (1696).
5. **Cauteleux** : prudent et rusé à la fois.
6. **Apologue** : récit dont l'intention est moralisatrice.

Ainsi, lorsque Molière, qui fut si tourmenté par les sots, donne à l'avare un fils prodigue et vicieux qui lui vole sa
115 cassette et l'injurie en face, est-ce des vertus ou des vices qu'il tire sa moralité ? que lui importent ces fantômes ? c'est vous qu'il entend corriger. Il est vrai que les afficheurs et balayeurs[1] littéraires de son temps ne manquèrent pas d'apprendre au bon public combien tout cela était horrible !
120 Il est aussi prouvé que des envieux très importants, ou des importants très envieux, se déchaînèrent contre lui. Voyez le sévère Boileau, dans son épître au grand Racine, venger son ami qui n'est plus, en rappelant ainsi les faits :

L'Ignorance et l'Erreur, à ses naissantes pièces,
125 *En habits de marquis, en robes de comtesses,*
Venaient pour diffamer son chef-d'œuvre nouveau,
Et secouaient la tête à l'endroit le plus beau.
Le commandeur voulait la scène plus exacte ;
Le vicomte, indigné, sortait au second acte :
130 *L'un, défenseur zélé des dévots mis en jeu,*
Pour prix de ses bons mots le condamnait au feu ;
L'autre, fougueux marquis, lui déclarant la guerre,
Voulait venger la Cour immolée au parterre[2].

On voit même dans un placet[3] de Molière à Louis XIV,
135 qui fut si grand en protégeant les arts, et sans le goût éclairé duquel notre théâtre n'aurait pas un seul chef-d'œuvre de Molière ; on voit ce philosophe auteur se plaindre amèrement au roi que, pour avoir démasqué les hypocrites, ils imprimaient partout qu'il était *un libertin, un impie, un*
140 *athée, un démon vêtu de chair, habillé en homme* ; et cela

---

1. **Afficheurs et balayeurs** : métaphore pour désigner les critiques.
2. *Épître VII* de Boileau (1677).
3. **Placet** : courte demande écrite pour obtenir une grâce, une faveur. Il s'agit ici d'un placet écrit au moment de « l'affaire du *Tartuffe* ».

s'imprimait avec APPROBATION ET PRIVILÈGE de ce roi qui le protégeait : rien là-dessus n'est empiré.

Mais, parce que les personnages d'une pièce s'y montrent sous des mœurs vicieuses, faut-il les bannir de la scène ? Que
145 poursuivrait-on au théâtre ? les travers et les ridicules ? Cela vaut bien la peine d'écrire ! Ils sont chez nous comme les modes : on ne s'en corrige point, on en change.

Les vices, les abus, voilà ce qui ne change point, mais se déguise en mille formes sous le masque des mœurs
150 dominantes : leur arracher ce masque et les montrer à découvert, telle est la noble tâche de l'homme qui se voue au théâtre. Soit qu'il moralise en riant, soit qu'il pleure en moralisant, Héraclite ou Démocrite[1], il n'a pas un autre devoir. Malheur à lui, s'il s'en écarte ! On ne peut corriger
155 les hommes qu'en les faisant voir tels qu'ils sont. La comédie utile et véridique n'est point un éloge menteur, un vain discours d'académie.

Mais gardons-nous bien de confondre cette critique générale, un des plus nobles buts de l'art, avec la satire
160 odieuse et personnelle : l'avantage de la première est de corriger sans blesser. Faites prononcer au théâtre, par l'homme juste, aigri de l'horrible abus des bienfaits, *tous les hommes sont des ingrats* : quoique chacun soit bien près de penser comme lui, personne ne s'en offensera. Ne pouvant y
165 avoir un ingrat sans qu'il existe un bienfaiteur, ce reproche même établit une balance égale entre les bons et les mauvais cœurs, on le sent et cela console. Que si l'humoriste[2] répond *qu'un bienfaiteur fait cent ingrats*, on répliquera justement *qu'il n'y a peut-être pas un ingrat qui n'ait été plusieurs fois*
170 *bienfaiteur* : et cela console encore. Et c'est ainsi qu'en

---

1. Héraclite (v. 550 - v. 480 av. J.-C.) et Démocrite (v. 460-370 av. J.-C.) sont deux philosophes grecs de l'Antiquité qui symbolisent le rire et le sérieux, l'optimisme et le pessimisme.
2. **Humoriste** : esprit chagrin, qui a de l'humeur (sens rare).

généralisant, la critique la plus amère porte du fruit sans nous blesser, quand la satire personnelle, aussi stérile que funeste, blesse toujours et ne produit jamais. Je hais partout cette dernière, et je la crois un si punissable abus, que j'ai plusieurs
175 fois d'office invoqué la vigilance du magistrat pour empêcher que le théâtre ne devînt une arène de gladiateurs, où le puissant se crût en droit de faire exercer ses vengeances par les plumes vénales[1], et malheureusement trop communes, qui mettent leur bassesse à l'enchère.

180 N'ont-ils donc pas assez, ces Grands, des mille et un feuillistes[2], faiseurs de bulletins, afficheurs, pour y trier les plus mauvais, en choisir un bien lâche, et dénigrer qui les offusque ? On tolère un si léger mal, parce qu'il est sans conséquence, et que la vermine éphémère démange un instant
185 et périt ; mais le théâtre est un géant qui blesse à mort tout ce qu'il frappe. On doit réserver ses grands coups pour les abus et pour les maux publics.

Ce n'est donc ni le vice ni les incidents qu'il amène, qui font l'indécence théâtrale ; mais le défaut de leçons et de
190 moralité. Si l'auteur ou faible ou timide, n'ose en tirer de son sujet voilà ce qui rend sa pièce équivoque ou vicieuse.

Lorsque je mis *Eugénie*[3] au théâtre (et il faut bien que je me cite, puisque c'est toujours moi qu'on attaque), lorsque je mis *Eugénie* au théâtre, tous nos jurés-crieurs[4] à la décence
195 jetaient des flammes dans les foyers sur ce que j'avais osé montrer un seigneur libertin, habillant ses valets en prêtres,

---

1. **Vénales :** achetables.
2. **Feuilliste :** sorte de journaliste, qui écrit des « feuilles » périodiques (sens péjoratif).
3. *Eugénie :* drame de Beaumarchais (1767).
4. **Jurés-crieurs :** officiers publics chargés par la ville de faire les annonces au nom des particuliers, d'inviter aux funérailles, etc. Désigne ici ironiquement les censeurs royaux.

et feignant d'épouser une jeune personne qui paraît enceinte au théâtre sans avoir été mariée.

Malgré leurs cris, la pièce a été jugée, sinon le meilleur, au
200 moins le plus moral des drames, constamment jouée sur tous les théâtres, et traduite dans toutes les langues. Les bons esprits ont vu que la moralité, que l'intérêt y naissait entièrement de l'abus qu'un homme puissant et vicieux fait de son nom, de son crédit pour tourmenter une faible fille
205 sans appui, trompée, vertueuse et délaissée. Ainsi tout ce que l'ouvrage a d'utile et de bon naît du courage qu'eut l'auteur d'oser porter la disconvenance sociale au plus haut point de liberté.

Depuis, j'ai fait *Les Deux Amis*[1], pièce dans laquelle un
210 père avoue à sa prétendue nièce qu'elle est sa fille illégitime. Ce drame est aussi très moral, parce qu'à travers les sacrifices de la plus parfaite amitié, l'auteur s'attache à y montrer les devoirs qu'impose la nature sur les fruits d'un ancien amour, que la rigoureuse dureté des convenances sociales, ou plutôt
215 leur abus, laisse trop souvent sans appui.

Entre autres critiques de la pièce, j'entendis dans une loge, auprès de celle que j'occupais, un jeune *important* de la Cour qui disait gaiement à des dames : « L'auteur, sans doute, est un garçon fripier qui ne voit rien de plus élevé que des
220 commis des Fermes et des marchands d'étoffes ; et c'est au fond d'un magasin qu'il va chercher les nobles amis qu'il traduit à la scène française. – Hélas ! monsieur, lui dis-je en m'avançant, il a fallu du moins les prendre où il n'est pas impossible de les supposer. Vous ririez bien plus de l'auteur
225 s'il eût tiré deux vrais amis de l'Œil-de-bœuf[2] ou des

---

1. *Les Deux Amis* : pièce de Beaumarchais (1770).
2. L'**Œil-de-bœuf** : salon du château de Versailles où les courtisans guettaient le lever du roi.

carrosses ? Il faut un peu de vraisemblance, même dans les actes vertueux. »

Me livrant à mon gai caractère, j'ai depuis tenté, dans *Le Barbier de Séville*, de ramener au théâtre l'ancienne et franche 230 gaieté, en l'alliant avec le ton léger de notre plaisanterie actuelle ; mais comme cela même était une espèce de nouveauté, la pièce fut vivement poursuivie. Il semblait que j'eusse ébranlé l'État ; l'excès des précautions qu'on prit et des cris qu'on fit contre moi décelait surtout la frayeur que 235 certains vicieux de ce temps avaient de s'y voir démasqués. La pièce fut censurée quatre fois, cartonnée[1] trois fois sur l'affiche, à l'instant d'être jouée, dénoncée même au Parlement d'alors, et moi, frappé de ce tumulte, je persistais à demander que le public restât le juge de ce que j'avais 240 destiné à l'amusement du public.

Je l'obtins au bout de trois ans. Après les clameurs, les éloges, et chacun me disait tout bas : « Faites-nous donc des pièces de ce genre, puisqu'il n'y a plus que vous qui osiez rire en face. »

245 Un auteur désolé par la cabale[2] et les criards, mais qui voit sa pièce marcher, reprend courage ; et c'est ce que j'ai fait. Feu M. le prince de Conti[3], de patriotique mémoire (car, en frappant l'air de son nom, l'on sent vibrer le vieux mot *patrie*), feu M. le prince de Conti, donc, me porta le défi 250 public de mettre au théâtre ma préface du *Barbier*, plus gaie, disait-il, que la pièce, et d'y montrer la famille de Figaro, que j'indiquais dans cette préface. « Monseigneur, lui répondis-je, si je mettais une seconde fois ce caractère sur la scène, comme je le montrerais plus âgé, qu'il en saurait quelque peu 255 davantage, ce serait bien un autre bruit ; et qui sait s'il verrait

---

1. **Cartonnée** : annulée par un carton apposé sur l'affiche.
2. **Cabale** : complot.
3. Le prince de Conti (1717-1776) soutint Beaumarchais contre Goëzman, par haine de Maupeou (voir p. 10).

le jour ? » Cependant, par respect, j'acceptai le défi ; je
composai cette *Folle Journée,* qui cause aujourd'hui la
rumeur. Il daigna la voir le premier. C'était un homme d'un
grand caractère, un prince auguste, un esprit noble et fier :
260 le dirai-je ? il en fut content.

Mais quel piège, hélas ! j'ai tendu au jugement de nos
critiques en appelant ma comédie du vain nom de *Folle
Journée* ! Mon objet était bien de lui ôter quelque
importance ; mais je ne savais pas encore à quel point un
265 changement d'annonce peut égarer tous les esprits. En lui
laissant son véritable titre, on eût lu *L'Époux suborneur*[1].
C'était pour eux une autre piste, on me courait différemment.
Mais ce nom de *Folle Journée* les a mis à cent lieues de
moi : ils n'ont plus rien vu dans l'ouvrage que ce qui n'y sera
270 jamais ; et cette remarque un peu sévère sur la facilité de
prendre le change a plus d'étendue qu'on ne croit. Au lieu
du nom de *George Dandin*[2], si Molière eût appelé son drame
La Sottise des alliances, il eût porté bien plus de fruit ; si
Regnard eût nommé son *Légataire*[3], *La Punition du célibat*,
275 la pièce nous eût fait frémir. Ce à quoi il ne songea pas, je
l'ai fait avec réflexion. Mais qu'on ferait un beau chapitre sur
tous les jugements des hommes et la morale du théâtre, et
qu'on pourrait intituler : *De l'influence de l'affiche !*

Quoi qu'il en soit, *La Folle Journée* resta cinq ans au porte-
280 feuille ; les comédiens ont su que je l'avais, ils me l'ont enfin
arrachée. S'ils ont bien ou mal fait pour eux, c'est ce qu'on
a pu voir depuis. Soit que la difficulté de la rendre excitât
leur émulation, soit qu'ils sentissent avec le public que pour
lui plaire en comédie il fallait de nouveaux efforts, jamais
285 pièce aussi difficile n'a été jouée avec autant d'ensemble, et

---

1. **Suborneur** : séducteur, qui abuse de la naïveté des femmes (sens
péjoratif).
2. *George Dandin* : comédie de Molière (1668).
3. Il s'agit du *Légataire universel,* comédie de Regnard (1708).

si l'auteur (comme on le dit) est resté au-dessous de lui-même, il n'y a pas un seul acteur dont cet ouvrage n'ait établi, augmenté ou confirmé la réputation. Mais revenons à sa lecture, à l'adoption des comédiens.

290 Sur l'éloge outré qu'ils en firent, toutes les sociétés voulurent le connaître, et dès lors il fallut me faire des querelles de toute espèce, ou céder aux instances universelles. Dès lors aussi les grands ennemis de l'auteur ne manquèrent pas de répandre à la Cour qu'il blessait dans cet ouvrage,
295 d'ailleurs *un tissu de bêtises*, la religion, le gouvernement, tous les états de la société, les bonnes mœurs, et qu'enfin la vertu y était opprimée et le vice triomphant, *comme de raison*, ajoutait-on. Si les graves messieurs qui l'ont tant répété me font l'honneur de lire cette préface, ils y verront
300 au moins que j'ai cité bien juste ; et la bourgeoise intégrité que je mets à mes citations n'en fera que mieux ressortir la noble infidélité des leurs.

Ainsi, dans *Le Barbier de Séville*, je n'avais qu'ébranlé l'État ; dans ce nouvel essai plus infâme et plus séditieux, je
305 le renversais de fond en comble. Il n'y avait plus rien de sacré, si l'on permettait cet ouvrage. On abusait l'autorité par les plus insidieux rapports ; on cabalait auprès des corps puissants ; on alarmait les dames timorées ; on me faisait des ennemis sur le prie-Dieu des oratoires : et moi, selon les
310 hommes et les lieux, je repoussais la basse intrigue par mon excessive patience, par la raideur de mon respect, l'obstination de ma docilité ; par la raison, quand on voulait l'entendre.

Ce combat a duré quatre ans[1]. Ajoutez-les aux cinq du
315 portefeuille : que reste-t-il des allusions qu'on s'efforce à voir dans l'ouvrage ? Hélas ! quand il fut composé, tout ce qui

------

1. De 1781 à 1784 (voir p. 11-12).

fleurit aujourd'hui n'avait pas même encore germé : c'était tout un autre univers.

320 Pendant ces quatre ans de débat, je ne demandais qu'un censeur ; on m'en accorda cinq ou six. Que virent-ils dans l'ouvrage, objet d'un tel déchaînement ? La plus badine des intrigues. Un grand seigneur espagnol, amoureux d'une jeune fille qu'il veut séduire, et les efforts que cette fiancée, celui qu'elle doit épouser, et la femme du seigneur, réunissent pour 325 faire échouer dans son dessein un maître absolu, que son rang, sa fortune et sa prodigalité rendent tout-puissant pour l'accomplir. Voilà tout, rien de plus. La pièce est sous vos yeux.

D'où naissent donc ces cris perçants ? De ce qu'au lieu de 330 poursuivre un seul caractère vicieux, comme le joueur, l'ambitieux, l'avare, ou l'hypocrite, ce qui ne lui eût mis sur les bras qu'une seule classe d'ennemis, l'auteur a profité d'une composition légère, ou plutôt a formé son plan de façon à y faire entrer la critique d'une foule d'abus qui désolent la 335 société. Mais comme ce n'est pas là ce qui gâte un ouvrage aux yeux du censeur éclairé, tous, en l'approuvant, l'ont réclamé pour le théâtre. Il a donc fallu l'y souffrir : alors les grands du monde ont vu jouer avec scandale.

> *Cette pièce où l'on peint un insolent valet*
340 > *Disputant sans pudeur son épouse à son maître.*

M. Gudin[1].

Oh ! que j'ai de regret de n'avoir pas fait de ce sujet moral une tragédie bien sanguinaire ! Mettant un poignard à la main de l'époux outragé, que je n'aurais pas nommé Figaro, 345 dans sa jalouse fureur je lui aurais fait noblement poignarder le Puissant vicieux ; et comme il aurait vengé son honneur dans des vers carrés, bien ronflants, et que mon jaloux, tout

---

1. **M. Gudin** : ami de Beaumarchais.

au moins général d'armée, aurait eu pour rival quelque tyran
bien horrible et régnant au plus mal sur un peuple désolé,
350 tout cela, très loin de nos mœurs, n'aurait, je crois, blessé
personne, on eût crié *bravo ! ouvrage bien moral !* Nous
étions sauvés, moi et mon Figaro sauvage.

Mais ne voulant qu'amuser nos Français et non faire
ruisseler les larmes de leurs épouses, de mon coupable amant
355 j'ai fait un jeune seigneur de ce temps-là, prodigue, assez
galant, même un peu libertin, à peu près comme les autres
seigneurs de ce temps-là. Mais qu'oserait-on dire au théâtre
d'un seigneur, sans les offenser tous, sinon de lui reprocher
son trop de galanterie ? N'est-ce pas là le défaut le moins
360 contesté par eux-mêmes ? J'en vois beaucoup d'ici rougir
modestement (et c'est un noble effort) en convenant que j'ai
raison.

Voulant donc faire le mien coupable, j'ai eu le respect
généreux de ne lui prêter aucun des vices du peuple. Direz-
365 vous que je ne le pouvais pas, que c'eût été blesser toutes les
vraisemblances ? Concluez donc en faveur de ma pièce,
puisque enfin je ne l'ai pas fait.

Le défaut même dont je l'accuse n'aurait produit aucun
mouvement comique, si je ne lui avais gaiement opposé
l'homme le plus dégourdi de sa nation, *le véritable Figaro*,
370 qui, tout en défendant Suzanne, sa propriété, se moque des
projets de son maître, et s'indigne très plaisamment qu'il ose
jouter de ruse avec lui, maître passé dans ce genre d'escrime.

Ainsi, d'une lutte assez vive entre l'abus de la puisance,
l'oubli des principes, la prodigalité, l'occasion, tout ce que la
375 séduction a de plus entraînant, et le feu, l'esprit, les ressources
que l'infériorité piquée au jeu peut opposer à cette attaque,
il naît dans ma pièce un jeu plaisant d'intrigue, où l'époux
suborneur, contrarié, lassé, harassé, toujours arrêté dans ses
vues, est obligé, trois fois dans cette journée, de tomber aux
380 pieds de sa femme[1], qui, bonne, indulgente et sensible, finit

---

1. **Trois fois... femme :** *Le Mariage,* acte II, sc. 19 ; acte IV, sc. 5 ; acte V,
sc. 19.

par lui pardonner : c'est ce qu'elles font toujours. Qu'a donc cette moralité de blâmable, messieurs ?

385 La trouvez-vous un peu badine pour le ton grave que je prends ? Accueillez-en une plus sévère qui blesse vos yeux dans l'ouvrage, quoique vous ne l'y cherchiez pas : c'est qu'un seigneur assez vicieux pour vouloir prostituer à ses caprices tout ce qui lui est subordonné, pour se jouer, dans ses domaines, de la pudicité de toutes ses jeunes vassales, doit finir, comme celui-ci, par être la risée de ses valets. Et c'est

390 ce que l'auteur a très fortement prononcé, lorsqu'en fureur, au cinquième acte, Almaviva, croyant confondre une femme infidèle, montre à son jardinier un cabinet, en lui criant : *Entres-y, toi, Antonio ; conduis devant son juge l'infâme qui m'a déshonoré* ; et que celui-ci lui répond : *Il y a, parguenne,*

395 *une bonne Providence ! Vous en avez tant fait dans le pays, qu'il faut bien aussi qu'à votre tour... !*[1]

Cette profonde moralité se fait sentir dans tout l'ouvrage ; et s'il convenait à l'auteur de démontrer aux adversaires qu'à travers sa forte leçon il a porté la considération pour la

400 dignité du coupable plus loin qu'on ne devait l'attendre de la fermeté de son pinceau, je leur ferais remarquer que, croisé dans tous ses projets, le comte Almaviva se voit toujours humilié, sans être jamais avili.

En effet, si la Comtesse usait de ruse pour aveugler sa

405 jalousie dans le dessein de le trahir, devenue coupable elle-même, elle ne pourrait mettre à ses pieds son époux sans le dégrader à nos yeux. La vicieuse intention de l'épouse brisant un lien respecté, l'on reprocherait justement à l'auteur d'avoir tracé des mœurs blâmables : car nos jugements sur les mœurs

410 se rapportent toujours aux femmes ; on n'estime pas assez les hommes pour tant exiger d'eux sur ce point délicat. Mais loin qu'elle ait ce vil projet, ce qu'il y a de mieux établi dans l'ouvrage est que nul ne veut faire une tromperie au Comte,

---

1. *Le Mariage,* acte V, sc. 14.

mais seulement l'empêcher d'en faire à tout le monde. C'est
415 la pureté des motifs qui sauve ici les moyens du reproche ; et
de cela seul que la Comtesse ne veut que ramener son mari,
toutes les confusions qu'il éprouve sont certainement très
morales, aucune n'est avilissante.

Pour que cette vérité vous frappe davantage, l'auteur
420 oppose à ce mari peu délicat la plus vertueuse des femmes,
par goût et par principes.

Abandonnée d'un époux trop aimé, quand l'expose-t-on à
vos regards ? Dans le moment critique où sa bienveillance
pour un aimable enfant, son filleul, peut devenir un goût
425 dangereux, si elle permet au ressentiment qui l'appuie de
prendre trop d'empire sur elle. C'est pour mieux faire
ressortir l'amour vrai du devoir, que l'auteur la met un
moment aux prises avec un goût naissant qui le combat. Oh !
combien on s'est étayé de ce léger mouvement dramatique
430 pour nous accuser d'indécence ! On accorde à la tragédie que
toutes les reines, les princesses, aient des passions bien
allumées qu'elles combattent plus ou moins ; et l'on ne
souffre pas que, dans la comédie, une femme ordinaire puisse
lutter contre la moindre faiblesse ! Ô grande *influence de
435 l'affiche* ! jugement sûr et conséquent ! Avec la différence du
genre, on blâme ici ce qu'on approuvait là. Et cependant, en
ces deux cas, c'est toujours le même principe : point de vertu
sans sacrifice.

J'ose en appeler à vous, jeunes infortunées que votre
440 malheur attache à des Almaviva ! Distingueriez-vous toujours
votre vertu de vos chagrins, si quelque intérêt importun,
tendant trop à les dissiper, ne vous avertissait enfin qu'il est
temps de combattre pour elle ? Le chagrin de perdre un mari
n'est pas ici ce qui nous touche, un regret aussi personnel est
445 trop loin d'être une vertu. Ce qui nous plaît dans la
Comtesse, c'est de la voir lutter franchement contre un goût
naissant qu'elle blâme, et des ressentiments légitimes. Les
efforts qu'elle fait alors pour ramener son infidèle époux,
mettant dans le plus heureux jour les deux sacrifices pénibles

450 de son goût et de sa colère, on n'a nul besoin d'y penser pour applaudir à son triomphe ; elle est un modèle de vertu, l'exemple de son sexe et l'amour du nôtre.

Si cette métaphysique[1] de l'honnêteté des scènes, si ce principe avoué de toute décence théâtrale n'a point frappé 455 nos juges à la représentation, c'est vainement que j'en étendrais ici le développement, les conséquences ; un tribunal d'iniquité n'écoute point les défenses de l'accusé qu'il est chargé de perdre, et ma Comtesse n'est point traduite au parlement de la nation : c'est une commission qui la juge.

460 On a vu la légère esquisse de son aimable caractère dans la charmante pièce d'*Heureusement*[2]. Le goût naissant que la jeune femme éprouve pour son petit cousin l'officier, n'y parut blâmable à personne, quoique la tournure des scènes pût laisser à penser que la soirée eût fini d'autre manière, si 465 l'époux ne fût pas rentré, comme dit l'auteur, *heureusement*. Heureusement aussi l'on n'avait pas le projet de calomnier cet auteur : chacun se livra de bonne foi à ce doux intérêt qu'inspire une jeune femme honnête et sensible, qui réprime ses premiers goûts ; et notez que, dans cette pièce, l'époux ne 470 paraît qu'un peu sot ; dans la mienne, il est infidèle : ma Comtesse a plus de mérite.

Aussi, dans l'ouvrage que je défends, le plus véritable intérêt se porte-t-il sur la Comtesse ; le reste est dans le même esprit.

475 Pourquoi Suzanne, la camariste spirituelle, adroite et rieuse, a-t-elle aussi le droit de nous intéresser ? C'est qu'attaquée par un séducteur puissant, avec plus d'avantage qu'il n'en faudrait pour vaincre une fille de son état, elle n'hésite pas à confier les intentions du Comte aux deux 480 personnes les plus intéressées à bien surveiller sa conduite : sa maîtresse et son fiancé. C'est que, dans tout son rôle,

---

1. **Métaphysique** : ici, philosophie, théorie compliquée et fausse (terme souvent péjoratif au XVIIIe siècle).
2. *Heureusement* : comédie de Rochon de Chabannes (1762).

presque le plus long de la pièce, il n'y a pas une phrase, un mot qui ne respire la sagesse et l'attachement à ses devoirs : la seule ruse qu'elle se permette est en faveur de sa maîtresse,
485 à qui son dévouement est cher, et dont tous les vœux sont honnêtes.

Pourquoi, dans ses libertés sur son maître, Figaro m'amuse-t-il au lieu de m'indigner ? C'est que, l'opposé des valets, il n'est pas, et vous le savez, le malhonnête homme de
490 la pièce : en le voyant forcé, par son état, de repousser l'insulte avec adresse, on lui pardonne tout, dès qu'on sait qu'il ne ruse avec son seigneur que pour garantir ce qu'il aime et sauver sa propriété.

Donc, hors le Comte et ses agents, chacun fait dans la pièce
495 à peu près ce qu'il doit. Si vous les croyez malhonnêtes parce qu'ils disent du mal les uns des autres, c'est une règle très fautive. Voyez nos honnêtes gens du siècle : on passe la vie à ne faire autre chose ! Il est même tellement reçu de déchirer sans pitié les absents, que moi, qui les défends toujours,
500 j'entends murmurer très souvent : « Quel diable d'homme, et qu'il est contrariant ! il dit du bien de tout le monde ! »

Est-ce mon page, enfin, qui vous scandalise ? et l'immoralité qu'on reproche au fond de l'ouvrage serait-elle dans l'accessoire ? Ô censeurs délicats, beaux esprits sans
505 fatigue, inquisiteurs pour la morale, qui condamnez en un clin d'œil les réflexions de cinq années, soyez justes une fois, sans tirer à conséquence. Un enfant de treize ans, aux premiers battements du cœur, cherchant tout sans rien démêler, idolâtre, ainsi qu'on l'est à cet âge heureux, d'un
510 objet céleste pour lui, dont le hasard fit sa marraine, est-il un sujet de scandale ? Aimé de tout le monde au château, vif, espiègle et brûlant comme tous les enfants spirituels, par son agitation extrême, il dérange dix fois sans le vouloir les coupables projets du Comte. Jeune adepte de la nature, tout
515 ce qu'il voit a droit de l'agiter : peut-être il n'est plus un enfant, mais il n'est pas encore un homme ; et c'est le moment que j'ai choisi pour qu'il obtînt de l'intérêt, sans forcer

personne à rougir. Ce qu'il éprouve innocemment, il l'inspire partout de même. Direz-vous qu'on l'aime d'amour ?
520 Censeurs, ce n'est pas le mot. Vous êtes trop éclairés pour ignorer que l'amour, même le plus pur, a un motif intéressé : on ne l'aime donc pas encore ; on sent qu'un jour on l'aimera. Et c'est ce que l'auteur a mis avec gaieté dans la bouche de Suzanne, quand elle dit à cet enfant : *Oh ! dans*
525 *trois ou quatre ans, je prédis que vous serez le plus grand petit vaurien*[1]...

   Pour lui imprimer plus fortement le caractère de l'enfance, nous le faisons exprès tutoyer par Figaro. Supposez-lui deux ans de plus, quel valet dans le château prendrait ces libertés ?
530 Voyez-le à la fin de son rôle ; à peine a-t-il un habit d'officier, qu'il porte la main à l'épée aux premières railleries du Comte, sur le quiproquo d'un soufflet. Il sera fier, notre étourdi ! mais c'est un enfant, rien de plus. N'ai-je pas vu nos dames, dans les loges, aimer mon page à la folie ? Que lui voulaient-
535 elles ? Hélas ! rien : c'était de l'intérêt aussi ; mais, comme celui de la Comtesse, un pur et naïf intérêt... un intérêt... sans intérêt.

   Mais est-ce la personne du page, ou la conscience du seigneur, qui fait le tourment du dernier toutes les fois que
540 l'auteur les condamne à se rencontrer dans la pièce ? Fixez ce léger aperçu, il peut vous mettre sur la voie ; ou plutôt apprenez de lui que cet enfant n'est amené que pour ajouter à la moralité de l'ouvrage, en vous montrant que l'homme le plus absolu chez lui, dès qu'il suit un projet coupable, peut
545 être mis au désespoir par l'être le moins important, par celui qui redoute le plus de se rencontrer sur sa route.

   Quand mon page aura dix-huit ans, avec le caractère vif et bouillant que je lui ai donné, je serai coupable à mon tour si je le montre sur la scène. Mais à treize ans, qu'inspire-
550 t-il ? Quelque chose de sensible et doux, qui n'est amitié ni amour, et qui tient un peu de tous deux.

---

1. *Le Mariage*, acte I, sc. 7.

Jeune Garçon au panier à fleurs.
Peinture de Jean-Baptiste Greuze (1725-1805).
Musée du Petit-Palais, Paris.

J'aurais de la peine à faire croire à l'innocence de ces impressions, si nous vivions dans un siècle moins chaste, dans un de ces siècles de calcul, où, voulant tout prématuré comme
555 les fruits de leurs serres chaudes, les Grands mariaient leurs enfants à douze ans, et faisaient plier la nature, la décence et le goût aux plus sordides convenances, en se hâtant surtout d'arracher de ces êtres non formés des enfants encore moins formables, dont le bonheur n'occupait personne, et qui
560 n'étaient que le prétexte d'un certain trafic d'avantages qui n'avait nul rapport à eux, mais uniquement à leur nom. Heureusement nous en sommes bien loin : et le caractère de mon page, sans conséquence pour lui-même, en a une relative au Comte, que le moraliste aperçoit, mais qui n'a pas encore
565 frappé le grand commun de nos jugeurs.

Ainsi, dans cet ouvrage, chaque rôle important a quelque but moral. Le seul qui semble y déroger est le rôle de Marceline.

Coupable d'un ancien égarement dont son Figaro fut le
570 fruit, elle devrait, dit-on, se voir au moins punie par la confusion de sa faute, lorsqu'elle reconnaît son fils. L'auteur eût pu en tirer une moralité plus profonde : dans les mœurs qu'il veut corriger, la faute d'une jeune fille séduite est celle des hommes et non la sienne. Pourquoi donc ne l'a-t-il pas
575 fait ?

Il l'a fait, censeurs raisonnables ! Étudiez la scène suivante, qui faisait le nerf du troisième acte, et que les comédiens m'ont prié de retrancher, craignant qu'un morceau si sévère n'obscurcît la gaieté de l'action.
580 Quand Molière a bien humilié la coquette ou coquine du *Misanthrope* par la lecture publique de ses lettres à tous ses amants, il la laisse avilie sous les coups qu'il lui a portés : il a raison ; qu'en ferait-il ? Vicieuse par goût et par choix, veuve aguerrie, femme de Cour, sans aucune excuse d'erreur,
585 et fléau d'un fort honnête homme, il l'abandonne à nos mépris, et telle est sa moralité. Quant à moi, saisissant l'aveu naïf de Marceline au moment de la reconnaissance, je montrais cette femme humiliée, et Bartholo qui la refuse, et

Figaro, leur fils commun, dirigeant l'attention publique sur
590 les vrais fauteurs du désordre où l'on entraîne sans pitié
toutes les jeunes filles du peuple douées d'une jolie figure.

Telle est la marche de la scène.

BRID'OISON, *parlant de Figaro, qui vient de reconnaître sa*
595 *mère en Marceline.* C'est clair : i-il ne l'épousera pas.

BARTHOLO. Ni moi non plus.

MARCELINE. Ni vous ! Et votre fils ? Vous m'aviez juré...

BARTHOLO. J'étais fou. Si pareils souvenirs engageaient, on
serait tenu d'épouser tout le monde.

600 BRID'OISON. E-et si l'on y regardait de si près, per-ersonne
n'épouserait personne.

BARTHOLO. Des fautes si connues ! une jeunesse déplorable.

MARCELINE, *s'échauffant par degrés.* Oui, déplorable, et
plus qu'on ne croit ! Je n'entends pas nier mes fautes ; ce jour
605 les a trop bien prouvées ! mais qu'il est dur de les expier après
trente ans d'une vie modeste ! J'étais née, moi, pour être sage,
et je le suis devenue sitôt qu'on m'a permis d'user de ma
raison. Mais dans l'âge des illusions, de l'inexpérience et des
besoins, où les séducteurs nous assiègent pendant que la
610 misère nous poignarde, que peut opposer une enfant à tant
d'ennemis rassemblés ? Tel nous juge ici sévèrement, qui,
peut-être, en sa vie a perdu dix infortunées !

FIGARO. Les plus coupables sont les moins généreux ; c'est
la règle.

615 MARCELINE, *vivement.* Hommes plus qu'ingrats, qui flé
trissez par le mépris les jouets de vos passions, vos victimes !
c'est vous qu'il faut punir des erreurs de notre jeunesse ; vous
et vos magistrats, si vains du droit de nous juger, et qui nous
laissent enlever, par leur coupable négligence, tout honnête

620 moyen de subsister. Est-il un seul état pour les malheureuses filles ? Elles avaient un droit naturel à toute la parure des femmes : on y laisse former mille ouvriers de l'autre sexe.

FIGARO, *en colère.*   Ils font broder jusqu'aux soldats !

MARCELINE, *exaltée.*   Dans les rangs même plus élevés, les
625 femmes n'obtiennent de vous qu'une considération dérisoire ; leurrées de respects apparents, dans une servitude réelle ; traitées en mineures pour nos biens, punies en majeures pour nos fautes ! Ah ! sous tous les aspects, votre conduite avec nous fait horreur ou pitié !

630 FIGARO. Elle a raison !

LE COMTE, *à part.*   Que trop raison !

BRID'OISON. Elle a, mon-on Dieu, raison.

MARCELINE. Mais que nous font, mon fils, les refus d'un homme injuste ? Ne regarde pas d'où tu viens, vois où tu
635 vas : cela seul importe à chacun. Dans quelques mois ta fiancée ne dépendra plus que d'elle-même ; elle t'acceptera, j'en réponds. Vis entre une épouse, une mère tendres qui te chériront à qui mieux mieux. Sois indulgent pour elles, heureux pour toi, mon fils ; gai, libre et bon pour tout le
640 monde ; il ne manquera rien à ta mère.

FIGARO. Tu parles d'or, maman, et je me tiens à ton avis. Qu'on est sot, en effet ! Il y a des mille et mille ans que le monde roule, et dans cet océan de durée, où j'ai par hasard attrapé quelques chétifs trente ans qui ne reviendront plus,
645 j'irais me tourmenter pour savoir à qui je les dois ! Tant pis pour qui s'en inquiète. Passer ainsi la vie à chamailler, c'est peser sur le collier sans relâche, comme les malheureux chevaux de la remonte des fleuves, qui ne reposent pas même quand ils s'arrêtent, et qui tirent toujours, quoiqu'ils cessent
650 de marcher. Nous attendrons[1].

---

1. *Le Mariage,* acte III, sc. 16.

J'ai bien regretté ce morceau ; et maintenant que la pièce est connue, si les comédiens avaient le courage de le restituer à ma prière, je pense que le public leur en saurait beaucoup
655 de gré. Ils n'auraient plus même à répondre, comme je fus forcé de le faire à certains censeurs du beau monde, qui me reprochaient à la lecture, de les intéresser pour une femme de mauvaises mœurs : – Non, messieurs, je n'en parle pas pour excuser ses mœurs, mais pour vous faire rougir des
660 vôtres sur le point le plus destructeur de toute honnêteté publique, *la corruption des jeunes personnes* ; et j'avais raison de le dire, que vous trouvez ma pièce trop gaie, parce qu'elle est souvent trop sévère. Il n'y a que façon de s'entendre.
665 – Mais votre Figaro est un soleil tournant[1], qui brûle, en jaillissant, les manchettes de tout le monde. – Tout le monde est exagéré. Qu'on me sache gré du moins s'il ne brûle pas aussi les doigts de ceux qui croient s'y reconnaître : au temps qui court, on a beau jeu sur cette matière au théâtre. M'est-
670 il permis de composer en auteur qui sort du collège ? de toujours faire rire des enfants, sans jamais rien dire à des hommes ? Et ne devez-vous pas me passer un peu de morale en faveur de ma gaieté, comme on passe aux Français un peu de folie en faveur de leur raison ?
675 Si je n'ai versé sur nos sottises qu'un peu de critique badine, ce n'est pas que je ne sache en former de plus sévères : quiconque a dit tout ce qu'il sait dans son ouvrage, y a mis plus que moi dans le mien. Mais je garde une foule d'idées qui me pressent pour un des sujets les plus moraux
680 du théâtre, aujourd'hui sur mon chantier : *La Mère coupable*[2], et si le dégoût dont on m'abreuve me permet jamais de l'achever, mon projet étant d'y faire verser des

---

1. **Soleil tournant :** roue tournante d'où partent les fusées (terme de pyrotechnie).
2. *La Mère coupable* : dernière pièce de la trilogie (1792), après *Le Barbier de Séville* et *Le Mariage de Figaro* (voir p. 13 et 21).

larmes à toutes les femmes sensibles, j'élèverai mon langage
à la hauteur de mes situations ; j'y prodiguerai les traits de
685 la plus austère morale, et je tonnerai fortement sur les vices
que j'ai trop ménagés. Apprêtez-vous donc bien, messieurs, à
me tourmenter de nouveau : ma poitrine a déjà grondé ; j'ai
noirci beaucoup de papier au service de votre colère.

Et vous, honnêtes indifférents qui jouissez de tout sans
690 prendre parti sur rien ; jeunes personnes modestes et timides,
qui vous plaisez à ma *Folle Journée* (et je n'entreprends sa
défense que pour justifier votre goût), lorsque vous verrez
dans le monde un de ces hommes tranchants critiquer
vaguement la pièce, tout blâmer sans rien désigner, surtout
695 la trouver indécente, examinez bien cet homme-là, sachez son
rang, son état, son caractère, et vous connaîtrez sur-le-champ
le mot qui l'a blessé dans l'ouvrage.

On sent bien que je ne parle pas de ces écumeurs
littéraires[1] qui vendent leurs bulletins ou leurs affiches à tant
700 de liards le paragraphe. Ceux-là, comme l'abbé Bazile,
peuvent calomnier ; *ils médiraient, qu'on ne les croirait pas*[2].

Je parle moins encore de ces libellistes honteux qui n'ont
trouvé d'autre moyen de satisfaire leur rage, l'assassinat étant
trop dangereux, que de lancer, du cintre de nos salles, des
705 vers infâmes contre l'auteur, pendant que l'on jouait sa pièce.
Ils savent que je les connais ; si j'avais eu dessein de les
nommer, ç'aurait été au ministère public ; leur supplice est
de l'avoir craint, il suffit à mon ressentiment. Mais on
n'imaginera jamais jusqu'où ils ont osé élever les soupçons
710 du public sur une aussi lâche épigramme[3] ! semblables à ces
vils charlatans du Pont-Neuf, qui, pour accréditer leurs
drogues, farcissent d'ordres, de cordons, le tableau qui leur
sert d'enseigne.

Non, je cite nos importants, qui, blessés, on ne sait

---

1. **Écumeurs littéraires :** plagiaires.
2. Citation du *Barbier de Séville,* acte II, sc. 9.
3. **Épigramme :** mot satirique, critique mordante.

715 pourquoi, des critiques semées dans l'ouvrage, se chargent
d'en dire du mal, sans cesser de venir aux noces.

C'est un plaisir assez piquant de les voir d'en bas au
spectacle, dans le très plaisant embarras de n'oser montrer ni
satisfaction ni colère ; s'avançant sur le bord des loges, prêts
720 à se moquer de l'auteur, et se retirant aussitôt pour celer un
peu de grimace ; emportés par un mot de la scène et
soudainement rembrunis par le pinceau du moraliste, au plus
léger trait de gaieté jouer tristement les étonnés, prendre un
air gauche en faisant les pudiques, et regardant les femmes
725 dans les yeux, comme pour leur reprocher de soutenir un tel
scandale ; puis, aux grands applaudissements, lancer sur le
public un regard méprisant, dont il est écrasé ; toujours prêts
à lui dire, comme ce courtisan dont parle Molière, lequel,
outré du succès de *L'École des femmes*, criait des balcons au
730 public : *Ris donc, public, ris donc !* En vérité, c'est un plaisir,
et j'en ai joui bien des fois.

Celui-là m'en rappelle un autre. Le premier jour de *La
Folle Journée*, on s'échauffait dans le foyer (même d'honnêtes
plébéiens[1]) sur ce qu'ils nommaient spirituellement *mon*
735 *audace*. Un petit vieillard sec et brusque, impatienté de tous
ces cris, frappe le plancher de sa canne, et dit en s'en allant :
*Nos Français sont comme les enfants, qui braillent quand on
les éberne*[2]. Il avait du sens, ce vieillard ! Peut-être on pouvait
mieux parler, mais pour mieux penser, j'en défie.

740 Avec cette intention de tout blâmer, on conçoit que les
traits les plus sensés ont été pris en mauvaise part. N'ai-je
pas entendu vingt fois un murmure descendre des loges à
cette réponse de Figaro :

LE COMTE. *Une réputation détestable.*

---

1. **Plébéiens** : hommes du peuple.
2. **Éberner** : essuyer les restes d'excréments.

745 FIGARO. *Et si je vaux mieux qu'elle ! Y a-t-il beaucoup de seigneurs qui puissent en dire autant ?*[1]

Je dis, moi, qu'il n'y en a point, qu'il ne saurait y en avoir, à moins d'une exception bien rare. Un homme obscur ou peu connu peut valoir mieux que sa réputation, qui n'est que 750 l'opinion d'autrui. Mais de même qu'un sot en place en paraît une fois plus sot, parce qu'il ne peut plus rien cacher, de même un grand seigneur, l'homme élevé en dignités, que la fortune et sa naissance ont placé sur le grand théâtre, et qui en entrant dans le monde, eut toutes les préventions pour lui, 755 vaut presque toujours moins que sa réputation, s'il parvient à la rendre mauvaise. Une assertion si simple et si loin du sarcasme devait-elle exciter le murmure ? Si son application paraît fâcheuse aux Grands peu soigneux de leur gloire, en quel sens fait-elle épigramme sur ceux qui méritent nos 760 respects ? Et quelle maxime plus juste au théâtre peut servir de frein aux puissants, et tenir lieu de leçon à ceux qui n'en reçoivent point d'autres ? Non qu'il faille oublier (a dit un écrivain sévère, et je me plais à le citer parce que je suis de son avis), « non qu'il faille 765 oublier, dit-il, ce qu'on doit aux rangs élevés : il est juste, au contraire, que l'avantage de la naissance soit le moins contesté de tous, parce que ce bienfait gratuit de l'hérédité, relatif aux exploits, vertus ou qualités des aïeux de qui le reçut, ne peut aucunement blesser l'amour-propre de ceux 770 auxquels il fut refusé ; parce que, dans une monarchie, si l'on ôtait les rangs intermédiaires, il y aurait trop loin du monarque aux sujets ; bientôt on n'y verrait qu'un despote et des esclaves : le maintien d'une échelle graduée du laboureur au potentat intéresse également les hommes de tous 775 les rangs, et peut-être est le plus ferme appui de la constitution monarchique ».

_____

1. *Le Mariage*, acte III, sc. 5.

Mais quel auteur parlait ainsi ? qui faisait cette profession de foi sur la noblesse dont on me suppose si loin ? C'était Pierre Augustin Caron de Beaumarchais plaidant par écrit au parlement d'Aix, en 1778, une grande et sévère question qui décida bientôt de l'honneur d'un noble et du sien[1]. Dans l'ouvrage que je défends, on n'attaque point les états, mais les abus de chaque état ; les gens seuls qui s'en rendent coupables ont intérêt à le trouver mauvais. Voilà les rumeurs expliquées : mais quoi donc ! les abus sont-ils devenus si sacrés, qu'on n'en puisse attaquer aucun sans lui trouver vingt défenseurs ?

Un avocat célèbre, un magistrat respectable, iront-ils donc s'approprier le plaidoyer d'un Bartholo, le jugement d'un Brid'oison ? Ce mot de Figaro sur l'indigne abus des plaidoiries de nos jours (*C'est dégrader le plus noble institut* [2]) a bien montré le cas que je fais du noble métier d'avocat ; et mon respect pour la magistrature ne sera pas plus suspecté quand on saura dans quelle école j'en ai recherché la leçon, quand on lira le morceau suivant, aussi tiré d'un moraliste, lequel parlant des magistrats, s'exprime en ces termes formels :

« Quel homme aisé voudrait, pour le plus modique honoraire, faire le métier cruel de se lever à quatre heures, pour aller au Palais tous les jours s'occuper, sous des formes prescrites, d'intérêts qui ne sont jamais les siens ? d'éprouver sans cesse l'ennui de l'importunité, le dégoût des sollicitations, le bavardage des plaideurs, la monotonie des audiences, la fatigue des délibérations, et la contention d'esprit nécessaire aux prononcés des arrêts, s'il ne se croyait pas payé de cette vie laborieuse et pénible par l'estime et la considération publiques ? Et cette estime est-elle autre chose qu'un jugement, qui n'est même aussi flatteur pour les bons

---

1. Il s'agit du procès de Beaumarchais contre le comte de La Blache (voir p. 10-11).
2. *Le Mariage,* acte III, sc. 15.

810 magistrats qu'en raison de sa rigueur excessive contre les mauvais ? »

Mais quel écrivain m'instruisait ainsi par ses leçons ? Vous allez croire encore que c'est PIERRE AUGUSTIN ; vous l'avez dit : c'est lui, en 1773, dans son quatrième Mémoire[1], en défendant jusqu'à la mort sa triste existence, attaquée par un
815 soi-disant magistrat. Je respecte donc hautement ce que chacun doit honorer, et je blâme ce qui peut nuire.

– Mais dans cette *Folle Journée*, au lieu de saper les abus, vous vous donnez des libertés très répréhensibles au théâtre ; votre monologue surtout contient, sur les gens disgraciés, des
820 traits qui passent la licence. – Eh ! croyez-vous, messieurs, que j'eusse un talisman pour tromper, séduire, enchaîner la censure et l'autorité, quand je leur soumis mon ouvrage ? que je n'aie pas dû justifier ce que j'avais osé écrire ? Que fais-je dire à Figaro, parlant à l'homme déplacé ? *Que les sottises*
825 *imprimées n'ont d'importance qu'aux lieux où l'on en gêne le cours*[2]. Est-ce donc à une vérité d'une conséquence dangereuse ? Au lieu de ces inquisitions puériles et fatigantes, et qui seules donnent de l'importance à ce qui n'en aurait jamais, si, comme en Angleterre, on était assez sage ici pour
830 traiter les sottises avec ce mépris qui les tue, loin de sortir du vil fumier qui les enfante, elles y pourriraient en germant, et ne se propageraient point. Ce qui multiplie les libelles est la faiblesse de les craindre ; ce qui fait vendre les sottises est la sottise de les défendre.

835 Et comment conclut Figaro ? *Que, sans la liberté de blâmer, il n'est point d'éloge flatteur ; et qu'il n'y a que les petits hommes qui redoutent les petits écrits*[3]. Sont-ce là des hardiesses coupables, ou bien des aiguillons de gloire ? des moralités insidieuses, ou des maximes réfléchies, aussi justes
840 qu'encourageantes ?

---

1. **Quatrième Mémoire :** quatrième *Mémoire* contre Goëzman.
2. *Le Mariage,* acte V, sc. 3.
3. *Le Mariage,* acte V, sc. 3.

Supposez-les le fruit des souvenirs. Lorsque, satisfait du présent, l'auteur veille pour l'avenir, dans la critique du passé, qui peut avoir droit de s'en plaindre ? Et si, ne désignant ni temps, ni lieu, ni personnes, il ouvre la voie au théâtre à des 845 réformes désirables, n'est-ce pas aller à son but ?

La Folle Journée explique donc comment, dans un temps prospère, sous un roi juste et des ministres modérés, l'écrivain peut tonner sur les oppresseurs, sans craindre de blesser personne. C'est pendant le règne d'un bon prince qu'on écrit 850 sans danger l'histoire des méchants rois ; et plus le gouvernement est sage, est éclairé, moins la liberté de dire est en presse : chacun y faisant son devoir, on n'y craint pas les allusions ; nul homme en place ne redoutant ce qu'il est forcé d'estimer, on n'affecte point alors d'opprimer chez nous cette 855 même littérature qui fait notre gloire au-dehors, et nous y donne une sorte de primauté que nous ne pouvons tirer d'ailleurs.

En effet, à quel titre y prétendrions-nous ? Chaque peuple tient à son culte et chérit son gouvernement. Nous ne sommes 860 pas restés plus braves que ceux qui nous ont battus à leur tour. Nos mœurs plus douces, mais non meilleures, n'ont rien qui nous élève au-dessus d'eux. Notre littérature seule, estimée de toutes les nations, étend l'empire de la langue française ; et nous obtient de l'Europe entière une prédilection 865 avouée qui justifie, en l'honorant, la protection que le gouvernement lui accorde.

Et comme chacun cherche toujours le seul avantage qui lui manque, c'est alors qu'on peut voir dans nos académies l'homme de la Cour siéger avec les gens de lettres ; les talents 870 personnels et la considération héritée se disputer ce noble objet, et les archives académiques se remplir presque également de papiers et de parchemins.

Revenons à *La Folle Journée*.

Un monsieur de beaucoup d'esprit, mais qui l'économise 875 un peu trop, me disait un soir au spectacle : – Expliquez-moi donc, je vous prie, pourquoi dans votre pièce on trouve

autant de phrases négligées qui ne sont pas de votre style ?
– De mon style, monsieur ? Si par malheur j'en avais un, je
m'efforcerais de l'oublier quand je fais une comédie, ne
880 connaissant rien d'insipide au théâtre comme ces fades
camaïeux[1] où tout est bleu, où tout est rose, où tout est
l'auteur, quel qu'il soit.

Lorsque mon sujet me saisit, j'évoque tous mes
personnages et les mets en situation. – Songe à toi, Figaro,
885 ton maître va te deviner. Sauvez-vous vite, Chérubin, c'est le
Comte que vous touchez. – Ah ! Comtesse, quelle imprudence
avec un époux si violent ! – Ce qu'ils diront, je n'en sais rien,
c'est ce qu'ils feront qui m'occupe. Puis, quand ils sont bien
animés, j'écris sous leur dictée rapide, sûr qu'ils ne me
890 tromperont pas ; que je reconnaîtrai Bazile, lequel n'a pas
l'esprit de Figaro, qui n'a pas le ton noble du Comte, qui n'a
pas la sensibilité de la Comtesse, qui n'a pas la gaieté de
Suzanne, qui n'a pas l'espièglerie du page, et surtout aucun
d'eux la sublimité de Brid'oison. Chacun y parle son
895 langage : eh ! que le dieu du naturel les préserve d'en parler
d'autre ! Ne nous attachons donc qu'à l'examen de leurs
idées, et non à rechercher si j'ai dû leur prêter mon style.

Quelques malveillants ont voulu jeter de la défaveur sur
cette phrase de Figaro : *Sommes-nous des soldats qui tuent*
900 *et se font tuer pour des intérêts qu'ils ignorent ? Je veux*
savoir, moi, pourquoi je me fâche ![2] À travers le nuage d'une
conception indigeste, ils ont feint d'apercevoir *que je répands*
une lumière décourageante sur l'état pénible du soldat ; et il
y a des choses qu'il ne faut jamais dire. Voilà dans toute sa
905 force l'argument de la méchanceté ; reste à en prouver la
bêtise.

Si, comparant la dureté du service à la modicité de la paye,
ou discutant tel autre inconvénient de la guerre et comptant
la gloire pour rien, je versais de la défaveur sur ce plus noble

---

1. **Camaïeux :** peintures utilisant une seule couleur.
2. *Le Mariage,* acte V, sc. 12.

910 des affreux métiers, on me demanderait justement compte
d'un mot indiscrètement échappé. Mais du soldat au colonel,
au général exclusivement, quel imbécile homme de guerre a
jamais eu la prétention qu'il dût pénétrer les secrets du
cabinet, pour lesquels il fait la campagne ? C'est de cela seul
915 qu'il s'agit dans la phrase de Figaro. Que ce fou-là se montre,
s'il existe ; nous l'enverrons étudier sous le philosophe
Babouc, lequel éclaircit disertement ce point de discipline
militaire[1].

En raisonnant sur l'usage que l'homme fait de sa liberté
920 dans les occasions difficiles, Figaro pouvait également
opposer à sa situation tout état qui exige une obéissance
implicite, et le cénobite[2] zélé dont le devoir est de tout croire
sans jamais rien examiner, comme le guerrier valeureux, dont
la gloire est de tout affronter sur des ordres non motivés, *de*
925 *tuer et se faire tuer pour des intérêts qu'il ignore*. Le mot de
Figaro ne dit donc rien, sinon qu'un homme libre de ses
actions doit agir sur d'autres principes que ceux dont le
devoir est d'obéir aveuglément.

Qu'aurait-ce été, bon Dieu ! si j'avais fait usage d'un mot
930 qu'on attribue au grand Condé, et que j'entends louer à
outrance par ces mêmes logiciens qui déraisonnent sur ma
phrase ? À les croire, le grand Condé[3] montra la plus noble
présence d'esprit lorsque, arrêtant Louis XIV prêt à pousser
son cheval dans le Rhin, il dit à ce monarque : *Sire, avez-*
935 *vous besoin du bâton de maréchal ?*

Heureusement on ne prouve nulle part que ce grand
homme ait dit cette grande sottise. C'eût été dire au roi,
devant toute son armée : « Vous moquez-vous donc, Sire, de

---

1. Allusion au *Monde comme il va*, conte de Voltaire (1748) dont Babouc est le héros.
2. **Cénobite :** moine.
3. **Le grand Condé :** Louis II de Condé (1621-1686) s'illustra particulièrement sur les champs de bataille.

vous exposer dans un fleuve ? Pour courir de pareils dangers,
940 il faut avoir besoin d'avancement ou de fortune ! »

Ainsi l'homme le plus vaillant, le plus grand général du
siècle aurait compté pour rien l'honneur, le patriotisme et la
gloire ! Un misérable calcul d'intérêt eût été, selon lui, le seul
principe de la bravoure ! Il eût dit là un affreux mot, et si
945 j'en avais pris le sens pour l'enfermer dans quelque trait, je
mériterais le reproche qu'on fait gratuitement au mien.

Laissons donc les cerveaux fumeux louer ou blâmer au
hasard, sans se rendre compte de rien ; s'extasier sur une
sottise qui n'a pu jamais être dite, et proscrire un mot juste
950 et simple, qui ne montre que du bon sens.

Un autre reproche assez fort, mais dont je n'ai pu me laver,
est d'avoir assigné pour retraite à la Comtesse un certain
couvent d'Ursulines[1]. *Ursulines* ! a dit un seigneur, joignant
les mains avec éclat. *Ursulines* ! a dit une dame, en se
955 renversant de surprise sur un jeune Anglais de sa loge.
Ursulines ! ah ! milord ! si vous entendiez le français !... – Je
sens, je sens beaucoup, madame, dit le jeune homme en
rougissant. – C'est qu'on n'a jamais mis au théâtre aucune
femme aux *Ursulines* ! Abbé, parlez-nous donc ! L'abbé
960 (toujours appuyée sur l'Anglais), comment trouvez-vous
Ursulines ? – Fort indécent, répond l'abbé, sans cesser de
lorgner Suzanne. Et tout le beau monde a répété : *Ursulines
est fort indécent.* Pauvre auteur ! On te croit jugé, quand
chacun songe à son affaire. En vain j'essayais d'établir que,
965 dans l'événement de la scène, moins la Comtesse a dessein de
se cloîtrer, plus elle doit le feindre et faire croire à son époux
que sa retraite est bien choisie : ils ont proscrit mes
Ursulines !

Dans le plus fort de la rumeur, moi, bon homme, j'avais
970 été jusqu'à prier une des actrices qui font le charme de ma
pièce de demander aux mécontents à quel autre couvent de

---

1. **Ursulines** : couvent réputé pour son absence de rigueur. Voir *Le Mariage*,
acte II, sc. 19.

filles ils estimaient qu'il fût décent que l'on fît entrer la Comtesse ? À moi, cela m'était égal ; je l'aurais mise où l'on aurait voulu : aux *Augustines*, aux *Célestines*, aux *Clairettes*,
975 aux *Visitandines*, même aux *Petites Cordelières*, tant je tiens peu aux *Ursulines*. Mais on agit si durement !

Enfin, le bruit croissant toujours, pour arranger l'affaire avec douceur, j'ai laissé le mot *Ursulines* à la place où je l'avais mis : chacun alors content de soi, de tout l'esprit qu'il
980 avait montré, s'est apaisé sur *Ursulines*, et l'on a parlé d'autre chose.

Je ne suis point, comme l'on voit, l'ennemi de mes ennemis. En disant bien du mal de moi, ils n'en ont point fait à ma pièce ; et s'ils sentaient seulement autant de joie à la déchirer
985 que j'eus de plaisir à la faire, il n'y aurait personne d'affligé. Le malheur est qu'ils ne rient point ; et ils ne rient point à ma pièce, parce qu'on ne rit point à la leur. Je connais plusieurs amateurs qui sont même beaucoup maigris depuis le succès du *Mariage* : excusons donc l'effet de leur colère.

990 À des moralités d'ensemble et de détail, répandues dans les flots d'une inaltérable gaieté ; à un dialogue assez vif, dont la facilité nous cache le travail, si l'auteur a joint une intrigue aisément filée, où l'art se dérobe sous l'art, qui se noue et se dénoue sans cesse, à travers une foule de situations comiques,
995 de tableaux piquants et variés qui soutiennent, sans la fatiguer, l'attention du public pendant les trois heures et demie que dure le même spectacle[1] (essai que nul homme de lettres n'avait encore osé tenter), que reste-t-il à faire à de pauvres méchants que tout cela irrite ? Attaquer, poursuivre
1000 l'auteur par des injures verbales, manuscrites, imprimées : c'est ce qu'on a fait sans relâche. Ils ont même épuisé jusqu'à la calomnie, pour tâcher de me perdre dans l'esprit de tout

---

1. Dans un manuscrit, Beaumarchais donne les chiffres suivants : « Ier acte = 30 min, IIe = 44 min, IIIe = 30 min, IVe = 25 min, V^e = 30 min », soit 2 heures 39 min, plus 2 entractes. Les mises en scène modernes sont nettement plus longues.

ce qui influe en France sur le repos d'un citoyen.
Heureusement que mon ouvrage est sous les yeux de la
1005 nation, qui depuis dix grands mois le voit, le juge et
l'apprécie. Le laisser jouer tant qu'il fera plaisir est la seule
vengeance que je me sois permise. Je n'écris point ceci pour
les lecteurs actuels : le récit d'un mal trop connu touche peu ;
mais dans quatre-vingts ans il portera son fruit. Les auteurs
1010 de ce temps-là compareront leur sort au nôtre, et nos enfants
sauront à quel prix on pouvait amuser leurs pères.

Allons au fait ; ce n'est pas tout cela qui blesse. Le vrai
motif qui se cache, et qui dans les replis du cœur produit tous
les autres reproches, est renfermé dans ce quatrain :
1015 *Pourquoi ce Figaro qu'on va tant écouter*
Est-il avec fureur déchiré par les sots ?
Recevoir, prendre et demander,
Voilà le secret en trois mots[1] *!*
En effet, Figaro parlant du métier de courtisan, le définit
1020 dans ces termes sévères. Je ne puis le nier, je l'ai dit. Mais
reviendrai-je sur ce point ? Si c'est un mal, le remède serait
pire : il faudrait poser méthodiquement ce que je n'ai fait
qu'indiquer ; revenir à montrer qu'il n'y a point de
synonyme, en français, entre *l'homme de la Cour, l'homme*
1025 *de Cour, et le courtisan par métier.*

Il faudrait répéter qu'*homme de la Cour* peint seulement
un noble état ; qu'il s'entend de l'homme de qualité, vivant
avec la noblesse et l'éclat que son rang lui impose ; que si cet
homme de la Cour aime le bien par goût, sans intérêt, si, loin
1030 de jamais nuire à personne, il se fait estimer de ses maîtres,
aimer de ses égaux et respecter des autres ; alors cette
acception reçoit un nouveau lustre ; et j'en connais plus d'un
que je nommerais avec plaisir, s'il en était question.

Il faudrait montrer qu'*homme de Cour*, en bon français,
1035 est moins l'énoncé d'un état que le résumé d'un caractère

---

1. Les deux derniers vers reprennent une réplique de Figaro.

adroit, liant, mais réservé ; pressant la main de tout le monde
en glissant chemin à travers ; menant finement son intrigue
avec l'air de toujours servir ; ne se faisant point d'ennemis,
mais donnant près d'un fossé, dans l'occasion, de l'épaule au
1040 meilleur ami, pour assurer sa chute et le remplacer sur la
crête ; laissant à part tout préjugé qui pourrait ralentir sa
marche ; souriant à ce qui lui déplaît, et critiquant ce qu'il
approuve, selon les hommes qui l'écoutent ; dans les liaisons
utiles de sa femme ou de sa maîtresse, ne voyant que ce qu'il
1045 doit voir, enfin...
Prenant tout, pour le faire court,
En véritable homme de Cour.

LA FONTAINE[1].

Cette acception n'est pas aussi défavorable que celle du
1050 *courtisan par métier,* et c'est l'homme dont parle Figaro.

Mais quand j'étendrais la définition de ce dernier ; quand
parcourant tous les possibles, je le montrerais avec son
maintien équivoque, haut et bas à la fois ; rampant avec
orgueil, ayant toutes les prétentions sans en justifier une ; se
1055 donnant l'air du *protégement*[2] pour se faire chef de parti ;
dénigrant tous les concurrents qui balanceraient son crédit ;
faisant un métier lucratif de ce qui ne devrait qu'honorer ;
vendant ses maîtresses à son maître ; lui faisant payer ses
plaisirs, etc., etc., et quatre pages d'etc., il faudrait toujours
1060 revenir au distique de Figaro :
Recevoir, prendre et demander,
Voilà le secret en trois mots.

Pour ceux-ci, je n'en connais point ; il y en eut, dit-on, sous
Henri III, sous d'autres rois encore ; mais c'est l'affaire de
1065 l'historien, et, quant à moi, je suis d'avis que les vicieux du

----

1. Citation de *La Joconde,* conte de La Fontaine (1621-1695).
2. **Protégement** : néologisme de Beaumarchais utilisé en 1778 contre La
Blache (voir p. 10) pour désigner la protection du chef d'une coterie sur ses
fidèles.

siècle en sont comme les saints ; qu'il faut cent ans pour les canoniser. Mais puisque j'ai promis la critique de ma pièce, il faut enfin que je la donne.

En général son grand défaut est *que je ne l'ai point faite* 1070 *en observant le monde ; qu'elle ne peint rien de ce qui existe, et ne rappelle jamais l'image de la société où l'on vit ; que ses mœurs, basses et corrompues, n'ont pas même le mérite d'être vraies*[1]. Et c'est ce qu'on lisait dernièrement dans un beau discours imprimé, composé par un homme de bien, 1075 auquel il n'a manqué qu'un peu d'esprit pour être un écrivain médiocre. Mais médiocre ou non, moi qui ne fis jamais usage de cette allure oblique et torse avec laquelle un sbire[2], qui n'a pas l'air de vous regarder, vous donne du stylet[3] au flanc, je suis de l'avis de celui-ci. Je conviens qu'à la vérité la 1080 génération passée ressemblait beaucoup à ma pièce ; que la génération future lui ressemblera beaucoup aussi ; mais que pour la génération présente, elle ne lui ressemble aucunement ; que je n'ai jamais rencontré ni mari suborneur, ni seigneur libertin, ni courtisan avide, ni juge ignorant ou 1085 passionné, ni avocat injuriant, ni gens médiocres avancés, ni traducteur bassement jaloux. Et que si des âmes pures, qui ne s'y reconnaissent point du tout, s'irritent contre ma pièce et la déchirent sans relâche, c'est uniquement par respect pour leurs grands-pères et sensibilité pour leurs petits-enfants. 1090 J'espère, après cette déclaration, qu'on me laissera bien tranquille : ET J'AI FINI.

---

1. Citation de Suard, académicien influent (discours du 15 juin 1784).
2. **Sbire** : homme de main (péjoratif).
3. **Stylet** : poignard.

Le comte Almaviva
par Duplessis-Bertaux, 1793.
Bibliothèque de l'Arsenal (fonds Rondel), Paris.

CARACTÈRES
ET HABILLEMENTS
DE LA PIÈCE

LE COMTE ALMAVIVA doit être joué très noblement, mais avec grâce et liberté. La corruption du cœur ne doit rien ôter au bon ton de ses manières. Dans les mœurs de ce temps-là les Grands traitaient en badinant toute entreprise sur les
5 femmes. Ce rôle est d'autant plus pénible à bien rendre, que le personnage est toujours sacrifié. Mais joué par un comédien excellent (M. Molé[1]), il a fait ressortir tous les rôles, et assuré le succès de la pièce.

Son vêtement des premier et second actes est un habit de
10 chasse avec des bottines à mi-jambe, de l'ancien costume espagnol. Du troisième acte jusqu'à la fin, un habit superbe de ce costume.

LA COMTESSE, agitée de deux sentiments contraires, ne doit montrer qu'une sensibilité réprimée, ou une colère très
15 modérée ; rien surtout qui dégrade, aux yeux du spectateur, son caractère aimable et vertueux. Ce rôle, un des plus difficiles de la pièce, a fait infiniment d'honneur au grand talent de mademoiselle Saint-Val cadette[2].

Son vêtement des premier, second et quatrième actes, est
20 une lévite[3] commode et nul ornement sur la tête : elle est chez elle, et censée incommodée. Au cinquième acte, elle a l'habillement et la haute coiffure de Suzanne.

---

1. **Molé** : acteur de la Comédie-Française qui jouait traditionnellement les pères nobles.
2. **Mlle Saint-Val cadette** : actrice de la Comédie-Française spécialisée dans les grands rôles féminins.
3. **Lévite** : longue robe de femme.

FIGARO. L'on ne peut trop recommander à l'acteur qui jouera ce rôle de bien se pénétrer de son esprit, comme l'a
25 fait M. Dazincourt[1]. S'il y voyait autre chose que de la raison assaisonnée de gaieté et de saillies, surtout s'il y mettait la moindre charge, il avilirait un rôle que le premier comique du théâtre, M. Préville[2], a jugé devoir honorer le talent de tout comédien qui saurait en saisir les nuances multipliées, et
30 pourrait s'élever à son entière conception.

Son vêtement comme dans *Le Barbier de Séville*.

SUZANNE. Jeune personne adroite, spirituelle et rieuse, mais non de cette gaieté presque effrontée de nos soubrettes corruptrices ; son joli caractère est dessiné dans la préface, et
35 c'est là que l'actrice qui n'a point vu mademoiselle Contat[3] doit l'étudier pour le bien rendre.

Son vêtement des quatre premiers actes est un juste blanc à basquines, très élégant, la jupe de même, avec une toque, appelée depuis par nos marchandes « à la Suzanne ». Dans
40 la fête du quatrième acte, le Comte lui pose sur la tête une toque à long voile, à hautes plumes et à rubans blancs. Elle porte au cinquième acte la lévite de sa maîtresse, et nul ornement sur la tête.

MARCELINE est une femme d'esprit, née un peu vive, mais
45 dont les fautes et l'expérience ont réformé le caractère. Si l'actrice qui le joue s'élève avec une fierté bien placée à la hauteur très morale qui suit la reconnaissance du troisième acte, elle ajoutera beaucoup à l'intérêt de l'ouvrage.

Son vêtement est celui des duègnes[4] espagnoles, d'une
50 couleur modeste, un bonnet noir sur la tête.

---

1. **Dazincourt** : autre acteur de la Comédie-Française jouant les valets.
2. **Préville** : doyen de la Comédie-Française depuis 1778.
3. **Mlle Contat** : tenait les rôles d'ingénue à la Comédie-Française.
4. **Duègnes** : gouvernantes âgées veillant sur la conduite des jeunes femmes.

ANTONIO ne doit montrer qu'une demi-ivresse, qui se dissipe par degrés ; de sorte qu'au cinquième acte on ne s'en aperçoive presque plus. Son vêtement est celui d'un paysan espagnol, où les manches pendent par-derrière ; un chapeau 55 et des souliers blancs.

FANCHETTE est une enfant de douze ans, très naïve. Son petit habit est un juste brun avec des ganses et des boutons d'argent, la jupe de couleur tranchante, et une toque noire à plumes sur la tête. Il sera celui des autres paysannes de la 60 noce.

CHÉRUBIN. Ce rôle ne peut être joué, comme il l'a été, que par une jeune et très jolie femme ; nous n'avons point à nos théâtres de très jeune homme assez formé pour en bien sentir les finesses. Timide à l'excès devant la Comtesse, ailleurs un 65 charmant polisson ; un désir inquiet et vague est le fond de son caractère. Il s'élance à la puberté, mais sans projet, sans connaissances, et tout entier à chaque événement ; enfin il est ce que toute mère, au fond du cœur, voudrait peut-être que fût son fils, quoiqu'elle dût beaucoup en souffrir.

70   Son riche vêtement, au premier et second actes, est celui d'un page de Cour espagnol, blanc et brodé d'argent ; le léger manteau bleu sur l'épaule, et un chapeau chargé de plumes. Au quatrième acte, il a le corset, la jupe et la toque des jeunes paysannes qui l'amènent. Au cinquième acte, un habit 75 uniforme d'officier, une cocarde et une épée.

BARTHOLO. Le caractère et l'habit comme dans *Le Barbier de Séville*, il n'est ici qu'un rôle secondaire.

BAZILE. Caractère et vêtement comme dans *Le Barbier de Séville*, il n'est aussi qu'un rôle secondaire.

80 BRID'OISON doit avoir cette bonne et franche assurance des bêtes qui n'ont plus leur timidité. Son bégaiement n'est qu'une grâce de plus, qui doit être à peine sentie ; et l'acteur se tromperait lourdement et jouerait à contre-sens, s'il y cherchait le plaisant de son rôle. Il est tout entier dans
85 l'opposition de la gravité de son état au ridicule du caractère ; et moins l'acteur le chargera, plus il montrera de vrai talent.

    Son habit est une robe de juge espagnol moins ample que celle de nos procureurs, presque une soutane ; une grosse
90 perruque, une gonille ou rabat espagnol au cou, et une longue baguette blanche à la main.

DOUBLE-MAIN. Vêtu comme le juge ; mais la baguette blanche plus courte.

L'HUISSIER ou ALGUAZIL[1]. Habit, manteau, épée de
95 Crispin, mais portée à son côté sans ceinture de cuir. Point de bottines, une chaussure noire, une perruque blanche naissante et longue, à mille boucles, une courte baguette blanche.

GRIPE-SOLEIL. Habit de paysan, les manches pendantes,
100 veste de couleur tranchée, chapeau blanc.

UNE JEUNE BERGÈRE. Son vêtement comme celui de Fanchette.

PÉDRILLE. En veste, gilet, ceinture, fouet, et bottes de poste, une résille sur la tête, chapeau de courrier.

105 PERSONNAGES MUETS, les uns en habits de juges, d'autres en habits de paysans, les autres en habits de livrée.

––––––––––

1. **Alguazil** : officier de police en Espagne.

La Missive, *de Jean Honoré Fragonard (1732-1806). Musée de Chicago.*

Personnages

Le Comte Almaviva	*grand corrégidor[1] d'Andalousie.*
La Comtesse	*sa femme.*
Figaro	*valet de chambre du Comte et concierge du château.*
Suzanne	*première camariste[2] de la Comtesse et fiancée de Figaro.*
Marceline	*femme de charge[3].*
Antonio	*jardinier du château, oncle de Suzanne et père de Fanchette.*
Fanchette	*fille d'Antonio.*
Chérubin	*premier page du Comte.*
Bartholo	*médecin de Séville.*
Bazile	*maître de clavecin de la Comtesse.*
Don Gusman Brid'oison	*lieutenant du siège[4].*
Double-Main	*greffier, secrétaire de Don Gusman.*
Un huissier audiencier.	
Gripe-Soleil	*jeune patoureau[5].*
Une jeune bergère.	
Pédrille	*piqueur[6] du Comte.*

Figaro (Richard Fontana). Mise en scène d'Antoine Vitez.
Comédie-Française, 1989.

1. **Corrégidor :** grand juge (voir acte III, sc. 5).
2. **Camariste :** femme de chambre (on dit plutôt « camériste »).
3. **Femme de charge :** femme chargée de la garde et du soin de la vaisselle, du linge, etc. ; sorte d'intendante.
4. **Lieutenant du siège :** lieutenant qui tient la place d'un chef et commande en son absence. Le siège désigne le lieu où l'on rendait la justice dans les juridictions subalternes. Brid'oison est donc un juge professionnel chargé d'assister le comte ; son personnage renvoie à Goëzman (voir p. 10).
5. **Patoureau :** pastoureau, jeune berger (acte II, sc. 22, Beaumarchais écrit aussi « patouriau »).
6. **Piqueur :** valet à cheval qui suit la bête ou règle la course des chiens pendant une chasse à courre (terme de vénerie).

Personnages muets

Troupe de valets.
Troupe de paysannes.
Troupe de paysans.

La scène est au château d'Aguas-Frescas, à trois lieues de Séville[1].

Placement des acteurs

Pour faciliter les jeux du théâtre, on a eu l'attention d'écrire au commencement de chaque scène le nom des personnages dans l'ordre où le spectateur les voit. S'ils font quelque mouvement grave dans la scène, il est désigné par un nouvel ordre de noms, écrit en marge à l'instant qu'il arrive. Il est important de conserver les bonnes positions théâtrales ; le relâchement dans la tradition donnée par les premiers acteurs en produit bientôt un total dans le jeu des pièces, qui finit par assimiler les troupes négligentes aux plus faibles comédiens de société.

Résumé de la pièce

La plus badine des intrigues. Un grand seigneur espagnol, amoureux d'une jeune fille qu'il veut séduire, et les efforts que cette fiancée, celui qu'elle doit épouser et la femme du seigneur réunissent pour faire échouer dans son dessein un maître absolu que son rang, sa fortune et sa prodigalité rendent tout-puissant pour l'accomplir. Voilà tout, rien de plus. La pièce est sous vos yeux.

_____

1. **Séville** : ville d'Andalousie, région du sud de l'Espagne.

ACTE PREMIER

Le théâtre représente une chambre à demi démeublée ; un grand fauteuil de malade est au milieu. Figaro, avec une toise, mesure le plancher. Suzanne attache à sa tête, devant une glace, le petit bouquet de fleurs d'orange, appelé chapeau de la mariée.

SCÈNE PREMIÈRE. FIGARO, SUZANNE.

FIGARO. Dix-neuf pieds sur vingt-six.

SUZANNE. Tiens, Figaro, voilà mon petit chapeau : le trouves-tu mieux ainsi ?

FIGARO *lui prend les mains.* Sans comparaison, ma
5 charmante. Oh ! que ce joli bouquet virginal, élevé sur la tête d'une belle fille, est doux, le matin des noces, à l'œil amoureux d'un époux !...

SUZANNE *se retire.* Que mesures-tu donc là, mon fils ?

FIGARO. Je regarde, ma petite Suzanne, si ce beau lit que
10 Monseigneur nous donne aura bonne grâce ici.

SUZANNE. Dans cette chambre ?

FIGARO. Il nous la cède.

SUZANNE. Et moi, je n'en veux point.

FIGARO. Pourquoi ?

15 SUZANNE. Je n'en veux point.

FIGARO. Mais encore ?

SUZANNE. Elle me déplaît.

FIGARO. On dit une raison.

SUZANNE. Si je n'en veux pas dire ?

20 FIGARO. Oh ! quand elles sont sûres de nous !

SUZANNE. Prouver que j'ai raison serait accorder que je puis avoir tort. Es-tu mon serviteur, ou non ?

FIGARO. Tu prends de l'humeur contre la chambre du château la plus commode, et qui tient le milieu des deux
25 appartements. La nuit, si Madame est incommodée, elle sonnera de son côté ; zeste, en deux pas tu es chez elle. Monseigneur veut-il quelque chose : il n'a qu'à tinter du sien ; crac, en trois sauts me voilà rendu.

SUZANNE. Fort bien ! Mais quand il aura *tinté* le matin,
30 pour te donner quelque bonne et longue commission, zeste, en deux pas, il est à ma porte, et crac, en trois sauts...

FIGARO. Qu'entendez-vous par ces paroles ?

SUZANNE. Il faudrait m'écouter tranquillement.

FIGARO. Eh, qu'est-ce qu'il y a ? bon Dieu !

35 SUZANNE. Il y a, mon ami, que, las de courtiser les beautés des environs, monsieur le comte Almaviva veut rentrer au château, mais non pas chez sa femme ; c'est sur la tienne, entends-tu, qu'il a jeté ses vues, auxquelles il espère que ce logement ne nuira pas. Et c'est ce que le loyal Bazile, honnête
40 agent de ses plaisirs, et mon noble maître à chanter, me répète chaque jour, en me donnant leçon.

FIGARO. Bazile ! Ô mon mignon, si jamais volée de bois vert, appliquée sur une échine, a dûment redressé la moelle épinière à quelqu'un...

45 SUZANNE. Tu croyais, bon garçon, que cette dot qu'on me donne était pour les beaux yeux de ton mérite ?

FIGARO. J'avais assez fait[1] pour l'espérer.

SUZANNE. Que les gens d'esprit sont bêtes !

FIGARO. On le dit[2].

50 SUZANNE. Mais c'est qu'on ne veut pas le croire.

FIGARO. On a tort.

SUZANNE. Apprends qu'il la destine à obtenir de moi secrètement, certain quart d'heure, seul à seule, qu'un ancien droit du seigneur[3]... Tu sais s'il était triste !

55 FIGARO. Je le sais tellement, que si monsieur le Comte, en se mariant, n'eût pas aboli ce droit honteux, jamais je ne t'eusse épousée dans ses domaines.

SUZANNE. Eh bien, s'il l'a détruit, il s'en repent ; et c'est de la fiancée qu'il veut le racheter en secret aujourd'hui.

60 FIGARO, *se frottant la tête*. Ma tête s'amollit de surprise, et mon front fertilisé...

SUZANNE. Ne le frotte donc pas !

FIGARO. Quel danger ?

---

1. Allusion au *Barbier de Séville* ; Figaro avait permis au comte d'enlever Rosine – devenue depuis la comtesse Almaviva – à Bartholo qui voulait l'épouser.
2. C'est ce que Choderlos de Laclos dit dans la lettre 38 des *Liaisons dangereuses* (1782).
3. **Droit du seigneur** : droit féodal qui accordait au seigneur sur ses serfs la possibilité, souvent rachetable, de précéder le mari auprès de la jeune mariée. Appelé aussi « droit de cuissage », c'est un thème que l'on retrouve dans nombre d'œuvres contemporaines du *Mariage*, notamment une comédie de Voltaire, *Le Droit du seigneur* (1762).

SUZANNE, *riant*. S'il y venait un petit bouton, des gens
65 superstitieux...

l'intrigue

FIGARO. Tu ris, friponne ! Ah ! s'il y avait moyen d'attraper
ce grand trompeur, de le faire donner dans un bon piège, et
d'empocher son or !

SUZANNE. De l'intrigue et de l'argent, te voilà dans ta
70 sphère.

FIGARO. Ce n'est pas la honte qui me retient.

SUZANNE. La crainte ?

FIGARO. Ce n'est rien d'entreprendre une chose dangereuse,
mais d'échapper au péril en la menant à bien : car d'entrer
75 chez quelqu'un la nuit, de lui souffler sa femme, et d'y
recevoir cent coups de fouet pour la peine, il n'est rien plus
aisé ; mille sots coquins l'ont fait. Mais... *(On sonne de
l'intérieur.)*

SUZANNE. Voilà Madame éveillée ; elle m'a bien
80 recommandé d'être la première à lui parler le matin de mes
noces.

FIGARO. Y a-t-il encore quelque chose là-dessous ?

SUZANNE. Le berger dit que cela porte bonheur aux épouses
délaissées. Adieu, mon petit Fi, Fi, Figaro ; rêve à notre
85 affaire.

FIGARO. Pour m'ouvrir l'esprit, donne un petit baiser.

SUZANNE. À mon amant aujourd'hui ? Je t'en souhaite ! Et
qu'en dirait demain mon mari ? *(Figaro l'embrasse.)*

SUZANNE. Hé bien ! hé bien !

90 FIGARO. C'est que tu n'as pas d'idée de mon amour.

SUZANNE, *se défripant.* Quand cesserez-vous, importun, de m'en parler du matin au soir ?

FIGARO, *mystérieusement.* Quand je pourrai te le prouver du soir jusqu'au matin. *(On sonne une seconde fois.)*

95 SUZANNE, *de loin, les doigts unis sur sa bouche.* Voilà votre baiser, monsieur ; je n'ai plus rien à vous.

FIGARO *court après elle.* Oh ! mais ce n'est pas ainsi que vous l'avez reçu.

Le Baiser à la dérobée *(détail).*
Gravure de N.-F. Regnault (1746-v. 1810)
d'après Jean Honoré Fragonard. B.N., Paris.

REPÈRES

• Qu'attend-on d'une scène d'exposition au théâtre ?
• En quoi est-il difficile de faire expliquer une situation inconnue du spectateur par des personnages qui se connaissent déjà ?

OBSERVATION

Personnages :
• Quels sont les traits de caractère de Suzanne et de Figaro que cette scène met en valeur ?
• Quels autres personnages sont évoqués ? De quelle manière ?
Action :
• Qu'apprend-on sur la situation ?
• Comment Beaumarchais rend-il vraisemblable le déroulement de l'action ?
• En quoi la situation est-elle particulièrement piquante ?

INTERPRÉTATIONS

• En quoi cette scène d'exposition est-elle déjà une scène d'action ?
• Comment cette scène inscrit-elle la pièce dans le genre comique ?

SCÈNE 2. FIGARO, *seul.*

La charmante fille ! toujours riante, verdissante, pleine de gaieté, d'esprit, d'amour et de délices ! mais sage ! *(Il marche vivement en se frottant les mains.)* Ah ! Monseigneur ! mon cher Monseigneur ! vous voulez m'en donner... à garder[1] !
5 Je cherchais aussi pourquoi m'ayant nommé concierge, il m'emmène à son ambassade, et m'établit courrier de dépêches. J'entends, monsieur le Comte ; trois promotions à la fois : vous, compagnon ministre ; moi, casse-cou politique, et Suzon, dame du lieu, l'ambassadrice de poche,
10 et puis, fouette courrier ! Pendant que je galoperais d'un côté, vous feriez faire de l'autre à ma belle un joli chemin ! Me crottant, m'échinant pour la gloire de votre famille ; vous, daignant concourir à l'accroissement de la mienne ! Quelle douce réciprocité ! Mais, Monseigneur, il y a de
15 l'abus. Faire à Londres, en même temps, les affaires de votre maître et celles de votre valet ! représenter à la fois le roi et moi dans une cour étrangère, c'est trop de moitié, c'est trop. – Pour toi, Bazile ! fripon, mon cadet ! je veux t'apprendre à clocher devant les boiteux[2] ; je veux... Non, dissimulons
20 avec eux, pour les enferrer l'un par l'autre. Attention sur la journée, monsieur Figaro ! D'abord avancer l'heure de votre petite fête, pour épouser plus sûrement ; écarter une Marceline qui de vous est friande en diable ; empocher l'or et les présents ; donner le change aux petites passions de
25 monsieur le Comte ; étriller rondement monsieur du Bazile, et...

---

1. **M'en donner... à garder** : faire de moi votre dupe.
2. **Clocher devant les boiteux** : vouloir rivaliser avec plus fort que toi (expression proverbiale).

Scène 3. Marceline, Bartholo, Figaro.

FIGARO *s'interrompt.* Héééé, voilà le gros docteur : la fête sera complète. Hé ! bonjour, cher docteur de mon cœur ! Est-ce ma noce avec Suzon qui vous attire au château ?

BARTHOLO, *avec dédain.* Ah ! mon cher monsieur, point du tout !

FIGARO. Cela serait bien généreux !

BARTHOLO. Certainement, et par trop sot.

FIGARO. Moi qui eus le malheur de troubler la vôtre !

BARTHOLO. Avez-vous autre chose à nous dire ?

FIGARO. On n'aura pas pris soin de votre mule[1] !

BARTHOLO, *en colère.* Bavard enragé ! laissez-nous !

FIGARO. Vous vous fâchez, docteur ? Les gens de votre état sont bien durs ! Pas plus de pitié des pauvres animaux... en vérité... que si c'était des hommes ! Adieu, Marceline : avez-vous toujours envie de plaider contre moi ?
« Pour n'aimer pas, faut-il qu'on se haïsse[2] ? »
Je m'en rapporte au docteur.

BARTHOLO. Qu'est-ce que c'est ?

FIGARO. Elle vous le contera de reste. *(Il sort.)*

1. Allusion au *Barbier de Séville* (acte II, sc. 4) : Figaro avait appliqué un cataplasme sur les yeux de la mule aveugle de Bartholo.
2. Citation de *Nanine* (acte III, sc. 6), pièce de Voltaire.

Scène 4. Marceline, Bartholo.

Bartholo *le regarde aller*. Ce drôle est toujours le même ! Et à moins qu'on ne l'écorche vif, je prédis qu'il mourra dans la peau du plus fier insolent...

Marceline *le retourne*. Enfin, vous voilà donc, éternel
5 docteur ! toujours si grave et compassé, qu'on pourrait mourir en attendant vos secours, comme on s'est marié jadis, malgré vos précautions.

Bartholo. Toujours amère et provocante ! Hé bien, qui rend donc ma présence au château si nécessaire ? Monsieur
10 le Comte a-t-il eu quelque accident ?

Marceline. Non, docteur.

Bartholo. La Rosine, sa trompeuse Comtesse, est-elle incommodée, Dieu merci ?

Marceline. Elle languit[1].

15 Bartholo. Et de quoi ?

Marceline. Son mari la néglige.

Bartholo, *avec joie*. Ah ! le digne époux qui me venge !

Marceline. On ne sait comment définir le Comte ; il est jaloux et libertin.

20 Bartholo. Libertin par ennui, jaloux par vanité ; cela va sans dire.

Marceline. Aujourd'hui, par exemple, il marie notre Suzanne à son Figaro, qu'il comble en faveur de cette union...

Bartholo. Que Son Excellence a rendue nécessaire !

---

1. **Elle languit** : elle souffre de langueur ; on dirait aujourd'hui qu'elle est dépressive.

25 MARCELINE. Pas tout à fait ; mais dont Son Excellence voudrait égayer en secret l'événement avec l'épousée...

BARTHOLO. De monsieur Figaro ? C'est un marché qu'on peut conclure avec lui.

MARCELINE. Bazile assure que non.

30 BARTHOLO. Cet autre maraud loge ici ? C'est une caverne[1] ! Hé ! qu'y fait-il ?

MARCELINE. Tout le mal dont il est capable. Mais le pis que j'y trouve est cette ennuyeuse passion qu'il a pour moi depuis si longtemps.

35 BARTHOLO. Je me serais débarrassé vingt fois de sa poursuite.

MARCELINE. De quelle manière ?

BARTHOLO. En l'épousant.

MARCELINE. Railleur fade et cruel, que ne vous débarrassez-
40 vous de la mienne à ce prix ? Ne le devez-vous pas ? Où est le souvenir de vos engagements ? Qu'est devenu celui de notre petit Emmanuel, ce fruit d'un amour oublié, qui devait nous conduire à des noces ?

BARTHOLO *ôtant son chapeau.* Est-ce pour écouter ces
45 sornettes que vous m'avez fait venir de Séville ? Et cet accès d'hymen qui vous reprend si vif...

MARCELINE. Eh bien ! n'en parlons plus. Mais, si rien n'a pu vous porter à la justice de m'épouser, aidez-moi donc du moins à en épouser un autre.

50 BARTHOLO. Ah ! volontiers : parlons. Mais quel mortel abandonné du ciel et des femmes ?...

---

1. **Caverne** : repaire de brigands.

MARCELINE. Eh ! qui pourrait-ce être, docteur, sinon le beau, le gai, l'aimable Figaro ?

BARTHOLO. Ce fripon-là ?

55 MARCELINE. Jamais fâché, toujours en belle humeur ; donnant le présent à la joie, et s'inquiétant de l'avenir tout aussi peu que du passé ; sémillant, généreux ! généreux...

BARTHOLO. Comme un voleur.

MARCELINE. Comme un seigneur. Charmant enfin : mais 60 c'est le plus grand monstre !

BARTHOLO. Et sa Suzanne ?

MARCELINE. Elle ne l'aurait pas, la rusée, si vous vouliez m'aider, mon petit docteur, à faire valoir un engagement que j'ai de lui.

65 BARTHOLO. Le jour de son mariage ?

MARCELINE. On en rompt de plus avancés : et, si je ne craignais d'éventer un petit secret des femmes !...

BARTHOLO. En ont-elles pour le médecin du corps ?

MARCELINE. Ah ! vous savez que je n'en ai pas pour vous. 70 Mon sexe est ardent, mais timide : un certain charme a beau nous attirer vers le plaisir, la femme la plus aventurée sent en elle une voix qui lui dit : « Sois belle, si tu peux, sage si tu veux ; mais sois considérée, il le faut. » Or, puisqu'il faut être au moins considérée, que toute femme en sent 75 l'importance, effrayons d'abord la Suzanne sur la divulgation des offres qu'on lui fait.

BARTHOLO. Où cela mènera-t-il ?

MARCELINE. Que, la honte la prenant au collet, elle continuera de refuser le Comte, lequel, pour se venger, 80 appuiera l'opposition que j'ai faite à son mariage : alors le mien devient certain.

BARTHOLO. Elle a raison. Parbleu ! c'est un bon tour que de faire épouser ma vieille gouvernante au coquin qui fit enlever ma jeune maîtresse.

85 MARCELINE, *vite*. Et qui croit ajouter à ses plaisirs en trompant mes espérances.

BARTHOLO, *vite*. Et qui m'a volé dans le temps[1] cent écus que j'ai sur le cœur.

MARCELINE. Ah ! quelle volupté !...

90 BARTHOLO. De punir un scélérat...

MARCELINE. De l'épouser, docteur, de l'épouser !

Scène 5. Marceline, Bartholo, Suzanne.

SUZANNE, *un bonnet de femme avec un large ruban dans la main, une robe de femme sur le bras*. L'épouser, l'épouser ! Qui donc ? Mon Figaro ?

MARCELINE, *aigrement*. Pourquoi non ? Vous l'épousez 5 bien !

BARTHOLO, *riant*. Le bon argument de femme en colère ! Nous parlions, belle Suzon, du bonheur qu'il aura de vous posséder.

---

1. Allusion au *Barbier de Séville* (acte IV, sc. 8).

MARCELINE. Sans compter Monseigneur, dont on ne parle
10 pas.

SUZANNE, *une révérence.* Votre servante, madame ; il y a
toujours quelque chose d'amer dans vos propos.

MARCELINE, *une révérence.* Bien la vôtre, madame ; où
donc est l'amertume ? N'est-il pas juste qu'un libéral seigneur
15 partage un peu la joie qu'il procure à ses gens ?

SUZANNE. Qu'il procure ?

MARCELINE. Oui, madame.

SUZANNE. Heureusement, la jalousie de madame est aussi
connue que ses droits sur Figaro sont légers.

20 MARCELINE. On eût pu les rendre plus forts en les cimentant
à la façon de madame.

SUZANNE. Oh, cette façon, madame, est celle des dames
savantes.

MARCELINE. Et l'enfant ne l'est pas du tout ! Innocente
25 comme un vieux juge !

BARTHOLO, *attirant Marceline.* Adieu, jolie fiancée de notre
Figaro.

MARCELINE, *une révérence.* L'accordée[1] secrète de
Monseigneur.

30 SUZANNE, *une révérence.* Qui vous estime beaucoup,
madame.

MARCELINE, *une révérence.* Me fera-t-elle aussi l'honneur
de me chérir un peu, madame ?

---

1. **Accordée :** fiancée.

SUZANNE, *une révérence*. À cet égard, madame n'a rien à
35 désirer.

MARCELINE, *une révérence*. C'est une si jolie personne que
madame !

SUZANNE, *une révérence*. Eh mais ! assez pour désoler
madame.

40 MARCELINE, *une révérence*. Surtout bien respectable !

SUZANNE, *une révérence*. C'est aux duègnes à l'être.

MARCELINE, *outrée*. Aux duègnes ! aux duègnes !

BARTHOLO, *l'arrêtant*. Marceline !

MARCELINE. Allons, docteur, car je n'y tiendrais pas.
45 Bonjour, madame.
(Une révérence.)

SCÈNE 6. SUZANNE, *seule*.

Allez, madame ! allez, pédante ! je crains aussi peu vos efforts
que je méprise vos outrages. – Voyez cette vieille sibylle[1] !
parce qu'elle a fait quelques études et tourmenté la jeunesse
5 de Madame, elle veut tout dominer au château ! *(Elle jette la
robe qu'elle tient sur une chaise.)* Je ne sais plus ce que je
venais prendre.

---

1. **Sibylle** : femme prétendant connaître l'avenir (sens ironique).

REPÈRES

• Où en est la situation à l'ouverture de cette scène ?
• Qu'est-ce qui rend ici encore plus piquante une scène classique de rivalité entre femmes ?

OBSERVATION

• Quel rôle Bartholo joue-t-il dans le dialogue ?
• Relevez et étudiez les effets comiques les plus manifestes dans les échanges entre les deux femmes.
• Quels procédés stylistiques Marceline emploie-t-elle pour exprimer des insinuations malveillantes à l'encontre de Suzanne ?
• Relevez des procédés d'ironie dans cette scène.

INTERPRÉTATIONS

• À quelle scène du *Misanthrope* peut-on comparer celle-ci ?
• À quelles autres rivalités dans la pièce cette scène fait-elle écho ?
• Vers quel personnage va la sympathie du spectateur ? Pourquoi ?
• L'efficacité comique sert-elle aussi l'action ? Comment ?

Scène 7. Suzanne, Chérubin.

Chérubin, *accourant*. Ah ! Suzon, depuis deux heures j'épie le moment de te trouver seule. Hélas ! tu te maries, et moi je vais partir.

Suzanne. Comment mon mariage éloigne-t-il du château le
5 premier page de Monseigneur ?

Chérubin, *piteusement*. Suzanne, il me renvoie.

Suzanne *le contrefait*. Chérubin, quelque sottise !

Chérubin. Il m'a trouvé hier au soir chez ta cousine Fanchette, à qui je faisais répéter son petit rôle d'innocente,
10 pour la fête de ce soir : il s'est mis dans une fureur en me voyant ! – « Sortez, m'a-t-il dit, petit... » Je n'ose pas prononcer devant une femme le gros mot qu'il a dit : « Sortez, et demain vous ne coucherez pas au château. » Si Madame, si ma belle marraine ne parvient pas à l'apaiser,
15 c'est fait, Suzon, je suis à jamais privé du bonheur de te voir.

Suzanne. De me voir ! moi ? c'est mon tour ! Ce n'est donc plus pour ma maîtresse que vous soupirez en secret ?

Chérubin. Ah ! Suzon, qu'elle est noble et belle ! mais qu'elle est imposante !

20 Suzanne. C'est-à-dire que je ne le suis pas, et qu'on peut oser avec moi.

Chérubin. Tu sais trop bien, méchante, que je n'ose pas oser. Mais que tu es heureuse ! à tous moments la voir, lui parler, l'habiller le matin et la déshabiller le soir, épingle à
25 épingle !... Ah ! Suzon ! je donnerais... Qu'est-ce que tu tiens donc là ?

Suzanne, *raillant*. Hélas ! l'heureux bonnet et le fortuné ruban qui renferment la nuit les cheveux de cette belle marraine...

30 CHÉRUBIN, *vivement.* Son ruban de nuit ! donne-le-moi, mon cœur.

SUZANNE, *le retirant.* Eh ! que non pas ! – *Son cœur !* Comme il est familier donc ! Si ce n'était pas un morveux sans conséquence... *(Chérubin arrache le ruban.)* Ah ! le 35 ruban !

CHÉRUBIN *tourne autour du grand fauteuil.* Tu diras qu'il est égaré, gâté[1], qu'il est perdu. Tu diras tout ce que tu voudras.

SUZANNE *tourne après lui.* Oh ! dans trois ou quatre ans, je 40 prédis que vous serez le plus grand petit vaurien !... Rendez-vous le ruban ? *(Elle veut le reprendre.)*

CHÉRUBIN *tire une romance de sa poche.* Laisse, ah ! laisse-le-moi, Suzon ; je te donnerai ma romance ; et pendant que le souvenir de ta belle maîtresse attristera tous mes moments, 45 le tien y versera le seul rayon de joie qui puisse encore amuser mon cœur.

SUZANNE *arrache la romance.* Amuser votre cœur, petit scélérat ! vous croyez parler à votre Fanchette. On vous surprend chez elle, et vous soupirez pour Madame ; et vous 50 m'en contez[2] à moi, par-dessus le marché !

CHÉRUBIN, *exalté.* Cela est vrai, d'honneur ! Je ne sais plus ce que je suis ; mais depuis quelque temps je sens ma poitrine agitée ; mon cœur palpite au seul aspect d'une femme ; les mots « amour » et « volupté » le font tressaillir et le 55 troublent. Enfin le besoin de dire à quelqu'un « Je vous aime », est devenu pour moi si pressant, que je le dis tout seul, en courant dans le parc, à ta maîtresse, à toi, aux arbres,

---

1. **Gâté** : abîmé, détérioré.
2. **Vous m'en contez** : vous me faites la cour.

aux nuages, au vent qui les emporte avec mes paroles perdues. – Hier je rencontrai Marceline...

60 SUZANNE, *riant*. Ah ! ah ! ah ! ah !

CHÉRUBIN. Pourquoi non ? elle est femme, elle est fille[1] ! Une fille ! une femme ! ah ! que ces noms sont doux ! qu'ils sont intéressants[2] !

SUZANNE. Il devient fou !

65 CHÉRUBIN. Fanchette est douce ; elle m'écoute au moins : tu ne l'es pas, toi !

SUZANNE. C'est bien dommage ; écoutez donc monsieur ! *(Elle veut arracher le ruban.)*

CHÉRUBIN *tourne en fuyant.* Ah ! ouiche ! on ne l'aura, 70 vois-tu, qu'avec ma vie. Mais si tu n'es pas contente du prix, j'y joindrai mille baisers. *(Il lui donne chasse à son tour.)*

SUZANNE *tourne en fuyant.* Mille soufflets, si vous approchez. Je vais m'en plaindre à ma maîtresse ; et loin de supplier pour vous, je dirai moi-même à Monseigneur : 75 « C'est bien fait, Monseigneur ; chassez-nous ce petit voleur ; renvoyez à ses parents un petit mauvais sujet qui se donne les airs d'aimer Madame, et qui veut toujours m'embrasser par contrecoup. »

CHÉRUBIN *voit le Comte entrer ; il se jette derrière le fauteuil* 80 *avec effroi.* Je suis perdu !

SUZANNE. Quelle frayeur ?...

---

1. **Fille** : ici, célibataire.
2. **Intéressants** : qui suscitent l'intérêt, le désir (terme consacré du vocabulaire amoureux classique).

Scène 8. Suzanne, le Comte, Chérubin, *caché.*

Suzanne *aperçoit le Comte.* Ah !... *(Elle s'approche du fauteuil pour masquer Chérubin.)*

Le Comte *s'avance.* Tu es émue, Suzon ! tu parlais seule, et ton petit cœur paraît dans une agitation... bien
5 pardonnable, au reste, un jour comme celui-ci.

Suzanne, *troublée.* Monseigneur, que me voulez-vous ? Si l'on vous trouvait avec moi...

Chérubin (Roch Leibovici) et le Comte (Didier Sandre).
Mise en scène de Jean-Pierre Vincent.
Théâtre national de Chaillot, 1987.

Le Comte. Je serais désolé qu'on m'y surprît ; mais tu sais tout l'intérêt que je prends à toi. Bazile ne t'a pas laissé
10 ignorer mon amour. Je n'ai qu'un instant pour t'expliquer mes vues ; écoute. *(Il s'assied dans le fauteuil.)*

Suzanne, *vivement.* Je n'écoute rien.

Le Comte *lui prend la main.* Un seul mot. Tu sais que le roi m'a nommé son ambassadeur à Londres. J'emmène avec
15 moi Figaro ; je lui donne un excellent poste ; et, comme le devoir d'une femme est de suivre son mari...

Suzanne. Ah ! si j'osais parler !

Le Comte *la rapproche de lui.* Parle, parle, ma chère ; use aujourd'hui d'un droit que tu prends sur moi pour la vie.

20 Suzanne, *effrayée.* Je n'en veux point, Monseigneur, je n'en veux point. Quittez-moi, je vous prie.

Le Comte. Mais dis auparavant.

Suzanne, *en colère.* Je ne sais plus ce que je disais.

Le Comte. Sur le devoir des femmes.

25 Suzanne. Eh bien, lorsque Monseigneur enleva la sienne de chez le docteur, et qu'il l'épousa par amour ; lorsqu'il abolit pour elle un certain affreux droit du seigneur...

Le Comte, *gaiement.* Qui faisait bien de la peine aux filles ! Ah ! Suzette ! ce droit charmant ! Si tu venais en jaser sur la
30 brune[1] au jardin, je mettrais un tel prix à cette légère faveur...

Bazile *parle en dehors.* Il n'est pas chez lui, Monseigneur.

Le Comte *se lève.* Quelle est cette voix ?

---

1. **Sur la brune :** au crépuscule.

SUZANNE. Que je suis malheureuse !

35 LE COMTE. Sors, pour qu'on n'entre pas.

SUZANNE, *troublée*. Que je vous laisse ici ?

BAZILE *crie en dehors*. Monseigneur était chez Madame, il en est sorti ; je vais voir.

LE COMTE. Et pas un lieu pour se cacher ! Ah ! derrière ce
40 fauteuil... assez mal ; mais renvoie-le bien vite. *(Suzanne lui barre le chemin ; il la pousse doucement, elle recule, et se met ainsi entre lui et le petit page ; mais, pendant que le Comte s'abaisse et prend sa place, Chérubin tourne et se jette effrayé sur le fauteuil à genoux et s'y blottit. Suzanne prend la robe*
45 *qu'elle apportait, en couvre le page, et se met devant le fauteuil.)*

SCÈNE 9. LE COMTE et CHÉRUBIN, *cachés,* SUZANNE, BAZILE.

BAZILE. N'auriez-vous pas vu Monseigneur, mademoiselle ?

SUZANNE, *brusquement*. Hé, pourquoi l'aurais-je vu ? Laissez-moi.

BAZILE *s'approche*. Si vous étiez plus raisonnable, il n'y
5 aurait rien d'étonnant à ma question. C'est Figaro qui le cherche.

SUZANNE. Il cherche donc l'homme qui lui veut le plus de mal après vous ?

LE COMTE, *à part*. Voyons un peu comme il me sert.

10 BAZILE. Désirer du bien à une femme, est-ce vouloir du mal à son mari ?

SUZANNE. Non, dans vos affreux principes, agent de corruption !

BAZILE. Que vous demande-t-on ici que vous n'alliez
15 prodiguer à un autre ? Grâce à la douce cérémonie, ce qu'on vous défendait hier, on vous le prescrira demain.

SUZANNE. Indigne !

BAZILE. De toutes les choses sérieuses le mariage étant la plus bouffonne, j'avais pensé...

20 SUZANNE, *outrée*. Des horreurs ! Qui vous permet d'entrer ici ?

BAZILE. Là, là, mauvaise ! Dieu vous apaise ! Il n'en sera que ce que vous voulez : mais ne croyez pas non plus que je regarde monsieur Figaro comme l'obstacle qui nuit à
25 Monseigneur ; et sans le petit page...

SUZANNE, *timidement*. Don Chérubin ?

BAZILE *la contrefait*. *Cherubino di amore,* qui tourne autour de vous sans cesse, et qui ce matin encore rôdait ici pour y entrer, quand je vous ai quittée. Dites que cela n'est pas vrai ?

30 SUZANNE. Quelle imposture ! Allez-vous-en, méchant homme !

BAZILE. On est un méchant homme, parce qu'on y voit clair. N'est-ce pas pour vous aussi, cette romance dont il fait mystère ?

35 SUZANNE, *en colère*. Ah ! oui, pour moi !...

BAZILE. À moins qu'il ne l'ait composée pour Madame ! En effet, quand il sert à table, on dit qu'il la regarde avec des yeux !... Mais, peste, qu'il ne s'y joue pas ! Monseigneur est *brutal* sur l'article[1].

40 SUZANNE, *outrée.* Et vous bien scélérat, d'aller semant de pareils bruits pour perdre un malheureux enfant tombé dans la disgrâce de son maître.

BAZILE. L'ai-je inventé ? Je le dis, parce que tout le monde en parle.

45 LE COMTE *se lève.* Comment, tout le monde en parle !

SUZANNE[2]. Ah ciel !

BAZILE. Ha ! ha !

LE COMTE. Courez, Bazile, et qu'on le chasse.

BAZILE. Ah ! que je suis fâché d'être entré !

50 SUZANNE, *troublée.* Mon Dieu ! Mon Dieu !

LE COMTE, *à Bazile.* Elle est saisie. Asseyons-la dans ce fauteuil.

SUZANNE *le repousse vivement.* Je ne veux pas m'asseoir. Entrer ainsi librement, c'est indigne !

55 LE COMTE. Nous sommes deux avec toi, ma chère. Il n'y a plus le moindre danger !

BAZILE. Moi je suis désolé de m'être égayé sur le page, puisque vous l'entendiez. Je n'en usais ainsi que pour pénétrer ses sentiments ; car au fond...

60 LE COMTE. Cinquante pistoles, un cheval, et qu'on le renvoie à ses parents.

------

1. **Sur l'article** : sur le sujet.
2. Chérubin *dans le fauteuil,* le Comte, Suzanne, Bazile. (Note de Beaumarchais.)

BAZILE. Monseigneur, pour un badinage[1] ?

LE COMTE. Un petit libertin que j'ai surpris encore hier avec la fille du jardinier.

65 BAZILE. Avec Fanchette ?

LE COMTE. Et dans sa chambre.

SUZANNE, *outrée*. Où Monseigneur avait sans doute affaire aussi !

LE COMTE, *gaiement*. J'en aime assez la remarque.

70 BAZILE. Elle est d'un bon augure.

LE COMTE, *gaiement*. Mais non ; j'allais chercher ton oncle Antonio, mon ivrogne de jardinier, pour lui donner des ordres. Je frappe, on est longtemps à m'ouvrir ; ta cousine a l'air empêtré ; je prends un soupçon, je lui parle, et tout en 75 causant j'examine. Il y avait derrière la porte une espèce de rideau, de portemanteau, de je ne sais pas quoi, qui couvrait des hardes ; sans faire semblant de rien, je vais doucement, doucement lever ce rideau *(pour imiter le geste, il lève la robe du fauteuil)*, et je vois... *(Il aperçoit le page.)* Ah[2] !...

80 BAZILE. Ha ! ha !

LE COMTE. Ce tour-ci vaut l'autre.

BAZILE. Encore mieux.

LE COMTE, *à Suzanne*. À merveille, mademoiselle ! à peine fiancée, vous faites de ces apprêts ? C'était pour recevoir mon 85 page que vous désiriez d'être seule ? Et vous, monsieur, qui ne changez point de conduite, il vous manquait de vous adresser, sans respect pour votre marraine, à sa première

---

1. **Badinage :** plaisanterie, action peu sérieuse, marivaudage sans importance.
2. Suzanne, Chérubin *dans le fauteuil,* le Comte, Bazile. (Note de Beaumarchais.)

Illustration de Saint-Quentin (né en 1738)
pour Le Mariage de Figaro. *Gravure de Liénard*
(1750-v. 1807). B.N., Paris.

camariste, à la femme de votre ami ! Mais je ne souffrirai pas
que Figaro, qu'un homme que j'estime et que j'aime, soit
90 victime d'une pareille tromperie. Était-il avec vous, Bazile ?

SUZANNE, *outrée.* Il n'y a ni tromperie ni victime ; il était là
lorsque vous me parliez.

LE COMTE, *emporté.* Puisses-tu mentir en le disant ! Son
plus cruel ennemi n'oserait lui souhaiter ce malheur.

95 SUZANNE. Il me priait d'engager Madame à vous demander
sa grâce. Votre arrivée l'a si fort troublé, qu'il s'est masqué
de ce fauteuil.

LE COMTE, *en colère.* Ruse d'enfer ! Je m'y suis assis en
entrant.

100 CHÉRUBIN. Hélas ! Monseigneur, j'étais tremblant derrière.

LE COMTE. Autre fourberie ! Je viens de m'y placer moi-
même.

CHÉRUBIN. Pardon ; mais c'est alors que je me suis blotti
dedans.

105 LE COMTE, *plus outré.* C'est donc une couleuvre que ce
petit... serpent-là ! Il nous écoutait !

CHÉRUBIN. Au contraire, Monseigneur, j'ai fait ce que j'ai
pu pour ne rien entendre.

LE COMTE. Ô perfidie ! *(À Suzanne.)* Tu n'épouseras pas
110 Figaro.

BAZILE. Contenez-vous, on vient.

LE COMTE, *tirant Chérubin du fauteuil et le mettant sur ses
pieds.* Il resterait là devant toute la terre !

SCÈNE 10. CHÉRUBIN, SUZANNE, FIGARO, LA COMTESSE, LE COMTE, FANCHETTE, BAZILE ;
beaucoup de valets, paysannes, paysans vêtus de blanc.

FIGARO, *tenant une toque de femme, garnie de plumes blanches et de rubans blancs, parle à la Comtesse.* Il n'y a que vous, Madame, qui puissiez nous obtenir cette faveur.

LA COMTESSE. Vous le voyez, monsieur le Comte, ils me
5 supposent un crédit que je n'ai point, mais comme leur demande n'est pas déraisonnable...

LE COMTE, *embarrassé.* Il faudrait qu'elle le fût beaucoup...

FIGARO, *bas à Suzanne.* Soutiens bien mes efforts.

SUZANNE, *bas à Figaro.* Qui ne mèneront à rien.

10 FIGARO, *bas.* Va toujours.

LE COMTE, *à Figaro.* Que voulez-vous ?

FIGARO. Monseigneur, vos vassaux, touchés de l'abolition d'un certain droit fâcheux que votre amour pour Madame...

LE COMTE. Hé bien, ce droit n'existe plus. Que veux-tu
15 dire ?...

FIGARO, *malignement.* Qu'il est bien temps que la vertu d'un si bon maître éclate ; elle m'est d'un tel avantage aujourd'hui, que je désire être le premier à la célébrer à mes noces.

20 LE COMTE, *plus embarrassé.* Tu te moques, ami ! L'abolition d'un droit honteux n'est que l'acquit d'une dette envers l'honnêteté. Un Espagnol peut vouloir conquérir la

beauté par des soins[1] ; mais en exiger le premier, le plus doux emploi, comme une servile redevance, ah ! c'est la
25 tyrannie d'un Vandale[2], et non le droit avoué d'un noble Castillan[3].

FIGARO, *tenant Suzanne par la main*. Permettez donc que cette jeune créature, de qui votre sagesse a préservé l'honneur, reçoive de votre main, publiquement, la toque virginale,
30 ornée de plumes et de rubans blancs, symbole de la pureté de vos intentions : adoptez-en la cérémonie pour tous les mariages, et qu'un quatrain chanté en chœur rappelle à jamais le souvenir...

LE COMTE, *embarrassé*. Si je ne savais pas qu'amoureux,
35 poète et musicien sont trois titres d'indulgence pour toutes les folies...

FIGARO. Joignez-vous à moi, mes amis !

TOUS ENSEMBLE. Monseigneur ! Monseigneur !

SUZANNE, *au Comte*. Pourquoi fuir un éloge que vous
40 méritez si bien ?

LE COMTE, *à part*. La perfide !

FIGARO. Regardez-la donc, Monseigneur. Jamais plus jolie fiancée ne montrera mieux la grandeur de votre sacrifice.

SUZANNE. Laisse là ma figure, et ne vantons que sa vertu.

45 LE COMTE, *à part*. C'est un jeu que tout ceci.

LA COMTESSE. Je me joins à eux, monsieur le Comte ; et

---

1. **Des soins** : ici, des attentions, des empressements galants.
2. **Vandale** : ici, barbare. (Les Vandales, en envahissant l'Empire romain, passèrent pour particulièrement féroces et incultes.)
3. **Castillan** : de la Castille, région du centre de l'Espagne.

cette cérémonie me sera toujours chère, puisqu'elle doit son motif à l'amour charmant que vous aviez pour moi.

Le Comte. Que j'ai toujours, madame ; et c'est à ce titre
50 que je me rends.

Tous ensemble. Vivat !

Le Comte, *à part*. Je suis pris. *(Haut.)* Pour que la cérémonie eût un peu plus d'éclat, je voudrais seulement qu'on la remît à tantôt. *(À part.)* Faisons vite chercher
55 Marceline.

Figaro, *à Chérubin*. Eh bien, espiègle, vous n'applaudissez pas ?

Suzanne. Il est au désespoir ; Monseigneur le renvoie.

La Comtesse. Ah ! monsieur, je demande sa grâce.

60 Le Comte. Il ne la mérite point.

La Comtesse. Hélas ! il est si jeune !

Le Comte. Pas tant que vous le croyez.

Chérubin, *tremblant*. Pardonner généreusement n'est pas le droit du seigneur auquel vous avez renoncé en épousant
65 Madame.

La Comtesse. Il n'a renoncé qu'à celui qui vous affligeait tous.

Suzanne. Si Monseigneur avait cédé le droit de pardonner, ce serait sûrement le premier qu'il voudrait racheter en secret.

70 Le Comte, *embarrassé*. Sans doute.

La Comtesse. Eh pourquoi le racheter ?

Chérubin, *au Comte*. Je fus léger dans ma conduite, il est

vrai, Monseigneur ; mais jamais la moindre indiscrétion dans mes paroles...

75 LE COMTE, *embarrassé*. Eh bien, c'est assez...

FIGARO. Qu'entend-il ?

LE COMTE, *vivement*. C'est assez, c'est assez. Tout le monde exige son pardon, je l'accorde ; et j'irai plus loin : je lui donne une compagnie dans ma légion.

80 TOUS ENSEMBLE. Vivat !

LE COMTE. Mais c'est à condition qu'il partira sur-le-champ pour joindre en Catalogne[1].

FIGARO. Ah ! Monseigneur, demain.

LE COMTE *insiste*. Je le veux.

85 CHÉRUBIN. J'obéis.

LE COMTE. Saluez votre marraine, et demandez sa protection. *(Chérubin met un genou en terre devant la Comtesse, et ne peut parler.)*

LA COMTESSE, *émue*. Puisqu'on ne peut vous garder 90 seulement aujourd'hui, partez, jeune homme. Un nouvel état vous appelle ; allez le remplir dignement. Honorez votre bienfaiteur. Souvenez-vous de cette maison, où votre jeunesse a trouvé tant d'indulgence. Soyez soumis, honnête et brave ; nous prendrons part à vos succès. *(Chérubin se relève et* 95 *retourne à sa place.)*

LE COMTE. Vous êtes bien émue, madame !

LA COMTESSE. Je ne m'en défends pas. Qui sait le sort d'un enfant jeté dans une carrière aussi dangereuse ? Il est allié de mes parents ; et de plus, il est mon filleul.

---

1. **Catalogne** : région du nord-est de l'Espagne.

100 LE COMTE, *à part.* Je vois que Bazile avait raison. *(Haut.)* Jeune homme, embrassez Suzanne... pour la dernière fois.

FIGARO. Pourquoi cela, Monseigneur ? Il viendra passer ses hivers. Baise-moi donc aussi, capitaine ! *(Il l'embrasse.)* Adieu, mon petit Chérubin. Tu vas mener un train de vie 105 bien différent, mon enfant : dame ! tu ne rôderas plus tout le jour au quartier des femmes, plus d'échaudés[1], de goûtés à la crème ; plus de main-chaude ou de colin-maillard[2]. De bons soldats, morbleu ! basanés, mal vêtus ; un grand fusil bien lourd : tourne à droite, tourne à gauche, en avant, 110 marche à la gloire[3] ; et ne va pas broncher en chemin, à moins qu'un bon coup de feu...

SUZANNE. Fi donc, l'horreur !

LA COMTESSE. Quel pronostic !

LE COMTE. Où donc est Marceline ? Il est bien singulier 115 qu'elle ne soit pas des vôtres !

FANCHETTE. Monseigneur, elle a pris le chemin du bourg, par le petit sentier de la ferme.

LE COMTE. Et elle en reviendra ?...

BAZILE. Quand il plaira à Dieu.

120 FIGARO. S'il lui plaisait qu'il ne lui plût jamais...

FANCHETTE. Monsieur le docteur lui donnait le bras.

LE COMTE, *vivement.* Le docteur est ici ?

BAZILE. Elle s'en est d'abord emparée...

---

1. **Échaudés :** gâteaux légers.
2. **Main-chaude... colin-maillard :** jeux.
3. **Tourne... gloire :** quasi-citation de Voltaire, extraite du *Dictionnaire philosophique,* article « Guerre ».

LE COMTE, *à part.* Il ne pouvait venir plus à propos.

125 FANCHETTE. Elle avait l'air bien échauffée ; elle parlait tout haut en marchant, puis elle s'arrêtait, et faisait comme ça de grands bras... et monsieur le docteur lui faisait comme ça de la main, en l'apaisant : elle paraissait si courroucée ! elle nommait mon cousin Figaro.

130 LE COMTE *lui prend le menton.* Cousin... futur.

FANCHETTE, *montrant Chérubin.* Monseigneur, nous avez-vous pardonné d'hier ?...

LE COMTE *interrompt.* Bonjour, bonjour, petite.

FIGARO. C'est son chien d'amour qui la berce : elle aurait 135 troublé notre fête.

LE COMTE, *à part.* Elle la troublera, je t'en réponds. *(Haut.)* Allons, madame, entrons. Bazile, vous passerez chez moi.

SUZANNE, *à Figaro.* Tu me rejoindras, mon fils ?

FIGARO, *bas à Suzanne.* Est-il bien enfilé[1] ?

140 SUZANNE, *bas.* Charmant garçon ! *(Ils sortent tous.)*

---

1. **Enfilé :** berné.

SCÈNE 11. CHÉRUBIN, FIGARO, BAZILE. *(Pendant qu'on sort, Figaro les arrête tous deux et les ramène.)*

FIGARO. Ah çà, vous autres ! la cérémonie adoptée, ma fête de ce soir en est la suite ; il faut bravement nous recorder[1] : ne faisons point comme ces acteurs qui ne jouent jamais si mal que le jour où la critique est le plus éveillée. Nous
5 n'avons point de lendemain qui nous excuse, nous. Sachons bien nos rôles aujourd'hui.

BAZILE, *malignement.* Le mien est plus difficile que tu ne crois.

FIGARO, *faisant, sans qu'il le voie, le geste de le rosser.* Tu
10 es loin aussi de savoir tout le succès qu'il te vaudra.

CHÉRUBIN. Mon ami, tu oublies que je pars.

FIGARO. Et toi, tu voudrais bien rester !

CHÉRUBIN. Ah ! si je le voudrais !

FIGARO. Il faut ruser. Point de murmure à ton départ. Le
15 manteau de voyage à l'épaule ; arrange ouvertement ta trousse, et qu'on voie ton cheval à la grille ; un temps de galop jusqu'à la ferme ; reviens à pied par les derrières. Monseigneur te croira parti ; tiens-toi seulement hors de sa vue ; je me charge de l'apaiser après la fête.

20 CHÉRUBIN. Mais Fanchette qui ne sait pas son rôle !

BAZILE. Que diable lui apprenez-vous donc, depuis huit jours que vous ne la quittez pas ?

FIGARO. Tu n'as rien à faire aujourd'hui : donne-lui, par grâce, une leçon.

---

1. **Nous recorder** : répéter notre rôle, nous rappeler ce que nous avons à faire (terme vieilli).

25 BAZILE. Prenez garde, jeune homme, prenez garde ! Le père n'est pas satisfait ; la fille a été souffletée ; elle n'étudie pas avec vous : Chérubin ! Chérubin ! vous lui causerez des chagrins ! « Tant va la cruche à l'eau !... »

FIGARO. Ah ! voilà notre imbécile avec ses vieux proverbes !
30 Hé bien, pédant, que dit la sagesse des nations ? « Tant va la cruche à l'eau, qu'à la fin... »

BAZILE. Elle s'emplit.

FIGARO, *en s'en allant*. Pas si bête, pourtant, pas si bête !

En 1759, la scène en pente de la Comédie-Française est débarrassée (grâce aux efforts de Voltaire et d'un généreux donateur) des rangées de spectateurs assis sur les côtés et au fond, qui interdisaient pratiquement toute mise en scène crédible et mouvementée. De ce fait, Beaumarchais peut déployer l'espace scénique pour mimer l'espace naturel, producteur de l'illusion théâtrale. La dramaturgie prend une dimension sans précédent et des problèmes spécifiques surgissent. Comment se cacher dans une pièce meublée d'un seul fauteuil ? comment s'échapper d'une pièce fermée à clef ? comment communiquer un billet ?, etc. Le théâtre de Beaumarchais constitue l'acte de naissance de ce qui, au XIXe siècle, deviendra un métier : la mise en scène.

Liste des personnages

La liste des personnages surprend par la précision des indications fournies. Elle ne se contente pas de déterminer, comme à l'ordinaire, le nom des personnages et les liens qui peuvent exister entre eux. Elle fixe les principaux traits de caractère de chacun et la manière dont le rôle doit être joué. Ainsi, la Comtesse, « agitée de sentiments contraires » ne doit manifester qu'« une colère modérée » pour ne pas dégrader, aux yeux du public, son « caractère aimable et vertueux ». Cette liste comporte également des précisions minutieuses sur les vêtements. Des informations sont données sur la tenue vestimentaire de chacun dans les différents actes, ce qui soulève de nouvelles questions sur l'importance des vêtements dans une pièce de théâtre : ont-ils une fonction symbolique ? Faut-il conserver ou non la couleur locale (espagnole, ici), ce que l'auteur souhaitait ? Une telle abondance de détails souligne la ferme volonté d'un auteur de détenir un droit de regard sur la mise en scène et de voir ses intentions respectées. Elle pose le problème de la permanence, à travers les représentations, de la fidélité aux volontés de l'auteur. De nos jours, la question reste entière : certains auteurs dramatiques laissent le metteur en scène agir comme bon lui semble ; d'autres refusent que la pièce soit jouée quand la mise en scène leur paraît trop éloignée de ce qu'ils voulaient. Beaumarchais le premier s'est battu pour cette fidélité, allant jusqu'à fonder la Société des auteurs dramatiques.

Espace scénique

Une chambre à demi meublée

Déjà au XVIIᵉ siècle, Racine avait attiré d'entrée de jeu l'attention sur le décor. Dans *Athalie* (1691), sa pièce la plus spectaculaire, dont la première représentation publique en 1716 à la Comédie-Française fit une énorme impression (que Voltaire n'oublia jamais), Abner déclare au premier vers : « Oui, je viens dans son temple adorer l'Éternel ». Cependant, le dispositif scénique du *Mariage* paraît plus riche de sens, plus dramatisé, plus éloquent que celui de Racine.
Le rideau s'ouvre sur Figaro mesurant une chambre à demi meublée, ce qui donne au décor un aspect énigmatique, car inachevé. Pour quelle raison ? D'emblée, Beaumarchais soulève le problème de l'espace scénique comme le confirment les premiers mots de Figaro : « Dix-neuf pieds sur vingt-six ». La mesure de la chambre correspond exactement aux dimensions de la scène de la Comédie-Française. Traditionnellement, à l'espace tragique du palais correspond le salon de la comédie. Le choix d'une chambre lacunaire marque donc une singularité symbolique, que renforcent aussi bien les propos des deux fiancés que la présence insolite d'un fauteuil de malade. Il s'agit d'un espace fortement érotisé qui instaure la rivalité du Comte et de Figaro, et, par-delà, la satire sociale qui anime la pièce.

Les portes coulissantes

Le discours théâtral évoque rarement les coulisses. Certes, le critique Jacques Scherer, dans son édition du *Mariage*, rappelle que *Bérénice* se déroule « entre l'appartement de Titus et celui de *Bérénice* » et qu'Antiochus, dès les premiers vers, montre les portes qui y donnent accès. Mais ici, les paroles de Figaro contraignent le public à imaginer ce « troisième lieu » : les deux portes donnent, de part et d'autre, sur les appartements de chacun des époux ; côté cour, ceux du Comte ; côté jardin, ceux de la Comtesse. Si cette répartition de l'espace, produisant un effet réaliste, évoque l'intérieur des hôtels du XVIIIᵉ siècle, elle inscrit surtout – grande nouveauté – le décor comme élément moteur de l'intrigue, annonçant le rôle capital du potager dans l'acte II.

Un fauteuil de malade

Un fauteuil de malade trônant au milieu d'une chambre destinée à de jeunes mariés, voilà de quoi surprendre ! Que fait là cet accessoire qui semble ne répondre à rien ? Serait-il un meuble de récupération ayant pour fonction de rappeler l'appartenance de Figaro et Suzanne à la domesticité du château ? Faut-il voir dans sa présence sur scène un hommage à Molière et au fauteuil du *Malade imaginaire* ? Il servirait alors à ancrer *Le Mariage* dans le genre comique. En tous les cas, il entretient un rapport ironique avec la situation car le spectateur, eu égard aux circonstances, attendrait plutôt un lit. Le fauteuil joue donc clairement comme substitut de ce dernier et en polarise l'érotisme. Il n'est pas innocent que, quelques scènes plus loin (acte I, scènes 8 et 9), les deux autres personnages masculins qui désirent Suzanne doivent s'en servir pour se cacher ! Métonymie du désir interdit, le fauteuil cristallise l'attente, le rêve, et finit par devenir indispensable.

C'est la prise au sérieux de l'espace scénique comme espace homologue au monde extérieur, qui permet son efficacité comique et la production d'une espèce nouvelle d'effets comiques : les gags. Ils nourriront le théâtre de Labiche, Feydeau, le théâtre du Boulevard, et le cinéma. Dans l'acte I du *Mariage*, ils reposent surtout (scènes 8 et 9) sur le fauteuil. De simple « commodité de la conversation », celui-ci devient un lieu autour duquel on tourne, sur lequel on grimpe, derrière lequel ou à l'intérieur duquel on se cache. Pas une fois, le fauteuil n'occupe la fonction qu'on lui attribue dans la vie quotidienne.

Mouvements et gestes

Beaumarchais installe le problème du mouvement dès l'avant-texte, avec des indications détaillées de déplacement. Allers et venues, courses, sauts, mouvements, gestes, rythment la pièce et lui insufflent énergie, gaieté, vie. *Le Mariage* regorge de didascalies consacrées aux gestes et déplacements. L'acte I s'ouvre sur des personnages en mouvement : Figaro prend des mesures, Suzanne attache devant la glace son bouquet de mariée. Notre auteur conçoit le théâtre comme mouvement, action, lieu où s'inscrivent corps, déplacements, gestes. D'où l'importance particulière accordée à la musique et à la danse dans l'intrigue. Beaumarchais se distingue en cela du théâtre classique auquel on a souvent reproché d'être un discours sous un lustre.

ACTE II

Le théâtre représente une chambre à coucher superbe, un grand lit en alcôve, une estrade au-devant. La porte pour entrer s'ouvre et se ferme à la troisième coulisse à droite ; celle d'un cabinet, à la première coulisse à gauche. Une porte dans le fond va chez les femmes. Une fenêtre s'ouvre de l'autre côté.

SCÈNE PREMIÈRE. SUZANNE, LA COMTESSE
entrent par la porte à droite.

LA COMTESSE *se jette dans une bergère*[1]. Ferme la porte, Suzanne, et conte-moi tout dans le plus grand détail.

SUZANNE. Je n'ai rien caché à Madame.

LA COMTESSE. Quoi ! Suzon, il voulait te séduire ?

5 SUZANNE. Oh ! que non ! Monseigneur n'y met pas tant de façon avec sa servante : il voulait m'acheter.

LA COMTESSE. Et le petit page était présent ?

SUZANNE. C'est-à-dire caché derrière le grand fauteuil. Il venait me prier de vous demander sa grâce.

10 LA COMTESSE. Hé, pourquoi ne pas s'adresser à moi-même ? est-ce que je l'aurais refusé, Suzon ?

SUZANNE. C'est ce que j'ai dit : mais ses regrets de partir,

---

1. **Bergère :** siège.

et surtout de quitter Madame ! « Ah ! Suzon, qu'elle est noble et belle ! mais qu'elle est imposante ! »

15 LA COMTESSE. Est-ce que j'ai cet air-là, Suzon ? Moi qui l'ai toujours protégé.

SUZANNE. Puis il a vu votre ruban de nuit que je tenais : il s'est jeté dessus...

LA COMTESSE, *souriant.* Mon ruban ?... Quelle enfance !

20 SUZANNE. J'ai voulu le lui ôter ; Madame, c'était un lion ; ses yeux brillaient... « Tu ne l'auras qu'avec ma vie », disait-il en forçant sa petite voix douce et grêle.

LA COMTESSE, *rêvant.* Eh bien, Suzon ?

SUZANNE. Eh bien, Madame, est-ce qu'on peut faire finir ce 25 petit démon-là ? Ma marraine par-ci ; je voudrais bien par l'autre ; et parce qu'il n'oserait seulement baiser la robe de Madame, il voudrait toujours m'embrasser, moi.

LA COMTESSE, *rêvant.* Laissons... laissons ces folies... Enfin, ma pauvre Suzanne, mon époux a fini par te dire ?...

30 SUZANNE. Que si je ne voulais pas l'entendre[1], il allait protéger Marceline.

LA COMTESSE *se lève et se promène en se servant fortement de l'éventail.* Il ne m'aime plus du tout.

SUZANNE. Pourquoi tant de jalousie ?

35 LA COMTESSE. Comme tous les maris, ma chère ! uniquement par orgueil. Ah ! je l'ai trop aimé ! je l'ai lassé de mes tendresses et fatigué de mon amour ; voilà mon seul tort avec lui : mais je n'entends pas que cet honnête aveu te

---

1. **Entendre** : comprendre (sens classique).

nuise, et tu épouseras Figaro. Lui seul peut nous y aider :
40 viendra-t-il ?

SUZANNE. Dès qu'il verra partir la chasse.

LA COMTESSE, *se servant de l'éventail.* Ouvre un peu la
croisée[1] sur le jardin. Il fait une chaleur ici !...

SUZANNE. C'est que Madame parle et marche avec action[2].
45 *(Elle va ouvrir la croisée du fond.)*

LA COMTESSE, *rêvant longtemps.* Sans cette constance à me
fuir... Les hommes sont bien coupables !

SUZANNE *crie de la fenêtre.* Ah ! voilà Monseigneur qui
traverse à cheval le grand potager, suivi de Pédrille, avec
50 deux, trois, quatre lévriers.

LA COMTESSE. Nous avons du temps devant nous. *(Elle
s'assied.)* On frappe, Suzon ?

SUZANNE *court ouvrir en chantant.* Ah ! c'est mon Figaro !
ah ! c'est mon Figaro !

SCÈNE 2. FIGARO, SUZANNE,
LA COMTESSE, *assise.*

SUZANNE. Mon cher ami, viens donc ! Madame est dans
une impatience !...

FIGARO. Et toi, ma petite Suzanne ? – Madame n'en doit
prendre aucune. Au fait, de quoi s'agit-il ? d'une misère.
5 Monsieur le Comte trouve notre jeune femme aimable, il
voudrait en faire sa maîtresse ; et c'est bien naturel.

---

1. **Croisée :** fenêtre.
2. **Action :** agitation.

SUZANNE. Naturel ?

FIGARO. Puis il m'a nommé courrier de dépêches, et Suzon conseiller d'ambassade. Il n'y a pas là d'étourderie.

10 SUZANNE. Tu finiras ?

FIGARO. Et parce que ma Suzanne, ma fiancée, n'accepte pas le diplôme[1], il va favoriser les vues de Marceline. Quoi de plus simple encore ? Se venger de ceux qui nuisent à nos projets en renversant les leurs, c'est ce que chacun fait, ce que 15 nous allons faire nous-mêmes. Hé bien, voilà tout pourtant.

LA COMTESSE. Pouvez-vous, Figaro, traiter si légèrement un dessein qui nous coûte à tous le bonheur ?

FIGARO. Qui dit cela, Madame ?

SUZANNE. Au lieu de t'affliger de nos chagrins...

20 FIGARO. N'est-ce pas assez que je m'en occupe ? Or, pour agir aussi méthodiquement que lui, tempérons d'abord son ardeur de nos possessions, en l'inquiétant sur les siennes.

LA COMTESSE. C'est bien dit ; mais comment ?

FIGARO. C'est déjà fait, Madame ; un faux avis donné sur 25 vous...

LA COMTESSE. Sur moi ! La tête vous tourne !

FIGARO. Oh ! c'est à lui qu'elle doit tourner.

LA COMTESSE. Un homme aussi jaloux !...

FIGARO. Tant mieux ; pour tirer parti des gens de ce 30 caractère, il ne faut qu'un peu leur fouetter le sang ; c'est ce que les femmes entendent si bien ! Puis les tient-on fâchés

---

1. **Diplôme** : le diplôme de conseiller d'ambassade, c'est-à-dire de maîtresse du Comte.

tout rouge : avec un brin d'intrigue on les mène où l'on veut, par le nez, dans le Guadalquivir[1]. Je vous ai fait rendre à Bazile un billet inconnu[2], lequel avertit Monseigneur qu'un
35 galant doit chercher à vous voir aujourd'hui pendant le bal.

LA COMTESSE. Et vous vous jouez ainsi de la vérité sur le compte d'une femme d'honneur !...

FIGARO. Il y en a peu, Madame, avec qui je l'eusse osé, crainte de rencontrer juste.

40 LA COMTESSE. Il faudra que je l'en remercie !

FIGARO. Mais, dites-moi s'il n'est pas charmant de lui avoir taillé ses morceaux de la journée[3], de façon qu'il passe à rôder, à jurer après sa dame, le temps qu'il destinait à se complaire avec la nôtre ? Il est déjà tout dérouté : galopera-
45 t-il celle-ci ? surveillera-t-il celle-là ? Dans son trouble d'esprit, tenez, tenez, le voilà qui court la plaine, et force un lièvre qui n'en peut mais[4]. L'heure du mariage arrive en poste[5], il n'aura pas pris de parti contre, et jamais il n'osera s'y opposer devant Madame.

50 SUZANNE. Non ; mais Marceline, le bel esprit, osera le faire, elle.

FIGARO. Brrrr ! Cela m'inquiète bien, ma foi ! Tu feras dire à Monseigneur que tu te rendras sur la brune au jardin.

SUZANNE. Tu comptes sur celui-là ?

55 FIGARO. Oh dame ! écoutez donc, les gens qui ne veulent

---

1. **Guadalquivir :** fleuve espagnol qui passe à Séville.
2. **Inconnu :** anonyme.
3. **Taillé ... journée :** découpé sa journée, organisé son emploi du temps.
4. **Qui n'en peut mais :** qui n'y peut rien.
5. Le mariage arrive comme par la poste (c'est-à-dire par le service des transports collectifs), donc à toute allure.

rien faire de rien n'avancent rien et ne sont bons à rien. Voilà mon mot.

SUZANNE. Il est joli !

LA COMTESSE. Comme son idée. Vous consentiriez qu'elle
60 s'y rendît ?

FIGARO. Point du tout. Je fais endosser un habit de Suzanne à quelqu'un : surpris par nous au rendez-vous, le Comte pourra-t-il s'en dédire ?

SUZANNE. À qui mes habits ?

65 FIGARO. Chérubin.

LA COMTESSE. Il est parti.

FIGARO. Non pas pour moi. Veut-on me laisser faire ?

SUZANNE. On peut s'en fier à lui pour mener une intrigue.

FIGARO. Deux, trois, quatre à la fois ; bien embrouillées, qui
70 se croisent. J'étais né pour être courtisan.

SUZANNE. On dit que c'est un métier si difficile !

FIGARO. Recevoir, prendre et demander, voilà le secret en trois mots.

LA COMTESSE. Il a tant d'assurance qu'il finit par m'en
75 inspirer.

FIGARO. C'est mon dessein.

SUZANNE. Tu disais donc ?

FIGARO. Que, pendant l'absence de Monseigneur, je vais vous envoyer le Chérubin ; coiffez-le, habillez-le ; je le ren-
80 ferme et l'endoctrine[1] ; et puis dansez, Monseigneur. *(Il sort.)*

---

1. **Endoctrine :** donne des instructions.

Suzanne (Claire Vernet) et la Comtesse (Geneviève Casile).
Mise en scène de Jacques Rosner, Comédie-Française, 1977.

SCÈNE 3. SUZANNE, LA COMTESSE, *assise*.

LA COMTESSE, *tenant sa boîte à mouches*[1]. Mon Dieu, Suzon, comme je suis faite !... Ce jeune homme qui va venir !...

SUZANNE. Madame ne veut donc pas qu'il en réchappe[2] ?

5 LA COMTESSE *rêve devant sa petite glace*. Moi ?... Tu verras comme je vais le gronder.

SUZANNE. Faisons-lui chanter sa romance. *(Elle la met sur la Comtesse.)*

---

1. **Mouches :** petits morceaux d'étoffe noire que les femmes se collaient sur la peau pour la faire paraître plus blanche.
2. **Réchappe :** échappe à un péril pressant.

LA COMTESSE. Mais c'est qu'en vérité mes cheveux sont
10 dans un désordre...

SUZANNE, *riant*. Je n'ai qu'à reprendre ces deux boucles,
Madame le grondera bien mieux.

LA COMTESSE, *revenant à elle*. Qu'est-ce que vous dites
donc, mademoiselle ?

SCÈNE 4. CHÉRUBIN, *l'air honteux,* SUZANNE, LA COMTESSE, *assise.*

SUZANNE. Entrez, monsieur l'officier ; on est visible.

CHÉRUBIN *avance en tremblant*. Ah ! que ce nom m'afflige,
Madame ! il m'apprend qu'il faut quitter des lieux... une
marraine si... bonne !...

5 SUZANNE. Et si belle !

CHÉRUBIN, *avec un soupir*. Ah ! oui.

SUZANNE *le contrefait*. « Ah ! oui. » Le bon jeune homme !
avec ses longues paupières hypocrites. Allons, bel oiseau
bleu[1], chantez la romance à Madame.

10 LA COMTESSE *la déplie*. De qui... dit-on qu'elle est ?

SUZANNE. Voyez la rougeur du coupable : en a-t-il un pied[2]
sur les joues ?

CHÉRUBIN. Est-ce qu'il est défendu... de chérir ?...

SUZANNE *lui met le poing sous le nez*. Je dirai tout, vaurien !

---

1. **Bel oiseau bleu** : allusion à un conte de Mme d'Aulnoy (1650-1705), où
un personnage métamorphosé en oiseau bleu chante sa tristesse et son amour.
2. **Pied** : une couche épaisse d'un pied.

15 LA COMTESSE. Là... chante-t-il ?

CHÉRUBIN. Oh ! Madame, je suis si tremblant !...

SUZANNE, *en riant.* Et gnian, gnian, gnian, gnian, gnian, gnian, gnian, dès que Madame le veut, modeste auteur ! Je vais l'accompagner.

20 LA COMTESSE. Prends ma guitare. (*La Comtesse assise tient le papier pour suivre. Suzanne est derrière son fauteuil, et prélude, en regardant la musique par-dessus sa maîtresse. Le petit page est devant elle, les yeux baissés. Ce tableau est juste la belle estampe, d'après Van Loo, appelée* la Conversation espagnole[1].)

ROMANCE
AIR : *Marlbroug s'en va-t-en guerre.*

PREMIER COUPLET
Mon coursier hors d'haleine,
(Que mon cœur, mon cœur a de peine !)
J'errais de plaine en plaine,
Au gré du destrier.

DEUXIÈME COUPLET
30 *Au gré du destrier,*
Sans varlet[2], n'écuyer ;
Là près d'une fontaine[3],
(Que mon cœur, mon cœur a de peine !)
Songeant à ma marraine,
35 *Sentais mes pleurs couler.*

---

1. *La Conversation espagnole* : estampe d'après Carle Van Loo (1755) dont le tableau, *Le Concert espagnol,* appartint à Mme Geoffrin, organisatrice d'un célèbre salon du XVIIIe siècle.
Chérubin, la Comtesse, Suzanne. (Note de Beaumarchais.)
2. **Varlet** : valet. Exemple de pastiche de la langue du Moyen Âge (voir aussi « n'écuyer », « clergier », « plorer », etc.).
3. Au spectacle, on a commencé la romance à ce vers, en disant : *Auprès d'une fontaine.* (Note de Beaumarchais.)

TROISIÈME COUPLET

Sentais mes pleurs couler,
Prêt à me désoler.
Je gravais sur un frêne,
(Que mon cœur, mon cœur a de peine !)
40   *Sa lettre sans la mienne ;*
      Le roi vint à passer.

QUATRIÈME COUPLET

Le roi vint à passer,
Ses barons, son clergier.
Beau page, dit la reine,
45   *(Que mon cœur, mon cœur a de peine !)*
      Qui vous met à la gêne ?
      Qui vous fait tant plorer ?

CINQUIÈME COUPLET

Qui vous fait tant plorer ?
Nous faut le déclarer.
50   *Madame et souveraine,*
(Que mon cœur, mon cœur a de peine !)
      J'avais une marraine,
      Que toujours adorai[1].

SIXIÈME COUPLET

Que toujours adorai ;
55   *Je sens que j'en mourrai.*
Beau page, dit la reine,
(Que mon cœur, mon cœur a de peine !)
      N'est-il qu'une marraine ?
      Je vous en servirai.

SEPTIÈME COUPLET

60   *Je vous en servirai ;*
Mon page vous ferai ;

---

1. Ici la Comtesse arrête le page en fermant le papier. Le reste ne se chante pas au théâtre. (Note de Beaumarchais.)

> *Puis à ma jeune Hélène,*
> *(Que mon cœur, mon cœur a de peine !)*
> *Fille d'un capitaine,*
> 65 *Un jour vous marierai.*

HUITIÈME COUPLET

> *Un jour vous marierai,*
> *Nenni, n'en faut parler !*
> *Je veux, traînant ma chaîne,*
> *(Que mon cœur, mon cœur a de peine !)*
> 70 *Mourir de cette peine,*
> *Mais non m'en consoler.*

LA COMTESSE. Il y a de la naïveté... du sentiment même.

SUZANNE *va poser la guitare sur un fauteuil*[1]. Oh ! pour du sentiment, c'est un jeune homme qui... Ah çà, monsieur 75 l'officier, vous a-t-on dit que pour égayer la soirée nous voulons savoir d'avance si un de mes habits vous ira passablement ?

LA COMTESSE. J'ai peur que non.

SUZANNE *se mesure avec lui.* Il est de ma grandeur. Ôtons 80 d'abord le manteau. *(Elle le détache.)*

LA COMTESSE. Et si quelqu'un entrait ?

SUZANNE. Est-ce que nous faisons du mal donc ? Je vais fermer la porte *(elle court)* ; mais c'est la coiffure que je veux voir.

85 LA COMTESSE. Sur ma toilette, une baigneuse[2] à moi. *(Suzanne entre dans le cabinet dont la porte est au bord du théâtre.)*

---

1. Chérubin, Suzanne, la Comtesse. (Note de Beaumarchais.)
2. **Baigneuse :** bonnet plissé.

REPÈRES

• Que vient d'apprendre Suzanne à la Comtesse ?
• Dans quel état d'esprit la Comtesse s'apprête-t-elle à recevoir Chérubin ?

OBSERVATION

• Quels sont les deux éléments constitutifs de la scène ?
• Que révèle l'étude des didascalies sur les sentiments des personnages ?
• Relevez les indices textuels prouvant que cette romance veut imiter le style médiéval.

INTERPRÉTATIONS

• Qu'apprend-on sur les rapports de Chérubin et de la Comtesse ?
• Quel est le rôle de Suzanne dans cette scène ?
• Quels rapports existe-t-il entre les paroles de la romance et la situation de Chérubin ?
• Qu'est-ce qui, dans cette scène, se rattache à l'action ?

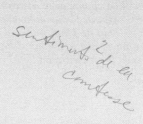

Sentiments de la Comtesse

Scène 5. Chérubin, la Comtesse, *assise.*

La Comtesse. Jusqu'à l'instant du bal, le Comte ignorera que vous soyez au château. Nous lui dirons après que le temps d'expédier votre brevet nous a fait naître l'idée...

Chérubin *le lui montre.* Hélas ! Madame, le voici ! Bazile
5 me l'a remis de sa part.

la Comtesse. Déjà ? L'on a craint d'y perdre une minute. *(Elle lit.)* Ils se sont tant pressés, qu'ils ont oublié d'y mettre son cachet[1]. *(Elle le lui rend.)*

Scène 6. Chérubin, La Comtesse, Suzanne.

Suzanne *entre avec un grand bonnet.* Le cachet, à quoi ?

La Comtesse. À son brevet.

Suzanne. Déjà ?

La Comtesse. C'est ce que je disais. Est-ce là ma
5 baigneuse ?

Suzanne *s'assied près de la Comtesse[2].* Et la plus belle de toutes. *(Elle chante avec des épingles dans sa bouche.)*
        Tournez-vous donc envers ici,
        Jean de Lyra, mon bel ami[3].
10 *(Chérubin se met à genoux. Elle le coiffe.)*
Madame, il est charmant !

---

1. Le cachet du Comte doit authentifier le brevet d'officier.
2. Chérubin, Suzanne, la Comtesse. (Note de Beaumarchais.)
3. Suzanne chante sans doute sur l'air de *Tournez-vous par ici*, extrait de *L'Infante de Zamora,* 1781 (texte de Nicolas Framery, musique de Paisiello).

LA COMTESSE. Arrange son collet d'un air un peu plus féminin.

SUZANNE *l'arrange.* Là... Mais voyez donc ce morveux,
15 comme il est joli en fille ! j'en suis jalouse, moi ! *(Elle lui prend le menton.)* Voulez-vous bien n'être pas joli comme ça ?

LA COMTESSE. Qu'elle est folle ! il faut relever la manche, afin que l'amadis[1] prenne mieux... *(Elle le retrousse[2].)*
20 Qu'est-ce qu'il a donc au bras ? Un ruban !

SUZANNE. Et un ruban à vous. Je suis bien aise que Madame l'ait vu. Je lui avais dit que je le dirais, déjà ! Oh ! si Monseigneur n'était pas venu, j'aurais bien repris le ruban ; car je suis presque aussi forte que lui.

25 LA COMTESSE. Il y a du sang ! *(Elle détache le ruban.)*

CHÉRUBIN, *honteux.* Ce matin, comptant partir, j'arrangeais la gourmette[3] de mon cheval ; il a donné de la tête, et la bossette[4] m'a effleuré le bras.

LA COMTESSE. On n'a jamais mis un ruban...

30 SUZANNE. Et surtout un ruban volé. – Voyons donc ce que la bossette... la courbette... la cornette du cheval... Je n'entends rien à tous ces noms-là. – Ah ! qu'il a le bras blanc ; c'est comme une femme ! plus blanc que le mien ! Regardez donc, Madame ! *(Elle les compare.)*

35 LA COMTESSE, *d'un ton glacé.* Occupez-vous plutôt de

---

1. **Amadis** : manche qui serre le bras et se boutonne au poignet. Ce nom vient du personnage d'Amadis dans un opéra de Quinault (XVIIe siècle).
2. La Comtesse retrousse la manche de la chemise de Chérubin, pour que celle de la robe « prenne mieux ».
3. **Gourmette** : chaînette réunissant les deux branches du mors.
4. **Bossette** : ornement du mors, en forme de bosse.

m'avoir du taffetas gommé[1] dans ma toilette. *(Suzanne lui pousse la tête en riant ; il tombe sur les deux mains. Elle entre dans le cabinet au bord du théâtre.)*

Scène 7. Chérubin, *à genoux,* la Comtesse, *assise.*

La Comtesse *reste un moment sans parler, les yeux sur son ruban. Chérubin la dévore de ses regards.* Pour mon ruban, monsieur... comme c'est celui dont la couleur m'agrée le plus... j'étais fort en colère de l'avoir perdu.

Scène 8. Chérubin, *à genoux,* La Comtesse, *assise,* Suzanne.

Suzanne, *revenant.* Et la ligature à son bras ? *(Elle remet à la Comtesse du taffetas gommé et des ciseaux.)*

La Comtesse. En allant lui chercher tes hardes, prends le ruban d'un autre bonnet. *(Suzanne sort par la porte du fond,*
5 *en emportant le manteau du page.)*

---

1. **Taffetas gommé :** tissu à pansements.

SCÈNE 9. CHÉRUBIN, *à genoux,* LA COMTESSE, *assise.*

CHÉRUBIN, *les yeux baissés.* Celui qui m'est ôté m'aurait guéri en moins de rien.

LA COMTESSE. Par quelle vertu ? *(Lui montrant le taffetas.)* Ceci vaut mieux.

5 CHÉRUBIN, *hésitant.* Quand un ruban... a serré la tête... ou touché la peau d'une personne...

LA COMTESSE, ~~coupant la phrase.~~ ... Étrangère, il devient bon pour les blessures ? J'ignorais cette propriété. Pour l'éprouver, je garde celui-ci qui vous a serré le bras. À la 10 première égratignure... de mes femmes, j'en ferai l'essai.

CHÉRUBIN, *pénétré.* Vous le gardez, et moi je pars !

LA COMTESSE. Non pour toujours.

CHÉRUBIN. Je suis si malheureux !

LA COMTESSE, *émue.* Il pleure à présent ! C'est ce vilain 15 Figaro avec son pronostic !

CHÉRUBIN, *exalté.* Ah ! je voudrais toucher au terme qu'il m'a prédit ! Sûr de mourir à l'instant, peut-être ma bouche oserait...

LA COMTESSE *l'interrompt et lui essuie les yeux avec son* 20 *mouchoir.* Taisez-vous, taisez-vous, enfant ! Il n'y a pas un brin de raison dans tout ce que vous dites. *(On frappe à la porte ; elle élève la voix.)* Qui frappe ainsi chez moi ?

Chérubin (Roch Leibovici), Suzanne (Dominique Blanc)
et la Comtesse (Denise Chalem).
Mise en scène de Jean-Pierre Vincent.
Théâtre national de Chaillot, 1987.

SCÈNE 10. CHÉRUBIN, LA COMTESSE,
LE COMTE, *en dehors.*

LE COMTE, *en dehors.* Pourquoi donc enfermée ?

LA COMTESSE, *troublée, se lève.* C'est mon époux ! grands dieux ! *(À Chérubin qui s'est levé aussi.)* Vous, sans manteau, le col et les bras nus ! seul avec moi ! cet air de désordre, un
5 billet reçu, sa jalousie !...

LE COMTE, *en dehors.* Vous n'ouvrez pas ?

LA COMTESSE. C'est que... je suis seule.

LE COMTE, *en dehors.* Seule ! Avec qui parlez-vous donc ?

LA COMTESSE, *cherchant.* ... Avec vous sans doute.

10 CHÉRUBIN, *à part.* Après les scènes d'hier et de ce matin, il me tuerait sur la place ! *(Il court au cabinet de toilette, y entre, et tire la porte sur lui.)*

SCÈNE 11. LA COMTESSE, *seule, en ôte la clef,*
et court ouvrir au Comte.

Ah ! quelle faute ! quelle faute !

SCÈNE 12. LE COMTE, LA COMTESSE.

LE COMTE, *un peu sévère*. Vous n'êtes pas dans l'usage de vous enfermer !

LA COMTESSE, *troublée*. Je... je chiffonnais[1]... oui, je chiffonnais avec Suzanne ; elle est passée un moment chez
5 elle.

LE COMTE *l'examine*. Vous avez l'air et le ton bien altérés !

LA COMTESSE. Cela n'est pas étonnant... pas étonnant du tout... je vous assure... nous parlions de vous... Elle est passée, comme je vous dis...

10 LE COMTE. Vous parliez de moi !... Je suis ramené par l'inquiétude ; en montant à cheval, un billet qu'on m'a remis, mais auquel je n'ajoute aucune foi, m'a... pourtant agité.

LA COMTESSE. Comment, monsieur ?... quel billet ?

LE COMTE. Il faut avouer, madame, que vous ou moi
15 sommes entourés d'êtres... bien méchants ! On me donne avis que, dans la journée, quelqu'un que je crois absent doit chercher à vous entretenir.

LA COMTESSE. Quel que soit cet audacieux, il faudra qu'il pénètre ici ; car mon projet est de ne pas quitter ma chambre
20 de tout le jour.

LE COMTE. Ce soir, pour la noce de Suzanne ?

LA COMTESSE. Pour rien au monde ; je suis très incommodée.

LE COMTE. Heureusement le docteur est ici. *(Le page fait*
25 *tomber une chaise dans le cabinet.)* Quel bruit entends-je ?

---

1. **Chiffonnais** : essayais des toilettes, des tissus.

LA COMTESSE, *plus troublée*. Du bruit ?

LE COMTE. On a fait tomber un meuble.

LA COMTESSE. Je... je n'ai rien entendu, pour moi.

LE COMTE. Il faut que vous soyez furieusement préoccupée !

30 LA COMTESSE. Préoccupée ! de quoi ?

LE COMTE. Il y a quelqu'un dans ce cabinet, madame.

LA COMTESSE. Hé... qui voulez-vous qu'il y ait, monsieur ?

LE COMTE. C'est moi qui vous le demande ; j'arrive.

LA COMTESSE. Hé mais... Suzanne apparemment qui range.

35 LE COMTE. Vous avez dit qu'elle était passée chez elle !

LA COMTESSE. Passée... ou entrée là ; je ne sais lequel.

LE COMTE. Si c'est Suzanne, d'où vient le trouble où je vous vois ?

LA COMTESSE. Du trouble pour ma camariste ?

40 LE COMTE. Pour votre camariste, je ne sais ; mais pour du trouble, assurément.

LA COMTESSE. Assurément, monsieur, cette fille vous trouble et vous occupe beaucoup plus que moi.

LE COMTE, *en colère*. Elle m'occupe à tel point, madame, 45 que je veux la voir à l'instant.

LA COMTESSE. Je crois, en effet, que vous le voulez souvent : mais voilà bien les soupçons les moins fondés...

REPÈRES

• Qu'est-ce qui interrompt brusquement la déclaration d'amour de Chérubin à la Comtesse ?
• Dégagez les différents mouvements de la scène.

OBSERVATION

• Les points de suspension ont-ils la même valeur dans les répliques du Comte et de la Comtesse ? Justifiez votre réponse.
• Comment expliquez-vous l'abondance des points d'exclamation dans les répliques du Comte ?
• Quels sont les indices de la jalousie du Comte ?
• Comment se marque, dans l'enchaînement des répliques, le désarroi de la Comtesse ?

INTERPRÉTATIONS

• Quelles sont les fonctions de Suzanne, personnage absent ?
• Quel rôle jouent les portes et le cabinet ?
• À quoi tient l'intensité dramatique de cette scène ?

SCÈNE 13. LE COMTE, LA COMTESSE,
SUZANNE *entre avec des hardes et pousse la porte du fond.*

LE COMTE. Ils en seront plus aisés à détruire. *(Il parle au cabinet.)* Sortez, Suzon, je vous l'ordonne ! *(Suzanne s'arrête auprès de l'alcôve dans le fond.)*

LA COMTESSE. Elle est presque nue, monsieur ; vient-on
5 troubler ainsi des femmes dans leur retraite ? Elle essayait des hardes que je lui donne en la mariant ; elle s'est enfuie quand elle vous a entendu.

LE COMTE. Si elle craint tant de se montrer, au moins elle peut parler. *(Il se tourne vers la porte du cabinet.)* Répondez-
10 moi, Suzanne ; êtes-vous dans ce cabinet ? *(Suzanne, restée au fond, se jette dans l'alcôve et s'y cache.)*

LA COMTESSE, *vivement, parlant au cabinet.* Suzon, je vous défends de répondre. *(Au Comte.)* On n'a jamais poussé si loin la tyrannie !

15 LE COMTE *s'avance au cabinet.* Oh ! bien, puisqu'elle ne parle pas, vêtue ou non, je la verrai.

LA COMTESSE *se met au-devant.* Partout ailleurs je ne puis l'empêcher ; mais j'espère aussi que chez moi...

LE COMTE. Et moi j'espère savoir dans un moment quelle
20 est cette Suzanne mystérieuse. Vous demander la clef serait, je le vois, inutile ; mais il est un moyen sûr de jeter en dedans cette légère porte. Holà ! quelqu'un !

LA COMTESSE. Attirer vos gens, et faire un scandale public d'un soupçon qui nous rendrait la fable du château ?

25 LE COMTE. Fort bien, madame. En effet, j'y suffirai ; je vais à l'instant prendre chez moi ce qu'il faut... *(Il marche pour sortir, et revient.)* Mais, pour que tout reste au même état, voudrez-vous bien m'accompagner sans scandale et sans

bruit, puisqu'il vous déplaît tant ?... Une chose aussi simple,
30 apparemment, ne me sera pas refusée !

La Comtesse, *troublée*. Eh ! monsieur, qui songe à vous
contrarier ?

Le Comte. Ah ! j'oubliais la porte qui va chez vos femmes ;
il faut que je la ferme aussi, pour que vous soyez pleinement
35 justifiée. *(Il va fermer la porte du fond et en ôte la clef.)*

La Comtesse, *à part*. Ô ciel ! étourderie funeste !

Le Comte, *revenant à elle*. Maintenant que cette chambre
est close, acceptez mon bras, je vous prie ; *(il élève la voix)*
et quant à la Suzanne du cabinet, il faudra qu'elle ait la bonté
40 de m'attendre ; et le moindre mal qui puisse lui arriver à mon
retour...

La Comtesse. En vérité, monsieur, voilà bien la plus
odieuse aventure... *(Le Comte l'emmène et ferme la porte à
la clef.)*

Scène 14. Suzanne, Chérubin.

Suzanne *sort de l'alcôve, accourt au cabinet et parle à la
serrure*. Ouvrez, Chérubin, ouvrez vite, c'est Suzanne ;
ouvrez et sortez.

Chérubin *sort*[1]. Ah ! Suzon, quelle horrible scène !

5 Suzanne. Sortez, vous n'avez pas une minute.

Chérubin, *effrayé*. Eh, par où sortir ?

Suzanne. Je n'en sais rien, mais sortez.

---

1. Chérubin, Suzanne. (Note de Beaumarchais.)

CHÉRUBIN. S'il n'y a pas d'issue ?

SUZANNE. Après la rencontre de tantôt, il vous écraserait, et
10 nous serions perdues. – Courez conter à Figaro...

CHÉRUBIN. La fenêtre du jardin n'est peut-être pas bien
haute. *(Il court y regarder.)*

SUZANNE, *avec effroi.* Un grand étage ! impossible ! Ah !
ma pauvre maîtresse ! Et mon mariage, ô ciel !

15 CHÉRUBIN *revient.* Elle donne sur la melonnière ; quitte à
gâter une couche ou deux.

SUZANNE *le retient et s'écrie.* Il va se tuer !

CHÉRUBIN, *exalté.* Dans un gouffre allumé, Suzon ! oui, je
m'y jetterais plutôt que de lui nuire... Et ce baiser va me
20 porter bonheur. *(Il l'embrasse et court sauter par la fenêtre.)*

SCÈNE 15. SUZANNE, *seule, un cri de frayeur.*

Ah !... *(Elle tombe assise un moment. Elle va péniblement
regarder à la fenêtre et revient.)* Il est déjà bien loin. Oh ! le
petit garnement ! Aussi leste que joli ! Si celui-là manque de
femmes... Prenons sa place au plus tôt. *(En entrant dans le
5 cabinet.)* Vous pouvez à présent, monsieur le Comte, rompre
la cloison, si cela vous amuse ; au diantre qui répond un
mot ! *(Elle s'y enferme.)*

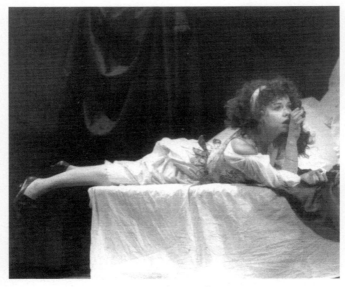

Suzanne (Sabine Haudepin).
Mise en scène de Marcel Maréchal.
Théâtre de la Criée, Marseille, 1989.

SCÈNE 16. LE COMTE, LA COMTESSE *rentrent*
dans la chambre.

LE COMTE, *une pince à la main qu'il jette sur le fauteuil.*
Tout est bien comme je l'ai laissé. Madame, en m'exposant
à briser cette porte, réfléchissez aux suites : encore une fois,
voulez-vous l'ouvrir ?

5 LA COMTESSE. Eh ! monsieur, quelle horrible humeur peut
altérer ainsi les égards entre deux époux ? Si l'amour vous
dominait au point de vous inspirer ces fureurs, malgré leur
déraison, je les excuserais ; j'oublierais peut-être, en faveur

du motif, ce qu'elles ont d'offensant pour moi. Mais la seule
10 vanité peut-elle jeter dans cet excès un galant homme ?

LE COMTE. Amour ou vanité, vous ouvrirez la porte ; ou je
vais à l'instant...

LA COMTESSE, *au-devant*. Arrêtez, monsieur, je vous prie !
Me croyez-vous capable de manquer à ce que je me dois ?

15 LE COMTE. Tout ce qu'il vous plaira, madame ; mais je
verrai qui est dans ce cabinet.

LA COMTESSE, *effrayée*. Hé bien, monsieur, vous le verrez.
Écoutez-moi... tranquillement.

LE COMTE. Ce n'est donc pas Suzanne ?

20 LA COMTESSE, *timidement*. Au moins n'est-ce pas non plus
une personne... dont vous deviez rien redouter... Nous
disposions une plaisanterie... bien innocente, en vérité, pour
ce soir ; et je vous jure...

LE COMTE. Et vous me jurez ?...

25 LA COMTESSE. Que nous n'avions pas plus dessein de vous
offenser l'un que l'autre.

LE COMTE, *vite*. L'un que l'autre ? C'est un homme.

LA COMTESSE. Un enfant, monsieur.

LE COMTE. Hé ! qui donc ?

30 LA COMTESSE. À peine osé-je le nommer !

LE COMTE, *furieux*. Je le tuerai.

LA COMTESSE. Grands dieux !

LE COMTE. Parlez donc !

LA COMTESSE. Ce jeune... Chérubin...

35 LE COMTE. Chérubin ! l'insolent ! Voilà mes soupçons et le billet expliqués.

LA COMTESSE, *joignant les mains.* Ah ! monsieur ! gardez de penser...

LE COMTE, *frappant du pied, à part.* Je trouverai partout
40 ce maudit page ! *(Haut.)* Allons, madame, ouvrez ; je sais tout maintenant. Vous n'auriez pas été si émue, en le congédiant ce matin ; il serait parti quand je l'ai ordonné ; vous n'auriez pas mis tant de fausseté dans votre conte de Suzanne, il ne se serait pas si soigneusement caché, s'il n'y
45 avait rien de criminel.

LA COMTESSE. Il a craint de vous irriter en se montrant.

LE COMTE, *hors de lui, crie au cabinet.* Sors donc, petit malheureux !

LA COMTESSE *le prend à bras-le-corps, en l'éloignant.* Ah !
50 monsieur, monsieur, votre colère me fait trembler pour lui. N'en croyez pas un injuste soupçon, de grâce ! et que le désordre où vous l'allez trouver...

LE COMTE. Du désordre !

LA COMTESSE. Hélas, oui ! Prêt à s'habiller en femme, une
55 coiffure à moi sur la tête, en veste et sans manteau, le col ouvert, les bras nus : il allait essayer...

LE COMTE. Et vous vouliez garder votre chambre ! Indigne épouse ! ah ! vous la garderez... longtemps ; mais il faut avant que j'en chasse un insolent, de manière à ne plus le rencontrer
60 nulle part.

LA COMTESSE *se jette à genoux, les bras élevés.* Monsieur le Comte, épargnez un enfant ; je ne me consolerais pas d'avoir causé...

LE COMTE. Vos frayeurs aggravent son crime.

65 LA COMTESSE. Il n'est pas coupable, il partait : c'est moi qui l'ai fait appeler.

LE COMTE, *furieux*. Levez-vous. Ôtez-vous... Tu es bien audacieuse d'oser me parler pour un autre !

LA COMTESSE. Eh bien ! je m'ôterai, monsieur, je me
70 lèverai ; je vous remettrai même la clef du cabinet : mais, au nom de votre amour...

LE COMTE. De mon amour, perfide !

LA COMTESSE *se lève et lui présente la clef*. Promettez-moi que vous laisserez aller cet enfant sans lui faire aucun mal ;
75 et puisse, après, tout votre courroux tomber sur moi, si je ne vous convaincs pas...

LE COMTE, *prenant la clef*. Je n'écoute plus rien.

LA COMTESSE *se jette sur une bergère, un mouchoir sur les yeux*. Ô ciel ! il va périr !

80 LE COMTE *ouvre la porte et recule*. C'est Suzanne !

SCÈNE 17. LA COMTESSE, LE COMTE, SUZANNE.

SUZANNE *sort en riant*. « Je le tuerai, je le tuerai ! » Tuez-le donc, ce méchant page.

LE COMTE, *à part*. Ah ! quelle école[1] ! *(Regardant la Comtesse qui est restée stupéfaite.)* Et vous aussi, vous jouez
5 l'étonnement ?... Mais peut-être elle n'y est pas seule. *(Il entre.)*

---

1. **École** : au sens ordinaire, auquel s'ajoute peut-être le terme du jeu de trictrac signifiant « faute commise par un joueur » d'où, au figuré, « fausse manœuvre ».

SCÈNE 18. LA COMTESSE, *assise,* SUZANNE.

SUZANNE *accourt à sa maîtresse.* Remettez-vous, Madame ; il est bien loin ; il a fait un saut...

LA COMTESSE. Ah ! Suzon ! je suis morte !

SCÈNE 19. LA COMTESSE, *assise,* SUZANNE, LE COMTE.

LE COMTE *sort du cabinet d'un air confus. Après un court silence.* Il n'y a personne, et pour le coup j'ai tort. – Madame... vous jouez fort bien la comédie.

SUZANNE, *gaiement.* Et moi, Monseigneur ? *(La Comtesse,*
5 *son mouchoir sur la bouche, pour se remettre, ne parle pas[1].)*

LE COMTE *s'approche.* Quoi ! madame, vous plaisantiez ?

LA COMTESSE, *se remettant un peu.* Eh pourquoi non, monsieur ?

LE COMTE. Quel affreux badinage ! et par quel motif, je
10 vous prie... ?

LA COMTESSE. Vos folies méritent-elles de la pitié ?

LE COMTE. Nommer folies ce qui touche à l'honneur !

LA COMTESSE, *assurant son ton par degrés.* Me suis-je unie à vous pour être éternellement dévouée à l'abandon et à la
15 jalousie, que vous seul osez concilier ?

---

1. Suzanne, la Comtesse, *assise,* le Comte. (Note de Beaumarchais.)

LE COMTE. Ah ! madame, c'est sans ménagement.

SUZANNE. Madame n'avait qu'à vous laisser appeler les gens.

LE COMTE. Tu as raison, et c'est à moi de m'humilier...
20 Pardon, je suis d'une confusion !...

SUZANNE. Avouez, Monseigneur, que vous la méritez un peu !

LE COMTE. Pourquoi donc ne sortais-tu pas lorsque je t'appelais ? Mauvaise !

25 SUZANNE. Je me rhabillais de mon mieux, à grand renfort d'épingles ; et Madame, qui me le défendait, avait bien ses raisons pour le faire.

LE COMTE. Au lieu de rappeler mes torts, aide-moi plutôt à l'apaiser.

30 LA COMTESSE. Non, monsieur ; un pareil outrage ne se couvre[1] point. Je vais me retirer aux Ursulines[2], et je vois trop qu'il en est temps.

LE COMTE. Le pourriez-vous sans quelques regrets ?

SUZANNE. Je suis sûre, moi, que le jour du départ serait la
35 veille des larmes.

LA COMTESSE. Eh ! quand cela serait, Suzon ? j'aime mieux le regretter que d'avoir la bassesse de lui pardonner ; il m'a trop offensée.

LE COMTE. Rosine !...

---

1. **Couvre :** répare.
2. **Ursulines :** nom d'un couvent (voir note p. 67).

40 La Comtesse. Je ne la suis plus, cette Rosine que vous avez tant poursuivie ! Je suis la pauvre comtesse Almaviva, la triste femme délaissée, que vous n'aimez plus.

Suzanne. Madame !

Le Comte, *suppliant*. Par pitié !

45 La Comtesse. Vous n'en aviez aucune pour moi.

Le Comte. Mais aussi ce billet... Il m'a tourné le sang !

La Comtesse. Je n'avais pas consenti qu'on l'écrivît.

Le Comte. Vous le saviez ?

La Comtesse. C'est cet étourdi de Figaro...

50 Le Comte. Il en était ?

La Comtesse. ... qui l'a remis à Bazile.

Le Comte. Qui m'a dit le tenir d'un paysan. Ô perfide chanteur, lame à deux tranchants ! C'est toi qui payeras pour tout le monde.

55 La Comtesse. Vous demandez pour vous un pardon que vous refusez aux autres : voilà bien les hommes ! Ah ! si jamais je consentais à pardonner en faveur de l'erreur où vous a jeté ce billet, j'exigerais que l'amnistie fût générale.

Le Comte. Eh bien, de tout mon cœur, Comtesse. Mais
60 comment réparer une faute aussi humiliante ?

La Comtesse *se lève*. Elle l'était pour tous deux.

Le Comte. Ah ! dites pour moi seul. – Mais je suis encore à concevoir comment les femmes prennent si vite et si juste l'air et le ton des circonstances. Vous rougissiez, vous
65 pleuriez, votre visage était défait... D'honneur, il l'est encore.

LA COMTESSE, *s'efforçant de sourire*. Je rougissais... du ressentiment de vos soupçons. Mais les hommes sont-ils assez délicats pour distinguer l'indignation d'une âme honnête outragée, d'avec la confusion qui naît d'une accusation
70 méritée ?

LE COMTE, *souriant*. Et ce page en désordre, en veste et presque nu...

LA COMTESSE, *montrant Suzanne*. Vous le voyez devant vous. N'aimez-vous pas mieux l'avoir trouvé que l'autre ? En
75 général vous ne haïssez pas de rencontrer celui-ci.

LE COMTE, *riant plus fort*. Et ces prières, ces larmes feintes...

LA COMTESSE. Vous me faites rire, et j'en ai peu d'envie.

LE COMTE. Nous croyons valoir quelque chose en politique,
80 et nous ne sommes que des enfants. C'est vous, c'est vous, madame, que le roi devrait envoyer en ambassade à Londres ! Il faut que votre sexe ait fait une étude bien réfléchie de l'art de se composer[1], pour réussir à ce point !

LA COMTESSE. C'est toujours vous qui nous y forcez.

85 SUZANNE. Laissez-nous prisonniers sur parole, et vous verrez si nous sommes gens d'honneur.

LA COMTESSE. Brisons là, monsieur le Comte. J'ai peut-être été trop loin ; mais mon indulgence en un cas aussi grave doit au moins m'obtenir la vôtre.

90 LE COMTE. Mais vous répéterez que vous me pardonnez.

LA COMTESSE. Est-ce que je l'ai dit, Suzon ?

SUZANNE. Je ne l'ai pas entendu, Madame.

---

1. **Se composer** : se composer un visage de circonstance.

LE COMTE. Eh bien ! que ce mot vous échappe.

LA COMTESSE. Le méritez-vous donc, ingrat ?

95 LE COMTE. Oui, par mon repentir.

SUZANNE. Soupçonner un homme dans le cabinet de Madame !

LE COMTE. Elle m'en a si sévèrement puni !

SUZANNE. Ne pas s'en fier à elle, quand elle dit que c'est sa
100 camariste !

LE COMTE. Rosine, êtes-vous donc implacable ?

LA COMTESSE. Ah ! Suzon, que je suis faible ! quel exemple je te donne ! *(Tendant la main au Comte.)* On ne croira plus à la colère des femmes.

105 SUZANNE. Bon, Madame, avec eux ne faut-il pas toujours en venir là ? *(Le Comte baise ardemment la main de sa femme.)*

SCÈNE 20. SUZANNE, FIGARO, LA COMTESSE, LE COMTE.

FIGARO, *arrivant tout essoufflé.* On disait Madame incommodée. Je suis vite accouru... je vois avec joie qu'il n'en est rien.

LE COMTE, *sèchement.* Vous êtes fort attentif.

5 FIGARO. Et c'est mon devoir. Mais puisqu'il n'en est rien, Monseigneur, tous vos jeunes vassaux des deux sexes sont en bas avec les violons et les cornemuses, attendant, pour m'accompagner, l'instant où vous permettrez que je mène ma fiancée...

10 LE COMTE. Et qui surveillera la Comtesse au château ?

FIGARO. La veiller ! elle n'est pas malade.

LE COMTE. Non ; mais cet homme absent qui doit l'entretenir ?

FIGARO. Quel homme absent ?

15 LE COMTE. L'homme du billet que vous avez remis à Bazile.

FIGARO. Qui dit cela ?

LE COMTE. Quand je ne le saurais pas d'ailleurs, fripon, ta physionomie qui t'accuse me prouverait déjà que tu mens.

FIGARO. S'il est ainsi, ce n'est pas moi qui mens, c'est ma
20 physionomie.

SUZANNE. Va, mon pauvre Figaro, n'use pas ton éloquence en défaites ; nous avons tout dit.

FIGARO. Et quoi dit ? Vous me traitez comme un Bazile !

SUZANNE. Que tu avais écrit le billet de tantôt pour faire
25 accroire à Monseigneur, quand il entrerait, que le petit page était dans ce cabinet, où je me suis enfermée.

LE COMTE. Qu'as-tu à répondre ?

LA COMTESSE. Il n'y a plus rien à cacher, Figaro ; le badinage est consommé.

30 FIGARO, *cherchant à deviner*. Le badinage... est consommé ?

LE COMTE. Oui, consommé. Que dis-tu là-dessus ?

FIGARO. Moi ! je dis... que je voudrais bien qu'on en pût dire autant de mon mariage ; et si vous l'ordonnez...

LE COMTE. Tu conviens donc enfin du billet ?

35 FIGARO. Puisque Madame le veut, que Suzanne le veut, que

vous le voulez vous-même, il faut bien que je le veuille aussi : mais à votre place, en vérité, Monseigneur, je ne croirais pas un mot de tout ce que nous vous disons.

LE COMTE. Toujours mentir contre l'évidence ! À la fin, cela
40 m'irrite.

LA COMTESSE, *en riant*. Eh ! ce pauvre garçon ! pourquoi voulez-vous, monsieur, qu'il dise une fois la vérité ?

FIGARO, *bas à Suzanne*. Je l'avertis de son danger ; c'est tout ce qu'un honnête homme peut faire.

45 SUZANNE, *bas*. As-tu vu le petit page ?

FIGARO, *bas*. Encore tout froissé.

SUZANNE, *bas*. Ah ! pécaïre[1] !

LA COMTESSE. Allons, monsieur le Comte, ils brûlent de s'unir : leur impatience est naturelle ! Entrons pour la
50 cérémonie.

LE COMTE, *à part*. Et Marceline, Marceline... *(Haut.)* Je voudrais être... au moins vêtu.

LA COMTESSE. Pour nos gens ! Est-ce que je le suis ?

---

1. **Pécaïre** : pauvres de nous (expression provençale signifiant « pauvres pécheurs »).

SCÈNE 21. FIGARO, SUZANNE, LA COMTESSE, LE COMTE, ANTONIO.

ANTONIO, *demi-gris[1], tenant un pot de giroflées écrasées..*
Monseigneur ! Monseigneur !

LE COMTE. Que me veux-tu, Antonio ?

ANTONIO. Faites donc une fois griller les croisées qui
5 donnent sur mes couches. On jette toutes sortes de choses par
ces fenêtres : et tout à l'heure encore on vient d'en jeter un
homme.

LE COMTE. Par ces fenêtres ?

ANTONIO. Regardez comme on arrange mes giroflées !

10 SUZANNE, *bas à Figaro.* Alerte, Figaro, alerte !

FIGARO. Monseigneur, il est gris dès le matin.

ANTONIO. Vous n'y êtes pas. C'est un petit reste d'hier.
Voilà comme on fait des jugements... ténébreux.

LE COMTE, *avec feu.* Cet homme ! cet homme ! où est-il ?

15 ANTONIO. Où il est ?

LE COMTE. Oui.

ANTONIO. C'est ce que je dis. Il faut me le trouver, déjà. Je
suis votre domestique ; il n'y a que moi qui prends soin de
votre jardin ; il y tombe un homme ; et vous sentez... que ma
20 réputation en est effleurée.

SUZANNE, *bas à Figaro.* Détourne, détourne !

FIGARO. Tu boiras donc toujours ?

---

1. **Demi-gris** : à demi ivre.

ANTONIO. Et si je ne buvais pas, je deviendrais enragé.

LA COMTESSE. Mais en prendre ainsi sans besoin...

25 ANTONIO. Boire sans soif et faire l'amour en tout temps, Madame, il n'y a que ça qui nous distingue des autres bêtes.

LE COMTE, *vivement*. Réponds-moi donc, ou je vais te chasser.

ANTONIO. Est-ce que je m'en irais ?

30 LE COMTE. Comment donc ?

ANTONIO, *se touchant le front*. Si vous n'avez pas assez de ça pour garder un bon domestique, je ne suis pas assez bête, moi, pour renvoyer un si bon maître.

LE COMTE *le secoue avec colère*. On a, dis-tu, jeté un 35 homme par cette fenêtre ?

ANTONIO. Oui, mon Excellence ; tout à l'heure, en veste blanche, et qui s'est enfui, jarni[1], courant...

LE COMTE, *impatienté*. Après ?

ANTONIO. J'ai bien voulu courir après ; mais je me suis 40 donné, contre la grille, une si fière gourde[2] à la main, que je ne peux plus remuer ni pied, ni patte, de ce doigt-là. (*Levant le doigt.*)

LE COMTE. Au moins, tu reconnaîtrais l'homme ?

ANTONIO. Oh ! que oui-da ! si je l'avais vu pourtant !

45 SUZANNE, *bas à Figaro*. Il ne l'a pas vu.

FIGARO. Voilà bien du train[3] pour un pot de fleurs !

---

1. **Jarni :** juron.
2. **Gourde :** coup qui engourdit.
3. **Train :** tapage.

combien te faut-il, pleurard, avec ta giroflée ? Il est inutile de chercher, Monseigneur, c'est moi qui ai sauté.

LE COMTE.   Comment, c'est vous !

50 ANTONIO.   « Combien te faut-il, pleurard ? » Votre corps a donc bien grandi depuis ce temps-là ; car je vous ai trouvé beaucoup plus moindre, et plus fluet !

FIGARO.   Certainement ; quand on saute, on se pelotonne...

ANTONIO.   M'est avis que c'était plutôt... qui dirait, le
55 gringalet de page.

LE COMTE.   Chérubin, tu veux dire ?

FIGARO.   Oui, revenu tout exprès, avec son cheval, de la porte de Séville, où peut-être il est déjà.

ANTONIO.   Oh ! non, je ne dis pas ça, je ne dis pas ça ; je
60 n'ai pas vu sauter de cheval, car je le dirais de même.

LE COMTE.   Quelle patience !

FIGARO.   J'étais dans la chambre des femmes, en veste blanche : il fait un chaud !... J'attendais là ma Suzannette, quand j'ai ouï tout à coup la voix de Monseigneur et le grand
65 bruit qui se faisait ! je ne sais quelle crainte m'a saisi à l'occasion de ce billet ; et, s'il faut avouer ma bêtise, j'ai sauté sans réflexion sur les couches, où je me suis même un peu foulé le pied droit. *(Il frotte son pied.)*

ANTONIO.   Puisque c'est vous, il est juste de vous rendre ce
70 brimborion[1] de papier qui a coulé de votre veste, en tombant.

LE COMTE *se jette dessus.*   Donne-le-moi. *(Il ouvre le papier et le referme.)*

---

1. **Brimborion** : chose sans valeur.

FIGARO, *à part*. Je suis pris.

75 LE COMTE, *à Figaro*. La frayeur ne vous aura pas fait oublier ce que contient ce papier, ni comment il se trouvait dans votre poche ?

FIGARO, *embarrassé, fouille dans ses poches et en tire des papiers*. Non sûrement... Mais c'est que j'en ai tant. Il faut
80 répondre à tout... *(Il regarde un des papiers.)* Ceci ? ah ! c'est une lettre de Marceline, en quatre pages ; elle est belle !... Ne serait-ce pas la requête de ce pauvre braconnier en prison ?... Non, la voici... J'avais l'état des meubles du petit château dans l'autre poche... *(Le Comte rouvre le papier qu'il tient.)*

85 LA COMTESSE, *bas à Suzanne*. Ah ! dieux ! Suzon, c'est le brevet d'officier.

SUZANNE, *bas à Figaro*. Tout est perdu, c'est le brevet.

LE COMTE *replie le papier*. Eh bien ! l'homme aux expédients, vous ne devinez pas ?

90 ANTONIO, *s'approchant de Figaro*[1]. Monseigneur dit, si vous ne devinez pas ?

FIGARO *le repousse*. Fi donc, vilain, qui me parle dans le nez !

LE COMTE. Vous ne vous rappelez pas ce que ce peut être ?

95 FIGARO. A, a, a, ah ! *povero !* ce sera le brevet de ce malheureux enfant, qu'il m'avait remis, et que j'ai oublié de lui rendre. O, o, o, oh ! étourdi que je suis ! que fera-t-il sans son brevet ? Il faut courir...

LE COMTE. Pourquoi vous l'aurait-il remis ?

100 FIGARO, *embarrassé*. Il... désirait qu'on y fît quelque chose.

---

1. Antonio, Figaro, Suzanne, la Comtesse, le Comte. (Note de Beaumarchais.)

Le Comte *regarde son papier.* Il n'y manque rien.

La Comtesse, *bas à Suzanne.* Le cachet.

Suzanne, *bas à Figaro.* Le cachet manque.

Le Comte, *à Figaro.* Vous ne répondez pas ?

105 Figaro. C'est... qu'en effet, il y manque peu de chose. Il dit que c'est l'usage.

Le Comte. L'usage ! l'usage ! l'usage de quoi ?

Figaro. D'y apposer le sceau de vos armes. Peut-être aussi que cela ne valait pas la peine.

110 Le Comte *rouvre le papier et le chiffonne de colère.* Allons, il est écrit que je ne saurai rien. *(À part.)* C'est ce Figaro qui les mène, et je ne m'en vengerais pas ! *(Il veut sortir avec dépit.)*

Figaro, *l'arrêtant.* Vous sortez sans ordonner mon
115 mariage ?

Scène 22. Bazile, Bartholo, Marceline, Figaro, le Comte, Gripe-Soleil, la Comtesse, Suzanne, Antonio ;
valets du Comte, ses vassaux.

Marceline, *au Comte.* Ne l'ordonnez pas, Monseigneur ! Avant de lui faire grâce, vous nous devez justice. Il a des engagements avec moi.

5 Le Comte, *à part.* Voilà ma vengeance arrivée.

Figaro. Des engagements ! De quelle nature ? Expliquez-vous.

MARCELINE. Oui, je m'expliquerai, malhonnête ! *(La Comtesse s'assied sur une bergère. Suzanne est derrière elle.)*

10 LE COMTE. De quoi s'agit-il, Marceline ?

MARCELINE. D'une obligation de mariage.

FIGARO. Un billet, voilà tout, pour de l'argent prêté.

MARCELINE, *au Comte.* Sous condition de m'épouser. Vous êtes un grand seigneur, le premier juge[1] de la province...

15 LE COMTE. Présentez-vous au tribunal, j'y rendrai justice à tout le monde.

BAZILE, *montrant Marceline.* En ce cas, Votre Grandeur permet que je fasse aussi valoir mes droits sur Marceline ?

LE COMTE, *à part.* Ah, voilà mon fripon du billet.

20 FIGARO. Autre fou de la même espèce !

LE COMTE, *en colère à Bazile.* Vos droits ! vos droits ! Il vous convient bien de parler devant moi, maître sot !

ANTONIO, *frappant dans sa main.* Il ne l'a, ma foi, pas manqué du premier coup : c'est son nom.

25 LE COMTE. Marceline, on suspendra tout jusqu'à l'examen de vos titres, qui se fera publiquement dans la grande salle d'audience. Honnête Bazile, agent fidèle et sûr, allez au bourg chercher les gens du siège[2].

BAZILE. Pour son affaire ?

---

1. **Juge** : le comte a été appelé « grand corrégidor d'Andalousie » dans la présentation des personnages (voir p. 78). Il exerce, personnellement ou par délégation, des fonctions de justice seigneuriale. Les causes importantes sont portées devant la justice royale.
2. **Gens du siège** : Brid'oison, Double-Main et l'huissier (voir p. 76). On appelle « gens du siège » ceux qui rendent la justice assis par opposition aux avocats et procureurs, qui plaident debout.

30 LE COMTE. Et vous m'amènerez le paysan du billet.

BAZILE. Est-ce que je le connais ?

LE COMTE. Vous résistez ?

BAZILE. Je ne suis pas entré au château pour en faire les commissions.

35 LE COMTE. Quoi donc ?

BAZILE. Homme à talent sur l'orgue du village, je montre le clavecin à Madame, à chanter à ses femmes, la mandoline aux pages, et mon emploi surtout est d'amuser votre compagnie avec ma guitare, quand il vous plaît me 40 l'ordonner.

GRIPE-SOLEIL *s'avance.* J'irai bien, Monsigneu, si cela vous plaira.

LE COMTE. Quel est ton nom et ton emploi ?

GRIPE-SOLEIL. Je suis Gripe-Soleil, mon bon signeu ; le petit 45 patouriau des chèvres, commandé pour le feu d'artifice. C'est fête aujourd'hui dans le troupiau ; et je sais ous-ce-qu'est toute l'enragée boutique à procès du pays.

LE COMTE. Ton zèle me plaît ; vas-y : mais vous *(à Bazile)*, accompagnez monsieur en jouant de la guitare, et chantant 50 pour l'amuser en chemin. Il est de ma compagnie.

GRIPE-SOLEIL, *joyeux.* Oh ! moi, je suis de la ?... *(Suzanne l'apaise de la main, en lui montrant la Comtesse.)*

BAZILE, *surpris.* Que j'accompagne Gripe-Soleil en jouant ?...

55 LE COMTE. C'est votre emploi. Partez ou je vous chasse. *(Il sort.)*

SCÈNE 23. LES ACTEURS PRÉCÉDENTS,
excepté LE COMTE.

BAZILE, *à lui-même.* Ah ! je n'irai pas lutter contre le pot de fer, moi qui ne suis...

FIGARO. Qu'une cruche.

BAZILE, *à part.* Au lieu d'aider à leur mariage, je m'en vais
5 assurer le mien avec Marceline. *(À Figaro.)* Ne conclus rien, crois-moi, que je ne sois de retour. *(Il va prendre la guitare sur le fauteuil du fond.)*

FIGARO *le suit.* Conclure ! oh ! va, ne crains rien, quand même tu ne reviendrais jamais... Tu n'as pas l'air en train de
10 chanter, veux-tu que je commence ?... Allons, gai, haut la-mi-la pour ma fiancée. *(Il se met en marche à reculons, danse en chantant la séguedille[1] suivante ; Bazile accompagne ; et tout le monde le suit.)*

SÉGUEDILLE : *Air noté*

Je préfère à richesse
15   La sagesse
De ma Suzon,
            Zon, zon, zon,
            Zon, zon, zon,
            Zon, zon, zon,
20   Zon, zon, zon.

Aussi sa gentillesse
            Est maîtresse
De ma raison,
            Zon, zon, zon,
25   Zon, zon, zon,

---

1. **Séguedille** : air de danse espagnole.

Zon, zon, zon,
Zon, zon, zon.

(Le bruit s'éloigne, on n'entend pas le reste.)

Scène 24. Suzanne, la Comtesse.

La Comtesse, *dans sa bergère.* Vous voyez, Suzanne, la jolie scène que votre étourdi m'a value avec son billet.

Suzanne. Ah ! Madame, quand je suis rentrée du cabinet, si vous aviez vu votre visage ! Il s'est terni tout à coup : mais
5 ce n'a été qu'un nuage ; et par degrés vous êtes devenue rouge, rouge, rouge !

La Comtesse. Il a donc sauté par la fenêtre ?

Suzanne. Sans hésiter, le charmant enfant ! Léger... comme une abeille !

10 La Comtesse. Ah ! ce fatal jardinier ! Tout cela m'a remuée au point... que je ne pouvais rassembler deux idées.

Suzanne. Ah ! Madame, au contraire ; et c'est là que j'ai vu combien l'usage du grand monde donne d'aisance aux dames comme il faut, pour mentir sans qu'il y paraisse.

15 La Comtesse. Crois-tu que le Comte en soit la dupe ? Et s'il trouvait cet enfant au château !

Suzanne. Je vais recommander de le cacher si bien...

La Comtesse. Il faut qu'il parte. Après ce qui vient d'arriver, vous croyez bien que je ne suis pas tentée de
20 l'envoyer au jardin à votre place.

Suzanne. Il est certain que je n'irai pas non plus. Voilà donc mon mariage encore une fois...

Suzanne (Catherine Salvia). Mise en scène Antoine Vitez, 1989.
Comédie-Française.

LA COMTESSE *se lève*. Attends... Au lieu d'un autre, ou de toi, si j'y allais moi-même !

25 SUZANNE. Vous, Madame ?

LA COMTESSE. Il n'y aurait personne d'exposé... Le Comte alors ne pourrait nier... Avoir puni sa jalousie, et lui prouver son infidélité, cela serait... Allons : le bonheur d'un premier hasard m'enhardit à tenter le second. Fais-lui savoir
30 promptement que tu te rendras au jardin. Mais surtout que personne...

SUZANNE. Ah ! Figaro.

LA COMTESSE. Non, non. Il voudrait mettre ici du sien... Mon masque de velours et ma canne ; que j'aille y rêver sur
35 la terrasse. *(Suzanne entre dans le cabinet de toilette.)*

SCÈNE 25. LA COMTESSE, *seule*.

Il est assez effronté, mon petit projet ! *(Elle se retourne.)* Ah ! le ruban ! mon joli ruban ! je t'oubliais ! *(Elle le prend sur sa bergère et le roule.)* Tu ne me quitteras plus... Tu me rappelleras la scène où ce malheureux enfant... Ah ! monsieur
5 le Comte, qu'avez-vous fait ? et moi, que fais-je en ce moment ?

Scène 26. La Comtesse, Suzanne.

(La Comtesse met furtivement le ruban dans son sein.)

SUZANNE. Voici la canne et votre loup[1].

LA COMTESSE. Souviens-toi que je t'ai défendu d'en dire un mot à Figaro.

SUZANNE, *avec joie.* Madame, il est charmant votre projet !
5 je viens d'y réfléchir. Il rapproche tout, termine tout, embrasse tout ; et, quelque chose qui arrive, mon mariage est maintenant certain. *(Elle baise la main de sa maîtresse. Elles sortent.)*

Pendant l'entracte, des valets arrangent la salle d'audience :
10 *on apporte les deux banquettes à dossier des avocats, que l'on place aux deux côtés du théâtre, de façon que le passage soit libre par-derrière. On pose une estrade à deux marches dans le milieu du théâtre, vers le fond, sur laquelle on place le fauteuil du Comte. On met la table du greffier et son*
15 *tabouret de côté sur le devant, et des sièges pour Brid'oison et d'autres juges, des deux côtés de l'estrade du Comte.*

[1.] **Loup** : demi-masque qui ne cache que les yeux.

Jeu avec l'espace

L'acte I culminait, d'une manière parfaitement originale par rapport à la tradition du théâtre littéraire, avec l'épopée comique du fauteuil, sous-espace dans l'espace scénique. Dans l'acte II, le théâtre « représente une chambre à coucher superbe, un grand lit en alcôve, une estrade au-devant ». Le spectateur est donc tenté de croire que le dramaturge va exploiter ce grand lit aussi brillamment que le fauteuil dans l'acte précédent. Que nenni ! Il va jouer d'une manière tout à fait nouvelle sur les portes, celles du cabinet et de l'appartement, et sur la façon imprévue de s'échapper d'un espace fermé.

Le Comte, alerté par le billet anonyme de Figaro, par le retard de la Comtesse à le laisser entrer dans son appartement et par un bruit insolite, veut pénétrer à toute force dans le cabinet. Comme la Comtesse lui en interdit l'accès, il sort, revient, ferme la porte du fond, emporte la clef, et quitte avec son épouse l'appartement qu'il ferme aussi à clef (acte II, scène 10 ; acte II, scène 13). Se pose alors un problème dramaturgique inédit, qu'on ne trouve ni chez Molière, ni chez Marivaux : comment Chérubin pourra-t-il s'enfuir avant le retour imminent du Comte ? Problème double, d'espace et de temporalité : « **Suzanne**. Sortez, vous n'avez pas une minute. – **Chérubin**, *effrayé*. Eh, par où sortir ? – **Suzanne**. Je n'en sais rien, mais sortez. » Une seule issue, les coulisses, le hors scène. Une fenêtre inscrite dans le décor, « donne sur la melonnière », un grand étage plus bas. Chérubin saute. Suzanne entre dans le cabinet et s'y enferme à son tour.

Beaumarchais joue donc avec notre attente. Ce qu'il exploite, ce n'est pas l'élément le plus spectaculaire du décor, le lit, mais une porte et une fenêtre qui pouvaient à première vue paraître purement décoratifs. Il produit ainsi un effet de surprise. Trois espaces cohabitent donc simultanément : la chambre à coucher, le cabinet caché derrière la porte, et le potager en contrebas de la fenêtre, extérieur au château.

À l'acte I, tout ce qui se jouait autour du fauteuil se déroulait sous nos yeux ; ici, le cabinet et le potager font appel à notre imagination. L'espace scénique se calque sur l'espace réel. Ce travail si nouveau sur l'espace et les objets appelle un réglage extrêmement minutieux des péripéties qui s'y rattachent ; il s'agit donc aussi d'un travail sur le temps et les séquences dramatiques.

Rebondissements

L'acte II paraît commencer plus calmement dans l'appartement de la Comtesse. Elle se plaint de sa solitude (« *Rêvant longtemps. Sans cette constance à me fuir...* ») ; Figaro explique son plan pour assurer son mariage (acte II, scène 1 ; acte II, scène 2) ; la Comtesse et Suzanne écoutent la romance de Chérubin, le déshabillent (acte II, scène 3 ; acte II, scène 9). Survient alors le Comte, furieux. À partir de là, le rythme s'accélère. Les personnages se débattent avec la contrainte temporelle et spatiale : se cacher, se sauver, éviter, enfermer, devancer, apparaître et disparaître. S'accumulent ce que le critique Jacques Scherer a appelé des péripéties éclairs, péripéties pressées par une temporalité que Beaumarchais traite sur le même rythme effréné que l'espace. Ultime rebondissement de la séquence du cabinet : lorsque, malgré l'aveu de la Comtesse, le Comte ouvre la porte, il découvre... Suzanne ! Mais l'affaire n'est pas terminée : Antonio à demi ivre révèle qu'il a vu tomber un homme dans son potager. Toujours dévoué, Figaro se dénonce (acte II, scène 21).

C'est bien plus qu'il n'en faudrait pour un acte ordinaire. Mais l'action rebondit encore avec l'arrivée de Marceline qui brandit « une obligation de mariage » signée par Figaro. Aubaine pour le Comte qui peut prendre sa revanche : « on suspendra tout jusqu'à l'examen de vos titres qui se fera publiquement dans la grande salle d'audience » (acte II, scène 22). Est-ce tout ? Non. La Comtesse comprend qu'il est désormais impossible d'envoyer Chérubin à sa place au jardin. Elle décide d'y aller elle-même en tenant Figaro à l'écart de ce projet (acte II, scènes 24-26). On chercherait en vain dans le théâtre antérieur une telle accumulation de rebondissements dans un seul acte.

Rêverie

L'acte II, cependant, n'obéit pas au seul rythme saccadé des péripéties éclairs. On trouve aussi, à l'opposé, un espace immobilisé, un temps figé, dans la scène 4 qui se propose, conformément aux théories de Diderot, de rapprocher la scène de théâtre de la peinture :

La Conversation espagnole.
Gravure de J. Beauvarlet, d'après Carle Van Loo, 1769.
B.N.F. Paris.

« *La Comtesse assise tient le papier pour suivre. Suzanne est derrière son fauteuil, et prélude, en regardant la musique par-dessus sa maîtresse. Le petit page est devant elle, les yeux baissés. Ce tableau est juste la belle estampe, d'après Van Loo, appelée* La Conversation espagnole. » Chérubin chante une romance d'allure médiévale, tel un chevalier à sa dame ; Suzanne joue de la guitare ; la Comtesse rêve ; on commence à déshabiller le jeune page… Le temps suspend son vol. Mais un musicien aussi averti que Beaumarchais sait bien qu'il faut diversifier les tempo. Tout ne peut pas être ou aussi agité ou aussi statique : entre ces deux extrêmes, la séquence du cabinet et la scène de la romance, se situent des scènes de paisible gaieté.

ACTE III

Le théâtre représente une salle du château appelée salle du trône et servant de salle d'audience, ayant sur le côté une impériale en dais[1], et dessous, le portrait du roi.

SCÈNE PREMIÈRE. LE COMTE, PÉDRILLE,
en veste, botté, tenant un paquet cacheté.

LE COMTE, *vite.* M'as-tu bien entendu ?

PÉDRILLE. Excellence, oui. *(Il sort.)*

SCÈNE 2. LE COMTE, *seul, criant.*

Pédrille !

SCÈNE 3. LE COMTE, PÉDRILLE *revient.*

PÉDRILLE. Excellence ?

LE COMTE. On ne t'a pas vu ?

PÉDRILLE. Âme qui vive.

---

1. **Impériale en dais** : étoffe drapée déployée au-dessus du trône où siège le juge.

LE COMTE. Prenez le cheval barbe[1].

5 PÉDRILLE. Il est à la grille du potager, tout sellé.

LE COMTE. Ferme, d'un trait, jusqu'à Séville.

PÉDRILLE. Il n'y a que trois lieues, elles sont bonnes[2].

LE COMTE. En descendant, sachez si le page est arrivé.

PÉDRILLE. Dans l'hôtel ?

10 LE COMTE. Oui ; surtout depuis quel temps.

PÉDRILLE. J'entends.

LE COMTE. Remets-lui son brevet, et reviens vite.

PÉDRILLE. Et s'il n'y était pas ?

LE COMTE. Revenez plus vite, et m'en rendez compte. Allez.

SCÈNE 4. LE COMTE, *seul, marche en rêvant.*

J'ai fait une gaucherie[3] en éloignant Bazile !... la colère n'est bonne à rien. – Ce billet remis par lui, qui m'avertit d'une entreprise sur la Comtesse ; la camariste enfermée quand j'arrive ; la maîtresse affectée d'une terreur fausse ou vraie ; 5 un homme qui saute par la fenêtre, et l'autre après qui avoue... ou qui prétend que c'est lui... Le fil m'échappe. Il y a là-dedans une obscurité... Des libertés chez mes vassaux, qu'importe à gens de cette étoffe[4] ? Mais la Comtesse ! si quelque insolent attentait... Où m'égaré-je ? En vérité, quand

---

1. **Barbe** : oriental.
2. **Bonnes** : faciles. Les trois lieues (environ 13,5 km) sont donc à faire sur une route de bonne tenue.
3. **Gaucherie** : maladresse.
4. **Étoffe** : de cette sorte, de cette condition.

10 la tête se monte, l'imagination la mieux réglée devient folle
comme un rêve ! – Elle s'amusait : ces ris étouffés, cette joie
mal éteinte ! – Elle se respecte ; et mon honneur... où diable
on l'a placé ! De l'autre part, où suis-je ? cette friponne de
Suzanne a-t-elle trahi mon secret ?... Comme il n'est pas
15 encore le sien... Qui donc m'enchaîne à cette fantaisie ? j'ai
voulu vingt fois y renoncer... Étrange effet de l'irrésolution !
si je la voulais sans débat, je la désirerais mille fois moins.
– Ce Figaro se fait bien attendre ! il faut le sonder
adroitement *(Figaro paraît dans le fond, il s'arrête)* et tâcher,
20 dans la conversation que je vais avoir avec lui, de démêler
d'une manière détournée s'il est instruit ou non de mon
amour pour Suzanne.

SCÈNE 5. LE COMTE, FIGARO.

FIGARO, *à part.* Nous y voilà.

LE COMTE. ... S'il en sait par elle un seul mot...

FIGARO, *à part.* Je m'en suis douté.

LE COMTE. ... Je lui fais épouser la vieille.

5 FIGARO, *à part.* Les amours de monsieur Bazile ?

LE COMTE. ... Et voyons ce que nous ferons de la jeune.

FIGARO, *à part.* Ah ! ma femme, s'il vous plaît.

LE COMTE *se retourne.* Hein ? quoi ? qu'est-ce que c'est ?

FIGARO *s'avance.* Moi, qui me rends à vos ordres.

10 LE COMTE. Et pourquoi ces mots ?...

FIGARO. Je n'ai rien dit.

REPÈRES

• Qu'est-ce qui motive le monologue du Comte ?
• Où se situent les événements auxquels le Comte fait allusion ?

OBSERVATION

• Quelles sont les marques dans la ponctuation de l'irrésolution du Comte ?
• Relevez les temps verbaux du texte. Comment expliquez-vous l'abondance du présent dans l'évocation d'événements passés ?
• Relevez les phrases nominales et inachevées : quel effet dramatique et psychologique produit cette abondance ?

INTERPRÉTATIONS

• Comment le Comte interprète-t-il son amour pour Suzanne ?
• En quoi ce monologue est-il caractéristique d'un personnage aristocratique ?

LE COMTE *répète*. « Ma femme, s'il vous plaît ? »

FIGARO. C'est... la fin d'une réponse que je faisais : « allez le dire à ma femme, s'il vous plaît ».

15 LE COMTE *se promène*. « Sa femme !... » Je voudrais bien savoir quelle affaire peut arrêter monsieur, quand je le fais appeler ?

FIGARO, *feignant d'assurer son habillement*. Je m'étais sali sur ces couches en tombant ; je me changeais.

20 LE COMTE. Faut-il une heure ?

FIGARO. Il faut le temps.

LE COMTE. Les domestiques ici... sont plus longs à s'habiller que les maîtres !

FIGARO. C'est qu'ils n'ont point de valets pour les y aider.

25 LE COMTE. ... Je n'ai pas trop compris ce qui vous avait forcé tantôt de courir un danger inutile, en vous jetant...

FIGARO. Un danger ! on dirait que je me suis engouffré tout vivant...

LE COMTE. Essayez de me donner le change en feignant de 30 le prendre[1], insidieux valet ! Vous entendez fort bien que ce n'est pas le danger qui m'inquiète, mais le motif.

FIGARO. Sur un faux avis, vous arrivez furieux, renversant tout, comme le torrent de la Morena[2] ; vous cherchez un homme, il vous le faut, ou vous allez briser les portes, 35 enfoncer les cloisons ! Je me trouve là par hasard : qui sait dans votre emportement si...

---

1. **Me donner ... prendre** : me tromper en feignant de vous tromper (sur le sens de ma question).
2. **Morena** : Sierra Morena, montagnes au nord-ouest de Séville.

Le Comte, *interrompant.* Vous pouviez fuir par l'escalier.

Figaro. Et vous, me prendre au corridor.

Le Comte, *en colère.* Au corridor ! *(À part.)* Je m'emporte,
40 et nuis à ce que je veux savoir.

Figaro, *à part.* Voyons-le venir, et jouons serré.

Le Comte, *radouci.* Ce n'est pas ce que je voulais dire ;
laissons cela. J'avais... oui, j'avais quelque envie de
t'emmener à Londres courrier de dépêches... mais, toutes
45 réflexions faites...

Figaro. Monseigneur a changé d'avis ?

Le Comte. Premièrement, tu ne sais pas l'anglais.

Figaro. Je sais *God-dam*[1].

Le Comte. Je n'entends pas.

50 Figaro. Je dis que je sais *God-dam.*

Le Comte. Hé bien ?

Figaro. Diable ! c'est une belle langue que l'anglais ! il en
faut peu pour aller loin. Avec *God-dam,* en Angleterre, on
ne manque de rien nulle part. – Voulez-vous tâter d'un bon
55 poulet gras : entrez dans une taverne, et faites seulement ce
geste au garçon. *(Il tourne la broche.) God-dam !* on vous
apporte un pied[2] de bœuf salé, sans pain. C'est admirable.
Aimez-vous à boire un coup d'excellent bourgogne ou de
clairet[3] : rien que celui-ci. *(Il débouche une bouteille.) God-*

---

1. **God-dam** : déformation de *God-damned,* juron correspondant à « Que le
diable m'emporte », « Dieu me damne ». Il semble que cette expression doive
sa célébrité à Beaumarchais. Au XIXᵉ siècle, elle servira en France de sobriquet
populaire pour désigner les Anglais.
2. **Pied** : unité de mesure.
3. **Clairet** : vin de Bordeaux, appelé ainsi en raison de sa couleur rouge clair.

[60] *dam* ! on vous sert un pot de bière, en bel étain, la mousse aux bords. Quelle satisfaction ! Rencontrez-vous une de ces jolies personnes qui vont trottant menu, les yeux baissés, coudes en arrière, et tortillant un peu des hanches : mettez mignardement tous les doigts unis sur la bouche. Ah ! *God-*[65]*dam* ! elle vous sangle un soufflet de crocheteur[1] : preuve qu'elle entend. Les Anglais, à la vérité, ajoutent par-ci, par-là, quelques autres mots en conversant ; mais il est bien aisé de voir que *God-dam* est le fond de la langue[2] ; et si Monseigneur n'a pas d'autre motif de me laisser en Espagne...

[70] Le Comte, *à part.* Il veut venir à Londres ; elle n'a pas parlé.

Figaro, *à part.* Il croit que je ne sais rien ; travaillons-le un peu dans son genre.

Le Comte. Quel motif avait la Comtesse pour me jouer un [75] pareil tour ?

Figaro. Ma foi, Monseigneur, vous le savez mieux que moi.

Le Comte. Je la préviens sur tout, et la comble de présents.

Figaro. Vous lui donnez, mais vous êtes infidèle. Sait-on gré du superflu à qui nous prive du nécessaire ?

[80] Le Comte. ... Autrefois tu me disais tout.

Figaro. Et maintenant je ne vous cache rien.

Le Comte. Combien la Comtesse t'a-t-elle donné pour cette belle association ?

Figaro. Combien me donnâtes-vous pour la tirer des mains

---

[1]. **Crocheteur** : portefaix, nommé ainsi en raison du crochet avec lequel il portait ses charges. Il s'agit donc d'un soufflet vigoureux.
[2]. Cette tirade vient de la version en cinq actes du *Barbier*.

85 du docteur ? Tenez, Monseigneur, n'humilions pas l'homme qui nous sert bien, crainte d'en faire un mauvais valet.

LE COMTE. Pourquoi faut-il qu'il y ait toujours du louche en ce que tu fais ?

FIGARO. C'est qu'on en voit partout quand on cherche des
90 torts.

LE COMTE. Une réputation détestable !

FIGARO. Et si je vaux mieux qu'elle ? Y a-t-il beaucoup de seigneurs qui puissent en dire autant ?

LE COMTE. Cent fois je t'ai vu marcher à la fortune, et
95 jamais aller droit.

FIGARO. Comment voulez-vous ? La foule est là : chacun veut courir : on se presse, on pousse, on coudoie, on renverse, arrive qui peut ; le reste est écrasé. Aussi c'est fait ; pour moi, j'y renonce.

100 LE COMTE. À la fortune ? *(À part.)* Voici du neuf.

FIGARO, *à part.* À mon tour maintenant. *(Haut.)* Votre Excellence m'a gratifié de la conciergerie[1] du château ; c'est un fort joli sort : à la vérité, je ne serai pas le courrier étrenné[2] des nouvelles intéressantes ; mais, en revanche,
105 heureux avec ma femme au fond de l'Andalousie...

LE COMTE. Qui t'empêcherait de l'emmener à Londres ?

FIGARO. Il faudrait la quitter si souvent, que j'aurais bientôt du mariage par-dessus la tête.

LE COMTE. Avec du caractère et de l'esprit, tu pourrais un
110 jour t'avancer dans les bureaux.

---

1. Figaro n'est pas portier mais gardien, chargé de la conservation du château.
2. **Étrenné** : qui a l'étrenne, la primeur des nouvelles.

FIGARO. De l'esprit pour s'avancer ? Monseigneur se rit du mien. Médiocre et rampant, et l'on arrive à tout.

LE COMTE. ... Il ne faudrait qu'étudier un peu sous moi la politique.

115 FIGARO. Je la sais.

LE COMTE. Comme l'anglais, le fond de la langue !

FIGARO. Oui, s'il y avait ici de quoi se vanter. Mais feindre d'ignorer ce qu'on sait, de savoir tout ce qu'on ignore ; d'entendre ce qu'on ne comprend pas, de ne point ouïr ce 120 qu'on entend ; surtout de pouvoir au-delà de ses forces ; avoir souvent pour grand secret de cacher qu'il n'y en a point ; s'enfermer pour tailler des plumes, et paraître profond quand on n'est, comme on dit, que vide et creux ; jouer bien ou mal un personnage, répandre des espions et pensionner des 125 traîtres ; amollir des cachets [1], intercepter des lettres, et tâcher d'ennoblir la pauvreté des moyens par l'importance des objets : voilà toute la politique, ou je meure !

LE COMTE. Eh ! c'est l'intrigue que tu définis !

FIGARO. La politique, l'intrigue, volontiers ; mais, comme je 130 les crois un peu germaines [2], en fasse qui voudra ! « J'aime mieux ma mie, ô gué ! » comme dit la chanson du bon Roi [3].

LE COMTE, à part. Il veut rester. J'entends... Suzanne m'a trahi.

FIGARO, à part. Je l'enfile [4], et le paye en sa monnaie.

---

1. **Amollir les cachets** : les ramollir, pour ouvrir et lire les lettres incognito.
2. **Germaines** : sœurs (nées des mêmes père et mère).
3. Citation de la chanson d'Alceste, dans *Le Misanthrope* de Molière (1666).
4. **L'enfile** : l'engage dans une partie désavantageuse ou truquée, le trompe, l'enjôle (terme familier).

135 LE COMTE. Ainsi tu espères gagner ton procès contre Marceline ?

FIGARO. Me feriez-vous un crime de refuser une vieille fille, quand Votre Excellence se permet de nous souffler toutes les jeunes !

140 LE COMTE, *raillant*. Au tribunal le magistrat s'oublie, et ne voit plus que l'ordonnance.

FIGARO. Indulgente aux grands, dure aux petits...

LE COMTE. Crois-tu donc que je plaisante ?

FIGARO. Eh ! qui le sait, Monseigneur ? *Tempo è* 145 *galant'uomo*[1], dit l'Italien ; il dit toujours la vérité : c'est lui qui m'apprendra qui me veut du mal, ou du bien.

LE COMTE, *à part*. Je vois qu'on lui a tout dit ; il épousera la duègne.

FIGARO, *à part*. Il a joué au fin avec moi, qu'a-t-il appris ?

SCÈNE 6. LE COMTE, UN LAQUAIS, FIGARO.

LE LAQUAIS, *annonçant*. Don Gusman Brid'oison.

LE COMTE. Brid'oison ?

FIGARO. Eh ! sans doute. C'est le juge ordinaire, le lieutenant du siège, votre prud'homme[2].

5 LE COMTE. Qu'il attende. *(Le laquais sort.)*

---

1. « Le temps est galant homme » (proverbe italien).
2. **Prud'homme :** expert chargé de conseiller le Comte dans ses fonctions de juge.

Scène 7. Le Comte, Figaro.

Figaro *reste un moment à regarder le Comte qui rêve.*
... Est-ce là ce que Monseigneur voulait ?

Le Comte, *revenant à lui.* Moi ?... je disais d'arranger ce salon pour l'audience publique.

Figaro. Hé ! qu'est-ce qu'il manque ? Le grand fauteuil
5 pour vous, de bonnes chaises aux prud'hommes, le tabouret du greffier, deux banquettes aux avocats, le plancher pour le beau monde et la canaille derrière. Je vais renvoyer les frotteurs[1]. *(Il sort.)*

Scène 8. Le Comte, *seul.*

Le maraud m'embarrassait ! en disputant, il prend son avantage ; il serre, vous enveloppe... Ah ! friponne et fripon, vous vous entendez pour me jouer ! Soyez amis, soyez amants, soyez ce qu'il vous plaira, j'y consens ; mais parbleu,
5 pour époux...

Scène 9. Suzanne, le Comte.

Suzanne, *essoufflée.* Monseigneur... pardon, Monseigneur.

Le Comte, *avec humeur.* Qu'est-ce qu'il y a, mademoiselle ?

Suzanne. Vous êtes en colère ?

Le Comte. Vous voulez quelque chose apparemment ?

5 Suzanne, *timidement.* C'est que ma maîtresse a ses

---

[1]. **Frotteurs** : valets qui frottent le parquet.

vapeurs[1]. J'accourais vous prier de nous prêter votre flacon d'éther. Je l'aurais rapporté dans l'instant.

LE COMTE *le lui donne*. Non, non, gardez-le pour vous-même. Il ne tardera pas à vous être utile.

SUZANNE. Est-ce que les femmes de mon état ont des vapeurs, donc ? C'est un mal de condition[2], qu'on ne prend que dans les boudoirs.

LE COMTE. Une fiancée bien éprise, et qui perd son futur...

SUZANNE. En payant Marceline avec la dot que vous m'avez promise...

LE COMTE. Que je vous ai promise, moi ?

SUZANNE, *baissant les yeux*. Monseigneur, j'avais cru l'entendre.

LE COMTE. Oui, si vous consentiez à m'entendre vous-même.

SUZANNE, *les yeux baissés*. Et n'est-ce pas mon devoir d'écouter Son Excellence ?

LE COMTE. Pourquoi donc, cruelle fille, ne me l'avoir pas dit plus tôt ?

SUZANNE. Est-il jamais trop tard pour dire la vérité ?

LE COMTE. Tu te rendrais sur la brune au jardin ?

SUZANNE. Est-ce que je ne m'y promène pas tous les soirs ?

LE COMTE. Tu m'as traité ce matin si durement !

---

1. **Vapeurs** : troubles et malaises divers qu'on attribuait aux exhalaisons du sang vers le cerveau, dans la médecine d'autrefois. On y croyait les femmes particulièrement sujettes.

2. **De condition** : de condition élevée, de femme du monde.

SUZANNE. Ce matin ? – Et le page derrière le fauteuil ?

30 LE COMTE. Elle a raison, je l'oubliais... Mais pourquoi ce refus obstiné quand Bazile, de ma part ?...

SUZANNE. Quelle nécessité qu'un Bazile... ?

LE COMTE. Elle a toujours raison. Cependant il y a un certain Figaro à qui je crains bien que vous n'ayez tout dit !

35 SUZANNE. Dame ! oui, je lui dis tout... hors ce qu'il faut lui taire.

LE COMTE, *en riant*. Ah ! charmante ! Et tu me le promets ? Si tu manquais à ta parole, entendons-nous, mon cœur : point de rendez-vous, point de dot, point de mariage.

40 SUZANNE, *faisant la révérence*. Mais aussi point de mariage, point de droit du seigneur, Monseigneur.

LE COMTE. Où prend-elle ce qu'elle dit ? d'honneur j'en raffolerai ! Mais ta maîtresse attend le flacon...

SUZANNE, *riant et rendant le flacon*. Aurais-je pu vous 45 parler sans un prétexte ?

LE COMTE *veut l'embrasser*. Délicieuse créature !

SUZANNE *s'échappe*. Voilà du monde.

LE COMTE, *à part*. Elle est à moi. *(Il s'enfuit.)*

SUZANNE. Allons vite rendre compte à Madame.

Scène 10. Suzanne, Figaro.

FIGARO. Suzanne, Suzanne ! où cours-tu donc si vite en quittant Monseigneur ?

SUZANNE. Plaide à présent, si tu le veux ; tu viens de gagner ton procès. *(Elle s'enfuit.)*

5 FIGARO *la suit*. Ah ! mais, dis donc...

Scène 11. Le Comte *rentre seul*.

« Tu viens de gagner ton procès ! » – Je donnais là dans un bon piège ! Ô mes chers insolents ! je vous punirai de façon... Un bon arrêt... bien juste... Mais s'il allait payer la duègne... Avec quoi ?... S'il payait... Eeeeh ! n'ai-je pas le fier Antonio, 5 dont le noble orgueil dédaigne en Figaro un inconnu[1] pour sa nièce ? En caressant cette manie... Pourquoi non ? dans le vaste champ de l'intrigue il faut savoir tout cultiver, jusqu'à la vanité d'un sot. *(Il appelle.)* Anto... *(Il voit entrer Marceline, etc. Il sort.)*

Scène 12. Bartholo, Marceline, Brid'oison.

MARCELINE, *à Brid'oison*. Monsieur, écoutez mon affaire.

BRID'OISON, *en robe, et bégayant un peu*. Eh bien ! pa-arlons-en verbalement.

BARTHOLO. C'est une promesse de mariage.

---

1. **Inconnu** : homme né de parents inconnus.

5 MARCELINE. Accompagnée d'un prêt d'argent.

BRID'OISON. J'en-entends, et cætera, le reste.

MARCELINE. Non, monsieur, point d'« et cætera ».

BRID'OISON. J'en-entends : vous avez la somme ?

MARCELINE. Non, monsieur ; c'est moi qui l'ai prêtée.

10 BRID'OISON. J'en-entends bien, vous-ous redemandez l'argent ?

MARCELINE. Non, monsieur ; je demande qu'il m'épouse.

BRID'OISON. Eh ! mais, j'en-entends fort bien ; et lui veu-eut-il vous épouser ?

15 MARCELINE. Non, monsieur ; voilà tout le procès !

BRID'OISON. Croyez-vous que je ne l'en-entende pas, le procès ?

MARCELINE. Non, monsieur. *(À Bartholo.)* Où sommes-nous ? *(À Brid'oison.)* Quoi ! c'est vous qui nous jugerez ?

20 BRID'OISON. Est-ce que j'ai a-acheté ma charge pour autre chose ?

MARCELINE, *en soupirant.* C'est un grand abus que de les vendre[1] !

BRID'OISON. Oui ; l'on-on ferait mieux de nous les donner 25 pour rien. Contre qui plai-aidez-vous ?

---

[1]. La monarchie tirait de grandes ressources de la vénalité des offices, ou ventes de charges aujourd'hui confiées à la fonction publique (quoique les charges de notaires relèvent encore actuellement de ce système).

la justice

SCÈNE 13. BARTHOLO,
MARCELINE, BRID'OISON.

FIGARO *rentre en se frottant les mains.*

MARCELINE, *montrant Figaro.* Monsieur, contre ce malhonnête homme.

FIGARO, *très gaiement, à Marceline.* Je vous gêne peut-être. – Monseigneur revient dans l'instant, monsieur le conseiller.

5 BRID'OISON. J'ai vu ce ga-arçon-là quelque part.

FIGARO. Chez madame votre femme, à Séville, pour la servir, monsieur le conseiller.

BRID'OISON. Dan-ans quel temps ?

FIGARO. Un peu moins d'un an avant la naissance de
10 monsieur votre fils le cadet, qui est un bien joli enfant, je m'en vante.

BRID'OISON. Oui, c'est le plus jo-oli de tous. On dit que tu-u fais ici des tiennes ?

FIGARO. Monsieur est bien bon. Ce n'est là qu'une misère.

15 BRID'OISON. Une promesse de mariage ! A-ah ! le pauvre benêt !

FIGARO. Monsieur...

BRID'OISON. A-t-il vu mon-on secrétaire, ce bon garçon ?

FIGARO. N'est-ce pas Double-Main, le greffier ?

20 BRID'OISON. Oui ; c'è-est qu'il mange à deux râteliers.

FIGARO. Manger ! je suis garant qu'il dévore. Oh ! que oui, je l'ai vu pour l'extrait et pour le supplément d'extrait ; comme cela se pratique, au reste.

BRID'OISON. On-on doit remplir les formes[1].

25 FIGARO. Assurément, monsieur ; si le fond des procès appartient aux plaideurs, on sait bien que la forme est le patrimoine des tribunaux.

BRID'OISON. Ce garçon-là n'è-est pas si niais que je l'avais cru d'abord. Hé bien, l'ami, puisque tu en sais tant, nou-ous 30 aurons soin de ton affaire.

FIGARO. Monsieur, je m'en rapporte à votre équité, quoique vous soyez de notre Justice.

BRID'OISON. Hein ?... Oui, je suis de la-a Justice. Mais si tu dois, et que tu-u ne payes pas ?...

35 FIGARO. Alors monsieur voit bien que c'est comme si je ne devais pas.

BRID'OISON. San-ans doute. – Hé ! mais qu'est-ce donc qu'il dit ?

SCÈNE 14. BARTHOLO, MARCELINE, LE COMTE, BRID'OISON, FIGARO, UN HUISSIER.

L'HUISSIER, *précédant le Comte, crie.* Monseigneur, messieurs.

LE COMTE. En robe ici, seigneur Brid'oison ! Ce n'est qu'une affaire domestique[2] : l'habit de ville était trop bon.

5 BRID'OISON. C'è-est vous qui l'êtes, monsieur le Comte. Mais je ne vais jamais san-ans elle, parce que la forme, voyez-vous,

---

1. **Formes :** procédures juridiques d'usage, évidemment payées.
2. **Domestique :** privée (on distingue le droit privé et le droit public).

*Brid'oison. Illustration du XIXᵉ siècle
pour les Œuvres complètes de Beaumarchais.
Bibliothèque de l'Arsenal (fonds Rondel), Paris.*

la forme ! Tel rit d'un juge en habit court, qui-i tremble au seul aspect d'un procureur en robe. La forme, la-a forme !

LE COMTE, *à l'huissier.* Faites entrer l'audience.

10 L'HUISSIER *va ouvrir en glapissant.* L'audience !

SCÈNE 15. LES ACTEURS PRÉCÉDENTS,
ANTONIO, LES VALETS DU CHÂTEAU,
LES PAYSANS et PAYSANNES *en habits de fête ;*
LE COMTE *s'assied sur le grand fauteuil ;* BRID'OISON,
sur une chaise à côté ; LE GREFFIER,
sur le tabouret derrière sa table ; LES JUGES,
LES AVOCATS, *sur les banquettes ;* MARCELINE,
à côté de BARTHOLO ; FIGARO, *sur l'autre banquette ;*
LES PAYSANS et VALETS, *debout derrière.*

BRID'OISON, *à Double-Main.* Double-Main, a-appelez les causes[1].

DOUBLE-MAIN *lit un papier.* « Noble, très noble, infiniment noble, *don Pedro George, hidalgo[2], baron de Los Altos,*
5 *y Montes Fieros, y Otros Montes* ; contre *Alonzo Calderon,* jeune auteur dramatique. » Il est question d'une comédie mort-née, que chacun désavoue et rejette sur l'autre.

LE COMTE. Ils ont raison tous deux. Hors de cour. S'ils font ensemble un autre ouvrage, pour qu'il marque un peu dans
10 le grand monde, ordonné que le noble y mettra son nom, le poète son talent.

---

1. **Causes :** on commence par « l'appel des causes », c'est-à-dire des litiges.
2. **Hidalgo :** noble.

DOUBLE-MAIN *lit un autre papier.* « *André Petrutchio,* laboureur ; contre le receveur de la province. » Il s'agit d'un forcement arbitraire[1].

15 LE COMTE. L'affaire n'est pas de mon ressort. Je servirai mieux mes vassaux en les protégeant près du roi. Passez.

DOUBLE-MAIN *en prend un troisième.* Bartholo et Figaro se lèvent « *Barbe - Agar - Raab - Madeleine - Nicole - Marceline de Verte-Allure,* fille majeure (*Marceline se lève et salue*) ;
20 contre *Figaro...* » Nom de baptême en blanc ?

FIGARO. Anonyme.

BRID'OISON. A-anonyme ! Què-el patron[2] est-ce là ?

FIGARO. C'est le mien.

DOUBLE-MAIN *écrit.* Contre anonyme *Figaro.* Qualités ?

25 FIGARO. Gentilhomme.

LE COMTE. Vous êtes gentilhomme ? (*Le greffier écrit.*)

FIGARO. Si le ciel l'eût voulu, je serais fils d'un prince.

LE COMTE, *au greffier.* Allez.

L'HUISSIER, *glapissant.* Silence ! messieurs.

30 DOUBLE-MAIN *lit.* « ... Pour cause d'opposition faite au mariage dudit *Figaro* par ladite *de Verte-Allure.* Le docteur *Bartholo* plaidant pour la demanderesse, et ledit *Figaro* pour lui-même, si la cour le permet, contre le vœu de l'usage et la jurisprudence du siège[3]. »

35 FIGARO. L'usage, maître Double-Main, est souvent un abus.

---

1. **Forcement arbitraire :** saisie injustifiée.
2. **Patron :** saint patron. (Quel saint s'appelle Anonyme ?)
3. **Contre le vœu ... siège :** contre ce que veut l'usage et la coutume juridique du tribunal.

Le client un peu instruit sait toujours mieux sa cause que certains avocats, qui, suant à froid, criant à tue-tête, et connaissant tout, hors le fait, s'embarrassent aussi peu de ruiner le plaideur que d'ennuyer l'auditoire et d'endormir
40 messieurs : plus boursouflés après que s'ils eussent composé l'*Oratio pro Murena*[1]. Moi, je dirai le fait en peu de mots. Messieurs...

DOUBLE-MAIN. En voilà beaucoup d'inutiles, car vous n'êtes pas demandeur, et n'avez que la défense. Avancez,
45 docteur, et lisez la promesse.

FIGARO. Oui, promesse !

BARTHOLO, *mettant ses lunettes.* Elle est précise.

BRID'OISON. I-il faut la voir.

DOUBLE-MAIN. Silence donc, messieurs !

50 L'HUISSIER, *glapissant.* Silence !

BARTHOLO *lit.* « Je soussigné reconnais avoir reçu de damoiselle, etc. *Marceline de Verte-Allure,* dans le château d'Aguas-Frescas, la somme de deux mille piastres fortes cordonnées[2] ; laquelle somme je lui rendrai à sa réquisition,
55 dans ce château ; et je l'épouserai, par forme de reconnaissance, etc. Signé *Figaro,* tout court. » Mes conclusions sont au payement du billet et à l'exécution de la promesse, avec dépens[3]. *(Il plaide.)* Messieurs... jamais cause plus intéressante ne fut soumise au jugement de la cour ; et,
60 depuis Alexandre le Grand, qui promit mariage à la belle Thalestris...

---

1. **L'*Oratio pro Murena*** : fameux plaidoyer de Cicéron, homme politique et orateur latin (106 - 43 av. J.-C.).
2. **Piastres ... cordonnées** : piastres entourées d'une gravure circulaire sur leur tranche.
3. **Avec dépens** : avec les frais du procès.

LE COMTE, *interrompant*. Avant d'aller plus loin, avocat, convient-on de la validité du titre ?

BRID'OISON, *à Figaro*. Qu'oppo... qu'oppo-osez-vous à cette
65 lecture ?

FIGARO. Qu'il y a, messieurs, malice, erreur ou distraction dans la manière dont on a lu la pièce, car il n'est pas dit dans l'écrit : « *laquelle somme je lui rendrai*, ET *je l'épouserai* », *mais* « *laquelle somme je lui rendrai*, OU *je l'épouserai* » ; ce
70 qui est bien différent.

LE COMTE. Y a-t-il ET dans l'acte, ou bien OU ?

BARTHOLO. Il y a ET.

FIGARO. Il y a OU.

BRID'OISON. Dou-ouble-Main, lisez vous-même.

75 DOUBLE-MAIN, *prenant le papier*. Et c'est le plus sûr ; car souvent les parties déguisent en lisant. *(Il lit.)* « E, e, e, *damoiselle* e, e, e, *de Verte-Allure*, e, e, e. Ha ! *laquelle somme je lui rendrai à sa réquisition, dans ce château...* ET... OU... ET... OU... » Le mot est si mal écrit... il y a un pâté.

80 BRID'OISON. Un pâ-âté ? je sais ce que c'est.

BARTHOLO, *plaidant*. Je soutiens, moi, que c'est la conjonction copulative ET qui lie les membres corrélatifs de la phrase ; je payerai la demoiselle, ET je l'épouserai.

FIGARO, *plaidant*. Je soutiens, moi, que c'est la conjonction
85 alternative OU qui sépare lesdits membres ; je payerai la donzelle, OU je l'épouserai. À pédant, pédant et demi. Qu'il s'avise de parler latin, j'y suis grec[1] ; je l'extermine.

---

[1]. **J'y suis grec** : je parle grec, langue encore plus savante et subtile que le latin. Donc, je serais plus habile encore.

LE COMTE. Comment juger pareille question ?

BARTHOLO. Pour la trancher, messieurs, et ne plus chicaner
90 sur un mot, nous passons qu'il y ait OU.

FIGARO. J'en demande acte.

BARTHOLO. Et nous y adhérons. Un si mauvais refuge ne
sauvera pas le coupable. Examinons le titre en ce sens. *(Il lit.)*
« *Laquelle somme je lui rendrai dans ce château, où je*
95 *l'épouserai.* » C'est ainsi qu'on dirait, messieurs : « *Vous vous*
ferez saigner dans ce lit, où vous resterez chaudement » ; c'est
dans lequel. « *Il prendra deux gros de rhubarbe, où vous*
mêlerez un peu de tamarin[1] » ; dans lesquels on mêlera. Ainsi
« *château où je l'épouserai* », messieurs, c'est « *château dans*
100 *lequel...* ».

FIGARO. Point du tout : la phrase est dans le sens de celle-
ci : « ou *la maladie vous tuera,* ou *ce sera le médecin* » ; ou
bien *le médecin* ; c'est incontestable. Autre exemple : « ou
vous n'écrirez rien qui plaise, ou *les sots vous dénigreront* » ;
105 ou bien *les sots* ; le sens est clair ; car, audit cas, *sots* ou
méchants sont le substantif qui gouverne. Maître Bartholo
croit-il donc que j'aie oublié ma syntaxe ? Ainsi, je la payerai
dans ce château, *virgule,* ou je l'épouserai...

BARTHOLO, *vite.* Sans virgule.

110 FIGARO, *vite.* Elle y est. C'est, *virgule,* messieurs, ou bien je
l'épouserai.

BARTHOLO, *regardant le papier, vite.* Sans virgule,
messieurs.

FIGARO, *vite.* Elle y était, messieurs. D'ailleurs, l'homme qui
115 épouse est-il tenu de rembourser ?

---

1. La rhubarbe et le tamarin ont des vertus laxatives.

Marceline (V. Silver) et Figaro (A. Marcon).
Mise en scène de J.-P. Vincent.
Théâtre national de Chaillot, 1987.

BARTHOLO, *vite.* Oui ; nous nous marions séparés de biens.

FIGARO, *vite.* Et nous de corps, dès que mariage n'est pas quittance[1]. *(Les juges se lèvent et opinent tout bas.)*

BARTHOLO. Plaisant acquittement[2] !

120 DOUBLE-MAIN. Silence, messieurs !

---

1. **Dès que ... quittance :** dès que le mariage n'acquitte pas la dette.
2. **Acquittement :** ici, façon de s'acquitter.

L'Huissier, *glapissant*. Silence !

Bartholo. Un pareil fripon appelle cela payer ses dettes !

Figaro. Est-ce votre cause, avocat, que vous plaidez ?

Bartholo. Je défends cette demoiselle.

125 Figaro. Continuez à déraisonner, mais cessez d'injurier. Lorsque, craignant l'emportement des plaideurs, les tribunaux ont toléré qu'on appelât des tiers[1], ils n'ont pas entendu que ces défenseurs modérés deviendraient impunément des insolents privilégiés. C'est dégrader le plus 130 noble institut[2]. *(Les juges continuent d'opiner bas.)*

Antonio, *à Marceline, montrant les juges*. Qu'ont-ils tant à balbucifier[3] ?

Marceline. On a corrompu le grand juge ; il corrompt l'autre, et je perds mon procès.

135 Bartholo, *bas, d'un ton sombre*. J'en ai peur.

Figaro, *gaiement*. Courage, Marceline !

Double-Main *se lève ; à Marceline*. Ah ! c'est trop fort ! je vous dénonce[4] ; et, pour l'honneur du tribunal, je demande qu'avant faire droit sur l'autre affaire, il soit prononcé sur 140 celle-ci.

Le Comte *s'assied*. Non, greffier, je ne prononcerai point sur mon injure personnelle ; un juge espagnol n'aura point à rougir d'un excès digne au plus des tribunaux asiatiques : c'est assez des autres abus ! J'en vais corriger un second, en 145 vous motivant mon arrêt : tout juge qui s'y refuse est un

---

1. **Tiers** : avocats, étrangers aux plaideurs.
2. **Institut** : institution.
3. **Balbucifier** : déformation de « balbutier ».
4. **Dénonce** : je requiers contre vous l'ouverture d'une plainte pour outrage à magistrat.

grand ennemi des lois. Que peut requérir la demanderesse ? mariage à défaut de payement ; les deux ensemble impliqueraient[1].

DOUBLE-MAIN. Silence, messieurs !

150 L'HUISSIER, *glapissant*. Silence.

LE COMTE. Que nous répond le défendeur ? qu'il veut garder sa personne ; à lui permis.

FIGARO, *avec joie*. J'ai gagné !

LE COMTE. Mais comme le texte dit : « *Laquelle somme je*
155 *payerai à sa première réquisition, ou bien j'épouserai*, etc. », la cour condamne le défendeur à payer deux mille piastres fortes à la demanderesse, ou bien à l'épouser dans le jour. *(Il se lève.)*

FIGARO, *stupéfait*. J'ai perdu.

160 ANTONIO, *avec joie*. Superbe arrêt !

FIGARO. En quoi superbe ?

ANTONIO. En ce que tu n'es plus mon neveu. Grand merci, Monseigneur.

L'HUISSIER, *glapissant*. Passez, messieurs. *(Le peuple sort.)*

165 ANTONIO. Je m'en vas tout conter à ma nièce. *(Il sort.)*

---

1. **Impliqueraient** : seraient contradictoires.

SCÈNE 16. LE COMTE *allant de côté et d'autre ;* MARCELINE, BARTHOLO, FIGARO, BRID'OISON.

MARCELINE *s'assied.* Ah ! je respire !

FIGARO. Et moi, j'étouffe.

LE COMTE, *à part.* Au moins je suis vengé, cela soulage.

FIGARO, *à part.* Et ce Bazile qui devait s'opposer[1] au
5 mariage de Marceline, voyez comme il revient ! – *(Au Comte qui sort.)* Monseigneur, vous nous quittez ?

LE COMTE. Tout est jugé.

FIGARO, *à Brid'oison.* C'est ce gros enflé de conseiller...

BRID'OISON. Moi, gros-os enflé !

10 FIGARO. Sans doute. Et je ne l'épouserai pas : je suis gentilhomme, une fois[2]. *(Le Comte s'arrête.)*

BARTHOLO. Vous l'épouserez.

FIGARO. Sans l'aveu de mes nobles parents ?

BARTHOLO. Nommez-les, montrez-les.

15 FIGARO. Qu'on me donne un peu de temps : je suis bien près de les revoir ; il y a quinze ans que je les cherche.

BARTHOLO. Le fat ! c'est quelque enfant trouvé !

FIGARO. Enfant perdu, docteur, ou plutôt enfant volé.

LE COMTE *revient.* « Volé, perdu », la preuve ? Il crierait
20 qu'on lui fait injure !

FIGARO. Monseigneur, quand les langes à dentelles, tapis

---

1. **S'opposer :** faire opposition devant le tribunal.
2. **Une fois :** une fois pour toutes.

brodés et joyaux d'or trouvés sur moi par les brigands n'indiqueraient pas ma haute naissance, la précaution qu'on avait prise de me faire des marques distinctives témoignerait
25 assez combien j'étais un fils précieux : et cet hiéroglyphe[1] à mon bras... *(Il veut se dépouiller le bras droit.)*

MARCELINE, *se levant vivement.* Une spatule[2] à ton bras droit ?

FIGARO. D'où savez-vous que je dois l'avoir ?

30 MARCELINE. Dieux ! c'est lui !

FIGARO. Oui, c'est moi.

BARTHOLO, *à Marceline.* Et qui ? lui !

MARCELINE, *vivement.* C'est Emmanuel.

BARTHOLO, *à Figaro.* Tu fus enlevé par des bohémiens ?

35 FIGARO, *exalté.* Tout près d'un château. Bon docteur, si vous me rendez à ma noble famille, mettez un prix à ce service ; des monceaux d'or n'arrêteront pas mes illustres parents.

BARTHOLO, *montrant Marceline.* Voilà ta mère.

40 FIGARO. ... Nourrice ?

BARTHOLO. Ta propre mère.

LE COMTE. Sa mère !

FIGARO. Expliquez-vous.

MARCELINE, *montrant Bartholo.* Voilà ton père.

---

1. **Hiéroglyphe :** caractère de l'écriture égyptienne, alors non déchiffrée. Donc, ici, signe mystérieux.
2. **Spatule :** instrument de chirurgie.

[45] FIGARO, *désolé.* Oooh ! aïe de moi !

MARCELINE. Est-ce que la nature ne te l'a pas dit mille fois ?

FIGARO. Jamais.

LE COMTE, *à part.* Sa mère !

BRID'OISON. C'est clair, i-il ne l'épousera pas.

[50] BARTHOLO[1]. Ni moi non plus.

MARCELINE. Ni vous ! Et votre fils ? Vous m'aviez juré...

BARTHOLO. J'étais fou. Si pareils souvenirs engageaient, on serait tenu d'épouser tout le monde.

BRID'OISON. E-et si l'on y regardait de si près, per-ersonne
[55] n'épouserait personne.

BARTHOLO. Des fautes si connues ! une jeunesse déplorable.

MARCELINE, *s'échauffant par degrés.* Oui, déplorable, et plus qu'on ne croit ! Je n'entends pas nier mes fautes ; ce jour les a trop bien prouvées ! mais qu'il est dur de les expier après
[60] trente ans d'une vie modeste ! J'étais née, moi, pour être sage, et je la suis devenue sitôt qu'on m'a permis d'user de ma raison. Mais dans l'âge des illusions, de l'inexpérience et des besoins, où les séducteurs nous assiègent pendant que la misère nous poignarde, que peut opposer une enfant à tant
[65] d'ennemis rassemblés ? Tel nous juge ici sévèrement, qui, peut-être, en sa vie a perdu dix infortunées !

FIGARO. Les plus coupables sont les moins généreux ; c'est la règle.

MARCELINE, *vivement.* Hommes plus qu'ingrats, qui

---

1. Ce qui suit, enfermé entre ces deux index, a été retranché par les comédiens-français aux représentations de Paris. (Note de Beaumarchais.) C'est-à-dire toute la fin de la scène, jusqu'à « Nous attendrons ».

70 flétrissez par le mépris les jouets de vos passions, vos
victimes ! c'est vous qu'il faut punir des erreurs de notre
jeunesse ; vous et vos magistrats, si vains du droit de nous
juger, et qui nous laissent enlever, par leur coupable
négligence, tout honnête moyen de subsister. Est-il un seul
75 état pour les malheureuses filles ? Elles avaient un droit
naturel à toute la parure des femmes : on y laisse former mille
ouvriers de l'autre sexe.

FIGARO, *en colère*. Ils font broder jusqu'aux soldats !

MARCELINE, *exaltée*. Dans les rangs même plus élevés, les
80 femmes n'obtiennent de vous qu'une considération dérisoire ;
leurrées de respects apparents, dans une servitude réelle ;
traitées en mineures pour nos biens, punies en majeures pour
nos fautes ! Ah ! sous tous les aspects, votre conduite avec
nous fait horreur ou pitié !

85 FIGARO. Elle a raison !

LE COMTE, *à part*. Que trop raison !

BRID'OISON. Elle a, mon-on Dieu, raison.

MARCELINE. Mais que nous font, mon fils, les refus d'un
homme injuste ? Ne regarde pas d'où tu viens, vois où tu
90 vas : cela seul importe à chacun. Dans quelques mois ta
fiancée ne dépendra plus que d'elle-même ; elle t'acceptera,
j'en réponds. Vis entre une épouse, une mère tendres qui te
chériront à qui mieux mieux. Sois indulgent pour elles,
heureux pour toi, mon fils ; gai, libre et bon pour tout le
95 monde ; il ne manquera rien à ta mère.

FIGARO. Tu parles d'or, maman, et je me tiens à ton avis.
Qu'on est sot, en effet ! Il y a des mille et mille ans que le
monde roule, et dans cet océan de durée, où j'ai par hasard
attrapé quelques chétifs trente ans qui ne reviendront plus,
100 j'irais me tourmenter pour savoir à qui je les dois ! Tant pis
pour qui s'en inquiète. Passer ainsi la vie à chamailler, c'est

peser sur le collier sans relâche, comme les malheureux chevaux de la remonte[1] des fleuves, qui ne reposent pas même quand ils s'arrêtent, et qui tirent toujours, quoiqu'ils
105 cessent de marcher. Nous attendrons.

LE COMTE. Sot événement qui me dérange !

BRID'OISON, *à Figaro.* Et la noblesse, et le château ? Vous impo-osez à la justice[2] !

FIGARO. Elle allait me faire faire une belle sottise, la justice !
110 Après que j'ai manqué, pour ces maudits cent écus[3], d'assommer vingt fois monsieur, qui se trouve aujourd'hui mon père ! Mais puisque le ciel a sauvé ma vertu de ces dangers, mon père, agréez mes excuses ;... et vous, ma mère, embrassez-moi... le plus maternellement que vous pourrez.
115 *(Marceline lui saute au cou.)*

SCÈNE 17. BARTHOLO, FIGARO, MARCELINE, BRID'OISON, SUZANNE, ANTONIO, LE COMTE.

SUZANNE, *accourant, une bourse à la main.* Monseigneur, arrêtez ; qu'on ne les marie pas : je viens payer madame avec la dot que ma maîtresse me donne.

LE COMTE, *à part.* Au diable la maîtresse ! Il semble que
5 tout conspire... *(Il sort.)*

---

1. **Remonte :** il s'agit des chevaux qui tiraient les bateaux sur les chemins de halage.
2. **Vous ... justice :** vous cherchez à abuser la justice.
3. Nouvelle allusion au *Barbier de Séville*.

REPÈRES

• Pourquoi Marceline est-elle amenée à se justifier avec tant de chaleur ?
• Comment s'organise son plaidoyer ?

OBSERVATION

• Relevez les pronoms personnels du texte. Quel effet produit dans l'argumentation leur variation ? À quoi sert l'emploi de la troisième personne ?
• Quelles sont les marques textuelles de l'émotion dans ce plaidoyer ?
• Relevez le champ lexical de l'innocence et de la culpabilité.
• Quel est le procédé stylistique sur lequel est principalement construit le texte ?
• Quelle est la thèse défendue par Marceline ?

INTERPRÉTATIONS

• Les arguments de Marceline vous paraissent-ils encore d'actualité ?
• Comment Beaumarchais s'y prend-il pour concilier le pathétique et le comique ?

SCÈNE 18. BARTHOLO, ANTONIO, SUZANNE, FIGARO, MARCELINE, BRID'OISON.

ANTONIO, *voyant Figaro embrasser sa mère, dit à Suzanne.* Ah ! oui, payer ! Tiens, tiens.

SUZANNE *se retourne.* J'en vois assez : sortons, mon oncle.

FIGARO, *l'arrêtant.* Non, s'il vous plaît. Que vois-tu donc ?

5 SUZANNE. Ma bêtise et ta lâcheté.

FIGARO. Pas plus de l'une que de l'autre.

SUZANNE, *en colère.* Et que tu l'épouses à gré, puisque tu la caresses.

FIGARO, *gaiement.* Je la caresse, mais je ne l'épouse pas.
10 *(Suzanne veut sortir, Figaro la retient.)*

SUZANNE *lui donne un soufflet.* Vous êtes bien insolent d'oser me retenir !

FIGARO, *à la compagnie.* C'est-il çà de l'amour ! Avant de nous quitter, je t'en supplie, envisage bien cette chère femme-
15 là.

SUZANNE. Je la regarde.

FIGARO. Et tu la trouves ?...

SUZANNE. Affreuse.

FIGARO. Et vive la jalousie ! elle ne vous marchande pas.

20 MARCELINE, *les bras ouverts.* Embrasse ta mère, ma jolie Suzannette. Le méchant qui te tourmente est mon fils.

SUZANNE *court à elle.* Vous, sa mère ! *(Elles restent dans les bras l'une de l'autre.)*

ANTONIO. C'est donc de tout à l'heure ?

25 FIGARO. ... Que je le sais.

MARCELINE, *exaltée*. Non, mon cœur entraîné vers lui ne se trompait que de motif ; c'était le sang qui me parlait.

FIGARO. Et moi le bon sens, ma mère, qui me servait d'instinct quand je vous refusais ; car j'étais loin de vous haïr,
30 témoin l'argent...

MARCELINE *lui remet un papier*. Il est à toi : reprends ton billet, c'est ta dot.

SUZANNE *lui jette la bourse*. Prends encore celle-ci.

FIGARO. Grand merci.

35 MARCELINE, *exaltée*. Fille assez malheureuse, j'allais devenir la plus misérable des femmes, et je suis la plus fortunée des mères ! Embrassez-moi, mes deux enfants ; j'unis dans vous toutes mes tendresses. Heureuse autant que je puis l'être, ah ! mes enfants, combien je vais aimer !

40 FIGARO, *attendri, avec vivacité*. Arrête donc, chère mère ! arrête donc ! voudrais-tu voir se fondre en eau mes yeux noyés des premières larmes que je connaisse ? Elles sont de joie, au moins. Mais quelle stupidité ! j'ai manqué d'en être honteux : je les sentais couler entre mes doigts : regarde ; *(il*
45 *montre ses doigts écartés)* et je les retenais bêtement ! Va te promener, la honte ! je veux rire et pleurer en même temps ; on ne sent pas deux fois ce que j'éprouve. *(Il embrasse sa mère d'un côté, Suzanne de l'autre[1].)*

MARCELINE. Ô mon ami !

SUZANNE. Mon cher ami !

---

1. Bartholo, Antonio, Suzanne, Figaro, Marceline, Brid'oison. (Note de Beaumarchais.)

BRID'OISON, *s'essuyant les yeux d'un mouchoir.* Et bien !
50 moi, je suis donc bê-ête aussi !

FIGARO, *exalté.* Chagrin, c'est maintenant que je puis te
défier ! Atteins-moi, si tu l'oses, entre ces deux femmes
chéries.

ANTONIO, *à Figaro.* Pas tant de cajoleries, s'il vous plaît.
55 En fait de mariage dans les familles, celui des parents va
devant, savez. Les vôtres se baillent-ils la main[1] ?

BARTHOLO. Ma main ! puisse-t-elle se dessécher et tomber,
si jamais je la donne à la mère d'un tel drôle !

ANTONIO, *à Bartholo.* Vous n'êtes donc qu'un père
60 marâtre ? *(À Figaro.)* En ce cas, not' galant, plus de parole.

SUZANNE. Ah ! mon oncle...

ANTONIO. Irai-je donner l'enfant de not' sœur à sti qui
n'est l'enfant de personne ?

BRID'OISON. Est-ce que cela-a se peut, imbécile ? on-on est
65 toujours l'enfant de quelqu'un.

ANTONIO. Tarare[2]... Il ne l'aura jamais. *(Il sort.)*

[1.] **Se baillent-ils la main** : se donnent-ils la main pour se marier (expression vieillie).
[2.] **Tarare** : interjection de dédain, de dérision (voir « taratata »). Ce sera le titre de l'opéra de Beaumarchais (voir p. 12).

SCÈNE 19. BARTHOLO, SUZANNE, FIGARO, MARCELINE, BRID'OISON.

BARTHOLO, *à Figaro*. Et cherche à présent qui t'adopte. *(Il veut sortir.)*

MARCELINE, *courant prendre Bartholo à bras-le-corps, le ramène.* Arrêtez, docteur, ne sortez pas !

5 FIGARO, *à part.* Non, tous les sots d'Andalousie sont, je crois, déchaînés contre mon pauvre mariage !

SUZANNE, *à Bartholo*[1]. Bon petit papa, c'est votre fils.

MARCELINE, *à Bartholo.* De l'esprit, des talents, de la figure.

FIGARO, *à Bartholo.* Et qui ne vous a pas coûté une obole.

10 BARTHOLO. Et les cent écus qu'il m'a pris ?

MARCELINE, *le caressant.* Nous aurons tant soin de vous, papa !

SUZANNE, *le caressant.* Nous vous aimerons tant, petit papa !

15 BARTHOLO, *attendri.* Papa ! bon papa ! petit papa ! Voilà que je suis plus bête encore que monsieur, moi. *(Montrant Brid'oison.)* Je me laisse aller comme un enfant. *(Marceline et Suzanne l'embrassent.)* Oh ! non, je n'ai pas dit oui. *(Il se retourne.)* Qu'est donc devenu Monseigneur ?

20 FIGARO. Courons le joindre ; arrachons-lui son dernier mot. S'il machinait quelque autre intrigue, il faudrait tout recommencer.

TOUS ENSEMBLE. Courons, courons. *(Ils entraînent Bartholo dehors.)*

---

1. Suzanne, Bartholo, Marceline, Figaro, Brid'oison. (Note de Beaumarchais.)

Marceline (V. Silver), Bartholo (P. Vial), Suzanne (D. Blanc)
et Figaro (A. Marcon). Mise en scène de J.-P. Vincent.
Théâtre national de Chaillot, 1987.

SCÈNE 20. BRID'OISON, *seul.*

Plus bê-ête encore que monsieur ! On peut se dire à soi-même
ces-es sortes de choses-là, mais... I-ils ne sont pas polis du
tout dan-ans cet endroit-ci. *(Il sort.)*

La justice ridicule

Mieux vaut rire de la justice qu'en pleurer : c'est une fonction essentielle du comique de se moquer des choses graves, voire sacrées. Beaumarchais nous présente une caricature de justice. L'ampleur du décorum, le cérémonial, le nom des personnes en présence, déjà, prêtent à rire. Ainsi Don Gusman Brid'oison évoque à la fois Goëzman, l'ennemi de l'auteur, et le juge rabelaisien Bridoie. Son formalisme excessif, qui contraste avec l'importance minime du procès, l'inanité de sa présence, le réduisent à un pantin. Son attachement à la forme (« la forme, voyez-vous, la forme ! Tel rit d'un juge, qui-i tremble au seul aspect d'un procureur en robe. La forme, la-a Forme ! ») masque la vacuité de sa fonction. Son bégaiement bouffon et son ignorance renforcent le ridicule du personnage. Il incarne l'incapacité de certains juges à exercer une charge qu'ils ont achetée sans guère de compétence. Apartés, jeux de mots, noms à tiroirs, saillies, emphase, pédanterie, discussion stérile sur un point de grammaire, retournements de situation, gestuelle, tout concourt à transformer ce jugement en parodie et vise à susciter le comique : la satire judiciaire n'en prend que plus de force.

Le droit dans l'action

À travers cette dernière, la question du droit parcourt en toile de fond la pièce entière. Des contrats, moraux ou écrits, déterminent les rapports entre les personnages et le refus de ceux-ci d'honorer ceux-là engendre l'action. Almaviva s'apprête, comme homme, à bafouer la loi qu'il a érigée comme officier de justice ; Figaro refuse de respecter le contrat qu'il a passé vis-à-vis de Marceline ; celle-ci dédaigne l'engagement qu'elle a pris avec Bazile, mais invite Bartholo à honorer sa vieille promesse de mariage. La pièce met en évidence le conflit entre la loi et le désir individuel. La mise en scène de la justice, en particulier à l'acte III où l'espace privé fait place à l'espace public, nous renvoie de la scène du théâtre à celle du monde, ce que soulignent l'impériale en dais et le portrait du roi.

Le droit et la société

La rivalité entre le comte Almaviva, « grand corrégidor de toute une province », et Figaro, porte-parole des roturiers, accentue la critique sociale d'une justice arbitraire, assujettie au bon plaisir de nobles qui s'estiment au-dessus des lois. La scène du procès présente trois parodies de justice (acte III, scène 15). La première affaire permet à Beaumarchais, non seulement de railler la fierté démesurée de certains aristocrates à exhiber leurs titres nobiliaires, mais d'aborder un sujet qui lui tient à cœur, le respect de la propriété littéraire. Le verdict, rendu au mépris de toute équité, manifeste l'esprit de caste d'Almaviva. Dès lors, le spectateur sait que la partialité prévaut. La présence quasi muette du juge et de ses assesseurs, le jugement rendu par le seul Comte, avec ou sans débat, renforce l'idée d'une justice inique au service de l'aristocratie. Par la bouche de Figaro ou celle de Marceline, Beaumarchais, qui connut l'institution judiciaire comme juge, plaignant et accusé, et qui manqua perdre son honneur et ses droits civiques, dénonce la corruption, la vénalité, la versatilité du pouvoir juridique. En accord avec les Lumières, il prône une réforme de la justice et réclame une même application de la loi pour l'ensemble des citoyens, garantie de l'égalité et de la dignité de l'homme.

Portrait de Marguerite Gérard.
Dessin de Jean Honoré Fragonard (coll. privée).

ACTE IV

Le théâtre représente une galerie ornée de candélabres, de lustres allumés, de fleurs, de guirlandes, en un mot, préparée pour donner une fête. Sur le devant, à droite, est une table avec une écritoire, un fauteuil derrière.

SCÈNE PREMIÈRE. FIGARO, SUZANNE.

FIGARO, *la tenant à bras-le-corps.* Hé bien ! amour, es-tu contente[1] ? Elle a converti[2] son docteur, cette fine langue dorée de ma mère ! Malgré sa répugnance, il l'épouse, et ton bourru d'oncle est bridé ; il n'y a que Monseigneur qui rage,
5 car enfin notre hymen va devenir le prix du leur. Ris donc un peu de ce bon résultat.

SUZANNE. As-tu rien vu de plus étrange ?

FIGARO. Ou plutôt d'aussi gai. Nous ne voulions qu'une dot arrachée à l'Excellence ; en voilà deux dans nos mains, qui
10 ne sortent pas des siennes. Une rivale acharnée te poursuivait ; j'étais tourmenté par une furie ; tout cela s'est changé, pour nous, dans *la plus bonne*[3] des mères. Hier, j'étais comme seul au monde, et voilà que j'ai tous mes parents ; pas si magnifiques, il est vrai, que je me les étais
15 galonnés[4] ; mais assez bien pour nous, qui n'avons pas la vanité des riches.

---

1. **Contente :** entièrement satisfaite (sens plus fort qu'aujourd'hui).
2. **Converti :** fait changer d'avis.
3. **La plus bonne :** la meilleure (faute volontaire, à valeur d'insistance).
4. **Je ... galonnés :** je leur avais donné du galon (je me les figurais plus haut placés dans la société).

SUZANNE. Aucune des choses que tu avais disposées, que nous attendions, mon ami, n'est pourtant arrivée !

FIGARO. Le hasard a mieux fait que nous tous, ma petite.
20 Ainsi va le monde ; on travaille, on projette, on arrange d'un côté ; la fortune accomplit de l'autre : et depuis l'affamé conquérant qui voudrait avaler la terre, jusqu'au paisible aveugle qui se laisse mener par son chien, tous sont le jouet de ses caprices ; encore l'aveugle au chien est-il souvent mieux
25 conduit, moins trompé dans ses vues, que l'autre aveugle avec son entourage. – Pour cet aimable aveugle qu'on nomme Amour... *(Il la reprend tendrement à bras-le-corps.)*

SUZANNE. Ah ! c'est le seul qui m'intéresse !

FIGARO. Permets donc que, prenant l'emploi de la Folie, je
30 sois le bon chien[1] qui le mène à ta jolie mignonne porte ; et nous voilà logés pour la vie.

SUZANNE, *riant*. L'Amour et toi ?

FIGARO. Moi et l'Amour.

SUZANNE. Et vous ne chercherez pas d'autre gîte ?

35 FIGARO. Si tu m'y prends, je veux bien que mille millions de galants...

SUZANNE. Tu vas exagérer ; dis ta bonne vérité.

FIGARO. Ma vérité la plus vraie !

SUZANNE. Fi donc, vilain ! en a-t-on plusieurs ?

40 FIGARO. Oh ! que oui. Depuis qu'on a remarqué qu'avec le temps vieilles folies deviennent sagesse, et qu'anciens petits mensonges assez mal plantés ont produit de grosses, grosses

---

1. La mythologie veut qu'ayant aveuglé le dieu Amour, la déesse Folie dut lui servir de guide.

la vérité

vérités, on en a de mille espèces. Et celles qu'on sait, sans
oser les divulguer : car toute vérité n'est pas bonne à dire ;
45 et celles qu'on vante, sans y ajouter foi : car toute vérité n'est
pas bonne à croire ; et les serments passionnés, les menaces
des mères, les protestations des buveurs, les promesses des
gens en place, le dernier mot de nos marchands, cela ne finit
pas. Il n'y a que mon amour pour Suzon qui soit une vérité
50 de bon aloi.

SUZANNE. J'aime ta joie, parce qu'elle est folle ; elle annonce
que tu es heureux. Parlons du rendez-vous du Comte.

FIGARO. Ou plutôt n'en parlons jamais ; il a failli me coûter
Suzanne.

55 SUZANNE. Tu ne veux donc plus qu'il ait lieu ?

FIGARO. Si vous m'aimez, Suzon, votre parole d'honneur sur
ce point : qu'il s'y morfonde ; et c'est sa punition.

SUZANNE. Il m'en a plus coûté de l'accorder que je n'ai de
peine à le rompre : il n'en sera plus question.

60 FIGARO. Ta bonne vérité ?

SUZANNE. Je ne suis pas comme vous autres savants, moi !
je n'en ai qu'une.

FIGARO. Et tu m'aimeras un peu ?

SUZANNE. Beaucoup.

65 FIGARO. Ce n'est guère.

SUZANNE. Et comment ?

FIGARO. En fait d'amour, vois-tu, trop n'est pas même assez.

SUZANNE. Je n'entends pas toutes ces finesses, mais je
n'aimerai que mon mari.

70 FIGARO. Tiens parole, et tu feras une belle exception à l'usage. *(Il veut l'embrasser.)*

SCÈNE 2. FIGARO, SUZANNE, LA COMTESSE.

LA COMTESSE. Ah ! j'avais raison de le dire ; en quelque endroit qu'ils soient, croyez qu'ils sont ensemble. Allons donc, Figaro, c'est voler l'avenir, le mariage et vous-même, que d'usurper un tête-à-tête. On vous attend, on s'impatiente.

5 FIGARO. Il est vrai, Madame, je m'oublie. Je vais leur montrer mon excuse. *(Il veut emmener Suzanne.)*

LA COMTESSE *la retient.* Elle vous suit.

SCÈNE 3. SUZANNE, LA COMTESSE.

LA COMTESSE. As-tu ce qu'il nous faut pour troquer de vêtement ?

SUZANNE. Il ne faut rien, Madame ; le rendez-vous ne tiendra pas.

5 LA COMTESSE. Ah ! vous changez d'avis ?

SUZANNE. C'est Figaro.

LA COMTESSE. Vous me trompez.

SUZANNE. Bonté divine !

LA COMTESSE. Figaro n'est pas homme à laisser échapper
10 une dot.

SUZANNE. Madame ! eh, que croyez-vous donc ?

LA COMTESSE. Qu'enfin, d'accord avec le Comte, il vous fâche à présent de m'avoir confié ses projets. Je vous sais par cœur. Laissez-moi. *(Elle veut sortir.)*

15 SUZANNE *se jette à genoux.* Au nom du ciel, espoir de tous ! Vous ne savez pas, Madame, le mal que vous faites à Suzanne ! Après vos bontés continuelles et la dot que vous me donnez !...

LA COMTESSE *la relève.* Hé mais... je ne sais ce que je dis !
20 En me cédant ta place au jardin, tu n'y vas pas, mon cœur ; tu tiens parole à ton mari, tu m'aides à ramener le mien.

SUZANNE. Comme vous m'avez affligée !

LA COMTESSE. C'est que je ne suis qu'une étourdie. *(Elle la baise au front.)* Où est ton rendez-vous ?

25 SUZANNE *lui baise la main.* Le mot de jardin m'a seul frappée.

LA COMTESSE, *montrant la table.* Prends cette plume, et fixons un endroit.

SUZANNE. Lui écrire !

30 LA COMTESSE. Il le faut.

SUZANNE. Madame ! au moins c'est vous...

LA COMTESSE. Je mets tout sur mon compte. *(Suzanne s'assied, la Comtesse dicte.)*
Chanson nouvelle, sur l'air... « Qu'il fera beau ce soir sous
35 *les grands marronniers... Qu'il fera beau ce soir... »*

SUZANNE *écrit.* « Sous les grands marronniers... » Après ?

LA COMTESSE. Crains-tu qu'il ne t'entende pas ?

SUZANNE *relit.* C'est juste. *(Elle plie le billet.)* Avec quoi cacheter ?

40 LA COMTESSE. Une épingle, dépêche : elle servira de réponse. Écris sur le revers : « Renvoyez-moi le cachet. »

SUZANNE *écrit en riant.* Ah ! « le cachet » !... Celui-ci, Madame, est plus gai que celui du brevet.

LA COMTESSE, *avec un souvenir douloureux.* Ah !

45 SUZANNE *cherche sur elle.* Je n'ai pas d'épingle, à présent !

LA COMTESSE *détache sa lévite.* Prends celle-ci. *(Le ruban du page tombe de son sein à terre.)* Ah ! mon ruban !

SUZANNE *le ramasse.* C'est celui du petit voleur ! Vous avez eu la cruauté ?...

50 LA COMTESSE. Fallait-il le laisser à son bras ? C'eût été joli ! Donnez donc !

SUZANNE. Madame ne le portera plus, taché du sang de ce jeune homme.

LA COMTESSE *le reprend.* Excellent pour Fanchette. Le premier bouquet qu'elle m'apportera...

SCÈNE 4. UNE JEUNE BERGÈRE, CHÉRUBIN
en fille, FANCHETTE *et beaucoup de jeunes filles habillées comme elle, et tenant des bouquets,*
LA COMTESSE, SUZANNE.

FANCHETTE. Madame, ce sont les filles du bourg qui viennent vous présenter des fleurs.

LA COMTESSE, *serrant vite son ruban.* Elles sont charmantes. Je me reproche, mes belles petites, de ne pas vous
5 connaître toutes. *(Montrant Chérubin.)* Quelle est cette aimable enfant qui a l'air si modeste ?

UNE BERGÈRE. C'est une cousine à moi, Madame, qui n'est ici que pour la noce.

LA COMTESSE. Elle est jolie. Ne pouvant porter vingt
10 bouquets, faisons honneur à l'étrangère. *(Elle prend le bouquet de Chérubin, et le baise au front.)* Elle en rougit ! *(À Suzanne.)* Ne trouves-tu pas, Suzon... qu'elle ressemble à quelqu'un ?

SUZANNE. À s'y méprendre, en vérité.

15 CHÉRUBIN, *à part, les mains sur son cœur.* Ah ! ce baiser-là m'a été bien loin !

SCÈNE 5. LES JEUNES FILLES, CHÉRUBIN *au milieu d'elles,* FANCHETTE, ANTONIO, LE COMTE, LA COMTESSE, SUZANNE.

ANTONIO. Moi je vous dis, Monseigneur, qu'il y est ; elles l'ont habillé chez ma fille ; toutes ses hardes y sont encore, et voilà son chapeau d'ordonnance que j'ai retiré du paquet. *(Il s'avance et regardant toutes les filles, il reconnaît*
5 *Chérubin, lui enlève son bonnet de femme, ce qui fait retomber ses longs cheveux en cadenette[1]. Il lui met sur la tête le chapeau d'ordonnance et dit :)* Eh parguenne[2], v'là notre officier !

LA COMTESSE *recule.* Ah ciel !

10 SUZANNE. Ce friponneau !

ANTONIO. Quand je disais là-haut que c'était lui !...

---

1. **Cadenette :** longue tresse que portaient parfois les soldats.
2. **Parguenne :** juron paysan.

Le Comte, *en colère*. Eh bien, madame ?

La Comtesse. Eh bien, monsieur ! vous me voyez plus surprise que vous et, pour le moins, aussi fâchée.

15 Le Comte. Oui ; mais tantôt, ce matin ?

La Comtesse. Je serais coupable, en effet, si je dissimulais encore. Il était descendu chez moi. Nous entamions le badinage que ces enfants viennent d'achever ; vous nous avez surprises l'habillant : votre premier mouvement est si vif ! il
20 s'est sauvé, je me suis troublée ; l'effroi général a fait le reste.

Le Comte, *avec dépit, à Chérubin*. Pourquoi n'êtes-vous pas parti ?

Chérubin, *ôtant son chapeau brusquement*. Monseigneur...

Le Comte. Je punirai ta désobéissance.

25 Fanchette, *étourdiment*. Ah, Monseigneur, entendez-moi ! Toutes les fois que vous venez m'embrasser, vous savez bien que vous dites toujours : « Si tu veux m'aimer, petite Fanchette, je te donnerai ce que tu voudras. »

Le Comte, *rougissant*. Moi ! j'ai dit cela ?

30 Fanchette. Oui, Monseigneur. Au lieu de punir Chérubin, donnez-le-moi en mariage, et je vous aimerai à la folie.

Le Comte, *à part*. Être ensorcelé par un page !

La Comtesse. Hé bien, monsieur, à votre tour ! L'aveu de cette enfant aussi naïf que le mien atteste enfin deux vérités :
35 que c'est toujours sans le vouloir si je vous cause des inquiétudes, pendant que vous épuisez tout pour augmenter et justifier les miennes.

Antonio. Vous aussi, Monseigneur ? Dame ! je vous la redresserai comme feu sa mère, qui est morte... Ce n'est pas

40 pour la conséquence ; mais c'est que Madame sait bien que les petites filles, quand elles sont grandes...

LE COMTE, *déconcerté, à part.* Il y a un mauvais génie qui tourne tout ici contre moi !

SCÈNE 6. LES JEUNES FILLES, CHÉRUBIN, ANTONIO, FIGARO, LE COMTE, LA COMTESSE, SUZANNE.

FIGARO. Monseigneur, si vous retenez nos filles, on ne pourra commencer ni la fête, ni la danse.

LE COMTE. Vous, danser ! vous n'y pensez pas. Après votre chute de ce matin, qui vous a foulé le pied droit !

5 FIGARO, *remuant la jambe.* Je souffre encore un peu ; ce n'est rien. *(Aux jeunes filles.)* Allons, mes belles, allons !

LE COMTE *le retourne.* Vous avez été fort heureux que ces couches ne fussent que du terreau bien doux !

FIGARO. Très heureux, sans doute ; autrement...

10 ANTONIO *le retourne.* Puis il s'est pelotonné en tombant jusqu'en bas.

FIGARO. Un plus adroit, n'est-ce pas, serait resté en l'air ? *(Aux jeunes filles.)* Venez-vous, mesdemoiselles ?

ANTONIO *le retourne.* Et, pendant ce temps, le petit page 15 galopait sur son cheval à Séville ?

FIGARO. Galopait, ou marchait au pas...

LE COMTE *le retourne.* Et vous aviez son brevet dans la poche ?

FIGARO, *un peu étonné.* Assurément ; mais quelle enquête ?
20 *(Aux jeunes filles.)* Allons donc, jeunes filles !

ANTONIO, *attirant Chérubin par le bras.* En voici une qui
prétend que mon neveu futur n'est qu'un menteur.

FIGARO, *surpris.* Chérubin !... *(À part.)* Peste du petit fat !

ANTONIO. Y es-tu maintenant ?

25 FIGARO, *cherchant.* J'y suis... j'y suis... Hé ! qu'est-ce qu'il
chante ?

LE COMTE, *sèchement.* Il ne chante pas ; il dit que c'est lui
qui a sauté sur les giroflées.

FIGARO, *rêvant.* Ah ! s'il le dit... cela se peut. Je ne dispute
30 pas de ce que j'ignore.

LE COMTE. Ainsi vous et lui ?...

FIGARO. Pourquoi non ? la rage de sauter peut gagner :
voyez les moutons de Panurge ; et quand vous êtes en colère,
il n'y a personne qui n'aime mieux risquer...

35 LE COMTE. Comment, deux à la fois ?

FIGARO. On aurait sauté deux douzaines. Et qu'est-ce que
cela fait, Monseigneur, dès qu'il n'y a personne de blessé ?
(Aux jeunes filles.) Ah çà, voulez-vous venir, ou non ?

LE COMTE, *outré.* Jouons-nous une comédie ? *(On entend*
40 *un prélude de fanfare.)*

FIGARO. Voilà le signal de la marche. À vos postes, les
belles, à vos postes ! Allons, Suzanne, donne-moi le bras.
(Tous s'enfuient ; Chérubin reste seul, la tête baissée.)

SCÈNE 7. CHÉRUBIN, LE COMTE, LA COMTESSE.

LE COMTE, *regardant aller Figaro*. En voit-on de plus audacieux ? *(Au page.)* Pour vous, monsieur le sournois, qui faites le honteux, allez vous rhabiller bien vite, et que je ne vous rencontre nulle part de la soirée.

5 LA COMTESSE. Il va bien s'ennuyer.

CHÉRUBIN, *étourdiment*. M'ennuyer ! j'emporte à mon front du bonheur pour plus de cent années de prison. *(Il met son chapeau et s'enfuit.)*

SCÈNE 8. LE COMTE, LA COMTESSE.
(La Comtesse s'évente fortement sans parler.)

LE COMTE. Qu'a-t-il au front de si heureux ?

LA COMTESSE, *avec embarras*. Son... premier chapeau d'officier, sans doute ; aux enfants tout sert de hochet. *(Elle veut sortir.)*

LE COMTE. Vous ne nous restez pas, Comtesse ?

5 LA COMTESSE. Vous savez que je ne me porte pas bien.

LE COMTE. Un instant pour votre protégée, ou je vous croirais en colère.

LA COMTESSE. Voici les deux noces, asseyons-nous donc pour les recevoir.

10 LE COMTE, *à part*. La noce ! Il faut souffrir ce qu'on ne peut empêcher. *(Le Comte et la Comtesse s'asseyent vers un des côtés de la galerie.)*

Scène 9. Le Comte, la Comtesse, *assis ; l'on joue* les Folies d'Espagne *d'un mouvement de marche.*
(Symphonie notée.)

MARCHE

Les garde-chasse, *fusil sur l'épaule.*

L'Alguazil. Les prud'hommes[1]. Brid'oison.

Les paysans et paysannes *en habits de fête.*

Deux jeunes filles *portant la toque virginale à plumes* 5 *blanches.*

Deux autres, *le voile blanc.*

Deux autres, *les gants et le bouquet de côté.*

Antonio *donne la main à* Suzanne, *comme étant celui qui la marie à* Figaro.

10 D'autres jeunes filles *portent une autre toque, un autre voile, un autre bouquet blanc, semblables aux premiers, pour* Marceline.

Figaro *donne la main à* Marceline, *comme celui qui doit la remettre au* Docteur, *lequel ferme la marche, un gros* 15 *bouquet au côté. Les jeunes filles, en passant devant le* Comte, *remettent à ses valets tous les ajustements destinés à* Suzanne *et à* Marceline.

Les paysans et paysannes *s'étant rangés sur deux colonnes à chaque côté du salon, on danse une reprise du fandango[2]* 20 *(air noté) avec des castagnettes : puis on joue la ritournelle[3] du duo, pendant laquelle* Antonio *conduit* Suzanne *au* Comte ; *elle se met à genoux devant lui.*

Pendant que le Comte *lui pose la toque, le voile, et lui donne le bouquet, deux jeunes filles chantent le duo suivant (air* 25 *noté) :*

---

1. **Alguazil et prud'hommes :** l'huissier et les assistants de Brid'oison.
2. **Fandango :** danse espagnole.
3. **Ritournelle :** court motif instrumental mis en tête d'un air dont il annonce le chant, ou mis à la fin pour imiter ou assurer la fin du même chant.

Jeune épouse, chantez les bienfaits et la gloire
D'un maître qui renonce aux droits qu'il eut sur vous :
Préférant au plaisir la plus noble victoire,
Il vous rend chaste et pure aux mains de votre époux.

30 SUZANNE *est à genoux, et, pendant les derniers vers du duo,
elle tire le* COMTE *par son manteau et lui montre le billet
qu'elle tient ; puis elle porte la main qu'elle a du côté des
spectateurs à sa tête, où le* COMTE *a l'air d'ajuster sa toque ;
elle lui donne le billet.*

35 LE COMTE *le met furtivement dans son sein ; on achève de
chanter le duo ; la fiancée se relève, et lui fait une grande
révérence.*

FIGARO *vient la recevoir des mains du* COMTE, *et se retire
avec elle à l'autre côté du salon, près de* MARCELINE. *(On
40 danse une autre reprise du fandango pendant ce temps.)*

*Figaro (A. Marcon), Suzanne (D. Blanc) et le Comte (D. Sandre).
Mise en scène de J.-P. Vincent.
Théâtre national de Chaillot, 1987.*

Le Comte, *pressé de lire ce qu'il a reçu, s'avance au bord du théâtre et tire le papier de son sein ; mais en le sortant il fait le geste d'un homme qui s'est cruellement piqué le doigt ; il le secoue, le presse, le suce, et, regardant le papier cacheté*
45 *d'une épingle, il dit :*

Le Comte. *(Pendant qu'il parle, ainsi que Figaro, l'orchestre joue pianissimo.)* Diantre soit des femmes, qui fourrent des épingles partout ! *(Il la jette à terre, puis il lit le billet et le baise.)*

50 Figaro, *qui a tout vu, dit à sa mère et à Suzanne :* C'est un billet doux, qu'une fillette aura glissé dans sa main en passant. Il était cacheté d'une épingle, qui l'a outrageusement piqué.

La danse reprend : le Comte qui a lu le billet le retourne ; il
55 *y voit l'invitation de renvoyer le cachet pour réponse. Il cherche à terre, et retrouve enfin l'épingle qu'il attache à sa manche.*

Figaro, *à Suzanne et à Marceline.* D'un objet aimé tout est cher. Le voilà qui ramasse l'épingle. Ah ! c'est une drôle de
60 tête !

(Pendant ce temps, Suzanne a des signes d'intelligence avec la Comtesse. La danse finit ; la ritournelle du duo recommence.)
Figaro *conduit Marceline au Comte, ainsi qu'on a conduit*
65 *Suzanne ; à l'instant où le Comte prend la toque, et où l'on va chanter le duo, on est interrompu par les cris suivants :*

10 L'Huissier, *criant à la porte.* Arrêtez donc, messieurs ! vous ne pouvez entrer tous... Ici les gardes ! les gardes ! *(Les gardes vont vite à cette porte.)*

70 Le Comte, *se levant.* Qu'est-ce qu'il y a ?

L'HUISSIER. Monseigneur, c'est monsieur Bazile entouré d'un village entier, parce qu'il chante en marchant.

LE COMTE. Qu'il entre seul.

LA COMTESSE. Ordonnez-moi de me retirer.

75 LE COMTE. Je n'oublie pas votre complaisance.

LA COMTESSE. Suzanne !... Elle reviendra. *(À part, à Suzanne.)* Allons changer d'habits. *(Elle sort avec Suzanne.)*

MARCELINE. Il n'arrive jamais que pour nuire.

FIGARO. Ah ! je m'en vais vous le faire déchanter.

SCÈNE 10. TOUS LES ACTEURS PRÉCÉDENTS,
excepté la Comtesse et Suzanne ; BAZILE *tenant sa guitare ;* GRIPE-SOLEIL.

BAZILE *entre en chantant sur l'air du vaudeville[1] de la fin. (Air noté.)*

    Cœurs sensibles, cœurs fidèles,
    Qui blâmez l'amour léger,
5   *Cessez vos plaintes cruelles :*
    Est-ce un crime de changer ?
    Si l'Amour porte des ailes,
    N'est-ce pas pour voltiger ?
    N'est-ce pas pour voltiger ?
10   *N'est-ce pas pour voltiger ?*

---

1. **Vaudeville :** couplets chantés sur un air connu. Un vaudeville terminait souvent les comédies.

REPÈRES

• Dans quel état d'esprit le Comte et la Comtesse vont-ils présider à cette double noce ?
• Pourquoi Beaumarchais multiplie-t-il les didascalies ?

OBSERVATION

• Combien y a-t-il de quiproquos dans cette scène ? Qui trompe qui, et comment ?
• Quelle est l'importance dramaturgique des gestes et des positions dans l'espace ?
• Pourquoi la Comtesse se déclare-t-elle indisposée ?

INTERPRÉTATIONS

• Pourquoi Beaumarchais orchestre-t-il avec tant de soin l'épisode de l'épingle ?
• Comment Beaumarchais articule-t-il dans cette scène spectacle et action ?

FIGARO *s'avance à lui.* Oui, c'est pour cela justement qu'il a des ailes au dos. Notre ami, qu'entendez-vous par cette musique ?

15 BAZILE, *montrant Gripe-Soleil.* Qu'après avoir prouvé mon obéissance à Monseigneur en amusant monsieur, qui est de sa compagnie, je pourrai à mon tour réclamer sa justice.

GRIPE-SOLEIL. Bah ! Monsigneu, il ne m'a pas amusé du tout : avec leux guenilles d'ariettes[1]...

LE COMTE. Enfin que demandez-vous, Bazile ?

20 BAZILE. Ce qui m'appartient, Monseigneur, la main de Marceline ; et je viens m'opposer...

FIGARO *s'approche.* Y a-t-il longtemps que monsieur n'a vu la figure d'un fou ?

BAZILE. Monsieur, en ce moment même.

25 FIGARO. Puisque mes yeux vous servent si bien de miroir, étudiez-y l'effet de ma prédiction. Si vous faites mine seulement d'approximer[2] madame...

BARTHOLO, *en riant.* Eh pourquoi ? Laisse-le parler.

BRID'OISON *s'avance entre deux.* Fau-aut-il que deux 30 amis ?...

FIGARO. Nous, amis !

BAZILE. Quelle erreur !

FIGARO, *vite.* Parce qu'il fait de plats airs de chapelle ?

BAZILE, *vite.* Et lui, des vers comme un journal ?

---

1. **Ariettes** : airs légers qui s'adaptent à des paroles.
2. **Approximer** : approcher (néologisme). La fin du XVIIIe siècle fabrique beaucoup de néologismes.

35 FIGARO, *vite*. Un musicien de guinguette !

BAZILE, *vite*. Un postillon de gazette[1] !

FIGARO, *vite*. Cuistre d'oratorio[2] !

BAZILE, *vite*. Jockey[3] diplomatique !

LE COMTE, *assis*. Insolents tous les deux !

40 BAZILE. Il me manque[4] en toute occasion.

FIGARO. C'est bien dit, si cela se pouvait !

BAZILE. Disant partout que je ne suis qu'un sot.

FIGARO. Vous me prenez donc pour un écho ?

BAZILE. Tandis qu'il n'est pas un chanteur que mon talent
45 n'ait fait briller.

FIGARO. Brailler.

BAZILE. Il le répète !

FIGARO. Et pourquoi non, si cela est vrai ? Es-tu un prince,
pour qu'on te flagorne ? Souffre la vérité, coquin, puisque tu
50 n'as pas de quoi gratifier un menteur : ou si tu la crains de
notre part, pourquoi viens-tu troubler nos noces ?

BAZILE, *à Marceline*. M'avez-vous promis, oui ou non, si,
dans quatre ans, vous n'étiez pas pourvue, de me donner la
préférence ?

55 MARCELINE. À quelle condition l'ai-je promis ?

---

1. **Postillon de gazette :** « postillon » renvoie aux futures fonctions de courrier de dépêches à l'ambassade de Londres ; « gazette » aux anciennes activités journalistiques de Figaro (voir acte V, sc. 3).
2. **Cuistre d'oratorio :** « cuistre » désigne un pédant, vaniteux et ridicule ; l'« oratorio » est un drame lyrique religieux.
3. **Jockey :** postillon (le mot venait d'être emprunté à l'anglais).
4. **Il me manque :** il me manque de respect.

BAZILE. Que si vous retrouviez un certain fils perdu, je l'adopterais par complaisance.

TOUS ENSEMBLE. Il est trouvé.

BAZILE. Qu'à cela ne tienne !

60 TOUS ENSEMBLE, *montrant Figaro*. Et le voici.

BAZILE, *reculant de frayeur*. J'ai vu le diable !

BRID'OISON, *à Bazile*. Et vou-ous renoncez à sa chère mère ?

BAZILE. Qu'y aurait-il de plus fâcheux que d'être cru le père d'un garnement ?

65 FIGARO. D'en être cru le fils ; tu te moques de moi !

BAZILE, *montrant Figaro*. Dès que monsieur est quelque chose ici, je déclare, moi, que je n'y suis plus de rien. *(Il sort.)*

SCÈNE 11. LES ACTEURS PRÉCÉDENTS,
excepté BAZILE.

BARTHOLO, *riant*. Ah ! ah ! ah ! ah !

FIGARO, *sautant de joie*. Donc à la fin j'aurai ma femme !

LE COMTE, *à part*. Moi, ma maîtresse ! *(Il se lève.)*

BRID'OISON, *à Marceline*. Et tou-out le monde est satisfait.

5 LE COMTE. Qu'on dresse les deux contrats ; j'y signerai.

TOUS ENSEMBLE. Vivat ! *(Ils sortent.)*

LE COMTE. J'ai besoin d'une heure de retraite. *(Il veut sortir avec les autres.)*

SCÈNE 12. GRIPE-SOLEIL, FIGARO, MARCELINE, LE COMTE.

GRIPE-SOLEIL, *à Figaro*. Et moi, je vais aider à ranger le feu d'artifice sous les grands marronniers, comme on l'a dit.

LE COMTE *revient en courant*. Quel sot a donné un tel ordre ?

5 FIGARO. Où est le mal ?

LE COMTE, *vivement*. Et la Comtesse qui est incommodée, d'où le verra-t-elle, l'artifice ? C'est sur la terrasse qu'il le faut, vis-à-vis son appartement.

FIGARO. Tu l'entends, Gripe-Soleil ? la terrasse.

10 LE COMTE. Sous les grands marronniers ! belle idée ! *(En s'en allant, à part.)* Ils allaient incendier mon rendez-vous !

SCÈNE 13. FIGARO, MARCELINE.

FIGARO. Quel excès d'attention pour sa femme ! *(Il veut sortir.)*

MARCELINE *l'arrête*. Deux mots, mon fils. Je veux m'acquitter avec toi : un sentiment mal dirigé m'avait rendue injuste envers ta charmante femme ; je la supposais d'accord 5 avec le Comte, quoique j'eusse appris de Bazile qu'elle l'avait toujours rebuté.

FIGARO. Vous connaissiez mal votre fils de le croire ébranlé par ces impulsions féminines. Je puis défier la plus rusée de m'en faire accroire.

10 MARCELINE. Il est toujours heureux de le penser, mon fils ; la jalousie...

FIGARO. ... N'est qu'un sot enfant de l'orgueil, ou c'est la maladie d'un fou. Oh ! j'ai là-dessus, ma mère, une philosophie... imperturbable ; et si Suzanne doit me tromper
15 un jour, je le lui pardonne d'avance ; elle aura longtemps travaillé... *(Il se retourne et aperçoit Fanchette qui cherche de côté et d'autre.)*

SCÈNE 14. FIGARO, FANCHETTE, MARCELINE.

FIGARO. Eeeh !... ma petite cousine qui nous écoute !

FANCHETTE. Oh ! pour ça, non : on dit que c'est malhonnête.

FIGARO. Il est vrai ; mais comme cela est utile, on fait aller
5 souvent l'un pour l'autre.

FANCHETTE. Je regardais si quelqu'un était là.

FIGARO. Déjà dissimulée, friponne ! vous savez bien qu'il n'y peut être.

FANCHETTE. Et qui donc ?

10 FIGARO. Chérubin.

FANCHETTE. Ce n'est pas lui que je cherche, car je sais fort bien où il est ; c'est ma cousine Suzanne.

FIGARO. Et que lui veut ma petite cousine ?

FANCHETTE. À vous, petit cousin, je le dirai. – C'est... ce
15 n'est qu'une épingle que je veux lui remettre.

FIGARO, *vivement.* Une épingle ! une épingle !.. Et de quelle part, coquine ? À votre âge, vous faites déjà un mét... *(Il se reprend et dit d'un ton doux.)* Vous faites déjà très bien tout

ce que vous entreprenez, Fanchette ; et ma jolie cousine est si
20 obligeante...

FANCHETTE. À qui donc en a-t-il de se fâcher ? Je m'en vais.

FIGARO, *l'arrêtant*. Non, non, je badine. Tiens, ta petite
épingle est celle que Monseigneur t'a dit de remettre à
Suzanne, et qui servait à cacheter un petit papier qu'il tenait :
25 tu vois que je suis au fait.

FANCHETTE. Pourquoi donc le demander, quand vous le
savez si bien ?

FIGARO, *cherchant*. C'est qu'il est assez gai de savoir
comment Monseigneur s'y est pris pour te donner la
30 commission.

FANCHETTE, *naïvement*. Pas autrement que vous le dites :
« Tiens, petite Fanchette, rends cette épingle à ta belle
cousine, et dis-lui seulement que c'est le cachet des grands
marronniers. »

35 FIGARO. Des grands ?...

FANCHETTE. « Marronniers. » Il est vrai qu'il a ajouté :
« Prends garde que personne ne te voie... »

FIGARO. Il faut obéir, ma cousine : heureusement personne
ne vous a vue. Faites donc joliment votre commission, et n'en
40 dites pas plus à Suzanne que Monseigneur n'a ordonné.

FANCHETTE. Et pourquoi lui en dirais-je ? Il me prend pour
un enfant, mon cousin. *(Elle sort en sautant.)*

SCÈNE 15. FIGARO, MARCELINE.

FIGARO. Hé bien, ma mère ?

MARCELINE. Hé bien, mon fils ?

FIGARO, *comme étouffé.* Pour celui-ci !... Il y a réellement des choses !...

5 MARCELINE. Il y a des choses ! Hé, qu'est-ce qu'il y a ?

FIGARO, *les mains sur sa poitrine.* Ce que je viens d'entendre, ma mère, je l'ai là comme un plomb.

MARCELINE, *riant.* Ce cœur plein d'assurance n'était donc qu'un ballon gonflé ? une épingle a tout fait partir !

10 FIGARO, *furieux.* Mais cette épingle, ma mère, est celle qu'il a ramassée !

MARCELINE, *rappelant ce qu'il a dit.* La jalousie ! oh ! j'ai là-dessus, ma mère, une philosophie... imperturbable ; et si Suzanne m'attrape un jour, je le lui pardonne...

15 FIGARO, *vivement.* Oh, ma mère ! on parle comme on sent : mettez le plus glacé des juges à plaider dans sa propre cause, et voyez-le expliquer la loi ! – Je ne m'étonne plus s'il avait tant d'humeur sur ce feu[1] ! – Pour la mignonne aux fines épingles, elle n'en est pas où elle le croit, ma mère, avec ses 20 marronniers ! Si mon mariage est assez fait pour légitimer ma colère, en revanche il ne l'est pas assez pour que je n'en puisse épouser une autre, et l'abandonner...

MARCELINE. Bien conclu ! Abîmons tout sur un soupçon. Qui t'a prouvé, dis-moi, que c'est toi qu'elle joue, et non le 25 Comte ? L'as-tu étudiée de nouveau, pour la condamner sans appel ? Sais-tu si elle se rendra sous les arbres, à quelle

---

1. **Ce feu** : le feu d'artifice.

intention elle y va ? ce qu'elle y dira, ce qu'elle y fera ? Je te croyais plus fort en jugement !

FIGARO, *lui baisant la main avec respect.* Elle a raison, ma
30 mère ; elle a raison, raison, toujours raison ! Mais accordons, maman, quelque chose à la nature : on en vaut mieux après. Examinons en effet avant d'accuser et d'agir. Je sais où est le rendez-vous. Adieu, ma mère. *(Il sort.)*

SCÈNE 16. MARCELINE, *seule.*

Adieu. Et moi aussi, je le sais. Après l'avoir arrêté, veillons sur les voies[1] de Suzanne, ou plutôt avertissons-la ; elle est si jolie créature ! Ah ! quand l'intérêt personnel ne nous arme point les unes contre les autres, nous sommes toutes portées
5 à soutenir notre pauvre sexe opprimé contre ce fier, ce terrible... *(en riant)* et pourtant un peu nigaud de sexe masculin. *(Elle sort.)*

---

1. **Voies :** desseins.

Domestiques mariés, pièce finie ?

À la fin de l'acte III, le mariage de Figaro ne rencontre plus d'obstacle légal : le Comte a perdu sa meilleure carte, Marceline a retrouvé un fils dans celui qu'elle voulait épouser, Figaro exulte entre sa mère et sa femme. Si la pièce se limitait au mariage de Suzanne et Figaro, elle pourrait, semble-t-il, s'arrêter là. Le jeune couple a même récolté deux dots au lieu d'une. Mais les objectifs des deux maîtres du château ne sont pas entièrement satisfaits. Que veut et peut maintenant le Comte dont le désir déclenche et alimente l'action ? Il n'a aucune objection de principe au mariage de ses domestiques ; ce qu'il veut, c'est acheter avant les noces, « un certain quart d'heure » avec Suzanne. Quant à la Comtesse, elle entend désormais se battre avec ses propres armes et l'aide de Suzanne pour reconquérir son volage époux. Cela suffit-il cependant à assurer l'unité d'action et d'intérêt de la pièce ?

Une ou deux pièces ?

« Dès le dix-huitième siècle, plusieurs connaisseurs, Fréron fils, La Harpe et le librettiste de Mozart, Da Ponte, ont eu l'impression qu'à partir d'ici l'intérêt faiblissait. Il est vrai que Figaro et Suzanne, qui sont pour le public les principaux héros, agissaient pour eux-mêmes dans les trois premiers actes et que dans les deux derniers ils agissent pour la Comtesse, Figaro sans le savoir et Suzanne en le sachant », affirme Jacques Scherer, avant d'ajouter que cette pièce est « en quelque manière constituée par deux pièces qui se succèdent ». Dans la première, Figaro mène le jeu d'une comédie d'intrigue, dans la seconde, la Comtesse et Suzanne poursuivent les fins d'une comédie sentimentale au nom de l'amour conjugal et de l'amitié.

On ne peut nier une inflexion de l'action à partir de la fin de l'acte III. Mais on peut remarquer que la pièce s'intitule exactement *La Folle Journée ou Le Mariage de Figaro*, ce qui déborde le seul problème du mariage. La journée n'a donc pas épuisé son compte de folies. On se souviendra que le véritable titre, selon la préface, était *L'Époux suborneur*, ce qui met au premier plan la figure du Comte et de la Comtesse. Le mariage de Figaro n'est qu'une facette, la plus apparente, d'un enjeu plus vaste : le mariage, l'union des sexes et des corps dans une liaison durable sanctionnée par la loi, afin de fonder une famille et de conserver l'espèce dans l'ordre social.

L'union des sexes

C'est le lien le plus visible de la trilogie, ou « roman de la famille Almaviva » (préface du *Mariage*). L'union conjugale a partie liée avec la loi, la société (dont le château est un emblème, une condensation), le désir sexuel et sentimental, l'argent, les rangs sociaux ; elle bute sur la contradiction de la fidélité et de l'inconstance... De Chérubin à Fanchette, de Marceline à Bartholo et Bazile, du Comte à Rosine et à Suzanne, de Figaro à Suzanne, de Figaro aux vassaux qu'il réunit à la fin de l'acte V pour constater le délit d'adultère, tout ramène à la question du mariage, ou plutôt de l'union sexuelle dans et hors le mariage. Dans une telle perspective qui semble bien celle de la pièce et de la trilogie, que gagne-t-on vraiment à parler de deux pièces là où les spectateurs n'en ont toujours vu qu'une ?

Il est clair que Beaumarchais a eu quelque difficulté à soutenir, tout au long de cinq actes, le rythme et l'intérêt des trois premiers. On le voit bien dans l'acte IV, le plus court de la pièce. Manifestement, le dramaturge se réserve de la matière pour finir en beauté à l'acte V. Il suscite donc le plaisir de voir et de rire par le déploiement sur scène d'une fête qui mêle musique, danse et parole.

ACTE V

Le théâtre représente une salle de marronniers[1], dans un parc ; deux pavillons, kiosques, ou temples de jardins, sont à droite et à gauche ; le fond est une clairière ornée, un siège de gazon sur le devant. Le théâtre est obscur.

SCÈNE PREMIÈRE. FANCHETTE, *seule, tenant d'une main deux biscuits et une orange, et de l'autre une lanterne de papier, allumée.*

Dans le pavillon à gauche, a-t-il dit. C'est celui-ci. – S'il allait ne pas venir à présent ! mon petit rôle... Ces vilaines gens de l'office qui ne voulaient pas seulement me donner une orange et deux biscuits ! – Pour qui, mademoiselle ? – Eh bien,
5 monsieur, c'est pour quelqu'un. – Oh ! nous savons. – Et quand ça serait ? Parce que Monseigneur ne veut pas le voir, faut-il qu'il meure de faim ? – Tout ça pourtant m'a coûté un fier baiser sur la joue !... Que sait-on ? il me le rendra peut-être. *(Elle voit Figaro qui vient l'examiner ; elle fait un*
10 *cri.)* Ah !... *(Elle s'enfuit, et elle entre dans le pavillon à sa gauche.)*

_____

1. **Salle de marronniers :** marronniers plantés de façon à délimiter, comme un plafond de verdure, un espace régulier.

SCÈNE 2. FIGARO, *un grand manteau sur les épaules, un large chapeau rabattu,* BAZILE, ANTONIO, BARTHOLO, BRID'OISON, GRIPE-SOLEIL, TROUPE DE VALETS ET DE TRAVAILLEURS.

FIGARO, *d'abord seul.* C'est Fanchette ! *(Il parcourt des yeux les autres à mesure qu'ils arrivent, et dit d'un ton farouche :)* Bonjour, messieurs ; bonsoir : êtes-vous tous ici ?

BAZILE. Ceux que tu as pressés d'y venir.

5 FIGARO. Quelle heure est-il bien à peu près ?

ANTONIO *regarde en l'air.* La lune devrait être levée.

BARTHOLO. Eh ! quels noirs apprêts fais-tu donc ? Il a l'air d'un conspirateur !

FIGARO, *s'agitant.* N'est-ce pas pour une noce, je vous prie,
10 que vous êtes rassemblés au château ?

BRID'OISON. Cè-ertainement.

ANTONIO. Nous allions là-bas, dans le parc, attendre un signal pour ta fête.

FIGARO. Vous n'irez pas plus loin, messieurs ; c'est ici, sous
15 ces marronniers, que nous devons tous célébrer l'honnête fiancée que j'épouse, et le loyal seigneur qui se l'est destinée.

BAZILE, *se rappelant la journée.* Ah ! vraiment, je sais ce que c'est. Retirons-nous, si vous m'en croyez : il est question d'un rendez-vous ; je vous conterai cela près d'ici.

20 BRID'OISON, *à Figaro.* Nou-ous reviendrons.

FIGARO. Quand vous m'entendrez appeler, ne manquez pas d'accourir tous ; et dites du mal de Figaro, s'il ne vous fait voir une belle chose.

BARTHOLO. Souviens-toi qu'un homme sage ne se fait point
25 d'affaires[1] avec les grands.

FIGARO. Je m'en souviens.

BARTHOLO. Qu'ils ont quinze et bisque[2] sur nous, par leur
état.

FIGARO. Sans leur industrie[3], que vous oubliez. Mais
30 souvenez-vous aussi que l'homme qu'on sait timide est dans
la dépendance de tous les fripons.

BARTHOLO. Fort bien.

FIGARO. Et que j'ai nom *de Verte-Allure,* du chef honoré de
ma mère[4].

35 BARTHOLO. Il a le diable au corps.

BRID'OISON. I-il l'a.

BAZILE, *à part.* Le Comte et sa Suzanne se sont arrangés
sans moi ? Je ne suis pas fâché de l'algarade[5].

FIGARO, *aux valets.* Pour vous autres, coquins, à qui j'ai
40 donné l'ordre, illuminez-moi ces entours ; ou, par la mort que
je voudrais tenir aux dents, si j'en saisis un par le bras... *(Il
secoue le bras de Gripe-Soleil.)*

GRIPE-SOLEIL *s'en va en criant et pleurant.* A, a, o, oh !
damné brutal !

45 BAZILE, *en s'en allant.* Le ciel vous tienne en joie, monsieur
du marié ! *(Ils sortent.)*

---

1. **Affaires :** conflits ; différends.
2. **Quinze et bisque :** au sens figuré, avantage (expression venue du jeu de
paume).
3. **Industrie :** habileté appliquée au mal.
4. **Du chef honoré de ma mère :** en vertu du droit que me donne ma mère de
porter ce nom.
5. **Algarade :** querelle.

SCÈNE 3. FIGARO, *seul, se promenant dans l'obscurité,*
dit du ton le plus sombre :

Ô femme ! femme ! femme ! créature faible et décevante !...
nul animal créé ne peut manquer à son instinct : le tien est-
il donc de tromper ?... Après m'avoir obstinément refusé
quand je l'en pressais devant sa maîtresse ; à l'instant qu'elle
5 me donne sa parole, au milieu même de la cérémonie... Il
riait en lisant, le perfide ! et moi comme un benêt... Non,
monsieur le Comte, vous ne l'aurez pas... vous ne l'aurez pas.
Parce que vous êtes un grand seigneur, vous vous croyez un
grand génie[1] !... Noblesse, fortune, un rang, des places, tout
10 cela rend si fier ! Qu'avez-vous fait pour tant de biens ? Vous
vous êtes donné la peine de naître, et rien de plus. Du reste,
homme assez ordinaire ; tandis que moi, morbleu ! perdu
dans la foule obscure, il m'a fallu déployer plus de science et
de calculs, pour subsister seulement, qu'on n'en a mis depuis
15 cent ans à gouverner toutes les Espagnes : et vous voulez
jouter... On vient... c'est elle... ce n'est personne. – La nuit
est noire en diable, et me voilà faisant le sot métier de mari,
quoique je ne le sois qu'à moitié ! *(Il s'assied sur un banc.)*
Est-il rien de plus bizarre que ma destinée ? Fils de je ne sais
20 pas qui, volé par des bandits, élevé dans leurs mœurs, je m'en
dégoûte et veux courir une carrière honnête ; et partout je
suis repoussé ! J'apprends la chimie, la pharmacie, la
chirurgie, et tout le crédit d'un grand seigneur peut à peine
me mettre à la main une lancette[2] vétérinaire ! – Las
25 d'attrister des bêtes malades, et pour faire un métier
contraire, je me jette à corps perdu dans le théâtre : me fussé-
je mis une pierre au cou ! Je broche[3] une comédie dans les

---

1. **Génie :** aptitudes innées, talents.
2. **Lancette :** instrument de chirurgie.
3. **Je broche :** j'écris à la hâte.

mœurs du sérail[1]. Auteur espagnol, je crois pouvoir y
fronder Mahomet sans scrupule : à l'instant un envoyé... de
30 je ne sais où se plaint que j'offense dans mes vers la Sublime-
Porte[2], la Perse, une partie de la presqu'île de l'Inde, toute
l'Égypte, les royaumes de Barca[3], de Tripoli, de Tunis,
d'Alger et de Maroc : et voilà ma comédie flambée, pour
plaire aux princes mahométans, dont pas un, je crois, ne sait
35 lire, et qui nous meurtrissent l'omoplate, en nous disant :
« chiens de chrétiens ». – Ne pouvant avilir l'esprit, on se
venge en le maltraitant. – Mes joues creusaient, mon terme
était échu : je voyais de loin arriver l'affreux recors[4], la
plume fichée dans sa perruque : en frémissant je m'évertue.
40 Il s'élève une question sur la nature des richesses ; et, comme
il n'est pas nécessaire de tenir les choses pour en raisonner,
n'ayant pas un sol, j'écris sur la valeur de l'argent et sur son
produit net[5] : sitôt je vois du fond d'un fiacre baisser pour
moi le pont d'un château fort, à l'entrée duquel je laissai
45 l'espérance et la liberté. *(Il se lève.)* Que je voudrais bien tenir
un de ces puissants de quatre jours, si légers sur le mal qu'ils
ordonnent, quand une bonne disgrâce a cuvé son orgueil ! Je
lui dirais... que les sottises imprimées n'ont d'importance
qu'aux lieux où l'on en gêne le cours ; que, sans la liberté de
50 blâmer, il n'est point d'éloge flatteur ; et qu'il n'y a que les
petits hommes qui redoutent les petits écrits. *(Il se rassied.)*
Las de nourrir un obscur pensionnaire, on me met un jour
dans la rue ; et comme il faut dîner, quoiqu'on ne soit plus
en prison, je taille encore ma plume, et demande à chacun
55 de quoi il est question : on me dit que, pendant ma retraite
économique, il s'est établi dans Madrid un système de liberté
sur la vente des productions, qui s'étend même à celles de la

---

1. **Dans les mœurs du sérail :** censée se dérouler dans un palais turc. Ce thème
était alors très en vogue (voir l'opéra de Mozart, *L'Enlèvement au sérail*, 1782).
2. **Sublime-Porte :** Empire ottoman.
3. **Royaume de Barca :** actuelle Libye.
4. **Recors :** officier de justice présent aux saisies.
5. **Produit net :** bénéfice (terme économique employé au XVIIIe siècle).

presse ; et que, pourvu que je ne parle en mes écrits ni de l'autorité, ni du culte, ni de la politique, ni de la morale, ni
60 des gens en place, ni des corps[1] en crédit, ni de l'Opéra, ni des autres spectacles, ni de personne qui tienne à quelque chose, je puis tout imprimer librement, sous l'inspection de deux ou trois censeurs. Pour profiter de cette douce liberté, j'annonce un écrit périodique, et, croyant n'aller sur les
65 brisées d'aucun autre, je le nomme *Journal inutile*. Pou-ou ! je vois s'élever contre moi mille pauvres diables à la feuille[2], on me supprime, et me voilà derechef sans emploi ! – Le désespoir m'allait saisir ; on pense à moi pour une place, mais par malheur j'y étais propre : il fallait un calculateur, ce fut
70 un danseur qui l'obtint. Il ne me restait plus qu'à voler ; je me fais banquier de pharaon[3] : alors, bonnes gens ! je soupe en ville, et les personnes dites « comme il faut » m'ouvrent poliment leur maison, en retenant pour elles les trois quarts du profit. J'aurais bien pu me remonter ; je commençais
75 même à comprendre que, pour gagner du bien, le savoir-faire vaut mieux que le savoir. Mais comme chacun pillait autour de moi, en exigeant que je fusse honnête, il fallut bien périr encore. Pour le coup je quittais le monde, et vingt brasses d'eau allaient m'en séparer, lorsqu'un dieu bienfaisant
80 m'appelle à mon premier état. Je reprends ma trousse et mon cuir anglais[4] ; puis, laissant la fumée aux sots qui s'en nourrissent, et la honte au milieu du chemin, comme trop lourde à un piéton, je vais rasant de ville en ville, et je vis

---

1. **Corps** : institutions, organismes sociaux.
2. **Pauvres diables à la feuille** : écrivains faméliques qui rédigeaient des feuilles imprimées à caractère pamphlétaire, injurieux, pornographique (et non pas des livres, comme les vrais auteurs). Voltaire avait écrit contre eux un poème satirique intitulé *Le Pauvre Diable*. Cette expression pouvait désigner également des écrivains payés à la feuille (ceux que l'on nomme aujourd'hui les « pigistes »).
3. **Je me fais ... pharaon** : j'organise des jeux d'argent (le « pharaon » était un jeu de cartes).
4. **Cuir anglais** : cuir servant à affûter le fil du rasoir ; Figaro reprend son métier de barbier.

enfin sans souci. Un grand seigneur passe à Séville ; il me
85 reconnaît, je le marie ; et pour prix d'avoir eu par mes soins
son épouse, il veut intercepter la mienne ! Intrigue, orage à
ce sujet. Prêt à tomber dans un abîme, au moment d'épouser
ma mère, mes parents m'arrivent à la file. *(Il se lève en
s'échauffant.)* On se débat, c'est vous, c'est lui, c'est moi, c'est
90 toi, non, ce n'est pas nous ; eh ! mais qui donc ? *(Il retombe
assis.)* Ô bizarre suite d'événements ! Comment cela m'est-il
arrivé ? Pourquoi ces choses et non pas d'autres ? Qui les a
fixées sur ma tête ? Forcé de parcourir la route où je suis
entré sans le savoir, comme j'en sortirai sans le vouloir, je
95 l'ai jonchée d'autant de fleurs que ma gaieté me l'a permis :
encore je dis ma gaieté sans savoir si elle est à moi plus que
le reste, ni même quel est ce « moi » dont je m'occupe : un
assemblage informe de parties inconnues ; puis un chétif être
imbécile ; un petit animal folâtre ; un jeune homme ardent
100 au plaisir, ayant tous les goûts pour jouir, faisant tous les
métiers pour vivre ; maître ici, valet là, selon qu'il plaît à la
fortune ; ambitieux par vanité, laborieux par nécessité, mais
paresseux... avec délices ! orateur selon le danger ; poète par
délassement ; musicien par occasion ; amoureux par folles
105 bouffées, j'ai tout vu, tout fait, tout usé. Puis l'illusion s'est
détruite et, trop désabusé... Désabusé...! Suzon, Suzon,
Suzon ! que tu me donnes de tourments !... J'entends
marcher... on vient. Voici l'instant de la crise[1]. *(Il se retire
près de la première coulisse à sa droite.)*

---

1. **Crise** : moment périlleux et décisif.

REPÈRES

• Qu'est-ce qui motive le monologue de Figaro ?
• Est-ce la première apparition du thème de la jalousie dans la pièce ?

OBSERVATION

• « Il riait en lisant, le perfide ! et moi comme un benêt... » : à quelle scène de l'acte IV cette phrase fait-elle allusion ?
• Observez le jeu des pronoms personnels. Quel effet chacun d'eux produit-il dans l'argumentation ?
• Par quels procédés stylistiques Beaumarchais donne-t-il un rythme accéléré à ce début de monologue ?
• Observez le jeu des temps verbaux : qu'en concluez-vous ?
• Sur quelles oppositions ce passage est-il fondé ? Laquelle revêt le plus d'importance ?

INTERPRÉTATIONS

• Quelle image des femmes Figaro donne-t-il ici ?
• Comment expliquer cette sortie antiféminine ?
• L'opposition du Comte et de Figaro est-elle celle de deux caractères ?
• En comparant la scène 4 de l'acte III et ce passage, montrez en quoi les deux monologues du Comte et de Figaro n'ont ni le même ton, ni la même portée.

SCÈNE 4. FIGARO, LA COMTESSE *avec les habits de Suzon,* SUZANNE *avec ceux de la Comtesse,* MARCELINE.

SUZANNE, *bas à la Comtesse.* Oui, Marceline m'a dit que Figaro y serait.

MARCELINE. Il y est aussi ; baisse la voix.

SUZANNE. Ainsi l'un nous écoute, et l'autre va venir me
5 chercher. Commençons.

MARCELINE. Pour n'en pas perdre un mot, je vais me cacher dans le pavillon. *(Elle entre dans le pavillon où est entrée Fanchette.)*

SCÈNE 5. FIGARO, LA COMTESSE, SUZANNE.

SUZANNE, *haut.* Madame tremble ! est-ce qu'elle aurait froid ?

LA COMTESSE, *haut.* La soirée est humide, je vais me retirer.

SUZANNE, *haut.* Si Madame n'avait pas besoin de moi, je
5 prendrais l'air un moment sous ces arbres.

LA COMTESSE, *haut.* C'est le serein[1] que tu prendras.

SUZANNE, *haut.* J'y suis toute faite.

FIGARO, *à part.* Ah oui, le serein ! *(Suzanne se retire près de la coulisse, du côté opposé à Figaro.)*

---

1. **Serein :** brume des soirs d'été.

Scène 6. Figaro, Chérubin, le Comte, la Comtesse, Suzanne.

(Figaro et Suzanne retirés de chaque côté sur le devant.)

Chérubin, *en habit d'officier, arrive en chantant gaiement la reprise de l'air de la romance.*
La, la, la, etc.
      J'avais une marraine,
5   Que toujours adorai.

La Comtesse, *à part.* Le petit page !

Chérubin *s'arrête.* On se promène ici ; gagnons vite mon asile, où la petite Fanchette... C'est une femme !

La Comtesse *écoute.* Ah, grands dieux !

10 Chérubin *se baisse en regardant de loin.* Me trompé-je ? à cette coiffure en plumes qui se dessine au loin dans le crépuscule, il me semble que c'est Suzon.

La Comtesse, *à part.* Si le Comte arrivait !... *(Le Comte paraît dans le fond.)*

15 Chérubin *s'approche et prend la main de la Comtesse qui se défend.* Oui, c'est la charmante fille qu'on nomme Suzanne. Eh ! pourrais-je m'y méprendre à la douceur de cette main, à ce petit tremblement qui l'a saisie ; surtout au battement de mon cœur ! *(Il veut y appuyer le dos de la main*
20 *de la Comtesse ; elle la retire.)*

La Comtesse, *bas.* Allez-vous-en !

Chérubin. Si la compassion t'avait conduite exprès dans cet endroit du parc, où je suis caché depuis tantôt ?...

La Comtesse. Figaro va venir.

25 LE COMTE, *s'avançant, dit à part.* N'est-ce pas Suzanne que j'aperçois ?

CHÉRUBIN, *à la Comtesse.* Je ne crains point du tout Figaro, car ce n'est pas lui que tu attends.

LA COMTESSE. Qui donc ?

30 LE COMTE, *à part.* Elle est avec quelqu'un.

CHÉRUBIN. C'est Monseigneur, friponne, qui t'a demandé ce rendez-vous ce matin, quand j'étais derrière le fauteuil.

LE COMTE, *à part, avec fureur.* C'est encore le page infernal !

35 FIGARO, *à part.* On dit qu'il ne faut pas écouter !

SUZANNE, *à part.* Petit bavard !

LA COMTESSE, *au page.* Obligez-moi de vous retirer.

CHÉRUBIN. Ce ne sera pas au moins sans avoir reçu le prix de mon obéissance.

40 LA COMTESSE, *effrayée.* Vous prétendez ?...

CHÉRUBIN, *avec feu.* D'abord vingt baisers pour ton compte, et puis cent pour ta belle maîtresse.

LA COMTESSE. Vous oseriez ?...

CHÉRUBIN. Oh ! que oui, j'oserai. Tu prends sa place auprès 45 de Monseigneur ; moi celle du Comte auprès de toi ; le plus attrapé, c'est Figaro.

FIGARO, *à part.* Ce brigandeau !

SUZANNE, *à part.* Hardi comme un page. *(Chérubin veut embrasser la Comtesse ; le Comte se met entre deux et reçoit* 50 *le baiser.)*

LA COMTESSE, *se retirant.* Ah ! ciel !

Figaro, *à part, entendant le baiser.* J'épousais une jolie mignonne ! *(Il écoute.)*

55 Chérubin, *tâtant les habits du Comte. (À part.)* C'est Monseigneur ! *(Il s'enfuit dans le pavillon où sont entrées Fanchette et Marceline.)*

Scène 7. Figaro, le Comte, la Comtesse, Suzanne.

Figaro *s'approche.* Je vais...

Le Comte, *croyant parler au page.* Puisque vous ne redoublez pas le baiser... *(Il croit lui donner un soufflet.)*

Figaro, *qui est à portée, le reçoit.* Ah !

5 Le Comte. ... Voilà toujours le premier payé.

Figaro, *à part, s'éloigne en se frottant la joue.* Tout n'est pas gain non plus, en écoutant.

Suzanne, *riant tout haut, de l'autre côté.* Ah ! ah ! ah ! ah !

Le Comte, *à la Comtesse, qu'il prend pour Suzanne.*
10 Entend-on quelque chose à ce page ? il reçoit le plus rude soufflet, et s'enfuit en éclatant de rire.

Figaro, *à part.* S'il s'affligeait de celui-ci !...

Le Comte. Comment ! je ne pourrai faire un pas... *(À la Comtesse.)* Mais laissons cette bizarrerie ; elle empoisonnerait
15 le plaisir que j'ai de te trouver dans cette salle.

La Comtesse, *imitant le parler de Suzanne.* L'espériez-vous ?

LE COMTE. Après ton ingénieux billet ! *(Il lui prend la main.)* Tu trembles ?

20 LA COMTESSE. J'ai eu peur.

LE COMTE. Ce n'est pas pour te priver du baiser que je l'ai pris. *(Il la baise au front.)*

LA COMTESSE. Des libertés !

FIGARO, *à part.* Coquine !

25 SUZANNE, *à part.* Charmante !

LE COMTE *prend la main de sa femme.* Mais quelle peau fine et douce, et qu'il s'en faut que la Comtesse ait la main aussi belle !

LA COMTESSE, *à part.* Oh ! la prévention !

30 LE COMTE. A-t-elle ce bras ferme et rondelet ! ces jolis doigts pleins de grâce et d'espièglerie ?

LA COMTESSE, *de la voix de Suzanne.* Ainsi l'amour...

LE COMTE. L'amour... n'est que le roman du cœur : c'est le plaisir qui en est l'histoire ; il m'amène à tes genoux.

35 LA COMTESSE. Vous ne l'aimez plus ?

LE COMTE. Je l'aime beaucoup ; mais trois ans d'union rendent l'hymen si respectable !

LA COMTESSE. Que vouliez-vous en elle ?

LE COMTE, *la caressant.* Ce que je trouve en toi, ma 40 beauté...

LA COMTESSE. Mais dites donc.

LE COMTE. ... Je ne sais : moins d'uniformité peut-être, plus de piquant dans les manières, un je ne sais quoi qui fait le charme ; quelquefois un refus : que sais-je ? Nos femmes

45 croient tout accomplir en nous aimant : cela dit une fois, elles
nous aiment, nous aiment (quand elles nous aiment) et sont
si complaisantes et si constamment obligeantes, et toujours,
et sans relâche, qu'on est tout surpris, un beau soir, de
trouver la satiété où l'on recherchait le bonheur.

50 LA COMTESSE, *à part.* Ah ! quelle leçon !

LE COMTE. En vérité, Suzon, j'ai pensé mille fois que si nous
poursuivons ailleurs ce plaisir qui nous fuit chez elles, c'est
qu'elles n'étudient pas assez l'art de soutenir notre goût, de
se renouveler à l'amour, de ranimer, pour ainsi dire, le
55 charme de leur possession par celui de la variété.

LA COMTESSE, *piquée.* Donc elles doivent tout ?...

LE COMTE, *riant.* Et l'homme rien ? Changerons-nous la
marche de la nature ? Notre tâche, à nous, fut de les obtenir ;
la leur...

60 LA COMTESSE. La leur ?...

LE COMTE. Est de nous retenir : on l'oublie trop.

LA COMTESSE. Ce ne sera pas moi.

LE COMTE. Ni moi.

FIGARO, *à part.* Ni moi.

65 SUZANNE, *à part.* Ni moi.

LE COMTE *prend la main de sa femme.* Il y a de l'écho ici,
parlons plus bas. Tu n'as nul besoin d'y songer, toi que
l'amour a faite et si vive et si jolie ! Avec un grain de caprice,
tu seras la plus agaçante maîtresse ! *(Il la baise au front.)* Ma
70 Suzanne, un Castillan n'a que sa parole. Voici tout l'or
promis pour le rachat du droit que je n'ai plus sur le délicieux
moment que tu m'accordes. Mais comme la grâce que tu

daignes y mettre est sans prix, j'y joindrai ce brillant, que tu porteras pour l'amour de moi.

75 LA COMTESSE, *une révérence.* Suzanne accepte tout.

FIGARO, *à part.* On n'est pas plus coquine que cela.

SUZANNE, *à part.* Voilà du bon bien qui nous arrive.

LE COMTE, *à part.* Elle est intéressée : tant mieux !

LA COMTESSE *regarde au fond.* Je vois des flambeaux.

80 LE COMTE. Ce sont les apprêts de ta noce. Entrons-nous un moment dans l'un de ces pavillons, pour les laisser passer ?

LA COMTESSE. Sans lumière ?

LE COMTE *l'entraîne doucement.* À quoi bon ? Nous n'avons rien à lire.

85 FIGARO, *à part.* Elle y va, ma foi ! Je m'en doutais. *(Il s'avance.)*

LE COMTE *grossit sa voix en se retournant.* Qui passe ici ?

FIGARO, *en colère.* Passer ! on vient exprès.

LE COMTE, *bas, à la Comtesse.* C'est Figaro !... *(Il s'enfuit.)*

90 LA COMTESSE. Je vous suis. *(Elle entre dans le pavillon à sa droite, pendant que le Comte se perd dans le bois au fond.)*

SCÈNE 8. FIGARO, SUZANNE, *dans l'obscurité.*

FIGARO *cherche à voir où vont le Comte et la Comtesse qu'il prend pour Suzanne.* Je n'entends plus rien ; ils sont entrés ; m'y voilà. *(D'un ton altéré.)* Vous autres, époux maladroits, qui tenez des espions à gages et tournez des mois entiers
5 autour d'un soupçon, sans l'asseoir, que ne m'imitez-vous ? Dès le premier jour, je suis ma femme et je l'écoute ; en un tour de main, on est au fait : c'est charmant ; plus de doutes ; on sait à quoi s'en tenir. *(Marchant vivement.)* Heureusement que je ne m'en soucie guère, et que sa trahison ne me fait
10 plus rien du tout. Je les tiens donc enfin !

Les Peines d'amour, *de Jean Honoré Fragonard.*
Musée d'Orléans.

SUZANNE, *qui s'est avancée doucement dans l'obscurité. (À part.)* Tu vas payer tes beaux soupçons. *(Du ton de voix de la Comtesse.)* Qui va là ?

FIGARO, *extravagant.* « Qui va là ? » Celui qui voudrait de
15 bon cœur que la peste eût étouffé en naissant...

SUZANNE, *du ton de la Comtesse.* Eh ! mais, c'est Figaro !

FIGARO *regarde et dit vivement.* Madame la Comtesse !

SUZANNE. Parlez bas.

FIGARO, *vite.* Ah ! Madame, que le ciel vous amène à
20 propos ! Où croyez-vous qu'est Monseigneur ?

SUZANNE. Que m'importe un ingrat ? Dis-moi...

FIGARO, *plus vite.* Et Suzanne, mon épousée, où croyez-vous qu'elle soit ?

SUZANNE. Mais parlez bas !

25 FIGARO, *très vite.* Cette Suzon qu'on croyait si vertueuse, qui faisait de la réservée ! Ils sont enfermés là-dedans. Je vais appeler.

SUZANNE, *lui fermant la bouche avec sa main, oublie de déguiser sa voix.* N'appelez pas !

30 FIGARO, *à part.* Et c'est Suzon ! God-dam !

SUZANNE, *du ton de la Comtesse.* Vous paraissez inquiet.

FIGARO, *à part.* Traîtresse ! qui veut me surprendre !

SUZANNE. Il faut nous venger, Figaro.

FIGARO. En sentez-vous le vif désir ?

35 SUZANNE. Je ne serais donc pas de mon sexe ! Mais les hommes en ont cent moyens.

FIGARO, *confidemment*. Madame, il n'y a personne ici de trop. Celui des femmes... les vaut tous.

SUZANNE, *à part*. Comme je le souffletterais !

40 FIGARO, *à part*. Il serait bien gai qu'avant la noce...

SUZANNE. Mais qu'est-ce qu'une telle vengeance, qu'un peu d'amour n'assaisonne pas ?

FIGARO. Partout où vous n'en voyez point, croyez que le respect dissimule[1].

45 SUZANNE, *piquée*. Je ne sais si vous le pensez de bonne foi, mais vous ne le dites pas de bonne grâce.

FIGARO, *avec une chaleur comique, à genoux*. Ah ! Madame, je vous adore. Examinez le temps, le lieu, les circonstances, et que le dépit supplée en vous aux grâces qui 50 manquent à ma prière.

SUZANNE, *à part*. La main me brûle !

FIGARO, *à part*. Le cœur me bat.

SUZANNE. Mais, monsieur, avez-vous songé ?...

FIGARO. Oui, Madame ; oui, j'ai songé.

55 SUZANNE. ... Que pour la colère et l'amour...

FIGARO. ... Tout ce qui se diffère est perdu. Votre main, Madame ?

SUZANNE, *de sa voix naturelle et lui donnant un soufflet*. La voilà.

---

1. **Croyez ... dissimule** : croyez que le respect dû à une femme de condition supérieure, ou à toute femme, dissimule l'amour, l'empêche de se manifester au grand jour.

60 FIGARO. Ah ! *demonio*[1] ! quel soufflet !

SUZANNE *lui en donne un second.* Quel soufflet ! Et celui-ci ?

FIGARO. *Et ques-à-quo*[2] ? de par le diable ! est-ce ici la journée des tapes ?

65 SUZANNE *le bat à chaque phrase.* Ah ! *ques-à-quo* ? Suzanne ; et voilà pour tes soupçons, voilà pour tes vengeances et pour tes trahisons, tes expédients, tes injures et tes projets. C'est-il ça de l'amour ? dis donc comme ce matin ?

70 FIGARO *rit en se relevant. Santa Barbara !* oui, c'est de l'amour. Ô bonheur ! ô délices ! ô cent fois heureux Figaro ! Frappe, ma bien-aimée, sans te lasser. Mais quand tu m'auras diapré tout le corps de meurtrissures, regarde avec bonté, Suzon, l'homme le plus fortuné qui fut jamais battu par une 75 femme.

SUZANNE. « Le plus fortuné ! » Bon fripon, vous n'en séduisiez pas moins la Comtesse, avec un si trompeur babil, que m'oubliant moi-même, en vérité, c'était pour elle que je cédais.

80 FIGARO. Ai-je pu me méprendre au son de ta jolie voix ?

SUZANNE, *en riant.* Tu m'as reconnue ? Ah ! comme je m'en vengerai !

FIGARO. Bien rosser et garder rancune est aussi par trop féminin ! Mais dis-moi donc par quel bonheur je te vois là,

---

1. **Demonio** : juron espagnol (démon).
2. **Ques-à-quo** : qu'est-ce ? Expression provençale (on écrit aussi *quèsaco* ou *qu'èsaquo*) que Beaumarchais avait rendue célèbre dans le quatrième *Mémoire* contre Goëzman : « *Ques-à-quo ?* Marin ! » (son ennemi, Marin, étant provençal).

85 quand je te croyais avec lui ; et comment cet habit, qui m'abusait, te montre enfin innocente...

SUZANNE. Eh ! c'est toi qui es un innocent, de venir te prendre au piège apprêté pour un autre ! Est-ce notre faute, à nous, si voulant museler un renard, nous en attrapons 90 deux ?

FIGARO. Qui donc prend l'autre ?

SUZANNE. Sa femme.

FIGARO. Sa femme ?

SUZANNE. Sa femme.

95 FIGARO, *follement*. Ah ! Figaro ! pends-toi ! tu n'as pas deviné celui-là. – Sa femme ! Oh ! douze ou quinze mille fois spirituelles femelles ! – Ainsi les baisers de cette salle ?...

SUZANNE. Ont été donnés à Madame.

FIGARO. Et celui du page ?

100 SUZANNE, *riant*. À Monsieur.

FIGARO. Et tantôt, derrière le fauteuil ?

SUZANNE. À personne

FIGARO. En êtes-vous sûre ?

SUZANNE, *riant*. Il pleut des soufflets, Figaro.

105 FIGARO *lui baise la main*. Ce sont des bijoux que les tiens. Mais celui du Comte était de bonne guerre.

SUZANNE. Allons, superbe[1], humilie-toi !

————————

1. **Superbe** : orgueilleux (parodie du style tragique).

FIGARO *fait tout ce qu'il annonce.* Cela est juste : à genoux, bien courbé, prosterné, ventre à terre.

110 SUZANNE, *en riant.* Ah ! ce pauvre Comte ! quelle peine il s'est donnée...

FIGARO *se relève sur ses genoux.* ... Pour faire la conquête de sa femme !

SCÈNE 9. LE COMTE *entre par le fond du théâtre et va droit au pavillon à sa droite ;* FIGARO, SUZANNE.

LE COMTE, *à lui-même.* Je la cherche en vain dans le bois, elle est peut-être entrée ici.

SUZANNE, *à Figaro parlant bas.* C'est lui.

LE COMTE, *ouvrant le pavillon.* Suzon, es-tu là dedans ?

5 FIGARO, *bas.* Il la cherche, et moi je croyais...

SUZANNE, *bas.* Il ne l'a pas reconnue.

FIGARO. Achevons-le, veux-tu ? *(Il lui baise la main.)*

LE COMTE *se retourne.* Un homme aux pieds de la Comtesse !... Ah ! je suis sans armes. *(Il s'avance.)*

10 FIGARO *se relève tout à fait en déguisant sa voix.* Pardon, Madame, si je n'ai pas réfléchi que ce rendez-vous ordinaire était destiné pour la noce.

LE COMTE, *à part.* C'est l'homme du cabinet de ce matin. *(Il se frappe le front.)*

FIGARO *continue.* Mais il ne sera pas dit qu'un obstacle
15 aussi sot aura retardé nos plaisirs.

REPÈRES

• Définissez les circonstances précises de la méprise de Figaro.

OBSERVATION

• Grâce à quelle convention dramatique passe-t-on d'un monologue à un dialogue ? Quel indice textuel permet de la repérer ?
• Quelle est la valeur comique du « God-dam » dans la dernière réplique ?
• Quels procédés comiques sont exploités dans ce dialogue ?
• Montrez comment Beaumarchais travaille sur les voix.

INTERPRÉTATIONS

• En quoi la situation et le discours de Figaro sont-ils source de comique ?
• Quelle valeur symbolique peut-on accorder à la nuit et à la confusion sur l'identité de Suzanne ?
• L'invraisemblance relative de la situation peut-elle nuire au plaisir du spectateur ?

LE COMTE, *à part.* Massacre ! mort ! enfer !

FIGARO, *la conduisant au cabinet. (Bas.)* Il jure. *(Haut.)* Pressons-nous donc, Madame, et réparons le tort qu'on nous a fait tantôt, quand j'ai sauté par la fenêtre.

20 LE COMTE, *à part.* Ah ! tout se découvre enfin.

SUZANNE, *près du pavillon à sa gauche.* Avant d'entrer, voyez si personne n'a suivi. *(Il la baise au front.)*

LE COMTE *s'écrie :* Vengeance ! *(Suzanne s'enfuit dans le pavillon où sont entrés Fanchette, Marceline et Chérubin.)*

SCÈNE 10. LE COMTE, FIGARO. *(Le Comte saisit le bras de Figaro.)*

FIGARO, *jouant la frayeur excessive.* C'est mon maître !

LE COMTE *le reconnaît.* Ah ! scélérat, c'est toi ! Holà ! quelqu'un ! quelqu'un !

SCÈNE 11. PÉDRILLE, LE COMTE, FIGARO.

PÉDRILLE, *botté.* Monseigneur, je vous trouve enfin.

LE COMTE. Bon, c'est Pédrille. Es-tu tout seul ?

PÉDRILLE. Arrivant de Séville, à étripe-cheval.

LE COMTE. Approche-toi de moi, et crie bien fort !

5 Pédrille, *criant à tue-tête*. Pas plus de page que sur ma main. Voilà le paquet[1].

Le Comte *le repousse*. Eh ! l'animal !

Pédrille. Monseigneur me dit de crier.

Le Comte, *tenant toujours Figaro*. Pour appeler. – Holà,
10 quelqu'un ! Si l'on m'entend, accourez tous !

Pédrille. Figaro et moi, nous voilà deux ; que peut-il donc vous arriver ?

Scène 12. Les acteurs précédents,
Brid'oison, Bartholo, Bazile,
Antonio, Gripe-Soleil,
toute la noce accourt avec des flambeaux.

Bartholo, *à Figaro*. Tu vois qu'à ton premier signal...

Le Comte, *montrant le pavillon à sa gauche*. Pédrille, empare-toi de cette porte. *(Pédrille y va.)*

Bazile, *bas à Figaro*. Tu l'as surpris avec Suzanne ?

5 Le Comte, *montrant Figaro*. Et vous tous, mes vassaux, entourez-moi cet homme, et m'en répondez sur la vie.

Bazile. Ha ! ha !

Le Comte, *furieux*. Taisez-vous donc ! *(À Figaro, d'un ton glacé.)* Mon cavalier, répondez-vous à mes questions ?

10 Figaro, *froidement*. Eh ! qui pourrait m'en exempter,

---

1. **Paquet :** le brevet de Chérubin.

Monseigneur ? Vous commandez à tout ici, hors à vous-même.

LE COMTE, *se contenant*. Hors à moi-même !

ANTONIO. C'est ça parler.

15 LE COMTE, *reprenant sa colère*. Non, si quelque chose pouvait augmenter ma fureur, ce serait l'air calme qu'il affecte.

FIGARO. Sommes-nous des soldats qui tuent et se font tuer pour des intérêts qu'ils ignorent ? Je veux savoir, moi, 20 pourquoi je me fâche.

LE COMTE, *hors de lui*. Ô rage ! *(Se contenant.)* Homme de bien qui feignez d'ignorer, nous ferez-vous au moins la faveur de nous dire quelle est la dame actuellement par vous amenée dans ce pavillon ?

25 FIGARO, *montrant l'autre avec malice*. Dans celui-là ?

LE COMTE, *vite*. Dans celui-ci.

FIGARO, *froidement*. C'est différent. Une jeune personne qui m'honore de ses bontés particulières.

BAZILE, *étonné*. Ha ! ha !

30 LE COMTE, *vite*. Vous l'entendez, messieurs ?

BARTHOLO, *étonné*. Nous l'entendons.

LE COMTE, *à Figaro*. Et cette jeune personne a-t-elle un autre engagement, que vous sachiez ?

FIGARO, *froidement*. Je sais qu'un grand seigneur s'en est 35 occupé quelque temps, mais, soit qu'il l'ait négligée ou que je lui plaise mieux qu'un plus aimable, elle me donne aujourd'hui la préférence.

LE COMTE, *vivement*. La préf... *(Se contenant.)* Au moins il

est naïf ! car ce qu'il avoue, messieurs, je l'ai ouï, je vous jure,
40 de la bouche même de sa complice.

BRID'OISON, *stupéfait.* Sa-a complice !

LE COMTE, *avec fureur.* Or, quand le déshonneur est
public, il faut que la vengeance le soit aussi. *(Il entre dans le
pavillon.)*

SCÈNE 13. TOUS LES ACTEURS PRÉCÉDENTS, *hors* LE COMTE.

ANTONIO. C'est juste.

BRID'OISON, *à Figaro.* Qui-i donc a pris la femme de
l'autre ?

FIGARO, *en riant.* Aucun n'a eu cette joie-là.

SCÈNE 14. LES ACTEURS PRÉCÉDENTS, LE COMTE, CHÉRUBIN.

LE COMTE, *parlant dans le pavillon, et attirant quelqu'un
qu'on ne voit pas encore.* Tous vos efforts sont inutiles ; vous
êtes perdue, madame, et votre heure est bien arrivée ! *(Il sort
sans regarder.)* Quel bonheur qu'aucun gage d'une union
5 aussi détestée...

FIGARO *s'écrie :* Chérubin !

LE COMTE. Mon page ?

BAZILE. Ha ! ha !

LE COMTE, *hors de lui, à part*. Et toujours le page endiablé !
10 *(À Chérubin.)* Que faisiez-vous dans ce salon ?

CHÉRUBIN, *timidement*. Je me cachais, comme vous me
l'avez ordonné.

PÉDRILLE. Bien la peine de crever un cheval !

LE COMTE. Entres-y, toi, Antonio ; conduis devant son juge
15 l'infâme qui m'a déshonoré.

BRID'OISON. C'est Madame que vous y-y cherchez ?

ANTONIO. L'y a, parguenne, une bonne Providence : vous
en avez tant fait dans le pays...

LE COMTE, *furieux*. Entre donc ! *(Antonio entre.)*

SCÈNE 15. LES ACTEURS PRÉCÉDENTS,
excepté ANTONIO.

LE COMTE. Vous allez voir, messieurs, que le page n'y était
pas seul.

CHÉRUBIN, *timidement*. Mon sort eût été trop cruel, si
quelque âme sensible n'en eût adouci l'amertume.

SCÈNE 16. LES ACTEURS PRÉCÉDENTS,
ANTONIO, FANCHETTE.

ANTONIO, *attirant par le bras quelqu'un qu'on ne voit pas
encore*. Allons, Madame, il ne faut pas vous faire prier pour
en sortir, puisqu'on sait que vous y êtes entrée.

FIGARO *s'écrie* : La petite cousine !

5 BAZILE. Ha ! ha !

LE COMTE. Fanchette !

ANTONIO *se retourne et s'écrie* : Ah ! palsambleu, Monseigneur, il est gaillard de[1] me choisir pour montrer à la compagnie que c'est ma fille qui cause tout ce train-là !

10 LE COMTE, *outré*. Qui la savait là dedans ? *(Il veut rentrer.)*

BARTHOLO, *au devant*. Permettez, monsieur le Comte, ceci n'est pas plus clair. Je suis de sang-froid, moi... *(Il entre.)*

BRID'OISON. Voilà une affaire au-aussi trop embrouillée.

SCÈNE 17. LES ACTEURS PRÉCÉDENTS, MARCELINE.

BARTHOLO, *parlant en dedans et sortant*. Ne craignez rien, Madame, il ne vous sera fait aucun mal. J'en réponds. *(Il se retourne et s'écrie :)* Marceline !

BAZILE. Ha ! ha !

5 FIGARO, *riant*. Hé, quelle folie ! ma mère en est ?

ANTONIO. À qui pis fera.

LE COMTE, *outré*. Que m'importe à moi ? La Comtesse...

---

1. **Il est gaillard de :** il est hardi de (le pronom « il » est impersonnel et ne désigne pas le Comte).

SCÈNE 18. LES ACTEURS PRÉCÉDENTS,
SUZANNE,
son éventail sur le visage.

LE COMTE. ... Ah ! la voici qui sort. *(Il la prend violemment par le bras.)* Que croyez-vous, messieurs, que mérite une odieuse...

SUZANNE *se jette à genoux la tête baissée.*

5 LE COMTE. Non, non !

FIGARO *se jette à genoux de l'autre côté.*

LE COMTE, *plus fort.* Non, non !

MARCELINE *se jette à genoux devant lui.*

LE COMTE *plus fort.* Non, non !

10 TOUS *se mettent à genoux, excepté Brid'oison..*

LE COMTE *hors de lui.* Y fussiez-vous un cent !

SCÈNE 19 ET DERNIÈRE. TOUS LES ACTEURS
PRÉCÉDENTS, LA COMTESSE *sort de l'autre pavillon.*

LA COMTESSE *se jette à genoux.* Au moins je ferai nombre.

LE COMTE, *regardant la Comtesse et Suzanne.* Ah ! qu'est-ce que je vois ?

BRID'OISON, *riant.* Eh pardi, c'è-est Madame.

5 LE COMTE *veut relever la Comtesse.* Quoi ! c'était vous, Comtesse ? *(D'un ton suppliant.)* Il n'y a qu'un pardon bien généreux...

LA COMTESSE, *en riant.* Vous diriez : « Non, non », à ma

place ; et moi, pour la troisième fois d'aujourd'hui, je
10 l'accorde sans condition. *(Elle se relève.)*

SUZANNE *se relève*. Moi aussi.

MARCELINE *se relève*. Moi aussi.

FIGARO *se relève*. Moi aussi, il y a de l'écho ici ! *(Tous se
relèvent.)*

15 LE COMTE. De l'écho ! – J'ai voulu ruser avec eux ; ils
m'ont traité comme un enfant !

LA COMTESSE, *en riant*. Ne le regrettez pas, monsieur le
Comte.

FIGARO, *s'essuyant les genoux avec son chapeau*. Une petite
20 journée comme celle-ci forme bien un ambassadeur !

LE COMTE, *à Suzanne*. Ce billet fermé d'une épingle ?...

SUZANNE. C'est Madame qui l'avait dicté.

LE COMTE. La réponse lui en est bien due. *(Il baise la main
de la Comtesse.)*

25 LA COMTESSE. Chacun aura ce qui lui appartient. *(Elle
donne la bourse à Figaro et le diamant à Suzanne.)*

SUZANNE, *à Figaro*. Encore une dot !

FIGARO, *frappant la bourse dans sa main*. Et de trois. Celle-
ci fut rude à arracher !

30 SUZANNE. Comme notre mariage.

GRIPE-SOLEIL. Et la jarretière[1] de la mariée, l'aurons-je ?

LA COMTESSE *arrache le ruban qu'elle a tant gardé dans son*

---

1. **Jarretière** : ruban qui tient le bas. La mariée avait coutume de le jeter
pour porter chance à son possesseur.

sein et le jette à terre. La jarretière ? Elle était avec ses habits ; la voilà. *(Les garçons de la noce veulent la ramasser.)*

35 CHÉRUBIN, *plus alerte, court la prendre, et dit :*   Que celui qui la veut vienne me la disputer !

LE COMTE, *en riant, au page.* Pour un monsieur si chatouilleux, qu'avez-vous trouvé de gai à certain soufflet de tantôt ?

40 CHÉRUBIN *recule en tirant à moitié son épée.* À moi, mon Colonel ?

FIGARO, *avec une colère comique.* C'est sur ma joue qu'il l'a reçu : voilà comme les grands font justice !

LE COMTE, *riant.* C'est sur sa joue ? Ah ! ah ! ah ! qu'en 45 dites-vous donc, ma chère Comtesse !

LA COMTESSE, *absorbée, revient à elle et dit avec sensibilité :* Ah ! oui, cher Comte, et pour la vie, sans distraction, je vous le jure.

LE COMTE, *frappant sur l'épaule du juge.* Et vous, don 50 Brid'oison, votre avis maintenant ?

BRID'OISON. Su-ur tout ce que je vois, monsieur le Comte ?... Ma-a foi, pour moi je-e ne sais que vous dire : voilà ma façon de penser.

TOUS ENSEMBE. Bien jugé !

55 FIGARO. J'étais pauvre, on me méprisait. J'ai montré quelque esprit, la haine est accourue. Une jolie femme et de la fortune...

BARTHOLO, *en riant.* Les cœurs vont te revenir en foule.

FIGARO. Est-il possible ?

60 BARTHOLO. Je les connais.

FIGARO, *saluant les spectateurs.* Ma femme et mon bien mis à part, tous me feront honneur et plaisir. *(On joue la ritournelle du vaudeville. Air noté.)*

VAUDEVILLE
PREMIER COUPLET

BAZILE

Triple dot, femme superbe,
65 *Que de biens pour un époux !*
D'un seigneur, d'un page imberbe,
Quelque sot serait jaloux.
Du latin d'un vieux proverbe
L'homme adroit fait son parti.

FIGARO

70 Je le sais... *(Il chante.)*
     Gaudeant bene nati.

BAZILE

Non... *(Il chante.)*
     Gaudeat bene nanti[1].

DEUXIÈME COUPLET

SUZANNE

Qu'un mari sa foi trahisse,
75 *Il s'en vante, et chacun rit :*
Que sa femme ait un caprice,
S'il l'accuse, on la punit.
De cette absurde injustice
Faut-il dire le pourquoi ?
80 *Les plus forts ont fait la loi.*   *(Bis.)*

femme

---

1. **Gaudeat bene nanti** : heureux le bien nanti. (Plaisanterie franco-latine ayant pour origine l'expression *gaudeant bene nati*, « heureux les gens bien nés ».)

TROISIÈME COUPLET

FIGARO

Jean Jeannot[1], jaloux risible,
Veut unir femme et repos ;
Il achète un chien terrible,
Et le lâche en son enclos.
85 *La nuit, quel vacarme horrible !*
Le chien court, tout est mordu,
Hors l'amant qui l'a vendu.   (Bis.)

QUATRIÈME COUPLET

LA COMTESSE

Telle est fière et répond d'elle,
Qui n'aime plus son mari ;
90 *Telle autre, presque infidèle,*
Jure de n'aimer que lui.
La moins folle, hélas ! est celle
Qui se veille en son lien,
Sans oser jurer de rien.   (Bis.)

CINQUIÈME COUPLET

LE COMTE

95 *D'une femme de province,*
À qui ses devoirs sont chers,
Le succès est assez mince ;
Vive la femme aux bons airs !
Semblable à l'écu du prince,
100 *Sous le coin[2] d'un seul époux,*
Elle sert au bien de tous.   (Bis.)

---

1. **Jean Jeannot :** personnage de fabliau (conte satirique en vers).
2. **Coin :** effigie (d'une monnaie).

SIXIÈME COUPLET

MARCELINE

Chacun sait la tendre mère
Dont il a reçu le jour ;
Tout le reste est un mystère,
105   *C'est le secret de l'amour.*

FIGARO *continue l'air*

Ce secret met en lumière
Comment le fils d'un butor[1]
Vaut souvent son pesant d'or.   *(Bis.)*

SEPTIÈME COUPLET

110   *Par le sort de la naissance,*
L'un est roi, l'autre est berger :
Le hasard fit leur distance ;
L'esprit seul peut tout changer.
De vingt rois que l'on encense,
115   *Le trépas brise l'autel ;*
Et Voltaire est immortel.   *(Bis.)*

HUITIÈME COUPLET

CHÉRUBIN

Sexe aimé, sexe volage,
Qui tourmentez nos beaux jours,
Si de vous chacun dit rage,
120   *Chacun vous revient toujours.*
Le parterre est votre image :
Tel paraît le dédaigner,
Qui fait tout pour le gagner.   *(Bis.)*

---

1. **Butor** : individu grossier, lourd, brutal.

NEUVIÈME COUPLET

SUZANNE

Si ce gai, ce fol ouvrage,
125 *Renfermait quelque leçon,*
En faveur du badinage
Faites grâce à la raison[1].
Ainsi la nature sage
Nous conduit, dans nos désirs,
130 *À son but par les plaisirs.   (Bis.)*

DIXIÈME COUPLET

BRID'OISON

Or, messieurs, la co-omédie,
Que l'on juge en cè-et instant
Sauf erreur, nous pein-eint la vie
Du bon peuple qui l'entend.
135 *Qu'on l'opprime, il peste, il crie,*
Il s'agite en cent fa-açons :
Tout fini-it par des chansons.   (Bis.)

BALLET GÉNÉRAL

Fin du cinquième et dernier acte

---

1. **En faveur ... raison :** en considération de la gaieté de la pièce, pardonnez
à ce qu'elle contient de raisonnable. Beaumarchais a placé ces deux vers en
épigraphe (citation située en tête) de sa comédie.

Échec d'un Scapin

À première vue, l'acte V semble consacrer le triomphe des femmes aux dépens de Figaro. Mis à l'écart de leur intrigue, il subit les événements plus qu'il ne les maîtrise. Son plan se retourne contre lui : il voulait affoler le Comte par la jalousie, le démasquer publiquement en compagnie de Chérubin déguisé en femme, et c'est lui qui se trouve en proie aux tourments de la jalousie. Situation d'autant plus piquante qu'il vient de déclarer à sa mère, avec superbe, que la jalousie « n'est qu'un sot enfant de l'orgueil » ou « la maladie d'un fou ! » Il affirmait : « Je puis défier la plus rusée de m'en faire accroire » (acte IV, scène 13), et on le berne tout aussi facilement que le Comte. Bref, le spécialiste de l'intrigue, de la ruse, de l'esquive, semble tomber à son tour sous le coup du ridicule. La rouerie féminine l'emporte manifestement sur la malice des hommes.

Comique et sublime

Et pourtant, c'est au moment où l'action dégrade comiquement Figaro, qu'il touche à un sublime jusqu'alors inconcevable pour un valet. Comment ? Grâce au plus long monologue du théâtre classique. Loin de faire de lui un autre Sganarelle, la jalousie métamorphose Figaro en un frère d'Hamlet, comme l'indique la didascalie en tête du monologue : « Figaro, *seul, se promenant dans l'obscurité, dit du ton le plus sombre* ». Par sa longueur, sa véhémence, son ampleur rhétorique et thématique, dans une comédie et dans la bouche d'un valet, ce monologue est le plus spectaculaire coup de force dramaturgique du *Mariage*. Dans le monologue de la scène 4 de l'acte III, le Comte est radicalement exclu du monde de l'intériorité, du lyrisme, de la philosophie, de l'inquiétude sur soi et l'univers ; il reste désespérément pris dans la sphère étroite et assez stérile de ses intérêts sans horizon. À l'acte V, au contraire, Figaro prend un envol inattendu, et proprement inouï, de héros métaphysicien. Sans ce monologue jusqu'alors invraisemblable chez un valet de comédie, Figaro n'aurait jamais pu devenir un héros mythique.

Figaro, porte-parole du tiers état

« Quel est ce moi dont je m'occupe ? » se demande Figaro. Certaines de ses réflexions concernent la destinée humaine, mais pour l'essentiel, le récit de ses tribulations font de lui le héraut du tiers état : « monsieur le Comte, [...] vous vous êtes donné la peine de naître et rien de plus. Du reste, homme assez ordinaire ; tandis que moi, morbleu ! perdu dans la foule obscure, il m'a fallu déployer plus de science et de calculs pour subsister seulement, qu'on n'en a mis depuis cent ans à gouverner toutes les Espagnes ». Un valet qui a appris la chimie, la pharmacie, la chirurgie, qui a tenté sa chance au théâtre et dans la littérature philosophique, le journalisme, les jeux de hasard, qui a été « maître ici, valet là », orateur, poète, musicien, homme de confiance d'un grand seigneur, représente bien autre chose qu'un valet. Il parle au nom de la foule des hommes à talent, des hommes de mérite, des hommes sans naissance, dont Sieyès dira, peu après *Le Mariage de Figaro*, dans un texte fameux : « Qu'est-ce que le tiers état ? Rien. Que veut-il devenir ? Tout. »
Le monologue oblige le spectateur à rendre explicite le sens social du *Mariage*. Les autres le présentent tout au long de la pièce comme un intriguant. Grâce au monologue tout s'éclaire : Figaro intrigue tout le temps parce qu'un roturier sans fortune doit sans cesse lutter pour sa vie. Le Comte est le produit de ce qu'il a ; le valet, jadis un faire, devient un être, une conscience du monde jetant son ombre sur la figure du maître.

Comment lire l'œuvre

Les personnages

Poussé par l'amour et le désir d'une dot, Figaro découvre que le Comte veut acheter les faveurs de Suzanne avant leur mariage. Il entreprend de déjouer les desseins du Comte avec l'aide de Suzanne, la Comtesse et Chérubin. Les opposants à Figaro et Suzanne sont nombreux mais deux seulement constituent un véritable obstacle : Marceline, jusqu'à l'acte III, et le Comte. Bartholo, Bazile, Antonio, Brid'oison grossissent le camp des adversaires sans parvenir à nouer une action autonome. Ce sont, comme le dit Jacques Scherer, des « obstacles mous ».

Schéma actantiel

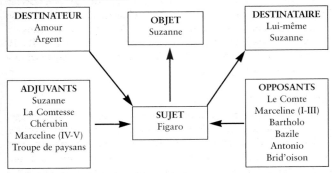

DESTINATEUR	OBJET	DESTINATAIRE
Amour	Suzanne	Lui-même
Argent		Suzanne

ADJUVANTS	SUJET	OPPOSANTS
Suzanne	Figaro	Le Comte
La Comtesse		Marceline (I-III)
Chérubin		Bartholo
Marceline (IV-V)		Bazile
Troupe de paysans		Antonio
		Brid'oison

Personnages principaux
Figaro

Il agit sous l'emprise de deux désirs principaux : l'amour et l'argent. Sa capacité principale est le goût de l'intrigue et le don de répartie spirituelle. Il excelle à imaginer des plans et à se sortir des situations les plus embarrassantes. Au cours des quatre premiers actes, ce don de la réplique et de l'intrigue le conduit souvent à des initiatives risquées (l'envoi du billet au Comte sans l'avis de la Comtesse, la promesse de se marier avec Marceline s'il ne lui rembourse pas l'argent prêté, le refus d'obéir au Comte en maintenant Chérubin au château, etc.) qui frôlent souvent la catastrophe. Sa propension permanente aux mots d'esprit met aussi parfois ses intérêts en péril (acte III). Ses imprudences finissent par inquiéter la Comtesse qui, à partir du quatrième acte, le tient à l'écart de l'action principale. Constamment gai dans les quatre premiers actes, il révèle au cinquième, sous le coup de la jalousie, une facette sombrement inattendue de son personnage. Cordiaux et déférents avec la Comtesse, ses rapports avec le Comte sont plus ambigus et plus compliqués, faits d'un mélange d'affection et de rivalité sociale et amoureuse. Volontiers agressif à l'égard des autres (Bazile, Bartholo, Brid'oison, Antonio), il manifeste de la tendresse envers Chérubin, Suzanne, et Marceline quand elle devient sa mère. Ce personnage tout à fait complexe est présent dans 49 scènes : 5 dans l'acte I ; 5 dans l'acte II ; 11 dans l'acte III ; 10 dans l'acte IV ; 18 dans l'acte V. Sa gaieté est indispensable à la tonalité comique de la pièce.

Le Comte

Trois traits principaux définissent le Comte : le libertinage, la jalousie et l'autorité. Homme de plaisir, il s'accorde toutes les absolutions qu'il refuse aux autres et notamment à sa femme. Il n'hésite pas une seconde à tromper Figaro à qui, pourtant, il doit en partie son propre mariage. Il est sujet à des impulsions violentes : colère brutale contre sa femme, vengeance perfide sur Figaro, menaces de mort à l'égard de Chérubin… Ces traits renvoient manifestement à son statut de grand aristocrate, riche et puissant. Mais — il y insiste dans sa préface — Beaumarchais a tenu à ne pas l'accabler : son grand seigneur a de l'esprit, de l'aisance, et pour tout dire de l'élégance (il ne se laisse jamais aller aux injures et aux coups avec ses domestiques). Au fond (comme tous les hommes ? !), il aime la femme qu'il néglige et qu'il trompe. *La Mère coupable* en fournit la preuve. Il est manifeste qu'il éprouve également de l'estime et un certain attachement pour Figaro. Il est présent dans 46 scènes : 3 dans l'acte I ; 9 dans l'acte II ; 14 dans l'acte III ; 8 dans l'acte IV ; 12 dans l'acte V ; presque autant que Figaro avec qui il forme un couple inséparable.

Chérubin

Filleul de la Comtesse, jeune page de treize ans, joué souvent par une femme, « ni tout à fait enfant ni tout à fait un homme », « aimé de tout le monde au château, vif, espiègle, et brûlant », il dérange plusieurs fois sans le vouloir les « coupables projets du Comte » (préface). Futur Almaviva, ses désirs se portent sur toutes les femmes du château. Il incarne un nouveau type de personnage, l'adolescent pubertaire. Son destin tragique (viol et suicide) sera évoqué dans *La Mère coupable*. Présent dans 24 scènes, il intervient essentiellement aux actes I, II et V.

La Comtesse

Délaissée par « un époux trop aimé », la Comtesse est aux prises « avec un goût naissant » (préface) pour Chérubin, mais Beaumarchais tient à lui conserver pudeur et vertu. La reconquête de son époux occupe principalement son esprit et c'est à cette fin qu'elle accepte de ruser. Au quatrième acte, elle passe d'un état de résignation mélancolique à la décision de prendre en main son destin, y compris en excluant Figaro dont l'impétuosité brouillonne l'effraie. Elle entretient avec Suzanne des liens de profonde amitié. Épouse, marraine, jeune et belle femme, comtesse imposante, ses diverses facettes exigent de la part des actrices un jeu fin et délicat. Elle figure dans 38 scènes, et l'acte II lui est entièrement consacré.

Suzanne

Suzanne fait couple, comme fiancée et servante, avec Figaro, et, comme confidente, avec la Comtesse. Elle partage avec Figaro la gaieté, l'esprit, l'ingéniosité rusée, dont elle incarne la version féminine. Le dévouement à sa maîtresse lui permet de déployer auprès du Comte sa séduction piquante. Elle est, dans le théâtre français, une des figures les plus réussies de la soubrette, vive, spirituelle et même sensible. Présente pendant 45 scènes, elle tient un des plus longs rôles de la pièce.

Personnages secondaires

Le Mariage de Figaro met en jeu un nombre de personnages secondaires inhabituel dans le théâtre classique. En dehors d'une troupe de paysans à la fin, convoqués par Figaro pour constater l'adultère du Comte avec Suzanne, ils sont d'abord tous hostiles au mariage de Figaro : Marceline, qui veut l'épouser ; Bartholo, qui a une dent contre lui depuis *Le Barbier de Séville* ; Bazile, qui vise Marceline, et Antonio, qui lui reproche d'être un enfant trouvé. Mais seule Marceline est en mesure d'empêcher le mariage. Après le coup de théâtre de l'acte III, elle et Bartholo cessent d'être un obstacle sans pouvoir apporter aucune aide précise. D'opposants, ils ne deviennent pas véritablement des adjuvants.

L'espace dans *Le Mariage de Figaro*

Notre propos n'est pas d'étudier l'organisation du lieu scénique dans telle ou telle mise en scène contemporaine mais de réfléchir sur l'espace dans le texte de la pièce de Beaumarchais. On peut partir de deux sources : les didascalies, que les tenants du drame bourgeois multiplient au XVIIIe siècle, et les indices présents dans le dialogue. La dramaturgie classique s'inscrit dans un espace homogène correspondant à une action continue et logique. Mais l'espace théâtral n'est jamais neutre : il y a l'espace où les personnages agissent et parlent, et l'espace dont ils parlent, où ils ont agi, où ils vont agir (le hors-scène). L'espace vu par les spectateurs et l'espace imaginé se distinguent nettement à la représentation, bien moins à la lecture. Objets, costumes, décors définissent la nature de l'espace (nobiliaire, paysan, ancien, contemporain, etc.).

Unité de lieu et espaces divers

L'acte I se déroule dans une chambre au statut instable, ni chambre ni antichambre, lieu privé sans l'être vraiment, puisque ouvert sur les deux appartements du Comte et de la Comtesse. L'acte II nous fait pénétrer dans l'appartement de la Comtesse (les hôtels aristocratiques du XVIIIe siècle séparaient les appartements des deux époux). Contrairement à la chambre de l'acte I, c'est un lieu entièrement privé, un espace sous la seule autorité de la Comtesse. Ainsi, lorsque le Comte veut forcer l'entrée du cabinet, la Comtesse s'insurge : « Partout ailleurs je ne puis l'empêcher ; mais j'espère aussi que chez moi… » (acte II, scène 13). Cet espace féminin est cependant délaissé ordinairement par le Comte, qui néglige son épouse. Chez celle-ci, son argent paye son absence, chez Suzanne, sa présence.

À ces deux lieux privés succèdent deux espaces publics, la salle d'audience et la galerie aux actes III et IV, tandis que le parc de l'acte V installe un espace inédit. Il allie en effet un caractère privé et intime, par le biais de l'obscurité et des kiosques, et un caractère collectif et public. Unissant l'intérieur et l'extérieur, le social et le naturel (pavillon, pelouse, arbres), il assemble les quatre espaces précédents. On ne brise donc pas l'unité de lieu (le château), mais on la pousse au bout de ses ressources, avec une virtuosité et une précision jusqu'alors sans exemple, d'autant qu'il faut ajouter à ces cinq lieux leurs subdivisions internes : le fauteuil et ses sous-espaces, le cabinet et l'alcôve (acte II), les kiosques et la nuit qui transforment tout l'espace en cachettes (acte V).

Même l'entracte est exploité pour mettre sous les yeux du spectateur le passage d'un espace à l'autre : « *Pendant l'entracte, des valets arrangent la salle d'audience : on apporte les deux banquettes à dossier des avocats, que l'on place aux deux côtés du théâtre, de façon que le passage soit libre par-derrière* […] » (acte II, scène 26). Cette transformation et cet aménagement d'un lieu font écho à la scène 1 de l'acte I, quand Figaro imagine l'arrangement de sa chambre.

L'organisation de l'espace dans les cinq actes du *Mariage* obéit donc à l'opposition de l'intime et du public, mais aussi de l'ombre et de la lumière, puisque ces cinq lieux correspondent à cinq moments de la journée entre le matin et le soir.

L'espace imaginaire

Cette description n'épuise pas le foisonnement des lieux. Car l'espace visible de la scène mobilise tout un arrière-monde, le hors-scène. Aux cinq lieux du château, il faut adjoindre l'appartement du Comte d'où il guettera Suzanne ; le potager et la melonnière où saute Chérubin ; les cuisines ; la terrasse ; la chambre de Fanchette fréquentée par le Comte et Chérubin ; le chemin du bourg et de la ferme (acte I, scène 10-11 ; acte IV, scène 4) ; la route de Séville d'où vient Bartholo. Autour du château se constitue un espace imaginaire mais précis. Beaumarchais va même jusqu'à utiliser de manière dramatique et spectaculaire la structure verticale de l'espace en jouant sur la contiguïté de l'espace visible (l'appartement) et de l'espace invisible (le potager). Le passage d'un lieu à l'autre prend une valeur inattendue de danger et d'héroïsme propre à l'univers romanesque. Quant à la tirade de « God-dam » (acte III, scène 5) et au grand monologue-récit (acte V, scène 3), ils nous transportent en Catalogne, à Séville, à Madrid, à Paris, à Londres, dans les prisons, les cercles de jeu, etc.

La portée satirique et philosophique du *Mariage* est évidemment liée à cet élargissement de l'espace : la pièce dépasse l'histoire des habitants du château pour nous parler de la société tout entière et de la destinée humaine.

Les enjeux de l'espace

Dès le lever du rideau, l'enjeu de la pièce se dévoile dans l'espace mi-fermé, mi-ouvert que Figaro mesure avec une belle satisfaction de nouveau propriétaire : il est en passe d'acquérir une femme, une dot, une chambre, des meubles. La chambre de Figaro attend son lit ; à peine meublée, elle attend son statut, comme son mariage. La menace qui se cache derrière la porte donnant sur l'appartement du Comte oppose le mariage et l'adultère, le licite et le clandestin, la loi et l'infraction du désir.

À l'acte II, la chambre à coucher superbe et le grand lit avec estrade de la Comtesse sont vides, et déploient la richesse d'une prison dorée, où le superflu s'accumule, où manque le nécessaire. Le Comte n'y vient plus. L'appartement donne à voir la contradiction entre le rang social de la Comtesse et sa condition de femme : « Je suis la pauvre comtesse Almaviva, la triste femme délaissée, que vous n'aimez plus » (acte II, scène 19). Le Comte a pour lui tout le château et ses alentours, où il multiplie ses frasques ; la Comtesse est presque recluse dans son appartement, sous surveillance dès que la jalousie du Comte s'éveille :

« **Le Comte.** Et qui surveillera la Comtesse au château ? ». Et s'il tente d'acheter le droit d'entrer dans la chambre de Suzanne, il viole brutalement, « pince à la main et clefs dans la poche » (acte II, scènes 13-16), l'espace privé de son épouse. C'est que la loi lui donne toute autorité sur la conduite de sa femme.

À l'acte III, la salle d'audience, surmontée par le portrait du roi d'Espagne, nous installe dans un espace politique. Le Comte y exerce ses fonctions officielles de justice, mais sous l'emprise d'une passion privée : la vengeance. « Voilà ma vengeance arrivée » (acte II, scène 22), reconnaît-il en aparté. Cette contradiction du juge et de l'homme privé, liée au statut aristocratique, s'inscrit dans l'espace, puisque la salle d'audience est une salle du château. Quant à sa disposition, elle reproduit l'inégalité sociale : « **Le Comte,** *revenant à lui.* Moi ?... je disais d'arranger ce salon pour l'audience publique. — **Figaro.** Hé ! qu'est-ce qu'il manque ? Le grand fauteuil pour vous, de bonnes chaises aux prud'hommes, le tabouret du greffier, deux banquettes aux avocats, le plancher pour le beau monde et la canaille derrière. Je vais renvoyer les frotteurs. » (acte III, scène 7).

L'espace du dernier acte est le plus complexe. La fonction de juge a changé de côté. C'est Figaro qui entend mettre le délit d'adultère du Comte et de Suzanne sous les yeux des serviteurs et vassaux érigés en tribunal. Mais l'espace intime du désir et de l'infraction sexuelle des deux premiers actes s'exhibe et se démultiplie dans la profusion des couples qui, à la faveur de la nuit, sortent des kiosques comme d'un rêve amoureux, quasi symbolique. La suite du roman de la famille Almaviva, dans *La Mère coupable*, confirme que le mariage ne saurait arrêter la circulation des désirs, qu'il est impossible de faire tenir chaque homme et chaque femme dans « le kiosque » de la loi. Le plus bel exemple en est Chérubin, toujours là où on ne l'attend pas.

Un tel travail sur l'espace et ses enjeux est proprement sans équivalent en France avant Beaumarchais.

La condition féminine

« Nos jugements sur les mœurs se rapportent toujours aux femmes ; on n'estime pas assez les hommes pour tant exiger d'eux sur ce point délicat ». Cette phrase de la préface souligne l'importance des femmes dans *Le Mariage* et l'attention que Beaumarchais accorde à leur condition. N'oublions pas en effet qu'il partage avec Diderot l'idée que le théâtre doit substituer la peinture des conditions à celle, épuisée, des caractères. Le caractère désigne des types psychologiques (l'Avare, le Misanthrope), tandis que la condition renvoie à des fonctions sociales : le Père, le Fils, l'Épouse, le Négociant, le Juge, etc. Dans la préface du *Mariage de Figaro,* Beaumarchais déclare que le véritable titre de la pièce devrait être *L'Époux suborneur* (titre typique du drame bourgeois). Ce titre met en lumière deux *disconvenances sociales* (voir la préface) : Almaviva délaisse sa femme et tente de séduire toutes les autres. À travers ce désordre se trouve donc posé le problème majeur de la condition féminine.

La femme en tous ses états

Quatre femmes, auxquelles il faut rajouter une jeune bergère et une troupe de paysannes, sont chargées dans la pièce d'incarner la femme en ses divers âges et états : Marceline, la Comtesse, Suzanne, Fanchette. Fanchette intéresse et le Comte et Chérubin. Tout juste sortie de l'enfance, elle en garde une sorte d'ingénuité vaguement perverse. Elle accepte les baisers du Comte en échange de la promesse d'obtenir « tout ce qu'elle voudra » et s'imagine naïvement, elle, fille de jardinier, pouvoir épouser le jeune noble Chérubin. Sa candeur encore enfantine éclate dans cette réplique : « Oui, Monseigneur. Au lieu de punir Chérubin, donnez-le-moi en mariage, et je vous aimerai à la folie » (acte IV, scène 5). Son destin serait d'être mise enceinte, comme le souligne son cousin Bazile aidé par Figaro : « Tant va la cruche à l'eau, qu'à la fin… Elle s'emplit. » (acte I, scène 11).

Fanchette reproduirait ainsi la destinée d'Eugénie, l'héroïne du premier drame de Beaumarchais (1767), et celle de Marceline. Marceline est le personnage qui se rapproche le plus du ton du drame bourgeois. Elle se fait en effet le porte-parole mi-comique, mi-pathétique des injustices de la condition féminine. Autrefois séduite, engrossée et abandonnée par Bartholo, dépossédée de son enfant par des bohémiens, elle devient, pour le compte de Bartholo, la duègne revêche de Rosine avant d'occuper au château d'Almaviva la fonction d'intendante. Victime trente ans durant de son unique faute, elle n'en désire pas moins « le beau, le gai, l'aimable Figaro » (acte I, scène 4) qui a l'âge d'être son fils, et qu'elle espère contraindre au mariage grâce à un prêt. Personnage ridicule jusqu'à l'acte III, elle se transforme en mère sensible et en féministe convaincue lorsque Figaro se révèle être son fils ! C'est donc en elle que Suzanne va trouver la mère qui lui manque.

Entre Fanchette et Marceline, Suzanne incarne la jeune femme. « Attaquée par un séducteur puissant », son état de suivante devrait, selon Beaumarchais lui-même (voir la préface), en faire une proie facile pour le Comte. Cependant, tout en lui accordant des traits caractéristiques de la servante de comédie (la préface la dit « spirituelle, adroite et rieuse »), Beaumarchais tient aussi à préserver sa « sagesse et l'attachement à ses devoirs ». Il en donne pour preuve qu'elle « n'hésite pas à confier les intentions du Comte aux deux personnes les plus intéressées à bien surveiller sa conduite : sa maîtresse et son fiancé ». C'est précisément cette alliance de pudeur et de piquant qui affole le Comte et charme les spectateurs. Mais elle aussi, dans les vingt ans qui séparent *Le Mariage* de *La Mère coupable,* rencontrera l'adultère avec un nouveau Tartuffe, Bégearss.

Orpheline, Rosine n'avait dû qu'à un miracle, propre aux comédies, de ne pas se voir obligée d'épouser son tuteur, le vieux docteur Bartholo (*Le Barbier de Séville*). Son mariage d'amour avec le comte Almaviva ne l'empêche pas de se retrouver trois ans plus tard négligée et trompée. Conformément aux théories médicales du siècle, sa langueur, ses vapeurs traduisent jusque dans son corps ce délaissement contraire à la nature. En dehors de la farce, un tel sujet est quasiment tabou dans la comédie classique. Comme il le dit dans sa préface, Beaumarchais situe l'action « Dans le moment critique où sa bienveillance pour un aimable enfant, son filleul, peut devenir un goût dangereux, si elle permet au ressentiment qui l'appuie de prendre trop d'empire sur elle. » La fidélité de la Comtesse à « un époux trop aimé » est donc mise en danger par deux passions : son goût naissant, à demi-conscient, pour Chérubin, et la colère. Rien n'illustre mieux la condition des femmes que la contradiction trop humaine d'Almaviva, infidèle et jaloux ! Il menace même de l'enfermer lorsqu'il la soupçonne d'entretenir une liaison (acte II, scène 16) et de tuer son séducteur : « **Suzanne** *sort en riant.* "Je le tuerai , je le tuerai !" Tuez le donc ce méchant page. » (acte II, scène 17). On apprendra dans *La Mère coupable* que le Comte a eu une fille naturelle et la Comtesse, à la suite d'un viol, un fils de Chérubin. La Comtesse, du point de vue de la condition féminine, est le personnage le plus intéressant et le plus neuf du *Mariage de Figaro*.

Sexe fort et sexe faible

Les conditions, chez Beaumarchais, s'inscrivent toujours dans une problématique de la famille et des sexes. La famille est tiraillée entre deux directions : celle de la sphère privée et celle de la sphère sociale. Elle ramène au privé, aux rapports du couple, au problème de la fidélité, de l'errance et des alternances du désir, à la thématique du mariage et de l'amour, de la paternité, à la condition de la femme (fille, mère, épouse). Elle fait même affleurer le fantasme de l'inceste, commun au drame et à la tragédie. Alors les camps se redessinent, les positions changent : à l'affrontement entre noble et roturier se superpose l'affrontement entre femmes et hommes. On le voit nettement dans *Le Barbier*, où l'opposition sociale entre le Comte et Figaro ne les empêche pas de devenir complices dans la conquête de Rosine. Dans *Le Mariage*, les deux axes de la condition sociale et des sexes se recoupent, puisque l'objet de l'affrontement se noue justement autour de la propriété de Figaro, Suzanne, et de celle du Comte, Rosine. Il en va de même dans *Tarare* où le général roturier et le tyran Atar aiment la même femme.

Le Comte n'est donc pas seulement un aristocrate, il est aussi homme et époux, incarnant par là des problèmes éternels. Figaro et Suzanne, le Comte et la Comtesse, ne pourront pas faire l'économie des soupçons, des rancunes, de l'adultère, de l'inconstance du désir, des naissances illégitimes (voir *La Mère coupable*). Dans *Le Mariage* la jalousie du Comte éclate violemment dans l'acte II et l'acte V. Cette jalousie est bien connue de tous au château (« **Bazile.** Monseigneur est brutal sur l'article », acte I, scène 9). C'est sur elle que Figaro compte pour détourner Almaviva de Suzanne (acte II, scène 2). Il s'agit très précisément d'une jalousie de condition ; elle tient moins au caractère qu'au statut d'époux : « **Suzanne.** Pourquoi tant de jalousie ? **La Comtesse.** Comme tous les maris, ma chère ! uniquement par orgueil. Ah ! je l'ai trop aimé ! je l'ai lassé de mes tendresses et fatigué de mon amour ; voilà mon seul tort avec lui » (acte II, scène 1).

Figaro donne la preuve que le conflit des sexes transcende l'inégalité des rangs puisque lui aussi, comme le Comte, subit l'épreuve de la jalousie : « Ô femme ! femme ! femme ! créature faible et décevante !… nul animal créé ne peut manquer à son instinct ; le tien est-il donc de tromper ? [...] Suzon, Suzon, Suzon ! que tu me donnes de tourments !… » (acte V, scène 3).

Qui sont en somme les vraies victimes de l'ordre social ? Dans son grand monologue, Figaro répond : moi et les hommes à talent comme moi. Marceline, elle, désigne les femmes. Ce qui, chez l'homme, est l'expression naturelle de son désir amoureux, devient, chez la femme, une faute presque irrémédiable : « un certain charme a beau nous attirer vers le plaisir, la femme la plus aventurée sent en elle une voix qui lui dit : « Sois belle, si tu peux, sage si tu veux ; mais sois considérée, il le faut. », (acte I, scène 4). Les propos du Comte dans *La Mère coupable* confirment cette différence des devoirs masculins et féminins : « Ah ! ce n'est point légèrement qu'on a donné tant d'importance à la fidélité des femmes ! Le bien, le mal de la société sont attachés à leur conduite ; le paradis ou l'enfer des familles dépend à tout jamais de l'opinion qu'elles ont donnée d'elles » (acte II, scène 2). L'égalité devant l'adultère n'apparaîtra dans la loi française qu'en 1945. *Le Mariage* montre clairement comment la Comtesse est obligée de supporter les frasques publiques et répétées du Comte tandis que celui-ci s'accorde le droit de la punir au seul soupçon d'une faute. Mais quelle que soit l'inégalité immémoriale des droits des époux dans le mariage, il reste le seul destin social légitime des femmes. Fanchette, Marceline, Suzanne, toutes y aspirent.

La revanche des femmes

Un des intérêts du *Mariage* réside dans le fait que les femmes ne se contentent pas de déplorer cette inégalité. Dès l'acte I la Comtesse presse le Comte de réaffirmer publiquement son renoncement au droit de cuissage ; dans l'acte II, elle entre dans les plans de Figaro pour contrecarrer les desseins du Comte ; à l'acte III, Marceline se joint à elles pour défendre la cause des femmes, oublie sa rancœur pour son ancienne rivale, et devant Figaro, plaide l'innocence de Suzanne au nom de la solidarité féminine : « Ah ! quand l'intérêt personnel ne nous arme point les unes contre les autres, nous sommes toutes portées à soutenir notre pauvre sexe opprimé contre ce fier, ce terrible… *(en riant)* et pourtant un peu nigaud de sexe masculin. » (acte IV, scène 16).

Mais un tournant décisif s'opère lorsque la Comtesse décide de prendre elle-même ses affaires en main avec l'aide de Suzanne et à l'insu de Figaro. Contrairement au plan de celui-ci, c'est elle qui, sous l'habit de Suzanne, se rendra au rendez-vous fixé par le Comte sous les grands marronniers (acte IV, scène 3). Quant à Suzanne, elle se révèle tout au long de la pièce bien plus fine mouche et bien plus efficace que son fiancé, qui se proclame pourtant lui-même, avec tant de satisfaction, un roi de l'intrigue.

Les hommes finissent par admettre eux-mêmes de bonne grâce cette supériorité féminine : « Ô douze ou quinze mille fois spirituelles femelles ! » s'exclame Figaro. Mais cela ne suffit pas au triomphe de la femme : « **Suzanne.** — Allons, superbe, humilie-toi. — **Figaro** *fait tout ce qu'il annonce.* — Cela est juste : à genoux, bien courbé, prosterné, ventre à terre » (acte V, scène 8). Le Comte, futur ambassadeur à Londres et futur vice-roi du Mexique, est bien obligé de reconnaître, à la dernière scène : « J'ai voulu ruser avec eux ; ils m'ont traité comme un enfant ! » Cependant, la question qui traverse tout le siècle des Lumières des *Lettres persanes* (1721), de *La Colonie* (1750) de Marivaux aux *Liaisons dangereuses* (1782) en passant par l'*Émile* de Rousseau (1762), celle de savoir si la différence ou l'inégalité des sexes est d'origine sociale ou naturelle, n'est pas tranchée, comme en témoigne ce passage de la scène 7 de l'acte V entre le Comte et la Comtesse, déguisée en Suzanne : « **Le Comte.** En vérité Suzon, j'ai pensé mille fois que si nous poursuivons ailleurs ce plaisir qui nous fuit chez elles [nos épouses], c'est qu'elles n'étudient pas assez l'art de soutenir notre goût, de se renouveler à l'amour, de ranimer, pour ainsi dire, le charme de leur possession par celui de la variété. — **La Comtesse,** *piquée.* Donc elles doivent tout ?… — **Le Comte,** *riant.* Et l'homme rien ? Changerons-nous la marche de la nature ? Notre tâche, à nous, fut de les obtenir ; la leur… — **La Comtesse.** La leur ?… — **Le Comte.** Est de nous retenir : on l'oublie trop. » Il y a tout lieu de penser que Beaumarchais n'est pas loin de partager cette opinion de son personnage masculin, qui veut qu'une épouse sache séduire comme une maîtresse.

Correspondances

Les femmes vues par les hommes au XVIIIᵉ siècle.
• Montesquieu, *Lettres persanes*, lettre XXXVIII.
• Marivaux, *La Colonie*.
• J.-J. Rousseau, *Émile*, Livre V.
• Diderot, *Des femmes*.
• Ch. de Laclos, *Sur l'éducation des femmes*.

Maîtres et domestiques

Traditionnellement, depuis les esclaves de la comédie antique, les valets ont pour fonction, premièrement, de faire rire, deuxièmement, de servir les intérêts amoureux et financiers de leurs jeunes maîtres au détriment des pères et des vieux. Mais ils n'hésitent pas aussi, à l'occasion, à satisfaire leur propre désir, monétaire et / ou sexuel, voire, bien plus rarement, à entrer en conflit avec leur maître (Lesage, *Crispin rival de son maître,* 1707 ; *Turcaret,* 1709). Dans *Le Mariage de Figaro*, la société du château mobilise deux maîtres, le Comte et la Comtesse, et de nombreux domestiques, qui ne sont pas tous des valets : Figaro, Suzanne, Marceline, Antonio, Fanchette, Chérubin, Bazile, Pédrille, sans compter une troupe de valets muets. D'autres personnages, qui ne sont pas des domestiques au sens théâtral du terme, dépendent néanmoins directement du Comte : Don Gusman Brid'oison, Double-Main son greffier, un huissier, Gripe-Soleil, une jeune bergère et une troupe de paysans et paysannes. Tous font partie, sauf Bartholo, le docteur du *Barbier de Séville*, de la maison du Comte (sous l'Ancien Régime, les domestiques, au sens large du terme, sont ceux qui appartiennent à la maison du maître — *domus,* en latin). On constate que la Comtesse n'a à sa disposition que deux domestiques, Suzanne, sa femme de chambre, et Bazile, son maître de clavecin, auquel on peut sans doute adjoindre Marceline, sorte d'intendante. La domesticité du *Mariage* excède de beaucoup le personnel des comédies ordinaires de l'âge classique. Cela suscite une représentation plus complexe des rapports sociaux.

La domesticité : un monde divers

Tous les membres du château n'entretiennent pas avec les maîtres le même type de rapports. Le jeune page Chérubin est traité plus durement par le Comte que par la Comtesse, sa marraine ; Marceline, ancienne gouvernante de Rosine, conserve de l'autorité sur la Comtesse ; Pédrille et Gripe-Soleil se contentent d'obéir aux ordres du Comte ; Don Gusman Brid'oison assiste le Comte dans sa fonction de juge mais ne lui rend aucun des menus services caractéristiques d'un serviteur ; Bazile sert les desseins libertins de son maître mais n'entre pas dans son intimité et encore moins dans celle de la Comtesse. On le voit même refuser d'obéir à Almaviva lorsqu'il estime que les desiderata de ce dernier excèdent ses devoirs de professeur de musique : « Je ne suis pas entré au château pour en faire les commissions ». Le Comte se venge aussitôt en le contraignant à accompagner musicalement Gripe-Soleil, qui se porte alors volontaire (acte II, scène 22), etc. Aucune comédie de l'Ancien Régime ne propose une peinture aussi nuancée des statuts sociaux. C'est en quoi le château d'Aguas-Frescas est une image symbolique de la société.

Suzanne remplit le rôle traditionnel d'une confidente dévouée à sa maîtresse, dont elle partage les malheurs. Elle lui avoue sans détours les vues du Comte à son égard, mais en tentant d'apaiser le chagrin de la Comtesse par sa gaieté. À la demande de la Comtesse, elle pousse même l'amitié jusqu'à laisser Figaro dans l'ignorance de leur projet commun (acte IV et V). En retour, et c'est une des originalités du *Mariage*, la Comtesse se dévoue pour sa cameriste : elle n'hésite pas à lui offrir la dot nécessaire à son mariage (acte III, scène 17) et à lui témoigner une affection tout à fait sincère. En raison de leur passé commun (*Le Barbier de Séville*) et du conflit qui les oppose désormais dans *Le Mariage*, Figaro et le Comte entretiennent des liens nettement plus complexes et d'une portée beaucoup plus vaste.

Maître et valet

L'aristocrate

Figaro aurait-il pu devenir le symbole qu'il est sans faire couple avec Almaviva, comme Dom Juan avec Sganarelle, ou Alceste et Philinte dans *Le Misanthrope* ? Dès *Eugénie*, le premier drame bourgeois de Beaumarchais (1767), le noble apparaît comme un fauteur de troubles dont le désir libertin égare les familles. Ce motif traverse toute la littérature du XVIIIᵉ siècle et s'épanouit au même moment chez Laclos et Sade. Sans le désir libertin d'Almaviva, pas d'action, pas de désordre, pas de signification historique possible. C'est bien lui qu'il s'agit de neutraliser, voire de convertir, comme dans *Eugénie*, aux joies paisibles du foyer, aux vertus de la famille (thème capital du drame bourgeois et du roman européen des Lumières). La pièce inscrit au cœur de son dispositif la figure du noble en tant que représentant de l'aristocratie, de sa puissance, de son mode d'existence. D'où la fonction primordiale du droit de cuissage, ou *droit du seigneur* comme Voltaire intitule une de ses comédies. Même si ce droit a disparu en France depuis longtemps (mais pas aux colonies avec les esclaves !), c'est la question cruciale du privilège nobiliaire que la pièce installe ainsi au centre de l'action, aux dépens du valet roturier.

Figaro, le valet bourgeois !

Le discours de Sganarelle ne prend forme que par Dom Juan. Face au Comte, Figaro. On dirait volontiers que le Comte n'existe que par et pour Figaro. Mais qui est Figaro ? Dès l'ouverture du *Barbier de Séville*, Figaro est bien plus qu'un simple valet de comédie : musicien, parolier, auteur dramatique, barbier, chirurgien, vétérinaire, ex-valet, ex-candidat aux bureaux. Dans *Le Mariage*, le voici concierge (homme de confiance, régisseur), valet de chambre, possible courrier diplomatique, ex-journaliste, ex-banquier de pharaon (jeu de cartes), locataire de quelque prison. Dans *La Mère coupable*, son ennemi Bégearss le définira ainsi (acte II, scène 23) : « De valet, barbier, chirurgien, vous [le Comte] l'avez établi trésorier, secrétaire ; une espèce de factotum. Il est notoire que ce monsieur fait bien ses affaires avec vous. » Étonnante série de transformations ! *Le Barbier* (acte I, scène 2) et *Le Mariage* (acte V, scène 3) soignent particulièrement l'orchestration de cette flexibilité sociale, qui rappelle le roman picaresque. On a d'ailleurs parfois rapproché les deux mots, Figaro et *picaro*.

Picaro (aventurier espagnol) et intellectuel, valet et bourgeois, ami de la parole libre et virtuose du mensonge, soucieux d'indépendance et âpre au gain, ex-quelque chose et futur quelqu'un, toujours dépossédé et toujours en passe d'acquérir, privé d'avoir mais bourré de talent, Figaro est à la fois un valet issu de la tradition théâtrale et un homme à talents, figure du tiers état. D'où évidemment la difficulté du rôle. À trop le tirer vers le valet, on risque d'atténuer la force politique dont la Révolution l'a investi, qu'on le veuille ou non. À trop l'embourgeoiser, on altère sa vitalité comique et sa verve populaire. Mais il ne faut pas simplement l'opposer à Almaviva en tant que figure du tiers état en conflit avec la noblesse. La confrontation du maître et du valet suppose leur association. Figaro se moque de son maître, mais il ne peut s'en passer. C'est avec lui qu'il fait assaut d'esprit et contre lui qu'il exerce son talent pour l'intrigue ; c'est à lui qu'il espère soutirer de l'argent ; c'est auprès de lui qu'il tente de faire carrière. Il ne s'agit ni de le quitter ni, encore moins, de le remplacer. Ils forment un couple indissociable comme Jacques le Fataliste et son maître dans le roman de Diderot. Ils sont à jamais adversaires et complices, ne serait-ce qu'en tant que membres tous deux du sexe masculin.

Correspondances

Maîtres et serviteurs au théâtre sous l'Ancien Régime.
- Molière, *Dom Juan*.
- Lesage, *Turcaret*.
- Marivaux, *La Fausse suivante*.
- Marivaux, *L'Île des esclaves*.
- Beaumarchais, *La Mère coupable*.

—1————

« **Sganarelle.** — Comment, Monsieur, vous êtes aussi impie en médecine ?

Dom Juan. — C'est une des grandes erreurs qui soit parmi les hommes.

Sganarelle. — Quoi ? vous ne croyez pas au séné, ni à la casse, ni au vin émétique ?

Dom Juan. — Et pourquoi veux-tu que j'y croie ?

Sganarelle. — Vous avez l'âme bien mécréante. Cependant vous voyez, depuis un temps, que le vin émétique fait bruire ses fuseaux. Ses miracles ont converti les plus incrédules esprits, et il n'y a pas trois semaines que j'en ai vu, moi qui vous parle, un effet merveilleux.

Dom Juan. — Et quel ?

Sganarelle. — Il y avait un homme qui, depuis six jours, était à l'agonie ; on ne savait plus que lui ordonner, et tous les remèdes ne faisaient rien ; on avisa à la fin de lui donner de l'émétique.

Dom Juan. — Il réchappa, n'est-ce pas ?

Sganarelle. — Non, il mourut.

Dom Juan. — L'effet est admirable.

Sganarelle. — Comment ? Il y avait six jours entiers qu'il ne pouvait mourir tout d'un coup. Voulez-vous rien de plus efficace ?

Dom Juan. — Tu as raison.

Sganarelle. — Mais laissons là la médecine, où vous ne croyez point, et parlons des autres choses, car cet habit me donne de l'esprit, et je me sens en humeur de disputer contre vous : vous savez bien que vous me permettez les disputes, et que vous ne me défendez que les remontrances.

Dom Juan. — Eh bien ?

Sganarelle. — Je veux savoir un peu vos pensées à fond. Est-il possible que vous ne croyiez point du tout au Ciel ?

Dom Juan. — Laissons cela.

Sganarelle. — C'est-à-dire que non. Et à l'Enfer ?

Dom Juan. — Eh !

Sganarelle. — Tout de même. Et au Diable, s'il vous plaît ?

Dom Juan. — Oui, oui.

Sganarelle. — Aussi peu. Ne croyez-vous point l'autre vie ?

Dom Juan. — Ah ! ah ! ah ! »

Molière, *Dom Juan*, 1665, acte III, scène 1.

—2

SCÈNE XIV. — LE MARQUIS, LE CHEVALIER,
FRONTIN, LISETTE.

« **Le marquis,** *riant, au chevalier, qui a l'air tout déconcerté.* — Ah !
Ah ! ma foi, chevalier, tu me fais rire. Ta consternation me
divertit... Allons souper chez le traiteur et passer la nuit à boire.
Frontin, *au chevalier.* — Vous suivrai-je, Monsieur ?
Le chevalier. — Non ; je te donne ton congé. Ne t'offre plus jamais
à mes yeux. *(Il sort avec le marquis).*
Lisette. — Et nous, Frontin, quel parti prendrons-nous ?
Frontin. — J'en ai un à te proposer. Vive l'esprit, mon enfant ! Je
viens de payer d'audace : je n'ai point été fouillé.
Lisette. — Tu as les billets ?
Frontin. — J'en ai déjà touché l'argent ; il est en sûreté ; j'ai
quarante mille francs. Si ton ambition veut se borner à cette petite
fortune, nous allons faire souche d'honnêtes gens.
Lisette. — J'y consens.
Frontin. — Voilà le règne de M. Turcaret fini ; le mien va commencer. »

Lesage, *Turcaret*, 1709, acte V, scène 14.

—3

« **Trivelin.** — Depuis quinze ans que je roule dans le monde, tu sais
combien je me suis tourmenté, combien j'ai fait d'efforts pour
arriver à un état fixe. J'avais entendu dire que les scrupules nui-
saient à la fortune ; je fis trêve avec les miens, pour n'avoir rien à
me reprocher. Était-il question d'avoir de l'honneur ? j'en avais.
Fallait-il être fourbe ? j'en soupirais, mais j'allais mon train. Je me
suis vu quelquefois à mon aise ; mais le moyen d'y rester avec le jeu,
le vin et les femmes ? Comment se mettre à l'abri de ces fléaux-là ?
Frontin. — Cela est vrai.
Trivelin. — Que te dirai-je enfin ? Tantôt maître, tantôt valet ;
toujours prudent, toujours industrieux ; ami des fripons par intérêt,
ami des honnêtes gens par goût ; traité poliment sous une figure,
menacé d'étrivières sous une autre ; changeant à propos de métier,
d'habit, de caractère, de mœurs ; risquant beaucoup, résistant peu ;

libertin dans le fond, réglé dans la forme ; démasqué par les uns, soupçonné par les autres, à la fin équivoque à tout le monde, j'ai tâté de tout ; je dois partout ; mes créanciers sont de deux espèces : les uns ne savent pas que je leur dois ; les autres le savent et le sauront longtemps. J'ai logé partout sur le pavé, chez l'aubergiste, au cabaret, chez le bourgeois, chez l'homme de qualité, chez moi, chez la justice, qui m'a souvent recueilli dans mes malheurs ; mais ses appartements sont trop tristes et je n'y faisais que des retraites ; enfin, mon ami, après quinze ans de soins, de travaux et de peines, ce malheureux paquet est tout ce qui me reste ; voilà ce que le monde m'a laissé, l'ingrat ! après ce que j'ai fait pour lui ! tous ses présents, pas une pistole. »

Marivaux, *La Fausse Suivante*, 1724, acte I, scène 1.

-**4**—————————————————————————

« **Iphicrate,** *retenant sa colère.* — Mais je ne te comprends point, mon cher Arlequin.

Arlequin. — Mon cher patron, vos compliments me charment ; vous avez coutume de m'en faire à coups de gourdin qui ne valent pas ceux-là ; et le gourdin est dans la chaloupe.

Iphicrate. — Eh ! Ne sais-tu pas que je t'aime.

Arlequin. — Oui ; mais les marques de votre amitié tombent toujours sur mes épaules, et cela est mal placé. Ainsi, tenez, pour ce qui est de nos gens, que le ciel les bénisse ! s'ils sont morts, en voilà pour longtemps ; s'ils sont en vie, cela se passera, et je m'en goberge.

Iphicrate, *un peu ému.* — Mais j'ai besoin d'eux, moi.

Arlequin, *indifféremment.* — Oh ! cela se peut bien, chacun a ses affaires : que je ne vous dérange pas !

Iphicrate. — Esclave insolent !

Arlequin, *riant.* — Ah ! ah ! vous parlez la langue d'Athènes ; mauvais jargon que je n'entends plus.

Iphicrate. — Méconnais-tu ton maître, et n'es-tu plus mon esclave ?

Arlequin, *se reculant d'un air sérieux.* — Je l'ai été, je le confesse à ta honte ; mais va, je te le pardonne ; les hommes ne valent rien. Dans le pays d'Athènes, j'étais ton esclave ; tu me traitais comme un pauvre animal, et tu disais que cela était juste, parce que tu étais le plus fort. Eh bien ! Iphicrate, tu vas trouver ici plus fort que toi ; on va te faire esclave à ton tour ; on te dira aussi que cela est juste, et nous verrons ce que tu penseras de cette justice-là ; tu m'en diras ton sentiment, je t'attends là. Quand tu auras souffert, tu seras plus raisonnable. »

Marivaux, *L'Île des esclaves*, 1725, acte I, scène 1.

5

ACTE PREMIER
Le théâtre représente un salon fort orné.

« SCÈNE 1. — **SUZANNE**, *seule, tenant des fleurs obscures dont elle fait un bouquet.*
Que madame s'éveille et sonne ; mon triste ouvrage est achevé. *(Elle s'assied avec abandon).* À peine il est neuf heures, et je me sens déjà d'une fatigue… Son dernier ordre, en la couchant, m'a gâté ma nuit tout entière… *Demain, Suzanne, au point du jour, fais apporter beaucoup de fleurs, et garnis-en mes cabinets.* — Au portier : *Que, de la journée, il n'entre personne que moi.* — *Tu me formeras un bouquet de fleurs noires et rouge foncé, un seul œillet blanc au milieu…* Le voilà. — Pauvre maîtresse ! Elle pleurait !… Pour qui ce mélange d'apprêts ?… Eeeh ! si nous étions en Espagne, ce serait aujourd'hui la fête de son fils Léon… *(avec mystère)* et d'un autre homme qui n'est plus ! *(elle regarde les fleurs.)* Les couleurs du sang et du deuil ! *(Elle soupire.)* Ce cœur blessé ne guérira jamais ! — Attachons-le d'un crêpe noir, puisque c'est là sa triste fantaisie. *(Elle attache le bouquet.)* »

Beaumarchais, *La Mère coupable*, 1792, acte I, scène 1.

La critique sociale et politique

La division classique entre tragédie et comédie n'est pas seulement de style ni d'effet (rire / larmes), de niveau social (« grands » / peuple ; personnages historiques / anonymes), elle est aussi thématique. La comédie de l'Ancien Régime ne traite pas de politique, d'affaires de gouvernement, mais de mœurs. Or c'est à propos d'une comédie, *Le Mariage de Figaro*, que la critique évoque traditionnellement la question controversée de sa portée politique et sociale, et même prérévolutionnaire. Comment Beaumarchais s'y prend-il ?

Les incrustations idéologiques

Il procède d'abord par ce qu'on pourrait appeler un système d'incrustations idéologiques ; entendons par là les répliques, formules, mots d'esprits, aphorismes, etc., qui, en prenant pour cible la censure, les ministres, les mœurs littéraires, la justice, voire la politique elle-même, renvoient explicitement de la scène du théâtre à la scène du monde et convoquent sur scène un personnage qui ne figure pas au générique : la société et ses abus. Impossible de douter que telle soit bien son intention : il suffit de lire la préface du *Mariage* et les considérations, reprises de Diderot, sur les « conditions » substituées aux « caractères » classiques (voir « La condition féminine » p. 282). Cela implique dans le champ comique une vigoureuse fonction satirique de la comédie. En quittant le drame, Beaumarchais s'ouvre ainsi tout l'espace des abus sociaux. L'affaire Goëzman a peut-être joué un grand rôle dans cette découverte. Certains critiques ont regretté cette débauche d'esprit satirique. Encore convient-il d'en saisir l'enjeu, qui est fondamental, et va permettre à Beaumarchais de se trouver brusquement identifié à tout jamais à une Révolution qui a failli, un moment, l'emporter ! Mais comment inscrire dans une intrigue de comédie cette dénonciation des abus qui oblige le spectateur à lire la pièce comme une critique sociale, une image satirique du monde tel qu'il va, à dépasser donc la sphère privée où s'agitent, par définition, des personnages comiques ? À qui confier ces discours, à qui attribuer ces incrustations dont on a souvent dit qu'elles étaient, somme toute, inutiles à l'intrigue (ce qui est vrai), donc gratuites (ce qui est dangereusement faux, tant elles définissent et l'esprit et l'enjeu de ce théâtre) ? Il a donc fallu inventer Figaro, malgré les protestations de Diderot, qui dénonçait l'invraisemblance absolue de ces valets à statut de confident : comment un valet pourrait-il se permettre, dans la réalité, les insolences répétées de Figaro avec un Grand d'Espagne ? Bel exemple d'une signification idéologique qui s'obtient par le biais d'une invraisemblance sociale.

Esprit satirique ou esprit révolutionnaire ?

À cette volonté de faire jouer à la comédie une fonction qu'il n'est pas excessif d'appeler politique et sociale, la Révolution de 1789 donnera un formidable écho. Sans cette orientation satirique, l'événement historique n'aurait pas pu résonner sur ce texte. Mais il ne s'en trouve pas démontré que ces traits satiriques, ces abus raillés et dénoncés témoignent véritablement d'un esprit révolutionnaire.

Il ne s'agit pas de savoir si les critiques explicites de Beaumarchais sont originales, car les révolutions ne se font pas à coup d'idées inédites. Les « idées » de Beaumarchais ne sont ni plus ni moins originales que celles de ses contemporains qui ont traversé, fait ou subi les événements révolutionnaires. Il ne s'agit pas plus de savoir si Beaumarchais désirait une telle révolution, car la réponse est claire : il ne la désirait pas plus que ses contemporains, pour la bonne raison qu'il n'en concevait même pas la possibilité. La monarchie française semblait aux yeux de tous un bloc indestructible, ce qui ne signifie pas incapable de se réformer. Les révolutionnaires de 1789 voulaient des réformes dans le cadre d'un régime monarchique constitutionnellement réglé, débarrassé de la toute puissance royale et des privilèges aristocratiques. On peut constater que la satire des comédies de Beaumarchais (justice, censure, incurie, gaspillage des compétences, privilèges des nobles, etc.) entre évidemment en résonance avec ces aspirations. C'est pourquoi on ne s'étonne pas de voir Beaumarchais en 1792, célébrer encore cette première phase de la Révolution : « Ô heureuse Révolution ! [...] Et l'on dit qu'il n'en faut point faire ! Tout homme a droit d'améliorer son sort » (*La Mère coupable*, dernière tirade, version de 1792, phrases supprimées en 1797 après l'expérience de la Terreur). C'est bien parce que l'urgence de réformes profondes s'imposait au grand jour — y compris jusqu'à la cour de Louis XVI — que les sarcasmes de Beaumarchais apparaîtront au spectateur, après 1789, comme des symptômes particulièrement incisifs d'une insatisfaction générale. Mais il n'est pas question de lire dans *Le Mariage* le projet tout tracé des transformations révolutionnaires.

Beaumarchais aurait donc réussi ce tour de force, sans une idée neuve, de capter dans sa comédie l'air du temps « prérévolutionnaire », l'atmosphère frondeuse, inquiète et gouailleuse de l'Ancien Régime. *Le Mariage*, pour nous, est devenu l'emblème de la pré-Révolution. Reste que ces brillantes et percutantes variations satiriques ne suffisent pas à rendre compte du mot de Napoléon : *Le Mariage de Figaro* « est déjà la Révolution en action ». La preuve en est que Mozart et Da Ponte, sur l'ordre de l'empereur d'Autriche Joseph II, ont pu les supprimer presque toutes sans compromettre vraiment la portée de la fable. Il est vrai que la musique de Mozart rattrape les censures du livret ! S'interroger sur la signification politique et sociale du *Mariage* conduit donc à d'autres aspects du texte.

Une révolution contre les privilèges

Le privilège est une question centrale de la Révolution française, celle qui, pour Mme de Staël (1766-1817), la définit et la justifie : pour elle, la Révolution a accompli sa mission historique et civilisatrice quand on a substitué l'égalité civile, c'est-à-dire l'égalité devant la loi, à l'inégalité héréditaire des statuts sociaux de l'Ancien Régime.

Or Beaumarchais prend soin qu'on n'oublie jamais le statut aristocratique du Comte (on comparera avec les marquis de Marivaux que rien ne distingue des riches roturiers) : l'omniprésence du château, le régiment, l'ambassade, la chasse, le droit de justice et les autres fonctions féodales… Que veut-il, ce grand seigneur ? Abusant de sa « toute-puissance » (voir la préface), il veut attenter à la dignité humaine de ses serviteurs, à leur droit naturel sur leur propre personne. Il ne s'agit pas de séduire Suzanne, mais de l'acheter. Celle-ci l'a fort bien compris : « Monseigneur n'y met pas tant de façon avec sa servante : il voulait m'acheter ». La chambre dont le Comte fait cadeau au couple roturier est surtout pour lui le lieu où il pourra exercer commodément le plaisir de l'adultère, en trompant et sa femme et Figaro. Dans cette mesure, la visée antinobiliaire du *Mariage* s'incarne dans l'action même de la pièce.

Le tyran

L'affrontement du noble et du roturier, voilà ce que *Le Mariage* met au devant de la scène. Mais cela ne doit pas masquer, plus discret, un autre visage d'Almaviva, celui du tyran. Reportons-nous aux préfaces du *Barbier de Séville* et du *Mariage*. La transposition qu'on y lit de sujets comiques en termes tragiques montre bien que, dans l'esprit de Beaumarchais, ces comédies ont pour enjeu sous-jacent le thème du despotisme. Comment en effet appliquer à la France ou à l'Espagne cette définition du comte Almaviva ? « [...] un maître absolu, que son rang, sa fortune et sa prodigalité rendent tout-puissant pour accomplir [son dessein] » (préface du *Mariage*). Aucun comte français ou espagnol ne peut répondre à cette définition de la tyrannie. On trouve des allusions à l'esclavage et à la tyrannie dans les deux comédies. Almaviva n'est pas seulement un noble, il s'approche au plus près de ce qui est irreprésentable en dehors de la tragédie ou de l'opéra : le roi. *La Mère coupable* nous apprend d'ailleurs qu'il est devenu vice-roi du Mexique. D'où l'insistance sur le château, symbole de puissance, sur la cour de justice (acte III), d'où les menaces de mort et d'enfermement qu'il profère quand il soupçonne sa femme d'adultère.

Mais on peut aussi se tourner vers *Tarare*, car cet opéra fusionne *Le Barbier* et *Le Mariage*. Tarare-Figaro, général roturier du tyran Atar, succède au mauvais roi éliminé par une révolte populaire (voir l'acte V du *Mariage*, où Figaro organise l'intervention des vassaux contre Almaviva). Aussi bien, certaines représentations du *Mariage* donnent aux acteurs la physionomie de Louis XVI et de Marie-Antoinette. *Tarare*, seule pièce immédiatement et directement interprétable de Beaumarchais, a le mérite de souligner combien la thématique de la tyrannie et du pouvoir travaille sa dramaturgie.

Il ne s'agit cependant ni de bouleverser l'ordre social ni de sacraliser la hiérarchie établie. La société n'est juste qu'à condition de livrer passage au talent, au mérite. L'inégalité qui n'est pas privilège héréditaire est légitime. Il y a donc bien une revendication bourgeoise et philosophique qui n'appelle pas le chambardement mais la reconnaissance des compétences et la dénonciation de l'arbitraire. Voilà donc un théâtre qui suggère irrésistiblement l'imaginaire révolutionnaire de 1789. D'après Marthe Robert, le seul rêve révolutionnaire de Freud évoque Figaro !

Correspondances

Le hasard et la destinée au XVIIIᵉ siècle.
- Marivaux, *Le Jeu de l'amour et du hasard*.
- Voltaire, *Zadig ou la Destinée*.
- Diderot, *Jacques le Fataliste*.
- J.-J. Rousseau, *Les Confessions*, livre I (« La sortie de Genève »).
- Beaumarchais, *Le Mariage de Figaro* (acte V, scène 3).

1

« **Dorante.** — Je voulais sous cet habit pénétrer un peu ce que c'était que ta maîtresse, avant de l'épouser. Mon père, en partant, me permit ce que j'ai fait, et l'événement m'en paraît un songe : je hais la maîtresse dont je devais être l'époux, et j'aime la suivante qui ne devait trouver en moi qu'un nouveau maître. Que faut-il que je fasse à présent ? Je rougis pour elle de le dire : mais ta maîtresse a si peu de goût qu'elle est éprise de mon valet, au point qu'elle l'épousera, si on la laisse faire. Quel parti prendre ?

Silvia, *à part.* — Cachons-lui qui je suis… *(Haut.)* Votre situation est neuve assurément ! Mais, Monsieur, je vous fais d'abord mes excuses de tout ce que mes discours ont pu avoir d'irrégulier dans nos entretiens.

Dorante, *vivement*. — Tais-toi, Lisette ; tes excuses me chagrinent : elles me rappellent la distance qui nous sépare, et ne me la rendent que plus douloureuse.

Sylvia. — Votre penchant pour moi est-il sérieux ? m'aimez-vous jusque-là ?

Dorante. — Au point de renoncer à tout engagement puisqu'il ne m'est pas permis d'unir mon sort au tien : et, dans cet état, la seule douceur que je pouvais goûter, c'était de croire que tu ne me haïssais pas.

Sylvia. — Un cœur qui m'a choisie dans la condition où je suis est assurément bien digne qu'on l'accepte, et je le payerais volontiers du mien, si je ne craignais pas de le jeter dans un engagement qui lui ferait tort.

Dorante. — N'as-tu pas assez de charmes, Lisette ? y ajoutes-tu encore la noblesse avec laquelle tu me parles ?

Sylvia. — J'entends quelqu'un. Patientez encore sur l'article de votre valet ; les choses n'iront pas si vite : nous nous reverrons, et nous chercherons les moyens de vous tirer d'affaire.

Dorante. — Je suivrai tes conseils.

Il sort.

Sylvia. — Allons, j'avais grand besoin que ce fût là Dorante. »

Marivaux, *Le Jeu de l'amour et du hasard*, 1730,
acte II, scène 12.

—2—

« Zadig lui demanda la permission de parler. "Je me défie de moi-même, dit-il ; mais oserai-je te prier de m'éclaircir un doute : ne vaudrait-il pas mieux avoir corrigé cet enfant, et l'avoir rendu vertueux, que de le noyer ?" Jesrad reprit : "S'il avait été vertueux, et s'il eût vécu, son destin était d'être assassiné lui-même avec la femme qu'il devait épouser, et le fils qui devait naître. — Mais quoi ! dit Zadig, il est donc nécessaire qu'il y ait des crimes et des malheurs, et les malheurs tombent sur les gens de bien ? — Les méchants, répondit Jesrad, sont toujours malheureux : ils servent à éprouver un petit nombre de justes répandus sur la terre, et il n'y a point de mal dont il ne naisse du bien. — Mais, dit Zadig, s'il n'y avait que du bien et point de mal ? — Alors, reprit Jesrad, cette terre serait une autre terre ; l'enchaînement des événements serait un autre ordre de sagesse ; et cet autre ordre, qui serait parfait, ne peut être que dans la demeure éternelle de l'Être suprême, de qui le mal ne peut approcher. Il a créé des millions de mondes dont aucun ne peut ressembler à l'autre. Cette immense variété est un attribut de sa puissance immense. Il n'y a ni deux feuilles d'arbre sur la terre, ni deux globes dans les champs infinis du ciel, qui soient semblables ; et tout ce que tu vois sur le petit atome où tu es né devait être dans sa place et dans un temps fixe, selon les ordres immuables de celui qui embrasse tout. Les hommes pensent que cet enfant qui vient de périr est tombé dans l'eau par hasard, que c'est par un même hasard que cette maison est brûlée ; mais il n'y a point de hasard : tout est épreuve, ou punition, ou récompense, ou prévoyance. Souviens-toi de ce pêcheur qui se croyait le plus malheureux de tous les hommes. Orosmade t'a envoyé pour changer sa destinée. Faible mortel, cesse de disputer contre ce qu'il faut adorer. — Mais, dit Zadig..." Comme il disait *Mais*, l'ange prenait déja son vol vers la dixième sphère. Zadig, à genoux, adora la Providence, et se soumit. L'ange cria du haut des airs : "Prends ton chemin vers Babylone." »

Voltaire, *Zadig*, 1747, chapitre 18.

3

« Comment s'étaient-ils rencontrés ? Par hasard, comme tout le monde. Comment s'appelaient-ils ? Que vous importe ? D'où venaient-ils ? Du lieu le plus prochain. Où allaient-ils ? Est-ce que l'on sait où l'on va ? Que disaient-ils ? Le maître ne disait rien ; et Jacques disait que son capitaine disait que tout ce qui nous arrive de bien et de mal ici-bas était écrit là-haut.

Le Maître. — C'est un grand mot que cela.

Jacques. — Mon capitaine ajoutait que chaque balle qui partait d'un fusil avait son billet.

Le Maître. — Et il avait raison...

Après une courte pause, Jacques s'écria : "Que le diable emporte le cabaretier et son cabaret !

Le Maître. — Pourquoi donner au diable son prochain ? Cela n'est pas chrétien.

Jacques. — C'est que, tandis que je m'enivre de son mauvais vin, j'oublie de mener mes chevaux à l'abreuvoir. Mon père s'en aperçoit ; il se fâche. Je hoche de la tête ; il prend un bâton et m'en frotte un peu durement les épaules. Un régiment passait pour aller au camp devant Fontenoy ; de dépit je m'enrôle. Nous arrivons ; la bataille se donne.

Le Maître. — Et tu reçois la balle à ton adresse.

Jacques. — Vous l'avez deviné ; un coup de feu au genou ; et Dieu sait les bonnes et mauvaises aventures amenées par ce coup de feu. Elles se tiennent ni plus ni moins que les chaînons d'une gourmette. Sans ce coup de feu, par exemple, je crois que je n'aurais été amoureux de ma vie, ni boiteux.

Le Maître. — Tu as donc été amoureux ?

Jacques. — Si je l'ai été !

Le Maître. — Et cela par un coup de feu ?

Jacques. — Par un coup de feu.

Le Maître. — Tu ne m'en as jamais dit un mot.

Jacques. — Je le crois bien.

Le Maître. — Et pourquoi cela ?

Jacques. — C'est que cela ne pouvait être dit ni plus tôt ni plus tard.

Le Maître. — Et le moment d'apprendre ces amours est-il venu ?

Jacques. — Qui le sait ?

Le Maître. — À tout hasard, commence toujours… " »

Diderot, *Jacques le Fataliste*, 1796, (incipit).

4

« Avant de m'abandonner à la fatalité de ma destinée, qu'on me permette de tourner un moment les yeux sur celle qui m'attendait naturellement si j'étais tombé dans les mains d'un meilleur maître. Rien n'était plus convenable à mon humeur, ni plus propre à me rendre heureux, que l'état tranquille et obscur du bon artisan, dans certaines classes surtout, telle qu'est à Genève celle des graveurs. Cet état, assez lucratif pour donner une subsistance aisée, et pas assez pour mener à la fortune, eût borné mon ambition pour le reste de mes jours, et, me laissant un loisir honnête pour cultiver des goûts modérés, il m'eût contenu dans ma sphère sans m'offrir aucun moyen d'en sortir. Ayant une imagination assez riche pour orner de ses chimères tous les états, assez puissante pour me transporter, pour ainsi dire, à mon gré de l'un à l'autre, il m'importait peu dans lequel je fusse en effet. Il ne pouvait y avoir si loin du lieu où j'étais au premier château en Espagne, qu'il ne me fût aisé de m'y établir. De cela seul il suivait que l'état le plus simple, celui qui donnait le moins de tracas et de soins, celui qui laissait l'esprit le plus libre, était celui qui me convenait le mieux ; et c'était précisément le mien. J'aurais passé dans le sein de ma religion, de ma patrie, de ma famille et de mes amis, une vie paisible et douce, telle qu'il la fallait à mon caractère, dans l'uniformité d'un travail de mon goût et d'une société selon mon cœur. J'aurais été bon chrétien, bon citoyen, bon père de famille, bon ami, bon ouvrier, bon homme en toute chose. J'aurais aimé mon état, je l'aurais honoré peut-être, et après avoir passé une vie obscure et simple, mais égale et douce, je serais mort paisiblement dans le sein des miens. Bientôt oublié, sans doute, j'aurais été regretté du moins aussi longtemps qu'on se serait souvenu de moi. »

Jean-Jacques Rousseau, *Les Confessions*, 1782, livre I.

5

« **Figaro.** — Un grand seigneur passe à Séville ; il me reconnaît, je le marie ; et pour prix d'avoir eu par mes soins son épouse, il veut intercepter la mienne ! Intrigue, orage à ce sujet. Prêt à tomber dans un abîme, au moment d'épouser ma mère, mes parents m'arrivent à la file. *(Il se lève en s'échauffant.)* On se débat, c'est vous, c'est lui, c'est moi, c'est toi, non, ce n'est pas nous ; eh ! mais qui donc ? *(Il retombe assis.)* Ô bizarre suite d'événements ! Comment cela m'est-il arrivé ? Pourquoi ces choses et non pas d'autres ? Qui les a fixées sur ma tête ? Forcé de parcourir la route où je suis entré sans le savoir, comme j'en sortirai sans le vouloir, je l'ai jonchée d'autant de fleurs que ma gaieté me l'a permis : encore je dis ma gaieté sans savoir si elle est à moi plus que le reste, ni même quel est ce *moi* dont je m'occupe : un assemblage informe de parties inconnues ; puis un chétif être imbécile ; un petit animal folâtre ; un jeune homme ardent au plaisir, ayant tous les goûts pour jouir, faisant tous les métiers pour vivre ; maître ici, valet là, selon qu'il plaît à la fortune ; ambitieux par vanité, laborieux par nécessité, mais paresseux... avec délices ! orateur selon le danger ; poète par délassement ; musicien par occasion ; amoureux par folles bouffées, j'ai tout vu, tout fait, tout usé. Puis l'illusion s'est détruite et, trop désabusé... Désabusé... ! Suzon, Suzon, Suzon ! que tu me donnes de tourments !... J'entends marcher... on vient. Voici l'instant de la crise[1]. *(Il se retire près de la première coulisse à sa droite.)* »

Beaumarchais, *Le Mariage de Figaro*, 1784, acte V, scène 3.

Le Comte Almaviva (Didier Sandre) et Figaro (André Marcon).
Mise en scène Jean-Pierre Vincent, Théâtre national de Chaillot, 1987.

---

1. **Crise** : moment d'un choix qui engage tout un destin. Terme technique propre à la tragédie. Figaro, croit-il, lutte contre la fatalité qui l'accable.

Jugements critiques

La duplicité de l'ordre et sa mise en scène

Il fallait bien que la psychanalyse dît son mot, en général peu bref, sur *Le Mariage*, puisque Freud rêvait de Figaro. La chose est faite. Ce ressort inconscient, à la lecture du *Mariage*, ne semble pas si inconscient que cela. Mais le profane choisira prudemment de se taire...

« Le repérage de ce noyau sémantique nous amène à penser l'ordre à la convergence des idées de rationalité, de succession et de prescription : ordre de l'ensemble, mais aussi ordre de la série, enfin ordre du commandement. C'est par là que cette idée qui est faite pour "aller de soi" s'avère secrètement contradictoire. Elle pose en effet la question de "l'ordre du monde" comme étant secrètement grevée par celle de la priorité et de la concurrence des désirs, qui débouche enfin sur la question de l'interdit — fondement de l'ordre (social) et arbitre de l'ordre, priorité des désirs.

Or l'ordre du monde humain obéissant à la logique proprement sociale, il est fait à la fois pour ordonner les désirs et pour cacher que cet ordre, loin d'être conforme à la rationalité qu'il affiche — mieux : qu'il prétend incarner — est "travaillé" par un antagonisme. Ce "désordre" caché dans l'ordre, le monde prérévolutionnaire en fournit une illustration saisissante, justement parce que l'ordre social lui-même, si miné soit-il, et à certains écarts chancelant, n'est pas récusé en tant que tel : ce qui en est questionné, c'est plutôt le symptôme le plus tangible — bien que refoulé — du fondement de l'ordre, à savoir la question de la priorité des désirs. Notre hypothèse est que le théâtre de Beaumarchais fait de cette contradiction son thème majeur — qui culmine dans *Le Mariage de Figaro*.

Qu'est-ce à dire ? C'est en fait d'une duplicité de l'ordre qu'il faut parler — le terme étant à prendre au sens logique, puis moral, d'équivocité. Alors que l'ordre prétend être univoque — présentant un sens unique canalisé —, quelque chose y réintroduit un trouble : cet "ordre social" qui prétend dire vrai est fondé sur un mensonge. Et celui-ci apparaît dans le fait que la suprématie sociale, qui se veut productrice de sa propre légitimité, est en fait l'affirmation, en soi brutale bien que non dite, d'une priorité du désir du Maître — à prendre ici au sens propre, quoique mâtiné de la théorie hégélienne de la dialectique du maître et de l'esclave. Surtout, c'est sur le train du désir et de la sexualité que cet envers de l'ordre social devient visible. Beaumarchais donne en quelque sorte ses lettres de noblesse, comme aboutissement d'une tradition qui, au moins depuis Marivaux, traverse tout le XVIIIᵉ siècle. Or la psychanalyse, comme théorie du registre inconscient du désir, permet de faire la théorie de cettre dramaturgie. En ce sens, c'est l'écho inconscient de la dramaturgie du *Mariage* qui nous intéressera. On sait, notamment depuis les travaux de J. Scherer, que l'essence de l'œuvre de Beaumarchais est dans sa dramaturgie, par où il faut entendre, croyons-nous, plus qu'une technique — une véritable vision du monde.

Entendons que Beaumarchais fait la mise en scène d'un monde dont la dramaturgie même révèle l'essence. D'où le "théâtralisme" de cette vision, qui est celle-là même du monde qu'elle "traite" [...]. Vue de ce point d'angle, la comédie se met à parler dans ce sens d'une mise en scène de la duplicité de l'ordre (social) du pouvoir et de l'ordre (inconscient) des désirs. »

Paul-Laurent Assoun, « Ordre social et ordre des plaisirs :
les ressorts inconscients du *Mariage de Figaro* »,
Analyses et réflexions sur... « Le Mariage de Figaro »,
Ellipses, 1985, D.R.

Aux frontières perdues...

Spécialiste de l'époque et du roman romantiques, P. Barbéris lit le monologue de Figaro comme un monologue « déjà romanesque ». C'est poser la question décisive du rapport entre drame et roman, qui hante les théoriciens du drame, et notamment Diderot. Mais pourquoi y lire un dépassement du théâtre, puisque c'est précisément au théâtre et pour le théâtre qu'il s'écrit ? Et pourquoi dire « hélas » quand la philosophie passe par le gai savoir de la comédie ? Les romantiques sont tristes ? Tant pis pour eux !

« Ni Hamlet, ni Figaro ne décident ni ne commandent aux événements à la manière de Rodrigue ou d'Auguste. Il s'agit de monologues que nous appellerons existentiels. Ils expriment une réalité profonde qui pourrait aussi bien s'exprimer dans un roman, c'est-à-dire sans être soumise aux impératifs du temps théâtral ni à ceux de l'intrigue et de l'action. Ce sont des monologues philosophiques, poétiques, autobiographiques, sans autre ordre apparent que celui d'un pur langage libéré. Où et quand apparaissent-ils ? Pour faire bref, le monologue existentiel correspond à deux réalités nouvelles : 1) l'action dans le monde est devenue impossible ; 2) la forme théâtrale qui exprimait les anciennes relations et possibilités devient inadéquate. Le monologue existentiel exprime un certain blocage moral et esthétique. Le monde n'est plus dominé par un sens. Le monde n'est plus ouvert à l'action. Et donc, en conséquence, les formes littéraires, notamment théâtrales, qui disaient l'existence de ce sens et de cette possibilité se trouvent bouleversées de l'intérieur. Le héros qui se raconte sur la scène et qui médite à l'infini sur son expérience n'est plus un héros de théâtre, ou du moins d'un certain théâtre. "Tempête sous un crâne", le monologue existentiel est déjà un monologue romanesque, qui s'inscrit dans une durée incontrôlable, hémorragique. Il définit un réel aux frontières perdues, aux axes détruits. Par là il relève d'un certain tragique, mais d'un tragique moderne, lié à l'expérience concrète du monde immédiat, du monde dont l'Histoire est récente et courte. Vite, il retrouve cependant de très anciens problèmes : la mort, la vie, la place de l'homme dans l'univers, mais fortement réactivés par le réalisme, et non plus simplement amplifiés à partir de modèles. Le monologue de Julien Sorel dans sa prison le vérifiera : le héros moderne retrouve et réinvente, mais aussi fait bouger les plus anciennes thématiques de la condition humaine. Or il est assez évident que le monologue de Figaro est un monologue de ce genre. Il mobilise toute une expérience concrète, "bourgeoise" pour construire, comme il peut, une théorie du monde qu'il appartient au lecteur (plus qu'au spectateur) d'interpréter. Ainsi se trouve correctement posé le fameux problème de la "longueur" : Beaumarchais avait envie et besoin de raconter sa vie, d'en faire la philosophie, mais il devait le faire, hélas, dans le cadre d'une comédie qui excluait la philosophie. Problème d'articulation à l'intrigue, problème aussi de ton, car depuis *Le Misanthrope* on sait bien quelle difficulté avait la philosophie de la différence et de la dissidence à se faire théâtre. »

P. Barbéris, « Un Hamlet comique : Figaro dans son monologue »,
Analyses et réflexions sur… « Le Mariage de Figaro »,
Ellipses, 1985, D.R.

Sel et poivre, ou l'art d'échauffer sans enflammer

Dans ce classique qu'est *La Dramaturgie de Beaumarchais*, Jacques Scherer tente d'expliquer le paradoxe persistant, et à ses yeux inconsistant, d'une interprétation politiquement explosive du *Mariage de Figaro*.

« La place des intentions politiques et sociales dans la dramaturgie de Beaumarchais paraîtra peut-être maintenant justifier l'image qui en a été proposée : ces intentions ne sont que du sel. Allons même jusqu'à dire qu'elles sont du poivre, car si elles ont tant plu au public du temps, c'est en l'échauffant un peu. On a aimé être heurté — mais non choqué. On a été à la fois effrayé et ravi, et ravi parce qu'effrayé. C'est le genre de plaisir que donnait, sur un autre plan, la parade. Mais si ces intentions politiques sont ainsi un condiment d'un spectacle qui veut rester agréable, elles ne sont pas un explosif, pas même un explosif à retardement. Beaumarchais n'a ni voulu ni cru être un précurseur de la Révolution.

Pourtant, l'idée d'un Beaumarchais révolutionnaire naît dès les premières années du XIXe siècle. Napoléon, et à sa suite bien d'autres hommes éminents du XIXe siècle, puis du XXe, l'ont exprimée. Étaient-ils tous en proie à une aberration ? Si on leur donne raison, c'est l'attitude des gouvernements du XVIIIe siècle qui devient incompréhensible. En 1776, le ministère des Affaires étrangères donne à Beaumarchais un million pour qu'il apporte une aide officieuse aux colonies d'Amérique révoltées contre l'Angleterre. Aucun gouvernement ne donne, pour quelque motif que ce soit, une somme d'une pareille importance à un ennemi du régime. Louis XVI, après une étude personnelle de la question, finit par autoriser la représentation publique du *Mariage de Figaro*, et la comédie connaît un succès durable. À qui fera-t-on croire que le gouvernement ne disposait pas de moyens d'action sur la Comédie-Française pour mettre fin à la carrière d'une pièce dont il aurait pu autoriser la création par lassitude ou par prudence ? Deux fois déjà, au XVIIIe siècle, des pièces importantes et applaudies du public, mais heurtant de puissants intérêts, ont dû être retirées de l'affiche : lors de la création, le *Turcaret* de Lesage n'a eu que sept représentations et le *Mahomet* de Voltaire n'en a eu que trois. Si *Le Mariage de Figaro* a été joué, et tant joué, c'est qu'il n'était pas jugé dangereux ; à plus forte raison en est-il ainsi pour les autres pièces de Beaumarchais, qui sont moins hardies.

En réalité, la différence d'optique, sur ce point, entre le XVIIIᵉ siècle et la période qui a suivi la Révolution s'explique fort bien. On peut rendre compte en empruntant au XIXᵉ siècle les notions commodes de "droite" et de "gauche" en matière politique. Beaumarchais écrit essentiellement pour un public bourgeois ; or, au XVIIIᵉ siècle, la bourgeoisie n'a pas d'ennemi à gauche. Le peuple ne représente pas, aux yeux des bourgeois, une force politique : le théâtre de Beaumarchais montre assez qu'on le tient pour rien. On se trompait, et Robespierre se chargea de montrer qu'une révolution populaire était possible. Après les années de révolution populaire — que Beaumarchais passa à l'étranger —, il devint évident que les critiques adressées par la bourgeoisie à la noblesse pouvaient être utilisées par le peuple contre la bourgeoisie. Devenue la classe dominante, la bourgeoisie héritait de privilèges, mais aussi de faiblesses, de la noblesse d'Ancien Régime. Beaumarchais devenait, après sa mort, dangereux pour elle : en dirigeant sur les ennemis de droite, qui n'étaient d'ailleurs plus très puissants après 1830, des traits, même émoussés, il renforçait la position des ennemis de gauche, qui se révélaient les plus redoutables. La bourgeoisie se mit donc à attribuer au *Barbier* et au *Mariage* une efficacité merveilleuse. Celle-ci aurait fort étonné Louis XVI, qui, pour son temps et pour son régime, avait raison de ne point trop craindre Beaumarchais. »

Jacques Scherer, *La Dramaturgie de Beaumarchais,* Nizet, 1954, édition revue et augmentée en 1989.

Jouer et rejouer avec l'espace

À examiner *Le Mariage*, on ne se lasse pas d'admirer la virtuosité de sa conception et la subtilité de son écriture. Décidément, un chef-d'œuvre n'est jamais le fruit du hasard.

« Cet espace du cinquième acte réunit un ensemble d'éléments et de fonctions dispersés dans les actes précédents. Par les rendez-vous galants qui y sont donnés, il est appelé lui aussi à devenir une chambre ; très exactement, avec ses *deux* pavillons — celui où s'enferme la comtesse et celui de tous les autres, où s'entasseront Suzanne, Chérubin, Fanchette et Marceline — il reproduit par cette opposition du vide et du trop-plein la signification, sinon le "drame" des espaces des deux premiers actes : l'un trop solitaire, celui de la comtesse ; l'autre trop encombré, celui de Figaro et de Suzanne. Les "grands marronniers" constituent aussi une version *extra muros* de ces parties communes représentées aux actes III et IV : le "siège de gazon" sur lequel s'assied Figaro pour juger son époque est le double, rural et populaire, du "grand fauteuil" de l'acte III d'où le comte jugeait — de façon intéressée — ses vassaux ; la réconciliation finale autour du couple triomphant de Suzanne et de Figaro réitère, mais cette fois sans trop d'arrière-pensées seigneuriales, la "fête" de l'acte IV.

C'est donc toute la comédie qui se rejoue, ou du moins se redonne à voir synthétiquement au dernier acte. Mais elle se rejoue pour de vrai, abattant toutes les frontières suscitées par l'intrigue (par exemple entre les lieux d'intimité et les lieux de réception) ou celles qu'implique la forme théâtrale : la pénombre de la scène intègre celle-ci à la salle ; enfin, véritable tour de force dramaturgique, Beaumarchais parvient avec ses deux pavillons d'où sortent un à un tous les personnages à placer les coulisses elles-mêmes sur le plateau. Il n'y a donc plus, au dénouement, d'autre espace que celui où baignent acteurs et spectateurs ; Aguas-Frescas est vide, mais surtout anéanti, et la fiction théâtrale, déjà fort malmenée depuis le grand monologue de Figaro à la scène 3, achève de s'effondrer. Dès lors c'est toute la pièce qui se donne rétrospectivement à relire — en abyme, théâtre dans le théâtre ou théâtre dans le réel — comme défaite d'un monde factice et rejeté dans la fiction. Ce monde d'Aguas-Frescas où régnait, isolée dans l'aire du droit commun mais finalement réduite, l'enclave provisoire du "droit du seigneur". »

J.-P. de Beaumarchais, « *Le Mariage de Figaro,* une conquête de l'espace », in *Le Siècle de Voltaire*, the Voltaire Foundation, Taylor Institution, University of Oxford, 1987.

Principales mises en scènes

- Jean Meyer, Comédie-Française, 1946.
- Jean Vilar, Théâtre national populaire, Festival d'Avignon, 1956 ; TNP, 1957.
- Jean-Louis Barrault, Odéon-Théâtre de France, 1964.
- Jacques Rosner, Comédie-Française, 1977.
- Françoise Petit, Théâtre de Paris, 1980.
- Jean-Pierre Vincent, Théâtre national de Chaillot, 1987.
- Antoine Vitez, Comédie-Française, 1989.
- Marcel Maréchal, Théâtre de la Criée, 1989.

Compléments notionnels

Accumulation *(n. f.)*
Succession de mots ou d'expressions pour mettre une idée en valeur. Ex. : « Noblesse, fortune, un rang, des places, tout cela rend si fier ! » (acte V, scène 3).

Allusion
(n. f., du bas latin allusio, *jeu)*
Manière de s'exprimer sur une idée, une personne ou une chose, etc., sans la nommer explicitement mais par simple évocation. L'allusion suppose, de la part du lecteur, la connaissance de la situation ou de la référence culturelle évoquée par l'écrivain. Ex. : les scènes de tribunal de l'acte III font allusion au système judiciaire français sous l'Ancien Régime et aux démêlés qu'eut Beaumarchais avec le juge Goëzman.

Antinomie *(n. f.)*
Contradiction entre deux idées, deux principes, deux propositions, etc. Ex. : le statut de juge du Comte présente un caractère d'antinomie avec celui de simple citoyen directement intéressé, impliqué par le verdict du procès de Figaro et Marceline.

Antithèse *(n. f.)*
Dans une même phrase, opposition de deux mots ou groupes de mots de sens contraire afin de mettre une idée en relief grâce à l'effet de contraste.

Aphorisme *(n. m.)*
Courte phrase visant à énoncer une vérité essentielle. Ex. : « Que les gens d'esprit sont bêtes ! » (acte I, scène 1).

Classicisme *(n. m.)*
Théorie littéraire et artistique qui repose sur un idéal d'équilibre et de respect des normes. Le classicisme puise ses sources dans les œuvres de l'Antiquité et est incarné en France par le siècle de Louis XIV (Molière, La Fontaine, Boileau, Racine, Corneille, etc.).

Comédie de caractère
Comédie insistant sur l'aspect psychologique des personnages.

Comédie de mœurs
Comédie dépeignant la manière de vivre propre à une époque, à une société, à un groupe.

Comédie d'intrigue
Comédie comprenant une multiplicité d'incidents variés.

Comédie larmoyante

Apparue en France dans la première moitié du XVIIIᵉ siècle, elle manifeste un goût pour la sentimentalité et une tendance à moraliser avec des personnages qui suscitent émotion et attendrissement.

Connotation (*n. f.*)

Signification seconde venant s'ajouter à la « dénotation », c'est-à-dire au sens premier d'un mot.

Coup de théâtre

Rebondissement, retournement subit d'une situation. Ex. : la découverte que Figaro est le fils de Marceline et Bartholo (acte III, scène 16).

Deus ex machina (*n. m. inv.*)

1. Dans une pièce de théâtre, être surnaturel descendu sur la scène au moyen d'une machine.
2. Toute intervention inattendue venant à point pour dénouer une action dramatique.

Dramaturgie (*n. f.*)

Ensemble des éléments constituant la structure et la dynamique d'une pièce (situations, jeu, mouvements, mise en place et en action des discours, etc.).

Drame (*n. m.*)

1. Genre théâtral.
2. Pièce de théâtre d'un sujet moins élevé que la tragédie, représentant une action violente, douloureuse.
Le **drame bourgeois** se définit, dans la seconde moitié du XVIIIᵉ siècle, par le refus des genres de la comédie et de la tragédie classiques. Il cherche à la fois à produire un effet de réel sur scène et à attendrir le spectateur pour faire son éducation morale. La parution en 1757 du *Fils naturel* et des *Entretiens sur le Fils naturel* de Diderot dote le drame bourgeois d'une œuvre type et d'un manifeste. *Eugénie* et *La Mère coupable* de Beaumarchais sont des drames bourgeois.

Épigramme (*n. f.*)

1. Petite pièce de vers qui se termine par un trait satirique.
2. Raillerie.

Épopée (*n. f.*)

Genre poétique consistant à raconter des aventures héroïques.

Exposition (*n. f.*)

Partie initiale d'une œuvre où sont exposées les circonstances de l'action et présentés les personnages. Au théâtre, les premières scènes et le premier acte sont ceux de l'exposition.

Farce (*n. f.*)

Pièce comique, généralement courte, où l'auteur utilise des procédés très voyants pour faire rire un public en principe populaire.

Lumières (*n. f. plur.*)

Courant philosophique et littéraire qui domine la pensée européenne du XVIIIᵉ siècle et qui est caractérisé par une grande confiance en la raison et en la capacité de progrès de l'humanité.

lyrique *(adj. qual.)*
1. Désigne la poésie destinée à être mise en musique.
2. Théâtre où l'on joue des pièces mises en musique (théâtre lyrique). Le lyrisme désigne l'expression poétique ou exaltée de sentiments personnels, d'émotions, de passions. Ex. : le grand monologue de Figaro (acte V, scène 3).

Métaphore *(n. f.)*
Utilisation d'un terme concret pour exprimer une notion abstraite, dans l'intention de créer une comparaison imagée, sans employer de mot comparatif (« ainsi, que, comme », etc.). Ex. : « Époux maladroits, qui [...] tournez des mois entiers autour d'un soupçon sans l'asseoir » (acte V, scène 8). « Filer une métaphore » signifie exprimer une même idée en divers endroits en se servant d'une comparaison unique.

Motif *(n. m.)*
Terme utilisé à l'origine en musique pour désigner un petit élément caractéristique d'une œuvre, assurant son unité ou une partie de celle-ci. Par extension, on parle aussi de motif en analyse littéraire.

Mythe *(n. m.)*
1. Récit dans lequel on relate des faits fictifs qui font l'objet d'une croyance.
2. Exposition d'une idée abstraite sous une forme imagée et poétique.
3. Amplification, voire déformation, d'un personnage, de faits historiques ou de phénomènes sociaux.

Occurrence *(n. f.)*
Apparition d'un fait linguistique (mot, son, tournure) dans un texte.

Opéra *(n. m.)*
Ouvrage dramatique entièrement chanté, comprenant des récitatifs, des airs et des chœurs, joué avec l'accompagnement d'un orchestre. Ex. : *Les Noces de Figaro* de Mozart. L'opéra **bouffe** est un opéra entièrement comique (genre très en vogue au XVIIIᵉ siècle). L'**opéra-comique** désigne un opéra sans récitatifs, comprenant parfois des dialogues parlés.

Parabole *(n. f.)*
Comparaison, développée dans un récit conventionnel, dont les éléments sont empruntés à la vie quotidienne et permettant de concrétiser un aspect moral, religieux, spirituel, etc.

Parodie *(n. f.)*
Imitation satirique d'une œuvre sérieuse, dont le sujet et l'expression sont transposés sur le mode comique. Ex. : la phrase de Suzanne

« Allons, superbe, humilie-toi ! »
(acte V, scène 8) est une parodie du
style tragique.

Pastiche *(n. m.)*
Œuvre dans laquelle on imite exactement le style et la structure d'une
œuvre existante, soit dans une
intention satirique, soit pour tromper. Ex. : la chanson de Chérubin
(acte II, scène 4) est un pastiche de
romance du Moyen Âge.

Pathétique *(adj. qual.)*
Ce qui, dans une œuvre, émeut
fortement. Le pathétique se distingue du tragique en ce qu'il met
l'accent sur des manifestations
extérieures qui touchent immédiatement lecteurs et spectateurs,
le tragique restant d'ordre plus
intérieur et psychologique.
Ex. : la tirade de Marceline sur la
condition féminine (acte III,
scène 16) est pathétique.

Péripétie *(n. f.)*
Événement imprévu et remarquable
survenant dans le cours d'un récit.
Ex. : lorsque Figaro gagne puis
perd son procès (acte III, scène 15) ;
c'est ce que Jacques Scherer appelle
une « péripétie éclair ».

Picaresque
(adj. qual., de pícaro, *mot
espagnol signifiant vaurien)*
Se dit d'un roman ou d'une pièce
de théâtre dont le héros est un
aventurier ou un vaurien. Ex. :
l'énumération que fait Figaro de

ses différents métiers (acte V,
scène 3) est picaresque.

Récurrent *(adj. qual.)*
Qui revient, réapparaît, se
reproduit plusieurs fois au cours
d'une œuvre. Ex. : le thème de la
jalousie est récurrent dans *Le
Mariage de Figaro*.

Satire *(n. f.)*
Texte critique et moqueur qui
attaque les vices, les ridicules, etc.,
de manière plus ou moins acerbe.

Séquence *(n. f.)*
Au théâtre, suite de scènes qui
représente un ensemble. Ex. : la
séquence du fauteuil à l'acte I et la
séquence du tribunal à l'acte III.

Unités *(n. f. plur.)*
Règle du théâtre classique selon
laquelle une pièce ne doit déve-
lopper qu'un seul sujet (unité
d'action), doit se dérouler dans
un lieu unique (unité de lieu) et
ne pas excéder vingt-quatre
heures (unité de temps).

Vaudeville *(n. m.)*
Petite comédie légère, d'une
intrigue amusante et vive, mêlée
de couplets souvent composés sur
un air connu et populaire.

Vraisemblance *(n. f.)*
Règle du théâtre classique exigeant que ne soit représenté que
ce qui « semble vrai », même si
cela n'est pas strictement vrai.

Index des thèmes principaux

Amour
Acte I, sc. 1, 4, 7 et 8 ; acte II, sc. 1, 5, 9, 16 et 19 ; acte III, sc. 4, 9 et 18 ; acte IV, sc. 1 ; acte V, sc. 7 et 8.

Argent
Acte I, sc. 1, 2, 4 et 9 ; acte II, sc. 22 ; acte III, sc. 5, 9, 12 à 15 et 17 à 19 ; acte IV, sc. 1 et 3 ; acte V, sc. 3, 7 et 19.

Espace (didascalies non comprises)
Acte I, sc. 1 et 8 à 10 ; acte II, sc. 1, 4, 6, 12 à 15, 21 et 23 ; acte III, sc. 3, 5 et 7 ; acte IV, sc. 12 et 14 ; tout l'acte V.

Femmes
Acte I, sc. 4 ; acte II, sc. 2, 6, 13, 15 et 19 ; acte III, sc. 9, 16 et 18 ; acte IV, sc. 16 ; acte V, sc. 3, 7 et 8.

Jalousie
Acte I, sc. 3 à 5, 9 et 10 ; acte II, sc. 1, 2, 10, 12, 13, 16, 19 et 24 ; acte III, sc. 4 et 18 ; acte IV, sc. 13 et 15 ; acte V, sc. 3, 8 et 19.

Justice
Acte I, sc. 2, 4 et 5 ; acte II, sc. 22 ; acte III, sc. 5 à 7 et 10 à 15 ; acte V, sc. 3.

Maîtres
Acte I, sc. 1 et 2 ; acte II, sc. 1, 2 et 24 ; acte III, sc. 5 et 9 ; acte V, sc. 3 et 12.

Mariage
Acte I, sc. 1 à 5, 7, 9 et 10 ; acte II, sc. 1, 10, 16 et 22 ; acte III, sc. 5 et 12 à 16 ; acte IV, sc. 1 et 2 ; acte V, sc. 7.

Objets
Acte I, sc. 1 et 6 à 10 ; acte II, sc. 1, 5 à 9, 13, 16, 21 et 26 ; acte III, sc. 4, 7, 9 et 14 ; acte IV, sc. 3, 9 et 14 ; acte V, sc. 19.

Pardon / vengeance
Acte I, sc. 1 à 4 et 9 à 11 ; acte II, sc. 1, 2, 16, 19, 21 et 22 ; acte III, sc. 11 et 16 ; acte IV, sc. 13 ; acte V, sc. 3, 8, 9, 12 et suivantes.

Politique
Acte I, sc. 2 et 10 ; acte II, sc. 2 et 19 ; acte III, sc. 5 ; acte IV, sc. 1 ; acte V, sc. 3.

Temps
Acte I, sc. 1, 2 et 7 à 11 ; acte II, sc. 1, 2, 5, 9, 13 et 14 ; acte III, sc. 3, 6 et 9 ; acte IV, sc. 2 ; acte V, sc. 2, 3 et 7.

Tirades
Acte I, sc. 2 ; acte III, sc. 4, 5 et 16 ; acte IV, sc. 1 ; acte V, sc. 3.

Valets
Acte I, sc. 1 et 2 ; acte II, sc. 1 et 2 ; acte III, sc. 5 et 9 ; acte V, sc. 3 et 12.

Jeune Femme debout de profil.
Dessin de Jean Honoré Fragonard (1732-1806).
Musée des Arts décoratifs, Paris.

BIBLIOGRAPHIE
FILMOGRAPHIE

Éditions

Le Mariage de Figaro, éd. J.-B. Ratermanis, Studies on Voltaire, vol. 63, 1968 (texte de l'original et manuscrits).
Le Mariage de Figaro, édition avec analyse dramaturgique par J. Scherer, S.E.D.E.S., 1966.
Notes et réflexions, éd. G. Bauer, Hachette, 1961.
Théâtre de Beaumarchais, éd. J.-P. de Beaumarchais, Bordas, coll. « Classiques Garnier », 1980.
Théâtre de Beaumarchais, éd. R. Pomeau, Flammarion, coll. « G.F. », 1965.

Biographies

B. Faÿ, *Beaumarchais ou les Fredaines de Figaro*, Librairie académique Perrin, 1971.
F. Grendel, *Beaumarchais ou la Calomnie*, Flammarion, 1973.

Commentaires

G. Conesa, *La Trilogie de Beaumarchais*, P.U.F., 1985 (voir les analyses du dialogue).
P. Larthomas, *Le Langage dramatique*, Colin, 1972 (fait de nombreuses références au théâtre de Beaumarchais).
F. Lévy, « *Le Mariage de Figaro* », *essai d'interprétation*, Studies on Voltaire, vol. 173, 1978.
R. Pomeau, *Beaumarchais*, Hatier, 1956, rééd. 1967. Ce texte a été repris et revu dans *Beaumarchais ou la Bizarre Destinée*, P.U.F., 1987.
J.-B. Ratermanis et W. R. Irwin, *The Comic Style of Beaumarchais*, University of Washington Press, 1961.
J. Scherer, *La Dramaturgie de Beaumarchais*, Nizet, 1954, édition revue et augmentée en 1989.

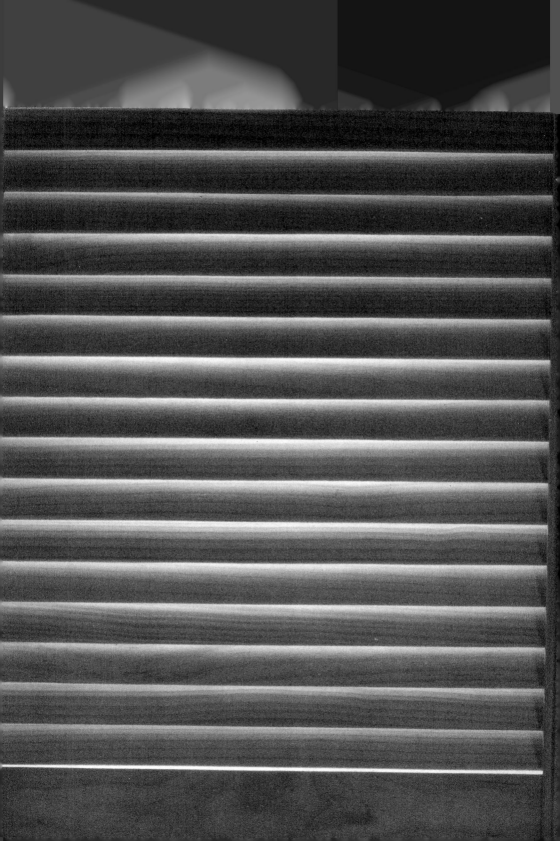

«¡Destruyan todos los armarios!»

Applehead Team Creaciones
www.appleheadteam.com
info@appleheadteam.com

Autor: Octavio López Sanjuán.
Prólogo: Donald Grant.
Ilustraciones: Jonathan Bellés.
Fotografías: Laura Sanjuán.

Edición: Applehead Team Creaciones.
Corrección, diseño y maquetación: Rubén Íñiguez Pérez
y Applehead Team Creaciones.

Primera edición: Diciembre 2021.
ISBN: 978-84-124642-2-1.
Depósito legal: MA 1487-2021.

Impreso en España | Printed in Spain.

Octavio López Sanjuán

EL MONSTRUO

(QUE SALIÓ)

DEL ARMARIO

HISTORIA DE UNA PELÍCULA DE CULTO

Prólogo de Donald Grant
Ilustraciones de Jonathan Bellés

APPLEHEAD
—TEAM—

ÍNDICE

Para Bob Dahlin, mi admiración.
David Levy, mi inspiración.
Don Grant, mi héroe.

Dear Matt,
thanks so much for all
the time and support you
gave me. I hope some of
the pictures gives you a
cool memory of the filming
of Monster in the Closet.
A big hug
Octavio
20th obre 2022
San Vicente

391/50

PRÓLOGO

Tuve la suerte de ser escogido como el héroe renuente Richard Clark, a quien se le atribuyen los méritos de: «salvar al Profesor, matar al monstruo y casarse con Diane», en *El monstruo del armario*. Una película por la que Octavio David López Sanjuán siente fascinación. Para mí, ha quedado patente con este libro que Octavio es posible que sepa más de la película que la mayoría de los que formamos parte en ella.

Siento que he vivido varias vidas. Californiano de cuarta generación, niño de Sacramento, oficial naval, estudiante universitario en el extranjero, actor, marido, locutor, padre y ahora propietario de una empresa de planificación financiera y gestión de activos en el Medio Oeste.

Cada una de las etapas de mi vida fluyó sin problemas de una a otra. Los recuerdos son distintos y vibrantes. Pero están archivados, rara vez desempolvados para pensar en ellos. Así ocurrió hasta que Octavio revivió al monstruo del armario. Desbloqueó mis recuerdos sobre cómo fue interpretar al ambicioso redactor de necrológicas de un periódico que se sumergió en la investigación de una serie de incidentes inverosímiles perpetrados por un monstruo.

Octavio me encontró tras una intensa búsqueda en las redes. Me dijo que quería escribir un libro sobre la película. Cuando escuché eso la primera vez pensé que *El monstruo del armario* no era una película muy conocida y nunca tuvo una distribución muy amplia. Así que, ¿por qué escribir sobre ella?

La película se realizó gracias a la gran visión y tenacidad de un puñado de socios que compartían la idea de reunir a varios actores de renombre para crear una divertida parodia de terror. El cómo lo consiguieron es una historia digna de ser escrita y publicada. Fue además un largo proceso que dio comienzo mucho antes de que yo entrara en escena.

Al igual que el director y los productores de *El monstruo del armario*, Octavio enfrentó numerosos desafíos en su impulso por materializar una crónica de la película. Es español y vive en España. Tuvo que buscar en Internet y encontrar a las personas que crearon y participaron en la realización de la película.

Octavio empezó la investigación sobre cómo se hizo la película en 2016. A mí me contactó a mitad de 2019, mucho después de haber entrevistado a

Don Grant en pleno rodaje de *El monstruo del armario* en 1983

Dahlin, artistas de efectos especiales, constructores de monstruos, actores y asistentes de producción.

Gracias a la determinación de Octavio se ha hecho materializar el libro; su paciencia, encanto y recordatorios amables nos mantuvieron encaminados a ayudarle con las contribuciones que cada uno de nosotros hemos hecho. Lo ha conseguido.

Creo que disfrutaréis de la historia del señor Sanjuán sobre nuestra película. Nos lleva desde la génesis de una idea, hasta el espíritu de lucha de los artistas que trabajaron de manera incansable para terminar la producción, cuando tenían en contra el tiempo y las restricciones de presupuesto que amenazaban el estreno de la película.

Donald Grant
Agosto de 2021

3/05/2020
Madrid

CAPÍTULO I
SURGIÓ DEL FONDO DE DAHLIN

ISLA DE MALTA, 5 O 6 DE FEBRERO, ALREDEDOR DE LAS 11:30 DE LA MAÑANA...

A veces se producen los sucesos más extraños en los lugares más tranquilos. Bob Dahlin lo sabía bien. El rodaje de *Popeye* (Robert Altman, 1980) se estaba llevando a cabo en la isla de Malta, en una apacible playa donde se había construido todo el pueblo pesquero en el que se movían los protagonistas de la ficción, Robin Williams y Shelley Duval, entre ellos. De la nada, se había levantado toda una serie de viviendas de madera para ambientar la narración.

Como era habitual, el director del largometraje se había rodeado de varios actores con los que se sentía especialmente cómodo: por ejemplo Paul Dooley, que daba vida al insaciable devorador de hamburguesas J. Wellington Wimpy, o Donald Moffat, que interpretaba al cobrador de impuestos. También Altman contaba a su servicio con Bob Dahlin, un joven asistente con el que ya había trabajado anteriormente en *Salud* (*Health*, 1980) y *Un día de boda* (*A Wedding*, 1978) y que no dejaba de mirar con cierto asombro y entusiasmo el devenir del rodaje. Allí, la gente rondaba de aquí para allá, afanados en llevar a cabo sus correspondientes cometidos ya fuesen actores, electricistas, cámaras o técnicos de sonido. Todos estaban allí por lo mismo, para materializar una película.

Mirando ese bullicio del que ya empezaba a sentirse saturado —la filmación maltesa se estaba prolongando demasiado—, poco a poco la mirada de Dahlin se dirigió al mar que bañaba la costa, el reposado Mediterráneo. En aquella zona, el agua tenía un matiz un tanto turquesa, y el olor a sal le recordó una de esas películas de ciencia ficción de los cincuenta que adoraba: *Surgió del fondo del mar* (*It Came from Beneath the Sea*, Robert Gordon, 1955). En aquel largometraje, un gigantesco pulpo animado por Ray Harryhausen emergía de las profundidades y, tras varios ataques, aparecía en la ciudad de San Francisco para esparcir un terror titánico y tentacular ante una muchedumbre aterrorizada. Además de ese monstruo, había otro elemento del filme que le entusiasmaba: los diálogos de sus personajes. En especial los de la bióloga protagonista, la profesora Lesley Joyce, que recapitulaba continuamente sus argumentos empleando el abecedario, dando una convicción matemática a sus alegatos. Pensó entonces que sería fantástico, ahora que Dahlin ya tenía cierta experiencia en el mundo de los rodajes, materializar su propia película con un monstruo singular que sembrase el caos en una tranquila población. No estaría mal que fuese el mismo San Francisco donde aconteciese también el clímax de la historia, ya puestos a rendir tributo a aquella obra,

Para cuando la filmación de *Popeye* en tan inolvidable paraje había concluido, Dahlin ya estaba completamente decidido. Era el momento de escribir y realizar esa película. Al fin y al cabo, unos pocos años antes había dirigido, como su tesis universitaria[1], un cortometraje titulado *Norman Nurdelpick's Suspension: A Tribute to Alfred Hitchcock* (1973). Como su nombre delata, esta narración de treinta minutos era una suerte de parodia y homenaje al maestro del suspense, y pese a que lo había financiado por tan solo mil quinientos dólares, su pericia como director le había servido para ganar el premio especial del jurado que otorgaba la Academia de Hollywood, dentro de la variante estudiantil que cada año premiaba a los mejores proyectos surgidos de las universidades de todo el país.

Dahlin no estaba solo en el proyecto, pues, también surgidos de las entrañas de Robert Altman, Peter Bergquist y David Levy pensaban que había llegado el momento de probar suerte respaldando un largometraje propio. No obstante, en primer lugar, necesitaban una historia a la que ceñirse, y de ese paso inicial se iba a ocupar como decíamos Bob Dahlin:

> «Siguiendo esa estela paródica del cortometraje antes citado, decidí que escribiría una sátira sobre las películas de monstruos de los años cincuenta. Si bien en ella había referencias a otras épocas, como *Psicosis* (*Psycho*, Alfred Hitchcock, 1960), *King Kong* (Merian C. Cooper, Ernest B. Schoedsack, 1933) y *Encuentros en la tercera fase* (*Close Encounters of the Third Kind*, Steven Spielberg, 1977), mi intención era rodar esa película siguiendo el estilo de los cincuenta, usando en su mayor parte planos fijos, para conseguir esa "sensación" de títulos como *El enigma de otro mundo* (*The Thing from Another World*, Christian Nyby, 1951), *La humanidad en peligro* (*Them!*, Gordon Douglas, 1958) y *La guerra de los mundos* (*The War of the Worlds*, Byron Haskin, 1953). En este sentido, *Psicosis* es una de mis películas favoritas de todos los tiempos. Por otro lado, si hablamos en términos de películas representativas de los cincuenta, *El enigma de otro mundo* tuvo un profundo efecto en mí cuando la vi con ocho años».

Su compañero Peter Bergquist aportó algunas otras ideas para la historia y, con esa naturaleza satírica en su cabeza, Dahlin empezó a escribir su guion. El título no podía ser más significativo, anticipando a su vez la sorpresa del filme: *El monstruo del armario*. Porque su idea, desde el comienzo, era que fuese un monstruo homosexual y que, por tanto, «saliese del armario», conforme avanza el largometraje. Es decir, que el espectador descubriese su orientación sexual como culmen de la narración.

Claro que para que este giro de acontecimientos adquiriera mayor sentido, tuvo que elaborar una trama donde fuese un apuesto reportero el que investigaba las

---

1. Para la Northwestern University.

Foto de todos los integrantes del rodaje de *Popeye*, en los decorados malteses. Abajo, el tercero empezando por la derecha, se observa a un joven llamado Bob Dahlin.

muertes provocadas por el monstruo. De este modo, siguiendo el símil presente en *Superman*, cuando el periodista se quitaba las gafas, la belleza de su rostro no tenía parangón, causando perplejo no solo en la profesora Diane Bennett, sino también en el propio engendro. Esto a su vez iba a posibilitar un homenaje a otro de los mitos cinematográficos sobre amores imposibles entre bellas y bestias —el presente en *King Kong*— por lo que la idea en sí misma se prometía jugosa y multirreferencial.

De este modo, se daban cita en el libreto frases emblemáticas procedentes del simio de la RKO, notas musicales que sonaban a Spielberg, tensas esperas por el fin del mundo en el interior de edificios eclesiásticos al más puro estilo Byron Haskin, o acosos en la ducha emparentados con las conductas de Norman Bates. Y todo aderezado con una voz en *off* que abría, acompañaba y cerraba el largometraje, como tantas otras películas de ciencia ficción de la dorada época de los cincuenta. Al igual que aquellas, la primera intención de Dahlin era rodarla en blanco y negro, para así potenciar su deuda con estas muestras de la fantasía. Pero las ansias idealistas del director se toparon entonces con el sentido pragmático del ya productor del proyecto David Levy, quien nos resumió de la siguiente manera esta dicotomía:

«Puesto que tanto Bob Dahlin como Peter Bergquist —quienes esbozaron la idea— tenían un bagaje más de asistentes de director que de productores, podríamos decir, me pidieron involucrarme en el proyecto. En ese momento, ya había un guion que recuerdo leer. Recuerdo efectivamente que Bob quería rodarla en blanco y negro. Desde un punto de vista artístico, me hubiera encantado hacerla de esa manera. Pero para ser realistas, solo alguien con la reputación y el potencial de ventas del calibre de los hermanos Cohen o Woody Allen puede hacerlo. Ellos pueden permitirse ese lujo gracias a la posición en la que se encuentran sus carreras, la escala de la película y el tipo de audiencia que necesitan atraer para justificar una expansión del presupuesto. Sí, esas personas tienen la libertad creativa para hacer ese tipo de decisiones. Pero al empezar nosotros con *El monstruo del armario* necesitábamos llegar a la máxima audiencia posible, conseguir una gran distribución, y generar beneficios para nuestros inversores. Rodarla en blanco y negro no era una opción. Por esa razón tuve que cancelar esa decisión y rodarla en color. Era la forma en que tenía que ser. De hecho, en ese momento si la hubiéramos realizado en blanco y negro, quizá no hubiéramos conseguido ningún tipo de distribución. Era una posibilidad real que había que tener presente».

De esta manera Levy convenció a Dahlin de la naturaleza cromática que debía tener el largometraje. Era la primera de muchas decisiones que llegaron después, algunas con más repercusiones que otras. Y aunque eran conscientes de las diferentes calamidades que podían asolar a un rodaje, también sabían que con perseverancia y buena disposición las cosas terminaban por materializarse. Altman era un buen ejemplo en ese sentido.

El rodaje de *Popeye* en las turquesas aguas de Malta. De izquierda a derecha, la supervisora de guion Luca Kouimelis, el legendario escritor y guionista Jules Feiffer, un pensativo Bob Dahlin, el director Robert Altman y el actor Robin Williams

COMPROMETIDOS CON LA CAUSA

Llegaba ahora el comienzo de la odisea. El equipo formado por Dahlin, Bergquist y Levy necesitaba de un mínimo presupuesto para comenzar la producción. Una cantidad que al menos sirviese para paliar los gastos indispensables de un largometraje, ya fuesen desplazamientos, materiales o el avituallamiento para los partícipes en la producción. Porque, por fortuna, gran parte de los implicados participaron en *El monstruo del armario* con la promesa de unos grandes beneficios, pero también por apoyar esta inocente carta de amor al cine fantástico. Levy lo recuerda a la perfección:

«En un primer momento conseguimos seiscientos mil dólares, con la intención de realizarla con esa cantidad. Después, la película se pasó de manera ridícula del calendario fijado y se hizo necesario conseguir fondos adicionales hasta aumentar el presupuesto a un millón de dólares. Necesitábamos ese dinero incluso con todos los favores y la participación especulativa, la implicación de todos, desde los proveedores de equipo hasta el elenco y el reparto. Básicamente, todos los implicados habían invertido en la producción ya que no se pagó al equipo.

Se les pidió participar con la esperanza de que la película consiguiera beneficios, en cuyo caso obtendrían más de lo que habían invertido. A los intérpretes se les pagó, pero solo el mínimo que obligaba el sindicato de actores. De esta manera, todos tenían una parte del resultado final, que desafortunadamente nunca llegó a buen término. No hubo rentabilidad de la que fuéramos conscientes del lado de la producción.

En términos de si fue difícil obtener esa ayuda, creo que en general siempre es bastante complicado lograr que las personas se deshagan de su dinero cuando tienen que invertir en algo con lo que no están familiarizados.

Quiero decir, un inversor de bienes raíces no tiene dificultades para financiar proyectos inmobiliarios, por ejemplo. Sin embargo, cuando se habla de una inversión cinematográfica, y la gente no está acostumbrada a hacerlo, es como si tuviese que empezar a hablar en otro idioma, y le habla a la inmobiliaria como si fuera un negocio de bienes raíces, y así sucesivamente. Para la gente que no tiene una lista de grandes inversores es difícil conseguir capital para una película.

En lo que respecta al elenco y al equipo, no fue exactamente difícil, pero tomó mucho tiempo porque cuando tienes un presupuesto amplio puedes dedicarlo a resolver tus problemas, pero cuando no lo tienes, lleva más tiempo solucionarlos. Hay una vieja expresión que dice: Solo puedes tener dos palabras juntas de "¡Bueno, rápido y barato!". Es decir, si algo es "bueno y rápido", no será "barato" sino "caro". Si algo es "rápido y barato", no valdrá gran cosa. Pero si algo es "bueno y económico", no será "rápido". Como no había dinero, tuvo que ser económico. Queríamos que fuese una buena película, por lo que tomó mucho tiempo encontrar a las personas que estaban en condiciones de comprometerse a hacerla sin ser compensadas».

EL MONSTRUO (QUE SALIÓ) DEL ARMARIO

CONSTRUYENDO EL ARMARIO

Desde luego, lograr que la gente trabaje por amor al arte, literalmente hablando, no fue algo fácil. Y ya David Levy anticipa que el final de esta historia no va a ser precisamente dulce. Pero vayamos poco a poco.

En primer lugar, los implicados forjaron la empresa Closet Productions, con la que gestionaron todos los trámites necesarios de la producción, ya fuesen contratos, correspondencia o cualquier otro menester relacionado con el largometraje.

De entre los primeros pasos de esas contrataciones había que seleccionar a un director de fotografía que trabajase codo con codo junto al director para encontrar el aspecto visual adecuado en la filmación. El elegido fue Ronald W. McLeish, experimentado técnico de cámara —*El monstruo del armario* se erigió como su debut en esta tarea—. Por desgracia, Ron McLeish falleció hace años y no podemos contar con su testimonio[2]. Ahora bien, sus asistentes de cámara nos relatan cómo se formó el equipo de fotografía de la película: Richard Walden era uno de ellos y así nos comparte sus recuerdos:

«Ron McLeish era un colega profesional y muy amigo mío. Trabajamos juntos en muchas películas, Ron como asistente de iluminación[3] para el director de fotografía de la ASC John Baley y yo como primer asistente de cámara. Ron me dijo que le había surgido la oportunidad de ser el director de fotografía de *El monstruo del armario*, y me preguntó si yo quería ser el primer operador de cámara. Un año antes yo había pasado de asistente de cámara a operador de cámara y esto era una oportunidad de conseguir experiencia al trabajar como el principal operador. Había acabado de trabajar en la película *Footloose* (Herbert Ross, 1984) como operador de cámara secundario y estaba listo para hacer acopio de las responsabilidades del puesto superior.

En cuanto a la preproducción, por lo general los cámaras no están involucrados en esa fase con el director. Por mi parte, me presentaron a Bob Dahlin, conocí a los productores y me dieron el guion para leer. Entonces mi preparación consistió en trabajar con Ron en el equipamiento de las cámaras, ofreciendo consejo y opinión cuando era necesario, efectuando preguntas sobre el aspecto general que iba a tener el filme o interrogantes sobre determinadas escenas de la película. O también realizando sugerencias cuando lo consideraba oportuno. Me pareció que el guion era muy divertido, con mucho potencial como sátira de las películas de terror de los años cincuenta, y estaba deseando rodarlo».

---

2. McLeish solo trabajó en otra película como director de fotografía, *Phantom of the Ritz* (Allen Plone, 1988), y el propio Plone nos comentó que McLeish «era un hombre dulce y gentil. Aprendí mucho de él. Debería haber sido uno de los mejores operadores de cámara de Hollywood, pero tenía un ojo bizco, tenía mucho sobrepeso, por lo que su aspecto jugaba en su contra».

3. «Gaffer» en inglés.

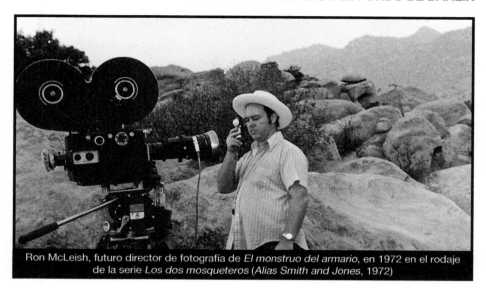

Ron McLeish, futuro director de fotografía de *El monstruo del armario*, en 1972 en el rodaje de la serie *Los dos mosqueteros* (*Alias Smith and Jones*, 1972)

También cercano a Richard Walden y Ron McLeish figuraba el operador de cámara Michael Hofstein, que nos describe personalmente su experiencia:

«Ron McLeish y yo nos conocimos cuando estuvo trabajando como técnico encargado de iluminación con John Bailey y yo era el operador de cámara. Trabajé con John y sus operadores de cámara Richard Walden y Lou Bahlia. Richard de hecho nos presentó —por cierto, el seudónimo de Richard es Diego Foonman que también aparece acreditado en la película—.

Después de convertirme en operador de cámara a comienzos de los ochenta, me contrataron como director de fotografía con ocasión de filmar segundas unidades y demás. Por aquellos tiempos solía pedirle a Ron que me asistiese en la iluminación. Tenía más experiencia y podía aconsejarme —cuando yo lo necesitase— al ser un joven director de fotografía, porque nos habíamos hecho amigos durante esos años y ambos entendíamos la metodología de realizar películas. Era una relación simbiótica. Y aun siendo director de fotografía, en ocasiones operaba la cámara para mis amigos —cuando me lo pedían— porque disfrutaba mucho haciéndolo. Me encantaba manejar la cámara y trabajar con ellos. A veces me daba la sensación de que era el mejor trabajo del set.

Un día, Ron mencionó que iba a rodar su primer largometraje y me preguntó si estaba interesado en formar parte. Me sentí muy honrado porque me lo pidiese. Sabía que iba a estar en buena compañía junto a Richard Walden, Bob Primes y los demás. Dos de mis asistentes favoritos estaban en el proyecto, Pia Chamberlain y Beth Jana Friedberg, y otros tantos. Fue un buen equipo.

Hacer películas era nuestro modo de vida. Muchos de nosotros no sabíamos hacer otra cosa. Gracias a la experiencia, cada uno de nosotros aprendió

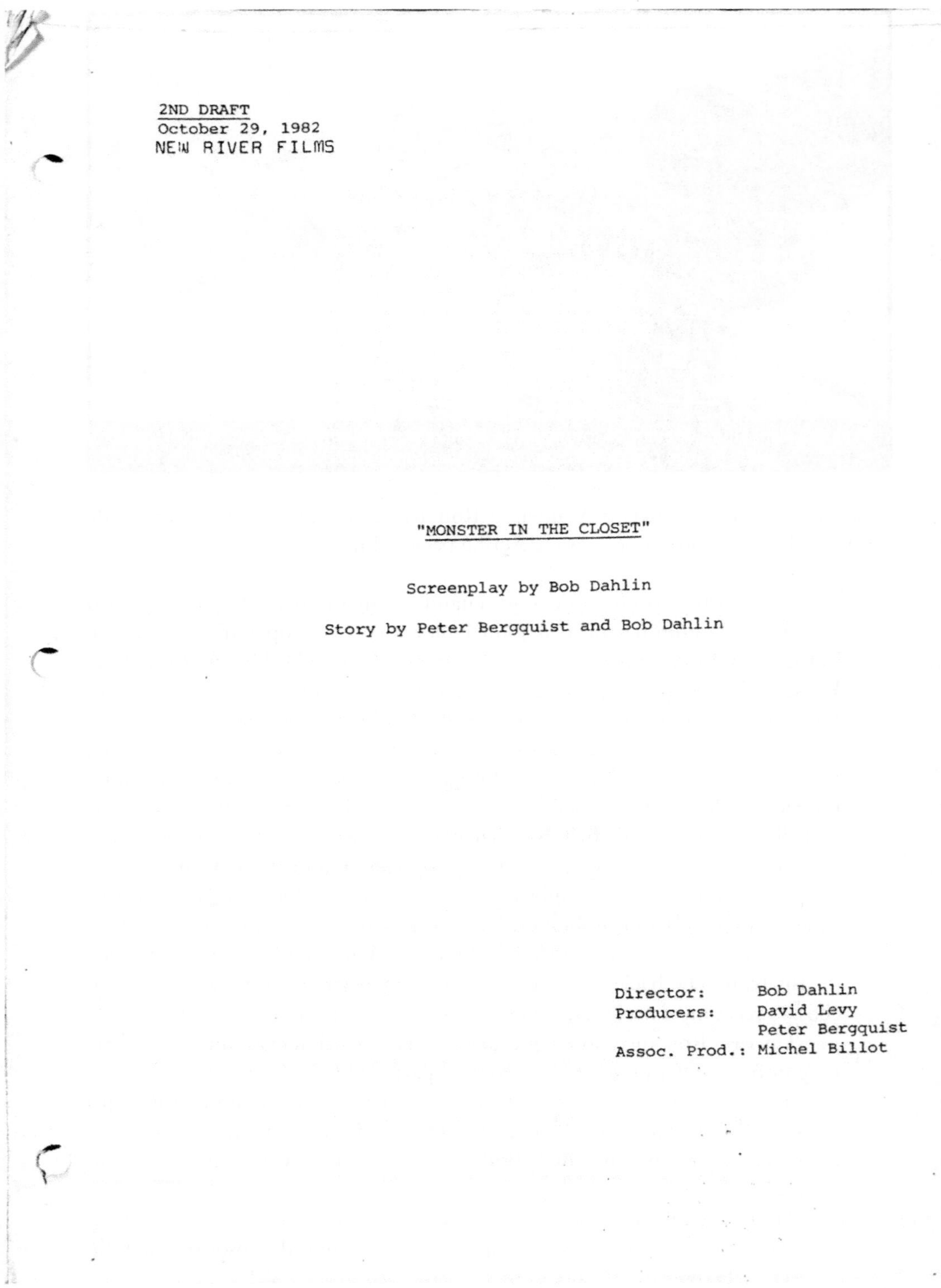

2ND DRAFT
October 29, 1982
NEW RIVER FILMS

"MONSTER IN THE CLOSET"

Screenplay by Bob Dahlin

Story by Peter Bergquist and Bob Dahlin

Director: Bob Dahlin
Producers: David Levy
               Peter Bergquist
Assoc. Prod.: Michel Billot

Primera hoja del guion de *El monstruo del armario*. En concreto, segundo borrador datado del 29 de octubre de 1982.

que era necesario cuando utilizábamos cables de vehículos, explosivos, animales, criaturas animatrónicas, y trabajar hasta altas horas de la noche. No nos hacíamos ilusiones. Había mucho trabajo, pero siempre cumplíamos. Participar en *El monstruo del armario* fue divertido. Ya había trabajado con muchos de los actores previamente y hubo una muy buena relación entre nosotros».

Entre los roles más destacables, el equipo se completaba con diferentes artistas. Lynda Cohen, que luego desarrolló una más amplia carrera como operadora de cámara y directora de fotografía, empezó en *El monstruo del armario* como diseñadora de producción. Doc Duhame, al principio de una prolífica carrera como experto especialista, se implicó como coordinador de esta naturaleza, amén de participar como agente de policía en la escena de la revelación nocturna del monstruo. De igual modo, el propio Peter Bergquist tomó las riendas como primer director asistente, mientras que Robert Simon fue el segundo.

Y de entre todo ese equipo organizado para formar parte de la producción, había un joven estudiante que iba a incorporarse en encargos en principio sencillos pero que en conclusión resultaron de lo más variopinto. Se trataba de un chico llamado Jon Turteltaub:

«Estaba a la universidad cuando mi mejor amigo Craig me dijo que su tío iba a hacer una película. Bueno, eso eran grandes noticias. Había conocido a su tío, Bob Dahlin, y era el tío "divertido". Todos los amigos de Craig le llamaban Tío Bobby. Y como yo era de Los Ángeles tenía sentido para mí pedir trabajo en esta película mientras durasen las vacaciones de verano y no tuviera clase. Bobby era genial y me contrató como uno de los asistentes de producción. Desde luego, todo el mundo trabajaba gratis, pero yo tenía diecinueve años y "gratis" era lo más que me habían pagado nunca».

En paralelo a ese proceso de reclutamiento, el siguiente paso para una película que se llamaba *El monstruo del armario* era materializar al engendro protagonista. Una bestia que tuviera identidad propia, reconocible y lo suficientemente horrorosa para conmocionar al público de una década que se acababa de iniciar. Era el momento de dar vida a la criatura.

09-05-8
Madrid

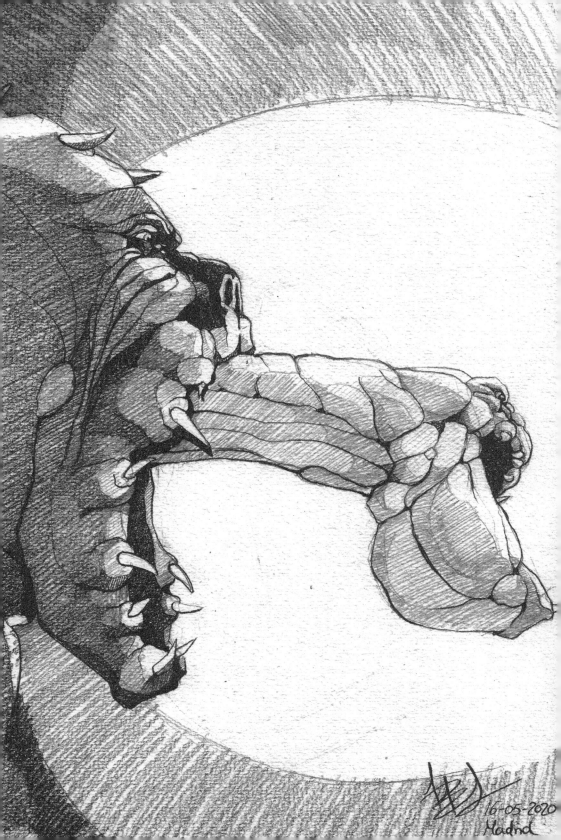

16-05-2020
Madrid

CAPÍTULO 2
EL PROBLEMA DEL MONSTRUO

Materializar un monstruo de la nada parece fácil, pero es algo complicado. Más aún si su única característica es que vive en el interior de los armarios. Con esta tesitura se encontraron Bob Dahlin y su equipo. Sabían que tenía que ser una criatura afín a las últimas tendencias estéticas del cine fantástico, con un aspecto muy potente, repleto de detalles y un tanto agresivo. A la hora de describirlo sobre el papel[4], lo habían esbozado como un cruce entre la bestia de *La mujer y el monstruo* (*Creature from the Black Lagoon*, Jack Arnold, 1954) y el xenomorfo de *Alien, el octavo pasajero* (*Alien*, Ridley Scott), de más de dos metros de altura, escamas viscosas de color verde, unos malignos ojos como platos, y una boca abierta enormemente grande de la que emergía otra cabeza en forma de serpiente con dos colmillos.

En un primer instante fue el artista Carl Nakamura quien les echó un cable realizando una peculiar estampa monstruosa, amén de otros diseños. Es el mismo Nakamura quien lo cuenta:

«Fue en 1980 cuando me tomé un descanso de mi carrera como ilustrador en Los Ángeles para visitar a mi mejor amigo, Donovan Scott, en la isla de Malta donde estaba coprotagonizando *Popeye*. ¡Fue como un asombroso campamento de verano con gente maravillosa! Es allí donde conocí a David Levy y Bobby Dahlin. Durante mi estancia de un mes recuerdo a Bob hablando de un proyecto llamado *El monstruo del armario* que estaba planeando dirigir pronto.

Cuando volvimos a Los Ángeles, Bobby Dahlin me llamó porque necesitaban algunas imágenes para la preproducción y así poder mostrarlas en las presentaciones del proyecto. Recuerdo hacer una ilustración de portada y varios de los personajes del guion, cuyos actores ya había elegido puesto que tenía fotos de sus caras. Hice algunos *sketches* a color empleando un aerógrafo, de algún modo para indicar qué personajes eran. No los he vuelto a ver, así que no tengo ni idea de si siguen existiendo».

---

4. De esta manera viene descrito en el segundo borrador del guion, datado del 29 de octubre de 1982.

EL MONSTRUO (QUE SALIÓ) DEL ARMARIO

Esa garra que emergía de un armario realizada por Nakamura acompañó durante mucho tiempo las presentaciones del proyecto, además de que dicha idea visual jugaría un papel muy importante más adelante en la distribución del largometraje. No obstante, en este punto de nuestra historia, el equipo de producción todavía necesitaba diseñar al monstruo de cuerpo entero. Por ese motivo recurrieron a un artista llamado William Stout, con una visión única en lo que a diseño bestial se refiere.

Ya a principios de los ochenta Stout tenía un currículum excelente. Este declarado entusiasta de los dinosaurios no solo era un reputado autor de espectaculares portadas para cómics y álbumes musicales, pues también había participado en los *storyboards* de *En busca del arca perdida* (*Raiders of the Lost Ark*, Steven Spielberg, 1981), amén de multitud de tareas ilustrativas para *Conan el bárbaro* (*Conan the Barbarian*, John Millius, 1982), por citar un par de ejemplos. El artista había desarrollado un trazo muy particular, un tanto agreste pero dotado de cierta gracilidad a la hora de realizar sus diseños, junto a una especial habilidad de marcar las sombras. Sin duda alguna, parecía el hombre adecuado para diseñar a ese monstruo de luces y sombras que había nacido en la mente de Bob Dahlin.

Boceto de la garra del monstruo, obra de Carl Nakamura

De esta manera, Stout comenzó a dar los primeros pasos para dar forma a ese adefesio del que hablaba el título. En los bocetos que iba realizando, además de recomendar ciertos trucos en su construcción, como que las escamas del vientre deberían superponerse para evitar las arrugas de la goma, especificaba que su espalda estaba ideada a partir de las vértebras de los gorilas. Establecía de igual modo Stout que el monstruo en realidad se trataba de dos criaturas. Por una parte, estaba el engendro más pequeño, una suerte de embrión con forma tentacular, que se cobija en el más grande y de forma antropomórfica, que hace las veces de concha protectora, viviendo los dos organismos en una relación simbiótica.

La parte externa, el monstruo tal como lo conocemos, poseía una piel prácticamente indestructible, resistente a las balas y con una gran capacidad regeneradora. Tal como lo define Stout en sus bocetos, algo como «el metabolismo de un súper reptil». Diseñar sobre el papel ese primer monstruo, la bestia de cuerpo entero, fue rápido dentro de lo que cabe, y pronto Dahlin quedó convencido ante los dibujos que le mostró Stout.

En cuanto a la criatura que emerge de su interior, dar con su aspecto fue mucho más complicado. Stout diseñó decenas de variaciones de esta bestia con forma de lengua retráctil, siempre manteniendo dos colmillos puntiagudos con los que enganchar a sus víctimas, pero Dahlin no terminaba de decidirse ante cuál le gustaba más. Llegó incluso el momento en que el presupuesto asignado a las labores de Stout se acabó, y tras intervenir el representante legal del dibujante —Ron Bakal— se llegó al mismo acuerdo que otros participantes. Es decir, el restante del salario de Stout llegaría cuando la película se estrenase y recaudasen los primeros beneficios.

William Stout, el diseñador de la bestia

Una vez establecido el aspecto del monstruo protagonista, llegó el momento de materializarlo. En primer lugar, era menester una versión en pequeño tamaño de la criatura, una maqueta de unos cuarenta centímetros para que todos los participantes tuviesen una mejor percepción en tres dimensiones de toda la morfología del engendro y así preparar mejor los planos y ángulos desde los que enfocar a la bestia. El artista que se ocupó de esta tarea fue James Kagel, quien nos cuenta personalmente cómo ocurrió esa primera toma de contacto:

«Por entonces me encontraba trabajando con Isidoro Raponi, supervisor en el departamento de efectos especiales mecánicos en Disney, en la película *Baby, el secreto de la leyenda perdida* (*Baby: Secret of the Lost Legend*, Bill L. Norton, 1985). Había contactado con él el director de *El monstruo del armario* para que esculpiese una maqueta de la criatura del filme. Así que me recomendó para el trabajo.

Después de leer el guion expuse mis ideas sobre la personalidad de la criatura. Sin embargo, el director y yo no veíamos las cosas de la misma manera.

En cuanto a William Stout, solo coincidí con él en una reunión de producción que se realizó en su estudio. Yo tenía un par de preguntas sobre el diseño del monstruo desde ángulos que él no había dibujado. Esto fue justo cuando su libro ilustrado sobre dinosaurios se publicó[5]. Estaba muy contento de poder verle y decirle cuánto me gustaba su libro. Respondió a mis preguntas y luego su asistenta me hizo salir rápidamente de allí. Tal vez se le estaba enfriando la comida.

---

5. *The Dinosaurs*, de la editorial Byron Preiss, publicado en 1981.

El diseño de Bill [Stout] tenía una parte superior del cuerpo muy grande y el resto era pequeño, con unas piernas delgadas pero fuertes. Al ser un tipo de criatura que encajaba con mi estilo personal, fue muy sencillo. Le añadí una pose agresiva hacia delante. En producción estaban muy complacidos y solo me pidieron unos pequeños cambios y clarificaciones.

Una vez construí la maqueta me pidieron que hiciera una réplica de la criatura que sale de la boca, de tamaño completo, que también había diseñado Stout. Fue una pieza divertida de hacer, una especie de versión más robusta y aumentada del bicho de *Alien, el octavo pasajero* que atraviesa el pecho. Creo que lo hice sobre un molde de un brazo de alguien para que luego pudiera ser manipulado. Pensé que era un diseño mejor que el de la criatura original.

En resumen, podría decir que la película llegó muy pronto en mi carrera. Me dio la oportunidad de trabajar estrechamente con un director y un productor. Fue capaz de expresar un poco mi opinión cara a cara con el director. Esto fue en los ochenta cuando desde producción valoraban la opinión de los artistas de efectos especiales y sus aportes en cuanto a diseño. Tuve mucho contacto personal directo con directores y productores durante ese tiempo. Algunos directores eran accesibles, otros no. Bob Dahlin al menos escuchó lo que tenía que decir. La mayoría no lo hace. Fue una buena experiencia laboral de cara a producciones y proyectos futuros. Ahora miro hacia atrás en la película y creo que desearía haber sido capaz de ofrecer una aportación más positiva».

Una vez resultaba tangible el aspecto del monstruo, había llegado el momento de fabricar un traje de cuerpo entero para que un avezado especialista se introdujese en su interior y diese vida a la bestia. Para esta tarea, el equipo de producción recurrió al maestro de armaduras y mecanismos Doug Beswick, que por entonces ya había trabajado en producciones de la envergadura de *El imperio contraataca* (*Empire Strikes Back*, Irvin Kershner, 1980) o *Un hombre lobo americano en Londres* (*An American Werewolf in London*, John Landis, 1981). Con su pericia en el campo de las criaturas de goma y los engendros de látex, Beswick era una apuesta segura. Además, contaba con un buen equipo que le respaldaba. Así lo atestigua uno de sus miembros más implicados en *El monstruo del armario*, el artista de maquillaje Kevin Brennan:

«Doug Beswick y yo habíamos trabajado juntos en *Un hombre lobo americano en Londres* para Rick Baker un par de años antes. Doug hizo los mecanismos para las secuencias de transformación. Cuando consiguió el trabajo de *El monstruo del armario* me llamó, puesto que yo estaba más familiarizado con la construcción de trajes y la escultura.

Tuvimos algunas reuniones con el equipo de producción para ver cómo se tenía que construir el traje. Por supuesto, no tenían ni idea de cómo conseguirlo, pero todos los productores pensaban que sí. Así que en su mayor parte era cuestión de convencerles de que nos dejaran solos y sencillamente nos

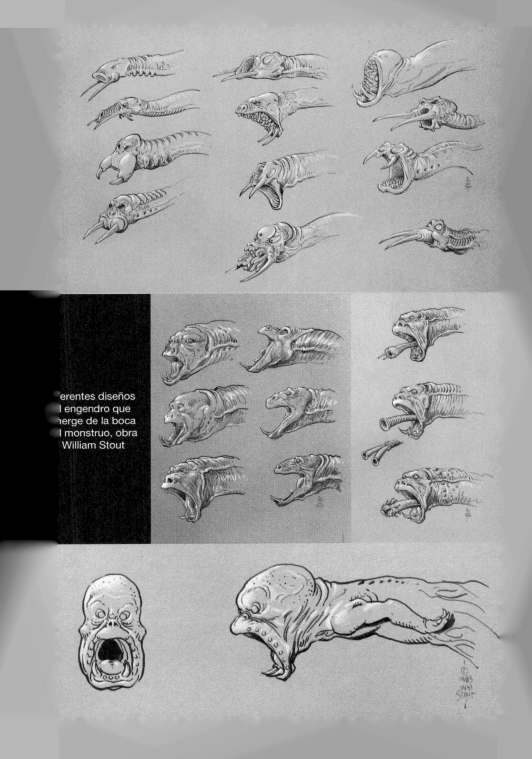

erentes diseños
l engendro que
erge de la boca
l monstruo, obra
William Stout

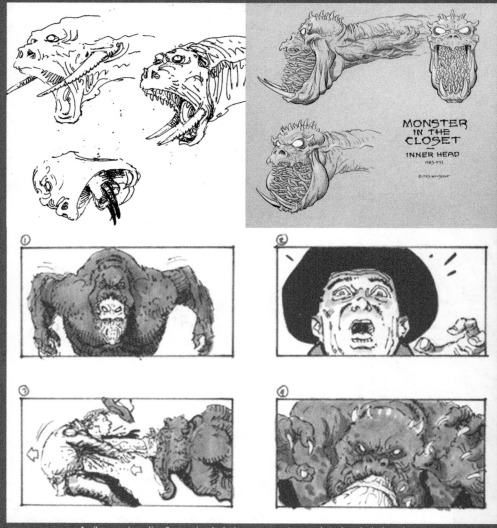

Arriba, varios diseños más de la boca monstruosa interior de la bestia.
Abajo, breve *storyboard* para mostrar el ataque de dicha boca contra el sheriff.
Todo obra de William Stout.

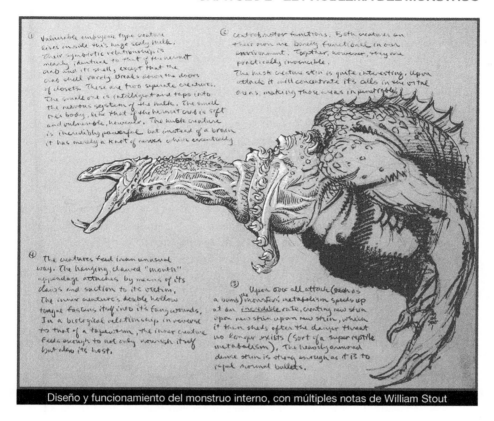

Diseño y funcionamiento del monstruo interno, con múltiples notas de William Stout

permitiesen hacerlo. Los diseños de Stout eran un poco demasiado ambicio-sos para el presupuesto así que tuvimos que hacer algunos cambios menores».

Así empezaron las labores de materialización del traje, en un ambiente cálido en la soleada ciudad de Los Ángeles, en el garaje de Beswick. Mientras el equipo se encon-traba en plena faena, escuchaban el ritmo endiablado y pegadizo de Ramones, ya fuese la contagiosa «Blitzkrieg Bop» que alentaba el trabajo o su versión de «Surfin Bird». Otra de esas canciones que sonaban mientras Beswick y compañía se concen-traban en su labor era «Carbona not Glue», una desenfrenada comparativa absurda e hilarante que versa sobre los beneficios de esnifar un disolvente en lugar de pega-mento para colocarse[6]. Algo muy irónico si tenemos en cuenta que por entonces estos artistas de maquillaje trabajaban con productos químicos muy tóxicos, que a la larga resultaron tremendamente perjudiciales y cancerígenos para algunos de ellos.

Un buen día, en mitad de ese ambiente musical que rebotaba entre las pare-des del garaje de Beswick, los artistas se dieron cuenta de que había entrado en la estancia una enorme mole de dos metros y veinte centímetros de altura. Con su

---

6. Dicha tonada hablaba también de que el cantante se había quedado ese fin de semana en el interior del armario de su casa, absorbiendo esa sustancia denominada Carbona que daba nombre al tema.

piel caoba, sus ojos vivaces y su pose desgarbada pero robusta, el actor Kevin Peter Hall se erguía delante del equipo de maquillaje. El motivo de la visita era sencillo: Hall había acudido al lugar para que le hiciesen un molde de su cuerpo, pues iba a ser la persona que iba a dar vida al monstruo. Años después el actor años también se introdujo bajo la piel de otros dos engendros tan reconocibles como el yautja de *Depredador* (*Predator*, John McTiernan, 1987) o el antropoide de *Bigfoot y los Henderson* (*Harry and the Hendersons*, William Dear, 1987). Una mirada atenta a estas bestias delata que la mirada que habitaba en el interior es la misma que la del monstruo del armario, pero, aunque el actor se especializó en insuflar alma a estos titanes antropomórficos, su naturaleza era afable y siempre dispuesta:

> «Era un tipo divertido y con el que resultaba muy fácil trabajar —declara Kevin Brennan—, y obviamente era muy bueno interpretando en el interior de un traje. Yo me ocupé de hacerle un molde de cuerpo entero, ¡lo cual no fue sencillo porque Hall era enorme! Me habría gustado tener a un buen puñado de gente ayudándome. Los moldes se hicieron todos en Ultracal, que es un tipo de yeso muy denso, ¡así que todo el armatoste pesaba una tonelada! ¡Fue la primera vez que hice un molde de cuerpo tan grande, y la primera en que utilicé esa cantidad tan enorme de espuma de látex para construir el traje a continuación!
>
> Creo que tardamos alrededor de seis semanas o dos meses en construirlo[7]. Los únicos obstáculos eran los habituales intentos de realizar cualquier traje rápidamente. Además, este era todo piel, sin pelo ni nada que ayudase a disimular por donde se abría. La pintura fue obra de la increíblemente dotada de talento Margaret Prentice, y los moldes de las esculturas fueron hechos por el igualmente ingenioso Gunnar Ferdinandsen».

Ferdinandsen por entonces ya podía presumir de haber trabajado realizando los moldes de *La cosa (El enigma de otro mundo)* (*The Thing,* John Carpenter, 1982)[8], y con el tiempo se convertiría en todo un experto en este tipo de impresiones, con trabajos en filmes como *Los cazafantasmas* (*Ghostbusters,* Ivan Reitman, 1984), *RoboCop* (Paul Verhoeven, 1987) o *Desafío total* (*Total Recall*, Paul Verhoeven, 1990), por citar unos pocos[9].

Tanto en esas producciones, como en *El monstruo del armario*, la confección de los moldes era algo fundamental y debían de estar muy detallados. Después, se rellenaban esos moldes con gomaespuma, un material que se hacía mezclando

---

7. En ese proceso, James Kagel añade una nota: «Me pidieron desde producción que fuese y comparase la cabeza de la criatura con la maqueta que había realizado yo. Cuando fui estaba casi completada y lucía genial, así que había muy poco que yo pudiese añadir en ese proceso».

8. De hecho, suyo es el rostro del pobre desgraciado que aparece con la garganta cercenada en el campamento noruego en ese largometraje.

9. Intenté entrevistar a Gunnar Ferdinandsen para el presente libro. Estuvimos intercambiando correspondencia para prepararla cuando, en enero de 2020, se publicaba la noticia de su fallecimiento.

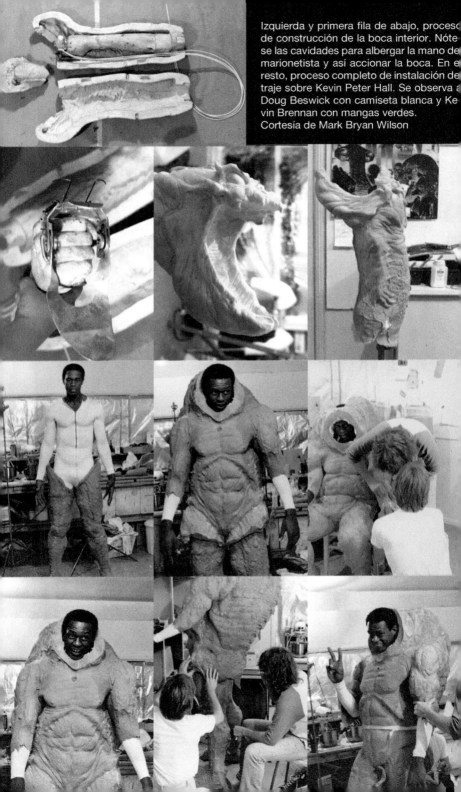

Izquierda y primera fila de abajo, proceso de construcción de la boca interior. Nótense las cavidades para albergar la mano del marionetista y así accionar la boca. En el resto, proceso completo de instalación del traje sobre Kevin Peter Hall. Se observa a Doug Beswick con camiseta blanca y Kevin Brennan con mangas verdes.
Cortesía de Mark Bryan Wilson

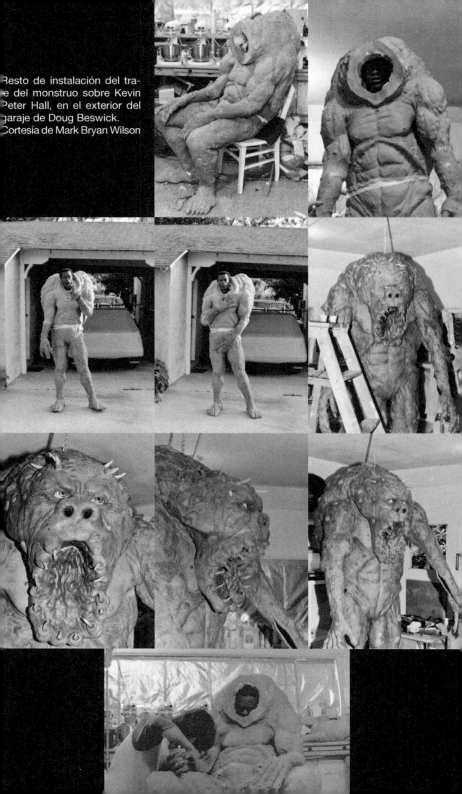

Resto de instalación del traje del monstruo sobre Kevin Peter Hall, en el exterior del garaje de Doug Beswick. Cortesía de Mark Bryan Wilson

varios componentes y que tiene aspecto de clara de huevo batida; luego se ponía en un molde y después en un horno, donde era «cocinada» para que se convirtiera en un sólido suave y flexible. En ese punto se debían eliminar las marcas de haber estado en un molde y sellarlo. Era entonces cuando llegaba el momento de utilizar ese peculiar pegamento, conocido en Estados Unidos como *rubber cement*, que era, como avisamos, de una alta toxicidad.

«Ese pegamento —continua la mismísima Margaret Prentice[10]— se diluía con disolvente, en la proporción justa para que se pudiera usar en un aerógrafo. A ese líquido se le añadían diferentes tintes. Los llamábamos "Universal Tints" (tintes universales), que era pintura con base de aceite que se mezclaba hasta obtener los colores necesarios. Entonces se vertía en el líquido obtenido anteriormente, se introducía en el aerógrafo y pintabas sobre el material, cuidando de las proporciones de la mezcla para que pudiera ser rociada adecuadamente. También se podía pintar con una esponja o un pincel. Luego se sellaba el conjunto con una disolución de adhesivo de goma que le daba un bonito acabado, y por último debía ser espolvoreado para recuperar el lustre.

Por entonces, si queríamos que algo brillase, le agregábamos un aceite o un gel lubricante tipo "K-Y Jelly", que es muy brillante y se usaba con frecuencia, mezclado en la superficie para darle brillo. También se usaba para dar aspecto húmedo a la boca o los dientes.

Detallados y anotados bocetos conceptuales del monstruo, de frente y de lado, obra de William Stout

---

10. Gracias a su trabajo en *La cosa*, Prentice estableció amigos comunes con Beswick, lo que unida a su reputada fama como pintora ya fuese de látex, acrílico u otro tipo de material monstruoso, llevó a este a requerir a la primera para *El monstruo del armario*.

De izquierda a derecha, Kevin Brennan, Kevin Peter Hall, y Mark Bryan Wilson en el garaje de Doug Beswick, cortesía de Kevin Brennan

Siempre que pintabas los dientes o las garras, hechas de acrílico dental, se empleaba pinturas acrílicas simples, no como ahora. En aquellos tiempos, simplemente cogíamos pintura acrílica, la esparcíamos con un pincel seco y hacíamos que pareciera uñas o pintura. Esto servía para cualesquiera que fuesen los colores que necesitabas, ya fuese el rosa de las encías o similar. Luego utilizabas lo que llamábamos Crystal Clear Krylon, un aerosol que imprime una capa brillante, y sellabas la pintura en las uñas y de los dientes. Y le dabas un brillo intenso. Había que realizar ese proceso también con la boca, puesto que la intención era que se viese un poco húmeda. Básicamente, eso era todo. Pero si había hendiduras que necesitaban de reparación, se tenía que disponer de los materiales para restaurar la zona afectada de la gomaespuma y luego volverla a pintar. En este sentido, el proceso era constante, especialmente si era un rodaje de varias semanas y no unos pocos días, como fue en este caso. Por suerte, todo el mundo fue muy amable y nos dio lo que necesitábamos. Era una producción de presupuesto ínfimo, pero todos trabajaron en común para sacarlo a flote. Y Kevin Peter Hall era una excelente persona. En el traje era un actor maravilloso, y una persona gentil. Así que fue muy divertido trabajar en este proyecto de trabajo en equipo. Éramos un pequeño pero genial grupo, entre Bill Sturgeon, Kevin Brennan, Doug Beswick y Kevin Peter Hall, donde cada uno cuidaba del otro».

Con los moldes ya fabricados, entraba en el equipo de maquillaje un joven artista que respondía al nombre de Mark Bryan Wilson. Poco después, Wilson protagonizaría uno de los puntos álgidos de su carrera interpretando al espectro gelatinoso del Hotel Sedgewick en *Los cazafantasmas*, pero a principios de 1983 su carrera acababa de despegar. Él mismo nos lo recuerda:

«El monstruo del armario creo que fue la segunda película donde trabajé. Había empezado con *Siniestra oscuridad* (*One Dark Night*, Tom McLoughlin, 1983) y también había participado en una serie de televisión llamada *Mr. Smith* (1983)[11], donde conocí a Kevin Brennan. Después, Kevin mencionó

---

11. *Mr. Smith* tenía un argumento demencial: un orangután como consejero político. Wilson recuerda su participación en ella: «Yo esculpí las manos de la marioneta de orangután, y Kevin Brennan se ocupó de la cabeza. Era realmente bueno haciendo chimpancés y gorilas».

que iba a trabajar con Doug Beswick, y preguntó si me apetecía acompañarle y conocerle. Conocía el nombre de Beswick de leerlo en revistas y cosas de ese tipo, así que le respondí afirmativamente.

Creo que en ese punto, en efecto, ya se habían hecho los moldes del cuerpo para Kevin Peter Hall. Así que cuando fui al garaje de Doug, donde trabajaba, allí estaba el torso de Kevin, y Brennan ya había puesto algo de arcilla sobre el traje. Creo que Doug no estaba allí todavía, así que Brennan me dijo que le ayudase con la escultura. Y eso que solo había ido de visita. Así que cogí un rastrillo para esculpir y comencé a trabajar esculpiendo el pecho y algunos de los músculos que Brennan ya había fijado en arcilla.

Doug Beswick llegó, miró lo que yo estaba realizando y me dijo que parecía saber lo que estaba haciendo. Así que creo que en una hora tomó la decisión de darme el trabajo. Yo estaba encantado de trabajar con un enorme traje de monstruo, así que todo ocurrió muy rápido. De ese modo, empecé a esculpir el torso de la bestia.

Así que hice de asistente en la escultura. No estuve al cargo de nada, ni me ocupé de una pieza en particular —las manos, por ejemplo—, tan solo hacía lo que me pedía Kevin Brennan, ya fuese equiparar la parte izquierda con la derecha o continuar con el trabajo de esculpir. Yo sabía un poco de realización de moldes y un poco de látex, cosas de ese tipo. Podría decirse que me instruyeron en esos aspectos. Continué ayudándoles en ese menester en los dos meses siguientes. Y puesto que llegué a trabajar para Doug gracias a Kevin Brennan, después continué los treinta años siguientes trabajando con Doug en alrededor de diez proyectos.

Doug Beswick, Kevin Peter Hall y Jon Turteltaub, con el traje del monstruo
Cortesía de Bob Simon

Doug Beswick trabajando en su garaje. Cortesía de Mark Bryan Wilson

Esculpimos el cuerpo, pero yo no conocía a Kevin Peter Hall en ese punto. Hicimos un torso de yeso, esculpiendo todas las partes del cuerpo con eso. Por lo que recuerdo lo conocí varias semanas después cuando vino a probarse cómo le quedaba. En aquel momento, todas las esculturas, moldes y piezas de látex se habían hecho. Así que lo conocí por primera vez cuando le pusimos el traje, y claro, ¡era impresionante! ¡Medía más de dos metros! Era muy agradable, amistoso y jovial, nos reímos un montón. Te partías de risa.

Para vestirlo, primero le poníamos un traje de spandex, y entonces empezábamos a ponerle las diferentes partes de goma sobre él. Creo que los guantes se modelaron aparte, y teníamos que imaginar cómo unirlas para que le encajasen bien.

Así las cosas, y después de muchas visitas de Kevin Peter Hall para probarse el traje, el disfraz del mamarracho estaba listo. La bestia de Dahlin se había materializado, y uno de los engendros más singulares, aterradores e indescriptibles de la década acababa de nacer. Con el monstruo preparado, era el momento de seleccionar a los protagonistas humanos. Pero será Kevin Brennan quien cerrará este capítulo, revelando un pequeño detalle en torno al reparto que finalmente no tomó cuerpo.

«En conclusión, aprendí mucho de aquello. Fue un proyecto muy divertido en el que trabajar. Lo último que escuché era que la iba a protagonizar William Katt. Incluso vino a la casa de Doug una vez para ver el traje terminado».

El histórico primer día en que Bob Dahlin (de espaldas, con pelo rizado negro y camiseta azul) vio por primera vez el traje del monstruo en movimiento, en el exterior del garaje de Doug Beswick. Cortesía de Mark Bryan Wilson.

CAPÍTULO 3
UN REPARTO BESTIAL

SECUNDARIOS DE LUJO

De los aspectos más lustrosos de *El monstruo del armario* destaca la descomunal talla de muchos de los actores secundarios que aparecen en el metraje. Esto obedece al grado de amistad que Bob Dahlin y David Levy habían desarrollado con varios intérpretes de la factoría de Robert Altman durante los años previos a iniciar la producción del filme que nos ocupa. Como explicaba Levy, «con Altman, no hacíamos películas, eran festivales de amor».

Tanto es así, que no fue necesario realizarles ninguna audición, bastó una llamada solícita para confirmar su participación. Pero además del estatus que iba a suponer contar con un nutrido y bien conocido reparto de secundarios, esto iba a facilitar también la labor de Bob Dahlin a la hora de dirigirlos. Es decir, con Robert Altman estos intérpretes habían desarrollado una manera de actuar donde apenas necesitaban instrucciones, y se dejaban llevar por su papel en gran medida gracias a su instinto y sus dotes de improvisación. Lo cual no significaba que Dahlin no ejerciera como director, pero era habitual que estos experimentados tuviesen buenas ideas sobre sus personajes, que en la mayoría de las ocasiones eran recibidas de buen grado por el cineasta.

Con un talento increíble y precoz para la comedia, Henry Gibson era uno de esos rostros tan conocidos del universo de Robert Altman, con el que había realizado cuatro películas: *Salud* (*Health*, 1980), *Una pareja perfecta... por computadora* (*A Perfect Couple*, 1979), *Un largo adiós* (*The Long Goodbye*, 1973) y especialmente *Nashville* (1975), donde su interpretación del cantante Haven Hamilton fue muy elogiada y premiada. En realidad, el artista nació con el nombre de James Bateman, pero lo cambió a Henry Gibson en honor del dramaturgo noruego Henrik Ibsen, por el que sentía admiración y cuyo nombre al vocalizar se asemejaba al que finalmente adoptó. Un poco antes del filme de Dahlin, Gibson participó también en *Granujas a todo ritmo* (*The Blues Brothers*, John Landis, 1980), donde dio vida al inolvidable dictador y líder de los nazis de Illinois. Ahora bien, en *El monstruo del armario* se ocupó de insuflar alma al doctor Pennyworth, ese trasunto —como indica el guion— de Albert Einstein, Sam Jaffe y Edmund Gwenn, provisto además de una pasión desmesurada por las ranitas.

CLAUDE AKINS   STELLA STEVENS   PAUL DOOLEY   HENRY GIBSON   DONALD GRA

En la narración, el buen doctor confronta sus opiniones basadas en la ciencia con la fe, defendida por el Padre Finnegan. Howard Duff encarnó a este personaje, un intérprete con una filmografía por entonces de casi medio siglo. Acusado y perseguido por sus supuestas ideas comunistas, a finales de los años cuarenta Duff consiguió un gran reconocimiento en las ondas radiofónicas dando vida al detective Sam Spade, la cual abandonó cuando empezó a despuntar su carrera en cine y televisión. De rostro marcado y facciones amables, era el artista perfecto para dar vida a Finnegan, esa contrapartida religiosa del doctor Pennyworth, cuyos diálogos a su vez recuerdan tanto a los mensajes similares vertidos en el clásico de los cincuenta *La guerra de los mundos*.

Si el personaje del párroco es taimado y cauteloso, el general Trumbull es todo lo contrario. Visceral y bullicioso, supone toda una retahíla de exclamaciones malsonantes, órdenes dictatoriales y menosprecios autoritarios. La interpretación de este singular militar recayó en Donald Moffat, quien recientemente había dado vida a Garry, también comandante en la estación polar y paranoica de *La cosa*. A decir verdad, en su carrera como actor —que inició en el teatro— abundan los militares y personajes con rango, lo que ejemplifica lo imponente de su interpretación. Con todo, en el filme de Dahlin es quien arroja mayor número de situaciones inolvidables y descacharrantes. En este sentido, ofrece una parodia de sus propios papeles, por lo que su trabajo requiere especial atención y encomio.

Moffat tenía un largo historial como intérprete de militares, y lo mismo ocurre con Claude Akins, el actor que dio vida al sheriff Sam Ketchem. De hecho, Akins era en realidad hijo de un policía, por lo que sabía de primera mano cómo llevar a buen puerto este tipo de papeles. En este sentido, su rol más recordado fue el del sheriff Lobo en las series de televisión *Billy Joe y su mono* (*B.J. and the Bear*, 1978-1981) y *Las desventuras del Sheriff Lobo* (*The Misadventures of Sheriff Lobo*, 1979-1981). Era el tipo ideal para el jefe de policía de Chestnut Hills, descrito en el guion como un hombre de cincuenta años y un poco paleto. Curiosamente, llegado el momento del rodaje, el director tuvo que atarle en corto. Pero no adelantemos acontecimientos.

Decíamos que Moffat estuvo en Malta para filmar *Popeye*, como también Paul Dooley, a las órdenes de Robert Altman.

OWARD DUFF   **JOHN CARRADINE**   **DONALD MOFFAT**   **DENISE DuBARRY**   **JESSE WHITE**

«Sí, fue allí en la isla de Malta en el mar Mediterráneo donde conocí a Bobby Dahlin —aclara el propio Paul Dooley— donde trabaja si no recuerdo mal como segundo asistente de director. En la universidad, había dirigido aquella pequeña película como tesis para su graduación que era una imitación, plano por plano, de la *Psicosis* de Hitchcock. Estaba obsesionado con el director. Era un buen tipo, debía tener veintisiete años cuando le conocí».

Nacido en realidad como Paul Lee Brown, este prolífico intérprete de inicios en el teatro pronto estableció una estrecha relación con Altman, con el que incluso coescribió la mentada *Salud*. En *El monstruo del armario*, Dooley tiene un papel más episódico que sus tres compañeros —pero uno de los más recordados— como el afable y despistado Roy, que no consigue encontrar su cartera mientras su mujer se da una hitchcockiana ducha.

Margo, su esposa, fue interpretada en el filme por no otra que Stella Stevens, la inolvidable estudiante de *El profesor chiflado* (*The Nutty Professor*, Jerry Lewis, 1953), pero que, no casualmente, también había participado en la serie *Alfred Hitchcock presenta* (*Alfred Hitchcock Presents*, 1955-1962), en el episodio «Craig's Will».

Por otro lado, conseguir que Jessie White interpretase a Ben Bernstein, el director del periódico *Daily Globe*, no fue tan sencillo como los casos anteriores. Ante la petición de los cineastas de participar en el filme, White alegaba que, para un papel tan pequeño, pues solo iba a conllevar un par de días de trabajo, podían encontrar a cualquiera. Pero Dahlin estaba decidido. Levy y él fueron al barrio de Westwood, en Los Ángeles, donde White actuaba en una obra de teatro, y le esperaron en la puerta de salida del escenario. Cuando lo interceptaron, le invitaron a un café en un establecimiento cercano, calle abajo. Tras pedirle y rogarle durante dos horas, White se rindió y aceptó el papel.

Lo cierto es que el filme depara más sorpresas en cuanto a intervenciones estelares, pero dejemos eso para más adelante.

EL MONSTRUO (QUE SALIÓ) DEL ARMARIO

PROTAGONISTAS DEBUTANTES

Los cineastas sabían que ese excelente abanico de secundarios iba a ayudar mucho en la promoción y aceptación de la película. Sin embargo, Bob Dahlin quería algo diferente para los papeles protagonistas. Quería rostros no muy reconocibles por el gran público, que encajasen con sus personajes y aportasen cierta credibilidad al conjunto. Es decir, que la audiencia no relacionase con papeles previos de los protagonistas. A tal efecto, Dahlin se iba a ocupar de realizar las audiciones del resto de personajes, ya fuese en Los Ángeles, Nueva York, Chicago o San Francisco. Una vez se hubiera decidido por el artista en cuestión, Peter Bergquist y David Levy analizarían a cada uno de los aspirantes y aprobarían la elección de Dahlin.

Por ejemplo, este fue el proceso seguido para buscar al pendenciero y traidor «Scoop»[12] Johnson[13], el pérfido periodista que primero engaña al protagonista y luego le quiere arrebatar el rédito. Un individuo tenaz descrito en el guion como una mezcla de Troy Donahue, Bob Woodward y Carl Bernstein[14].

En aquellos momentos, un joven actor llamado Frank Ashmore acababa de finalizar su participación en una comedia que de inmediato se convertiría en un clásico: *Aterriza como puedas* (*Airplane!*, David Zucker, Jim Abrahams, Jerry Zucker, 1980). Muy poco después Ashmore iba a alcanzar mucha notoriedad gracias a su papel como Martin, el lagarto aliado de la humanidad de la miniserie *V* (Kenneth Johnson, 1983), pero a principios de los ochenta el actor había quedado muy satisfecho con la naturaleza alocada de la producción sobre el hilarante aterrizaje del vuelo 209 de Trans América y buscaba un papel similar en el que dar rienda suelta a su vis cómica. Fue así como su representante se puso en contacto con Dahlin y compañía, en vista a que buscaban un personaje socarrón, demasiado ambicioso y faltón, que podría encajar con las dotes de Ashmore.

Concertada una entrevista con Dahlin previa a la audición, el director fue claro con el aspirante. Quería que Scoop fuese tan asqueroso y desagradable como fuese posible. Ashmore siguió esa recomendación con entusiasmo y pasión. Consiguió el papel.

Para interpretar al niño superdotado de la ficción, que adquiere el apelativo de «profesor», era necesario un joven que tuviese unas dotes naturales para la interpretación. Y así era un chaval que se presentó a las pruebas californianas para el papel. Se llamaba Paul William Walker, y, con apenas diez años, llevaba apareciendo en anuncios desde que aprendió a andar y participó en una campaña promocional de pañales. A la prueba acudió acompañado de su madre, antiguo modelo de ascendencia alemana y de cuya belleza Paul había heredado una gran cantidad de material genético. El chico era muy tímido —iba a ser su primer papel en un largometraje—,

---

12, En inglés, la palabra «Scoop» además de significar cuchara, también se utiliza como sinónimo de primicia, lo que entronca directamente con la fama del propio personaje.

13. Inicialmente, según el guion se apellidaba Jackson y no Johnson.

14. Woodward y Bernstein fueron periodistas muy de notoriedad a principios de los setenta, al facilitar el desvelo del escándalo Watergate.

pero, tras entonar sus frases, Dahlin supo que había encontrado a su niño protagonista.

Si la madre biológica de Paul Walker era hermosa, de igual naturaleza iba a ser su madre en la ficción, la profesora Diane Bennett. Descrita en el libreto como una mujer atractiva pero vestida para disimularlo, fue Denise DuBarry la elegida para este rol, una mujer fuerte, inteligente y, al principio, un poco inflexible tanto en la educación y alimentación de su vástago, como sobre los interrogantes de apuestos periodistas. Nacida en Killeen, en Texas, durante su infancia DuBarry recorrió los países de Honduras, México, Costa Rica y Guatemala. Lo que se tradujo en que aprendiese a hablar español de manera fluida. De vuelta a Estados Unidos, a California, en su última etapa estudiantil se tuvo que ocupar del cuidado de sus cuatro hermanos cuando sus padres se divorciaron. Tras cumplir dieciocho años, además de ganar varios premios de belleza y aparecer en diversos spots publicitarios, empezó su carrera en la interpretación, después de recibir clases de Milton Katselas y Charles E. Conrad. Fue de este modo como consiguió el papel recurrente en la serie *El batallón de las ovejas negras* (*Baa Baa Black Sheep*, 1978-1979), y después su primer papel de relevancia en el cine con *Bienvenido Mr. Chance* (*Being There*, Hal Ashby, 1979). A principios de los ochenta, DuBarry fundó junto a su marido Gary Lockwood la empresa Xebec Productions, dedicada a la industria cinematográfica. Fue justo el momento en que entró a trabajar en *El monstruo del armario*.

Paul Walker

Frank Ashmore

UN SUPERMAN COTIDIANO

Sin duda alguna, el actor más difícil de encontrar fue el que tenía que interpretar al protagonista, Richard Clark. Una suerte de superhéroe corriente en el sentido de que, como Clark Kent y Superman[15], es un periodista que al despojarse de sus gafas aparece una versión apolínea de su rostro, capaz no solo de embobar a la

15. De hecho, en la descripción del personaje en el guion figura la comparación con Clark Kent.

Don Grant

Donald Grant

doctora Bennett sino también al monstruo estrella de la función.

Actores en boga por entonces como William Katt, ya vimos, querían el papel[16]. Pero el director estaba convencido de que necesitaba a alguien prácticamente desconocido para el personaje. Alguien a quien el público adoptase de inmediato como su héroe particular, pero a la vez alguien con el que empatizar rápidamente cuando los recovecos del mundo periodístico, y el amor monstruoso, lo envolviesen. Bob Dahlin buscaba y buscaba, le costaba encontrar a su reportero ingenuo pero decidido.

Mientras esa infatigable búsqueda se llevaba a cabo, a pocas semanas de comenzar el rodaje, un joven veinteañero se disponía a entrar en su vivienda, en la ciudad de San Francisco. Era alto y caminaba con una elegancia casi bondiana. Abrió la puerta de casa y dejó las llaves sobre el mueble de la entrada. Los últimos meses había estado viviendo en Europa, a caballo entre Francia e Italia, pero había vuelto a Estados Unidos para terminar su licenciatura en la California State University.

A los pocos minutos de entrar en la vivienda, sonó el teléfono. Descolgó el auricular. Era su agente, y tenía una oferta interesante: protagonizar una película titulada *El monstruo del armario*. Sonaba prometedor desde luego, sobre todo teniendo en cuenta que hasta la fecha el joven principalmente se ocupaba de realizar todo tipo de anuncios publicitarios, ya fuese pasta de dientes, coches, camiones e incluso cerveza. Esa oferta significaba un gran paso en su carrera como intérprete, si conseguía ese rol principal. En cualquier caso, no tenía nada que perder y mucho que ganar.

---

16. En cualquier caso, aunque no consiguió el papel William Katt tuvo su propio enfrentamiento contra un monstruo del armario en *House, una casa alucinante* (*House*, Steve Miner, 1985).

El joven acudió a realizar la prueba en la misma San Francisco. Estaba un tanto nervioso, más aún cuando supo que varios actores conocidos competían por el papel. Cuando escuchó que había llegado su turno para entrar en la oficina donde se encontraba el futuro director, llenó los pulmones de aire, y lo soltó de manera rápida para alentarse a sí mismo.

Dahlin miró al joven, vio su cara entre afable y sincera. Era apuesto, eso desde luego, y emanaba esa candidez que había estado buscando. Aunque era conocedor de la inexperiencia de ese actor que tenía enfrente —ya se ocuparía él de sacarle lo mejor de sí—, el cineasta lo supo de inmediato. Se dio cuenta que tenía enfrente a su Clark Kent particular.

Rápidamente llamó a sus compañeros de aventura y les admitió que, por fin, tras diversas audiciones, había encontrado al protagonista de *El monstruo del armario*. Pero a pesar del convencimiento del cineasta, el joven actor tuvo que desplazarse hasta Los Ángeles para realizar otras tres audiciones con el resto de implicados en la producción, con el objetivo de convencerlos de que era capaz de interpretar a ese periodista de belleza hipnótica soterrada bajo una montura.

Al final, le dieron la buena noticia. El papel de Richard Clark era suyo, y por tanto iba a protagonizar un largometraje. Era difícil de creer, pero así figuraba en el contrato. Cuando se sentó para firmar el documento, estampó su rúbrica debajo de su nombre. Se leía Donald Samuelson Grant.

2020
md

CAPÍTULO 4
EL MONSTRUO DEL ARMARIO, ESTANTERÍA POR ESTANTERÍA

En el siguiente capítulo, vamos a examinar con detenimiento la película, escena por escena. De esta manera, iremos descubriendo los testimonios de los implicados en la realización de cada una de ellas, las diferencias y contrastes respecto al guion, los posibles temas y mensajes de la trama, así como cualquier curiosidad digna de mención.

I. MARY LOU RECIBE LO SUYO

La primera escena del filme no estuvo exenta de complicaciones, a pesar de la aparente sencillez de la puesta en escena. En ella, vemos a una joven de la facultad Delta Pi Phi, gritando de pavor ante lo que asumimos es el monstruo. Después, la chica es arrastrada al interior del armario y, al cerrarse, un sonriente póster de Tom Selleck deja paso a los títulos del largometraje. Fue la actriz Jonna Lee —en uno de sus primeros papeles y que luego desarrollaría una amplia carrera televisiva— quien protagonizó la escena. Bob Dahlin nos explica cómo filmaron la primera muerte de la película, y si la inclusión del cartel de Selleck obedecía a algún motivo oculto:

«Rodar la escena fue una pesadilla. La cámara que iba hacia el armario se suponía que debía tener un movimiento diferente alrededor de la puerta del armario. Improvisamos con una cámara en mano. El rodaje ocupó todo el día mientras intentamos arreglar la dolly[17]. No hubo una razón en particular o una referencia a nada en lo que respecta a que usáramos el póster de Tom Selleck».

Sin embargo, la escena en la universidad comenzaba antes, con la chica paseando por el interior de la facultad, encontrándose con otras chicas mientras subía a la habitación donde iba a tener su trágico destino. Nos explica la artista Mary-Margaret Stratton, que participó en esa escena antes que fuera víctima de la sala de montaje[18]:

---

17. La cámara en movimiento.
18. También Patrice Messina, asistente de dirección y de casting en el filme, participó en la escena. Poco después, Messina inició su carrera como guionista elaborando libretos, por ejemplo, para *Más allá de los límites de la realidad* (*The Twilight Zone*, 1985-1989), o coordinándolos, como en *Picket Fences* (1991-1995). Falleció en 2015 a causa de un cáncer.

«Fue una de las primeras y pocas veces que trabajé como extra. Por entonces recibía clases en la UCLA y tendría alrededor de veintidós años. Estaba jugando con conseguir hacer de la interpretación mi modo de vida, pero el negocio puede ser bastante untuoso para las chicas jóvenes y yo no quería formar parte de eso, por lo que mi vida fue en otras direcciones.

En cualquier caso, había bastantes jóvenes actrices que contrataron para la escena de la facultad. Fácilmente, habría alrededor de la decena. Me emocioné mucho cuando me escogieron para bajar las escaleras, mientras la chica rubia subía los escalones hacia su habitación. La rodamos en una antigua casa situada en el noroeste de la USC, en alguna parte entre Vermont y Jefferson. Recuerdo que el elenco fue muy agradable y todo transcurrió de manera relajada. El rodaje duró solo un día, bajé las escaleras tres veces y me dieron alrededor de sesenta dólares».

Debido a la importancia de este material eliminado[19], hemos creído más que necesario y oportuno plasmar a continuación la escena al completo para que podamos comprender adecuadamente esta pequeña subtrama. En el filme nada más que solo vemos el destino final de la joven rubia, pero el guion explica no solo por qué no puede escapar de la habitación cuando descubre al engendro, sino que la chica en realidad es una pérfida roba hombres. Nótese en el guion escrito por Dahlin su intención de provocar el suspense con las continuas incursiones de Mary Lou, como así se llama la chica, en el armario. Un método similar al empleado después en el homenaje a *Psicosis*, y que por supuesto trata de homenajear al maestro del suspense.

FUNDIDO A IMAGEN:

22   EXT. UNIVERSIDAD DE UKIAH - DÍA

Conforme vemos varias tomas de la universidad, aparecen dos TÍTULOS EN PANTALLA:

1.   «SÁBADO, 27»
2.   «UNA y TREINTA Y SEIS DE LA TARDE»

23   EXT. CASA DELTA PHI - DÍA
      LA CÁMARA SE COLOCA en la fraternidad de las chicas, y, lentamente, se ACERCA A ELLA.

---

19. A decir verdad, solo hay dos segmentos eliminados con respecto al guion, el presente aquí y todo lo concerniente a la niña que veremos unas pocas líneas más adelante. El resto del largometraje se ajusta casi al milímetro con el segundo borrador, datado del 29 de octubre de 1982, y que se usó en el rodaje.

24   INT. DE LA FRATERNIDAD - VESTÍBULO

Es una mansión reformada con una enorme escalera que conduce al piso de arriba. BETTY ANN está siendo consolada por varias chicas de la fraternidad al pie de las escaleras, mientras que MARY LOU se detiene desafiante, mirando a las demás desde mitad de la escalera.

> BOBBI JOE
> Eres una auténtica idiota, Mary Lou.
> ¿Lo sabías?

> MARY LOU
> (sonriendo)
> Escucha, Bobbi Joe, yo no tengo la culpa que Betty Ann
> no sea capaz de sujetar a un novio.

> BETTY ANN
> (llorando)
> Mientras haya amigas como tú,ningún novio está a salvo.

> MARY LOU
> Sois unas rancias, Betty Ann. Unas rancias.
> (arreglándose el pelo)
> ¿Se te ha ocurrido pensar que a lo mejor Johnny O. se estaba
> aburriendo y quería probar algo con más.... clase?

CINDY SUE, muy gorda, intenta acercarse a Mary Lou, pero BERTHA JEAN la detiene.

> CINDY SUE
> Eso es, Mary Lou. Has tenido mucha clase.

> BERTHA JEAN
> Déjalo, Cindy Sue, no merece la pena.

> MARY LOU
> Oh, déjala, Bertha Jean. Así puede hacer algo de ejercicio.
> (mira el reloj)
> De todos modos, me tengo que ir a ponerme guapa. Johnny O. llegará
> en un momento, y siempre le gusta que me ponga deslumbrante para él.

Cuando se da vuelta para continuar subiendo las escaleras, Cindy Sue se zafa y comienza a caminar detrás de ella.

CINDY SUE
Zorra, te vas a enterar.

Mary Lou sube corriendo las escaleras y entra rápidamente a su habitación.

25   INT. HABITACIÓN DE MARY LOU

Ella cierra la puerta de un portazo, luego echa la llave, quedando cerrada de forma segura. Se escuchan golpes y gritos al otro lado de la puerta, pero Mary Lou parece ajena a todo eso mientras se pavonea delante un enorme espejo en un tocador y comienza a maquillarse.

MARY LOU
(cantando)
«When I have a brand new hairdo...
With my eyelashes all in curl...
I float as the clouds on air do...
I enjoy being a girl...etc.»[20]

Los golpes y gritos afuera continúan, mientras Mary Lou lanza un beso al espejo y canta en dirección al armario que se encuentra al otro lado de la habitación. Cuando entra en el armario, la CÁMARA PIVOTA hasta detrás de la puerta abierta para que no podamos ver el interior. Entonces deja de cantar, y todo lo que ESCUCHAMOS son los constantes golpes y gritos de las otras chicas fuera de la habitación. LA CÁMARA SIGUE FIJA en la puerta del armario.

De repente, Mary Lou sale con una blusa y una falda colgando en perchas.

MARY LOU
(cantando)
«I feel pretty...oh, so pretty...
I feel pretty and witty and bright...
And I pity any girl who isn't me
tonight...Tra-la-la-la...etc.»

---

20. Mary Lou canta la canción «I Enjoy Being a Girl», una tonada escrita por Oscar Hammerstein y Richard Rodgers que, tras realizarse para el musical de Broadway de 1958 titulado *Flower Drum Song*, fue llevado al cine tres años después. Se estrenó en nuestro país con el nombre de *Prometidas sin novio* (*Flower Drum Song*, Henry Koster, 1961). La canción cuenta cómo una joven se regocija de ser el objeto de deseo de un hombre.

Eleven-fifteen a.m.

...niversitaria Mary Lou (Jona Lee) se horroriza ante la visión del monstruo, en los momentos finales de la ...escena que protagonizaba en el guion, y los únicos que permanecen en el montaje final del largometraje...

LA CÁMARA SE MUEVE mientras baila enfrente del espejo y se cambia de ropa, hace un par de giros y luego se detiene para ver cómo le queda.

MARY LOU
Hmmm.

LA CÁMARA SE MUEVE de nuevo mientras hace piruetas en su camino de regreso al armario. Cuando ella entra, LA CÁMARA continúa AVANZANDO hasta detrás de la puerta abierta para que no podamos ver el interior. Mientras LA CÁMARA ESTÁ FIJA en la puerta del armario, ESCUCHAMOS a las chicas golpeando la puerta y gritando. De repente, Mary Lou sale sosteniendo un vestido rojo de seda. LA CÁMARA AVANZA con ella de nuevo mientras se acerca al espejo, se pone el vestido, se mira a sí misma con admiración y luego arranca cantando unos versos de Ethel Merman.

MARY LOU
(cantando)
«You'll be swell...
You'll be great...
Gonna have the whole world on a...»[21]

Se detiene en seco, con una expresión de horror en su rostro. Ve algo detrás de ella en el espejo. Petrificada, se da la vuelta, sin creer lo que ve. Grita y corre hacia la puerta, frenéticamente buscando a tientas la cerradura, luego el cerrojo. Se vuelve para mirar de nuevo. OÍMOS un gruñido acercándose. Tira del pestillo. ¡Está atascado! Lo intenta de nuevo, pero es inútil.

MARY LOU
¡¡¡Socorro!!!

Golpea la puerta, pero las otras chicas están demasiado ocupadas respondiendo como para escucharla. LA CÁMARA MUESTRA UN PRIMER PLANO cuando Mary Lou se da la vuelta, grita y luego se desmaya. Se desliza por la puerta y cae al suelo. LA CÁMARA AVANZA a la vez que algo la arrastra por la alfombra. Mientras la arrastra al armario, la CÁMARA continúa AVANZANDO hasta detrás

---

21. Versos de la canción de «Everything's Coming Up Roses», de Ethel Merman, del musical *Gypsy*, con letra de Stephen Sondheim y música de Jule Styne. Se convirtió en uno de los temas icónicos de Merman.

de la puerta abierta para que no podamos ver el interior. OÍMOS esos cuatro chillidos melódicos y penetrantes, luego los sonidos de un forcejeo, mientras VEMOS perchas, sombreros, vestidos, botas, blusas, pantalones, carteras y otras prendas elegantes que salen volando. Cuando sale la última bota, la puerta se cierra lentamente con un crujido. Los únicos sonidos son los de las chicas golpeando y gritando fuera de la habitación. LA CÁMARA QUEDA FIJA en la puerta del armario.

CINDY SUE (OS)
¡Te la vas a ganar, Mary Lou!
¿Me oyes, Mary Lou?
¡Te la vas a ganar!

FUNDIDO A NEGRO.

Como vemos en este extracto del guion, en esta segunda versión el nombre de la ciudad donde transcurre la acción era Ukiah y no Chestnut Hills. David Levy explica el cambio:

«Ukiah era un sitio auténtico, con muchas asociaciones específicas para un montón de gente que no eran consistentes de lo que filmábamos ni dónde lo estábamos rodando. La mayor parte de americanos escuchan en una película Chestnut Hills y no piensan en ningún sitio en concreto, pues, aunque hay varios emplazamientos llamados así, piensan en cualquier pequeña ciudad del país. En cambio, Ukiah no es que sea una gran ciudad, pero por entonces la gente la relacionaba con un sitio real del norte de California, un escenario muy verde, casi rural, con muchos árboles altos y montones de marihuana creciendo por todas partes. Así que escogimos un nombre que sonase muy genérico pero americano. Y tampoco queríamos reflejar un Chestnut Hills en concreto, solo era el nombre de la ciudad donde ocurre nuestra historia».

2. CARRADINE Y LA MUERTE CANINA

El segundo fallecimiento a causa del engendro está protagonizado por el viejo Joe Shempter, un anciano invidente que, tratando de encontrar sus zapatillas, culpa y maldice a su perro lazarillo. Un can que responde, como delata la versión original, al nombre español de «Garbanzo»[22]. Tanto el animal como el viejo tienen el mismo destino, claro está, pero supone toda una pequeña maravilla que fuese el mítico John Carradine, con su inabarcable filmografía en wésterns y cine de terror —además de ser el patriarca de los Carradine, la familia de actores— quien dio

---

22. En la versión doblada al castellano se omite el nombre del animal.

El viejo Joe Shempter (John Carradine) jugando al gato y al ratón con su perro Garbanzo

vida al deslenguado personaje con su inconfundible y profunda voz. Fue gracias a David Levy que una leyenda de tal calibre, ya en los últimos años de su carrera, participase en el filme, como el productor rememora:

«¡John Carradine era genial! Hablé por teléfono con él y conseguí que aceptase venir y rodar la escena. Vino él mismo conduciendo desde Santa Bárbara, en un trayecto de dos horas de ida y otras dos de vuelta. Todo eso teniendo en mente que tenía artritis en las manos, lo que le impedía poder trabajar más. Vino, interpretó su papel y se marchó. Solo le tuvimos por un día. Era todo un profesional, con su trayectoria de cientos de películas. Era una leyenda, hizo un gran trabajo y preguntó un montón de cosas sobre lo que tenía que hacer. Se le respondía y entonces seguía las instrucciones tal cual se las habían dado. Algo que se puede aplicar a todos los intérpretes del filme. Eran todos consumados profesionales, con mucho talento, y creo que sus habilidades y sus interpretaciones quedaron muy bien reflejadas en la película».

«John fue muy profesional —coincide Bob Dahlin—, fue un placer trabajar con él. Entre tomas, era rodeado por los miembros del equipo y les contaba historias y recuerdos. El perro estuvo bien entrenado y no tuvimos problemas con él. En cuanto al momento en que cuelga inerte, fue nuestro departamento de *props* encontró el perro disecado que colgaba en la puerta del armario».

3. LUCY Y EL JUEGO DEL ESCONDITE

La tercera y última muerte que abre la película tiene altas dosis de curiosidades. Para empezar, la niña Lucy que se encuentra jugando el escondite en su casa, y que será pasto del monstruo, está interpretada por no otra que Stacy Ann Ferguson, mucho más conocida por el nombre artístico Fergie, que adquirió después y con el que grabó varios álbumes con el grupo Black Eyed Peas. Bob Dahlin nos comentó que era una mocosa maravillosa con la que era un placer trabajar.

Sin embargo, el guion delata que la escena era mucho más larga, y que en realidad era la que abría el largometraje[23] en lugar de la de Mary Lou, que en el guion figuraba como la tercera. Así, en el libreto la narración empezaba en el patio de un colegio, donde ya aparecía Lucy, que intentaba que su hermano Charlie jugase con ella esa tarde. Charlie y sus amigos tienen que entrenar al béisbol esa tarde y no pueden entretenerse con la pequeña y tratan de evadirse. Pero Lucy tiene un plan, por lo que sale corriendo de la escuela con tanta energía que casi le atropella el Sr. McGinty, un repartidor que vista la premura de la niña decide llevarla en su camioneta de reparto hasta su casa. Allí, la niña esconde el guante de su hermano, y cuando llegan los otros niños a buscarlo, Lucy se va a la cocina y se prepara un vaso de leche con galletas redondas.

Hemos de señalar que, durante estos momentos, Dahlin vierte de nuevo su pasión por el MacGuffin y su deuda con Hitchcock, y transforma el destino del guante en algo importante en el que espectador está pendiente en todo momento —esperando a ver si será descubierto o no por los niños— cuando en realidad lo que se dirime es el futuro de la niña. Los chicos al final encuentran el guante, sin que ella lo sepa, y le proponen jugar al escondite para que mientras cuente, escabullirse. Es en ese momento, cuando el montaje final del largometraje concatena con la historia. De este modo, si nos fijamos en la película podemos ver a Lucy con una mancha de leche sobre los labios, y varias galletas en sus dedos. Debido a la importancia de este material eliminado —en total, son seis páginas descartadas— hemos decidido incluir este extracto del guion, para una mejor comprensión y detalle.

1   EXT. UKIAH, CALIFORNIA - TOMAS PARA ESTABLECER LOCALIZACION - DÍA

A medida que se nos presenta a Ukiah a través de tomas de la plaza del pueblo, el campus universitario y casas pintorescas bien cuidadas en calles arboladas, tres TÍTULOS individuales APARECEN EN PANTALLA, uno tras otro:

1.   «UKIAH, CALIFORNIA»
2.   «MIÉRCOLES, VEINTICUATRO DE ABRIL»
3.   «TRES Y QUINCE DE LA TARDE»

---

23. En el montaje final, como vemos, es la tercera y la que previene la aparición de los títulos de crédito.

2   EXT. ESCUELA PRIMARIA UKIAH - DÍA

El silencio del patio vacío de la escuela es roto por el fuerte tañer de una campana. Las puertas se abren dejando pasar a un montón de niños corriendo, gritando y jubilosos, que entran en el patio.

ÁNGULO DE CHARLIE

Conforme sale al exterior, se pone a buscar frenéticamente a sus amigos. Baja las escaleras mientras otros cuatro chicos de trece años, con guantes de béisbol, corren hacia él sin aliento.

CHIP
¿Ha salido ya?

CHARLIE
No lo sé, pero salgamos de aquí antes de que nos vea.

BEAVER
Vamos.

CHARLIE Primero
Tengo que ir a casa y buscar mi guante. Mi madre no me dejaba...

No podemos escuchar el resto de la conversación porque ya se han marchado. SALEN DEL ENCUADRE, revelando a una pequeña niña de nueve años que evidentemente ha escuchado todo. LUCY, detestablemente linda con sus coletas y su vestido rosa, está pensando y tramando algo, mientras la CÁMARA SE CENTRA en ella. Se le acerca otra chica.

NIÑA
Hola, Lucy. ¿Te vienes?
Vamos a....

LUCY
Vete. Hoy voy a jugar con mi hermano.

La niña se sorprende y luego se aleja desolada. LA CÁMARA continúa EN MOVIMIENTO hasta un PRIMER PLANO de Lucy. Sus ojos se iluminan y una sonrisa cómplice se extiende por su rostro. Sale corriendo.

CORTE A:

3   EXT. CALLES - DÍA

Varias tomas de Lucy, mientras pasa a toda velocidad por delante de los niños en la acera. Llega al callejón y se detiene para mirar.

4   EXT. CALLEJÓN - PUNTO DE VISTA

VEMOS a Charlie y los otros chicos, momentáneamente, mientras desaparecen al doblar la esquina en el otro extremo del callejón.

5   ÁNGULO DE LUCY

Entonces reanuda su carrera calle abajo, más decidida que nunca.

6   EXT. INTERSECCIÓN - DÍA

Un pequeño camión de reparto con la parte trasera abierta dobla la esquina y frena con un chirrido, casi a punto de atropellar a Lucy mientras corre ciegamente por la calle. Lucy se detiene y corre hacia el amable y anciano conductor, el Sr. McGinty

MR. McGINTY
Lucy, casi me da un infarto. No deberías ir de esa manera ...

LUCY
Sr. McGinty, lo siento. No pude evitarlo, pero hay una emergencia en casa y tengo que llegar lo antes posible. ¿Puede llevarme?
(fingiendo llorar)

MR. McGINTY
Claro, Lucy, claro. Sube a la parte de atrás.

Ella corre, se sube a la parte trasera del camión y se sienta entre docenas de bolsas repletas de comida.

DETALLE DE LUCY

Sonriendo, se recuesta, cruza los pies y saca una manzana de una bolsa. Cuando el camión se aleja, comienza a masticar con aire de satisfacción.

CORTE A:

7   INT. DORMITORIO DE CHARLIE - DÍA

Lucy está buscando frenéticamente por la habitación. Busca en un armario alto y metálico, y luego en los cajones de la cómoda. De repente, escucha a Charlie y a sus amigos entrar en la casa. Presa del pánico, busca arriba, abajo, alrededor, por todas partes. A medida que las voces de los chicos se acercan, ella hace un último esfuerzo, cae de rodillas y se esconde debajo de la cama.

PLANO DEBAJO LA CAMA
¡Ahí está! ¡El guante de béisbol de Charlie!

PLANO DE LUCY
Coge el guante y, justo cuando se abre la puerta del dormitorio, lo arroja desesperadamente, sin mirar hacia arriba, sobre la parte superior del gran armario metálico.

PLANO DEL GUANTE
Rebota alto en la pared y aterriza en la parte de arriba del mueble, quedando inestable cerca del borde.

PLANO DEL DORMITORIO
Los cinco chicos entran, recibidos por una Lucy de aspecto inocente.

> CHARLIE
> ¿Qué haces aquí?

> LUCY
> Mami dijo que hoy ibas a jugar conmigo.

> CHARLIE
> Hoy no, Lucy. Tenemos entrenamiento de béisbol.

Se inclina para buscar debajo de la cama. Lucy comienza a pasar junto a los chicos.

> LUCY
> Lo dijo mamá.

Ella se pavonea fuera de la habitación.

> CHARLIE:
> No dijo eso. Dijo que...

Se detiene en seco, mira debajo de la cama, luego se pone de pie lentamente y mira a los chicos.

CHARLIE
Tiene el guante.

Sale de la habitación tras ella.

CHIP
Esa pequeña mocosa.

Mientras dice eso, golpea el armario con el puño.

PLANO DEL GUANTE
que se desliza hacia el borde del armario y se detiene.

8   COCINA

Lucy se pavonea hasta el armario y saca una caja de galletas de mantequilla, de esas que tienen agujeros en el centro. Charlie, tratando de mantener la compostura, entra.

CHARLIE
Vale, ¿qué has hecho con el guante?

Lucy coloca delicadamente las galletas en sus dedos como si fueran anillos. Sin levantar la mirada, responde con desagradable inocencia.

LUCY
¿Qué guante?

9   INT. DORMITORIO CHARLIE

Chip y Beaver juguetean con una pelota de béisbol, mientras Rex y Danny pasean ansiosos.

REX
Te diré una cosa: si tuviera una hermana así, yo...

Frustrado, se da la vuelta y le da una fuerte patada al armario de metal.

PLANO DEL GUANTE
El guante se desplaza parcialmente sobre el borde y se balancea, muy inestable.

10   INT. COCINA

Lucy, con galletas de mantequilla en todos los dedos, se sirve un vaso de leche.

CHARLIE
Mira, te prometo que jugaré contigo esta noche si me das el guante, ¿de acuerdo? Si me pierdo otro entrenamiento, me echarán del equipo.

Lucy mordisquea con cautela una galleta y luego la mira con aire beligerante.

LUCY
Lo dijo mamá.

Charlie arde lentamente.

11   INT. EL DORMITORIO DE CHARLIE

DANNY
Vamos a llegar tarde al entrenamiento

Beaver arroja la pelota de béisbol con ira.

BEAVER
Ooooohh, me gustaría estrangular a esa chiquilla.

Coge los asideros del armario de metal, como si fueran el cuello de Lucy, y comienza a agitarlo violentamente.

12   INT. COCINA

Lucy, con un espeso bigote blanco como la leche, mordisquea las galletas que tiene en los dedos.

CHARLIE
Incluso te dejaré usar mi bicicleta.
¿Quieres montar en mi bicicleta nueva?

Lucy (Stacy Ann Ferguson, más conocida como Fergie) en los momen-
...je que permanecen en el montaje final. Nótese la leche en el labio supe-
...etas redondas de sus dedos en la primera captura, procedentes de una
...secuencia previa eliminada en la cocina.

Lucy niega con la cabeza mientras los otros chicos entran a la cocina.

CHIP

Oye, esto es de locos, Charlie. El entrenamiento no es tan importante. Hemos decidido que, si tienes que jugar con Lucy, nosotros también podíamos quedarnos a jugar.

Los ojos de Lucy se iluminan, mientras Charlie intenta comprender qué ocurre.

BEAVER

Sí, vamos a jugar al escondite.

LUCY

¡Síííííí! ¡Al escondite!

CHIP

Vale, para empezar, «tú la llevas», Lucy. Nos esconderemos todos y debes contar hasta veinticinco antes de ir a buscarnos

Chip coge a Charlie y los chicos comienzan a salir de la cocina.

CHIP

(a Lucy)

Si nos encuentras a los cinco, ganas el juego. Pero no mires ¿eh?

Lucy comienza a contar mientras los niños se van, cerrando la puerta de la cocina.

13   INT. COMEDOR

MIENTRAS Lucy está contando, Rex saca el guante de Charlie de detrás de su espalda y se lo lanza. Chip hace señas para que se callen todos y los lleva sigilosamente a la ventana del comedor. Se escabullen silenciosamente por la ventana.

PLANO DE LA VENTANA

El último niño cae con firmeza en el suelo y salen corriendo, riendo y riendo.

PLANO DEL COMEDOR - PUERTA COCINA

LUCY

23 ... 24 ... 25! ¡Allá voy, estéis listos o no!

La puerta se abre, y **LA CÁMARA SIGUE A LA NIÑA** con Lucy cuando sale y comienza a buscar detrás de las cortinas del comedor, mirando por todas partes. A continuación, se dirige a la sala de estar.

14   INT. SALA DE ESTAR

Ella comienza a mirar detrás del sofá, luego escucha un fuerte **RUIDO DE ARAÑAZOS** procedente del piso de arriba. Va a las escaleras y camina silenciosamente hacia el pasillo.

15   INT. PASILLO

Se detiene y escucha. Se escucha de nuevo el **RUIDO DE ARAÑAZOS** y ella sigue el sonido hasta el dormitorio de sus padres.

16   INT. DORMITORIO

Entra y mira por la habitación, inmóvil. Va a mirar debajo de la cama, luego oye el **RUIDO DE ARAÑAZOS** de nuevo.

PLANO DEL ARMARIO
El ruido proviene del armario.

PLANO DE LUCY

LUCY

Venga, sal ¡Te estoy oyendo!

No hay respuesta y comienza a caminar hacia el armario.

PLANO DEL ARMARIO - EN PRIMERA PERSONA

LA CÁMARA SE ACERCA AL ARMARIO.

PLANO DE LUCY

LUCY

Vamos, te he encontrado. Sal del armario

Llega al armario y abre la puerta.

LUCY
¡Oye, tonto, he dicho que estás ahí dentro, así que sal!

Silencio. Cuando entra en el armario, la **CÁMARA PIVOTA** hacia detrás de la puerta abierta para que no podamos ver el interior. **LA CÁMARA ESTÁ FIJA** en la puerta; hay un silencio total en el interior. De repente, **ESCUCHAMOS** un gruñido, el grito de Lucy, y luego cuatro horribles, penetrantes y no humanos chillidos que suenan como una espantosa melodía de cuatro notas. **OÍMOS** una pelea frenética, mientras **VEMOS** perchas, percheros, cajas, bolas de naftalina y ropa de todo tipo salir volando del armario. El alboroto se calma, la puerta del armario se cierra con un chirrido y luego se hace el silencio. **LA CÁMARA PERMANECE FIJA** en la puerta del armario.

FUNDIDO A NEGRO.

La escena se rodó, como atestiguan los créditos del largometraje. Así, el señor McGinty fue interpretado por Benny Baker, prolífico actor con dotes para la comedia que, casualmente, había trabajado como repartidor de camión. Muchos de sus trabajos en el cine y televisión, a decir verdad, fueron como conductor de algún tipo de vehículo.

Por otro lado, los niños fueron interpretados por los siguientes actores: Jonathan Aluzas dio vida a Chip, Evan Arnold hizo lo propio con Beaver y Brad Kesten interpretó a Rex.

«Trabajé con algunos niños con los que ya había realizado algunos anuncios y proyectos de televisión —explica el propio Kesten— por lo que fue muy divertido. Recuerdo ver el traje del monstruo colgando en el interior de un gran camión y pensar lo grande que era.

Por mi parte solo trabajé un par de días en el filme y me tuve que ir al estudio a grabar otro especial de Charlie Brown y demás trabajos con los que me había comprometido. En este sentido, tengo que decir que fui la voz de Charlie Brown durante muchos años, y la propia Fergie interpretó a mi hermana pequeña Sally en uno de nuestros musicales animados[24] y en nuestra serie *The Charlie Brown and Snoopy Show* (1983-1985).

Cuando después vi la película, no me gustó. Es decir, estaba bien, pero la razón principal de mi disgusto fue que me habían eliminado de la película Es algo con lo que todos los actores se encuentran al menos una vez en sus carreras profesionales».

---

24. En concreto, fue en *It's Flashbeagle, Charlie Brown* (Sam Jaimes y Bill Melendez, 1984)

Asimismo, Danny contó con las facciones de Corky Pigeon, un actor infantil con unas dotes naturales para el claqué, que nos explica su participación en el rodaje de estas escenas:

«Hice una prueba para el papel y lo conseguí. No estuve en el rodaje más que dos días, puesto que tenía otros compromisos con la serie *Silver Spoons* (1982-1987). Mi escena tenía lugar en la misma habitación con la niña donde estaba el monstruo, cuyo traje recuerdo que me parecía genial e intrigante al mismo tiempo. La rodamos en una casa de Los Ángeles, y yo tenía cuatro frases.

Cuando vi la película terminada, me gustó su naturaleza de serie B. Soy un gran fan de ese tipo de películas y del *slapstick*. De hecho, la primera película que hice fue una película de terror un poco cutre llamada *The Forest* (Don Jones, 1982)».

Por último, fue Richard Egan quien dio vida a Charlie, el hermano de la pequeña Lucy. En aquellos tiempos, Egan participaba en anuncios y series de televisión únicamente por diversión y *El monstruo del armario* fue el primer largometraje donde participó:

«Todo el mundo fue muy amable —recuerda al propio Egan—, me acuerdo sobre todo de uno de los días que grabamos en una escuela. Si no recuerdo mal, se suponía que iba a ser el plano que habría la película. Yo salía de clase y en el patio, todo lo que tenía que decir era "vámonos de aquí, antes de que ella nos vea". Bueno, por entonces yo llevaba puesta una "flipper", una suerte de prótesis dental que los niños utilizaban en las series de televisión para cubrir aquellos dientes que todavía no habían crecido. Era bastante fácil hablar con eso, hasta que tenías que decir "que ella nos vea",[25] que no conseguía pronunciar de ninguna manera. Lo intenté de todas las formas.

Esa frase —no sé cuántas veces la repetimos— implicaba hacer retroceder a cien niños de nuevo en sus aulas, tocar la campana y hacerlos salir corriendo hacia el patio del colegio. Era un día de calor abrasador y el patio de la escuela era todo cemento asfaltado. Todos nos estábamos derritiendo. En un momento dado pedí que me quitaran la prótesis de la boca para decir la frase, pero ya habíamos filmado diferentes escenas con ella. Así que tenía que quedarse. Creo que nunca llegué a decir la frase correctamente, a pesar de la docena de tomas que hicimos. Me sentí horrible por eso, pero Bob y el equipo fueron muy amables al respecto.

No participé más en la producción y no supe de la película hasta que a finales de los ochenta un amigo mío encontró una copia en VHS en un videoclub y la alquiló. Como mi escena se eliminó del montaje final, mi

---

25. En inglés, «she sees us», muy complicado fonéticamente de pronunciar debido a la acumulación de «eses».

amigo pensó que le estaba engañando. Hasta que vio mi nombre en los créditos, que no sé por qué permaneció en el listado del elenco. Así fue como me enteré de que la película se había estrenado y que yo no estaba en ella».

La pregunta es inevitable, aunque de respuesta sencilla ¿Por qué se eliminaron estas secuencias y se abreviaron estas dos escenas iniciales de muertes mobiliarias? La respuesta nos la ofrece David Levy, que aporta un matiz sobre el director que resultará vital en sucesivos capítulos.

«Eliminamos este material porque en conclusión es una película de género, y no algo épico. Mi director Bob Dahlin —que quiero ser claro, adoro y respeto y creo tiene mucho talento— creo que, de algún modo, fue un poco demasiado lejos en su enfoque, tanto en el rodaje como en la posproducción. Creo que hoy en día incluso él estará de acuerdo conmigo. Y esto es un poco raro de decir porque siempre he creído en apuntar alto y dar la mejor versión de uno mismo en tu trabajo, pero *El monstruo del armario* no es *Ciudadano Kane* (*Citizen Kane*, Orson Welles, 1941).

Creo que en ocasiones Bob estaba haciendo un filme de arte y ensayo más que una película de género, como era en realidad. *El monstruo del armario* terminó siendo una película de noventa minutos, y así es como debería ser, o al menos cerca de eso. Nadie ve esta película y dice que debería ser media hora o una hora más larga.

Pero desafortunadamente, me da la sensación de que se enfocó en gran medida el rodaje como si fuera casi un drama serio. Es decir, como si fuera a durar dos horas, en contraposición con algo que en su núcleo es una comedia de terror, un tipo de largometraje que no debería exceder la hora y media o la hora y cuarenta minutos.

De todos modos, creo que esa comprensión llegó tarde. Si bien muchas de las secuencias no llegaron al corte final, y pudieron estar muy bien ejecutadas, muy bien filmadas, muy bien dirigidas, muy bien interpretadas, etc., a decir verdad, no necesariamente pertenecían a lo que en última instancia debería ser una película de noventa minutos de estas características, si esto tiene algún sentido».

4. RODANDO EN EL *DAILY GLOBE*

El primer día de rodaje tuvo lugar en un emplazamiento muy particular, determinante para el resto de la historia: las oficinas del periódico donde trabaja Richard Clark. Los lógicos nervios del inicio de la filmación se palpaban en el ambiente, a lo que había que sumar cierta complejidad en la preparación de las escenas por el bullicio que se observa en las escenas de las oficinas y su adecuada iluminación. David Levy nos los cuenta:

«Fue algo muy ambicioso en el sentido de que había diferentes partes de la oficina, e iluminar todo eso no era cualquier cosa. Llevó mucho tiempo. Asimismo, estábamos en las oficinas de un periódico que ya no existe, *Los Angeles Herald Examiner*. Como todo lo demás, teníamos la clase de localizaciones que uno nunca asociaría con una película de seiscientos mil dólares. En este sentido, mucho del trabajo lo hicimos en unos estudios, propiedad de Francis Ford Coppola, que alquilamos por prácticamente nada. Fueron muy amables por permitirnos rodar allí por un precio tan bajo. Apuntamos muy alto, no siempre conseguimos las localizaciones que queríamos, pero por lo general sí».

El director añade su recuerdo sobre aquel día inaugural, añadiendo un toque personal:

«Todo transcurrió de manera bastante fluida. El papel de la novia de Frank Ashmore fue interpretado por mi prometida, Stephanie White, en contra de los deseos de los productores, pero pensé que era bastante buena».

Dahlin anticipa la aparición del que podríamos denominar el granuja del filme, Scoop. Y es ahora su intérprete Frank Ashmore quien rememora aquel inolvidable primer día de rodaje:

«Como ocurre en todos los primeros días de rodaje de una serie de televisión o de un largometraje, la atmósfera era de gran esperanza y emoción. Debido a la naturaleza de mi personaje, me divertí mucho sacando a la luz toda la vanidad y el egocentrismo de Scoop. Creo que mis compañeros de interpretación también disfrutaron mucho. ¡Quiero pensar que Don [Grant] tenía el mismo grado de cariño hacia mí como el que yo sentía por él!
De igual modo, trabajar con Jesse White fue una doble bendición. ¡Siempre había

admirado sus anteriores interpretaciones! Así que trabajar con él fue muy especial para mí, aparte del hecho de que Jesse estaba interpretando el rol del señor Mushnik en una gran producción de *La tienda de los horrores*, en el teatro Geffen Playhouse de Westwood Village. ¡Me obsequió con dos entradas gratis!».

No obstante, y por encima de todo, ese primer día de rodaje supuso también la primera intervención del protagonista del filme. Ahí, en mitad de esa oficina, dubitativo, inseguro y comiendo chocolatinas, vemos por primera vez en la narración a Richard Clark. Don Grant nos cuenta cómo su relación con el propio Ashmore le ayudó a desarrollar a su tierno periodista:

«Frank Ashmore es un excelente actor e interpretó el papel de Scoop muy bien. Era descarado, y encarnó a la perfección ese personaje "al que todo el mundo le encanta odiar". Era como un matón, y me ayudó a desarrollar mi papel como Richard al menospreciar mi personaje, y me hacía sentirme mucho más inseguro de lo que era. En cuanto a Jesse White, era una leyenda. Interpretó el papel a la perfección, utilizando un estilo procedente de los años treinta y cuarenta. No tuve la oportunidad de conocerle a nivel personal, pero disfruté mucho de trabajar con él».

Es toda una curiosidad que el rodaje arrancase precisamente con la primera escena de los protagonistas. Fue algo casual, ya que durante el resto de la filmación —como sucede en la mayoría de los rodajes— no se siguió el orden cronológico de las escenas según constaban en el guion, para así facilitar el proceso y abaratar costes. Para que no hubiera problemas de continuidad, el equipo contaba con el trabajo de los supervisores de guion, que se ocupaban de estos menesteres, y también de disponer de toda la película dibujada en *storyboards* que dibujó el mismo Bob Dahlin.

5. RICHARD CONOCE AL PROFESOR

Conforme Richard llega a Chestnut Hills, se desplaza a la oficina del sheriff. Mientras intenta continuar con su dieta a base de chocolatinas, pidiendo un dulce de una máquina expendedora, se acerca un niño que quiere grabar el sonido. Vemos por primera vez en la narración a Paul Walker. El niño actor como sabemos se convirtió en toda una estrella, pero, por entonces, cuando no estaba rodando su madre se preocupaba de que no perdiera clases y estudiase, y se mantenían alejados del resto del equipo. Por ese motivo explicaba Dahlin que nadie llegó a conocerle muy bien. La única excepción la podemos encontrar en aquel que compartió más tiempo en pantalla con él, el propio Don Grant, que así nos rememora sus momentos con Walker:

«Probablemente pasé más tiempo con Paul que con la mayoría del resto de actores —con la salvedad de Kevin Hall, que interpretaba al monstruo—. Era una persona asombrosa que había nacido para ser muy buen actor. Me mantuve en contacto con él esporádicamente hasta su repentina muerte. Por entonces yo estaba soltero, pero recuerdo haberme enamorado un poco de su madre —que estaba casada con el padre de Paul—. Ella estaba en el set a menudo, y pude conocerla. Paul se tomó su papel muy en serio y, para ser un joven actor, fue capaz de imprimirle muchos matices a su personaje, muchos más de los que podrías esperar de un chaval de su edad.

Por otro lado, varias cosas representaron todo un desafío para mí. Yo era un actor sin mucha preparación —no tenía mucha experiencia y hubo muchas cosas que fueron totalmente nuevas para mí—, así que trabajé desde el punto de vista de mi experiencia vital y poco entrenamiento formal.

Comerme todas esas chocolatinas fue difícil. No soy un gran fan de los dulces, por lo que era difícil morder constantemente una chocolatina durante varias tomas varias veces al día. Y el subidón de azúcar tampoco era agradable».

Hablando de chocolatinas, mencionaremos que, en el guion datado del 29 de octubre de 1982, la escena era más larga. Entre la primera vez que Richard le ofrece el dulce y aparecen luego sentados por un corte de plano, el diálogo era más amplio. Ante la estupefacción del periodista, incapaz de asimilar que un niño nunca hubiese probado las chocolatinas, los dos personajes se presentaban. Podíamos oír de la boca del niño entonces que se llamaba Tommy Bennett, y que en realidad no era un auténtico profesor, ese apelativo era solo un mote.

6. EL SHERIFF Y LA SEÑORA BENNETT

Mientras el niño le explica a Richard los pormenores de sus estudios, acompañada del sheriff, entra en escena la tenaz y vehemente

Arriba, fotograma del filme con Paul Walker y Don Grant. Abajo, fotografía del rodaje con Paul Walker y Howard Duff.

madre del pequeño, al que se dirige como «El profesor». La progenitora está muy enfadada por el consumo desmedido de dulces de su hijo, y la vemos enumerar por primera vez una colección de motivos por orden alfabético de porqué debería abstenerse de tan insana costumbre. Esas recapitulaciones fueron el homenaje de Dahlin al personaje de Lesley Joyce presente en *Surgió del fondo del mar*, aquel filme de ciencia ficción que tanto le había influido, y se repetirán a lo largo del largometraje en boca de Denise DuBarry.

A la izquierda, Claude Akins firmando un autógrafo. Derecha, Claude Akins y Don Grant. Cortesía de Don Gra

Denise DuBarry interpreta a la tenaz profesora Diane Bennett

El sheriff Ketchem (Claude Akins) y la profesora Bennett (Denise DuBarry)

Cuando la enojada bióloga y su vástago abandonan las oficinas, Richard Clark se queda a solas con el sheriff. Empezamos a observar que el hombre al mando de las fuerzas y cuerpos de seguridad de Chestnut Hills parece sacado de otra época, más salvaje y descuidada. Mientras ofrece un descrédito sin igual a las explicaciones de la señora Bennett en torno a las posibles mordeduras de una serpiente como causante de los asesinatos de la zona, no deja de escupir tabaco de mascar. Claude Akins interpreta al personaje de manera espléndida, y diremos como anécdota que el actor estaba empeñado en portar un látigo durante toda la película para potenciar de alguna manera esta faceta bravucona. Algo a lo que Bob Dahlin se negó en rotundo. Donald Grant, quien compartió con Akins la mayor parte de sus escenas, lo recuerda así:

> «De hecho, en lugar de mascar y escupir tabaco Claude Akins masticaba regaliz, y constantemente tenía un poco de ese jugo negro entre los dientes. Sabía que me daba asco ver eso, así que bromeaba y dejaba escurrir un poco por la barbilla y luego se lo limpiaba.
>
> Claude a menudo se subía al camión de provisiones a la hora de comer y ayudaba a servir al elenco y al equipo. Hacía ese tipo de cosas. ¡Se le daba muy bien jugar en equipo!».

7. UN POQUITO DE NORMAN BATES, POR FAVOR

Mientras el sheriff Ketchem y Richard se dirigen al escenario de la muerte de la universitaria, la cámara los abandona lentamente moviéndose por la facultad, hasta adentrarse en el edificio contiguo. Vamos a asistir en realidad a otro homenaje cariñoso de Dahlin a su querido Alfred Hitchcock.

Accedemos a una habitación donde una hermosa mujer se está dando una ducha. Y como un trasunto de Norman Bates y su famosa escena travestido en *Psicosis*, una sombra se cierne sobre la mojada cortina. Aunque en realidad, se trata de su despistado marido, Roy, que le sorprende una y otra vez con una excusa cualquiera.

La escena fue orquestada para referenciar, claro está, el filme de Hitchcock, con continuos cambios de plano que van alternando un plano contrapicado de la ducha y la mujer, pero aunque pueda parecer sencillo y sutil, el primer movimiento de cámara en el que se accede al interior de la vivienda representó un enorme desafío. Bob Dahlin nos lo explica:

«Surgió el problema de cómo conseguir que la cámara dolly atravesase la venta del edificio de apartamentos hasta el baño para la secuencia de la ducha. Nuestra solución fue construir la ventana del exterior y parte de la pared en el estudio, con el escenario de la ducha a continuación. Cortamos de una panorámica del edificio real de apartamentos hasta esa ventana conforme la cámara avanza a través de la ventana para mostrar la ducha. El truco fue construir el muro y la ventana en dos piezas, encajadas como si fuera un rompecabezas. En el momento en que la cámara atraviesa la ventana, el muro se dividía, permitiendo a la cámara moverse y avanzar hasta el baño.

En cualquier caso, desarrollar esta naturaleza paródica, como si de un homenaje en clave de humor a los filmes de Hitchcock se tratase, como aquel que hice en la universidad y con el que gané ese premio estudiantil de la Academia, fue una de las mejores decisiones con las que me quedaría de toda la producción».

Para dar vida a este matrimonio hitchcockiano, Stella Stevens y Paul Dooley acudieron al rodaje de *El monstruo del armario*. David Levy nos recuerda aquella jornada y cómo fue trabajar con estos dos intérpretes:

«Stella vino solo un día, y aunque no tenía por qué hacerlo, se arregló el pelo, se hizo la manicura y una pedicura. Probablemente se gastó más en todo ese cuidado estético para un día que lo que le pagamos. Estuvo muy divertida y lo hizo de fábula. Es una persona estupenda, que vino con una energía genial y una sonrisa ¡Y se fue de la misma manera!

Paul es un buen amigo, creo que he hecho alrededor de cuatro películas con él ¡Le adoro! Trabajar con él es maravilloso porque sabes que obtendrás un resultado sensacional en pantalla, pero también que vas a tener un día genial en el trabajo. Habrá historias geniales y una gran conversación, eso sin contar que es un profesional consumado ¡Un tipo maravilloso, sin ninguna duda! No quieres que el día termine cuando trabajas con gente como esta».

Ya que Levy habla de Paul Dooley, es ahora el propio intérprete quien recuerda lo que supuso para él trabajar a las órdenes de Bob Dahlin:

«Llevo actuando mucho tiempo, unos sesenta y cinco años en la actualidad. Por entonces, llevaba unos veinte. Así que me resultó sencillo interpretar a un tipo corriente como Roy. No tenía nada de especial, era el típico rol de marido, en este caso con un punto estúpido. No me llevó mucho tiempo de preparación debido a que tenía mucha experiencia y la mayor parte de ella era basada en la comedia.

El rodaje por lo que recuerdo fue solo un día. O tal vez dos, porque las escenas de la ducha eran un poco más complicadas, pero pudo haber sido un único día perfectamente.

Sobre Stella Stevens, la recuerdo siendo una chica muy amigable. Por supuesto, en sus escenas siempre estaba gritando, pero también coincidimos tras las cámaras, comimos juntos y ese tipo de cosas. Nunca la había conocido antes, pero la mayor parte de mi tiempo con ella fue haciendo esa escena o ensayándola.

Y me gusta Bobby Dahlin. Era un chaval genial, con mucha energía. Tenía mucho interés por el cine. Creo que consiguió una película muy ingeniosa».

Richard Walden, por otro lado, nos explica la tesitura con la que se encontró a la hora de filmar a la mítica actriz:

«Como en la mayoría de las escenas de ducha con mujeres involucradas teníamos que ser cuidadosos para no mostrar completamente sus pechos o pezones, lo que podía ser muy complicado cuando la actriz está continuamente moviéndose. Era maravilloso trabajar con Stella, fue muy profesional y no se puso nada nerviosa con el rodaje».

Desde su punto de vista como experta en maquillaje, Margaret Prentice perpetúa la imagen agradable de Stevens:

«Siempre fue una actriz a la que admiraba. Me parecía que un personaje muy divertido en sus películas y muy guapa. Recuerdo un par de ocasiones donde yo estaba en una posición un tanto incómoda, y tenía que mojar el traje del monstruo ya que siempre querían que se viese brillante y viscoso. Stella me sostenía la botella de agua y me la pasaba cuando hacía falta. Me ayudó un poco, y me pareció un gesto encantador ¡Fue muy amable!».

En la narración, tras el intercambio de frases y los falsos sobresaltos, Roy se dirige al armario a por el bolso rojo donde se encuentran las llaves del coche. La cámara le sigue, y entonces vemos que la garra de la bestia aparece del fondo del armario, en una divertida estructura visual donde vemos al personaje siendo «aspirado» hacia el interior del armario. Aun siendo realmente efectivo el momento, su director no quedó plenamente satisfecho con el resultado. Él mismo nos lo cuenta:

«No tenía posibilidad de ver el video mientras grabábamos, así que no podía en realidad ver la cámara dolly avanzar desde la ducha hasta el dormitorio y el armario. Se suponía que la cámara no tenía que perder de vista al personaje cuando giraba la esquina, y cuando es engullido hacia el armario el movimiento fue demasiado lento. Así que en el montaje arreglamos el segundo problema eliminando fotogramas cuando es tragado hacia dentro del armario, dando ese efecto espasmódico surrealista».

8. EL DOCTOR PENNYWORTH, SUPONGO

Después de la muerte de Roy y los gritos de su mujer —que el sheriff y Clark escuchan desde el apartamento de enfrente— la pareja formada por el incansable escupidor y reportero intrépido investigan la zona del crimen. Clark encuentra un colmillo de la bestia, lo que hace cobrar fuerza a la teoría de la doctora Bennett.

El excéntrico, apasionado y enamorado de los batracios profesor Pennyworth (Henry Gibson)

Por ello acude a la universidad en busca de la científica, y tras la ya habitual perorata sobre las chocolatinas, entra en escena otro doctor.

De aspecto menudo, con una gran melena entre canoso y ocre, el buen doctor Pennyworth se presenta e invita por equivocación a Richard a una cena esa misma noche en casa de Diane. Es decir, en el domicilio de la señora Bennett. A todas luces, es un científico estrafalario, que ya en su primera aparición porta una gran escultura de un batracio. Bob Dahlin nos cuenta sobre el personaje y su intérprete:

«Lo creáis o no, a Henry Gibson había que controlarlo para que no sobreactuase, y en ocasiones tenía que hacerle repetir sus frases hasta conseguir lo que yo estaba buscando. En cuanto a esa obsesión que tiene el personaje por las ranas, sencillamente me pareció algo chorra y gracioso».

El diálogo a tres bandas termina de cierta manera con Richard autoinvitándose a la cena de la señora Bennett. Como mera curiosidad, mencionaremos que la conclusión de la escena era un poco más extensa en el guion. Una vez que Richard admitía no tener ningún plan para esa noche —lo que le permitía asistir a la cena—, la señora Bennett trataba de disuadirlo en vano indicándole que la cena sería exclusivamente vegetariana. Richard tampoco tenía problema con ello —le encantaban las verduras, decía— y se concatenaba entonces el plano de la mirada inquisitiva de la científica.

Arriba, Don Grant y Howard Duff durante el rodaje de la cena en casa de la señora Bennett. Abajo, fotografía entre bastidores del rodaje de esa escena. Cortesía de Don Grant.

9. RANAS, CUCARACHAS Y AGUACATES PARA CENAR

La reunión estomacal en la mesa de la señora Bennett no puede ser más hilarante y a la vez definitoria a nivel de personajes. Una sutil manera de describir cada uno de los comensales, la cena expone una interesante y referencial discusión que enfrenta ciencia contra religión. Representado por el doctor Pennyworth y el padre Finnegan respectivamente, la charla se va tornando más asquerosa conforme el científico descubre de manera bastante gráfica, comparando los líquidos internos de un pequeño batracio con un aguacate rancio, la vez que intentó diseccionar uno de estos animales. Todo originado por la irrupción en el salón de una cucaracha.

Mientras eso ocurre, el bueno de Richard trata de dejar el plato de coliflor vacío, intentando seguir las órdenes de Diane. No fue nada fácil rodar estos momentos, a tenor de los recuerdos de Don Grant. El actor nos descubre, así, como fue el rodaje de esa cena y las indicaciones del director al respecto:

«Cuando conseguí el rol protagonista de *El monstruo del armario*, debo admitir que tenía poca formación interpretativa. Cuando un actor comienza en el negocio, hay una determinada cantidad de características naturales de las que sacar provecho. Yo tenía poco más de veinte años, y había viajado y compartido muchas experiencias. Me basé en esas experiencias e hice lo mejor que pude para aplicar todo eso a mi papel de Richard. Bob Dahlin fue muy paciente y, a menudo, me daba indicaciones que me ayudaron a aprovechar esas experiencias. Por ejemplo, en esa escena de la cena con todo el elenco, me sirvieron verduras cocidas frías que habían sido marinadas en vinagre y algunas especias repugnantes. Se suponía que a mi personaje no le

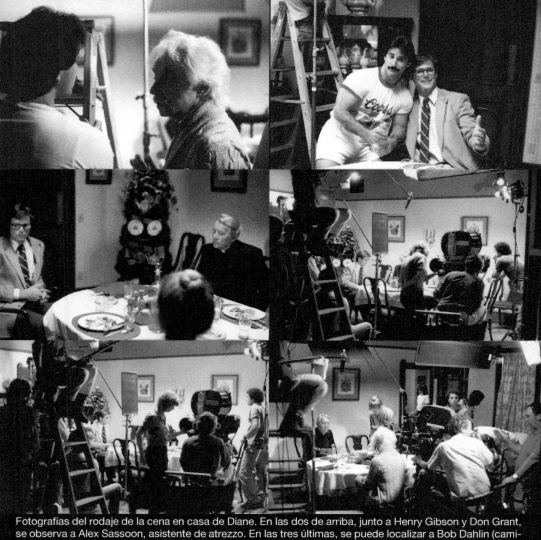

Fotografías del rodaje de la cena en casa de Diane. En las dos de arriba, junto a Henry Gibson y Don Grant, se observa a Alex Sassoon, asistente de atrezzo. En las tres últimas, se puede localizar a Bob Dahlin (camiseta verde), Richard.Walden (sentado tras la cámara) y Ron McLeish (camiseta roja).
Cortesía de Don Grant.

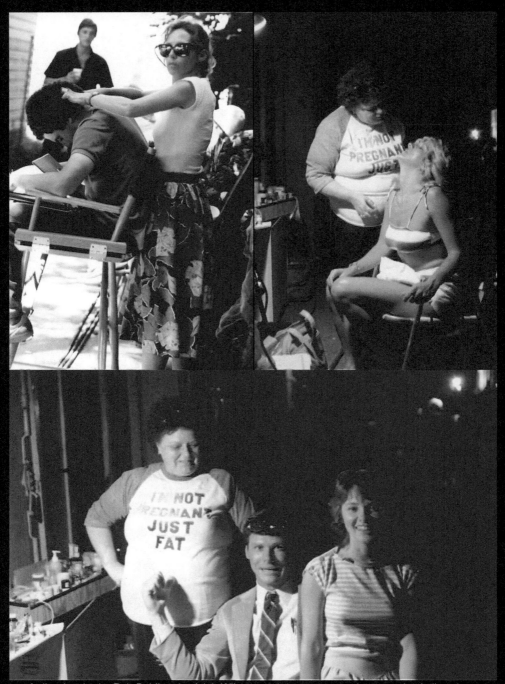

Arriba, izquierda, Bob Dahlin y Lesleigh Wilshire, del departamento de vestuario. Arriba, dere-cha, la enfermera del rodaje Annie G. atiende a la asistente de producción Darlene Tuffy Gran-ger. Abajo, Don Grant bien rodeado. Cortesía de Don Grant.

gustaba la comida, así que cuando la probé, no me gustó realmente. Esa fue la dirección de Bob.

En lo referente a los dos bandos que dialogan sobre la importancia de la vida mientras trato de comerme el plato, Henry Gibson era el actor de formación clásica que me iluminó con el *método Stanislavski*. Me dio el libro esencial de *Un actor se prepara*, puesto que sabía que yo era relativamente nuevo en el mundo de la actuación. En el set, me dio muchos consejos valiosos al respecto.

Ahora bien, de todos los actores de *El monstruo del armario*, el más cercano para mí fue Howard Duff. Me dio muchas ideas para mi personaje mientras socializaba con él y su mujer. En nuestros días libres, jugábamos al tenis con otros pocos amigos y su mujer Judy Duff. A menudo les visitaba en su casa de Trancas, Malibú, y me quedaba allí. Se mudaron a Montecito, en Santa Bárbara, y yo les cuidaba la casa cuando se iban de viaje, sin olvidar mis frecuentes visitas para jugar unos partidos de tenis. Jugué al tenis con ellos casi cada semana hasta dos semanas antes de que muriese. Fue un amigo muy querido y un mentor.

Howard tenía un Ford Mustang de 1967, un Cobra GT500. A menudo lo conducía con él para ir a la ciudad. ¡Era todo un coche imponente! Varios años después de su muerte, Judy me llamó por si quería comprarle el coche, ya que siempre le había dicho a Howard que, si alguna vez le daba por venderlo, se lo compraba. Por entonces, yo tenía un bebé recién nacido, y estábamos renovando nuestra casa. No podía permitírmelo. Ha sido uno de los grandes remordimientos de mi vida. No por el coche, sino por aquellos grandes recuerdos que pasé con Howard».

10. EL MAMARRACHO ENTRA EN ESCENA

En un intento de evasión de la cena, Richard acompaña al Profesor al ático[26], donde el niño superdotado le muestra los avances de su módulo energético ultra-sónico. Es en ese momento cuando escuchan los gritos de alarma de un vecino —interpretado por Arthur Berggren— que asegura que hay un monstruo dentro de su casa y ha intentado matar a su hijo Jimmy. La madre —con las facciones de Daryle Ann Lindley— sostiene al niño en brazos. Todos los comensales de la señora Bennett salen de la vivienda, a la vez que el sheriff y los agentes de policía llegan al lugar. La bióloga intenta convencer al sheriff de lo inimaginable de la amenaza a la que se enfrentan, pero el policía hace caso omiso, y ordena a sus agentes que rodeen la vivienda. Es entonces cuando, tras unos tensos momentos, la puerta se hace añicos, y un engendro malhumorado, de color marrón, con soni-dos guturales y bufidos encabronados, sale a la calle.

Sin embargo, el sheriff no está impresionado. En absoluto. Cree que es un tipo disfrazado, y le ordena que se quite el traje. Cuando se da cuenta de su error, es demasiado tarde. Cara a cara con la bestia, de la boca del adefesio emerge a su vez otra pequeña criatura que muerde al sheriff, levantándole y dándole muerte. El resto de los agentes comienzan un tiroteo para tratar de abatir al monstruo, pero es inútil.

Tras volcar un coche de policía con el agente Spiro en el interior —interpre-tado por Ritchie Montgomery—, el mamarracho desaparece entre los setos de un edificio, tras el asombro de los vecinos, y una mezcla de estupefacción, maravilla y funesta anticipación del doctor Pennyworth.

A mi juicio, el rocambolesco encuentro entre las fuerzas del orden y el mamarracho protagonista es uno de los mejores momentos, y más divertidos, de todo el largometraje. Pero, además, es una de las escenas más complicadas a nivel de aglomeración de figurantes, y sin duda debió tener una conside-rable preparación. El productor David Levy nos habla de ello:

El encargado de especialistas Doc Duhame, ataviado también como policía. Cortesía de Don Grant.

---

26. En el guion, mientras el periodista y el niño abandonan la mesa, y Diane recoge los platos, Pennyworth y el padre Finne-gan añadían un diálogo interesante sobre la vida familiar de los Bennett que se encuentra ausente en el montaje final del filme. Primero el científico observaba que Richard era un tipo agra-dable, y luego el párroco expresaba su regocijo al comprobar que era el primer hombre joven que pisaba la casa «desde que John murió». Esto nos indica que la señora Bennett es viuda. Tras adoptar la mujer una pose desafiante con las manos en las caderas, el párroco preguntaba retóricamente qué iban a hacer con ella, a lo que la señora Bennett respondía: «Mejor aún ¿qué vais a hacer con esa cucaracha?», en alusión al insecto aplastado en su salón.

Arriba, izquierda, Doc Duhame y Ritchie Montgomery como policías.
Arriba, derecha, el productor y coguionista Peter Bergquist y el productor Robert Rock.
Centro, otro actor junto a Doc Duhame y Ritchie Montgomery.
Abajo, la encargada de los extras Lee Kissik junto a uno de sus asistentes, Bill Rich, luego fotógrafo de fama mundial.
Cortesía Don Grant.

Fotografías del lugar del rodaje, con el equipo de cuidado del traje. De izquierda a derecha Mark Bryan Wilson, Doug Beswick, Kevin Peter Hall, Margaret Prentice y Bill Sturgeon. Cortesía de Mark Bryan Wilson.

«Un rodaje y un exterior nocturnos. Podría decirse que el tipo de escenas más difíciles de lograr desde el punto de vista de la iluminación y el tiempo, así que había que tener a un gran equipo para hacer un montón de cosas. Había que incluir trabajo de especialistas, además. La gente del vecindario estaba fascinada por la preparación y el rodaje. Fueron muy amables con la situación teniendo en cuenta que los mantuvimos despiertos toda la noche. Pero no se quejaron en absoluto, y creo que también pasaron un buen rato.

Ritchie Montgomery, quien hace de ayudante del sheriff, es un viejo amigo. Es un actor de carácter que trabaja y repite con mucha gente. Tarantino lo usa siempre, y nosotros trabajamos con él en un par de películas de Altman cuyas escenas finalmente se descartaron. Por entonces, lo conocía de jugar a las cartas, pero fue una gran preparación, con mucho trabajo, ¡y quedó genial, realmente genial! Creo que funcionó de manera brillante y dejó el terreno preparado. Es la primera gran revelación que tenemos, y uno no sabe qué va a pasar después de eso. Coincido contigo en que, en mi opinión, es una de las mejores —si no la mejor— escenas de la película.

Creo que Bob Dahlin es un auténtico estudioso del cine. Entre él y Peter Bergquist sabían todos los tropos y todas las manipulaciones y ejecuciones del género, y sabían lo que se traían entre manos con este tema. No quiero decir con esto que yo no haya visto ninguna película de ciencia ficción con monstruos de por medio, pero no me definiría a mí mismo como un estudioso del género. En ese sentido, ellos lo eran mucho más que yo. Ya desde las páginas del guion, podías percibir lo bien que estaba construido el suspense, los giros, sorpresas y ese tipo de cosas. Nos ceñimos mucho al guion porque estaba muy bien pulido y pulsaba las teclas adecuadas, en el mejor sentido del término.

De igual modo, tuvimos mucha suerte. Es decir, ¡resulta que fui a la universidad con Kevin Peter Hall, el mejor actor de la historia en meterse en el

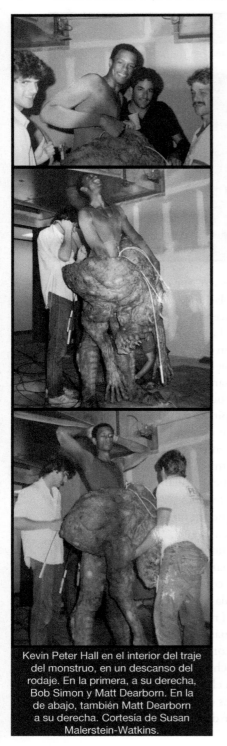

Kevin Peter Hall en el interior del traje del monstruo, en un descanso del rodaje. En la primera, a su derecha, Bob Simon y Matt Dearborn. En la de abajo, también Matt Dearborn a su derecha. Cortesía de Susan Malerstein-Watkins.

traje de un monstruo! Y digo que fue el mejor de todos los tiempos en ese sentido porque es muy difícil transmitir algo parecido a una emoción, y muy difícil ser grácil con los movimientos, cuando tienes encima un traje de esta naturaleza. Era brillante haciendo eso, ¡así que también fuimos muy afortunados con Kevin!».

La primera vez que vemos al monstruo, como decíamos, es sensacional. Kevin Peter Hall realizó un trabajo excepcional de lenguaje corporal y mirada furibunda. Levy lo ha definido a la perfección, más teniendo en cuenta lo sofocante que era portar el traje del monstruo. A decir verdad, entre los descansos del rodaje, Hall se desprendía de la parte superior del traje y miembros del equipo le secaban el sudor y aireaban un tanto empleando secadores de pelo. El director recuerda cómo Kevin Peter Hall realizó su trabajo, pero también unos ilustradores detalles sobre el rodaje de ese momento:

«Kevin Peter Hall estaba bastante limitado por lo que podía hacer con ese traje del monstruo. Daba mucho calor y estaba muy restringido de movimientos. Para poder romper más fácilmente la puerta por la que hace su primera aparición, esta se construyó con madera de balsa. En cuanto al momento en que agarra el coche de policía y lo vuelca, en realidad no tuvo que realizar un gran esfuerzo; los especialistas y la gente de efectos especiales se ocuparon de eso enganchando un cable desde el vehículo policial hasta un remolque».

Los técnicos de efectos especiales, empero, también tenían la tarea de articular los gestos del monstruo para aquellos instantes en que la cámara se detenía lo suficiente sobre la criatura como para que todos los elementos ornamentales de su cara, como los dientes alineados alrededor de su boca, cobrasen vida. Y recoger eso en celuloide no era tarea sencilla para los operadores de cámara. Richard Walden lo recuerda así:

Fotografías de detrás de las cámaras, en el rodaje de la primera aparición del monstruo. Arriba, izq: el productor asociado Robert Rock. Arriba, dcha, Bob Dahlin, Susan Malerstein-Watkins y el operador de micrófono Bayard Carey. Centro, izq: Bayard Carey descansa. Centro, dcha: amanece en el set. Abajo, izq: a la izquierda, el asistente de cámara Ian Fox. Abajo, dcha: Peter Bergquist y Bob Dahlin.

«Un continuo desafío fue filmar el traje del monstruo. Había dos de ellos: uno era del cuerpo entero del monstruo para planos amplios, mientras que el segundo traje cubría justo desde debajo de las rodillas. Este traje disponía de la mecánica para mover los ojos y la boca del monstruo y los cables de control iban por la parte posterior del traje saliendo por debajo de las rodillas, con los chicos de efectos especiales fuera de cámara manejando los controles. Los primeros planos fueron bastante fáciles, pero articular un plano medio amplio sin que se viesen los cables de control requería ser muy preciso».

Esta primera y apabullante aparición del monstruo permite también observar cómo aniquila a sus víctimas. De su gran boca dentada aparece esa otra criatura colmilluda similar a una serpiente —y causa de la confusión de la señora Bennett— que engancha a sus presas hasta matarlas. En pantalla, lo cierto es que en cada ocasión que esto sucede nuestros ojos detectan algo extraño, potenciando también por un repentino cambio de plano. Es Mark Bryan Wilson quien nos explica esta variación, revelando un pequeño secreto:

«Yo me ocupé de manejar la marioneta que sale de la boca del monstruo. Así que en cualquier momento en que aparece desde su boca, yo estoy detrás del traje. Era una marioneta de mano, así que teníamos que quitarle el traje a Kevin y colgarlo de dos ceferinos[27]. Si uno presta atención, se puede ver cómo quedaba el traje del monstruo al realizar esa toma. Se ve muy raro debido a eso que comentaba de que sencillamente estaba colgado de dos ceferinos para poder filmarlo de esa manera. No podíamos tener a Kevin allí, o hubiéramos tenido

Bayard Carey y el monstruo

que hacerle un agujero en la parte de atrás de su cabeza, por lo que no portaba el traje en todos esos momentos en que esa serpenteante emerge de su boca. Entonces yo me ponía la marioneta sobre la mano, y lo recubríamos todo de lubricante para que pudiese deslizarse dentro y fuera. De esa manera tuve que matar al personaje de Claude Akins.

Añadiré una curiosidad: siguiendo la escultura de esa cabeza que había hecho James Kagel, yo me ocupé de hacer el molde de la cabeza, y luego le añadí las partes mecánicas, ya que se suponía que la boca se abría y se cerraba. No conseguimos ningún plano de esa acción —solo lo vemos dirigirse hacia cámara—, pero siempre lo intentábamos.

De igual modo, fui una de las personas que permaneció en el rodaje para meter a Kevin Peter

---

27. En inglés C-Stand, es un accesorio de sujeción y soporte que cuenta con brazo móvil y pie.

Hall en el traje. Así que hicimos mucho rodaje nocturno y un poco diurno. Tuve la posibilidad de salir por ahí con él, de conocerlo y trabar amistad. Era una persona realmente encantadora, un buen tipo.

La gente creo que tiende a olvidar que hay un ser humano dentro de un traje de goma. Así que era muy importante para mí, como cuidador del traje que era, ser capaz de asegurarme que Kevin estaba seguro, fresco, cómodo y darle mucha agua para hidratarlo. Y llegado el momento, poner en conocimiento del equipo de producción que había que sacar a Kevin del traje para que se tomase un descanso. Kevin era capaz de decir cosas, pero sonaba amortiguado, así que mi tarea en ese sentido era comunicarle al director y al resto del equipo sus necesidades».

II. EL GENERAL FRANKLIN TURNBULL

La preocupación se extiende por el país cuando el monstruo se cobra su quinta víctima y el presidente declara el estado de emergencia. Es en ese momento cuando las fuerzas militares entran en acción para tratar de detener la amenaza. Dirige la operación un contundente, vehemente y un tanto malhablado militar, el general Turnbull. Sus intenciones directas de aniquilar a la bestia chocan de inmediato con el interés del doctor Pennyworth de recabar información sobre el monstruo dejándolo con vida, en un intercambio de ideales que tiene lugar en una concurrida rueda de prensa. El productor y el director describen de la siguiente manera al intérprete de tan inolvidable general:

«Donald Moffat era otro buen amigo —explica David Levy—. Creo que he hecho doce películas con él. Era un tipo que podía ser brillante, con muchos matices, sutil y humilde. En *El monstruo del armario* se le pidió que interpretara a una caricatura, es decir, un militar fanfarrón de alto rango. ¡Y

lo hizo con gusto y entusiasmo! ¡Nunca te atreverías a decir que este actor era capaz de realizar el más sutil de los personajes cuando lo ves interpretando de esta manera tan brillante a esta suerte de general del calibre de "disparar primero y preguntar después"! ¡Un tipo cuya respuesta para todo es hacerlo reventar! ¡Lo hizo genial!».

«Donald Moffat era el mejor actor con el que he trabajado nunca —añade y corrobora Bob Dahlin— y el mejor de toda la película. Era un sueño hecho realidad, y utilicé casi todas las sugerencias que se le ocurrieron. De hecho, era al único que le permitía improvisar sus frases. Se ciñó al guion en su mayor parte, pero a veces podía mejorarlo con sus propias frases».

12. FLORES PARA DIANE

En la rueda de prensa, Richard observa entre la multitud a Scoop. Extrañado, le pregunta el motivo de su presencia, a lo que el pérfido periodista le engaña y le dice que los sucesos relacionados con el monstruo pronto quedarán en el olvido, y

que en el periódico le necesitan para asuntos más importantes. Es una estratagema de Scoop para apoderarse de la popularidad del evento, claro está, pero ingenuo como es, Richard no pone objeciones. Hace las maletas y se propone abandonar Chestnut Hills, no sin antes acudir una última vez a ver a Diane y regalarle unas flores. Allí, Scoop intenta entrevistarse con el profesor Pennyworth, pero Diane se lo impide exponiendo que está muy ocupado. La mujer además no acaba de entender la presencia de Scoop, pues ya Richard se encuentra investigando el suceso. Es entonces cuando el supuesto compañero del periódico, entre risas, le cuenta a Diane su opinión sobre Richard: es un pelmazo y no sabe «hacer la O con un canuto». Desafortunadamente, el pobre Richard escucha la conversación. Frustrado, pero no desalentado, Scoop se marcha de casa de Diane.

Es interesante un pequeño detalle aquí en cuanto a los vehículos de cada uno de los periodistas. El coche de Richard es azul, un color frío y tranquilo de cierta manera, y las líneas de este son circulares y agradables. Un poco como el mismo Richard. En cambio, el de Scoop es rojo, con líneas deportivas y más agresivas. Parecen representar de alguna manera a sus propietarios. Pero

La pareja protagonista, interpretada por Don Grant y Denise DuBarry.
Cortesía de Grant.

cuando le pregunté a Bob Dahlin si fue una elección consciente, me dijo que era una simple coincidencia.

En cualquier caso, Richard, devastado por los comentarios de Scoop, decide irse del lugar sin entregar su obsequio. Pero Diane es muy observadora y se da cuenta tanto de la presencia de Richard como de sus intenciones, y mientras que en otras ocasiones se había mostrado cortante y evasiva, ahora le invita a pasar al interior de la casa. Desde luego, son algunos de los momentos más agradables entre los dos personajes, promovidos por la candidez en la interpretación de Don Grant, y las réplicas ingeniosas proporcionadas por Denise DuBarry. Grant recuerda así a su compañera protagonista:

> «Denise era una auténtica profesional, y una maravillosa dama con la que trabajar. Es esa escena donde regreso a su casa con flores, y escucho a Frank Ashmore hablando con ella, sus reacciones "coquetas" fueron absolutamente perfectas».

13. TRAPOS, SIESTAS Y UN XILÓFONO

De nuevo en casa de Diana, Richard se reencuentra con el padre Finnegan y el profesor Pennyworth, quienes otra vez discuten aspectos éticos sobre el monstruo, mientras en otra habitación el joven Profesor revisa las grabaciones de audio del monstruo que ha realizado con su aparato. Diane se dispone a verter algo de refrigerio a sus invitados, pero mientras habla su mirada se detiene en Richard, que se ha quitado las gafas para limpiarlas. El rostro helenístico le deja absorta, petrificada, una vez más, hasta el punto de que se derrama el líquido de uno de los vasos por su inacción.

Richard se pone de nuevo las gafas alarmado y Diana vuelve a entrar en sí.

Casi de inmediato, el profesor Pennyworth les manda callar. Ha escuchado el rugido del monstruo en la grabación del niño, y le pide a este que repita de nuevo el sonido. Es entonces cuando el excéntrico científico está convencido de haber encontrado la clave para comunicarse con el engendro.

El equipo formado por el cura, el científico, la bióloga y el periodista empiezan a rastrear la zona de tránsito del monstruo, mientras que Pennyworth, con un gran xilófono, trata de emular las notas que el monstruo dejaba entrever en sus rugidos. Así, una y otra vez, en un claro homenaje a esas otras cinco notas de una película que se había estrenado no hacía mucho a principio de los ochenta. Es fácil identificar a qué película referencia, pero Dahlin me despejó toda duda, aduciendo que se trataba de las mismas notas que empleaban

El rocambolesco equipo de búsqueda del monstruo, el profesor Pennyworth, Diane Bennett, el padre Martin y Richard Clark

los protagonistas de *Encuentros en la tercera fase*, cuando intentaban comunicarse con los extraterrestres «pero escritas para sonar poco llamativas y chorras».

En una de las viviendas inspeccionadas, los protagonistas son sorprendidos por Scoop, que, entre risotadas, se regocija por haber conseguido hablar con Pennyworth[28]. No obstante, la expedición sigue su marcha y, de esta manera, nota a nota musical, se adentran en una fábrica de trapos al ver lo que parece ser el monstruo en una de las ventanas del edificio.

Rodar en esta abarrotada y oscura instalación conllevó que alguno de los miembros del equipo quedase exhausto por las largas jornadas de trabajo[29]. Ese fue el caso de un joven llamado Matt Dearborn. Con el paso del tiempo, Dearborn se convirtió en un prolífico escritor, productor y director de televisión. Por ejemplo,

---

28. Entre el momento en que Scoop asusta a la expedición, y el consecuente momento en que aparece hablando en la calle con el doctor Pennyworth, figuraba un breve diálogo entre el egocéntrico periodista, Richard y Diane. Primero, Richard intentaba disculparse por haberse quedado en la ciudad —no quería robarle la historia a Scoop—, lo que provocaba la indignación de Diane. Después, la mujer instaba a Scoop a dejarlos en paz, y este respondía sarcásticamente que lo mejor que podía hacer en ese caso era avisar a la policía, replicando: «Pero no me gustaría veros en problemas. Al fin y al cabo esto es una zona restringida y estáis infringiendo la ley». Se puede ver justo cuando empieza la secuencia a Diane negando con la cabeza en un gesto de desaprobación, en respuesta a ese diálogo eliminado.

29. Según las notas que figuran en el guion, el rodaje de estas escenas en la fábrica de trapos se llevó a cabo entre el 10 y 11 de septiembre, sábado y domingo respectivamente.

Fotografías del rodaje. En sentido descendente y de izquierda a derecha. 1. Bob Simon. 2. Bob Dahlin. 3. Henry Gibson. 4. Denise DuBarry. 5. Los actores principales. 6. Denise DuBarry. 7. Henry Gibson 8. La supervisora de guion Barbara Lange. 9 La estilista Trilby Taylor. Cortesía de Don Grant.

entró a formar parte del equipo de guion de Aaron Spelling Productions, y escribió varios episodios de *Sensación de vivir* (*Beverly Hills*, 90210, 1999-2000). Pero, por entonces, era un chico que se iniciaba en el mundo del cine y la televisión gracias a un amigo suyo de la universidad. El propio Dearborn nos lo cuenta:

«Así ocurrió, a decir verdad. Fue a través de Don Grant, con el que cursé estudios. Cuando consiguió su papel protagonista en el filme, sabía que yo buscaba trabajo. Así que en esencia conseguí un empleo en el equipo de electricistas del

filme, llevando luces y ese tipo de cosas. Don siempre fue un tipo que estaba un poco por delante de los demás. Debía tener por entonces veintitrés o veinticuatro años, pero siempre era muy ecuánime y maduro para esa edad. No parecía nada nervioso por haber conseguido el papel protagonista, y en cuanto a mí, me ayudó mucho.

Por aquellos tiempos, Don y yo vivíamos juntos, y cada día íbamos también juntos a trabajar. Yo me marchaba con los del equipo de filmación, y él se iba a su tráiler. Al principio, yo estaba muy nervioso. Era el primer set profesional en el que había estado. Ya había participado en algunos anuncios locales de coches en Sacramento, pero esto daba la sensación de ser algo importante con luces enormes, rodajes nocturnos, grúas, camiones, e incluso actores muy reconocibles. Solo estuve durante el rodaje principal, alrededor de ocho meses. Fue un trabajo durísimo, pero una experiencia muy emocionante. Recuerdo en ese sentido haber conocido al primer famoso de mi vida, Henry Gibson, mientras esperaba sentado para rodar una escena. Le había visto de niño en la serie *Rowan and Martin's Laugh-in* (1967–1973). Fue muy amable conmigo, incluso me habló de su familia. Recuerdo pensar asombrado que los famosos podían ser personas normales, y agradables.

Fotografías del rodaje. Arriba y centro, los actores protagonista. Abajo, vestida de rosa, la asociada de casting Patrice Messina. Detrás del carro, el operador de micrófono Bayard Carey, la mujer a la derecha, la encargada del cableado Cynthia Dittman.
Cortesía de Don Grant.

Me acuerdo del rodaje en esa fábrica de trapos, que filmamos en el centro de Los Ángeles durante una semana aproximadamente. Encontré un sitio en esa fábrica, en un gran montón de trapos, donde podía echarme una siesta. En varias ocasiones durante las comidas, me quedaba sopa entre los harapos, y me despertaba sobresaltado preguntándome dónde se había metido todo el mundo.

En resumen, fue mi primera experiencia, y estaba tan emocionado de estar allí que cimentó el deseo de continuar mi carrera en el mundo del espectáculo. Y no he parado de trabajar desde el día en que terminó esa película, ya sea como escritor, director, productor ejecutivo, creador de series, en el sonido...He hecho de todo. Creo que, si pienso detenidamente en mis recuerdos sobre *El monstruo del armario*, lo que más recuerdo es ese sentimiento de estar allí sintiendo esa emoción tan genial. Y supe que quería permanecer cerca de todo eso».

14. SUPER CLARK

La búsqueda vecinal[30] termina de manera repentina cuando un soldado intercepta a la partida de investigación y lleva a sus integrantes hasta el general Turnbull. Encolerizado, el militar los acusa entre improperios de actuar temerariamente. Mientras él intenta salvar vidas humanas, Pennyworth y sus acompañantes se entretienen jugando al escondite con King Kong. Curiosamente, esta rápida y adecuada referencia al filme de 1933 solo se produce en la versión doblada en castellano, puesto que en versión original el monstruo citado no es otro que Godzilla.

---

30. Acorde las notas del guion, las escenas de la búsqueda por las calles desérticas, y la posterior escena de evacuación, se filmaron en las cercanías Plaza Circle, en la ciudad de Orange, el 13 de septiembre de 1983.

En cualquier caso, mientras Turnbull les explica que el pánico se está extiendo a otros países, uno de sus hombres al mando le informa de la posición exacta del monstruo, según la investigación militar. Pennyworth y Diane se miran asustados cuando descubren que se trata de la escuela pública, donde en esos mismos momentos se encuentra el Profesor.

La acción cambia rápidamente hasta el interior del colegio donde vemos al niño concentrado en sus investigaciones. Detrás de él, el monstruo va acercándose cada vez más. Con Turnbull conduciendo un jeep y el resto de los protagonistas a bordo, se inicia una acelerada carrera por llegar al centro escolar. Ahora bien, prestemos atención al rostro de Donald Moffat en su rol del general mientras conduce. ¡Se lo está pasando en grande! Con una mezcla entre enloquecido y divertido, su manera de conducir es indescriptible. Bob Dahlin revelaba para este libro que la idea surgió del propio Donald Moffat. Expresaba su carácter trastornado, me dijo el director.

Tanta es la locura al volante, que el coche termina impactado contra una boca de incendios y un montón de bicicletas. Sus ocupantes tienen que continuar a pie. En el colegio, el monstruo ha visto al niño, y se le acerca por detrás. Muy despacio, sus garras se aproximan al cuello.

Cuando los protagonistas llegan a la escuela Watson, observan en ese mismo instante la dantesca escena: el monstruo ha agarrado al niño y se lo lleva a rastras hacia el armario. Lo va a matar. Todos lo saben, todos gritan de pavor, pero nadie se atreve a intentar detener a la bestia. Diane chilla histérica por la vida de su hijo. En ese momento, nuestro Superman particular y favorito se lanza al rescate: Richard coge al niño por los pies, pero el monstruo es muy fuerte y consigue arrastrarlos a los dos. Entre forcejeos, el periodista arranca una uña de las garras del propio monstruo, y con ella rasga la ropa del joven, liberándolo. Todos huyen hacia el exterior, mientras el engendro aúlla frustrado.

No cabe duda de que el rodaje de este momento debió de ser especial, y muy intenso. Su protagonista Don Grant lo recuerda de la siguiente manera:

Fotografías del rodaje. En sentido descendente, y de izquierda a derecha:

1. El asistente de cámara Larry Doc Karman. 2. Jim Gibson, hijo de Henry Gibson 3. Desenfocado, Bob Dahlin. 4. Kevin Peter Hall 5. La encargada de vestuario Kathleen Brodbeck y Lee Kissik, del departamento de extras. 6. Al fondo, Kevin Peter Hall. 7. El encargado de atrezzo Mike Pineapple Miner. 8. Un extra del rodaje. Cortesía de Don Grant.

Penelope Staley y Trilby Taylor, de vestuario, junto a Don Grant. Cortesía de Grant.

«Junto a Henry Gibson, Donald Moffat era otro de los actores formados a la manera clásica. Siendo británico, era muy correcto y directo, y me ayudó en varios momentos. Recuerdo esa escena en la que tenía que entrar corriendo al aula de la escuela y rescatar a Paul Walker de las garras del monstruo. Para darle más realismo, pensé yo, me ponía a correr por el patio de la escuela para quedarme sin aliento. Después de realizar cuatro tomas agotadoras de esa manera, Donald me apartó a un lado y me dijo: "¿Por qué te agotas de esta forma? Dios mío, hombre ¿Por qué sencillamente no actúas como si lo estuvieras?". ¡Esa fue una gran lección para mí!».

Igual de extenuante e intensa fue la escena para el pequeño Paul Walker. Zarandeado, arrastrado y colgado de las garras del monstruo, no debió ser nada fácil para un niño que estaba empezando su carrera en el cine. David Levy estaba allí también, y lo recuerda claramente:

«Cuando hicimos la película, estoy bastante seguro de que Paul tenía doce años. Era muy buen chico y muy serio. Realmente quería hacer un buen trabajo. Cuando tiempo después, escuchabas sobre él ya siendo adulto, cómo todo el mundo le quería, se llevaba bien con todos, y era genial trabajar con él, a mí no me sorprendió en absoluto. Porque incluso de niño trabajaba duro y quería hacerlo de la mejor manera posible. Tenía un ánimo realmente bueno, y ya de niño era una buena persona que se llevaba bien con todo el mundo. Seguramente se debía a que tenía una muy buena educación. Su madre estaba allí todos los días y era estupenda. Entendía de verdad que queríamos que todo fuese maravilloso lo que implicaba que Paul tenía que trabajar quizás más duro y más tiempo de lo que un niño de su edad tendría que hacer. Aunque fue un trabajo muy duro y no teníamos dinero, tuvimos respeto por todo el mundo y por lo que hacíamos. Creo que todo eso se percibe en la película.

Esa escena con el monstruo arrastrando a Paul fue un poco complicada porque teníamos un arnés especial para conseguir que la situación funcionase. Se tenía que filmar desde diferentes ángulos para que luego se pudiese editar correctamente. Aunque parezca una escena sencilla de realizar, tenía que estar muy coreografiada y muy bien planeada. Y llevó un poco de tiempo. Aun sabiendo que es una película de monstruos, fijaos en la reacción de Denise cuando su hijo es arrastrado por el monstruo. En términos de la ansiedad de una madre al ver a su hijo en peligro, es igual de realista que la puedes encontrar en cualquier película. Es totalmente creíble. Denise estaba implicada a todos los niveles en ese momento».

La actriz estaba totalmente entregada en el rodaje de esa escena. Pero también lo estaba el joven militar que la sujeta, no otro que Jon Turteltaub. Así recuerda el artista sus tiempos en el filme y su aparición como miembro de las fuerzas armadas:

«Quizás fue porque tenía diecinueve años y era estúpido, pero creo que recuerdo casi cada día del rodaje de esa película. Recuerdo meterme en jaleos por abandonar el set sin permiso. Recuerdo pasar el rato con el pequeño Paul Walker y pensar que ese chaval era realmente encantador y no un chaval peculiar de Hollywood. Recuerdo a los otros asistentes de producción pegándome porque había algo en mí que hacía que la gente quisiese pegarme. Recuerdo tener que llevar conduciendo a su casa a la desquiciada enfermera del set, y cómo durante el viaje se hipnotizó a sí misma, para decirme entonces que no necesitaría dormir más durante las siguientes veinticuatro horas. Recuerdo pensar que los actores eran más amables conmigo de lo que tenían que ser. Y recuerdo cuando me dieron ese rifle M16 y ese uniforme del ejército porque necesitaban más actores para interpretar soldados. Y de pronto estaba disparando el rifle e intentando parecer un rudo hombre del ejército en lugar de un asustado estudiante universitario».

15. EL EJÉRCITO SE ENFRENTA A LA BESTIA

Mientras todos huyen en estampida, Turnbull trata de movilizar a sus tropas para hacer frente al adefesio que da título a la película. Acordonan la zona y se preparan para abrir fuego. Pennyworth, en un descuido, se zafa del cordón militar y corre hacia el monstruo. Está convencido de poder establecer contacto. Entonces, como en el filme de Spielberg de 1977 protagonizado por Richard Dreyfuss, el científico comienza a tocar su xilófono. Sorprendentemente, el engendro responde rugiendo en las mismas notas. Hombre y bestia se van acercando, sonido a sonido, mientras

el público a esa ceremonia musical de hermanamiento va abriendo sus corazones ante la teoría de Pennyworth, maravillosamente confirmada. Turnbull no da crédito; Scoop toma notas extasiado; el padre Finnegan besa su cruz ante el milagro. Diane, Richard y el niño se abrazan de alegría.

Pero es un espejismo.

Al poco de encontrarse cara a cara, el monstruo deja emerger su boca interior serpenteante y agarra a Pennyworth. Las reacciones de los asistentes son gloriosas e hilarantes por su desazón y desilusión. Y cuando la bestia deja caer al malogrado científico, Turnbull da la orden de abrir fuego para acabar con el engendro. Bazucas, tanques y rifles escupen sin cesar convirtiendo el patio de colegio en un infierno. Sin embargo, nada afecta al monstruo, que con su icónica pose con la garra derecha hacia abajo y hacia atrás, y con la izquierda levantada, desaparece entre la nube de pólvora.

Da la impresión de ser otras de las escenas complicadas de llevar a cabo, pero Dahlin nos aclara que no fue exactamente así:

«La escena donde los tanques disparan al monstruo no fue especialmente difícil de rodar. Filmamos toda la escena en dos noches. La primera noche rodamos con toda la multitud y los tanques, y en la segunda lo reducimos todo a los planos de cerca sin la muchedumbre».

«Esa parte para mí fue lo más complicado de la película —contrasta Frank Ashmore—. Varios actores y yo tuvimos que esperar unas largas doce horas, necesarias para que se filmase la escena con esa gran implicación militar táctica donde intentan detener al monstruo ¡y donde se emplea toda arma conocida por el hombre!».

Ahora bien ¿cómo consiguió una producción tan modesta como la de *El monstruo del armario* un despliegue militar de tal magnitud? Hasta cierto punto, fue sencillo, y otro ejemplo del modelo de inversión que habían establecido. Según me explicó David Levy, consistió en convencerles de que, aunque ahora no podían pagarles, en el caso que la película obtuviese beneficios y tuviese repercusión, serían recompensados adecuadamente. Asimismo, tal vez en una próxima producción si sus carreras fructificaban, podían volver a contar con ellos y en ese caso pagarles generosamente. Así consiguieron gran parte de las colaboraciones, desde el cáterin hasta el presente equipo militar[31].

«Me atrevería a añadir —continúa Levy— que muchos jóvenes cineastas, que necesitaban todo tipo de favores y necesidades de los proveedores de equipos y servicios, a menudo funcionan de esta manera. Solo tienen que trabajar duro, quizá tener unos pocos contactos, y tal vez ser flexibles sobre eso que necesitan

---

31. Según las notas de producción que acompañan el guion, el rodaje de estas escenas en el exterior de la escuela se llevó a cabo entre el jueves 16 y el viernes 16 de septiembre de 1983, con veinticinco militares y quince vecinos, en Saugus, Chapman & Glassell Street, en la ciudad de Orange (si bien estaba previsto originalmente para el 22 de julio, y luego para 19 de agosto).

de esos materiales y servicios. Quizás también convencerles de que tienen cierta habilidad, y pasión e implicación, y toda la comunidad estará allí para ayudarles. Quizás no sea algo que puedan pedir repetidamente, pero una primera vez desde luego que sí. Como todo lo demás de esta película, conseguir todo ese despliegue militar conllevó mucha persuasión, y convencer a los propietarios de ese material, de que teníamos la pasión e implicación con el proyecto. Teníamos un listado detallado de los planos que necesitábamos, y finalmente conseguimos ese material. Sin embargo, una vez que obtuvimos el metraje en bruto, creo que al final quien hizo funcionar la escena fue Raja Gosnell, el principal y primer editor de la película. Raja —que luego se convirtió en director de cine— tiene un ojo mágico. Es un editor con un talento extraordinario. ¡Cogió el metraje de la operación militar y lo transformó en algo increíble!».

16. LA DESPEDIDA ANFIBIA DE PENNYWORTH

Cuando el monstruo se esfuma y el contraataque militar cesa, los protagonistas corren a socorrer al desgraciado Pennyworth, que moribundo trata de hablar con Diane. En sus últimos estertores, se alegra de haberse podido comunicar con el monstruo. Pero cuando Scoop le pregunta si pudo entender lo que le dijo, un rotundo «No» del profesor resulta demoledor, desternillante, y según me confesó Bob Dahlin, su momento favorito del largometraje. Por último, trata de explicarle a Diane lo que deben hacer para detener al engendro. Y cuando está a punto de describir aquello que deben destruir, su juicio se nubla, y en su mente comienzan a aparecer sus queridas ranitas, su obsesión en vida. Aun con lo hilarante de su despedida, un punto sobreactuado, especialmente con su ulterior movimiento de cabeza, Gibson realiza un trabajo excelente. David Levy nos habla del intérprete:

«Como dije sobre Paul Dooley, Henry Gibson era otro gran amigo. Es el clásico ejemplo de un actor al que realmente le importaba todo lo que hacía en cada uno de los proyectos donde participaba. No importaba lo grande o pequeño que fuera su papel, se implicaba totalmente. Siempre tenía ideas, realizaba preguntas. Trabajaba duro, y al mismo tiempo sabía cómo conseguir tener un buen ambiente en el set. Esa combinación es una buena receta para una interpretación maravillosa y un clima agradable de trabajo. Fue una delicia trabajar con Henry».

Después, la narración nos muestra un concatenado de escenas donde vemos tanto las maniobras de evacuación, el desconcierto y derrumbe del general Turnbull, así como las reacciones impávidas de los ciudadanos ante la retransmisión de estas novedades. Fijémonos en esta aparente sutil cadena de momentos, porque contienen esforzados movimientos de cámara con *travellings* estudiados, y un solapamiento de los distintos informativos que van cortándose entre sí pero que tienen sentido en su totalidad al hilar los diferentes diálogos de las retransmisiones.

Dicho segmento se abre con el periodista que entrevista a Turnbull (Arthur Taxier, quien también cerrará el largometraje) y se cierra con los fúnebres comentarios del presentador interpretado por Archie Lang. En mitad de estas dos intervenciones, aparece una reportera cuyas facciones pertenecen a la actriz Clare Torao, que explica que el presidente ha organizado una reunión extraordinaria en el congreso.

«Hice una prueba para el papel —recuerda la propia Torao—, pero ya había trabajado como periodista de noticias y productora para un canal afiliado a la ABC en Seattle. Realizaba documentales de pequeña duración y noticias generales, así que aquello me había servido como formación. Además, tenía mucha experiencia en la interpretación, así que fue una traslación natural para que los responsables del filme pensaran en mí. Fue algo muy breve, pero lo recuerdo muy divertido».

Después, la acción nos sitúa en la despedida final de Pennyworth en su sepultura, en un triste 18 de mayo. Allí se congregan el padre Finnegan[32] —o tío Martin, como lo llama el niño—, Diane, Richard y el pequeño Profesor. Durante el entierro, irrumpe con su habitual inquina Scoop, que, tras propasarse con la mujer al intentar sonsacarle información, recibe un puñetazo del mismísimo Richard. De un solo golpe y de manera catártica, el reportero tumba al asqueroso Scoop, que ha demostrado su auténtica naturaleza insultando y menospreciando a la bióloga. Ashmore llega a su cénit interpretativo en el filme como su odioso reportero, y ofrece una despedida genial del personaje.

---

32. En el guion la oración del párroco era más extensa, y llegaba a comparar aquella ranita que había diseccionado Pennyworth con el mismísimo Jesucristo, en el sentido que ambos sacrificios ayudaron a salvar miles de vidas.

Howard Duff interpreta al padre Martin Finnegan. Aquí, despidiéndose del profesor Pennyworth.

«¡Me alegra saber que disfrutas de esa manera de esa escena! —admite el propio Ashmore—. ¡Era exactamente lo que el viejo Scoop merecía! Todo el filme se rodó en escenarios reales en varios puntos de Los Ángeles y el cementerio escogido era genial. Los productores encontraron el mortuorio perfecto, vetusto y tenebroso. Por lo que recuerdo todo fue bien sin sorpresas, ¡solo un puñado de cineastas haciendo su trabajo! ¡Tanto Denise como Don fueron muy generosos y eran muy competentes! ¡En resumen, nos divertimos mucho!».

17. LA NATURALEZA DE LA BESTIA

A Diane se le ha iluminado la bombilla cuando ha escuchado a su hijo hablar de la energía descolocante de Richard para tumbar a Scoop[33]. Uniendo las últimas palabras de Pennyworth con la destrucción de la energía del monstruo, intentan convencer al general Turnbull, que se marcha del lugar con dos maletas, decidido y apocalíptico. El militar, con sus habituales y contundentes respuestas, hace caso omiso a sus ideas. Así las cosas, el tío Martin y el niño abandonan Chestnut Hills. Pero no Diane y Richard, que deciden tender una trampa a la bestia. A tal efecto, instalan una plataforma en la casa preparada para soltar una gran descarga, e instalan enormes altavoces para atraer al engendro con las cinco notas musicales. Todo en una suerte de montaje musical. Después, Diane y Richard se agazapan, apoyados en una puerta. Llama la atención como la narración expone la relación romántica que ha surgido entre el periodista y la científica. Si ya en la escena

---

33. Un sutil cambio respecto al guion: en el texto original, el niño hace alusión a la energía de las chocolatinas como propulsor del puñetazo. En la película final, es la comida vegetariana de su madre la causante del devastador puñetazo.

Paul Walker, Howard Duff, Don Grant y Denise DuBarry en un descanso del rodaje.
Cortesía de Don Grant.

previa el propio Richard había utilizado la enumeración alfabética para exponer los motivos de permanecer junto a Diane —tal como hace la propia mujer— en estos momentos es ella quien devora chocolatinas, la costumbre más reseñable del reportero. Así pues, están impregnados uno del otro. En cualquier caso, ambos están a punto de ver truncada la evolución de su relación.

«En ese momento, agachados —prosigue Don Grant—, intentamos atraer al monstruo para hacerlo caminar hacia el artilugio electrónico que habíamos construido. Teníamos un romántico, tierno momento que era repentinamente interrumpido por el monstruo. Para mí fue una escena conmovedora y Denise estuvo fabulosa. Mi relación con ella era muy interesante. Era la persona perfecta para el papel. Me atraía hacia la conversación, así que fue muy fácil interactuar con ella. Bob fue muy inteligente a la hora de dirigir esa escena. Varias veces, durante varias tomas, cambiaba el momento en que el monstruo rompía la puerta. No podíamos anticipar cuándo eso iba a ocurrir, ¡así que la acción te pillaba totalmente por sorpresa! Nos ayudó a sobresaltarnos de verdad cuando ocurría».

Lo cierto es que el momento de la irrupción del monstruo, totalmente impredecible, es arrebatador. En mitad del momento más íntimo de la conversación, la bestia atraviesa la puerta con su garra, y con un rugido digamos más furioso de lo normal, casi enfadado por ver a la pareja a punto de caramelo. Personalmente, es de mis momentos favoritos del largometraje por su impacto y espontaneidad. «Siempre disfrutaba con lo inesperado, ya fuese para la comedia o para los sobresaltos», me decía Bob Dahlin sobre este instante.

Secuencia de imágenes donde se
puede ver el momento en que Dor
Grant decidió improvisar y realiza
un homenaje a Superman. En las
últimas fotografías, se puede ve
las reacciones de Peter Bergquis
(verde) y Bob Dahlin (de blanco).

A Hollywood Film Company interviews local citizens and City employees for extras needed in new film to be shot in the City's Plaza on Sunday, July 31st.

The movie is wholesome family entertainment—— a spoof on the monster movies of the 50's, we're told by Closet Productions.

Arriba, en la primera línea de imágenes, los as tentes de casting Ron Richards y Richard Greer recorte de prensa anunciando el casting de ext para la filmación en Circle Plaza, en la ciudad Orange. Cortesía de Lee Kissik.

En el resto de imágenes, fotografías del rodaje de la cena de la evacuación, en la citada Circle Plaza. C tesía de la Orange Public Library and History Cente

A continuación, Diane y Richard intentan que el monstruo acceda a la plataforma, en un homenaje confeso a *El enigma de otro mundo* donde hacían lo propio con el engendro de aquel filme[34]. Utilizando primero unas flores Diana —que bien podrían ser las de su regalo previo— y luego la chocolatina de Richard, consiguen atraer la atención de la bestia y que acceda la trampa. Es inútil. Tal como preveía el general Turnbull, no importa lo grande que sea el calambre, el monstruo destroza la estructura como si fuera mantequilla.

La pareja, aterrada, huye hacia al ático, donde descubren que el joven Profesor ha evitado la evacuación y se encuentra allí mismo, intentando que su ingenio electrónico, el energámetro, sirva de catalizador de energía y detenga al monstruo. Necesita para ello que suenen las cinco notas musicales que identifican a la bestia, y para ello Richard hace sonar una pequeña trompeta. El momento, con esa conjunción de efectos de sonidos entre la trompetilla y los golpes plasticosos del láser, son sencillamente hilarantes. Pero tampoco sirven de nada, especialmente cuando el energámetro se avería y revienta en manos del niño. Bob Dahlin recuerda cómo fue grabar este momento con el inocente actor:

«Paul Walker tenía poco más de diez años, estaba trabajando en su primer largometraje, y era muy tímido. En ese momento, cuando su máquina no detiene al monstruo, su respuesta era "Oh, oh". Al intentar conseguir una versión alternativa, diciendo "Oh mierda", fue muy difícil porque estaba nervioso al utilizar un lenguaje "malsonante". Fue un muy buen chico y siguió fácilmente mis instrucciones».

Es entonces, desaparecida toda esperanza, con los tres protagonistas arrinconados en el ático y el monstruo a unos centímetros de distancia, cuando en mitad de los aspavientos provocados por el terror, a Richard se le caen las gafas. En ese momento, al igual que Diane antes que él, la bestia queda presa de la belleza, con su mirada atónita fijada en Richard. El monstruo deja ver su auténtica identidad sexual, y entonces cobra pleno sentido el título del largometraje. Pues *El monstruo del armario* hace referencia tanto al propio engendro, como al hecho de que decida salir del armario, y esto es, declarar abiertamente —al menos, a ojos de los espectadores— su homosexualidad. «Ya era consciente sobre lo de salir del armario —admite Bob Dahlin— cuando empecé a escribir el guion. El *armario* del título tenía un doble sentido».

De repente, cobra fuerza la hermandad sexual con *King Kong*, y la bestia coge a su bello en brazos, y se marcha de Chestnut Hills rumbo a San Francisco, la capital gay del mundo.

En la historia del cine, hay antecedentes sobre villanos y antagonistas homosexuales. Si bien algunos hacían gala de rasgos monstruosos, como colmillos o rostros desfigurados, todos eran de alguna u otra manera, seres humanos. O al

---

34. Nota de Bob Dahlin: «En efecto, la preparación de la trampa eléctrica en la narración está extraída directamente de esa película, ya dije que me causó una gran impresión en su momento».

menos, aparentaban serlo. Así encontramos varios personajes de esta naturaleza en la filmografía de James Whale —con *El caserón de las sombras* (*The Old Dark House*, 1932) como mejor exponente—: en largometrajes como *La isla de las almas perdidas* (*Island of Lost Souls*, Erle C. Kenton, 1932) y *La máscara de Fu-Manchú* (*The Mask of Fu Manchu*, Charles Brabin, 1932), o las vampiras lesbianas de la Hammer, con Carmilla a la cabeza[35]. Hasta cierto punto, eran personas corrientes, más allá de dentaduras exageradas u ojos enrojecidos, no provistos de rasgos físicos monstruosos de importancia. En muchos de estos casos, la homosexualidad en el cine de género se encontraba en el trasfondo, con dobles lecturas y en primera apariencia, no palpable.

Es ahí donde irrumpe de manera ejemplar el engendro protagonista de nuestro libro, pues nunca antes de *El monstruo del armario* habíamos visto una bestia tan alejada de lo que podría ser un ser humano sentirse atraído por un miembro de su mismo sexo. Mas allá del giro de guion que pretende sorpresa en torno a esto, no creo en absoluto que Bob Dahlin pretendiese enarbolar un filme en defensa de los derechos homosexuales, pero lo cierto es que, en mi opinión, en la sencillez y candidez con la que aborda el tema de la sexualidad de la bestia radica la fuerza del filme, normalizando la homosexualidad de manera mucho más directa que ningún otro filme similar.

Llama la atención de esta manera que pese a que la sorpresa sobre la identidad sexual del monstruo es el giro principal del argumento —hasta su título, ya dijo Dahlin, lo previene sutilmente—, no se realiza una burla ni mofa de la homosexualidad en el filme. Los personajes no realizan ningún chiste en el tramo final sobre este aspecto, y la única referencia que encontramos es en las palabras del cura, rememorando a su vez el final de *King Kong*.

De este modo y teniendo en cuenta, claro está, la ligereza y blancura con la que se trata en el filme, el monstruo, como Kong antes que él, queda preso de la belleza de su anhelada pareja, y en conclusión esta debilidad lo humaniza, llegando a perder su condición de bestia en pos del amor. El largometraje de Dahlin, en resumen, me parece ejemplar sobre cómo realizar una ficción con un personaje homosexual de manera natural y desprejuiciada, y debería haber tenido una mayor repercusión en este aspecto del que nunca tuvo. A fin de cuentas, es la primera película con un monstruo —de atributos no humanos— homosexual.

---

35. En el excelente libro de título muy apropiado y referencial llamado *Monsters in the Closet: Homosexuality and the Horror Film*, de Harry M. Benshoff, el autor hace un amplio recorrido por todo el cine de terror desde el punto de vista de los personajes homosexuales. Por supuesto, se detiene en *El monstruo del armario*, pero creo que su visión del filme, sin dejar de ser totalmente cierta, es demasiado discreta, y cito: «Como indica el título, hay algo muy *queer* en esta película, aparentemente un homenaje amoroso de los clichés de la película B, completado con un monstruo de goma y una gran cantidad de actores de personajes reconocibles [...] Sin embargo, aparte de estar ambientada en parte en San Francisco y el (inexplicable) interés del monstruo en hacerse con el héroe masculino en lugar de la mujer ingenua, hay muy poca exploración de la película en torno al subtexto insinuado».

«El concepto en sí me pareció delirante —admite el partenaire del monstruo, Don Grant—. ¡No sabía que era el primer monstruo gay de la historia del cine! Lo de *El monstruo del armario* es un llamativo juego de palabras, y un concepto muy inteligente. Y creo que adelantado a su tiempo. Rodamos la película durante el apogeo de la epidemia del sida. Había mucha desinformación y miedo sobre ser gay en aquella época. Creo que Bob Dahlin y David Levy estuvieron en primera línea del debate. Ayudó a pavimentar el camino para nosotros y comprender que las personas son únicamente personas, sin importar su orientación sexual».

Como colofón sobre este apartado dedicado a la esencia del monstruo, me gustaría añadir que si bien muchas de las reseñas que se publicaron después le otorgaron un origen extraterrestre a la criatura, lo cierto es que la narración no desvela su procedencia en ningún momento. Por ello, decidí preguntarle directamente a su creador sobre este extremo, a la par que le interrogué si alguna vez había barajado la opción de desarrollar dicho concepto en una secuela. Esto es lo que me contestó Bob Dahlin:

«Nunca me molesté en preguntarme de dónde había venido el monstruo, era algo demasiado ridículo y estúpido. Tampoco creo que una secuela hubiera sido de interés, ya que la "broma" de la película no se podía repetir. Aunque claro, si me hubieran ofrecido 10 trillones de dólares...».

En cuanto a la filmación de las escenas de la evacuación, nos vemos obligados a relatar una deliciosa anécdota. Mientras el equipo rodaba en la ciudad de Orange, Donald Grant tuvo una ocurrencia. Como es bien sabido, su personaje Richard Clark es un trasunto de Clark Kent, así que decidió preparar una pequeña actuación sorpresa para deleite de los participantes. La encargada de vestuario

había pedido realizar una camiseta azul con el famoso logo de Superman, que Don se puso bajo la camisa blanca. Entonces, en mitad de la filmación, Don se quitó la corbata, se subió al coche más próximo, se rasgó la camisa blanca dejando al descubierto esa gran 'S' roja y saltó, para después salir corriendo como si fuese el mismo hijo de Krypton. Los asistentes fliparon y rieron a partes iguales.

18. SI VAS A SAN FRANCISCO, ASEGÚRATE DE LLEVAR FLORES EN LA CABEZA

Con su preciado Richard Clark en brazos, el monstruo se dirige a San Francisco, mientras hordas de aterrorizados ciudadanos huyen presa del pánico ante la llegada de la bestia[36]. Llegamos entonces a uno de los momentos más recordados del filme. Diane, con un mensaje televisado a nivel nacional[37], explica la naturaleza del engendro y la forma de acabar con él. La clave, insiste una y otra vez la científica, radica en destruir todos los armarios. Un mandato que bien puede emparentarse con el discurso que habíamos enarbolado unos párrafos atrás sobre el doble sentido del filme, y que el crítico especializado Fausto Fernández se ocupa de seguir desarrollando:

---

36. Como curiosidad, diremos que las escenas con gente huyendo en estampida pertenecen al filme *Reptilicus* (Sidney W. Pink, 1961), donde una suerte de serpiente alada y con cuatro patas aterrorizaba Dinamarca. De hecho, el paisaje urbano que se aprecia en las imágenes es el de Copenhague. Y como doble singularidad, el guion era mucho más ambicioso a nivel de *stock-footage*, pues recogía escenas de metraje reciclado que mostrasen a parisinos huyendo bajo la torre Eiffel, londinenses huyendo por Picadilly Circus e incluso nativos africanos huyendo entre jirafas y elefantes.

37. Puede pasar un tanto desapercibido, pero entre los espectadores del mensaje podemos volver a ver a Scoop, ahora recostado en una cama de un motel, mientras Maggie, la periodista con la que se topó en el *Daily Globe* al comienzo de la narración, le pone hielo sobre su amoratado ojo.

«"¡Destruyamos todos los armarios!". Probablemente sea la frase esencial (y más serigrafiada en camisetas) que resuma una pieza de culto (¿cuáles no lo son de aquellos maravillosos ochenta del *fantastique*?) como es *El monstruo del armario*.

Aunque, un momento... ¿se refiere ese grito a que la única manera de frenar la presencia de la homosexualidad (el monstruo del título la ejemplifica sin necesidad que tengamos que diplomarnos en alegorías y metáforas en la universidad Todd Haynes) que es vista como una (la) amenaza?

¿O se trata, al contrario, de una exclamación de libertad, un acabemos con los refugios y subterfugios; seamos nosotros mismos incluso si somos "monstruos"?

El film de Bob Dahlin, como muy bien señala el autor de este libro, utilizando los clichés de las *monster movies* de los años cincuenta como plantilla, acaba ofreciendo una luminosa y muy libre defensa de la homosexualidad. Su criatura acaba resultando bastante menos perturbadora que los cenobitas de *Hellraiser: Los que traen el infierno* (*Hellraiser*, Clive Barker, 1987) y su director (pero igual de defensoras de una comunidad gay propia no perseguida por el *establishment*, como los "monstruos" de la Midian de *Razas de noche* (*Nightbreed*, Clive Barker, 1990)), o los vampiros de Murnau o la Hammer. Eso sí, Dahlin no dulcifica a su "bestia", no es el Lucifer" del *glam classic* de 1981 o el ser andrógino de Larry Cohen en *Demon* (*God Told Me To*, 1976). De hecho, su sexualidad se manifiesta de una forma gráfica, inscrita en los códigos del género terrorífico, con ese pene que emerge, cual fauces interiores de los xenomorfos de *Alien, el octavo pasajero*, de la boca de la criatura.

Dahlin es muy claro, y muy moderno, en ello: la imagen de la homosexualidad es la de un monstruo, no la de un efebo o un chulazo dibujado por Tom de Finlandia. Lo es porque esa es la imagen, la idea que la sociedad puritana y biempensante tiene de ella. Como King Kong, la bestia será la bella.

Los monstruos, claro, son siempre los otros. Cuando se alían las fuerzas vivas (ejército, religión, ciencia, policía y educación) para destruir al monstruo (o a todos los armarios) el mensaje queda muy claro.

Bob Dahlin, eso sí, no se priva (el tono humorístico y a ratos paródico del film) de guiños muy *gayer* como la insistencia del protagonista, cuyo nombre es Richard, en que se dirijan a él con el hipocorístico Dick (familiar manera de referirse al pene) o de alejarse de metáforas apocalípticas sobre el sida (estamos en 1983) pese a su *deus ex machina* cómicamente apocalíptico.

Defensa pues de la aceptación de lo distinto, de la homosexualidad, *El monstruo del armario* acaba siendo una amable y muy disfrutable vaina ladrona, más que de cuerpos de ideas preconcebidas y prejuicios que, tal vez sin ser consciente de ello, abriría el armario a otros títulos disfrazados también de "familiares" pero igual de festivas celebraciones de lo gay. O si no, preguntad a Fred Savage y su Howie Mandell monstruito, o a los visitantes de dormitorio animados de la Pixar/Disney.

En mi caso personal, recuerdo alquilar en el videoclub de mi barrio, el sustituto natural del cine de mi barrio, *El monstruo del armario* sin, por supuesto y como debería ser siempre, saber nada de ella. Tampoco es que hiciera falta: la carátula era una absoluta gozada y una invitación a dejarse 100 pesetas en ella; la sinopsis no podía ser mejor y la palabra Troma comenzaba a ser un icono.

Disfrutamos mucho con ella en una de aquellas sesiones VHS de viernes noche con la pandilla. De su humor loco, de su reparto en donde reconocíamos a esos secundarios de toda la vida (Howard Duff, Claude Akins, Stella Stevens, Donald Moffat, John Carradine...), de su molón monstruo y sus asesinatos bizarros...

Aguantó futuras revisiones. El elemento homosexual, en formato tan inocentón como insólito para la época y para un tipo de películas así, cobró un nuevo significado. Así, *El monstruo del armario* ha terminado siendo el punto de conexión entre una ¿oculta? corriente que llevaba de las ¿pesadillas o fantasías? gay de *Pesadilla en Elm Street 2: La venganza de Freddy* (*A Nightmare on Elm Street Part 2: Freddy's Revenge*, Jack Sholder, 1985) al cine de Todd Haynes y Bruce LaBruce pasando por *La puerta* (*The Gate*, 1987) de Tibor Takacs y *La casa del payaso* (*Clownhouse*,1989) de Victor Salva.

De hecho, *El monstruo del armario* es a la luz lo que la oscuridad en el (apasionante, homosexual y también en el terror y *fantastique*) cine de Salva».

Ese montaje concatenado de escenas con todo tipo de ciudadanos destrozando sus armarios, siguiendo las instrucciones que han recibido de Diane para restarle energía al monstruo. En opinión de Dahlin, «*son probablemente los momentos más tontorrones del filme, y nos divertimos a raudales rodándolos*». De este modo, observamos situaciones de todo tipo, desde una mujer quemando con un soplete un guardarropa hasta un japonés ataviado de samurái haciendo añicos su armario de madera, loco con su katana. Por no mencionar ese momento en que, en plena destrucción *armaril*, se viene abajo una de las falsas paredes del decorado.

«Todo eso figuraba en el guion —explica David Levy— y rodamos la mayor parte de esas escenas con una unidad más pequeña una vez que el rodaje principal había concluido. Tengo que hacer hincapié aquí en el diseño de producción, obra de Lynda Cohen, y la fotografía de Ron McLeish. Estas personas hicieron un trabajo asombroso bajo circunstancias muy difíciles. En ese sentido, quiero dejar claro que no solo fuimos Bob, Peter y yo pidiendo favores a la gente que conocíamos. Cada departamento, sin importar cual fuese, pidieron ayuda a todos y cada uno de sus amigos y conocidos para conseguir realizar la película. No puedo enfatizar lo suficiente que sin la implicación de estas personas no lo hubiéramos conseguido. Por ejemplo, los conductores de camiones[38] que llevaban el equipo. Era un momento en Hollywood muy bajo por entonces, sin mucho trabajo durante el período que rodamos en su mayor parte la película.

---

38. David Levy en realidad utilizó el término *teamsters*, lo que viene a significar que se trataba del sindicato de camioneros.

Arriba, Elliot Lewis Rosenblatt en el rodaje de las tomas en el lugar del puente de San Francisco.Abajo, William Mesa a la izquierda del monstruo, y Elliot Lewis Rosenblatt con la niña en brazos.

Don Grant jura el cargo como Oficial naval de la Marina de Estados Unidos en el rodaje de San Francisco. Cortesía de Don Grant.

Richard Walden y la primera asistente de cámara Jo Carson. Cortesía de Richard Walden.

E hicimos un trato con ellos, en el sentido que, aunque no cobrasen, podían contabilizar los días de trabajo de ese año para obtener su pensión de salud y cuidados y de esta manera poder disfrutar de los beneficios de esta asistencia para ellos y sus familias. Así que al menos tenían un pequeño incentivo para venir y trabajar. Como resultado, teníamos once o más conductores en el set llevando los camiones del equipo y vehículos de la producción cada día. ¡Una locura! ¡Nadie hace eso! Pero lo conseguimos. Estos tipos, los coordinadores de transporte y los capitanes de los conductores[39], pidieron favores a todos los que conocían. Sabían de las personas que necesitaban trabajar para que pudiesen obtener sus beneficios asistenciales. Sabían dónde se encontraban todos los vehículos en la ciudad, cuales estaban disponibles y quienes podían venir de vez en cuando y prestárnoslos. Hubo un sacrificio compartido en todos los ámbitos, que hizo que cualquier persona o cargo de la producción fuese esencial. Desde el de mayor posición en la producción hasta el que controlaba el estacionamiento. Como digo, fue un sacrificio compartido, no solo por la gente y su experiencia en su trabajo, sino también por todos aquellos que nos obsequiaron con sus equipos, desde camiones de doce metros hasta los accesorios más diminutos. Es una historia increíble, porque además de las situaciones geniales que ocurren en la pantalla, como la escena de la destrucción de los armarios, estaban ocurriendo cosas maravillosas fuera de cámara».

---

39. Nota del autor: según las notas de guion, el máximo responsable de dirigir a los camioneros fue Jay Fuller, toda una institución en estos menesteres.

Bien merece la pena detenerse aquí en la divergencia existente entre lo plasmado en el guion y la versión final mostrada en pantalla, pues encontramos sustanciosos cambios. En el libreto, mientras se suceden los momentos de la destrucción de los armarios, vemos a un conserje en un par de momentos que se opone a que el pequeño habitáculo donde guarda los artículos de limpieza sea desvencijado. Al final del montaje, vemos que ese espacio ha quedado intacto, y es ahí donde se dirige el monstruo.

Además, una escena mostraba al general Turnbull lanzando una granada a un armario y escondiéndose de un salto detrás de la cama mientras el mueble explotaba. Es de suponer que por la complejidad de la preparación no se filmó el momento. De hecho, sobre el papel las intervenciones internacionales eran mucho más ambiciosas, pues además del samurái y su katana, se recogía a un escocés vestido con un *kilt* rompiendo su armario, a varios hindúes retirando la puerta de un mueble mientras las mujeres, arrodilladas, rezaban.

En el filme, en la conclusión de ese montaje vemos a la bestia cruzando el puente Golden Gate de San Francisco, que da acceso a la ciudad. En realidad, se trata de una composición de efectos especiales, algo lógico porque hubiera resultado imposible para el equipo de producción cortar el tráfico en una vía de esa magnitud. Así, fue la empresa de efectos especiales, Introvision, la que se ocupó de rodar las tomas del puente, por un lado, el monstruo, por otro, y luego intercalarlos en la misma imagen. ¿Pero cómo consiguieron que, sin contar el tráfico, se obtuviesen momentos del puente totalmente desierto? Richard Walden nos lo explica:

«Escenas como esta, la realizó una compañía de efectos especiales llamada Introvision. Por lo que me explicaron, hacían uso de un sistema en el que una cámara fija de gran formato era firmemente montada en un pesado trípode y fijado al suelo, y se realizaban varias exposiciones. El truco de cada exposición era que se realizaban con una exposición muy baja, por lo que los objetos y las personas moviéndose no se grababan en la película, tan solo objetos sólidos como edificios, o el puente de San Francisco en este caso, ya que no se movían en absoluto y eran capturados por la cámara. De esa manera se obtenía una toma que serviría de fondo, y después el resto se realizaba en el estudio de efectos especiales con su equipo».

A pesar de la aparente complejidad de este tipo de tomas, los auténticos quebraderos tuvieron lugar con el monstruo en plena presencia en la ciudad californiana. Bob Dahlin admite que lo más complicado de toda la filmación fueron esos instantes:

«Efectivamente, la parte más difícil de rodar fue la escena donde el monstruo lleva en brazos a Richard por las calles de San Francisco con el edificio de Trans-América al fondo. La calle tenía que estar totalmente vacía pues tenía que aparentar que se había evacuado la ciudad, pero no pudimos cortar la calle entera para rodar. Nuestra solución fue contratar a cincuenta asistentes de producción para detener el tráfico de vehículos y peatones en los momentos necesarios. Cuando dábamos la señal, rápidamente apartaban a los peatones de las aceras, escondiéndolos en puertas, tiendas, detrás de las esquinas y fuera de la vista; también tuvimos cuatro valientes policías que nos hicieron el favor no autorizado de parar el tráfico detrás de la cámara y al otro lado de la calle. Muchas tomas fueron arruinadas por una sola persona apareciendo tras una puerta o un coche que de alguna forma se había colado en el plano. Cada toma podía durar solo quince segundos; entonces debíamos reanudar el tráfico y los peatones. Conseguimos tres tomas perfectas, lo que fue suficiente para montar toda la escena».

«Bob está en lo cierto —corrobora Donald Grant—, cortamos el tráfico en una de las calles principales un domingo en San Francisco. Teníamos un tiempo limitado, y se realizaron múltiples tomas desde varios ángulos debido al número de personas que teníamos».

Jon Turteltaub era uno de esos asistentes de producción que se ocuparon de dirigir el tráfico, cual policía de San Francisco, para facilitar la filmación. Nos lo cuenta de primera mano, sumando esa experiencia a su colección de recuerdos como asistente de producción:

«Recuerdo volar con el elenco a San Francisco para rodar el gran final[40] y ponerme al cargo de dirigir el tráfico, de pie en mitad de una ajetreada calle de la ciudad, tocando un silbato, y no darme cuenta de que no tenía ningún

---

40. Según las anotaciones del guion a las que hemos tenido acceso, el rodaje en San Francisco concretamente se llevó a cabo primero el sábado 6 de agosto de 1983, donde se rodaron varios exteriores que incluían el puente de San Francisco y Chinatown. Después, el domingo 7 de agosto se filmó al monstruo caminando por San Francisco, y la escena final.

derecho a estar allí. Pero era una de las facetas de mi trabajo como asistente de producción. Eso implicaba hacer todas y cada una de las cosas que me dijeran. Fue maravilloso. Entre otras cosas, tenía que permanecer de pie, limpiar vómito. Tuve que permanecer despierto treinta horas del tirón. ¡Fue increíble! ¡En serio! En resumen, aprendí mucho e hice un montón de cosas diferentes, lo cual fue la mejor educación que podía haber tenido. Aprendí cómo funcionan las cosas en un set de rodaje. Aprendí cada diferente empleo de un escenario de rodaje y como cada uno trabaja con el otro. Observé al equipo, a los actores y a los productores tomar excelentes decisiones y también cometer errores. Fue estupendo.

Ciertos días me asignaron trabajar con el equipo del monstruo, y eso me permitía acercarme y ver el traje. Aquella era como una prenda sagrada. No se le permitía a nadie acercarse a él. Era, con mucho, lo más caro de la película. Era más barato reemplazar una vida humana que reemplazar ese traje. Por eso nunca olvidaré el día en que se rompió. No recuerdo cómo sucedió, pero cuando se difundió la noticia de que el traje estaba dañado, la gente se quedó paralizada de miedo. Es tan ridículo cuando lo pienso ahora con la distancia, pero en aquel entonces daba la sensación de ser una tragedia global».

Por fortuna Margaret Prentice estaba allí para resolver y subsanar roturas, fracturas y desperfectos varios en el traje, y paliar esa aparente tragedia. Ella misma nos cuenta su experiencia en este sentido:

«Recuerdo que, en San Francisco, querían una toma de él caminando por una colina, en mitad de las calles. Como el pavimento era muy rugoso, se terminaron rompiendo todas las garras de sus pies. Se dio la circunstancia de que, mientras estábamos en un descanso del rodaje, mi prima vino a visitarme al

set. Es dentista, así que sabía cómo manejar el acrílico dental. Le pedí que me ayudara a reconstruir las garras de sus pies. Realizaba la mezcla con el acrílico dental y luego me lo daba. A continuación, yo le daba forma de garras, y las pegaba de nuevo al pie, rompiendo totalmente las rotas y reemplazándolas. Fue algo gracioso que mi prima terminara ayudando a hacer las garras.

Recuerdo que, en otra ocasión, debido a lo que estaba prolongando el rodaje, tuvimos que reemplazar los brazos porque las manos se estaban desgastando demasiado debido a los golpes, por lo que tuvimos que cortarlos y luego reemplazarlos. Es decir, tuvimos que hacer unos brazos nuevos, cortar los anteriores, y reinsertarlos, emparejándolos donde estaban los cortes. Después, utilizando un pegamento especial conocido como maíz de huevo e ideal para espuma de látex, los unimos. De este modo, en lugar de sustituir todo el traje, solo reemplazamos los brazos. ¡Desde luego para Kevin fue un logro aguantar todo eso! Pasaba mucho calor dentro del traje. Usábamos ventiladores y secadores, colocados en esa boca tan grande que tenía el monstruo, para tratar de enfriarlo. A veces, entre tomas, no daba tiempo para sacarlo del traje, y por eso usábamos este sistema. Incluso le poníamos paraguas encima para que no le diera el sol del calor que hacía».

Con los problemas del traje solucionados, la filmación en San Francisco debía continuar en aquel fin de semana de finales de agosto. A fin de cuentas, solo disponían de un par de días para conseguir los momentos conclusivos del largometraje. Surgieron, empero, otros inconvenientes, como atestigua Bob Dahlin:

«En relación con la filmación de estas escenas entre Richard y el monstruo, había otro problema. Donald Grant pesaba más que Kevin Peter Hall, así que

Kevin era incapaz de coger en brazos a Richard, y llevarlo por sus propios medios. Nuestra solución fue construir una plataforma rodante para sostener a Richard en los planos cercanos donde Kevin introducía sus brazos por debajo de Richard (así parecía que lo estaba sosteniendo) y entonces empujábamos la plataforma. Para tomas lejanas, utilizamos un maniquí de Richard».

A todas luces, estos instantes finales sirvieron para forjar una especial relación los actores que dieron vida a hombre y monstruo. Donald Grant relata cómo fue trabajar con el añorado intérprete de bestias gomosas pero provistas de una personalidad única:

«Kevin Peter Hall era una persona muy divertida, dulce y atenta. Pasamos mucho tiempo juntos en el filme debido a que este trataba sobre mi relación con el monstruo. Teníamos bromas recurrentes entre nosotros que nos decíamos cuando "me llevaba en brazos" en numerosas escenas.

De hecho, fuera del rodaje, Kevin era un cómico de *stand-up* junto a su compañero, mucho más bajo. Vi una de sus actuaciones en un club de Los Ángeles y me pareció un espectáculo hilarante. Imaginaos a un hombre negro de más de dos metros en compañía de un judío de poco más de metro y medio. Solo verlos en el escenario ya era divertido. Tenían muchos diálogos donde se reían de sus diferencias físicas y étnicas.

En cualquier caso, Kevin tenía el papel más difícil, y físicamente complicado, de todo el filme. Hacía calor, era verano y estaba embutido en un traje todo de látex. Había días en los que Kevin me contó que perdía alrededor de nueve kilos por estar dentro del traje. Bebía litros y litros de agua, que sudaba en cuestión de horas.

Cuando el monstruo me llevaba en brazos —la mayor parte del tiempo—, yo estaba sujeto al asiento de un tractor, sostenido por una barra que estaba unida a una dolly. Esto conseguía que Kevin no tuviera que soportar mi peso, le daba algo de apoyo. Después de todo, como decía, estaba sudando profusamente dentro del traje de látex y no tenía ventilación.

Por mi parte, para permanecer en la posición óptima, tenía que estar constantemente con mis músculos principales en tensión, a menudo con calambres. Era como si tuvieras que estar haciendo abdominales durante largos periodos de tiempo. Entre toma y toma, un asistente de producción me ponía una escalera debajo de la cabeza para que pudiera descansar, y mis pies en un taburete, para que yo pudiese aliviar la tensión en el estómago.

Cuando el monstruo "muere", me deja caer desde una altura considerable sobre el suelo, y entonces cae encima de mí. Querían que fuese "auténtico", así que me dejaron caer sobre el pavimento. No tuve lesiones de importancia, pero estuve unas semanas bastante dolorido después de aquello.

Soy del norte de California, así que fue divertido estar cerca de casa para las escenas finales de la película. Mis hermanas y mi hermano actuaron como extras en varias escenas. Otra cosa relevante ocurrió en el set de San Francisco, que mencionaré para concluir: había realizado juramento como oficial naval de la Marina de Estados Unidos. Durante mucho tiempo, fui reservista de ese cuerpo militar. Había conseguido el rango de oficial y asistido a la escuela de candidatos a tal puesto. Ocurrió que por entonces varios otros oficiales de mi unidad de entrenamiento vinieron al set y me hicieron jurar el cargo en el set».

Aquí debemos hacer hincapié en un elemento realmente interesante que resultó a expensas de analizar en profundidad el guion. En el segundo borrador de este, en el final jubiloso hay una línea de diálogo realmente interesante por parte del Profesor. Así, cuando el monstruo fenece, cae sobre el reportero y todos se arremolinan alrededor de Richard, viene la frase del niño tal cual aparece en el montaje final. Es decir: «¡Señor Clark, lo conseguimos, el mundo está a salvo!», pero en el libreto, viene precedida por otra frase de boca del niño, que en suma figura así: «¡Sr. Clark, están muriendo todos, el mundo está a salvo!». Esto me hizo pensar que era un resquicio que había quedado del primer borrador, donde quizá había más monstruos en la narración. A tal efecto, le pregunté a David Levy, y ahora leeremos su sorprendente respuesta. Una que nos hace imaginar versiones muy sugerentes de esta particular historia:

«Nunca íbamos a rodar a varios monstruos, pero sí, la idea era que, además del monstruo que tenemos en el filme, de alguna manera había más de estas criaturas aterrorizando a la gente. Monstruos que salían del armario por todo el país, incluso del mundo. De hecho, si recordáis ese montaje donde vemos a gente destrozando su armario en Japón, viene derivado de esa idea. Así que, aunque la premisa conceptual era que existían varios monstruos, lo mencionábamos solo al final conforme se

Fotografía entre bambalinas del rodaje en San Francisco, con Kevin Peter Hall sosteniendo a Don Grant. Cortesía de Lee Kissik.

esparce el pánico mundial. Pero en realidad nunca veríamos a otros monstruos realizando sus fechorías por todo el mundo, nunca íbamos a obtener una recompensa visual en ese aspecto, era únicamente algo que íbamos a mencionar, y de ahí esa frase de "están muriendo todos"».

Para cerrar este capítulo, tenemos que sincerarnos. Hemos estructurado este capítulo dedicado al rodaje de acuerdo con el orden en que las diferentes escenas aparecen en la narración. La filmación, empero, no se llevó a cabo de esta manera cronológica, ya dijimos, pero hemos creído oportuno reseñar el proceso de esta manera para facilitar la comprensión del lector. Porque, aunque previsto para unos pocos meses del verano de 1983, la filmación de *El monstruo del armario* se prolongó ya no meses, sino años. Así, aunque pueda parecer al haber leído estas líneas que todo se materializó, dentro de lo que cabe, según lo estipulado, la realidad fue muy distinta y agridulce.

Fotografías del rodaje en San Francisco. En orden descendente y de izquierda a derecha: 1. El productor asociado Terrence Corey y David Levy. 2. Bob Dahlin. 3. David Levy. 4. Kathleen Brodbeck, de vestuario. 5. Don Grant descansa en la caída del monstruo. 6. El monstruo sujeta a Richard en Chinatown. 7. Howard Duff 8. La pareja protagonista, en los momentos finales. 9. Tras la cámara, Richard Walden. Cortesía de Don Grant.

Polaroids cortesía de Lee Kissik. Arriba izqda., la señora que quema el armario con un soplete. Arriba, dcha. abajo izqda, Lee Kissik con los extras que actuaban de militares en el filme. Abajo, dcha., instantánea que reco ge la escena eliminada del montaje, con Lucy (Stacy Ann Ferguson) en plena calle hacia su casa. A su derecha Bob Dahlin le da indicaciones

Polaroids de continuidad de Lee Kissik. Arriba, izqda y abajo dcha, se observa la escena eliminada de un escocés destruyendo su armario. Arriba, dcha y abajo, izqda, el célebre samurái y su katana del mismo montaje
donde se destruyen los armarios

THE FUNNIEST CREATURE TO EVER COME OUT OF THE CLOSE

"A funny, entertaining, horror flick."
— ATLANTA JOURNAL

"More firepower than they used in the Battle of the Bulge…"
— NEW YORK DAILY NEWS

"As original as it is entertaining."
— WOR-TV

Finally laughs and chills fo whole family from the prod of "The Toxic Avenger."

Starring DONALD GRANT · DENISE DuBARRY · CLAUDE AKINS · HOWARD DUFF
HENRY GIBSON · DONALD MOFFAT · Also Starring PAUL DOOLEY · JOHN CARRADINE
FRANK ASHMORE · PAUL WALKER · JESSE WHITE · and STELLA STEVENS as Margo Crane
Executive Producers LLOYD KAUFMAN and MICHAEL HERZ
Produced by DAVID LEVY and PETER L. BERGQUIST
Written and Directed by BOB DAHLIN · From TROMA, INC.
© CLOSET PRODUCTIONS

TROMA INC.

PG PARENTAL GUIDANCE SUGGESTED
SOME MATERIAL MAY NOT BE SUITABLE FOR CHILDREN

LORIMAR
HOME VIDEO
A LORIMAR TELEPICTURES COMPANY

CAPÍTULO 5
TROMA'S WAR

UNA FILMACIÓN DILATADA Y UN BEATLE AL RESCATE

Me gustaría decir que el rodaje, aun con sus obstáculos, se desarrolló sin problemas. Me gustaría decir que después de editarse, la película tuvo una buena distribución y se convirtió en un pequeño éxito. Me encantaría que esta historia tuviese un final agradable que recompensase todo el esfuerzo invertido por sus responsables. Pero esa no es la historia de *El monstruo del armario*. Todas las producciones cuentan con su retahíla de inconvenientes, pero la aventura que nos ocupa es especialmente desagradable, una evolución artística que se fue fragmentando más y más conforme avanzaban los acontecimientos, y que supusieron una experiencia agridulce para gran parte de sus implicados. Me encuentro así en una situación un tanto complicada porque no es mi deseo decantarme por una postura o por otra de los distintos bandos que irán surgiendo en las próximas líneas, y espero que el lector sepa perdonar y comprender mi intento de plasmación de los hechos y, en su caso, mi posible inclinación al respecto.

Porque el sueño de Dahlin empezó a encontrar sus primeras incidencias nada más iniciarse el proceso de rodaje. Además de los problemas habituales de cualquier grabación, pronto aparecía otro condicionante, en este caso del propio anhelo creativo de su máximo responsable. Richard Walden nos lo explica desde su experiencia:

«El rodaje llevó mucho tiempo. El plan original de rodaje giraba en torno a treinta y cuatro días y siendo una película de muy bajo presupuesto era fundamental que lleváramos al día la filmación de cada página de guion según estaban asignadas en el tiempo previsto. Bob Dahlin era un caballero, pero un director con muy poca experiencia. Creo que por entonces solo había dirigido un par de cortos, era su debut en el largometraje. El ritmo de filmación desde el principio fue dolorosamente lento ya que Bob era un perfeccionista, y en el mundo de los bajos presupuestos la perfección no es una opción. Así que empezamos con retraso desde el mismo principio. Ahora bien, quiero mencionar que este proyecto tenía un presupuesto tan bajo que no tenían dinero para pagar al equipo, y funcionaba siendo todos conscientes de que se trataba de un "pacto aplazado". Algo que quería decir que nos pagarían después de que la película se estrenase. Sería entonces cuando, en teoría, haría un montón de dinero que se compartiría con el equipo. Había que ser consciente de que este tipo de aplazamientos no tenían sentido si realmente esperabas cobrar en el futuro, pero era una buena manera de conseguir experiencia, establecer nuevos vínculos y amistades, o una oportunidad de obtener más responsabilidad.

Así que cuando llegamos al día de rodaje número treinta y cuatro habíamos, tal vez, rodado un tercio del filme y el dinero se había esfumado. Así que tuvimos nuestro primer hiato. En este punto dejé el rodaje porque ya había cumplido con mi implicación y siendo un trabajo no remunerado necesitaba volver al trabajo asalariado. El señor Dahlin tenía el ritmo de rodaje de Stanley Kubrick, pero no disponía del mismo presupuesto que este. Bob y los otros productores estuvieron luchando por conseguir más dinero y la filmación transcurrió a trompicones durante varios meses más. Me reincorporé al rodaje en algún momento alrededor del día noventa y tres para realizar varias tomas de helicóptero para ellos y me quedé un día o dos más después, pero Bob seguía en el modo perfeccionista de Kubrick y me pareció un sinsentido permanecer en el proyecto.

A causa de la filmación tan dilatada y que no se le pagaba a nadie, con excepción de los actores, el equipo bautizó a la película como "El monstruo se comió mi cartera".

En resumen, empezamos la producción en julio de 1983 y la filmación se completó a finales de ese año, pero entonces entró en una especie de limbo durante dos años y medio mientras los productores intentaban conseguir más dinero para terminarla y encontrar un distribuidor. Durante ese tiempo todos en el equipo recibimos cartas de los productores indicando que se encontraban en bancarrota y que, sintiéndolo mucho, todos los acuerdos para ese pago aplazado quedaban entonces anulados. ¡Algo que no nos pilló por sorpresa, por decirlo de algún modo!.

Con todo, fue un trabajo divertido. Todos los actores fueron geniales, Bob Dahlin fue un caballero en todo momento —aunque frustrante a veces con su perfeccionismo— y los productores eran tipos decentes. Ayudé a un amigo, obtuve algo de experiencia estando en primera línea de batalla como operador de cámara A, hice nuevos amigos y muchos miembros del equipo pasaron a proyectos más grandes y, sin duda, mejor pagados. Creo que lo mejor del negocio del cine es cuando nos pagan —pero a veces no— por divertirnos por trabajar. En los cincuenta y tres años que llevo trabajando, desde que empecé como operador de cámara del Cuerpo de Marines de EE. UU. ha sido divertido el 98% del tiempo».

Fue en esa interrupción en el rodaje donde se intentó conseguir dinero desde varias fuentes. Muchos de los que accedieron a participar prestando su ayuda aparecen debidamente agradecidos en los créditos del filme. Y uno de ellos fue

Arriba, izquierda, mitad, izqda., fiesta de
fin de rodaje en casa de Lee Kissik. Se
observa a David Levy con gafas de sol, y
Peter Bergquist con barba.
Arriba, derecha, Lee Kissik en el final de
la filmación.
Abajo, los dobles de luces (stand-ins) de
rodaje, con Lee Kissik a la derecha, durante una de las fiestas en mitad del rodaje, en una piscina. Se puede ver también a Annie G., la enfermera del filme,
con camiseta negra. Podía dar también
masajes cuando los participantes del rodaje quedaban extenuados.
Información y cortesía de Lee Kissik.

ni más ni menos que Ringo Starr, el antaño miembro de los Beatles. David Levy nos lo explica:

«Nos habíamos quedado sin dinero y, aunque sabíamos que podíamos conseguir más, éramos conscientes de que no podíamos hacerlo de la noche a la mañana. Y por supuesto, no queríamos que la cosa terminase así. Fue de este modo que entró en escena el cantautor Harry Nilsson[41]. Falleció hace años, pero Harry era un cantante increíble, un gran compositor y una persona excelente. Mientras rodábamos la película, yo me quedaba en su casa, y por tanto era consciente del problema que teníamos. Harry era muy amigo de Ringo [Starr], y le llamó para explicarle el problema. En esencia, le preguntó a Ringo si podía prestarnos para nuestra producción unos cincuenta mil dólares, si no recuerdo mal. Ringo dijo: "¡De acuerdo!". Finalmente le devolvimos el dinero, y por supuesto estuvimos muy agradecidos de que nos salvara en ese momento crucial para que pudiéramos terminar la película. Por ese motivo aparece en los créditos».

Por su parte, Jon Turteltaub, que solo estuvo presente durante el comienzo del rodaje, recuerda de este modo cómo se fue dilatando la filmación y cómo afectaba a Dahlin todo esto:

«Cuando comencé el trabajo estaba muy emocionado porque iba a poder empezar durante el periodo de preproducción en mayo y continuar trabajando hasta que la filmación terminase al final de agosto. Bueno, no ocurrió de ese modo. Al final de agosto el rodaje no se había completado y yo tenía que regresar a la universidad. Odié marcharme. Había hecho estupendos amigos y me encantaba el trabajo. Sentí esa responsabilidad de seguir peleando para conseguir terminar la película, pero no había manera de que evitase volver a la universidad y pasar más tiempo limpiando vómito gratuitamente. Así que continuaron rodando sin mí. Y siguieron rodando, rodando, y rodando. ¡Parecía que nunca iban a terminar!

Una de las cosas de las que me arrepiento, como asistente de producción, es que no pude formar parte del círculo íntimo donde se tomaban las grandes decisiones creativas. No estaba con los actores o el director cuando las cosas se discutían. Estaba demasiado ocupado asegurándome de que los *snacks* eran entregados correctamente y que el aire acondicionado funcionaba. Así que no es fácil decir qué clase de director era Bobby. Pero puedo decir en este sentido que no es un gran seguidor del compromiso. Siempre quiere que las cosas sean maravillosas, o no tiene sentido hacerlas. Para él, estaba la "mejor forma" de hacer las cosas, y luego la "forma maravillosa". Y odiaba hacerlas de otra

---

41. Nilsson compuso, por ejemplo, las canciones de *Popeye*.

manera que no fuese esta última. Lo que me di cuenta es que Bobby siempre mantenía la compostura. Nunca le vi gritar ni enfadarse o lanzarle comida a alguien a la cabeza. De alguna manera mantenía su sentido del humor sin importar lo grandioso que fuese el desastre a su alrededor».

A modo de matización y tratando de estructurar un tanto el calendario de ese rodaje tan espaciado en el tiempo, mencionaremos que durante el grueso del rodaje se llevaron a cabo las grabaciones con los secundarios de renombre, ya fuesen Claude Akins, Howard Duff, Henry Gibson y Donald Moffat, y, en resumen, la mayor parte del metraje. De este modo, los miembros de la producción recibían una carta por parte de Closet Productions fechada el 12 de diciembre de 1983, indicando que, si bien el grueso del rodaje había finalizado, la compañía procedía a conseguir e invertir todo el dinero en la finalización del largometraje. Esto implicaba que, por desgracia, no iba a poder realizarse fiesta alguna para celebrar el final de la filmación, pues todo el capital era esencial.

Tras ese hiato en el proceso, Bob Dahlin pasó a filmar de nuevo varias escenas para finalizar adecuadamente el largometraje. Nada realmente importante y secuencias tales como planos de inicio, de transición o insertos similares. O llegado el caso, nuevas tomas con los actores protagonistas, como por ejemplo Don Grant, que al intervenir en gran parte del metraje era más proclive a verse necesaria su participación en la grabación de ciertos instantes. El propio actor recuerda así su experiencia en este sentido:

«Bob Dahlin y su equipo eran perfeccionistas. Querían conseguir la toma perfecta, así que repetimos varias escenas en múltiples ocasiones. A mí no me importaba, pero probablemente ya habíamos conseguido la toma en diversos momentos, y aun así seguimos rodando. Entiendo su postura, puesto que Bob quería conseguir una película genial. Desafortunadamente, esa actitud nos llevó a consumir mucho más tiempo en los distintos emplazamientos que tal vez otros directores.

Mi experiencia en el cine y la televisión en aquel punto era el haber realizado algo de teatro, y en su mayor parte pequeños papeles en televisión y publicidad. En el teatro en directo, solo hay "una toma" durante la interpretación. Los actores recorren toda la actuación y no hay "retakes" hasta la siguiente interpretación. Los anuncios publicitarios y la televisión por episodios son producciones rápidas. Si al director le gusta una toma, comprueba el visor de la cámara y sigue adelante.

Durante el rodaje de *El monstruo del armario*, Bob Dahlin tenía el control, y se permitió el lujo de realizar múltiples tomas, y gastó muy largos periodos de tiempo en una única localización hasta que tenía la sensación de haber obtenido la toma perfecta. Como actor, en ocasiones sentí que habíamos conseguido una muy buena escena, y que teníamos "una toma buena". Pero obviamente solo era consciente de mis interpretaciones con el resto de

Closet Productions, Ltd.

December 12, 1983

Dear Crewmember,

First of all, a million thanks for all your help. Without your skill, efficiency, eagerness and loyalty through this long and difficult shoot, we simply couldn't have done it. No matter how well we succeed in repaying your faith in us and the project, we will forever be in your debt.

The filming is finished, but needless to say many months and much labor lie ahead to bring MONSTER IN THE CLOSET to fruition. The best way we can justify your confidence in us is to plunge right in to the post-production and get the movie to the marketplace. We are now in the process of raising more money to finish the job, but for the moment, as most of you no doubt know or have surmised, we're flat broke.

We very much wanted to treat you all to a blowout of a wrap party. Unfortunately, given the total number of crew and cast involved with MONSTER, this would be an expensive proposition, and we are just too strapped to do it at the present time. No matter how much money we raise in the coming weeks, all of it should really go towards making a better film. We hope you will understand our decision to postpone the party until we can afford to do it in the style you deserve, perhaps with advance monies from the distributor next year. We feel badly about the delay; however there <u>will</u> be a wrap party.

The best news is that we seem to have a terrific film in the

- continued -

Closet Productions, Ltd.

can. Here's hoping we see many of you for the upcoming stag work and reshoots, hopefully in February. Merry Christmas and Happy New Year.

Best,

Bob Dahlin

David Levy

Peter Bergquist

P.S. For your information, our new office address is:
c/o Lion's Gate Films
1861 S. Bundy Dr.
Los Angeles, CA. 90025
and the phone number is (213) 820-7751 Ext. 203

Carta escrita y firmada por Bob Dahlin, David Levy y Peter Bergquist informando del final del rodaje principal, en diciembre de 1983. Anunciaba también que la producción no había finalizado, y que se esperaban reshoots en febrero.

los actores en esa misma escena. No tenía la perspectiva del director en lo que concierne a posibles defectos en el audio, la iluminación o quizás en el ángulo de cámara. Para mí, tal vez pasamos demasiado tiempo en algunos emplazamientos. Pero, obviamente, Bob era consciente de todos los elementos necesarios para conseguir "una toma buena". Eso fue en ocasiones un reto difícil de superar».

Me parece admirable la capacidad de Don Grant para recordar de una manera siempre positiva y constructiva lo que sin duda alguna tuvieron que ser unas jornadas complicadas. Una filmación extensa y segmentada donde los técnicos y otros miembros del equipo abandonaron la producción y eran sustituidos por otros. Caso del citado Richard Walden, o también de roles indispensables como los supervisores de guion, encargados de la continuidad de los elementos, llevar una contabilidad de los enseres necesarios de cada filmación o comprobar la orientación y operatividad del equipo técnico. Esa fue la situación por ejemplo de Susan Malerstein-Watkins, que llegó al equipo para cubrir como supervisora de guion esa última parte del rodaje.

Con todo, entre todas las idas y venidas, los productores tuvieron que lidiar con varios implicados que reclamaban el pago prometido. No debió ser en absoluto cómodo y sencillo liderar esta aventura durante meses y años por parte de sus responsables, especialmente cuando no creo en absoluto que persiguiesen un motivo económico excesivamente ambicioso, y más bien trataban de alcanzar un cénit creativo. En este sentido, y a tenor de las manifestaciones de los implicados que hemos atendido, no puedo evitar pensar en Bob Dahlin y en cuán delicada debió ser la situación. Pero allí, mientras las quejas se repetían, los rodajes se eternizaban y los abandonos se producían, él no podía evitar mirar la belleza de su obra. Empleando un símil con la propia narración, no puedo sino imaginarme a Bob

Carta escrita por la madre de Brad Kesten, uno de los niños participantes en la escena eliminada en casa de Lucy, donde solicitaba el pago por la actuación de su vástago. El total ascendía a casi cuatro mil dólares por una semana de trabajo.

EL MONSTRUO (QUE SALIÓ) DEL ARMARIO

Dahlin como el propio monstruo, sujetando su película mientras apenas le quedaban fuerzas. Así, caminando mientras su energía se evaporaba sin quitar la vista de encima de su querida y anhelada película. Es más que probable que fueran muchos los que le llamaran la atención sobre el excesivo mimo y cuidado que ponía en la filmación y en las interminables repeticiones de tomas. Pero él no podía dejar de ver en su mente la futura belleza del largometraje, de una hipotética perfección que estaba por materializarse. De alguna manera, lo entiendo.

EL PRIMER MONTAJE DE RAJA GOSNELL

Esa faceta tan meticulosa de Dahlin continuó incluso en la etapa del montaje inicial del largometraje, de la que se ocupó un editor que respondía al nombre de Raja Gosnell. Durante los ochenta, realizó los montajes de películas de éxito brutal como *Solo en casa* (*Home Alone*, Chris Columbus, 1990) o *Pretty Woman* (Garry Marshall, 1990). A finales de siglo, Gosnell viró su carrera hacia la dirección de superéxitos infantiles, tales como las dos entregas de imagen real de *Scooby Doo* o *Los pitufos*. Pero a principios de la década, acababa de irrumpir en mundo de la edición, y *El monstruo del armario* fue una de sus primeras ocupaciones. Nos los cuenta David Levy:

«Fue Gosnell quien hizo un primer montaje del filme, muy bien editado y pulido, que se llevó a cabo en Los Ángeles. Llegado el momento, Raja se marchó para realizar otro trabajo. Fue entonces cuando incorporamos a Mark Conte y Jacque Elaine Toberen para trabajar con Bob Dahlin en la edición y afinar la película. Trabajaron mucho tiempo en este aspecto porque Bob Dahlin era muy específico sobre cada decisión final de montaje y sobre cada fotograma del filme.

Mark y Jacque eran editores muy profesionales y con el paso del tiempo se labraron largas carreras en el negocio en todo tipo de producciones. Por ejemplo, Jacque editó cerca de un centenar de episodios de *Urgencias* (*ER*, 1994-2009), y Mark realizó mucho trabajo en montaje cinematográfico para luego pasar a la televisión, como hicieron otros muchos por aquel entonces. En conclusión, estas dos personas refinaron lo que había hecho Raja Gosnell.

En este montaje, teníamos música temporal que funcionaba muy bien con la narración. Era material de todo tipo que iba a servir de guía al futuro compositor encargado de realizar la banda sonora, y así comprobar el contenido emocional que estábamos buscando en los pasajes musicales. Es decir, que sirviese de ejemplo si queríamos algo emocionante y conmovedor en determinado momento, si queríamos algo tranquilo y tierno en otro pasaje o si por el contrario queríamos algo con mucho suspense. De estas pistas, Bob Dahlin puso pistas de los filmes de Hitchcock, del cine de Spielberg, material procedente de cintas que habían enviado varios compositores como prueba. En resumen, material de muchas distintas fuentes.

Algunos miembros del reparto recuerdan haber visto por primera vez la película sin asistir a ninguna *première* ni similar, así que es muy probable que lo que viesen fuera este primer montaje del que nos sentíamos muy orgullosos».

EL VENGADOR TÓXICO CONOCE AL MONSTRUO DEL ARMARIO: LLEGA TROMA

Después de todo el periplo de la sempiterna filmación, y la también anquilosada edición, había que conseguir que la película fuese distribuida por todo el país y, a ser posible, también a nivel internacional.

Entraba entonces en escena una pequeña productora independiente llamada Troma. A día de hoy, la fama de la compañía es harto conocida, y sus largometrajes hilarantes, escuetos y sanguinolentos son muy populares entre los seguidores más retorcidos y divertidos, si bien en los albores de su andadura se habían especializado básicamente en la comedia eróticofestiva, como *¡Viva la juerga!* (*The First Turn-On!!*, Michael Herz, Lloyd Kaufman, 1983) o sobre todo *Squeeze Play* (Lloyd Kaufman, 1979), su mayor éxito en este campo.

De hecho, en ese ecuador de la década de los ochenta era muy reciente el éxito que Troma había obtenido con una película titulada *El vengador tóxico* (*The Toxic Avenger*, Michael Herz, Lloyd Kaufman, 1984). La narración, protagonizada por un enclenque conserje reconvertido en un musculoso mutante erradicador del mal, se había rodado en el mismo verano que gran parte del metraje de *El monstruo del armario*. Así, mientras Kaufman y Herz batallaban en las calles de la costa este de Estados Unidos filmando las descacharrantes y rompedoras aventuras de Toxie, Bob Dahlin y compañía hacían lo propio en la costa oeste con su particular mamarracho. De alguna manera y aunque de tonos totalmente distintos, era como si el destino de ambos engendros hechos de látex y rodeados de comedia, una de brocha —o fregona— gorda y otra más sutil, estuvieran unidos por un hilo invisible.

Puede que alguien más detectase ese vínculo, a tenor de las explicaciones que nos brinda no otro que el mismísimo Lloyd Kaufman, cofundador de la compañía, sobre cómo *El monstruo del armario* llegó a manos de Troma. Siempre con su incomparable forma de expresarse:

«Los tipos que habían empezado a rodar *El monstruo del armario* se habían quedado sin dinero, y vinieron a nosotros durante el rodaje. En detalle, teníamos un agente encargado de las ventas internacionales, un anciano llamado Walter Manley[42]. Había producido una película que quizá os suene, *Batalla más allá de las estrellas* (*The Green Slime*, Kinji Fukasaku, 1968), una alocada y divertida muestra de ciencia ficción con Robert Horton. Manley nos representaba en el Festival de Cannes para las ventas internacionales. La gente de *El monstruo del armario* de algún modo lo conocieron. Habían tenido proble-

---

42. Nota del autor: Fue a Manley quien se le ocurrió añadir «Avenger» a «Toxic Avenger» y titular de esta manera el clásico de la Troma.

mas a la hora de buscar otros distribuidores, puesto que la película era muy arriesgada a causa del elemento gay y por lo hilarante que era en su momento a pesar de que era una película para toda la familia. Manley no sabía a quién llevársela porque la película estaba a trozos y era un disparate, y pensó que nosotros en Troma era los únicos a quien podía recurrir.

Las personas que habían realizado el largometraje eran de California, unos productores y un director brillantes. Sin embargo, no era realmente el tipo de cine que hacíamos, era algo mucho más familiar y amigable, ¡pero muy divertido e inteligente! Asimismo, la película tenía varias estrellas. Nosotros no trabajamos nunca con artistas de ese calibre, no sabíamos nada sobre ese mundo.

Además, Michael Herz y yo adoramos a Hitchcock, del que somos expertos. Bueno, expertos no, pero he visto casi todas sus películas. Por eso, cuando vi lo que estaban filmando, me enamoré del material, como también le pasó a Michael. Así que finalmente la cogimos.

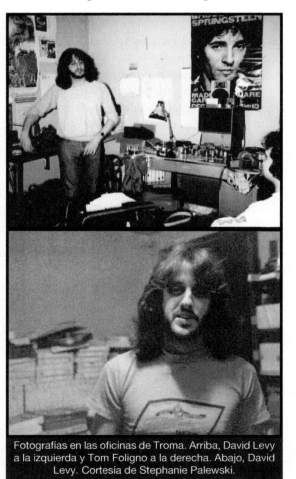

Fotografías en las oficinas de Troma. Arriba, David Levy a la izquierda y Tom Foligno a la derecha. Abajo, David Levy. Cortesía de Stephanie Palewski.

Era un gran riesgo porque, para nosotros al menos, el presupuesto era abultado. *El vengador tóxico*, en los ochenta, la hicimos por quinientos mil dólares. Ese era nuestro límite. Incluso una película reciente que he realizado, *Shakespeare's Shitstorm* (Lloyd Kaufman, 2020), basada en *La tempestad* de Shakespeare, tuvo un presupuesto por debajo de esa cifra.

En cambio, *El monstruo del armario* estaba un poco por encima. Sus artífices, como decía, tenían mucho talento y eran muy idealistas. Y creo que despreciaban a Troma. No creo que realmente nos apreciasen, con toda la razón, ya que somos una diminuta y canija compañía. De hecho, la corriente mayoritaria de los estudios es despreciar a Troma. ¡Llevo más de cincuenta años haciendo películas y nadie me coge el teléfono!

Sea como fuere, los responsables de *El monstruo del armario* no querían que Troma distribuyese la película. Hubieran preferido que se encargase Paramount, Columbia o cualquier otra gran productora, pero la película era muy arriesgada, y en esas grandes compañías son todos unos burócratas a los que a la mayoría ni siquiera les gusta el cine. Están preocupados por sus trabajos, y ninguno de ellos quiere tomar riesgos. Es habitualmente la gente joven, como hicieron entonces Bob Dahlin y David Levy, los que se arriesgan.

En resumen, ¡nosotros salvamos la situación! Nadie más iba a hacerlo, nadie iba a ayudarles[43]».

Esta decisión de Lloyd Kaufman y Michael Herz de erigirse como productores ejecutivos de una producción ajena a ellos era algo inusual y novedoso para Troma, una compañía en la que gran parte de su potencia radicaba en el humor cafre, desvergonzado y explícito de su filmografía[44]. Una herencia genética que iba a chocar de lleno con el espíritu más suave, inocente y, por decirlo de algún modo, elegante, que contenía el filme de Bob Dahlin. Lo vamos a comprobar de inmediato, porque los conflictos comenzaron justo al firmar ese contrato en que Troma iba a finalizar y distribuir *El monstruo del armario*, y que ataba, bajo una firma y en perpetuidad, el destino del largometraje. David Levy fue de los más afectados por este sendero que iban a empezar a caminar junto a la productora neoyorquina;

«Mis compañeros Bob y Peter querían seguir adelante con Troma, pero para mí era una dirección, en efecto, en la que no quería ir por aquel entonces. Sin embargo, uno no siempre puede escoger el camino. Nosotros estábamos en Los Ángeles y Troma, en Nueva York, a cinco mil kilómetros. Así que una vez el contrato se firmó, Troma continuó por su cuenta y reeditó totalmente la película. ¡La remontó hasta dejarla irreconocible! Es decir, Lloyd Kaufman y Michael Herz, asistidos por su editor Richard Haines, seccionaron nuestro montaje en mil pedazos e hicieron que la película fuera estúpida y horrible, la simplificaron y la hicieron como todos los demás productos de Troma. Se suponía que iba a ser una buena, blanca y divertida película, algo que cualquier niño pudiera ver sin que sus padres se preocuparan por cosas cuestionables.

Muchas de las películas de Troma eran, si utilizamos una palabra amable, "inmaduras". Y si no somos tan amables, "idiotas". La trocearon siguiendo

---

43. Nota de Lloyd Kaufman: «Lo mismo ocurrió con Trey Parker y Matt Stone. Empezaron *Musical caníbal* (*Cannibal! The Musical*, Trey Parker, 1993) y no la terminaron, pero acudieron a nosotros en primer lugar porque amaban Troma. Con todo, aunque podíamos finalizar la película y distribuirla, no podíamos pagarles un gran contrato como si fuéramos una productora de Hollywood. Les dijimos que su película era maravillosa, pero después de buscar otras alternativas, volvieron de nuevo a nosotros. Gracias a esa película, Trey Parker y Matt Stone se convirtieron en los más grandes animadores y autores de sátiras de la historia del cine. Algo muy común con Troma, desde las primeras películas que hicimos. Tenían claro esta violencia y política, pero por lo general todo giraba en torno a la sátira de la cultura americana».

44. De hecho, según se publicaba en el periódico neoyorquino de *Daily News* el 24 de junio de 1986, Kaufman manifestaba que «estaban probando» como productores ejecutivos en el filme de Bob Dahlin, que había costado en total seis millones de dólares.

esa naturaleza ridícula. Así que lo que ocurrió fue que, después de que hicieran una escabechina con la película de ese modo y de que objetáramos a lo que habían hecho, regresé a Nueva York para trabajar con el equipo de montaje neoyorquino con todo el metraje para restaurar la película hasta el montaje que teníamos y que había realizado Bob antes de que Troma pusiese las manos en ella. Y tuve que hacerlo personalmente porque decían, convenientemente, que habían perdido todos los registros de edición de cuando originalmente nosotros habíamos montado la película.

No sé si aquello fue verdad o no, pero nos dijeron que habían perdido todo ese material. Así que básicamente lo tuve que hacer de memoria. Si hubiera sido con un sistema computarizado de edición —algo que no se hacía por entonces—, podríamos haberlo tenido en una semana o dos. O incluso sin un sistema así, pero teniendo los documentos de seguridad de cómo se había editado la primera vez, la podríamos haber tenido en un mes o dos.

Pero como nada de eso estaba disponible, llevó otro año más conseguir que la película volviese a estar como estaba en origen. ¡Algo innecesario y desafortunado! Básicamente, en Troma pensaron que estaríamos contentos de poder distribuir la película, fuese cual fuese la manera, y nos marcharíamos y ellos podrían hacer lo que quisieran. Pero fuimos claros y les dijimos que éramos felices luchando por aquello que pensábamos era la mejor versión de la película. No siempre ganamos esas batallas».

EL ARMARIO, A TROCITOS: EN EL CORAZÓN DE TROMA

Fue de este modo que David Levy llegaba al edificio de la Troma para trabajar codo con codo junto a las editoras que allí se encontraban y de esta manera recomponer *El monstruo del armario*. No iba a ser tarea fácil, porque todo lo que tenían era el metraje en bruto almacenado en cajas y bobinas. Ahora había que partir de cero y acercarlo todo lo posible a aquella visión original de Bob Dahlin y ese primer montaje que Raja Gosnell había preparado. Y allí comenzó otra pequeña odisea.

En la primera planta del edificio, situado en plena *Cocina del infierno*, se encontraban las oficinas dedicadas a la distribución. En el último piso, estaba el departamento de montaje. En esas instalaciones se reunían Stephanie Palewski y Donna Stern, quienes se iban a ocupar de restaurar ese montaje con la supervisión de David Levy. Era el primer día de aquellas jornadas y las dos estaban un poco desalineadas. Nunca habían trabajado juntas y hacían gala del habitual nerviosismo de dos personas que se acaban de conocer. Pero había que trabajar. Stephanie se volvió hacia Donna y le preguntó si podía ocuparse de unir dos segmentos diferentes de metraje. La respuesta de Donna fue un tanto espontánea, como ella misma admite:

«"¿De qué me estás hablando?", contesté yo. Stephanie se giró hacia mí, y me dijo: "Lloyd me dijo que habías trabajado en una película de Woody Allen".

Donna Stern en las oficinas de Troma, con el metraje de *El monstruo del armario* en las manos. Cortesía de Stephanie Palewski.

Únicamente me había ocupado de montar una película experimental que en realidad había editado de aquella manera. Ese filme era sobre mujeres sin hogar y con muy poco presupuesto. De hecho, yo trabajaba como asistente social en realidad. Pero me encantaba editar y decidí que quería seguir por ese camino y aprender más sobre montaje. En un libro de producción vi el nombre de Troma. Tras enviarle mi currículum y un par de llamadas, me ofrecieron un trabajo. Pero en realidad no tenía nada de experiencia, y si no recuerdo mal me pagaban setenta y cinco dólares a la semana. Así que Stephanie había heredado una asistente con nula preparación. Y me enseñó un montón, a pesar de que cometí algunos errores interesantes de montaje, como por ejemplo una ocasión donde monté una bobina al revés».

Por su parte, Stephanie tampoco tenía mucha experiencia en el campo de la edición, pero, además de haber cursado estudios en la Columbia University Film School, si disponía de práctica en el montaje de producciones de otra naturaleza:

«Me había quedado sin trabajo recientemente —explica Stephanie— y buscaba algo que hacer. Ya había editado varios documentales y, con la formación que había tenido en la escuela de cine, quería meterme en el mundo de las películas. Me citaron para una entrevista —creo que fue Lloyd Kaufman quien me llamó— y allí me di cuenta de que iba a ser un salario muy bajo. De este modo, para realizar el montaje de *El monstruo del armario* me ofrecieron quinientos dólares a la semana, cuando lo normal por entonces según el sindicato era alrededor de dos mil. Sin embargo, pensé que era una buena manera de meter la cabeza y acepté el trabajo. Me preguntaron: "¿Cómo sabemos que no nos vas a dejar tirados e irte a otro lado?". Les di mi palabra de que eso no iba a ocurrir. Quizás debería haber pedido más, pero ¡era tan ingenua por entonces! Por último, me dijeron que iban a contratar a una asistente de edición, editores de sonido y varios aprendices, por lo que tendría mucha ayuda de profesionales con mucha experiencia. "No estarás sola ni un minuto", me dijeron».

Pero Stephanie también había oído de la reputación de la Troma y sus peculiares largometrajes trufados de violencia, palabras malsonantes y grafismo desmesurado. En un primer momento, conforme veía ese montaje inicial se sintió un poco confundida porque no estaba segura si era una parodia o una película seria. No obstante, apreció sus valores de producción, estaba bien dirigida y, de cierta forma, la narración fluía. A todas luces, no parecía de la misma naturaleza que otros largometrajes de la productora. Así las cosas, decidió que daría lo mejor de sí misma para mejorar aún más si era posible el filme de Bob Dahlin. Y afortunadamente, como decíamos, David Levy iba a compartir con Stephanie y Donna unos momentos inolvidables en el seno de Troma:

«David estaba allí —explica Stephanie— ¡y era realmente encantador! La razón por la que creo que era un buen productor era que podía convencerte de cualquier cosa, ya fuese compartir drogas o dinero. Lo que fuese.

Nos apoyó muchísimo porque creo que una vez comprendió quien era Troma, se sintió mucho más cómodo. Es decir, te dabas cuenta de cómo era Troma desde el primer día. Como resultado, de alguna manera establecimos un vínculo entre nosotros como si estuviésemos en el ejército, combatiendo un enemigo común en todo momento».

GRUÑIDOS, BUFIDOS Y PUERTAS QUE SE CIERRAN: EL SONIDO DE LA PELÍCULA

A la misma vez que Stephanie y Donna se ocupaban de montar *El monstruo del armario*, iban a comenzar las tareas de edición de sonido. Entre los encargados de esta función destacaba Gordon Grinberg, que, por fortuna, ya se había «formado» en el espectro auditivo de la factoría Troma con otro filme previo. El propio Grinberg nos lo explica:

«Ya fueran gritos, disparos o explosiones, básicamente aprendí la edición de sonido con *Mutantes en la universidad* (*Class of Nuke 'Em High*, Lloyd Kaufman, Richard Haines, 1986). Llegué a esa película sin haber trabajado prácticamente en nada similar antes, al responder únicamente un anuncio en *The Village Voice* en el que solicitaban un aprendiz por 175 dólares a la semana.

Tuvimos dos meses para realizar la tarea, lo que coincidió con los dos últimos meses de 1985. Cuando terminé, me di cuenta de que en la sala de al lado se encontraban Stephanie y Donna, quienes me dijeron que estaban editando *El monstruo del armario*. No recuerdo si fue Stephanie o Lloyd, pero querían que siguiera trabajando en Troma y que echase una mano en la película. Con dos meses de experiencia, ya era todo un "avezado editor de sonido". Así que mientras Stephanie y Donna trabajaban en el montaje durante el día, yo lo hacía durante toda la noche con otro asistente realizando los efectos de sonido.

Recuerdo que para *Mutantes en la universidad* trabajaba jornadas de catorce horas, siete días a la semana. Y si dejaba el trabajo antes de dos semanas —la gente solía abandonar fácilmente—, no cobraba nada. Solo libramos el día de Acción de Gracias y el de Navidad. Ya habíamos terminado cuando llegó Nochevieja, y pregunté si podía unirme a *El monstruo del armario*.

Entonces conseguí un aumento y cobré 200 dólares a la semana, probablemente porque había demostrado que era capaz de cumplir con lo que se me pedía. Además, creo que solo trabajábamos doce horas al día.

Desde luego, *El monstruo del armario* estaba en un nivel superior con respecto a la que había hecho antes, y el propio David Levy le añadió clase al proceso».

Los gruñidos y bramidos encarnizados del monstruo se habían grabado previamente en Hollywood, empleando las cuerdas vocales del recomendado artista Tony Carlan y con el técnico Rich Macar utilizando el sistema digital más reciente que había por entonces. En contraste, si bien todos esos rugidos son de una potencia gutural descacharrante e inolvidable, la grabación de ese rugido arrastrado y constreñido que emite la pequeña criatura que emerge del monstruo, vociferando esas cinco notas musicales que el doctor Pennyworth trata de replicar, fueron un punto más complicadas de obtener. Bob Dahlin nos revela su origen:

«Recuerdo muy bien cómo lo conseguimos, a decir verdad. Después de recurrir a varios expertos en efectos de sonido y no encontrar lo necesitaba —el rugido adecuado que se podía transformar en las cinco notas—, finalmente terminé haciéndolo yo mismo, modulando mis rugidos con distorsiones de sonido en posproducción».

Ahora bien, insertar el resto de los efectos de sonido iba a correr de la cuenta de Gordon Grinberg y Tom Foligno.

«En todo momento —explica Gordon—, estábamos con la grabadora de casete capturando sonidos para utilizar. Aunque fuese sencillamente el sonido de una puerta cerrándose, fingir ese sonido en el estudio era lo suficientemente emocionante para mí.

Tom Foligno, por su parte, había terminado sus estudios cuando empezó en *El monstruo del armario*. Nos hicimos amigos durante aquellos tiempos y, en su mayor parte, se convirtió en editor asistente de mucho éxito».

«Efectivamente —confirma Tom Foligno—, estaba en la universidad William Patterson de New Jersey, por entonces, cuando recibí una llamada de mi profesor indicándome que había una oferta de trabajo en Troma. Uno de los graduados de esta institución se encontraba ya trabajando allí, y por eso recurrió a mi profesor para ver si conocía a alguien que pudiese trabajar en *El monstruo del armario*. Así que, en realidad, fue mi primer trabajo en el mundo del cine.

Fue divertido porque por entonces, era todo nuevo para mí. Y en realidad, cuando llegué, mi trabajo consistía en reparar con cinta adhesiva los orificios de los piñones de las ruedas que se habían roto. Es decir, algo similar a la moviola, aunque por lo que recuerdo trabajábamos con un sistema que se llamaba Steenbeck, una superficie plana en la que colocabas las bobinas en estas ruedas, como platos, y luego enhebrabas el metraje. Con este sistema, la máquina podía reproducir dos pistas de audio a la vez y una pista de imagen. No fue muy emocionante, pero eso era lo que tenía que hacer. Después, ya me ocupé de la edición de sonido».

De esta manera se realizaba el proceso de edición de *El monstruo del armario*, sin olvidar que, debido a la alta delincuencia de la zona, sus responsables no podían irse del edificio a altas horas de la madrugada. Caso de Gordon Grinberg, que tras su jornada nocturna no podía aventurarse en las calles hasta bien entrada la mañana por seguridad.

«¡Fue duro! —explica Stephanie—. Era un barrio realmente peligroso. Y solo había unos pocos restaurantes cerca de los que se podía conseguir comida. Recuerdo el Afghan Kebab, de donde comimos muchas veces, o pizza, porque no había nada cerca. No era un vecindario amigable, por así decirlo. A menudo íbamos al Phoenix Garden en Chinatown, por comida china. David Levy nos enseñó donde estaba la mejor comida china de Nueva York. Pero también fuimos a mi casa en varias ocasiones».

Por el ambiente, las condiciones y el sobrenombre infernal de la zona, al que suscribe le brota continuamente la famosa novela de Joseph Conrad titulada *En el corazón de las tinieblas*, y desde luego no tuvieron que ser unos buenos momentos. Los implicados manifestaban incluso que hubo un incendio en las instalaciones. Desde luego para David Levy, que había trabajado con Robert Altman, debió ser un contraste interesante.

La restauración del montaje, a pesar de todo, siguió su curso. Llegado el momento, era necesario insertar determinados planos urbanos de exteriores para cohesionar mejor la dinámica de la narración en ese prólogo donde vemos las diferentes barrabasadas del monstruo, y no otro que el mismísimo Lloyd Kaufman cogió una cámara y salió a Nueva Jersey a capturar esos planos. Lo cuenta el mismo productor:

«Sí, yo filmé parte de esa película. Teníamos que rodar unas pocas escenas, nada importante, así que hice algo de trabajo con la cámara. Estábamos editando, y faltaban unos pocos fragmentos. No podíamos pasar de un interior de una escena al interior de otra. Así que filmamos el exterior de una casa que se parecía, e incluimos una voz en *off* para hacer la traslación más sencilla. Fueron cosas de ese tipo.

Ahorrar algo de dinero para la posproducción por si cometemos algunos errores es algo que siempre hacemos en Troma. Así podemos ir a rodar algo de material para solucionar este tipo de entuertos.

Además, trabajé con Stella Stevens durante la posproducción. Era encantadora, adoraba la película. Pero había un problema, en la escena de la ducha se le podía ver accidentalmente un pezón en el metraje. Así que tuvimos que arreglar eso para que no se le viese. Hoy en día no sería un gran problema[45]».

Por su parte, Stephanie nos contó que en este punto surgió un nuevo conflicto:

«Recuerdo que otro elemento importante radicaba en que teníamos música temporal en el filme, solo unas pistas. Y David Levy contaba con la incorporación de un increíble compositor de Los Ángeles, que pedía cierta cantidad de dinero. Troma no accedió, y David y compañía no podían creer que rechazasen esa música. Creo recordar que rebajaron un poco la cantidad, pero Troma seguía negándose en rotundo y contrataron a alguien de Inglaterra para realizar la banda sonora. David siempre odió esa música. Yo no la odié, he de admitirlo, pero tenía que insertarla en el montaje. Así que tuvimos que modificar un tanto el montaje y adaptarlo a la música».

Puesto que la editora previene de otra disyuntiva relacionada con la banda sonora del filme, por lo que es menester a continuación ahondar en ese aspecto.

DODECAFONISMO DIGITAL CONTRA LA ORQUESTA QUE NUNCA FUE: LA BANDA SONORA DE LA PELÍCULA

Obra del compositor Barrie Guard, gran parte del *score* se fundamenta en unos cuantos segmentos de suspense, como la pieza inicial del filme, que promete una agresión inexorable conforme se desarrolla. La consecuente acometida del monstruo —la del viejo Shempter— es de la misma condición intrigante si bien algo menos pronunciada. Nada que ver con el segmento de la muerte de la pequeña Lucy, donde la faceta inevitable de la música se desboca. Quizá el mayor desarrollo de esta índole angustiosa lo encontramos en los falsos asaltos en la ducha de Margo y la muerte de Roy, donde Guard va jugando con sus propias sonoridades, pero

---

45. Curiosamente, fue una anécdota que se le quedó grabada a Kaufman, que también lo cita en su magnífico libro *Todo lo que siempre quise saber sobre cine lo aprendí de El Vengador Tóxico* (Applehead Team, 2021, página 204)

tratando de homenajear, muy sutilmente, a Bernard Herrmann.

Una vez comienzan los títulos de
crédito, asistimos a dos segmentos que
se reutilizarán en gran parte del *score*.
Primero, un tema caótico y frenético,
trufado de aires militares y preparato-
rios que bien podríamos definir como
el tema del propio monstruo. Incluso
en la parte inmediatamente posterior
donde vemos a Richard conduciendo
decidido hacia Chestnut Hills en pos de
su investigación, escuchamos de nuevo
esta pieza. La segunda parte de los créditos, aún con un evidente tono alar-
mista, adquiere cotas más inevitables y

El compositor Barrie Guard, autor de la
música de *El monstruo del armario*

apesadumbradas. Más adelante en la narración, volveremos a escuchar este tema
en el reconocible concatenado de la destrucción de los armarios.

Guard aporta asimismo diversas composiciones que aparecen muy breve-
mente, como esa sección triste y melancólica cuando Richard se tiene que mar-
char de Chestnut Hills y hace las maletas antes de despedirse de Diane. O esa
pieza que emana indagación, acompañada no obstante de unas sonoridades que
asemejan cantos femeninos y con un punto de determinación y resolución para los
momentos en que el equipo liderado por el doctor Pennyworth trata de localizar
al monstruo por el vecindario utilizando el xilófono.

El aspecto militar innato al tema principal se desmadra cuando el ejército usa
todo lo que tiene contra la bestia. Se recurre de nuevo a esa pieza, en su fase más
preparatoria y un tanto más relajada, cuando la pareja se encuentra preparando la
trampa eléctrica para el monstruo, tan deudora de *El enigma de otro mundo*.

Haremos hincapié asimismo en el desarrollo del tema principal que efectúa Guard. De este modo, se encuentra presente en un *crescendo* cuando el joven
Profesor está siendo hostigado sin saberlo por el mamarracho en la escuela pública.
Y, de hecho, es muy llamativo cómo el tema del monstruo adquiere una versión
radiante en el intento de comunicación, casi de liberación y felicidad. A decir verdad, una de las mayores proezas de la banda sonora es que el compositor consigue
que un tema tan particular y agitado como el del monstruo, mute en tintes román-
ticos y apacibles cuando la bestia se queda prendada de Richard. De igual modo,
Guard emplea ese tema, pero dotándolo de un avance pesado y con tendencia a la
disipación, en los últimos andares del monstruo. Un pasaje que va adquiriendo una
clausura bienvenida conforme el engendro se queda sin fuerzas en las calles de San
Francisco. El compositor cierra la película de la misma manera jubilosa y celebrativa
que el intento de contacto de Pennyworth, a la vez que las campanas de la iglesia
que vemos en la narración se funden casi de manera diegética con la banda sonora.

Queda patente esa variedad temática en la composición de Barrie Guard, aunque todos los temas poseen una sensación comprimida debida al uso del sintetizador, homogeneizando quizás más de lo deseado las diferentes piezas y arrojando cierta aura de sonido marrón, si es posible de algún modo esta sinestesia.

En cuanto a la génesis de la banda sonora, por aquel entonces Barrie Guard tenía una estrecha colaboración con la compañía británica Filmtrax, fundada por Tim Hollier y John Hal, y a esa empresa recurrió Lloyd Kaufman en su momento en busca del compositor adecuado, como así explica:

«La gente de Filmtrax era maravillosa —admite Lloyd Kaufman— pero muy cara. Por regla general, Troma no alcanzaba para el nivel de calidad de Filmtrax. En aquellos días, no teníamos tal presupuesto, pero el director Bob Dahlin, por lo que recuerdo, quería recurrir a Filmtrax, en Inglaterra, e insistió en ello. Allí se mezcló la película, y hasta allí me desplacé. Michael Herz y yo no queríamos pagar todo ese dinero para que se hiciese en Londres, pero me alegro de que al final accediésemos porque fue una buena idea y realmente consigue que la película tenga un sonido muy grande y una sensación global mayor. Como digo hicieron un buen trabajo, ¡pero costaban un pastón! Después volvimos a recurrir a ellos y nos hicimos amigos. Parece una película de primera categoría[46].

En *El monstruo del armario*, comprendieron la película. Toda la música es como si perteneciese a un filme de Alfred Hitchcock, como si fuera obra de Bernard Herrmann, pero divertida y exagerada».

Las declaraciones de Kaufman chocan con los comentarios de Bob Dahlin al respecto: «Troma incumplió su promesa de realizar una banda sonora orquestal y escogieron al compositor más barato que pudieron encontrar. No me dieron la posibilidad de opinar sobre la música», pero sobre todo colisiona con las ofrecidas por David Levy:

«La banda sonora es una de las batallas que perdimos. Queríamos contar con una orquesta real, y teníamos a varias personas que podíamos haber llamado para componer la música. Pero en lugar de una hora de música con una orquesta completa, Troma terminó pagándole a un compositor del otro lado del océano cinco mil dólares y lo hizo en una pequeña máquina. Algo muy desafortunado porque creo que la película se resiente por ello. No quiero decir que esa persona no lo hiciese lo mejor que pudo, con los recursos que tenía a su alcance; estoy seguro de que lo hizo. Claro que cuando los recursos son cinco mil dólares y un sintetizador, ¡no se puede comparar con una orquesta completa! Además, tal vez esta persona no tuvo el tiempo que deseaba para dedicarle al proyecto. Tal vez, como nosotros cuando realizamos y editamos la película, quería hacer cosas que no le estuvieron permitidas. Resumiendo,

---

46. *Mainstream* en el original.

apenas se le dio dinero para realizar el trabajo, y no respondía ante Bob Dahlin, Peter Bergquist o yo, únicamente respondía ante Lloyd Kaufman y Michael Herz, a quienes francamente les importaba un rábano con tal de que no tuvieran que pagar dinero. Eso era todo lo que les importaba.

En conclusión, digamos que teníamos a varios compositores dispuestos a realizar la banda sonora[47], con unas reputaciones estelares que hubieran contribuido a conseguir que el largometraje fuese mejor. Como en muchas películas, como muchos productores, terminamos teniendo una no muy buena relación con nuestros distribuidores».

Ocurriese lo que ocurriese, en última instancia el artista que se ocupó de poner música a las andanzas y desventuras de nuestro querido engendro fue el citado Barrie Guard. De ascendencia británica, la lista de trabajos y colaboraciones de Guard es muy extensa. Priman en ella sus tareas de director de orquesta de varios conciertos de Cliff Richard, función que desempeñó durante muchos y exitosos años, dirigiendo también las orquestas de grupos como The New Seekers o de cantantes de la talla de Demis Roussos, con el que trabó una gran amistad. Además de percusionista, guitarrista y otro variado rango de habilidades para diversos instrumentos, Guard es un avezado ingeniero de sonido.

En el mundo de las bandas sonoras su labor no es tan prolífica, si bien cuenta con partituras tan reseñables como la parte más clásica del filme *Zina*[48] (Ken McMullen, 1985), centrado en la hija de Leon Trotsky y cómo en sesiones de hipnosis[49] recuerda tanto el pasado de su padre como el suyo propio. Esta obra era un interesante híbrido musical entre las sonoridades más experimentales del compositor David Cunningham y el trabajo un punto más clásico de Barrie Guard, amén de contar con música adicional de Simon Heyworth, artista británico habitualmente encargado de la ingeniería de sonido en lugar de compositor, como denota su faceta en este campo en las grabaciones de la mítica *Tubular Bells* de Mike Oldfield, por ejemplo.

La creación musical que Guard preparó para *Zina* estaba dotada de una variedad de temas muy llamativa. Desde la pieza que abría el filme, imbuida de una capa sintetizada pero solemne, inexorable y trágica, a la que se sumaban unos coros tradicionales rusos hasta el tema del personaje principal, más lírico, a piano y con un coro femenino que potenciaba el drama. De esta manera, mientras que la banda sonora de *El monstruo del armario* sugería un color pardusco, la naturaleza electrónica de Zina inspira el color gris, lo que encaja sobremanera con el aspecto lánguido del propio largometraje.

---

47. Nota del autor: Pregunté expresamente a Levy si podía revelar el nombre de los compositores que tenían previsto, pero prefirió no hacerlo.

48. A modo de curiosidad, *Zina* obtuvo el premio especial del jurado en el festival de San Sebastián de 1985.

49. Donde el actor Ian McKellen interpreta al psiquiatra que las lleva a cabo.

Esta peculiar composición fue publicada en disco de vinilo bajo el amparo de la compañía Filmtrax, lo que sumado a lo anterior conforman unas condiciones esenciales para que Guard llegase a componer la banda sonora de *El monstruo del armario*. En este sentido, llama la atención que precisamente la banda sonora del filme de Dahlin, al igual que *Zina*, se realizase con sintetizador cuando Guard era todo un experto en la dirección de orquestas. El propio artista nos revela esta decisión, además de explicarnos paso a paso y con todo nivel de detalle el proceso de creación de la banda sonora del filme:

«Estaba trabajando para esa discográfica en Londres y Lloyd Kaufman o alguien de Troma se puso en contacto con ellos. Mi trabajo ya había sido publicado a través de esta compañía londinense por lo que sus responsables pensaron en mí cuando desde Troma buscaban a alguien que se ocupase de componer la música para *El monstruo del armario*. Por lo que recuerdo, hablé una vez por teléfono con Kaufman, pero más allá de eso no hubo un contacto directo.

Por aquel entonces, creo que la película no estaba completada ni editada en su totalidad. Me enviaron varios clips de diversas escenas que ya habían terminado y compuse la música partiendo de ahí.

En realidad, he de decir que componer *El monstruo del armario* fue un nuevo punto de partida para mí porque, por alguna razón que no puedo explicar exactamente, decidí que iba a componer la música usando un método que conocía, pero en el que realmente no tenía experiencia ni formación. Esa fue la técnica del dodecafonismo, basada en series de doce notas, desarrollada

Barrie Guard y su saxofón, en una fotografía reciente

por Arnold Schoenberg en Alemania dentro del campo de la música clásica. Schoenberg y Alban Berg fueron dos compositores que usaron este método de doce tonos mediante el cual se organiza una serie de notas en la partitura y luego se usan esas notas secuencialmente de una u otra forma, ya sea como nota armónica o como nota melódica, dependiendo de lo que se prefiera. En resumen, sin saber mucho al respecto, preparé mis doce tonos y empecé desde ahí.

Desde luego, había supuesto un cambio radical cuando dejamos de trabajar con músicos reales en el estudio y comenzamos a desarrollar partituras en sintetizador. Por entonces, había instalado un estudio en mi propia casa, algo no muy popular entre mis compañeros compositores, quienes pensaban que siempre debíamos emplear músicos de verdad con todo lo que conllevaba. Sin embargo, esta partitura en particular, en mi cabeza no era lo que podríamos decir realista. Por lo tanto, no necesitaba músicos reales, así que pensé que un enfoque de sintetizador era la manera adecuada de abordar la composición. Y la combinación de emplear la idea de los doce tonos y el sintetizador era algo muy innovador para la época.

No siempre es un proceso lógico o bien estructurado, especialmente cuando hay como en este caso, una fecha límite. Debías tener el trabajo preparado en un calendario muy marcado, lo que me encanta, de hecho. Trabajo mejor cuando tengo una fecha límite que cumplir. Consigue que los flujos creativos cobren vida porque, si tienes todo el tiempo del mundo, no dispones de esa energía.

A modo de conclusión, preparé la música y la envié. Por lo que recuerdo, fue bien recibida. Es muy probable que después de enviarles lo que había compuesto para esos clips, me enviasen un montaje ya finalizado, con lo que les volví a enviar lo que para mí era una versión más pulida. Una vez hecho eso, no volví a saber nada del proyecto.

Si que recuerdo que, cuando estaba componiendo la música, me quedé muy impresionado por toda la gente famosa que había en el reparto. Creí a todas luces que era una superproducción, pero en realidad no pensé más sobre ello. Ahora bien, la he visto recientemente y puedo comprender por qué atrae a la gente. De hecho, se la mostré a una amiga y quedó impresionada con el encanto que transmite. Por entonces, recuerdo que la Troma había ganado un premio en Cannes a la peor película, pero estaban encantados. ¡Estaban emocionados por ser los peores! Esa era su actitud, no intentar realizar pulidas películas de Hollywood. Se ocupaban de otras cosas. No soy ningún cinéfilo, pero me gusta pensar que, de alguna manera, crearon tendencia, al menos en el sentido de crear productos para coleccionistas. Yo mismo, poco después, gracias a mi trabajo en *El monstruo del armario*, me ocupé de componer *El vengador tóxico 2* (*The Toxic Avenger Part II*, Michael Herz, Lloyd Kaufman, 1989) para ellos de nuevo».

A modo de completismo y curiosidad, mencionaremos que en los créditos de la Internet Movie DataBase (IMDB), Barrie Guard aparece listado, junto a Simon

Heyworth[50] como productor musical. Guard aclara que esta nomenclatura era más bien un apelativo artificial:

«En realidad, esa etiqueta de productor musical era algo que los americanos habían desarrollado. He compuesto para un par de películas americanas, y son gente extremadamente buena con muchas sugerencias e ideas. Son muy buenos manipulando la música de diferentes maneras».

TROMA FINAL WAR

Una vez finalizaron tanto el montaje del largometraje como su edición de sonido y la inclusión de la música, la película estaba lista para ser exhibida al público. Gordon Grinberg, Donna Stern y Stephanie Palewski recuerdan sus impresiones al ver el resultado de su trabajo, y también qué supuso para ellos esa experiencia:

«Creo que como película —empieza Gordon— era un poco fallida. Ahora bien, no era en realidad una película de Troma, sino que tenía entidad propia. Además, estaba de igual modo la gran sorpresa de que el monstruo, en lugar de ir a por la mujer como en *King Kong*, se enamora del tipo. Y eso era todo un subtexto totalmente nuevo. Estamos hablando de 1985, y por entonces era un subtexto un tanto tabú. Era una película adelantada a su tiempo en ese sentido. Creo que sus responsables estaban tratando de decir algo.

En cualquier caso, todos trabajamos muy duro en ella, pese a que no había que tomársela en serio. Es decir, intenté realizar el mejor trabajo que pude. No tenía ninguna experiencia, pero no era como trabajar en la NASA. Había que prestar atención a lo que estabas haciendo, e intentamos realizar el mejor trabajo que pudimos. Por mi parte, como solo había trabajado como voluntario en un documental de 16 mm, fue una oportunidad de participar en un proyecto de 35 mm. Aprendí lo suficiente sobre la edición de sonido como para trabajar en ese campo los dos años siguientes. Asimismo, poder conversar con David Levy fue muy educativo gracias a todo lo que nos contó sobre el mundo del cine. Por entonces, conservé una buena relación con Troma y regresé unos pocos años después para editar *Mutantes en la universidad 2* (*Class Of Nuke 'Em High Part II*, Eric Louzil, 1991)».

«Con *El monstruo del armario* —añade Donna— me di cuenta de lo mucho que me gustaba editar, a pesar de no tener conocimientos sobre el tema. Fue un proceso muy disfrutable, en resumen. Después, gracias a que tenía en mi

---

50. Nota de Simon Heyworth: «Sí, fui el productor musical en muchas de las películas donde Filmtrax estuvo implicada, pero de *El monstruo del armario* tengo un recuerdo muy vago. Es probable que Barrie Guard la realizase por su cuenta, aunque no lo recuerdo bien. Desde luego, por entonces solía ayudar a Barrie con la mezcla musical y ese tipo de cosas, y trabajamos codo con codo en otras películas».

currículum ese crédito de haber editado *El monstruo del armario*, conseguí un trabajo de aprendiz en *Los intocables de Elliot Ness* (*The Untouchables*, Brian De Palma, 1987), cuya edición fue mucho más organizada. Aun teniendo en cuenta las condiciones de la Troma, me sentí muy afortunada de trabajar en la película, con gente que sabía realizar largometrajes. Era un campo de batalla, pero me abrió la puerta para seguir trabajando.

«Sí, fue una experiencia maravillosa trabajar en ella —corrobora Stephanie—, pero creo que al final la película falló porque resultaba un poco esquizofrénica. Era un catálogo de muchas películas anteriores. Apuntaba al cine de Hitchcock y al de ciencia-ficción de los cincuenta, pero nunca conseguía ser una cosa u otra. No era divertida, ni tampoco se tomaba suficientemente en serio. Funciona con los niños, pero para los adultos resulta un tanto confusa.

Esa fue tanto la sensación que tuve cuando empecé a trabajar en ella, y también cuando terminé. Pero creo que tenía unos valores de producción sensacionales, y la gente que se implicó en ella se esforzó a fondo. Creo que se enfadaron mucho con Troma, ya que no consiguieron los resultados que esperaban. Más aun teniendo en cuenta que algunos invirtieron los ahorros de toda su vida. De hecho, mis padres nunca pudieron llegar a ver la película porque el día que fueron a un cine de Long Island a verla, cerca de donde vivían, como no había nadie que fuera a verla, cancelaron la proyección.

Me sentí mal porque de alguna manera yo les había fallado. Fue una experiencia dura, pero, aun con todo el trasfondo de la Troma, disfruté mucho trabajando con todas estas personas en la edición de la película, y nos unió mucho en algunos casos.

Por último, os contaré una historia divertida. Una vez que la película se terminó, me contactaron desde una revista de cine muy intelectual, por lo que recuerdo fue *Film Comment*[51]. Estaban elaborando una historia, no sobre *El monstruo del armario* en concreto sino sobre la Troma en general.

No sé cómo consiguieron mi nombre, pero estaban interesados en conocer mi historia. Les dije que estaba dispuesta a contar la verdad, pero que hablaría con ellos solo si podía utilizar un seudónimo, puesto que tanto Lloyd y Michael eran abogados y no quería que pudiesen utilizar nada contra mí.

Me preguntaron cómo era trabajar allí, y les expliqué con todo lujo de detalles lo difícil que había sido. Desde un punto de vista administrativo, les expliqué que Michael y Lloyd trabajaban como una especie de poli malo y poli bueno. Uno te regañaba y el otro te decía lo maravillosa que eras. Les hablé también de las oficinas, del incendio provocado durante nuestra estancia. De igual modo, les conté cuando estaban buscando a inversores japoneses y los llevaron a las oficinas para mostrarles "¡el equipo más rutilante de edición de toda la ciudad de Nueva York!". ¡Nuestro equipo en realidad se caía a pedazos

---

51. Nota del autor: en concreto, en el número de julio/agosto de 1986.

Lloyd Kaufman y Michael Herz, en el rodaje de *Troma's War*

en todo momento! Era un sitio abarrotado, sucio, pero allí estaban los tipos asintiendo con la cabeza.

De cualquier manera, lo que ocurrió es que una vez se publicó el artículo, al parecer era obvio que era yo la que hablaba en esos términos. Así que, como era de esperar, Michael Herz me llamó y me dijo que sabían que había sido yo. Le contesté que sí, y respondió: "¡No tienes lealtad alguna! ¡Nosotros te metimos en el negocio! Eres una desagradecida. Eres como los judíos que durante el Holocausto construyeron hornos para quemar otros judíos. ¡Nos has asesinado!". Y me colgó. "¡Guau, vale!", pensé yo.

Entonces, diez minutos después, Lloyd me volvió a llamar y me dijo que tenía que disculparse por Michael. Me dijo: "Lo siento de verdad, Michael siempre se altera, pero nos encantaría que montaras nuestra próxima película. Te lo digo en serio, ¿puedo enviarte el guion?". Le dije que necesitaba pensarlo. Pero ya había tenido suficiente con Troma, no quería volver a trabajar con ellos. De hecho, creo que no llegué a devolverles la llamada. Aquello de los judíos me ofendió de verdad.

Nunca volví a editar un largometraje en 35 mm. Me centré en el mundo de los documentales, produciendo y editando. Ahora trabajo en *60 minutes*, el programa número uno de noticias de los Estados Unidos, donde llevo veintinueve años».

Tampoco Donna Stern volvió a colaborar con Troma, y dejó el mundo de la edición de largometrajes poco después, entrado el nuevo siglo. Ahora bien, hubo otra

Toxie y Lloyd Kaufman
durante el rodaje de *El vengador Tóxico 4*

ruptura con la productora que afectó de manera considerable a las etapas finales de vida de *El monstruo del armario*. No fue otro que el productor David Levy, que durante su estancia en las oficinas neoyorquinas de la productora padeció un incidente que marcó el final de su relación con Troma.

> «Ocurrió que me encontraba en su edificio —explica Levy— reparando la película, cuando escucharon a escondidas una conversación personal que estaba teniendo con mi padre. En dicha conversación fui muy crítico con ellos.
>
> Al día siguiente, cogieron algunas cajas con varios de mis documentos y efectos personales que tenía y los dejaron en la puerta principal. Me indicaron que debía entrar y cogerlos, y que ya no era bienvenido en su edificio. A partir de entonces, en esencia cortaron lazos con nosotros, y desafortunadamente no tuvimos ninguna participación en la promoción de la película».

Esa fractura marcaba el final de ese complicadísimo desarrollo de la producción que había sumado mil y un obstáculos. Y aun con ese divorcio entre los responsables del largometraje y sus distribuidores, *El monstruo del armario* tenía que estrenarse.

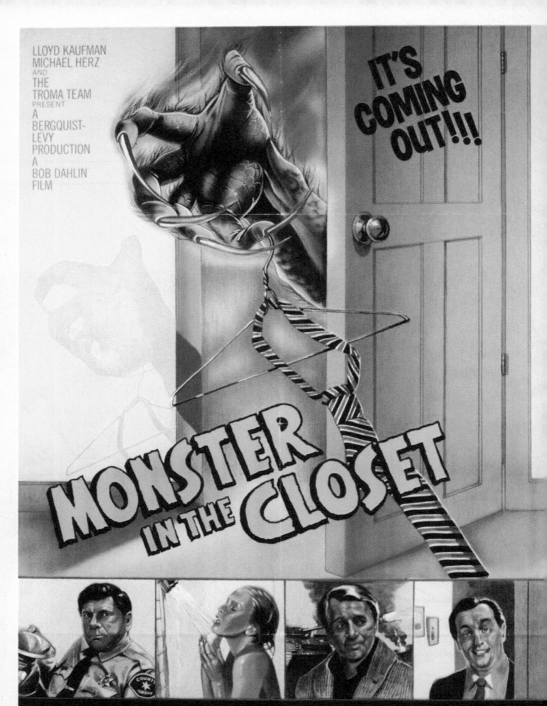

LLOYD KAUFMAN
MICHAEL HERZ
AND
THE
TROMA TEAM
PRESENT
A
BERGQUIST-
LEVY
PRODUCTION
A
BOB DAHLIN
FILM

IT'S
COMING
OUT!!!

MONSTER
IN THE CLOSET

Starring DONALD GRANT · DENISE DuBARRY · CLAUDE AKINS · HOWARD DUFF
HENRY GIBSON · DONALD MOFFAT · Also Starring PAUL DOOLEY · JOHN CARRADINE
FRANK ASHMORE · PAUL WALKER · JESSE WHITE · and STELLA STEVENS as Margo Crane
Executive Producers LLOYD KAUFMAN and MICHAEL HERZ
Produced by DAVID LEVY and PETER L. BERGQUIST
Written and Directed by BOB DAHLIN · From TROMA, INC.
©CLOSET PRODUCTIONS

PG PARENTAL GUIDANCE SUGGESTED
SOME MATERIAL MAY NOT BE
SUITABLE FOR PRE TEENAGERS

CAPÍTULO 6
EL ARMARIO ABRE SUS PUERTAS

LA MARCHA FESTIVALERA DEL MONSTRUO

Había llegado el momento de estrenar el largometraje. Casi un lustro de preparación ilusionante, de rodaje interminable y de posproducción angustiosa tocaba a su fin. Troma había previsto una *première* nada menos que en el festival de Cannes, una maniobra que la distribuidora había convertido en habitual en sus trece años de vida por entonces, y que, al ser el evento también uno de los mayores mercados del mundo del cine, podía facilitar la adquisición del largometraje por otras compañías y así poder estrenarse consecutivamente en otros países.

De hecho, en aquel momento era público el malestar que se había generado por centrarse demasiado el festival en esta faceta comercial, que dejaba un poco de lado la naturaleza artística del evento. Asimismo, la celebración de esta 39ª edición del festival venía precedida por varios ataques terroristas que había sufrido París a principios de febrero a manos del grupo islamista Hezbollah, por lo que el temor de las estrellas a acudir a un acto multitudinario era palpable. Algo que se materializó en una menor afluencia de artistas de esta índole. Robert Altman, curiosamente el hombre que de alguna manera había hecho germinar *El monstruo del armario*, se encontraba entre los pocos que acudieron, para presentar su película *Locos de amor* (*Fool for Love*, 1985). Empero, más llamativo aun resultó que también Lloyd Kaufman se encontraba en el evento, como máximo representante de Troma. De este modo, el alfa y el omega de *El monstruo del armario* se reunían en la ciudad francesa en mayo de 1986. Kaufman recuerda el momento:

> «Allí en Cannes desayuné una vez con Robert Altman a las seis de la mañana. Fue una noche en que no había dormido, supongo que por que me había emborrachado. Me senté con Altman, que si mal no recuerdo también había trasnochado. Era un hombre muy amable. No hablamos de *El monstruo del armario*, por lo que recuerdo. Para ser justos no recuerdo de qué hablamos».

Los representantes de Troma en Cannes establecieron dos oficinas para ventas en el Hotel Martínez, en concreto en las suites 104 y 105, amén de una sección en el Carlton.

Además, no era el único largometraje de la productora que se estrenaba. Junto al filme de Dahlin, también hizo su debut *Mutantes en la universidad*, amén de que otras producciones como *Fuerza en combate* (*Combat Shock*, Buddy Giovinazzo, 1984), *Malibú* (*Sizzle Beach U.S.A.*, Richard Brander, 1981), *Porky's 4* (*Hollywood Zap*, David Cohen, 1986), *Fin de semana de pesadilla* (*Nightmare Weekend*, Henri Sala, 1986), *Rockin Road Trip* (William Olsen, 1985), *Gordo, rico y poderoso* (*Fat Guy Goes Nutzoid*, John Golden, 1986), *Gritos de agonía* (*Girls School Screamers*, John P. Finnegan, 1985), *Screamplay: asesinatos anunciados* (*Screamplay*, Rufus Butler Seder, 1985), *Rebel Love* (Milton Bagby, 1985) o incluso *El vengador tóxico*. Todas iban a ser proyectadas en el festival con el fin de conseguir compradores del catálogo Troma.

Para el estreno francés de *El monstruo del armario*, Troma preparó un cartel con una ilustración donde se veía la garra del monstruo. Debajo de ella, cuatro viñetas representaban al sheriff Ketchem, a Margo, al padre Martin y a Roy. Con esta imagen publicitaria, cientos de panfletos fueron repartidos por todos los lugares de la ciudad.

Los pases previstos comenzaron el 9 de mayo de 1986, a las 5:30, y luego continuaron el 12 a las 11:30, el 15 a las 3:30 y el 17 a las 11:30. Todos en la sala cuatro de los cines AMB con excepción del último que fue en la sala 3.

Estos datos venían recogidos en *The Troma Times*, una modesta publicación que la propia productora elaboraba para informar de eventos y lanzamientos de su catálogo. En el número de mayo de ese año, se recogía también una reseña de Stella Stevens, y una pequeña entrevista con David Levy. En ella, el productor referenciaba el origen del proyecto a cuatro manos entre Dahlin y Bergquist, haciendo hincapié en la voluntad del director de homenajear el cine de ciencia ficción de los años cincuenta. Tras enumerar también las virtudes del amplio reparto, Levy explicaba que había conocido de la existencia de Troma a través de Walter Manley, encargado de las ventas internacionales de la compañía, quien les había informado de la creciente expansión de la empresa. Interesante especialmente era su última respuesta sobre futuros proyectos, donde exponía que él y Dahlin se encontraban trabajando en una nueva comedia humanística a lo Frank Capra. Una producción que nunca terminó de gestarse, hemos de decir.

Muy sonada en el citado festival fue la opinión del distribuidor indio Preetpal Singh, que citó expresamente *El monstruo del armario*, entre otras, como una de esas producciones que era imposible adquirir para luego exportar a su país, debido a las duras exigencias de la censura autóctona. En sus comentarios, que llenaron los titulares de varios periódicos, Singh argumentaba que películas de terror y escabechina como el filme de Dahlin resultaba imposible que evitasen las barreras de un sistema bicameral que tardaba más de un año en validar un largometraje para su exhibición en la India.

Al margen de esa polémica, a *El monstruo del armario* no le fue nada bien en ese estreno en Cannes. Lloyd Kaufman así lo recuerda:

SCHLOCK ON A SHOESTRING

Or: Hollywood meets the Hudson River

By BRIAN MOSS
Daily News Staff Writer

THE GLAMOR of the movie business has somehow managed to elude Troma, Inc. — or is it the other way around?

Troma is the New York film maker and distributor that most recently released "Girls School Screamers" and "The Toxic Avenger."

It is headquartered in a dingy four-story walkup at Ninth Ave. and 36th St., grandly called the Troma Building. Inside, an employe proudly points out a searched hole in the wall where intruders tried to torch the place after breaking in and locking up two film editors.

Here, the Troma team hones its reputation for putting out cheap pictures with unknown actors designed to frighten and/or titilate young audiences. Films like "The First Turn-On," "Squeeze Play" and "Waitress" cost $1.5 million or less to produce and haven't yet failed to turn a profit.

"We don't want to prove anything," says Troma's vice president, Michael Herz, 34, a graduate of Yale and New York University law school. He doesn't miss a beat when a man from Acme Exterminators comes to spray his office in the middle of an interview. "We just want to make films. Occasionally, we also clean the toilets and vacuums.

"To make our own self be true," imagines Lloyd Kaufman, 40, pointing a finger upward in a vaguely professorial way. "That's what the Bard said."

Kaufman, Troma's president, is also a graduate of Yale, in Chinese Studies. He tends to say important things like that which, given the surrounding, sound incongruous. "You could say I'm a woman's director," he declares at one point. Neither he nor Herz seem to take themselves too seriously. In this environment, who could?

On the other hand, they are intent on Troma succeeding in its independent, low-budget mode. "We are serious film makers," says Herz. "This is what we want our life's work to be."

The two of them have just returned from the Cannes Film Festival. "Want to know what we learned?" asks Kaufman. Herz supplies the answer: "We learned there is a voracious appetite for films." Even theirs.

WILLIE ANDERSON/DAILY NEWS

Kaufman (l.) and Herz at work (above) three star, "The Toxic Avenger" (r.)

Kaufman and Herz claim Troma means "excellence in celluloid" in Latin, but in the movie business it stands for "teen exploitation."

"Is a film called an exploitation film just because it's supposed to make money?" asks Herz. "Or because it's not meant to be a work of art?"

"Art," snorts Kaufman, "belongs in museums."

"Our product is no better nor worse than any other," Herz says.

"Oh, I would disagree," admonishes Kaufman. "The Class of Nuke 'Em High' is much better."

IT'S EASY FOR Kaufman to say so, since "Nuke 'Em High" (leading Writin' and Radiation) isn't out yet. However, a trailer for the film indicates it is in the proud, Troma B-film tradition. Lots of blood, guts and violence, sick but funny humor, with a little T 'n' A thrown in for good measure.

Troma productions tend to rise above type, mixing a little wit with their gore. Movie reviewers have sometimes noticed favorably —

"Absolute swill... We'd watch it again in a minute," a critic at this paper wrote of "Toxic Avenger."

Now Troma is moving to package its library of 50 pictures for VCRs and re-edit others for commercial broadcast. And for the first time, the team is making a movie that will cost more than the small sum they're used to spending. It also stars actors with recognizable names.

They are executive producers of the $8 million "Monster in the Closet" with Claude Akins, Howard Duff, and Stella Stevens. "We're probing," says Kaufman.

But they say they don't plan to change their general approach. "To spend $55 million to $40 million on movies is obscene," says Herz. "I would be ashamed. It's ridiculous."

"It's disgusting," says Kaufman. "We don't want to be a part of it."

The Jazz Festival line-up

TONIGHT'S JVC Jam Festival features Sarah Vaughan and Billy Eckstine on a program at Avery Fisher Hall titled "Sassy and Mr. B."

Vaughan still has the greatest pipes in the jazz biz. To hear them in action will cost you anywhere from $17.50 to $27.50. Eckstine's voice has worn a trifle, but few singers can match his magic with a lyric. Soundoff time is 8.

Meanwhile, veteran drummer Chico Hamilton teams with three saxophonists and a rhythm section at St. Peter's Church in a session called "Chico Hamilton and the Young Alive." Time is 6.

Evening begins at Lincoln Center's Bruno Walter Auditorium where, beginning at 6:30, pianist Jimmy LaVerne explores the keyboard to the benefit of all.

— Don Nelsen

RANDY LEFFINGWELL / Los Angeles Times

Preetpal Singh, who now lives in Glendale, is in Cannes to buy films for India.

CENSORSHIP STALKS FILM BUYER

By JACK MATHEWS, Times Staff Writer

CANNES, France — Preetpal Singh was sitting on the terrace of the Majestic Hotel flipping through Thursday's edition of the Cannes Daily and pointing out opportunities lost.

"Look at this, 'Monster in the Closet,' and this, 'Nightmare Weekend,'" Singh said, his voice worn down by five days of bartering at the Cannes Film Festival.

"Here's another one, 'Serpent Warriors.' I could get none of these into India."

Singh, a 31-year-old native of Bombay, and a current resident of Glendale, Calif., is in Cannes to buy Indian rights to films on sale in the international market. His problem as a buyer isn't money, it's product.

There aren't many movies available that can be shown in India.

"Censorship is everywhere in my country," Singh said. "From Kashmir to Sri Lanka, it is the same. No bare breasts, no violence, no horror films where people come apart." Singh said a Cannes market, another held each fall in Milan, Italy, is essential to him because of the sheer number of films available. With the censorship limits established by the Indian government, it's hard to find the 6 to 10 movies he wants to distribute each year.

"I look at everything," he said, "but there is not much that we can show."

Singh runs the six-

See CANNES, Page 8

Arriba, izqda, recorte de *Los Ángeles Times*, del 16 de mayo de 1986, con el distribuidor indio Preetpal Singh. Arriba, dcha, recorte del *Daily News*, de 24 de junio de 1986. Kaufman y Herz hablan de la primera vez que ejercen como productores ejecutivos para *El monstruo del armario*. Abajo, se observa la publicidad del filme insertada en el limpiaparabrisas de un coche en pleno festival de Cannes.

«He de aclarar que la película no había sido seleccionada para estar en el festival de Cannes. Nunca seleccionaron películas de Troma o de productoras independientes. Escogían películas a través de vasallos del gobierno o procedentes de grandes megaconglomerados de todo el mundo. En ocasiones, esos megaconglomerados distribuían películas independientes, pero nunca lo hicieron con una producción de la Troma.

Así que fuimos a Cannes con el señor Walter Manley, quien se había convertido en un agente de mucho éxito, con grandes películas muy *mainstream*. Alquilamos salas de cine y gastamos un poco de dinero. Llevamos a algunas personas para hacer algo de ruido y publicidad. Creo, si no recuerdo mal, que llevamos el traje del monstruo con nosotros y caminamos por la calle principal, la acera principal que bordea la costa, donde se sientan los compradores y se toman Martinis de veinte dólares, y les pasan la cuenta a los productores.

Hicimos también algo de publicidad en las revistas *Variety, Hollywood Reporter, Screen International...* Para nosotros era una película de envergadura. Sin embargo, creo que la primera vez que se proyectó no vino ningún espectador. Fue muy decepcionante».

Con todo, el 21 de mayo de 1986, y tras asistir al segundo pase del día 15, aparecía en la publicación *Variety* la siguiente reseña, ciertamente positiva:

«El monstruo del armario es una combinación agradable, en ocasiones divertida, de homenaje y parodia de las películas de monstruos de ciencia ficción tan populares en la década de 1950. Será apreciada por los seguidores de las antiguas películas de serie B, pero está fuera de sintonía con los gustos del público contemporáneo.

El guionista y director Bob Dahlin imita cuidadosamente el formato rígido de este tipo de tradicionales producciones de monstruos (con diálogos cursi intactos): es decir, una criatura desconocida está matando en sus armarios a los californianos que viven en el pequeño pueblo de Chestnut Hills en sus armarios y el escritor de esquelas de San Francisco, Richard Clark (Donald Grant), es enviado por su editor para cubrir la noticia. Pronto se une a la profesora de ciencias Diane Bennett (Denise DuBarry) y a su brillante hijo, apodado Profesor (Paul Walker), para seguir las pistas.

El monstruo finalmente aparece, con una piel morena y una boca enorme, un aspecto que imita de manera suave la creación de Carlo Rambaldi de *Alien, el octavo pasajero*, y el ejército, dirigido por el sensato general Turnbull (Donald Moffat), interviene para controlar la situación. Resulta que el monstruo es impermeable al armamento convencional, por lo que el trío de estrellas debe buscar otros métodos para destruirlo. En varios giros divertidos, la inexplicable afinidad del monstruo por los armarios resulta ser un elemento clave del guion.

A pesar de algunos parches aburridos en los que la parodia se convierte en una mera repetición de clichés, la película goza de un abanico de muchas intervenciones de estrellas. Stella Stevens hace una excelente versión de la secuencia de ducha de Janet Leigh en *Psicosis*, generando risas sólidas con Paul Dooley como su esposo. Como viejo científico ingenuo, Henry Gibson también tiene sus momentos. Moffat está perfecto como el general de lenguaje inquisitivo.

Los protagonistas están bien, en especial Donald Grant, quien, en la mejor configuración y la recompensa más divertida de la película, resulta ser el objeto del deseo del monstruo (una vez que se quitan las gafas de Clark Kent) en lugar de la heroína.

Sobre producida en relación con los objetivos de su parodia, *El monstruo del armario* está bien resuelta (se rodó en 1983 y se completó la posproducción recientemente). Los créditos finales, son involuntariamente divertidos, puesto que figuran lo que parece ser un millar de personas acreditadas o agradecidas individualmente por trabajar en la producción. La película probablemente será mejor recordada por la ingenuidad extraída de su lema en cuanto a la solución al problema del monstruo, cuando la heroína sale por televisión para suplicar: "¡Destruyan todos los armarios!"».

También como resultado de su paso por Cannes, en la publicación francesa *L'Ecran Fantastique* se publicaba la siguiente reseña en su número 70 de mano del crítico Norbert Moutier[52]:

«Ya iniciada, hace dos años, con la delirante *El vengador tóxico*, la firma Troma persiste en especializarse en el gore más chiflado, el fantástico más loco y una mezcla entre las revistas *Mad* y *Fangoria*.

Así, Troma pasó la antorcha, más o menos, de empezar con las famosas películas de adolescentes, donde se enfrentaban jóvenes estudiantes de secundaria, a pasar a toda la clásica panoplia de monstruos cinematográficos.

Con *El monstruo del armario*, Troma lleva la broma aún más lejos y crea desde cero un nuevo espantapájaros: el "monstruo de los armarios". A la criatura le encanta esconderse y, muy democráticamente, toca a todos los estratos sociales en la cual se regodea en interminables ingestas en el "fuera de campo", dejándolas a la imaginación fértil del espectador.

Con un guion totalmente demencial, *El monstruo del armario* es, sin embargo, una obra perfectamente estructurada que evoca el buen cine de los años cincuenta del que parece salir directamente este bondadoso monstruo. El uso frecuente de las transparencias, así como su atmósfera (¡un ejército omnipresente es la única garantía de la seguridad del ciudadano!) son elementos

---

52. Amante incondicional del cine fantástico más descolocado, Moutier además de crítico fue escritor, actor y director. Quizá la más reseñable de sus filmes —todos con presupuestos ínfimos— fue *Dinosaurs from the Deep* (1994), nacida a resultas de *Parque Jurásico* (*Jurassic Park*, Steven Spielberg, 1993).

Arriba, publicidad del largometraje realizada para el MIFED de Milán
[...] taquilla del festival de Fantaspo[...] con el póster del filme en u[...]

nostálgicos propias de un cierto estilo de películas de las que *El monstruo del armario* se reivindica directamente como homenaje, e incluso parodia.

Tramposo pero muy exitoso en su apariencia, el "monstruo del armario" ofrece la particularidad de blandir, como una lengua, ¡una réplica reducida de sí mismo! Los medios destinados a su exterminio son igualmente cómicos. ¡Para exponerlo al fuego del ejército, se llega a ordenar a la población demoler todos los armarios para cortar cualquier posible refugio! Y su destrucción vendrá solo a costa de múltiples intentos, algunos de los cuales bordean el amateurismo profundo o se basan en la buena voluntad del monstruo para acudir hacia su perdición.

No particularmente memorable para el género, esta parodia, sin embargo, sigue siendo una agradable sorpresa, regalando muchos guiños al cinéfilo más exigente y logrando en todo momento escapar del aburrimiento».

Son dos opiniones positivas que no están nada mal para su debut francés. No obstante, el recorrido del largometraje por el circuito de festivales y mercados cinematográficos no se limitó a Cannes. También se exhibió para su venta ese mismo 1986, en octubre, en el Mifed de Milán[53] y un año después, a principios de marzo, en el American Film Market de Los Ángeles[54].

Ese 1987 la obra de Dahlin se presentaba en el festival fantástico de Avoriaz. De este modo, en la nevada población el filme competía a principios de enero con otras producciones como *Amiga mortal* (*Deadly Friend*, Wes Craven, 1986) o *Trans-Gen, los genes de la muerte* (*The Kindred*, Stephen Carpenter y Jeffrey Obrow, 1987). En el palmarés, no obtuvo premio alguno, quedando el galardón principal —el Grand Prix— para *Terciopelo azul* (*Blue Velvet*, David Lynch, 1986) y el especial del jurado para *La mosca* (*The Fly*, David Cronenberg, 1986). Poco después se publicó una reseña en la revista *Mad Movies*, en su número 45, escrita por Marc Toullec, a razón de ese pase en Avoriaz. Es la que sigue:

«Los monstruos suelen acechar mansiones antiguas, restos de naufragios, bosques perdidos... *El monstruo del armario* vive en el interior de los muebles. Concretamente en los armarios. Nadie está a salvo. Un ciego, un ejecutivo o una ama de casa que pasan por allí... La bestia es desagradable, repulsiva y, como el esperpento informe de *Trans-Gen, los genes de la muerte*, reacciona a la música. Un engendro que se ha convertido en el nuevo azote de la sociedad yanqui. Para contrarrestar sus fechorías, se moviliza

---

53. Junto a otras producciones de Troma como *Garra sangrienta* (*Blood Hook*, Jim Mallon, 1986) que debutó en el citado evento.

54. Como añadido, diremos que dicho evento se celebró en el Hotel Hilton de Beverly Hills, y contando el filme de Dahlin, se ofrecían para su venta un total de doscientas sesenta y tres películas. Algunas de la naturaleza de *Amor asesino* (*Psychos in Love*, Gorman Bechard, 1987), *Creepozoides* (*Creepozoids*, David DeCoteau, 1987), *El último guerrero 2* (*Deathstalker II*, Jim Wynorski, 1987), *Al filo del infierno* (*The Edge of Hell*, John Fasano, 1987).

el ejército. Una oleada de tanques, uniformes caqui y jeeps. Se proclama el estado de sitio en una pequeña localidad. Loca parodia infectada con el clásico virus del homenaje de los años 50, *El monstruo del armario* caricaturiza todo lo que está a su alcance. Desde policías, soldados e incluso el clero, todos ellos se involucran en una loca cacería de monstruos usando un diminuto instrumento musical. Recurso supremo contra este depredador: la destrucción de todos los armarios. Conclusión irresistible que nos regala a un samurái cortando en pedazos su armario. Ahora sin refugio, el monstruo perece exhausto.

La diversión permanente de *El monstruo del armario* nunca se obtiene a expensas de los efectos especiales. Debemos admitir que el rol protagonista es bastante sorprendente. Su primera aparición: una mano con garras, un pie atravesando una puerta. Unos segundos más tarde, se revela en toda su monstruosidad. Durante los primeros minutos, solo se nos ha sugerido, mediante rugidos donde la víctima es atrapada y la ropa vuela por todas partes. Magnífica introducción que la película no traicionará de ninguna manera a partir de entonces. Como es habitual, los guiños, las bromas privadas abundan en el caos más absoluto. *Encuentros en la tercera fase*, *Tiburón*, *King Kong*... Y una copia muy original e inconformista de la escena de la ducha de *Psicosis*. Una escena sorprendentemente larga porque resulta completamente ridícula e inútil.

Después de una película así, es imposible no acercarse con una sonrisa a las hazañas más atroces y sangrientas de los grandes *bichos made in Hollywood*. Son terribles, feos, despiadados en lo que hacen y muy estúpidos. De hecho, ¡a los que se comen no suelen ser mucho mejores!».

En otros certámenes la obra de Dahlin tuvo más suerte. Fue importante en este sentido su paso por el Festival de París de 1987, donde consiguió dos premios, el especial del jurado y el de humor[55]. Unos galardones que ejercieron una labor importante a la hora de que llegase el filme de Dahlin a nuestro país, como ahora veremos. A resultas de ese pase parisino el crítico Pierre Gires publicaba su entusiasta reseña —y con la que más coincido— en la revista *L'Ecran Fantastique*, en su número 83, destacando la obtención de esos dos premios en el titular. Aquí tenemos el cuerpo de esta:

«Si las películas fantásticas han sido abundantes durante muchos años, hay que reconocer que el departamento dedicado a las "parodias" no es el más prolífico, ni el más prominente en lo que refiere a éxitos incontestables. De ahí nuestra extrema satisfacción de poder proclamar en voz alta que la película escrita y dirigida por Bob Dahlin es una de las obras maestras de una

---

55. Matizando, su director Alain Schlockoff nos certificó que los premios obtenidos por el filme de Dahlin y su nomenclatura francesa fueron el Grand Prix de l'Humour y el Prix spécial du Jury.

categoría que es aún más difícil de cumplimentar donde prima la diversión por encima de la gravedad por el terror.

¡Qué sabrosa mezcolanza, en serio! Y qué catálogo de instantes, personajes, situaciones, frases célebres: es todo un carrusel de cine fantástico, con guiños dedicados a toda una cohorte de producciones que pueblan nuestra memoria. Ante todo, el monstruo del título homenajea a todos sus compañeros de los años cincuenta y sesenta, y también a Godzilla y la criatura de *La mujer y el monstruo*. Después tenemos a los jóvenes protagonistas, modelados a partir del dúo Clark Kent-Lois Lane, el erudito presente en todas las películas de serie B que quiere comunicarse con el "ser diferente" (y que no tiene éxito), el sacerdote siempre dispuesto a blandir su crucifijo como máxima protección, el general que da fe de la eficacia del ejército con muchas declaraciones solemnes, hasta que llega el momento con todos presentes que exclama "sálvese quien pueda". Y no nos olvidemos de citar secuencias históricas aquí parodiadas, desde la dulce *hitchcockiana* hasta la final *kingkongiana* donde la famosa frase —adaptada para la ocasión— pronunciada en 1933 por Robert Armstrong ponía punto final a la obra de Schoedsack.

Sin duda, algunas almas cándidas no dejarán de bromear que es fácil reciclar en provecho propio un universo conocido con demostrada valía y con el que el público estará feliz de reencontrarse. Pues no, porque todo ser viviente te dirá que lo más difícil de actuar es hacer reír a la gente.

Este es precisamente el caso de la película de Bob Dahlin que denota en su autor no solo un profundo conocimiento de aquello que le inspira, sino también una diabólica habilidad para manejar el humor de forma excelente, todo ello con —al parecer— un profundo respeto por sus ilustres antecesores. Al contrario de lo que se podría pensar, no se trata de una película "de bajo presupuesto" hecha a toda prisa donde la producción haya prescindido de la escala necesaria para otorgar la escala requerida, como atestiguan las visiones en las calles de San Francisco completamente desiertas por sus habitantes.

Una avalancha de gags esparce las aventuras tan variadas como divertidas, siempre en referencia a los grandes senos del pasado, sin ser menos ese parentesco entre la reacción de la joven protagonista y la criatura al ver al "héroe" sin gafas, algo que finalmente nos revela que el monstruo es femenino, a menos que... ¡se trate de la traslación final más irónica de *La bella y la bestia* de una manera más irónica!

El absurdo y el sinsentido tampoco se olvidan —"como el monstruo vive solo en los armarios, ¡deben destruir todos los armarios para matarle!"—: La última palabra del científico moribundo reconociendo que no fue capaz de entender el lenguaje de la criatura a pesar de su diálogo musical directamente extraído de cierta película de Spielberg; el ciego llamando en vano a su perro clavado a unos pocos centímetros de su cara en la puerta del armario o el policía ordenando a la criatura para que "se

Arriba, banner del filme, publicado en el periódico californiano *The La Crosse Tribune* el 3 de mayo de 1987. Abajo, banner del filme, publicado en el periódico neoyorquino *Democrat and Chronicle* el 15 de febrero de 1987.

entregue con las manos arriba". Son tantos los momentos memorables de una obra que posee mil facetas, y que salta alegremente del humor negro al delirio sin sentido.

En definitiva, tenemos que volver a *El monstruo de las bananas* (*Schlock*, John Landis, 1973) —o más recientemente a *Galaxina* (William Sachs, 1980)— para encontrar el equivalente de este "monstruo de los armarios" que cualquier seguidor de lo fantástico está obligado a visionar para pasar un buen rato en un universo que, antaño, pobló sus mejores veladas de cinéfilo».

Ya un poco más tarde, *El monstruo del armario* compitió en el festival portugués de Fantasporto en 1990, en su sección oficial, con rivales de diverso calibre como *El vengador tóxico, Abuelas rabiosas, Cariño he encogido a los niños* (*Honey, I Shrunk the Kids,* Joe Johnston, 1989), *Las chicas de la tierra son fáciles* (*Earth Girls Are Easy*, Julien Temple, 1989) o *La grieta* (*Juan Piquer Simón*, 1989). En dicho certamen, ganó *Más allá del arco iris* (*Black Rainbow*, Mike Hodges, 1989).

ECOS SORDOS: EL ESTRENO COMERCIAL

Transcurrió casi un año entre la primera proyección en el festival de Cannes hasta que el filme de Dahlin llegó a las salas comerciales de Estados Unidos. Para preparar ese desembarco, en las oficinas de la Troma se editó un tráiler inolvidable que explicaba, con un narrador en cierto tono burlón, cómo ni el armamento más sofisticado —con la aparición sornosa del energámetro— ni el jarrón de flores más potente —el que lanza Diane contra el monstruo— ni todo el ejército de marines ni el mayor reparto de estrellas internacionales podían detener al monstruo. Curiosamente, el tráiler rompía la sorpresa del guion, al recitar la frase publicitaria —que se convertiría en eslogan internacional— de si el monstruo venía a destruir el mundo, o solo a buscar pareja. En esos momentos, aparecía en el clip el revelador momento en que la bestia se queda prendado de Richard. Y esta narración fuera de cámara venía intercalada por la misma voz —la de Ken Kessler— que en diversos momentos y mientras aparecía el rótulo con el título del filme, gritaba: «Monster in the Closet!», con resultados desopilantes.

Publicidad del estreno intermitente, publicado en el periódico de *New Jersey The Record* el 15 de mayo de 1987.

Este tráiler fue editado por no otro que Richard Haines, codirector de *Mutantes en la universidad*. El propio artista nos revela los secretos de este segmento publicitario:

«Yo me ocupé de editarlo, al igual que todos los demás tráileres de Troma y otros segmentos, antes de que me marchase a fundar mi propia compañía.

En cuanto a Ken Kessler, no era actor en realidad. Estaba de pie en el metro y uno de mis asistentes de edición escuchó su voz, me lo trajo y narró un montón de tráileres de Troma. También puso voz en el de mi primer largometraje: *Universidad salpicada* (*Splatter University*, Richard W. Haines, 1984). De igual modo lo empleé para doblar la voz de *El vengador tóxico*, puesto que la del actor auténtico era terrible.

Por lo que recuerdo sobre *El monstruo del armario*, la película estaba inacabada y la licenciaron a Troma para que la terminasen y distribuyesen. Troma era el último lugar donde cualquiera querría terminar para ver su película estrenada si quería ser tomado en serio. Troma únicamente exhibía sus películas en salas *grindhouse* y autocines, en su mayor parte».

Otra de las disyuntivas que brotaron entre el bando artístico californiano —con Dahlin y compañía— y el bando comercial neoyorquino tenía que ver con ese póster colorido que se había utilizado para su exhibición en Cannes y otros festivales. Dahlin lo detestaba y quería sustituirlo por otro más elaborado y atmosférico, pero sin dejar de lado esa idea de la garra emergiendo del armario que los había acompañado desde que Carl Nakamura realizase aquel primer boceto.

De este modo, contactaron con el mismísimo Bob Larkin, mayestático ilustrador que había diseñado cubiertas espléndidas para todo tipo de publicaciones y personajes de cómic, desde *Conan* y *Vampirella* hasta *El planeta de los simios* o *Spiderman*. No otro que Larkin en persona quien nos relata cómo llevó a cabo el cartel de *El monstruo del armario*, uno de sus elementos más icónicos e indisolubles de su popularidad.

«El encargo me llegó a través del director artístico *freelance* Bob Conforte, quien me había ofrecido varios pósteres de películas de serie B. Para empezar, hice un pequeño bosquejo a lápiz para este director artístico, que había visto la película. Desde ahí, ya pasé a realizar la versión final.

Conforte me dijo que el monstruo tenía seis dedos[56] y que su mano y brazo emergían de un pequeño armario donde colgaban perchas y vestidos. Si era una

---

56. Como apunte, el monstruo en el filme tiene sólo cinco dedos. Ante esta disyuntiva, les pregunté a los artífices del disfraz si recordaban algo en relación a esa sexta falange. Respondieron que, por lo que recuerdan, nunca se llegó a valorar la idea de mostrar al monstruo con seis dedos. Tampoco el arte conceptual de William Stout muestra a la bestia con seis dedos, por lo que entendemos tuvo que ser una decisión artística de última hora.

escena nocturna y oscura, como es el caso, ¡siempre utilizaba las sombras de las persianas en las paredes en todas mis ilustraciones para crear ambiente! Una vez terminé la ilustración, Troma me preguntó si podía añadir un sujetador de mujer colgando del sostén.

Como muchos otros trabajos que realicé para el cine, nunca llegué a ver la película. ¡Solo hice lo que el director de arte me pidió!

En cuanto a Troma, ya me conocían por todos los anteriores trabajos que había realizado para otras productoras de cine. Les gustó lo que hice porque luego también me comisionaron para realizar los carteles de *El vengador tóxico 2* y *Troma's War* (Michael Herz y Lloyd Kaufman, 1988)».

Arte final de Bob Larkin

Laureado con el cartel de Bob Larkin de perspectiva sensacional y fiereza brutal, *El monstruo del armario* llegaba a los cines estadounidenses el 30 de enero de 1987 en Pittsburgh, Pennsylvania. Puesto que Troma era una distribuidora con sus limitaciones, su estreno no fue algo homogéneo en todo el país, sino que fue recorriendo estados durante el primer semestre de 1987 de manera intermitente, para finalizar el verano proyectándose en sesiones dobles con otras películas apadrinadas o producidas por la misma compañía.

Por ejemplo, a principios de febrero[57] se proyectaba en Los Ángeles, y a la semana siguiente en Nueva York, si bien en abril y mayo de ese mismo año se relanza la película en varias salas. Es en ese momento cuando comenzaron a aparecer la mayor parte de reseñas recogidas en prensa, como demuestra la opinión de Dave Kehr vertida en el periódico *Chicago Tribune* el 17 de abril de 1987, muy agresiva. Su titular no dejaba lugar a dudas: «La parodia de Dahlin erra el blanco, tres veces». Así decía:

«A pesar del título, *El monstruo del armario* no es una película sobre un extraterrestre que no está seguro de su identidad sexual, sino una parodia descarada que apunta a Alfred Hitchcock, la ficción científica de los años cincuenta y los caprichos de Spielberg, pero no logra alcanzar ninguno de los tres objetivos.

El director, Bob Dahlin, consiguió varios premios hace unos años por su película estudiantil *Suspension*, realizada durante los años de Dahlin en el

---

57. Solo durante una semana, del 6 al 12 de febrero.

departamento de cine de la Northwestern University. *Suspension*, como sugiere el título, era una parodia de Hitchcock con mucha irreverencia universitaria, pero también mostraba un conocimiento técnico que desencadenaba las bromas al tiempo que sugería que Dahlin había aprendido las lecciones del maestro.

Pero *El monstruo del armario*, aunque es una producción mucho más lujosa, todavía tiene el aire de una película estudiantil, de la misma manera que el trabajo de los graduados de la Universidad de Nueva York Joel y Ethan Coen (*Sangre fácil* y *Arizona Baby*), aunque sin la energía demencial de los Coen.

Dahlin sabe cómo mover la cámara y sabe cómo editar películas (*El monstruo del armario* es una película excepcionalmente bien editada), pero no puede hacer nada cuando se trata de dar forma a una trama o vida a unos personajes. Las películas son su único interés y tema, y cuando estas se copian, los resultados la mayoría de las veces son como niños repelentes.

Al igual que los hermanos Cohen, Dahlin se niega a aceptar la responsabilidad por el guion de su autoría, colocándose en la curiosa e incómoda posición de condescender con su propio trabajo.

Lo más probable es que el título sea una referencia al clásico de autocine de 1958 de Jack Arnold *Monster in the Campus*, y la historia se ha recopilado a partir de fragmentos de películas similares. Aquí de nuevo está el agradable pueblecito de California aterrorizado por una amenaza alienígena; de nuevo encontramos al joven y serio reportero [Donald Grant] que se enamora de la encantadora científica [Denise DuBarry] mientras busca una manera de salvar al mundo de una destrucción casi segura.

El papel del viejo profesor cascarrabias recae en Henry Gibson, procedente de *Laugh-In*, quien aporta una seriedad inquebrantable a frases como "¿Quería usted un reportaje? Pues bien, quizá tenga usted entre manos el reportaje más impresionante del mundo. Solo espero que quede alguien que pueda leerlo".

Gibson es divertido porque trabaja desde su interior, metiéndose tanto en su personaje que alcanza el mismo nivel de absurdo que Richard Carlson o Peter Graves en las películas que Dahlin está parodiando. Pero Dahlin permanece fuera de su material, nunca lo toma lo suficientemente en serio como para dar emoción a las largas y repetitivas escenas de rastrear al monstruo, y nunca encuentra suficiente humor interno para permitir que la aburrida retahíla de clichés estalle en carcajadas.

El mismo Dahlin parece aburrido con la ligereza de la parodia de ciencia ficción, y salta a un campo relacionado cada vez que ve una oportunidad. Se basa en *Suspension* para presentar la enésima variación de la escena de la ducha en *Psicosis* y desata a un precoz [Paul Walker] niño de diez años para burlarse suavemente del infantilismo sentimental de *Encuentros en la tercera fase* y *E. T. el extraterrestre*. Pero en lugar de ampliar su rango, Dahlin solo logra diluir su enfoque.

El monstruo del armario es un poco de esto, un poco de aquello y una buena cantidad de nada en absoluto».

Aunque no estoy de acuerdo con la crítica de Kehr, cierto es que está bien argumentada, si bien no termino de comprender a qué se refiere con que Dahlin no quiere aceptar la responsabilidad de la escritura del guion. Y tampoco parece haber captado la sutileza homosexual del monstruo, a tenor del comentario en sentido opuesto del principio de la reseña. En cualquier caso, es de alabar la investigación y enumeración de los diversos elementos que pueblan su comentario.

En contraposición, luego encontramos una bien diferente en la edición del día 30 de abril de 1987 del *The Des Moines Register Datebook*, una publicación de Iowa, donde la reputada especialista Joan Bunke apreciaba diversas virtudes en el filme.

El análisis, titulado «ocasionalmente hilarante», es uno de mis análisis predilectos, porque entre toda la disertación —¿soy solo yo o da la sensación de que a Bunke le ha gustado más de lo que quiere admitir?— encontramos una interesante explicación sobre la dualidad del rugido de la bestia, y también vaticina el destino de culto del largometraje. Así lo contaba Bunke:

«Más de un lector se queja: "¿Por qué reseñas todas esas películas que claramente solo merecen una estrella?".

Pues porque a veces merecen dos estrellas, por extrañas y atractivas razones. *El monstruo del armario* puede parecer una película corriente y moliente de sustos y sobresaltos. En realidad, es la parodia, en ocasiones hilarante, del guionista y director Bob Dahlin hacia las películas de terror, y a la vez su homenaje.

Con un perverso sentido de la parodia y una inclinación por los chistes chiflados, Dahlin establece cómicas con *Psicosis*, *Gremlins*, *Critters* y *Los cazafantasmas*. Por si acaso, también ofrece algunos comentarios jocosos sobre las películas *Superman*, *King Kong* y *Encuentros en la tercera fase*.

Nos ataca sin piedad también con parodias de personajes habituales, comenzando con el héroe, Richard Clark (Donald Grant), un periodista ingenuo pero dispuesto que debe de ser el reportero más viejo desde Clark Kent.

Todos los personajes de este tipo poseen sus marcas registradas. Dickie tiene la costumbre de masticar barras de chocolate. De hecho, El monstruo del armario parece contener más chocolatinas Nestlé tipo Crunch que latas de Coca-Cola en toda la producción de 1986 de Columbia Pictures, y eso es decir mucho. Le da ganas de consultar las páginas de negocios para averiguar si Nestlé tiene una sucursal para realizar películas llamada Troma Inc.

También hay un científico demente, de cabello plateado (Henry Gibson), que habla una y otra vez sobre cómo mágicamente convirtió una rana en un premio Nobel. El Dr. Pennyworth, como el héroe de Truffaut en *Encuentros en la tercera fase*, valientemente se comunica con el grotesco monstruo que arrastra a la gente a los armarios donde los hace trizas.

Pennyworth se comunica tocando cinco notas una y otra vez en un xilófono de juguete. A la vigésima vez que lo escuchas puede dejar de ser algo muy divertido, a menos que, por supuesto, Dahlin haya conseguido reducir tu cerebro a pulpa monstruosa.

JOAN BUNKE

At the Movies

Joan Bunke, afamada crítica enamorada en secreto del filme

Lo más llamativo es el parecido del monstruo de Dahlin con Godzilla; ruge a dos voces, bajo para la enorme criatura exterior parecida a Kong, y soprano para el pequeño monstruo que periódicamente sale de la boca del grandullón gritando ferozmente.

Las horas intrascendentes, la fecha y los lugares aparecen en la pantalla de Dahlin. Todos los actores de personajes de Hollywood hacen su entrada —o grito— y el misterio inexplicado de la pasión que siente el monstruo por los armarios —ni siquiera se intenta explicar las escenas de asesinatos— es lo mejor de *El monstruo del armario*

Dahlin confiere a su parodia un ritmo bastante pausado, tal vez para dejarnos saborear la locura de los chistes. Está en lo cierto, cualquiera que se atreva a parodiar la escena de la ducha de *Psicosis* no una, ni dos, sino tres veces debe ser tomado muy en serio como un chiflado del cine.

Enseñe esto a medianoche con pizza y palomitas de maíz y tendrá una película de culto en ciernes».

Dos semanas después, aparecía el día quince[58] de mayo en el *New York Times* la opinión del crítico Walter Goodman

> «Durante veinte minutos, *El monstruo del armario* parece que va a estallar como una parodia no solo de *Aliens* y demás, sino también de cualquier otra cosa que se le ocurra a su guionista y director. Bob Dahlin: desde la comida sana a los derechos de los insectos. La mayoría de los personajes te recuerdan a alguien. Hay un reportero llamado Clark, que se convierte en un objeto sexual cuando se quita las gafas; un niño con gafas, conocido como "Profesor", que es un genio de los artilugios; un galardonado premio Nobel cuyo cabello blanco brota como el de Einstein y, por supuesto, el monstruo que gruñe, gorgotea, ruge y absorbe que atrapa a una alumna sexy, un perro lazarillo y una niña repelente de película antes de que salgan los créditos. Hay subtítulos informativos: "El edificio de al lado. Dos diecisiete de la tarde. La ducha".
>
> De acuerdo, es una ubicación muy exacta. Pero justo cuando estamos entrando en el juego, el Sr. Dahlin se queda sin gags y sin energía y lo sustituye por fuegos artificiales. Una vez que traen a la policía y al ejército y toda esa potencia de fuego se dirige al pobre monstruo, la película cae ante las convenciones que pretendía engañar. La broma se autodestruye. Todavía hay algunas risas, ya que los buenos cortejan al monstruo con un xilófono, pero la persecución se prolonga demasiado y el humor se queda atrás.
>
> La película, que se estrena hoy en varios lugares, tiene un buen reparto. Donald Grant y Denise DuBarry forman una pareja agradable como, respectivamente, el reportero ingenuo de ojos adorables y la madre del niño prodigio. Entre los rostros familiares se encuentran Henry Gibson como el viejo científico; Donald Moffat como un general fanfarrón; Stella Stevens, dándose una ducha larga y constantemente interrumpida; Claude Akins como un sheriff masticador de tabaco que no confía en su puntería; John Carradine como un chiflado ciego cascarrabias; y Howard Duff como un sacerdote con un crucifijo que ha visto *Drácula* y *King Kong* demasiadas veces. La principal cara desconocida es la de Kevin Peter Hall como el monstruo, que, como muchos humanos, no puede resistirse a meterse en un armario».

Dentro de lo que cabe, y pese a que se detecta que a Walter Goodman no le entusiasmó el largometraje, al menos señalaba diversos elementos positivos que le habían llamado la atención. El mismo día, se publicaba también la opinión de Chris Chase en la neoyorquina *Daily News*, que utilizaba un intraducible juego de

---

58. A modo de curiosidad, diremos que en el estreno del filme y los consecuentes anuncios en los periódicos se empleó la frase promocional de «Justo cuando creías que era seguro colgar tu ropa en el armario», en clara alusión al eslogan de *Tiburón 2* (*Jaws 2*, Jeannot Szwarc, 1978), que rezaba: «Justo cuando creías que era seguro volver a meterte en el agua».

palabras que aunaba *Encuentros en la tercera fase* con la palabra Closet para titular su reseña: «Closet Encounters of the Absurd Kind[59]»:

«Según se informa, el director de *El monstruo del armario* estaba tratando de "rendir homenaje y, al mismo tiempo, parodiar las películas de terror de los años 50".

Bueno, su película podría haber sido un buen *sketch* cómico, pero es obvio que no aguanta una hora y media. Justo al principio, tres personas en un pequeño pueblo de California —una estudiante, una niña y un ciego de naturaleza particularmente desagradable— son asesinadas. El periodista Richard Clark (Donald Grant), un remedo de Clark Kent cuando se pone las gafas, es enviado a investigar.

Conoce y se enamora de la profesora de biología Diane Bennett (Denise DuBarry), cuyo mejor amigo es el excéntrico científico ganador del Premio Nobel, el Dr. Pennyworth (Henry Gibson), y se van a cazar monstruos. Cuando el engendro finalmente aparece, es una criatura fea, impermeable a las balas y a los lanzallamas. Para cuando el general Turnbull (Donald Moffat) termina con sus intentos de matarlo, hemos visto más potencia de fuego de la que usaron en la Batalla de las Ardenas —Moffat, por lo general el más sobrio y elegante de los actores, enloquece como un mono en esta película; tal vez esté rindiendo homenaje a *King Kong*—.

Solo el viejo y tontaina Dr. Pennyworth quiere que el monstruo sea capturado vivo porque "se trata de una criatura avanzada de otro mundo". Deprimente, ¿no? Justo cuando llegas a la conclusión de que algún día habrá paz en la tierra, descubres que la matanza no se detendrá, simplemente desarrollaremos garras para continuar la lucha.

El Dr. Pennyworth, en un enfrentamiento final con el monstruo, es desgarrado hasta la muerte, pero muere feliz porque, dice, el monstruo y él se han comunicado. "Dr. Pennyworth", le pregunta alguien, "¿pudo entender lo que le dijo?". "No", dice el Dr. Pennyworth, exhalando su último suspiro —¿En homenaje a *Aterriza como puedas*?—.

Oh, me olvidaba de contaros lo más importante. El monstruo se recarga de alguna manera en los armarios, por lo que siempre sale de un armario para mutilar y matar. Y hay otro punto que vale la pena mencionar. El reportero Richard es la habitual Betty Grable. Ya sabéis, en las películas de "The Late Show", cuando Betty se quita las gafas, el tipo que la ha estado ignorando durante media hora de repente exclama: "¿No es imponente?". Bueno, cuando Richard se quita las gafas, la profesora de biología se atonta y se desmaya, y —escuchad esto— ¡lo mismo le pasa al monstruo! Ahora, mezcla todo esto con lo de que el monstruo se ha estado escondiendo en los armarios, y empiezas a pensar, tal vez, que toda la película es un alegato

---

59. Que quizás podríamos traducir como *Encuentros a puerta cerrada en la absurda fase.*

sobre la tolerancia y los derechos de los homosexuales. Aunque, por otra parte, quizá no lo sea».

Si bien no le resultó especialmente atractiva, es interesante la reseña de Chase porque establece un vínculo muy potente con esa película protagonizada por Betty Grable titulada *Pin Up Girl* (H. Bruce Humberstone, 1944), donde la bella actriz utiliza el mismo recurso de transformarse en un imán sexual en cuanto se quita las gafas. Algo que en tiempos más recientes hemos encontrado en la serie de televisión de gran éxito titulada *Betty la fea* (1999-2001), no creo que titulada así por casualidad.

Encontramos una tercera reseña ese día quince de mayo, en el *Newsday* de Nueva York, por parte del crítico Joseph Gelmis, que ve menor interés aún en la obra de Dahlin.

«Mel Brooks se ha labrado una respetable carrera parodiando géneros cinematográficos: *Sillas de montar calientes* (*Blazing Saddles*, 1974), *Máxima ansiedad* (*High Anxiety,*1977), *La última locura* (*Silent Movie*, 1976), *La loca historia del mundo* (*History of the World Part I*, 1981) y, la que se estrenará en junio, *La loca historia de las galaxias* (*Spaceballs*, 1987) —su versión de *La guerra de las galaxias*—.

Pero una parodia, como demuestra de manera hiperactiva *El monstruo del armario*, del debutante Bob Dahlin, es inherentemente una forma de comedia traicionera.

La parodia funciona mejor en modo abreviado. El escaparate ideal es un programa de televisión, tipo *Saturday Night Live* o el viejo *Show of Shows*, donde Brooks, por cierto, perfeccionó su oficio escribiendo parodias de películas extranjeras para que Sid Caesar y Carl Reiner las destrozaran cada semana. La razón por la que hay tan pocas parodias de enjundia es que es difícil mantener un tono divertido durante una hora y media.

El monstruo del armario podría haber sido una buena representación para televisión o para un cortometraje. Como largometraje, es solo una muestra menor de ese género terminal.

Dahlin ha podido escribir y dirigir *El monstruo del armario*, su primer largometraje, porque ganó un premio de la Academia por un cortometraje que simulaba *Sospecha* (*Suspicion*, 1941) de Alfred Hitchcock. También dirigió videos musicales, una forma de cortometraje que requiere menos narrativa y más trucos y efectismos.

Como la mayoría de parodias, *El monstruo del armario* es una imitación de películas de éxito. Comienza con algo familiar, en este caso el cine de ciencia ficción y de monstruos de los años 50, en particular *El enigma de otro mundo*. Luego engaña a sus orígenes al volver a contar la historia desde un punto de vista distorsionado, desquiciado e irónico. Si hubiera funcionado como se esperaba, las incongruencias habrían sido divertidas.

El problema es que, por supuesto, te acostumbras a ese punto de vista en los primeros diez minutos de *El monstruo del armario*. Y dado que no tiene la cantidad ni la calidad de la interminable serie de gags presentes en una parodia como *Aterriza como puedas*, hay pocas oportunidades de divertirse después de que la novedad cómica se haya evaporado.

Lo que queda, como sustancia de *El monstruo del armario*, es una burda imitación de las películas originales.

La película toma prestado de *El enigma de otro mundo* su alienígena depredador y su científico chiflado que insiste en "comunicarse" con el monstruo, hasta el momento en que lo ataca. ¿Pudo comunicarse con él? Sí, dice el científico, mientras yace moribundo, haciendo aspavientos en clave de comedia. ¿Entendió lo que decía? No, confiesa y expira.

Y *El monstruo del armario* muestra a un militar recio, una figura familiar presente en una veintena de películas de los cincuenta, que se burla desafiante del alienígena ululante. Dahlin le proporciona al general un giro ridículo para los ochenta. Cuando el armamento de sus soldados no logra detener al monstruo, el general huye gritando: "¡Salvese quien pueda!".

El torpe monstruo de látex, que solo puede recargar su energía en los armarios, parece haber sido diseñado siguiendo el modelo de *La mujer y el monstruo*, con la adición de unas fauces abiertas de las que emerge periódicamente una protuberancia chirriante para succionar la vida de las víctimas.

Los intérpretes son necios a partes iguales: Donald Grant, como un avispado reportero que se parece a Clark Kent; Denise DuBarry, como profesora de biología; Henry Gibson, como el despistado; Claude Akins, como el sheriff que masca tabaco. Parece que se hayan sido animados a mostrarnos lo bien que se lo están pasando. Por fortuna, no llegan a guiñar un ojo de manera cómplice a la audiencia».

Una semana después, el 21 de mayo, se publicaba otra nota, esta vez bastante agria, por parte de Jack Garner en el *Daily Times*. Así rezaba:

«*El monstruo del armario* de Bob Dahlin es una parodia, en gran parte sin inspiración, de las películas de serie B de terror de la década de los cincuenta. Hecha con un presupuesto bajo pero con un conjunto de rostros familiares, *El monstruo del armario* obviamente se esfuerza demasiado en convertirse en un filme de culto en la mejor tradición de *El ataque de los tomates asesinos*.

Donald Grant interpreta a un reportero novato que se topa con una historia importante: una serie de asesinatos en los armarios perpetrados por una criatura misteriosa. Finalmente, descubre que la bestia es un monstruo aparentemente invencible "quizás de otra época, de otro mundo".

Aunque la película comienza y termina con diez minutos de ingenio y energía, la parte central es una hora de relleno sin incidentes. Es como si el guionista y director Bob Dahlin estuviera tratando de estirar un boceto de *Saturday Night Live* a la longitud de un largometraje.

Uno de los problemas con este tipo de películas es que muchos títulos de terror de los años cincuenta ya son involuntariamente cómicos: son un blanco demasiado fácil para cualquier cosa que no sean los intentos más obvios de humor. Y después de realizar las referencias obvias, queda poco por hacer.

El monstruo del armario, por ejemplo, efectúa todas las referencias necesarias: el científico anciano (Henry Gibson), el sacerdote que lleva la cruz (Howard Duff), el militar (Donald Moffat), el niño valiente, la escena de la ducha de Psicosis, (aquí con Stella Stevens), una criatura que mezcla aspectos de *El enigma de otro mundo* y *Alien, el octavo pasajero*, y el final de *King Kong*.

También se hacen referencias a la música de *Encuentros en la tercera fase* y a Clark Kent de *Superman*.

Sin embargo, a pesar de esas referencias potencialmente inspiradoras, *El monstruo del armario* fracasa. La dirección de Dahlin carece de nitidez y su guion le faltan mordacidad y sutileza. La película es demasiado comedida; en segmentos largos, da la impresión de que no esté enfocada como una comedia. Y necesita desesperadamente la locura absoluta tipo *Aterriza como puedas*».

De las últimas en publicarse, la de Scott Cain[60] recogida en el *Atlanta Constitution* el 29 de mayo sintonizaba mucho mejor con el espíritu del filme:

«*El monstruo del armario* es un *thriller campy* y alegremente anárquico que adapta libremente el mito de *La bella y la bestia*. También es una parodia dispersa de todo, desde la credulidad de los científicos ganadores del Premio Nobel hasta la severidad de los entusiastas californianos de la comida sana [...]

La mayoría del elenco son artistas experimentados que saben cómo ser graciosos sin socavar el elemento terrorífico Claude Akins se burla de su imagen del sheriff Lobo, interpretando a un agente de la ley que masca tabaco y es demasiado palurdo como para tener miedo de un monstruo descomunal. John Carradine tiene una aparición demencial como un ciego cascarrabias que destruye su apartamento en una batalla inútil con un intruso. Stella Stevens, satirizando la escena de la ducha de *Psicosis*, interpreta a una belleza pechugona cuyas abluciones son interrumpidas constantemente por figuras en sombras del otro lado de la cortina del baño. Howard Duff tiene su mejor

---

60. Scott Cain tenía especial predilección por el número de créditos de una película. En un artículo anterior fechado el 10 de abril de 1987 en la misma publicación y anticipando su próximo estreno previsto para el 17 de abril, explicaba que *El monstruo del armario* «tiene 546 créditos, más un crédito para los extras y otro para aquellos que sin querer se han quedado fuera de esta lista». Después, ofrecía el contraste con *Indiana Jones y el templo maldito* (*Indiana Jones and the Temple of Doom*, Steven Spielberg, 1984), que disponía de 360 créditos, y *Casablanca* (Michael Curtiz, 1942), con 39. Y añadía: «16 operadores de cámara, 18 asistentes de operadores de cámara, 23 asistentes de producción del equipo principal, 12 asistentes de producción en las localizaciones, 27 encargados de la seguridad y 48 conductores».

papel en años como un sacerdote nervioso que ha visto demasiadas películas de Drácula. Henry Gibson, un poco sobreactuado como de costumbre, interpreta a un científico tipo Einstein que intenta calmar a la bestia con música.

Paul Walker, que interpreta a un niño superdotado llamado "El profesor", es un dotado actor infantil, muy respondón y completamente cómodo cuando se coloca frente a la cámara. Su madre, una bella divorciada, está interpretada por Denise DuBarry, quien ofrece una normalidad de tal pureza que resulta encantadora. Donald Grant, como el reportero con ojos de *donjuán*, impacta de lleno con el atractivo meloso de la progenitora. En otras circunstancias, sería sublime como Superman —Muchos de los mejores chistes de la película se mofan del universo de Superman—.

Frank Ashmore está magnífico como el engreído "Scoop" Johnson, un periodista arrogante que decide hacerse cargo de la historia cuando se convierte en noticia de primera plana. Kevin Peter Hall, un actor de más de dos metros que interpretó a un oso en *Profecía maldita* (*Prophecy*, John Frankenheimer, 1979) y a un *sasquatch* en la próxima película *Harry y los Henderson*, interpreta a la criatura en ciernes. El monstruo, por cierto, parece una versión con sobrepeso de *La mujer y el monstruo*, y posee una segunda cabeza, que sale de la boca de la cabeza más grande cada vez que la criatura se irrita. El tema de la sexualidad del monstruo nunca se explica, pero plantea provocativas posibilidades».

Por desgracia, al igual que ocurrió con su pase por los festivales, la película no tuvo mucha repercusión en las salas de cine. De hecho, ni siquiera aparece entre el centenar de las películas más taquilleras de ese 1987, ni consta en parte alguna ningún registro de su recaudación económica, lo que hace suponer una carrera comercial muy escueta. Lloyd Kaufman lo confirma:

«Lo ocurrido en Cannes se repitió en su distribución en Estados Unidos. A donde quiera que la estrenamos, no iba bien. Supongo que fue porque la película tenía al monstruo homosexual en la narración. En aquellos días, creo que era algo muy controvertido, y quizá en ese sentido la película era muy sutil. A fin de cuentas, el póster era estremecedor, y tal vez mucha gente pensó que era una película escalofriante. Quizás muchas de esas personas no apreciaron la sátira en torno a Hitchcock, incluyendo todas esas referencias a su universo, como la música y el estilo.

En mi opinión, creo que es una película maravillosa, pero no tuvimos suerte. No recuerdo si conseguimos dinero con ella. No creo que fuese realmente rentable».

Después de su escueto recorrido en cines, la película se comercializó muy poco después en video doméstico ese mismo 1987. Por fortuna, dicho mercado se había convertido en un negocio muy rentable en esas fechas, y películas que no

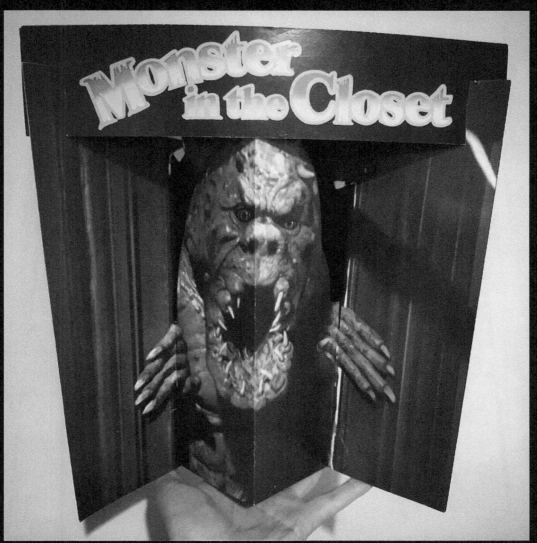

Publicidad en cartón del lanzamiento en VHS del largometraje para Inglaterra

habían destacado especialmente en su paso por cines podían gozar de una agradable segunda oportunidad en las estanterías de los videoclubs. En ese terreno de olor a plástico y madera, los títulos más recónditos podían competir con las superproducciones más recientes, sirviéndose únicamente de una portada lo suficientemente llamativa. Fue en esos lugares donde la carátula en la que lucía el diseño de Bob Larkin con la garra de la bestia emergiendo de la oscuridad captó las miradas de gran parte de su público[61].

En su país natal, es muy reseñable una campaña publicitaria que se llevó a cabo para dar salida a varios títulos de terror de la compañía Lorimar, aprovechando la festividad de Halloween de ese 1987. A tal efecto, se realizó un diseño similar al de Larkin, pero en este caso en lugar de una garra, se plasmaron dos saliendo de lo que parece ser un calabozo o algún habitáculo de ladrillo parecido, además de unos ojos

La ilustración de Hescox, ya insertada en la imagen promocional

enrojecidos brillando en la oscuridad. Sobre las garras, se añadieron después un par de lanzamientos —a la derecha, nuestro monstruo— y alrededor de las garras, otros varios. No era exactamente una ilustración del filme, pero su semejanza es tal que es inequívoca la relación. El autor de dicho dibujo no fue otro que Richard Hescox, el espléndido ilustrador realista responsable de diseños tan deslumbrantes como algunos empleados en filmes como *1997: Rescate en Nueva York* (*Escape from New York*, John Carpenter, 1981), *¡Sanguinario!* (*Halloween II*, Rick Rosenthal, 1981), *E. T., el extraterrestre* o *Aullidos* (*The Howling*, Joe Dante, 1981). Para esta ilustración en particular, Hescox me comentó que «mi único recuerdo al respecto es cuando me llamaron para acudir a una agencia de publicidad. Cuando estaba allí me describieron la imagen que querían para la campaña. Hice una pequeña pintura a modo de *sketch* y se la remití para que dieran el visto bueno. Después es cuando procedí a realizar esa ilustración final de gran tamaño».

---

61. De hecho, en la publicación *Los Angeles Times*, a fecha 19 de abril de 1987, se recoge un artículo titulado «Financing Movies the Home Video Way» que cita *El monstruo del armario* expresamente, amén de otros títulos, como una de esas películas de próxima aparición en video. Es más, el artículo explica que es la salida en estos formatos domésticos lo que ha facilitado que se realice con más facilidad este tipo de producciones.

EL MAMARRACHO EN EL MUNDO Y LA PARTICULAR CAMPAÑA ALEMANA

En muchos países, *El monstruo del armario* en realidad debutó directamente en el mercado del vídeo. Así ocurrió en Italia o Finlandia, por ejemplo. En este ámbito, es de reseñar la campaña publicitaria inglesa, con un recorte de cartón del filme, plegable, que recogía el instante en que el engendro rompe y atraviesa la puerta donde la pareja protagonista le ha tendido la trampa eléctrica.

En otros lugares, la publicidad fue un tanto cuestionable, caso de Argentina. Con un estreno en cines con el rimbombante título de *Tengo un monstruo en el ropero*[62], se publicaba en *Diario Popular*, el 9 de enero de 1988, la siguiente reseña que esclarecía un tanto los motivos del singular título argentino:

> «El monstruo es loco y homosexual. Se enamora de un reportero que se parece mucho a Clark Kent, sobre todo en los anteojos, y entonces, por fin, las cosas podrán arreglarse porque el monstruo, cabezón y horrible, tiene una lengua que se parece, por no decir que es igual, al monstruito de *Alien*. Cuando el monstruo le saca el alien bucal destroza, pulveriza, mata al ser humano que tenga a tiro. Su habitación habitual son los roperos amueblados con vestidos, sacos, abrigos, aunque se ignora el porqué de esa elección, porque él anda siempre desnudo. Por esa preferencia de habitar rozándose con la lana y la seda el film se titula *Tengo un monstruo en mi ropero* (*Monster in the Closet*, en inglés).
>
> La película es apta para todo público, pero la diversión puede alcanzar hasta los 99 porque supongo que los 100 eligen solamente películas eróticas. Tanto el guion como la dirección son de Bob Dahlin, un inteligente que se burla de todas las películas de terror que vio en su vida, entre las que pueden contarse *Psicosis* (la escena de la bañera repetida por tres veces), *Alien* (el lenguamonstruo), *Encuentros cercanos del tercer tipo*, con su escalofriante juego de luces, que la mano de Dahlin convierte en "escalofriante", y varias más, como *El enigma de otro mundo*, *Gremlins* y *E.T.* Los que gustan de reírse con el terror pueden acomodar las secuencias donde crean que conviene.
>
> [...] En fin, la burla funciona y hace reír. La película dice mucho sobre el futuro de Bob Dahlin, su director».

Luego, su salida al formato doméstico se acompañó con un resumen del filme un tanto peculiar. Es el que sigue: «Es feo, pero las chicas dicen que es sexy. Se escondió en el ropero de los Perkins. Duerme de día, sale de noche. Se prueba corpiños y bombachas. Toma cerveza y vacía la heladera. Lee revistas de sexo. Si lo encuentran ¡cuidado! Es muy peligroso». ¿Qué película vieron los distribuidores argentinos?

Ahora bien, bajo el nombre de *Überfall im Wandschrank*, en Alemania occidental la obra de Dahlin tuvo la que probablemente sea la más singular campaña de

---

62. Ahora bien, para títulos increíbles del filme de Dahlin en el mundo, no nos olvidemos de su nomenclatura coreana: 공포의 실로폰, que se puede leer como *gongpoui sillopon,* y que podemos como traducir como *El xilófono del terror.*

promoción. Para abrir boca, a principios de 1988 se publicó tanto un *single* musical —con dos versiones— como una suerte de guía promocional del filme.

La canción, que venía firmada por un grupo llamado Moonshine Bros., no contenía música del filme ni nada remotamente relacionado con Barrie Guard, sino que en realidad eran berridos inenarrables en formato melodía. Eso sí, cada cierto tiempo hacían acto de presencia tanto los brutales rugidos de la bestia como las famosas cinco notas del xilófono del doctor Pennyworth. Hay que escucharlo para darse cuenta de su magnitud como esperpento y como uno de los elementos promocionales más peculiares de todo el universo que rodea a *El monstruo del armario*.

Por su parte, la guía publicitaria se abría como si de armario se tratase —sus hojas simulaban unas puertas de madera— y en su interior, amén de encontrar un generoso resumen del filme y de los artistas que participaban, llamaba la atención en primer lugar un compendio de breves reseñas de diferentes medios. A continuación, las recogemos, convenientemente traducidas:

Jason Kenneth, de la HBKF-Radio, mencionaba: «Con diferencia, la mejor película de armarios que he visto».

Duncan Mac-Shranken, de Long-Courier, expresaba: «Esta obra me afectó tan profundamente que inmediatamente (después de verla) quemé mi armario…afortunadamente».

Karl Kegome, de Radio Ged-News, opinaba: «De alguna manera, la película me recordó al pasado. Henry Gibson como Einstein brilla en su papel de obseso xilofonista y Claude Akins hace un maravilloso papel en sus escenas en solitario mascando tabaco. Sin embargo, lo más destacado es la aparición de John Carradine como un intrépido ciego».

Gudrun Bloch, de Hausfrau, decía: «Había comprado, antes de ir al cine, un armario barroco. Antes de terminar la película, llamé al tacaño de mi exmarido y se lo regalé».

Ernst Ludwig Gilgasmah[63], de Shränke-heute*: «Lo he visto prácticamente todo: Frankenstein, Nosferatu, Drácula, Jack el destripador, zombis… pero el horror en el armario es de verdad».

Portada del vinilo de los Moonshine Bros para el *single* sobre el filme.

---

63. En realidad, uno de los miembros de los Moonshine Bros.

En conjunción con la revista *Kowalski* —la única publicación gratuita de Alemania occidente, rezaba la publicidad— se convocaba asimismo un concurso literario en el que se debía remitir una historia corta con las siguientes condiciones: nada de sustos, solo comedia, con un máximo de cuatro páginas y un plazo máximo de finales de mayo de 1988. Los premios eran realmente suculentos. El primero consistía en un viaje a Escocia de diez días para dos personas —se prometía visita a un castillo terrorífico con armario garantizado en la zona— y, para relajarse, medio centenar de entradas de cine. El segundo premio consistía en un armario sorpresa y, a partir del tercero, los premios se repartían. Es decir, en ese tercer puesto, se ofrecían siete premios donde se regalaba el libro *Heisser Sprung in kalte Lava* —que se podría traducir como *Zambullida caliente en lava fría*— de Dick Budka, junto al *single* «Überfall im Wandschrank» de los Moonshine Bros. y una suscripción a la revista *Kowalski*. Después, se ofertaban quince de esos libros, y en última instancia, setenta y cinco de esos *singles*.

De igual modo, se proponía a los lectores que ayudasen a elegir entre varios títulos para bautizar al libro sobre la película. Todos parafraseando nombres famosos de largometrajes, entre los más estrafalarios se encontraban *Tras el armario del Nilo*, *El planeta de los armarios*, *Aquellos chalados en sus locos armarios*, *Lo que siempre quiso saber sobre los armarios* o *Un armario con vistas*.

En esa guía, al final, también se incluía una pequeña biografía de los mentados Moonshine Bros., que establecía que sus integrantes eran, en esencia, Ernst Ludwig Gilgasmah, Karl-Heinz Machnikkla, Volkmar Gum y Knut Knutsen. Estos artistas se habían conocido muy jóvenes y comenzaron su trayectoria internacional en los municipios Koldenbüttel y Hückeswagen. A tenor de que se especifica en dicha guía que «sus gags llegaron a Berlín y a las ondas de la NDR», podemos intuir que se trataba de una especie de grupo radiofónico de cómicos. En la citada guía, además de explicar que eran los autores de un *single* nunca publicado titulado «Socken im strom», se aclaraba que eran los autores también de ese libro titulado *Heisser Sprung in kalte Lava* y que ese demencial single de «*Überfall* im Wandschrank» era solo un paso más hacia su exitosa carrera[64].

Bien podemos decir que, al margen de su repercusión, en Alemania occidental la película tuvo la campaña promocional más esforzada y original de todo el planeta.

UN ILUSTRADOR ESPAÑOL Y UNA PELÍCULA AMERICANA SE CITAN EN ESTOCOLMO

Otro de los países donde más huella dejó el largometraje de Dahlin fue en Suecia, donde aterrizó directamente al mercado del vídeo. Allí se convirtió en una cinta de culto debido en gran parte al nombre un tanto descacharrante con el que se comercializó.

Por entonces Sven-Erik Olsson —el gerente de la compañía Jaguar Films— compró los derechos del largometraje para su edición en vídeo, motivado por ese auge del VHS que inundó los mercados de todo el mundo a finales de los ochenta.

---

64. La falta de información en redes, y el desconocimiento del grupo por parte del experto alemán Jörg Buttgereit, al que pregunté, hacen suponer que el grupo no tuvo ese anhelado éxito.

Izquierda, boceto inicial de Blas Gallego para el lanzamiento doméstico del filme en Suecia, cortesía del artista. Derecha, la ilustración final de Gallego para la portada, cortesía de Daniel Hånberg Alonso.

Blas Gallego

Ahora bien, a Olsson se le ocurrió otro título: *Spöksnubben i skrubben*. Aunque es muy complicado encontrar un sentido adecuado en otra lengua que no sea la sueca a tal epígrafe, de alguna manera lo podríamos traducir como «el tipo fantasma del ropero» o «el fantasmón del armario». De este modo, se convirtió por méritos propios en el mejor ejemplo autóctono de la costumbre de describir los extravagantes y alocados retitulados a los que eran sometidos ciertos largometrajes extranjeros. Como vemos, no es una práctica exclusivamente española.

Pero por si fuera poco el campanudo cambio de nomenclatura, aquella edición en video doméstico hacía gala de una portada totalmente diferente al resto del mercado mundial. Aunque similar en concepto, en lugar de la garra amenazante de color marrón del poster americano, en su lugar se veía una garra verdosa con el dedo central levantado haciendo una peineta con descaro y fiereza.

Una de las mayores aventuras de la redacción de este libro ha sido descubrir que dicha ilustración fue obra de no otro que nuestro Blas Gallego. Así, el artista español que dibujó tanto carteles para todo tipo de cine clásico, como portadas para los cómics más épicos y calenturientos, se encontraba viviendo por entonces en Estocolmo, en casa de un amigo, cuando recibió el encargo de Olsson de realizar una ilustración nueva para *El monstruo del armario*. No era algo novedoso para Gallego, puesto que Jaguar Films se caracterizaba por editar títulos de Estados Unidos o Inglaterra con portadas totalmente distintas. Y en este caso, las indicaciones fueron claras, tenía que ser la garra del monstruo con ese gesto tan particular. A partir de un esbozo conceptual a modo de prueba, Blas Gallego realizó el póster de esta guisa, y así quedó para los amantes del coleccionismo más gamberro.

Con el paso de los años, Olsson ya con su nueva compañía Studio S Entertainment lanzó el filme en DVD con la misma carátula obra de Gallego, también con una gran repercusión en esta ocasión, según nos afirmó el propio gerente para este libro.

EL MONSTRUO EN ESPAÑA

En territorio ibérico el recorrido del monstruo resulta un tanto confuso, aunque trataremos de arrojar un poco de luz sobre los claroscuros. Todo parece indicar que el paso del filme en el festival de París hizo que la distribuidora española Profilmar se interesase por comprar los derechos para su comercialización en nuestro país. La compañía Profilmar, propiedad de Josep Lluis Galvarriato, ya poseía entonces una faceta multidisciplinar tanto en la distribución, como en la producción y exhibición audiovisual. Asimismo, los carteles españoles exponen en el lado opuesto al logo de Profilmar el de Vicitecor, empresa a nombre de José Julio Pablos Riol y dedicada a la distribución de vídeos domésticos. Por tanto, es de suponer algún tipo de acuerdo entre las dos compañías, primero para su exhibición en cines y después para su comercialización en vídeo doméstico. Se da la circunstancia además de que, en los fotocromos empleados en su recorrido en salas, el logo de Profilmar está cubierto por una pegatina de Vicitecor, por lo que desaparece la presencia de Profilmar en ese punto. Y, de hecho, cuando la película se comercializó en vídeo en nuestro país, se confeccionó una auténtica pieza de coleccionismo con el póster del filme, empleando una serigrafía en troquelado sobre un plástico rígido que le otorgaba al cartel un efecto tridimensional encantador. Y en ese cartel, solo el logo de Vicitecor está presente.

Por desgracia, tanto el propietario de Profilmar como el de Vicitecor fallecieron hace años y no tenemos acceso a las particularidades de aquel posible acuerdo o desacuerdo, si bien los respectivos herederos y el que suscribe estuvimos tratando de esclarecer algún extremo en este sentido. En vano, me apena decir.

Ahora bien, el filme fue registrado en el Instituto de la Cinematografía y de las Artes Audiovisuales (ICAA) el 21 de septiembre de 1987. Y pese a que la fecha de estreno en esa misma página asegura que el estreno en salas se produjo ese mismo día, lo cierto es que no hemos encontrado registro alguno en ninguna hemeroteca sobre tal circunstancia.

Así, la primera prueba del paso de *El monstruo del armario* por salas españolas lo encontramos mucho después en el periódico *ABC*, en su edición para Sevilla, en el que comprobamos que el 17 de marzo de 1989 se estrenaba en las Multisalas Avenida, al precio de 250 pesetas. Unos meses después, el 24 de junio de 1989, aparecen nuevos registros del paso del filme por cines gallegos en la hemeroteca de *El faro de Vigo*, para culminar con su permanencia en cines de Madrid el 9 de marzo de 1990.

Aquí surgen dos elementos interesantes.

En primer lugar, llama la atención que no se estrenase en primer lugar en Madrid y luego en el resto de comunidades autónomas. Con todo, pese a que pueda parecernos la tónica habitual estrenar primero en la capital, algunos expertos apuntan que esta situación podría no ser demasiado anómala. A fin de cuentas, hasta hace pocos años los estrenos no estaban unificados como ahora, y era habitual que ciertas películas se estrenaran antes en provincias que en las grandes capitales. E incluso que en las grandes capitales se estrenaran con muchos meses de diferencia, pues existían distintos circuitos de distribución, como el rural, el de sesión doble o el de estrenos. Otros apuntan a que este desajuste se debió sencillamente a algún problema de distribución, como el posible desacuerdo mentado arriba. En cualquier caso, como resumen resulta interesante que desde su inscripción en el registro en septiembre del 87 no se tenga constancia de su paso por cines hasta dos años después.

En segundo término, encontramos una entrada en el periódico *Diario de avisos*, fechada el 31 de diciembre de 1988, que ya augura su salida al mercado del vídeo. Además, la nota cita expresamente su paso glorioso por el festival de París, amén de una descripción del filme un tanto libre. Atentos a su titular: «¡Peligro! Un extraterrestre gay ataca la Tierra». El texto es el que sigue:

«La película recibió su bendición pública en el Festival de Cine Fantástico de París y es, lo afirmamos sin rubor, una interesante incorporación de originalidad al manido mundo de las películas de terror. Desde *Noche de miedo* (¿se acuerdan?, aquella del vampiro) o *Miedo azul* (la del hombre lobo, basada en un relato de Stephen King), no habíamos visto nada que nos hiciera tilín en este asunto de los bichos babeantes y colmilludos. *El monstruo en el armario* es una creación que, como mínimo, merece la pena de llevarse a su casa, aunque es probable que más que producirle alguna cuota de terror consiga arrancarle una sonrisa.

La cosa va de que un ser de otro planeta decide venirse a la Tierra para machacar a sustos y sangre a los seres humanos. Es decir, como un director de banco, pero de otro planeta. El monstruo tiene una auténtica obsesión por los armarios de sus víctimas, en donde se encierra antes de acabar con ellas en una auténtica orgía de sangre y carne desgarrada.

Pero además de estas interesantes consideraciones, hay que señalar que el monstruo propiamente dicho es un "gay" espantoso, un mariquita de mucho cuidado —vamos—, lo que le llevará a sentir una irresistible atracción por el protagonista de la película, un periodista que investiga las desapariciones que provoca en el censo de habitantes las actuaciones del extraterrestre aficionado a los armarios.

Dirigida por Bob Dahlin, la película está interpretada por Donald Grant, Denise DuBarry y Claude Akins, entre otros comparsas del bestial, único e indiscutible protagonista».

Esta nota, con un humor y jerga tan de aquellos tiempos y pese a que hace suponer que el autor de esta no ha visto la película, sugiere que, de algún u otro modo, la salida en video del filme estuvo más cercana en el tiempo con su recorrido en cines que otros títulos del momento. Y como conclusión de su recorrido en cines españoles, mencionaremos que según los datos del ICAA el filme obtuvo una recaudación de veintitrés mil euros y tuvo dieciséis mil espectadores. A modo de contraste, podemos ver que otra de las películas protagonizadas por Kevin Peter Hall, *Bigfoot y los Hendersons*, consiguió un millón de euros y medio millar de espectadores. Otra muestra del mismo intérprete, mucho más boyante, fue *Depredador,* que en nuestro país amasó un cuarto de millar de euros y casi doscientos mil espectadores. Números similares a otro largometraje de corte fantástico como fue *Una pandilla alucinante* (*The Monster Squad*, Fred Dekker, 1987), con una recaudación de doscientos diez mil euros y ciento treinta mil asistentes. Observamos que *El monstruo del armario* es la menos agraciada de sus contemporáneas, pero su menguado reconocimiento no es algo exclusivo como hemos visto del circuito español, a pesar de su accidentado y misterioso recorrido.

Como colofón de su primera etapa en España, la obra de Dahlin se emitía por televisiones autonómicas en los primeros años de los noventa. A nivel personal, recuerdo un pase vespertino, del que fui testigo a trompicones puesto que tenía alguna tarea que llevar a cabo y no terminé de ver el filme. En cualquier caso, ya había visto varias veces con anterioridad el filme, y recuerdo pasar por delante de la televisión en varios momentos que el mamarracho aparecía en pantalla, aquella tarde del 11 de febrero de 1991 cuando el extinto Canal 9 de la Comunidad Valenciana emitió la cinta de Dahlin a las 16:25 horas. Siempre pensé que había un programador en ese canal adicto al fantástico, pues fue ahí donde también vi mis primeras *kaiju eiga*.

En cualquier caso, unos años después Canal + emitió una sesión especial a las 22:00 del ocho de octubre de 1994, codificada como era habitual, dedicada a la Troma. En ella, en primer lugar, presentaba *El monstruo del armario*, y después *El vengador tóxico 3* (*The Toxic Avenger Part III: The Last Temptation of Toxie*). Ambas en versión original con subtítulos, el crítico Antonio Alberto escribía para el periódico *El País* lo siguiente

DIARIO DE AVISOS

¡Peligro! Un extraterrestre gay ataca la Tierra

SANTA CRUZ
J.B.

La película recibió su bendición pública en el Festival de Cine Fantástico de París y es, lo afirmamos sin rubor, una interesante incorporación de originalidad al manido mundo de las películas de terror. Desde "Noche de miedo" (¿se acuerdan?, aquella del vampiro) o "Miedo azul" (la del hombre lobo, basada en un relato de Stephen King), no habíamos visto nada que nos hiciera tilín en este asunto de los bichos babeantes y colmilludos. "El monstruo en el armario" es una creación que, como mínimo, merece la pena de llevarse a su casa, aunque es probable que más que producirle alguna cuota de terror consiga arrancarle una sonrisa.

La cosa va de que un ser de otro planeta decide venirse a la Tierra para machacar a sustos y sangre a los seres humanos. Es decir, como un director de banco, pero de otro planeta. El monstruo tiene una auténtica obsesión por los armarios de sus víctimas, en donde se encierra antes de acabar con ellas en una auténtica orgía de sangre y carne desgarrada.

Pero además de estas interesantes consideraciones, hay que señalar que el monstruo propiamente dicho es un

El extraterrestre colmilludo se esconde en los armarios para asesinar a sus víctimas. La película es, como mínimo, original **DA**

"gay" espantoso, un mariquita de mucho cuidado —vamos— lo que le llevará a sentir una irresistible atracción por el protagonista de la película, un periodista que investiga las desapariciones que provoca en el censo de habitantes las actuaciones del extraterrestre aficionado a los armarios.

Dirigida por Bob Dahlin, la película está interpretada por Donald Grant, Denise Dubarry y Claude Akins, entre otros comparsas del bestial, único e indiscutible protagonista.

Recorte de prensa del *Diario de avisos*, fechado el 31 de diciembre de 1988

«Coincidiendo con el 20º aniversario de la Troma, una productora especializada en cine basura, la cadena de pago ofrece un especial dedicado a los amantes del cine fantástico y de las aventuras de Toxie, el único superhéroe de Nueva Jersey. Esta sesión doble arranca con *Un monstruo en el armario*, de Bob Dahlin, del que recomendamos su principio y su final: terror sándwich, por llamarlo de alguna manera. Una cosa hambrienta se ha hecho fuerte en un armario ropero: todos los que pasan cerca, desaparecen. Cuando la cosa sale a la calle, el terror —y las risas— están servidos. Completa la oferta *El Vengador Tóxico 3*, de Lloyd Kaufman, en la que Toxie ha dejado su faceta de superhéroe para sentar la cabeza —el cabezón, realmente— y formar un hogar. Pero la sangre caliente de la criatura mutante acaba por estallar en forma de mamporros y de golpes con su mocho de fregar y de matar. Un puro delirio que coincide con el homenaje a Troma que también celebra el Festival de Cine Fantástico de Sitges».

Llama la atención especialmente de este pase el ligero cambio de nomenclatura, pues el largometraje pasó de titularse *El monstruo del armario* a *Un monstruo en el armario*. Este especial fue repetido en días sucesivos, en horas mucho más intempestivas. En concreto, el dos de noviembre a las cuatro y media de la mañana, y después el dieciséis del mismo mes, a las tres y media.

Con el título alterado ya de *Un monstruo en el armario*, Antena 3 emitió el largometraje el 27 de julio a las 01:25 horas. A tal efecto. César Santos Fontenla, en el *ABC* de Madrid ese mismo día escribía lo siguiente:

«Un auténtico regalo para los incondicionales del cine fantástico y, en particular, del de ciencia-ficción, del que es parodia al tiempo que le rinde homenaje. El siempre maravilloso e inquietante John Carradine roba protagonismo, pese a la brevedad de su cometido, al resto de componentes del variopinto reparto».

Queda patente la pasión de Santos Fontenla por el mítico patriarca de los Carradine, además de comprender a la perfección la naturaleza del largometraje. Con tres estrellas la valoró. Algo que no compartía el autor de la reseña[65] aparecida en el mismo periódico, pero en su variante sevillana, pues solo le otorgó dos estrellas. Apuntaba lo siguiente:

«Ciencia-ficción en plan de parodia de las películas de horror de bajo presupuesto, de los años 50, por una productora, la Troma, especializada precisamente en ese género. Un periodista, con ayuda de una científica, tendrá que investigar una serie de muertes extrañas, produciéndose las más insólitas situaciones».

Por último, en *La Vanguardia* ese mismo día, se recoge una sucinta reseña que asemeja una síntesis de la escrita por Santos Fontenla. Puntuada con dos estrellas, decía así:

«Divertido homenaje-parodia a los filmes de la serie B de los años cincuenta, con Howard Fuff, Stella Stevens, Claude Akins y John Carradine en el reparto».

Antena 3 repitió un par de meses después la emisión de *Un monstruo en el armario*, el 21 de septiembre a las 04:40 horas. Como vemos, solo Canal 9 se atrevió, por decirlo de alguna manera, a programar la película a un horario para todos los públicos. Es probable que la etiqueta «Troma» desorientase un tanto en cuanto al contenido del filme, pues como sabemos la película de Dahlin no contiene ningún elemento que pudiese alterar en demasía a la audiencia.

---

65. Firmada por A.C.

Lo cierto es que ese lejano 1997 supuso una suerte de segunda oleada de popularidad del largometraje, dentro de su siempre escasa repercusión. Así, junto a las emisiones intempestivas en Antena 3, el filme, con su título original de *El monstruo del armario*, fue reeditado por Manga Films, con una carátula verdosa de grandes dimensiones. Esa fue la última parada «analógica» de nuestro mamarracho predilecto en España, pero por suerte su marcha no se detuvo.

KING KONG CONTRA GODZILLA: EL DOBLAJE CASTELLANO DE *EL MONSTRUO DEL ARMARIO*

Tanto para su paso por los cines como para su salida en vídeo doméstico, *El monstruo del armario* contó con un doblaje excelente en castellano, realizado en el mítico estudio Arcofón.

Entre sus grandes voces, en primer lugar, encontrábamos a Paloma Escola, siempre atada a papeles femeninos de gran contundencia ya fuese poniendo voz a actrices como Melanie Griffith, Kathleen Turner o Annette Bening, por citar unas pocas entre sus más de dos mil trabajos. Aquí interpretó con el mismo tesón a la tenaz, pero en ocasiones encantadora y sugerente, señora Bennett.

El mítico Rafael de Penagos, con timbre inconfundible e ironía inolvidable que brillaba con luz propia dando voz a actores como Donald Pleasence o personajes como el agente Dix de *La vuelta al mundo de Willy Fog*, aquí aportó una gran personalidad al doctor Pennyworth.

Asimismo, Félix Acaso, que durante su inabarcable filmografía puso voz a Robert Mitchum, Henry Fonda o David Niven, en la presente filmografía realizó una labor sencillamente magistral como el demenciado general Turnbull y sus salidas explosivas. Es algo fuera de lo común lo divertido que resulta Acaso en este papel.

El otro miembro de las fuerzas del orden —el sheriff Ketchem— contó con las cuerdas vocales de Javier Franquelo, que con su dilatada carrera de medio siglo y su seriedad que tan bien encajaba con el rostro de Patrick Stewart, por ejemplo, imprimió sobriedad y unos matices esperpénticos al jefe de policía de Chestnut Hills.

El último del elenco de los grandes secundarios, el párroco Martin Finnegan, contó con la interpretación del también legendario Simón Ramírez, inconfundible voz de Gregory Peck o Sean Connery en las primeras entregas de James Bond, por citar dos ejemplos.

Pero incluso en papeles menores encontrábamos de igual modo artistas de relevancia en el panorama español. En este sentido, identificamos a Estanis González como el señor Bernstein; Eduardo Jover como Scoop; Ramón Repáraz en varios papeles, ya fuese como el enloquecido padre de Jimmy o ese apocalíptico reportero que aboga por el rezo para salvar el mundo.

No obstante, nos hemos dejado para el final el papel protagonista por un buen motivo. Y es que el intérprete de Richard Clark no fue otro que Fernando de Luis. Actor desde siempre, con una voz grave con múltiples registros y una brizna aguda, chispeante, habitualmente interpreta a Gary Sinise, Jason Lee o a su sempiterno Ted Danson desde los tiempos de *Cheers*. En *El monstruo del armario*, de Luis aportó

Paloma Escola y Fernando de Luis, en una foto reciente de la web Adoma

ternura e ingenuidad cuando correspondía a Richard, o empatía y contundencia cuando era menester. Sin embargo, no fue todo lo que hizo. El mismo Fernando de Luis nos recuerda en exclusiva que también se ocupó de dirigir y ajustar el doblaje:

«Fue uno de los primeros doblajes que dirigí —explica de Luis— como bien dices en Arcofón, estudio de doblaje desaparecido que hoy en día se ha reconvertido en un local de alquiler de trasteros, por desgracia. A decir verdad, creo que fue mi segundo doblaje como director, ya que el primero fue en Telson, cuya propietaria era María del Carmen Goñi.

Si no recuerdo mal, debió ser en 1987, y lo cierto es que conseguí un reparto de absoluto lujo. Por ejemplo, el maravilloso actor Teófilo Martínez intervino en el fugaz personaje al que daba vida John Carradine. Rafael de Penagos, que consiguió el premio nacional de literatura —y que gracias a él pude publicar algunos de mis propios libros—, interpretaba a Pennyworth, ese sabio loco obsesionado con las ranitas. Os confesaré que a Penagos se le quedó grabado aquello de las "ranitas". Tiempo después, de vez en cuando aún me decía esa palabra con su sorna habitual e inolvidable.

De igual modo, al niño lo interpretó Marisa Marco, con la que había coincidido en la radio. Lamentablemente, la mayor parte de ellos han fallecido hoy en día, quedamos muy pocos de los que participamos en aquel doblaje. De ellos, la gran Paloma Escola interpretó a mi interés romántico, y Javier Franquelo al sheriff. He de mencionar que Franquelo interpreta hoy en día al señor Burns en *Los Simpson*, tras el fallecimiento de Pedro Sempson. Curiosamente, el nexo con esta serie de animación no termina aquí, pues yo mismo pongo voz al abuelo de la familia tras la muerte de Julio Sanchidrián, con el que me unía una gran amistad y quien a su vez puso voz a Roy (Paul Dooley), a un soldado y al reportero que cierra *El monstruo del armario*. Incluso para el narrador, lector de los rótulos del largometraje, para el vendedor de periódicos e incluso para el tráiler, pude contar con Víctor Agramunt, que por entonces estaba contratado como director en Arcofón.

En resumen, la película tenía un reparto espléndido, de lo mejor que se podía conseguir entonces.

Una producción, he de decir, que me parecía muy divertida. Tenía cierto parecido con el humor de los hermanos Marx, e incluso un punto de los Monty Python, con los protagonistas poniéndose especialmente serios en momentos totalmente absurdos. O cómo olvidar aquellos momentos del monstruo quedándose embobado con el bello, totalmente enamorado como hizo King Kong con Fray Wray, o ese samurái rompiendo a espadazos el armario.

Sin duda, se trata de una película muy peculiar que creo estuvo minusvalorada. Después de miles de doblajes, es uno de los que más me acuerdo. A decir verdad, me lo pasé muy bien haciendo la adaptación y el ajuste. Siempre me ha encantado ajustar y adaptar la comedia. De alguna manera, tengo la sensación de que me vuelco más en la comedia. He hecho la serie de *Me llamo Earl,* por ejemplo, donde tuve total libertad. Una circunstancia, la de la ausencia de supervisor que se cargase los chistes en algunas ocasiones, que compartía con *El monstruo del armario* afortunadamente.

Por último, en cuanto a esa circunstancia recogida en el libro en páginas anteriores sobre sustituir la referencia a Godzilla del original por la de King Kong en la versión doblada en castellano, diré que probablemente tomé esa decisión porque en aquel momento el nombre de Kong era más conocido a nivel general que el de Godzilla. Además, este cambio otorgaba más sentido con el enamoramiento del monstruo y su bello».

ENTRE LO DIGITAL Y EL DOCUMENTAL: EL CAMINO IBÉRICO DE LA BESTIA EN EL SIGLO XXI

Los siguientes lanzamientos de la obra de Bob Dahlin en nuestro país fueron ya en formato DVD. La primera de ellas fue lanzada por el sello Vellavision, dentro de una colección de películas de la Troma. Se acompañaba con DVD-Rom adicional que incluía contenidos algo más genéricos como recorridos completos por la biografía de Lloyd Kaufman o la propia Troma, incluyendo los cómics lanzados hasta la fecha, pero también unas pocas dosis de trivia sobre *El monstruo del armario* y una galería de fotos, extraídas de momentos del filme. Eso ocurrió en el 2002, y para relatar cómo se materializó esta publicación, hemos recurrido al artista Marc Gras, que fue una pieza vital a la hora de conseguir un acuerdo de distribución entre Troma y Vellavision. Aunque todo, en realidad, se originó con una publicación llamada *Fester*. El propio Marc Gras mismo nos lo cuenta:

«*Fester* empezó como un fanzine que hacía junto con un amigo en el instituto donde hablábamos de cómics, pelis y heavy metal. Fue por aquella misma época por la que descubrimos la Troma y nos convertimos en auténticos fans. Como aquí, en esa época —mediados de los años noventa— era muy difícil conseguir su *merchandising*, les hicimos un pedido directamente a ellos que quedó atrapado en la aduana. Eso hizo que empezáramos a relacionarnos con Troma, ya que la chica encargada de los envíos en Troma —Millie Medina, lamentablemente ya fallecida— hizo lo imposible para que consiguiéramos el paquete. Nos caímos bien y empezamos una amistad que luego se extendió con otros trabajadores de Troma de la época; sobre todo con Doug Sakmann, encargado de las relaciones públicas de Troma del momento. Poco a poco la cosa fue a más y, con la ayuda de Doug, empezamos a programar proyecciones de pelis Troma por España y a que tuviera cada vez más presencia en *Fester*, nuestro fanzine. Al terminar el instituto creamos una especie de club de fans de Troma al que llamamos *Fester* —usábamos el nombre de *Fester* para todo lo que hacíamos conjuntamente este colega mío, Albert Álvarez, y yo— y seguimos con las proyecciones de pelis, la publicación de fanzines, la creación de *merchandising* aprobado por Troma, etc. Sin haberlo planeado, nos convertimos en embajadores de Troma en España. Al cabo de unos años decidimos oficializarlo todo y *Fester* se convirtió en Fester Entertainment, editorial y productora audiovisual. Uno de los primeros proyectos que hicimos fue, justamente, una serie de cómics basados en pelis de Troma; pero, aparte de crear producto propio, lo que hacíamos era actuar como agentes de Troma en España y hacíamos de intermediarios entre ellos y las teles, las distribuidoras, etc. Además, hacíamos pequeños encargos de diseño e ilustración para Troma y mil cosas más.

Por esa época hubo una pequeña distribuidora de VHS y DVD de Torrelodones (Madrid) llamada Vellavision que quiso sacar una colección de pelis Troma. Iban a ser doce pelis en dos tandas de seis. Lloyd Kaufman puso a la gente de Vellavision en contacto con nosotros para gestionar un poco todo el tema y básicamente les recomendamos algunos de los títulos y ayudamos con la promoción dentro del *fandom*, también haciendo de cicerones de Kaufman cuando vino a presentar la colección a la prensa española.

La gente de Vellavision vinieron con una lista de pelis que querían lanzar. Recuerdo que entre ellas estaban, aparte de Toxie y *Sargento Kabukiman* (*Sgt. Kabukiman N.Y.P.D.*, Michael Herz y Lloyd Kaufman, 1990), *They Call Me Macho Woman!* (Patrick G. Donahue, 1999), *Il bosco 1* (*Evil Clutch*, Andreas

Marfori, 1988), *Musical caníbal*, *Tromeo y Julieta* (*Tromeo & Juliet*, Lloyd Kaufman, 1996)... y *El monstruo del armario*. Nos preguntaron qué nos parecían los títulos y cuáles pensábamos que debían lanzar primero. *El monstruo del armario* fue una de las que dijimos que debería ir en la primera tanda, y nos hicieron caso. En otros de los títulos, no. Querían sacar un total de doce pelis, pero al final solo sacaron las primeras seis. La cosa se quedó a medias porque esos seis primeros no funcionaron todo lo bien que esperaban. Fue una pena, porque quedaron títulos en el tintero la mar de interesantes.

En cuanto a ese CD-Rom que acompañaba a la película, lo confeccionamos de principio a fin Albert Álvarez y yo, a petición de Vellavision. Hacía unos meses que habíamos creado un CD promocional para Troma llamado *The Ultimate Troma CD*, a los de Vellavision les gustó y nos pidieron si podíamos hacer uno diferente para cada una de las pelis que iban a sacar. Y eso es lo que hicimos. Nos basamos un poco en los extras que tenían los DVD originales de Troma del momento y añadimos bastante cosecha propia, pero tiramos de mucho archivo de la propia Troma al que teníamos pleno acceso».

Hemos de decir que la relación de pasión y reverencia que Marc Gras sentía por Troma no concluyó aquí. A decir verdad, este artista catalán poco después decidió plasmar ese fervor por la productora en un documental titulado *Troma is Spanish for Troma* (2010). La narración presentaba fundamentalmente entrevistas de artistas y especialistas españoles, dando su opinión desde diferentes puntos de vista de la productora neoyorquina. De manera intermitente, se insertaban varios clips fugaces pertenecientes a distintos films del catálogo de la Troma. Por supuesto, nuestra querida película hace acto de presencia en un concatenado de escenas donde podemos observar la muerte del doctor Pennyworth y también la de Roy, al igual que se intercala el momento de Mary Lou siendo arrastrada hasta el armario que gobierna Tom Selleck durante la entrevista de Nacho Cerdá. Aunque quizás el momento de mayor relevancia tiene lugar cuando asistimos a un montaje musical que recoge las intervenciones de grandes estrellas de Hollywood en películas de la Troma. De este modo, y al ritmo de la fenomenal «Shpadoinkle» entonada por Trey Parker, podíamos recordar a John Carradine, Paul Walker, Kevin Peter Hall, Henry Gibson y Donald Moffat.

«Hay algunos entrevistados que mencionan *El monstruo del armario* en sus intervenciones, si no recuerdo mal —explica el director—, pero desde el principio tenía muy claro que quería que la peli apareciera. En los 80 fue uno de los VHS típicos en los videoclubs españoles y además al montar la parte del documental en la que apuntamos los actores conocidos que aparecen en pelis Troma, *El monstruo del armario* debía tener un lugar de honor. Creo que pocas pelis en su catálogo tienen a tantas caras conocidas en su metraje.

Asimismo, *El monstruo del armario* es, para mí, una de las mejores pelis de Troma. Fue también una de las primeras que vi del sello y eso me creó unas expectativas muy grandes con el resto de su catálogo que muchas veces no se han cumplido, para qué vamos a engañarnos. Pero esa primera impresión, junto con la que me produjo *El vengador tóxico* y *Mutantes en la universidad*, fue la que hizo que me enamorara de Troma. *El monstruo del armario* no deja de ser una película de monstruos clásica pasada por la pátina de los años 80, y tiene un ritmo fantástico. El diseño del monstruo es una maravilla y todos los actores están geniales. Me parece que es una de las películas mejor acabadas de Troma —y eso que el presupuesto para terminarla no fue para nada el esperado— y de más categoría. Tiene muchas cualidades; demasiadas para enumerarlas. Tal vez la estrategia promocional —muy a la Troma— de que se trata de la primera peli con un monstruo gay como protagonista no me termina de convencer. Pero era el sino de los tiempos».

Diremos para concluir este apartado que el filme de Dahlin tuvo una aparición especial en el programa *Fenómenos*, un segmento emitido en La Sexta en 2007 la noche de los miércoles y presentado por Eva González, antaño Miss España. La emisión, amparada en el mundo de parapsicología, constaba de varios *sketches* y diversas firmas invitadas que a cada entrega mostraban algún elemento digno de mención, siempre con fines humorísticos. Así fue el caso del programa emitido el 27 de junio de 2007, donde el polifacético Carlos Areces —ya muy popular gracias a *La hora chanante*, aunque su carrera en el cine estaba aún por empezar— sacaba a la palestra el largometraje de Bob Dahlin. Con la chanza habitual del programa se intercalaban un par de clips, el primero de ellos el protagonizado por Mary Lou cuando es arrastrada al armario. Areces se refería a ella como «María Jesús sin su acordeón» en referencia a la conocida cantante de «Los pajaritos» —imagino que por el pelo ondulado—, para después indicar que presa una lipotimia, la chica era desplazada por el suelo cual bayeta de limpieza. Hacía hincapié del mismo modo en el inexplicable póster de Tom Selleck.

El cómico señalaba a continuación el método empleado para vencer al monstruo, esto es, la destrucción de todos los armarios —«con excepción de los de Ikea, que se rompen solos», apostillaba— y ante la pregunta de la presentadora de si el engendro era lo suficientemente horroroso como para tomar esa medida, Areces explicaba que «repelús sí que da». Lo comparaba entonces con el rape común, para terminar con «es el monstruo más parecido a un mojón que he visto en mi vida». Para justificar esta comparación, se reproducía el clip en que la bestia atrapa al joven Profesor en el colegio, pero el cómico cometía el error de volver a mentar a María Jesús, en este caso para referirse a Diane. Algo quizá debido al peinado ondulado similar que portan ambos personajes.

No era un segmento especialmente brillante ni dotado del humor descacharrante y absurdo tan indisoluble de Areces, por lo que es de suponer que fue obra de los guionistas del programa en realidad. Ahora bien, fue una incursión más de nuestro querido monstruo en el imaginario colectivo nacional, y eso lo hemos de tener siempre en cuenta.

En cuanto a la última ocasión que *El monstruo del armario* gozó de una edición en digital, fue de mano de la distribuidora Wild Duck Productions a través de su sello Redrum, especializado en títulos terroríficos. Así salía al mercado en 2017, con un máster proporcionado por la propia Troma —cuyos derechos ayudó a gestionar de nuevo Marc Gras—, así como el tráiler en versión original. Es llamativo que el máster, con un nivel de detalle ligeramente superior que la edición anterior, presente en cambio el título del filme en alemán, lo que hace de suponer cierto lavado de cara por parte de alguna distribuidora alemana encargada de su comercialización en tierras germanas. En esta edición de Redrum se añadían un par de fichas técnicas y, como envoltorio, una poco habitual caja roja de plástico, que encajaba a la perfección con el rótulo en esas tonalidades.

No obstante, ahondemos un poco en el propio máster. Tanto en esta edición como en todas a las que he tenido acceso, ya sean españolas o de otra nacionalidad, hemos visto la película en formato 4:3. Es decir, cuadrada. La única excepción la encontramos en Japón, donde se editó la película en Laserdisc en formato 1:66. Esto me llevó a plantearme en qué formato en realidad se rodó el filme, pues en todos los másteres revisados se perciben recortes extraños en la imagen. A tal efecto no pude evitar preguntarle a Richard Walden, la cámara durante el rodaje, cómo se grabó el metraje. Esta fue su respuesta:

«Encuadramos la película en formato 1:85 puesto que estaba destinada a un lanzamiento en cines. Estuvo alrededor de una semana en unos pocos cines del área del sur de California, pero cuando la vi fue en una cinta de VHS que alquilé en un videoclub. Esto fue antes de las televisiones panorámicas y por entonces las películas se transferían para mostrarse en televisión en formato 1:33».

Como finalización del recorrido del filme en el mercado doméstico, espero que este libro quede desfasado más pronto que tarde, en el sentido que algún día podamos tener acceso y disfrutar de ese máster en formato 1:85. Estoy convencido que la experiencia de visionado sería mucho más enriquecedora[66].

HISTORIA DE UNA PELÍCULA DE CULTO

Hemos atendido tanto la repercusión en nuestro país del filme como su recorrido por todo el globo. Y el resultado, aun con sus pequeñas variantes, fue muy similar en todos los territorios. En cierto modo, es como si en esos pocos años que se dilató el rodaje de *El monstruo del armario*, el cine fantástico hubiera corrido como alma que lleva el diablo. El ritmo, el humor, la plasmación en pantalla evolucionaban a una velocidad fulgurante a mediados de los ochenta. Con películas como *Los cazafantasmas* o *Regreso al futuro* (*Back to the Future*, Robert Zemeckis,

---

66. Cuando hablé con Lloyd Kaufman, le pregunté sobre la posibilidad de ver algún día una edición en alta definición de *El monstruo del armario*. Me prometió que lo miraría con Michael Herz...

1985), cócteles semejantes a *El monstruo del armario* atraían las miradas de todas las naciones y aficionados, no solo del cine más imaginativo. Se convertían en auténticos clásicos del cine. Para cuando finalmente se estrenó el filme de Bob Dahlin, era como si su humor inocentón y sus referencias cinéfilas llegasen tarde. Marc Gras se postula en este sentido:

«Es posible que el retraso en su estreno hiciera que la peli hubiera perdido frescura; más que nada porque ya había habido otras pelis de tónica similar —mezcla de terror suave con humor— en los años anteriores, y el público tal vez la viera como una peli más. Con el paso de los años es un film que gana porque en perspectiva puedes encontrarle todas esas virtudes que menciona el autor de este libro, que otras de sus contemporáneas no tienen. Creo que ese mismo problema lo han tenido —lo tuvieron, vamos— muchas otras pelis de los 80. No solo dentro del terror».

Fausto Fernández desarrolla la misma impresión:

«Sí, quizás *El monstruo del armario* llegó tarde, pero supo quedarse, pese a todo, en el imaginario colectivo, el de quienes la alquilaron en un videoclub aquel lejano 1987, el de quienes la descubrieron en un pase televisivo de madrugada años después o el de aquellos que llegaron a ella cuando el film de Bob Dahlin venía arropado ya con el discurso del culto.

Llegó en cierta medida tarde porque en 1987 Joe Dante había hecho películas que estaban antes en *El monstruo del armario*, con más medios y con un espíritu más 1987 que el de una cinta que se rodó en 1983. Llegó tarde porque la *Amblinficación* del cine fantástico para todos los públicos había cambiado los gustos de los espectadores y el pobrecito Kevin Peter Hall (el monstruo del armario) pasó de ser el *Depredador* del film de McTiernan al moñas de bigfoot de *Harry y los Henderson*. Llegó tarde porque *Mi amigo Mac* (*Mac and Me*, Stewart Raffill, 1988), los *exploits* bizarros de *E. T., el extraterrestre* (*E.T. the Extra-Terrestrial*, Steven Spielberg, 1982) o de *Gremlins* (Joe Dante, 1984) no lo hicieron. Llegó tarde incluso para un film distribuido por la Troma cuando los clásicos de la propia Troma nos parecieron mejores y pioneros que *El monstruo del armario*».

Debido quizás a esa demora, la repercusión descafeinada del filme en los cines puede conducirnos ahora a debatir el subtítulo de nuestro libro. Porque, al fin y al cabo, después de todo lo visto y recorrido, ¿es *El monstruo del armario* una película de culto?

En primer lugar, conviene tratar de discernir qué es una película de culto. Muchos expertos[67] argumentan que deben concurrir una serie de condicionan-

---

67. Como los autores participantes en el blog *La abadía de Berzano*.

tes para catalogar un largometraje con esta naturaleza. Una de ellas es que tenga una primera recepción muy escueta, a pesar de que sean propuestas con cierto espíritu de comercialidad. Otra, que en su conglomerado narrativo se encuentren ciertos elementos que, aunque incomprendidos en el momento de su estreno, se anticipen en el tiempo a fórmulas de éxito posteriores. Y, por último, y quizás la más importante, que posean un núcleo poderoso de seguidores contumaces que reivindiquen sus valores.

En realidad, es difícil describir qué es una película de culto, pues la etiqueta es flexible y puede adquirir matices. Incluso llegado el caso y siguiendo las estipulaciones previas, una película catalogada de culto puede dejar de serlo si se invalida alguna de las condiciones.

Teniendo en mente esta receta que admite adulteraciones, cierto es que *El monstruo del armario* posee las tres características principales antes descritas, a juicio del que suscribe. Obtuvo una repercusión muy minoritaria en el momento, y no hay duda de que posee un número de seguidores, aunque pocos, acérrimos. En la redacción de este libro me he topado con varios, de todas las partes del mundo. Desde Inglaterra a Estados Unidos, y desde Suecia hasta la misma España, *El monstruo del armario* tiene sus fans que defienden a capa y espada sus valores e ingredientes. Porque aquellos que adoramos el filme, encontramos irresistible su amor y simpatía por el *fantastique* más popular. De esta manera, y dejándome llevar por una sensación un tanto egocéntrica y quizá fuera de lugar, ¿puede definirse la publicación de un libro sobre un filme de estas características como el paso definitivo para considerar a esa película de culto?

Enlazo ahora con esa otra característica que define en cierta medida un filme de culto, porque la película de Bob Dahlin, además de contener unas interpretaciones

excelentes —las de sus protagonistas o la de su maravillosa coralidad de secundarios—, además de poseer una dosis de imprevisibilidad admirable, además de hacer gala de una segunda lectura en cuanto a la homosexualidad del inenarrable pero adorable monstruo protagonista, hace gala de una posmodernidad demencial en su —para algunos fallido— cúmulo de referencias presentes y pasadas.

Algunos especialistas[68] en el género apuntan a la década de los ochenta y los noventa como la cúspide de la posmodernidad en el cine fantástico, en el sentido de que fue en ese momento cuando se empezó a analizar dicho fenómeno en los circuitos académicos. En esa dirección, postulan a películas como *La cosa*, *Invasores de marte* (*Invaders from Mars*, Tobe Hooper, 1986), o *El terror no tiene forma* (*The Blob*, Chuck Russell, 1988) como perfectos ejemplos de un movimiento que trataban de reciclar narraciones pasadas. Asimismo, tildan a películas como *Temblores* (*Tremors*, Ron Underwood, 1990) o *Aracnofobia* (*Arachnophobia*, Frank Marshall, 1990) como una suerte de películas nostálgicas que intentan poner de relieve los paradigmas del cine de terror que funcionaba, o al menos impactó a sus responsables treinta años antes.

En mi opinión, *El monstruo del armario* es todo eso y mucho más. Y al margen de una fotografía un tanto descuidada —especialmente en los primeros minutos— que pueden hacer pensar en una producción de menor estofa de lo que en realidad es, y ciertos problemas de ritmo en su parte central —con la repetitiva búsqueda del monstruo por la ciudad desértica—, el filme de Dahlin me parece encantador y riquísimo en detalles y referencias cruzadas.

En este sentido de posmodernidad de locura, opina Fausto Fernández clasificando las diferentes referencias que encontramos en la obra de Dahlin:

«Los homenajes o citas a clásicos referenciales del terror, la ciencia-ficción y el fantástico en general se hallan muy presentes en *El monstruo del armario*. Desde los más evidentes a *El exorcista* (*The Exorcist*, William Friedkin, 1973) o *Psicosis* —Stella Stevens en la ducha... cuando ella venía de ser icono 70s de otro momento en remojo en la tina de *La balada de Cable Hogue* (*The Ballad of Cable Hogue*, Sam Peckinpah, 1970) o de ser la bella de la bestia/ Mr. Hyde Buddy Love en *El profesor chiflado* de Jerry Lewis—, *Alien, el octavo pasajero*, *Encuentros en la tercera fase*, *La guerra de los mundos*... a *El enigma de otro mundo* y su *remake*, *La cosa*, no por nada estrenado en 1982, solamente un año antes del rodaje del film de Bob Dahlin que nos ocupa. Hay mucho de John Carpenter en él, desde ese heterogéneo grupo reunido por azar para acabar con el monstruo a este mismo, tan "irreal" como el Michael Myers de *La noche de Halloween* (*Halloween*, John Carpenter, 1978) y tan orgánico y vírico (tan sexual, homosexual) como el poseedor de cuerpos de *La cosa*.

Encontramos asimismo guiños al disparate de *El ataque de los tomates asesinos* (*Attack of the Killer Tomates*, John De Bello, 1978), en el fondo el

---

68. Como el escritor, Harry M. Benshoff en su libro *Monsters in the Closet*.

mismo y con un similar humor paleto —el personaje del sheriff interpretado por el gran Claude Akins, por aquellos años ya en ese registro cómico en la teleserie *Las desventuras del sheriff Lobo*— que el de la cormaniana de los cincuenta *La invasión de los hombres del espacio* (*Invasion of Saucer Men*, Edward L. Cahn, 1957). O a los *I was...* —hombre lobo, zombi, cavernícola...— adolescentes del terror de aquella década prodigiosa o a *La humanidad en peligro* de Gordon Douglas con su mix de científicos, militares y monstruos.

Del film de Douglas saltaríamos obviamente al Larry Cohen de *Estoy vivo* (*It's Alive*, 1974)[69] y su "diferente" y no menos relacionado con el sexo y el establishment bebé mutante asesino.

Hay en *El monstruo del armario* mucho del cine más extraño de Robert Altman, de títulos como *El volar es para los pájaros* (*Brewster McCloud*, 1970) —la relación entre los personajes del sabelotodo chaval a quien diera vida un debutante Paul Walker y del periodista, tan desastre este como el contracultural Marlowe/Elliot Gould de *Un largo adiós* (*The Long Goodbye*, 1973)—, lo que no es raro puesto que Bob Dahlin fue ayudante de dirección de Altman en *Un día de boda*, *Popeye* y *Salud*, coincidiendo en esta última con quien sería uno de los montadores de *El monstruo del armario*: Raja Gosnell.

Finalmente, y aunque sea evidente, no es difícil reconocer y apreciar, sobre todo en su humor y vuelta de tuerca a los géneros fantástico y terrorífico, la huella de Mel Brooks. Brooks homenajeó a Alfred Hitchcock en *Máxima ansiedad* y Dahlin también, no solo en *El monstruo del armario* sino en su debut, un cortometraje paródico de 1973.

En cuanto a lo que menciona Octavio líneas arriba, no sé si ese afán retroalimenticio del cual se vanagloria la posmodernidad comenzó en realidad con un cine (una sociedad) de los años 80 que miraba al de tres décadas antes. El de los 70 hizo lo propio con el de los años 30 y 40, y a la ochentera cosecha le ha sucedido lo mismo hace nada. Amenazan con utilizar los 90. Todo siempre puede ir a peor.

Obviamente, en el caso de *El monstruo del armario*, debido a su adscripción al *fantastique* y a su inequívoca vocación de comedia —Mel Brooks y los Zucker-Abrahams-Zucker de *Aterriza como puedas* (*Airplane!*, 1980) o *Top Secret!* (1984) o el John Landis de *Un hombre lobo americano en Londres*— se sirve de los *topoi* y tópicos de lo que estaba ya hecho para que sean un punto de conexión, tanto con esos mismos filmes como con los propios espectadores.

Sucedería mucho en los años ochenta, no únicamente en cine. Llamémosle posmodernidad o llamémosle otra cosa, lo cierto es que empezamos a advertir entonces algo que ya existía —la *nouvelle vague* era eso—: las películas hablaban de otras películas; su existencia adquiría sentido y valor en comparación (o enfrentamiento) con otras películas».

---

69. Existe un completo estudio sobre la trilogía de *Estoy vivo*, publicado en esta misma colección de Noche de lobos.

CERRANDO LAS PUERTAS DEL ARMARIO

A la hora de escribir estas líneas, prácticamente han transcurrido cuarenta años desde que *El monstruo del armario* empezó a gestarse. En esas cuatro décadas, esa mole imparable a la que llamamos tiempo ha seguido su curso y muchos de los implicados en el largometraje ya no se encuentran entre nosotros.

El primero fue John Carradine, que murió en 1988, un año después del estreno del filme. Howard Duff nos abandonó muy poco después, en 1990. Tras él, el intérprete del furibundo monstruo Kevin Peter Hall, que tras una transfusión de sangre contaminada de sida falleció con poco más de la treintena al año siguiente. Claude Akins feneció en 1994, y le siguieron Jesse White en 1997 y Henry Gibson en 2007. De las despedidas más sonadas, por su juventud y su prometedora energía, fue la de Paul Walker a causa de un accidente de tráfico en 2013. Cinco años después, falleció Donald Moffat. Y probablemente una de las más repentinas e inexplicables fue la muerte de Denise DuBarry en 2019 por una extraña infección de hongos.

Y aunque no fue responsable directo de *El monstruo del armario* —si bien una especie de padre artístico espiritual—, Robert Altman murió en 2006. Hasta su último suspiro, Altman dedicó su vida al cine. David Levy le acompañó durante ese viaje, y se convirtió en uno de sempiternos productores. Por ello, no sorprende encontrarnos a mitad de *Vidas cruzadas* (*Short Cuts*, Robert Altman, 1993) un pequeño cameo del largometraje de Dahlin, pues aparece emitiéndose en un televisor —el momento en que Pennyworth trata de comunicarse con la bestia— cuando Stuart (Fred Ward) trata de despertar con el olor a pescado de sus dedos a su pareja Claire (Anne Archer), que dormita en el sofá.

Una vida dedicada al cine me resulta admirable en todos los sentidos porque, además de sus valores artísticos, se trata de confeccionar, mientras el corazón late, ficciones que se convierten no solo en realidad, sino que burlan ese monstruo que es el tiempo. Perviven así las películas a través de los años, tocando una y otra generación, conmoviendo, maravillando y divirtiendo a su audiencia mucho después de que sus responsables hayan desaparecido. Me parece algo tan mágico, ideal y honrado, que puedo comprender a la perfección que fuese la energía motriz que motivase a los integrantes de *El monstruo del armario* a finalizar su obra.

Porque puede que *El monstruo del armario* fuese un fracaso comercial. Puede que prácticamente nadie reconociese sus valores. Y puede que no haya gozado de una reivindicación como creo que merece. No obstante, la película se hizo. Existe. Sin importar los obstáculos aparecidos en el camino, desafiando infortunios, promesas incumplidas o agotamientos presupuestarios, la película se llevó a cabo. Y no es la historia de *El monstruo del armario* algo inusual en el mundo del cine. Pero parece que, si una película falla en algún punto de su recorrido, ya sea una recepción minoritaria o una decepción artística, no merezca mayor atención. El mero hecho de luchar por llevar a cabo tu visión y plasmarla en una narración que combine imágenes y sonido para mí ya es un triunfo. En ese sentido, el largometraje que nos ocupa merece un reconocimiento especial, porque la lucha fue extraordinaria. Y a pesar de esa batalla interminable de casi una década, de esos virajes que no siempre resultaron como esperaban, *El monstruo del armario* es recordaba con cariño por sus máximos implicados, como así rememora para nosotros:

> «Hubo mucha alegría y diversión en la realización de la película —admite David Levy—, pero también mucho dolor. Y eso ocurrió cuando la cámara dejó de filmar. Aquel fue un proceso bastante arduo y difícil.
>
> Siempre hay cosas que deseas hubieran sido un poco diferentes o funcionado de otro modo, pero recuerdo el producto final con afecto en su mayor parte, y un poco de lo que podría haber sido.
>
> Para mí, mi parte favorita de todo aquello fue la idea de tener a todos esos artistas y técnicos trabajando juntos y colaborando. Esa alegría que se da a la hora de realizar cualquier película, esa sensación de trabajo en equipo y colaboración, ese júbilo que emana de cualquier set de rodaje. Cuando a la gente le gusta lo que está haciendo y se lleva bien ¡no hay nada comparable! Recuerdo ese aspecto con mucho cariño».
>
> «Por mi parte —añade Don Grant—, estoy bastante contento con el resultado final de la película. No estuve involucrado en ninguna de las decisiones de producción, sin embargo, esperaba que la película hubiera estado respaldada por un estudio importante. Desconozco los desafíos económicos a los que Bob, David y Peter se enfrentaron, pero podríamos haber tenido una distribución mejor en más salas si hubiéramos tenido un estudio de relevancia detrás del filme. Tampoco estuve implicado en la posproducción, así que confío en que Bob y los otros productores tomaron las mejores decisiones considerando las circunstancias.
>
> De cualquier forma, me siento muy afortunado de formar parte de *El monstruo del armario*. Era el sueño de Bob, y creo que fue un éxito a pesar de las dificultades que él y los productores se encontraron a la hora de realizar la película. Miro atrás con mucho cariño hacia todo ese tiempo que pasamos juntos creando la película y con todas las relaciones que he mantenido de aquel evento».

Es reconfortante, como bien exponen David y Don, que, al margen de la problemática producción, lo que más perdure en el tiempo sean esos lazos personales que *El monstruo del armario* forjó entre varios de sus participantes. Para algunos esa pasión por el arte del cine, por materializar los sueños, que palpitaba durante la filmación fue muy contagiosa, hasta el punto de que, llegado el momento, decidieron dedicar el resto de su vida a ello. Ese fue el caso de ese joven asistente de producción que años después dirigió *Megalodon*, *La búsqueda* o *Mientras dormías*, por citar unos pocos ejemplos. Veámoslo.

«Cuando salió la película —cuenta Jon Turteltaub— fue realmente divertido porque, conforme fueron las cosas, solo estuve en el set alrededor de la mitad de la película. Pensé que iba a estar allí durante todo el proceso, pero hubo tanto metraje filmado después de que me marchase que viendo la película final me parecía algo nuevo e interesante. También recuerdo quedarme impresionado por lo mejor que se veían las cosas en pantalla que cuando estábamos rodando. El monstruo era increíble, la actuación maravillosa, el trabajo de cámara asombroso. Nada de eso me llamó la atención cuando estaba en el set.

En conclusión, la lista de cosas que aprendí de trabajar en esta película es tan grande que se me hace difícil compartirla. Pero lo más importante fue que descubrí que quería ser director. Cuando empecé la película estaba mirando todos los trabajos para ver si alguno de ellos me parecía adecuado. Y el que me habló y conectó conmigo y me sedujo fue el de director. No estoy seguro de que me hubiera convertido en cineasta si no hubiera trabajado en *El monstruo del armario*».

Sin embargo, para Bob Dahlin, padre y máximo responsable de la idea, el camino no fue exactamente el mismo. De hecho, no volvió a dirigir ningún largometraje. Después de *El monstruo del armario*, dirigió algunos videos musicales y retornó a su rol de asistente de dirección en varias producciones, en su mayor parte destinadas a televisión.

En el 2011, sintió que había llegado el momento de poner punto final a su carrera en el cine y se retiró. Pero claro está, no podía dejar de pensar en su gran película. O más bien, en cómo de grande podría haber sido si se hubieran dado las circunstancias adecuadas. Recordaba las imágenes idealizadas, las escenas concatenadas, que en su mente divagaban deslumbrantes pero que se materializaron de otra manera bien distinta. Era una sensación un tanto agridulce, no cabe duda, pues era un proyecto donde había depositado esa esperanza enérgica propia de la juventud, todo diluido en un cúmulo de obstáculos y decisiones desafortunadas. La única recompensa, la poca gratificación que de vez en cuando se daba, era proyectar *El monstruo del armario* en blanco y negro, cuando brotaba la oportunidad en algún pase determinado. Así se debería haber visto, en un principio, pensaba Dahlin.

Pensaba mucho sobre la película. En ocasiones, se lamentaba porque, de alguna manera, percibía que no le había sacado todo el partido a su intérprete estrella, Don Grant. Quizá si lo hubiera hecho de otro modo, el actor hubiera sido más pródigo en pantalla, pues tras su película solo tuvo unas pocas apariciones en televisión.

Otras veces, saltaba a su mente la idea del monstruo desapareciendo en la oscuridad. Había escuchado que, con el paso del tiempo, probablemente el traje de la criatura se había deteriorado hasta el punto de desaparecer. Según oyó, ese era el fatídico y caduco destino de la gomaespuma.

Muchas mañanas, cuando abría los ojos al despertar, su mirada se dirigía a la ventana y a las sombras que proyectaba la luz. La perspectiva de las cortinas segmentadas solía recordarle al póster por el que también tuvo que pelear. Se quedaba entonces mirando el techo, y cerraba los ojos. Se acordaba de Malta, del Mediterráneo, de cómo esos recuerdos tan lejanos en la memoria estaban cubiertos de un azul turquesa y el olor salitre del océano. Ese anhelo creativo, esas ganas de explicar al mundo quién era y cómo veía las cosas a través del cine era algo ya muy atado a aquellos años. Casi parecían los de otra persona.

El tiempo es una mole que lo engulle todo y arrasa recuerdos, ya decíamos, y conforme pasaban los años Bob tenía la sensación de que su película quedaba poco a poco sepultada por la imparable cultura pop y las inabarcables corrientes fantásticas del momento. Pocos se acordaban de *El monstruo del armario*, a pesar de esa lucha que le había llevado una década llevar a cabo y de todas las virtudes que contenía. De algún modo, *el monstruo* iba camino al olvido.

Una de esas mañanas en la que las briznas resplandecientes de una mar turquesa alborotaban lo más profundo de su cerebro, encendió el ordenador. Se miró las manos. Esas manos que primero habían sujetado un lápiz para escribir un guion disparatado pero afectuoso, y que luego habían sostenido una cámara durante meses y meses para plasmar en celuloide esa historia, tenían ahora más de setenta años. Decidió no ensimismarse más con sus manos, y con el dedo pulsó un botón del ordenador. Se abrió en ese momento su bandeja de correo, y entre toda la publicidad había un extraño, pero interesante, mensaje. A medida que leía, sus ojos se movían más y más rápido. Había una persona, en el otro lado del mundo y muy cerca de aquel mediterráneo, que quería escribir un libro sobre *El monstruo del armario*.

EPÍLOGO
RETROCEDER NUNCA, RENDIRSE JAMÁS

En muchas ocasiones me han sugerido que debería escribir un libro sobre cómo preparo mis libros. Es decir, contar todas las anécdotas que me ocurren durante la investigación de este, el proceso creativo que sigo y los diferentes pasos que doy hasta que consigo finalizar el libro.

Aunque hoy en día aun no me he decidido a dedicar todo un volumen a contar todo eso, creo que este epílogo para el libro dedicado a *El monstruo del armario* bien puede versar sobre estas vicisitudes porque, como el propio largometraje de Bob Dahlin, dar forma y finalizar este libro ha sido toda una odisea.

En realidad, bien sabe aquel que decide embarcarse en la escritura de un texto que siempre es un proceso largo y difícil, pero en este caso concreto creo que ha sido el trabajo de investigación más complicado con el que me he enfrentado, por varios motivos. Primero porque la ausencia de información sobre la película era enorme. Apenas había artículos versando sobre cómo se hizo el filme, no digamos ya extras o documentales que abordasen la génesis de la obra. Y segundo porque la propia naturaleza accidentada de la producción dificultaba aún más la reconstrucción de los hechos.

Pero empecemos por el principio y poco a poco veréis los diferentes obstáculos con los que me he encontrado en esta aventura. Algunos son comunes a cualquier investigación y escritura. Otros son tan peculiares que espero no se repitan nunca más. Allá vamos.

Es obvio, pero todo nació de mi amor por la película de Bob Dahlin. Siempre me había parecido que tenía «algo», un encanto especial, y que estaba injustamente olvidada. Por eso, cuando tuve la oportunidad de escribir en la revista *Scifiworld*, uno de los artículos que preparé era precisamente sobre esta película. Contacté con el propio Dahlin, y también conté con el testimonio y las ilustraciones de William Stout. Pude así conocer las primeras informaciones de cómo había sido la filmación, y por fin entendí por qué en algunas partes la película estaba datada de 1983, en otros de 1986, e incluso en 1987. En cualquier caso, el artículo quedó muy resultón, y por un breve, muy breve, período de tiempo, pensé que «ya había cumplido con la película».

Esa sensación duró poco. Un buen día mi amigo Jonathan Bellés me regaló un *collage* que había preparado. En él se veía al monstruo, dibujado a lápiz, sujetando un policía que tenía mi cara, recortada de una fotografía. Ni que decir tiene que la obra me encantó. Reactivó mi interés por la película y por ampliar esa información que había obtenido en un primer momento. Fue de esa manera como decidí escribir un libro sobre *El monstruo del armario*.

Surge aquí la primera tesitura con la que se encuentra un escritor, al menos para mí ¿Escribo el libro y luego intento buscar una editorial que lo publique? ¿O busco una editorial, le propongo el proyecto y, si acepta, me pongo a escribir? En este último caso, a veces te solicitan desde la editorial en cuestión un capítulo o unas páginas a modo de prueba. En cualquier caso, me decanté por la primera opción. Decidí que pasara lo que pasara, el libro se iba a escribir. Ya buscaría después la manera de publicarlo, ya fuese con una editorial, por autoedición, o por cualquier otro método. Aunque sospechaba que los amigos de Applehead Team, Pedro José Tena y Frank Muñoz, iban a apostar de nuevo por uno de mis proyectos, no había nada de cierto en aquel punto incipiente, tan solo las ganas de escribir sobre la película y contar la historia completa de la producción. Creo que este es un punto determinante a la hora de afrontar un proyecto. Tenemos que estar convencidos de llegar al final desde el principio, porque surgirán demoras, obstáculos y caminos bifurcados que pueden desalentarnos y, llegado el caso, abandonar el proyecto. Por eso, insisto, debemos cuestionarnos a fondo si estamos dispuestos a llegar hasta el final, sin importar el tiempo que tardemos, para proceder a la escritura. *Retroceder nunca, rendirse jamás*, podríamos decir, parafraseando el título castellano de aquella película de Corey Yuen.

Una vez estamos preparados mentalmente, es hora de ponerse a trabajar. En este punto, lo que suelo hacer es realizar una breve estructura de lo que contendrá el libro. No tiene por qué ser una estructura inamovible, porque puede ocurrir que durante la investigación surja algún camino que altere ese plan inicial. En cualquier caso, conviene tener ese «mapa» o «guía de capítulos» provisional para luego ir encajando las entrevistas y el desarrollo del texto.

A continuación, viene la fase de solicitud de entrevistas. Es un buen principio recurrir a herramientas como Internet Movie Data Base, donde si uno se abona a la versión *pro*[70] dicha web da acceso a los representantes de los diferentes artistas. Esto no es siempre garantía de contacto, pues es frecuente que las direcciones no estén actualizadas, sin mencionar que es probable que el representante ni siquiera conteste. Pero como digo, va muy bien para empezar. Las redes sociales también pueden servir para localizar a artistas del tema a tratar, aunque es muy poco habitual que alguien con demasiada popularidad conteste a través de estos sistemas. Pero de nuevo, hay que intentarlo. Porque en realidad, en mi opinión, la clave está en la perseverancia y en cómo manejamos el tiempo. Por ejemplo, puede darse el caso que inicialmente un artista no conteste o no quiera participar, pero después de varios meses si se consiguen otros entrevistados, se puede hacer un último intento exponiendo en el mensaje el listado de los entrevistados, y

---

70. No es muy caro, y dispone de un mes de prueba gratuito.

así evidenciar que el trabajo que estamos haciendo es algo serio y de lo que nos estamos preocupando.

La mayoría de las veces obtendremos una respuesta positiva ante nuestras solicitudes, y el artista querrá participar, pero hemos de tener presente que puede darse el caso que no acceda. Según mis estimaciones, ese porcentaje suele rondar sobre un diez o quince por ciento. Esto puede variar —dependiendo también como digo de la relevancia del artista—, pero en cualquier caso no hay que desanimarse cuando recibamos una negativa. Hay que continuar adelante.

Una vez recopiladas las entrevistas —y traducidas si corresponde—, es el momento de ir hilando nuestra narración para dejar paso a los comentarios de los entrevistados. Alrededor de este punto es cuando empezaremos con la escritura *dura* del proceso, en mi opinión la más costosa porque requerirá mucho tiempo, y, sobre todo, mucha disciplina. Porque he de ser claro, pese a lo obvio. Escribir un libro cuesta mucho. Habrá momentos en que estaremos más activos, otros más pasivos, pero siempre debemos obligarnos de algún modo para que no se eternice el proceso. En mi caso, escribir un libro me lleva un par de años desde el inicio del proceso, realización de entrevistas, desarrollo del texto y revisión. Algunos más, otros menos, pero como veis es un proceso largo que requiere mucha dedicación. Pero también encontrarás sorpresas y descubrimientos que enriquecerán el proceso de manera increíble.

En las últimas fases de la escritura es cuando conviene tener una o dos personas de confianza, que lean el texto e intenten detectar problemas de escritura y fallos gramaticales, que seguramente —como en mi caso— los habrá. Si tenemos la suerte además que esa persona esté especializada en el tema, es aún mejor porque puede con su erudición corregir o ampliar ciertos extremos que sean susceptibles de mejora.

Una vez hecho esto, es el momento de remitir el manuscrito[71] a la editorial, que seguramente —debería ser así— realizará una nueva corrección, propondrá cambios y mejoras, para pasar luego al proceso de maquetación. Para mí, este es el momento en que uno ya empieza a saturarse del texto, y desea terminar el proceso. Pero hay que aguantar un poco más, porque el resultado merecerá la pena. Pocas sensaciones se pueden comparar al momento que llega a casa una caja, enviada desde la editorial, y al abrirla encuentras el resultado palpable de lo que era un proyecto etéreo.

Esto, a grandes rasgos, es el proceso que yo sigo a la hora de enfocar cualquiera de mis libros. Ahora bien, creo que lo más procedente, una vez comprendida la teoría, es contrastar con un ejemplo práctico. Veamos cómo escribí este libro sobre *El monstruo del armario*.

Cuando Jonathan Bellés me enseño aquel *collage* donde se veía al monstruo sujetándome, se me encendió la bombilla. El pequeño duende inquieto que habita

---

71. Digo manuscrito, pero en realidad será un documento de texto, que seguirá las normas de estilo marcadas previamente por la editorial.

en mi interior, creativo y onanista de mis filias cinematográficas, me susurró al oído que no estaría nada mal escribir un libro sobre esta película, en gran parte olvidada. Me animaba además que ya tenía el contacto de Bob Dahlin, debido a ese artículo de *Scifiworld*. Así que una vez le pregunté al propio Dahlin si le parecía buena idea y que accedía a participar en el libro, me puse a trabajar. Y por supuesto, ya que el arte de Jonathan había sido clave para espolear mi interés creativo, le pedí si estaría dispuesto a realizar diferentes ilustraciones de los grandes momentos del filme para acompañar el volumen. Como podéis ver, accedió gustosamente.

En cuanto a la estructura del libro, la tenía más o menos clara en mi cabeza. Quería ir contando la génesis de la película, y luego dedicar un capítulo aparte para el análisis fílmico. Pero esto, una vez avanzado el texto, decidí cambiarlo, y entremezclar mis opiniones con el rodaje de las distintas escenas, debido al alto nivel de detalle que algunas de las entrevistas estaban alcanzando. En este sentido, terminó pareciéndose más a mi libro sobre *Cazafantasmas* que al de *Halloween*.

De las propias entrevistas, hubo varias que supusieron todo un desafío, algunas porque costó mucho encontrar a los artistas, y en otros casos porque fue muy difícil materializarlas. Por fortuna, mi determinación —u obsesión, según se mire— jugó a mi favor. Tenía claro que debía contar con los principales responsables, además de Dahlin.

Lo intenté con Peter Bergquist, pero no conseguí contactar nunca con él. Si mantuve un contacto inicial con su hija, a la que encontré en las redes por la coincidencia de los apellidos. Este es otro buen consejo: puede que no encontremos a la persona en sí, pero si tal vez a un familiar que pueda redirigirnos. Por desgracia, en el caso de Bergquist como digo a pesar de que al principio su hija estaba sorprendida y entusiasmada, de repente dejó de contestarme y nunca más supe de ella. Supe más tarde que Bergquist había decidido años atrás no hablar con nadie nunca más de la película. Pero en aquel instante se hizo un tanto difícil comprender qué estaba pasando.

Tuve suerte, mucha más, con David Levy, a quien no fue menos difícil de localizar. Después de meses de búsqueda, contrasté la IMdB de sus últimos proyectos, y busqué socios y productores con los que había trabajado. Uno de ellos accedió a reenviarle mi proposición y, por fortuna, aceptó la entrevista. Una charla que luego conllevó otras dos adicionales para esclarecer ciertos puntos. Sea como fuere, aquella primera entrevista fue algo especial. No solo porque fue la más ilustrativa de lo que había ocurrido detrás de las cámaras —Levy es un narrador nato, y honesto—, sino porque cuando estábamos terminando ocurrió algo muy revelador. Por entonces, también estaba intentando localizar a Donald Grant, el protagonista del filme. Y era algo imposible, había decenas de «Donalds Grants» en Estados Unidos, según se observaba en las redes sociales, y ninguno parecía coincidir con el rostro de Richard Clark.

Pues bien, durante la agradable conversación con David Levy, surgió el tema de los protagonistas. Hablamos de la añorada Denise DuBarry y su repentina muerte, y también de Donald Grant. Le comenté a Levy si conocía de algún dato que me ayudase a localizarle. Entonces me respondió que creía que tenía un segundo nombre, y que tal vez con ese podría localizarlo. Pero no estaba seguro de acordarse. «¿Cómo era?», se decía para sí mismo. «Empezaba por algo así como "Sam"...». Mientras Levy ponía a prueba su memoria, al otro lado del teléfono yo estaba más tenso que un cable de piano. Levy titubeaba, se corregía a sí mismo, y yo encogía los pies, con los dedos hacia dentro como si me agarrase a una rama invisible en un árbol. Y entonces dijo «Samuelson. Se llamaba Donald Samuelson Grant».

Qué maravilla.

El problema vino cuando tampoco localicé a nadie que se llamaba Donald Samuelson Grant por las redes. Si había, no obstante, una joven que se apellidaba Samuelson, en un perfil de Instagram. Y su rostro no podía engañar a la genética: se parecía muchísimo al protagonista de *El monstruo del armario*. Bien podría ser su hija.

Lo era.

Abigail amablemente le pasó mi petición a su padre, y Don Grant se sumó al proyecto, ofreciendo desde el principio una generosidad y amabilidad digna de mención. Accedió a escribir el prólogo del libro y a contestar mis preguntas de manera detallada para el libro. Era ya mi héroe, y eso que aún estaba por efectuar una última gesta que dejaremos para más adelante.

Con el compositor de la banda sonora, Barrie Guard, me ocurrió probablemente una de las situaciones más esperpénticas de todo el libro. Fue en la primavera de 2019 cuando después de varios meses, pude por fin contactar con él. Guard aceptó participar en el libro, lo que me alegró muchísimo porque no había en ninguna parte información no ya de la banda sonora, sino del propio artista. Era una oportunidad espléndida de poder conocer de primera mano tanto a la persona como a su obra. Pero cada vez que fijábamos una fecha para una llamada, surgía un imprevisto que obligaba a que Guard me pidiese un poco más de tiempo. Por ejemplo, una inundación que le obligó a posponer todos sus planes. Así fueron pasando los meses, intento tras intento, hasta que en febrero de 2021 parecía que por fin íbamos a poder materializar la entrevista.

Habíamos acordado una videollamada para un miércoles, a las seis de la tarde. Llegó el día, y todo parecía indicar que, por fin, después de casi dos años, íbamos a poder hablar un poco. ¿Y sabéis qué pasó? Pues que tres horas antes me caí por las escaleras, y me rompí tres costillas y dos apófisis.

Tal vez penséis en un primer momento que la entrevista se canceló o que la pospuse para otro día. Pero no, me avergüenza un poco reconocerlo, pero hice la entrevista ese día, dolorido y un tanto sedado. Dejad que os lo cuente.

Recuerdo caer por las escaleras, notar un impacto tremebundo en la zona inferior-izquierda de la espalda. Recuerdo apretar los dientes hasta que casi se rompieron, la vajilla que portaba en las manos salía volando y se hacía añicos a mi alrededor, mientras caía rebotando en todos y cada uno de los peldaños de la escalera de mi casa. Porque me resbalé en lo más alto de la escalera.

Recuerdo que me llevaron al hospital, me pusieron una vía con un sedante, y me insistieron en que orinara para ver si el impacto me había dañado los riñones. Y mientras la enfermera que habían enviado a ayudarme a miccionar en un envase de plástico me sujetaba mis partes, mientras me introducían en un tubo móvil para realizarme un TAC, y mientras el médico cuestionaba mis explicaciones sobre la mecánica del accidente, yo no podía dejar de pensar en Barrie Guard. ¿Me daría tiempo a terminar en el hospital y volver a casa a las seis para la entrevista? No podía dejar la oportunidad después de casi dos años de conseguir su testimonio, pensaba mi enfermiza dinámica mental deslavazada por el anestésico.

Al final, venía muy justo, y mientras salía del hospital andando a paso de tortuga inválida, le envié a Guard un mensaje pidiéndole una hora más porque «había surgido un imprevisto y luego le explicaría». Por fortuna Guard no puso impedimento. Cuando luego, en la videollamada el hombre me vio postrado en la cama, estaba alucinando. Le expliqué lo que había pasado y me dijo que no había problema si lo hacíamos otro día. Le dije que estaba bastante anestesiado —aunque he de admitir que cuando me reía por las bromas de Guard una mueca de dolor recorría mi cara— y que podía hacer la entrevista. Y la hice, claro que sí.

No sé si todo esto que os estoy contando no me deja un muy buen lugar, pero al menos espero que sirva un poco para que apreciéis la citada entrevista. Costó mucho, literal y metafóricamente hablando.

Y antes de que eso pasase, unos pocos días antes se inició en paralelo un caso similar en cuanto a persistencia se refiere. Conforme fui avanzando en las entrevistas y en la investigación, me di cuenta de que existían dos escenas que, si bien se habían rodado, no se incluyeron en el montaje final[72]. Pensé entonces que sería interesante poder acceder al guion original para examinarlo y comprobar qué otras diferencias podíamos encontrar entre lo escrito originalmente y lo presente en el largometraje final. Pero nadie tenía el guion. Ninguno de los entrevistados, ni siquiera David Levy, Bob Dahlin o Don Grant. Algunos recordaban tenerlo, pero no sabían dónde estaba. Busqué y busqué, y casualidades de la vida un vendedor de eBay Canadá hacía meses que había puesto una copia del guion a la venta. Contacté con él para ver si lo podía volver a poner en venta, y me hizo el favor de hacerlo. Le compré el guion y me lo envió. Tres días después me caía por las escaleras. Y entonces, el guion se perdió. Llegó a aduanas, y desapareció. Moví cielo y tierra, pero nadie supo decirme nunca donde estaba el paquete. Y eso que teníamos número de seguimiento, pero fue imposible. Mes a mes, mi esperanza se iba desvaneciendo, mezclada con una gran sensación de frustración. Nunca se me había perdido un paquete, y me daba más rabia todavía que fuese algo tan irreemplazable como esto. Pero así fue, nunca llegó, ni a mí ni al remitente. Debe de estar cual arca de la alianza en un almacén de aduanas.

Pero yo no podía parar. Tenía que encontrar otra copia del guion. Seguí buscando, y entonces descubrí que, en la biblioteca de la UCLA, en Los Ángeles, disponían de un gran número de objetos del actor Howard Duff, que habían sido

---

72. Vienen recogidas en el libro en el capítulo 4.

cedidos a la universidad tras el fallecimiento del artista. Y entre esos enseres, estaba su copia del guion.

Me puse en contacto con ellos para ver si podían decirme una manera de acceder a ese documento, pero amigos, la pandemia. El coronavirus había obligado a tomar fuertes medidas sanitarias, y por el momento no se podía acceder a las colecciones de esta naturaleza. Había que esperar a que la cosa mejorase. Casi cada día, estuve esperando una actualización en su página web, hasta que un día de mayo de 2021, anunciaban que el servicio de biblioteca se iba a reabrir, a medias. Es decir, solo podían acceder miembros y alumnos de la UCLA. Fuera quedaban las solicitudes externas de cualquier otro tipo de personal.

No obstante, insistí. Les expliqué mi problemática, y les rogué ayuda. Y Neil Hodge se apiadó de mí. El buen hombre bajó hasta el almacén, extrajo todos los documentos antaño posesión de Howard Duff —incluyendo el guion—, los escaneó y me los envió. Sin pedir nada a cambio. Me acuerdo cuando me llegó ese correo una medianoche, y no me lo podía creer. Creo que me saltaron las lágrimas de la emoción, de la satisfacción. Estaba eufórico, con una sensación increíble de haber podido completar una suerte de «misión». Tanto es así, que me grabé un video agradeciendo la labor a Neil, con mi paupérrimo nivel de inglés. Un video que Neil me dijo le había encantado, y que había viralizado un poco al compartirlo con todos los miembros de las oficinas de la UCLA. Quería compartir mi nivel de entusiasmo con el resto de los compañeros, y que fuese palpable que su labor ayudaba a gente de todo el mundo. Este quizás fue uno de los mejores momentos de toda mi carrera como escritor. Una recompensa por el esfuerzo invertido, solo evidenciable en escalas emotivas y de cumplimiento.

Ya con el guion en mi poder, pude ir desarrollando el texto tal como yo deseaba, y el cuerpo fue tomando forma. El proceso fue concluyendo, pero me quedaba la sensación de que faltaba algo. Y venía motivado por la falta de imágenes. Es cierto que varios de los entrevistados me habían proporcionado algunas, como Susan Malerstein-Watkins, que me envió esas instantáneas con Kevin Peter Hall a mitad de embutir en el traje. También de la biblioteca de Orange —cuya administradora se compadeció de mi situación— me cedieron gratuitamente cinco fotografías del rodaje en el lugar. Pero me seguía pareciendo poco material. «Tendré que recurrir a capturas del largometraje», pensé como último remedio.

El milagro ocurrió en ese momento. Y sin planearlo.

Jonathan estaba terminando sus ilustraciones para el libro, y puesto que Richard Clark es un trasunto de Clark Kent y Superman, se me ocurrió que su último dibujo bien podría recoger la clásica pose del reportero abriéndose la camisa para echar a volar, solo que en lugar de aparecer el gran logo rojo con una «S» en el pecho, apareciese una camiseta con el monstruo del armario en su lugar. Dicho y hecho, Jonathan plasmó esta idea con una potencia visual encomiable, como bien se puede apreciar en las páginas del libro.

Ante tal imagen, no podía esperar a enviarle a Don Grant el dibujo, así como un resumen de los contenidos del libro —que ya estaba terminando— por si quería mencionar algún apartado en el prólogo que estaba preparando. Le envié un mensaje una tarde, y esa noche comenzaron a llegar varios *emails* con decenas de imágenes que el mismo Don Grant había tomado con su cámara de fotos durante el rodaje. Y como queda patente, son fotografías de alto nivel profesional. Mi sueño se había cumplido, y el libro de *El monstruo del armario* alcanzaba el nivel deseado, gracias a una última hazaña de Don Grant. ¿Pero sabéis lo más interesante de todo esto? Pues que de las últimas fotografías que me envió, llegaron unas donde Don aparecía encima de un coche abriéndose el pecho como si fuera Superman. Según me contó, fue un momento que improvisó en el rodaje para sorprender a Dahlin y compañía. Y aunque claro está que es una asociación fácil de establecer, me asombra y maravilla pensar que llegué a la misma conclusión visual a la que llegó el propio Don casi cuarenta años antes. Me gusta pensar que, de alguna manera, aquel dibujo que hizo Jonathan rescató ese recuerdo de la memoria de Don Grant. O tal vez fue casualidad, quién sabe.

Os cuento todo esto para que sirva de ejemplo que el trabajo duro, la implicación y la honestidad, tienen sus frutos. No sé la repercusión que tendrá este libro, pero independientemente de eso, me he esforzado tanto como me ha sido humanamente posible para confeccionar el mejor libro posible. Después de toda esta investigación, para mí queda patente que Bob Dahlin, David Levy, Don Grant y todo el equipo de *El monstruo del armario* se esforzaron al máximo para materializar su visión. Y ese es el premio. Es el mensaje que quiero transmitir en este libro. Lucha por tus sueños, sin importar la repercusión posterior. Si esa lucha es pasional y entusiasta, si te sirve para comprenderte mejor a ti mismo, probar tus límites y superar retos, el resultado valdrá la pena. Cuando esa inversión de esfuerzo es de esta naturaleza ardiente y soñadora, el entusiasmo se puede percibir. Y traspasar.

Porque puede que *El monstruo del armario* no tuviese el reconocimiento que merecía, y que tras años de trabajo sus artífices mereciesen una mayor distinción. Pero al menos, por menor, intrascendente y tardío que sea este tratado, hemos llegado al final de un libro sobre la película.

JBD 10·10·2020
MADRID

AGRADECIMIENTOS Y MENCIONES

Gracias a las siguientes personas, este libro se pudo completar de la mejor manera posible. Aunque he tratado de mentarlos a todos, seguro que alguno se me ha pasado. Ruego me disculpen. En cualquier caso, estas son las personas que aportaron todo tipo de ayuda y asesoramiento, cuando no guía y supervisión. Gracias de todo corazón:

En primer lugar, gracias a Jonathan Bellés por esas maravillosas ilustraciones que has realizado. Ya sabes que si no fuera por ti, y aquel *collage*, este libro no existiría.

Asimismo, debo agradecerles de nuevo la confianza a mis fabulosos editores de Applehead Team, sin ellos este libro tampoco existiría. Muchas gracias a Pedro José Tena y Frank Muñoz.

Claro está, mi más profundo agradecimiento para todos los entrevistados, que me regalaron su tiempo para responder mis preguntas. En ese sentido, especial atención merecen Bob Dahlin, David Levy y Don Grant. Contestaron muchos mensajes y ofrecieron una cantidad ingente de información. Me siento muy afortunado de haber podido contar con ellos.

Mark Bryan Wilson y Lee Kissik, que aparecieron en los últimos instantes y añadieron decenas de fotografías detrás de las cámaras que han enriquecido el libro de manera increíble.

Neil Hodge y todo el equipo de bibliotecarios de la UCLA, Richard Hescox, Amaury Rambaud, Francisco López Cámara, Daniel Hånberg Alonso, la familia de *La abadía de Berzano* (Pepe Torres, Javier Pueyo, José Luis Salvador Estébenez, Nacho Carrero, Berto Naldo), Cristina Ares García y José Ángel Ruiz Moreno, Javier Albadalejo, James Mullinger, Marc Gras, Luis Miguel Rosales, Ignacio Benedetti, Pere Vila, Cristina Galvarriato, Albert Galvarriato, Alicia, Eva Hernández Pablos, José Miguel Rodríguez, Christian Aguilera.

Mi hermana Irene, que me ayudó no pocas veces con las traducciones alemanas.

Óscar Salazar y Miguel Cívica contribuyeron con su erudición en materia de música y efectos especiales a que todo cuadrara.

José Manuel Sarabia se empapó de todo el texto, y revisó, recomendó y animó. Gracias, muchas gracias, eres estupendo.

De igual modo, sin las siguientes personas, no hubiera sido posible contar con muchos de los invitados o con valiosa información sobre ellos: Candy Guard,

EL MONSTRUO (QUE SALIÓ) DEL ARMARIO

Chris Urack, Donovan Scott, Thom DeMicco, Lucas Dahlin, Abigail Samuelson, Wren Arthur, Wendy Moffat, Samantha Lockwood, Annette Ferdinandsen, Josafat Concepcion, Aleksander Serigstad, Marshall Arts, Blas Gallego.

Los que siguen ayudaron en diversas investigaciones y muchas veces encontraron las respuestas que yo no conseguí:

Santi Serrano, Pako Mulero, Francisco J. Ortiz, Javier Moragón, Javier García-Conde, Adrián Encinas, Vicente Albadalejo (Megavixen Rattlehead), Carlos Díaz Maroto, Dani López, Dario Lavia, Unai Cortajarena, Carlos Ávila, Txema Oncina, Miguel Ángel Ibáñez Fernández, Vicente Navarro, Ricardo Tovares, David García, Juan Bauty, HorrorShow, AhoraTeLlamo, AltavozCultural, Andrés Abel, Marcos (M), Piterxus Pinheads, y de Twitter, los usuarios, The Zombie Farmer, ausente y Miki.

Loly Otero, que le dedicó unos minutos al libro en su programa en Radio San Vicente. Siempre se acuerda de mis proyectos.

Mis amigos monstruosos, Rubén Ortiz y José Luis Romeu, siempre estuvieron al pie del cañón.

Mis colegas monsterianos siempre apoyan y difunden mis proyectos, y esta vez no fue una excepción, pues le dedicaron todo un programa a la película y a este libro. Muchísimas gracias Josan, Marco y Frank.

Sin el apoyo y consejo emocional de Javier Moragón y Nuria Buades todo hubiera sido más difícil.

La estupenda corrección, maquetación y cuidado visual no hubiera sido posible sin el gran Rubén Íñiguez Pérez, dotado de una habilidad increíble para manejar datos y poseedor de una paciencia infinita para con mis cambios. Gracias, amigo, siempre es un placer.

Laura Sanjuán por retrararme siempre con su estilo encantador. Mi mujer María Barrachina, Carlos y Tina Martínez, y José Felipe Lozano, que trabajaron muy duro para esa sesión de fotos, entre vestuario monstruoso y maquillaje pringoso.

Y mis amigos de toda la vida Néstor Muniesa, Antonio Pastor, Alberto Pastor y Enrique Muniesa. Consiguen que una desdicha se convierta en alegría y que un obstáculo se transforme en una aventura.

El traje del monstruo, la bestia que nos ha acompañado durante todas estas páginas. Cortesía de Mark Bryan Wilson.

EXTRAS

LLOYD KAUFMAN, MICHAEL HERZ y THE TROMA TEAM
presentan una producción **BERGQUIST-LEVY**

EL MONSTRUO DEL ARMARIO

¿Venía a destruir el mundo.... o sólo a buscar pareja?

"MONSTER IN THE CLOSET". Un film de **BOB DAHLIN**
DONALD GRANT • DENISE DuBARRY • CLAUDE AKINS • HOWARD DUFF
HENRY GIBSON • DONALD MOFFAT • PAUL DOOLEY • JOHN CARRADINE
FRANK ASHMORE • PAUL WALKER • JESSE WHITE y STELLA STEVENS como «Margo Crane»
Productores Ejecutivos LLOYD KAUFMAN y MICHAEL HERZ
Producida por DAVID LEVY y PETER L. BERGQUIST
Escrita y dirigida por BOB DAHLIN

TROMA INC.

vicitacor

COR
INTERNATIONAL

SPÖKSNUBBEN I SKRUBBEN

Studio S
S521

HAN ÄR TRE METER LÅNG OCH ÄLSKAR MÄNNISKOR...
SPECIELLT KNAPERSTEKTA!

"WE MUST DESTROY ALL CLOSETS!" *All Movie Guide*

Efter Fåglarna stängde vi miss-tänksamma blickar på minsta lilla koltrast. Efter Hajen vågade ingen bada, inte ens hemma i badkaret. Och nu kommer Spöksnub-ben i skrubben – filmen som tvingar oss att gå nakna till jobbet! För i våra klädskrubbar har ett nytt hot dykt upp. Ett tre meter långt monster som bara älskar människor... speciellt knaperstekta!

Antligen är det dvd-premiär för en av 1980-talets mest efterfrågade kultfilmer som i Sverige blivit extra kult tack vare sin halvknäckade titel. **Alien, King Kong** och **Psycho** är bara några av filmerna som paro-dieras i rollistan ser vi kultskådisar som Henry Gibson, Stella Stevens och John Car-radine och barnroller filmdebuterar Paul Walker från **Fast and Furious**-succéerna och Stacy "Fergie" Ferguson sångerska i **The Black Eyed Peas**.

"EN ROLIG OCH SKICKLIG SKRÄCKFILMSPARODI!"

BONUSMATERIAL En uppsjö av helt galna kortisar från Troma som bara måste ses: • Aroma Du Troma • Edge TV: Do You Have A Bleeding Eye. • Edge TV: Masturbation Public Service Announcement. • Lloyd Reveals Secrets. • Order Troma Merchandise. • Radiation March. • Sgt. Kabukiman Accused Of Sexual Harassment. • Toxie: Five Years Later. • Troma's Basement. • Tromaville Café. • Tromaville Café 2. PLUS: Filmens originaltrailer.

DVD sueco

239

VHS alemán

VHS alemán

Es feo, pero las chicas dicen que es "SEXY".
Se escondió en el ropero de los Perkins.
Duerme de día, sale de noche.
Se prueba corpiños y bombachas.
Toma cerveza y vacía la heladera.
Lee revistas de sexo.
Si lo encuentran, ¡CUIDADO!
Es muy peligroso.

*Dirigida por BOB DAHLIN.
Con STELLA STEVES, DONALD
GRANT, DENISE DUBARRY,
CLAUDE AKINS, HOWARD DUFF,
DONALD MOFFAT.
Duración 87 minutos.
Apta para todo público.*

**¡ANTES DE IR A DORMIR,
REVISE SU ROPERO!
PUEDE ESTAR ESCONDIDO
UN RISUEÑO Y ENAMORADIZO
MONSTRUO.**

TENGO UN MONSTRUO EN EL ROPERO

TENGO UN MONSTRUO EN EL ROPERO

Dirigida por BOB DAHLIN.

VHS argentino

A series of baffling murders has taken place in the closets of Chestnut Hills. Dick Clark (DONALD GRANT), a mild-mannered, bespectacled young obituary reporter, is sent to investigate the story. After joining forces with a maternal biology teacher (DENISE Du BARRY) and a scatterbrained scientist (HENRY GIBSON), they discover the culprit to be a giant ravenous monster, which not only causes havoc and mayhem but lowers property values! As people come face to face with the monster the President declares a national emergency, sending in the army with their tanks, bazookas and missiles. All closets must be destroyed! The distraught creature falls in love with Dick and carries him off to San Francisco searching for the last remaining closet.

MONSTER IN THE CLOSET

Also starring
Henry Gibson • Donald Moffat
Paul Dooley • John Carradine
Frank Ashmore • Paul Walker
Jesse White and
Stella Stevens as Margo Crane
Executive Producers
Lloyd Kaufman • Michael Herz
Produced by
David Levy • Peter L. Bergquist
Written and Directed by
Bob Dahlin   From Troma, Inc.

VHS PAL
VHA 60156
THG
VIDEO

Lloyd Kaufman and Michael Herz
A Troma Team Release

V.H.S.
NO. 274.2

MONSTER IN THE CLOSET

Starring
Donald Grant
Denise Du Barry
Claude Akins
Howard Duff

Was it a deranged killer...
or was it just
looking for a date?

VHS australiano

VHS brasileño

VHS finlandés

MÉFIEZ-VOUS DE VOS PLACARDS !

MONSTER IN THE CLOSET

VHS francés

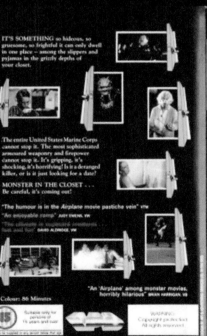

It's coming out!

VHS inglés

243

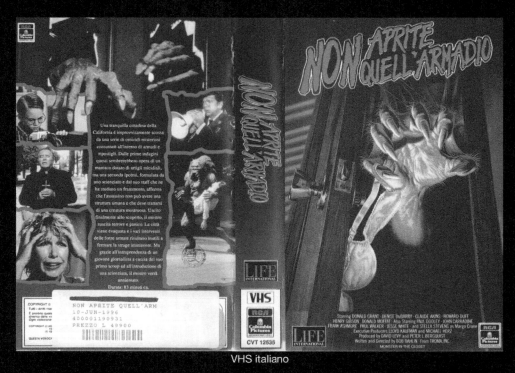

VHS italiano

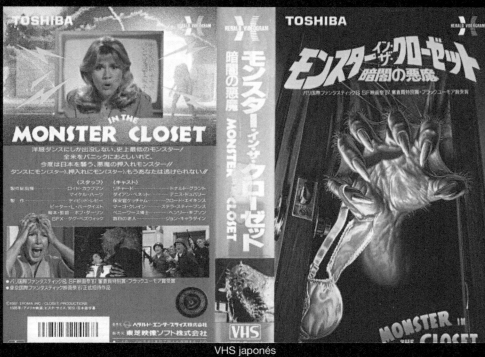

VHS japonés

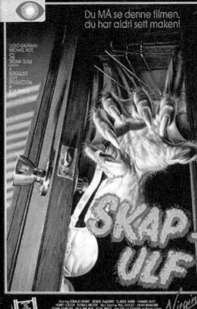

VHS noruego

VHS sueco

MONSTER IN THE CLOSET

Is it a terrifying bloodthirsty monster? Or is it just looking for a date?

Monster In The Closet is a one-of-a-kind horror romp from *The Toxic Avenger*. This cult classic is full of terrific action and unbelievable special effects and features an all-star cast. It's an unforgettable adventure that revolves around a series of horrendous, horrifying but hilarious murders that occur only in closets.

A newspaper editor sends his obituary writer to follow up on what he believes to be an insignificant story. During his investigation, he discovers that a terrifying, unimaginable monster is responsible for several closet murders in the area. He teams up with the sheriff, a beautiful biology teacher, and a Nobel prize-winning scientist, in an effort to track the creature down. When it finally decides to come out of the closet, the President declares a national emergency and sends the army to destroy it. Hilarious, frightening and totally unpredictable, *Monster In The Closet* delivers fast-paced action and non-stop laughs for the whole family.

Starring DONALD GRANT · DENISE DuBARRY · CLAUDE AKINS · HOWARD DUFF
HENRY GIBSON · DONALD MOFFAT · Also Starring PAUL DOOLEY · JOHN CARRADINE
FRANK ASHMORE · PAUL WALKER · JESSE WHITE · and STELLA STEVENS as Margo Crane
Executive Producers LLOYD KAUFMAN and MICHAEL HERZ
Produced by DAVID LEVY and PETER L. BERGQUIST
Written and Directed by BOB DAHLIN · From TROMA INC.

Exclusively distributed by Lorimar Home Video, Inc. 17942 Cowan, Irvine, CA 92714. Also Available through Lorimar Home Video Canada, Ltd. 2526 Speers Road, Oakville, Ontario, Canada L6L 5K9.
Artwork © 1987 Lorimar Home Video, Inc. All Rights Reserved. Printed in U.S.A.

0 10083 08591 7

HORROR

MONSTER IN THE CLOSET

LORIMAR HOME VIDEO
VHS 758

HORROR

LLOYD KAUFMAN MICHAEL HERZ AND THE TROMA TEAM PRESENT A BERGQUIST-LEW PRODUCTION A BOB DAHLIN FILM

MONSTER IN THE CLOSET

STARRING
DONALD GRANT · DENISE DuBARRY
HOWARD DUFF · HENRY GIBSON · DONALD MOFFAT ·
PAUL DOOLEY · JOHN CARRADINE · FRANK ASHMORE ·
PAUL WALKER · JESSE WHITE · and STELLA STEVENS
AS MARGO CRANE

PG

LORIMAR HOME VIDEO

VHS estadounidense

Second cover

MONSTER IN THE CLOSET

WARNER HOME VIDEO

HORROR

MONSTER IN THE CLOSET

MONSTER IN THE CLOSET

LLOYD KAUFMAN MICHAEL HERZ AND THE TROMA TEAM PRESENT A BERGQUIST-LEVY PRODUCTION A BOB DAHLIN FILM

"Perceptive and funny homage to 1950s sci-fi flicks. A must."
— LEONARD MALTIN'S TV MOVIES AND VIDEO GUIDE

Is it a bloodthirsty killer? Or just looking for a date? *Monster in the Closet* is a one-of-a-kind romp from the *Toxic Avenger* and *Nuke 'Em High* movies. Thrilling action, unbelievable special effects and a star-packed cast all bring out goose bumps in this tale of horrendous — but hilarious — murders inside (gasp) people's closets!

A San Francisco newspaper editor (Jesse White) sends his obituary writer (Donald Grant) on an apparently insignificant story that balloons into a national nightmare. Can the intrepid reporter, a skeptical sheriff (Claude Akins), a beautiful biology teacher (Denise DuBarry) and a Nobel Prize scientist (Henry Gibson) track the creature down? When it decides to come out of the closet, can our armed forces save the world?

As funny and frightening as *Little Shop of Horrors*, this *Monster in the Closet* can't wait for you to open the door — and join the fun!

Starring DONALD GRANT · DENISE DuBARRY · CLAUDE AKINS
HOWARD DUFF · HENRY GIBSON · DONALD MOFFAT
Also Starring PAUL DOOLEY · JOHN CARRADINE · FRANK ASHMORE
PAUL WALKER · JESSE WHITE · and STELLA STEVENS as Margo Crane
Executive Producers LLOYD KAUFMAN and MICHAEL HERZ
Produced by DAVID LEVY and PETER L. BERGQUIST
Written and Directed by BOB DAHLIN
From TROMA, INC.

2163 TROMA

PG

VHS estadounidense

EL MONSTRUO DEL ARMARIO

¿Venía a destruir el mundo.... o sólo a buscar pareja?

DONALD GRANT • DENISE DuBARRY
CLAUDE AKINS • HOWARD DUFF
HENRY GIBSON • DONALD MOFFAT
PAUL DOOLEY • JOHN CARRADINE
y STELLA STEVENS como «Margo Crane»
Escrita y dirigida por BOB DAHLIN

EL MONSTRUO DEL ARMARIO

¿Venía a destruir el mundo.... o sólo a buscar pareja?

DONALD GRANT • DENISE DuBARRY
CLAUDE AKINS • HOWARD DUFF
HENRY GIBSON • DONALD MOFFAT
PAUL DOOLEY • JOHN CARRADINE
y STELLA STEVENS como «Margo Crane»
Escrita y dirigida por BOB DAHLIN

EL MONSTRUO DEL ARMARIO

¿Venía a destruir el mundo.... o sólo a buscar pareja?

DONALD GRANT • DENISE DuBARRY
CLAUDE AKINS • HOWARD DUFF
HENRY GIBSON • DONALD MOFFAT
PAUL DOOLEY • JOHN CARRADINE
y STELLA STEVENS como «Margo Crane»
Escrita y dirigida por BOB DAHLIN

EL MONSTRUO DEL ARMARIO

¿Venía a destruir el mundo.... o sólo a buscar pareja?

DONALD GRANT • DENISE DuBARRY
CLAUDE AKINS • HOWARD DUFF
HENRY GIBSON • DONALD MOFFAT
PAUL DOOLEY • JOHN CARRADINE
y STELLA STEVENS como «Margo Crane»
Escrita y dirigida por BOB DAHLIN

248

 EL MONSTRUO DEL ARMARIO

¿Venía a destruir el mundo.... o sólo a buscar pareja?

DONALD GRANT • DENISE DuBARRY
CLAUDE AKINS • HOWARD DUFF
HENRY GIBSON • DONALD MOFFAT
PAUL DOOLEY • JOHN CARRADINE
y STELLA STEVENS como «Margo Crane»
Escrita y dirigida por BOB DAHLIN

 EL MONSTRUO DEL ARMARIO

¿Venía a destruir el mundo.... o sólo a buscar pareja?

DONALD GRANT • DENISE DuBARRY
CLAUDE AKINS • HOWARD DUFF
HENRY GIBSON • DONALD MOFFAT
PAUL DOOLEY • JOHN CARRADINE
y STELLA STEVENS como «Margo Crane»
Escrita y dirigida por BOB DAHLIN

EL **MONSTRUO** DEL **ARMARIO**

¿Venía a destruir el mundo.... o sólo a buscar pareja?

DONALD GRANT • DENISE DuBARRY
CLAUDE AKINS • HOWARD DUFF
HENRY GIBSON • DONALD MOFFAT
PAUL DOOLEY • JOHN CARRADINE
y STELLA STEVENS como «Margo Crane»
Escrita y dirigida por BOB DAHLIN

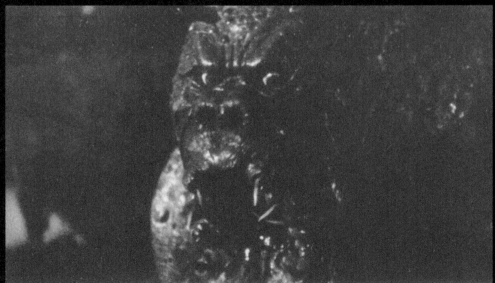

EL **MONSTRUO** DEL **ARMARIO**

¿Venía a destruir el mundo.... o sólo a buscar pareja?

DONALD GRANT • DENISE DuBARRY
CLAUDE AKINS • HOWARD DUFF
HENRY GIBSON • DONALD MOFFAT
PAUL DOOLEY • JOHN CARRADINE
y STELLA STEVENS como «Margo Crane»
Escrita y dirigida por BOB DAHLIN

 EL MONSTRUO DEL ARMARIO

¿ Venía a destruir el mundo.... o sólo a buscar pareja?

DONALD GRANT • DENISE DuBARRY
CLAUDE AKINS • HOWARD DUFF
HENRY GIBSON • DONALD MOFFAT
PAUL DOOLEY • JOHN CARRADINE
y STELLA STEVENS como «Margo Crane»
Escrita y dirigida por BOB DAHLIN

THOMA INC

251

Die neue Dimension des Grauens:

Hinter Socken und Pullis lauert das Ungewisse...!

ÜBERFALL IM WANDSCHRANK

Keiner kommt an seinem Schrank vorbei ...nur das Bügelbrett war Zeuge...

Vernichtet die Wandschränke ...bevor sie Euch vernichten.

Was Sie schon immer über Wandschränke wissen wollten...

Es gibt nur noch einen Hoffnungsschimmer: Kleiderschränke!

Nur der Kleiderbügel war Zeuge...

Hinter Socken und Pullis lauert das Ungewisse...!

ÜBERFALL IM WANDSCHRANK hat alle Zutaten, um einen Volltreffer zu landen: Aufwendige Spezialeffekte, eine "haarsträubende" Geschichte, die mit ausgefallenem Humor aufwartet. Der Film präsentiert mit Claude Akins, John Carradine, Howard Duff, Stella Stevens, Jesse White, Henry Gibson, Donald Grant und Paul Dooley eine Starbesetzung in dieser einzigartigen Horror-/Science-Fiction-Persiflage.

Das Grauen, der Horror, das blanke Entsetzen haben eine neue Dimension, bzw. erobern ein neues Betätigungsfeld: WANDSCHRÄNKE...!

INHALT

Der Nachrufredakteur Richard Clark (Donald Grant) wird von seinem Herausgeber in das Nest "Chestnut Hills" geschickt, um dort Nachforschungen über eine zunächst unbedeutende Wandschrank-Mordserie anzustellen. Die Dinge und unglaublichen Vorgänge, auf die Richard stößt, wird er (und SIE auch) nie wieder vergessen.

Nachdem Sheriff Ketchum (Claude Akins) seinem Besucher die Mordserie genauestens geschildert hat, überschlagen sich die Ereignisse. Eine Panik bricht aus, als die verzweifelten Einwohner von "Chestnut Hill" über riesige Ungeheuer berichten, die aus ihren Wandschränken hervorgekrochen kommen.

Wenig später verläßt ein riesiges Monster den Wandschrank, tritt ins Freie und versetzt die Stadt in Angst und Schrecken. Weder konventionelle Waffen, noch radioaktive Blumenvasen können das Ungeheuer stoppen. Schließlich proklamiert der Präsident der Vereinigten Staaten den Ausnahmezustand und kommandiert einige Truppen der Armee unter General Franklin B. Turnbull nach "Chestnut Hill". Nachdem der Einsatz von Kanonen, Panzerfäusten und Raketen keine Abhilfe schafft und es immer wieder zu neuen Überfällen im Wandschrank kommt, wird die Lage fast aussichtlos...

Mehr wollen wir nicht verraten!

ÜBERFALL IM WANDSCHRANK ist ein Werk für Filmliebhaber jeden Alters — der perfekte Film für jeden, der jemals Gefallen an Komödien, Spezialeffekten, Horror-, Science Fiction- und Abenteuerfilmen fand.

BESETZUNG:		STAB:	
Richard Clark	Donald Grant	Produzent	David Levy
Diane Bennett	Denise DuBarry	Regie	Bob Dahlin
Dr. Pennyworth	Henry Gibson	Drehbuch	Bob Dahlin
Father Finnegan	Howard Duff	Kamera	Ronald W. McLeish
Sheriff Ketchum	Claude Akins	Musik	Barrie Guard
Roy Crane	Paul Dooley	Production Design	Lynda Cohen
Margo Crane	Stella Stevens	Production Manager	Mitch Factor
Ben Bernstein	Jesse White	Regieassistent	Peter L. Bergquist
Old Joe	John Carradine	Special Effects	Martin Becker

SCHRANKE – eine Analyse des Grauens ...

Mit seinem unermeßlichen Forschungsdrang hat der Mensch das Land, die Ozeane und den Weltraum erforscht. Er hat fast jedes Geheimnis gelüftet, enträtselt und der Lächerlichkeit preisgegeben; er hat Mysterien entlarvt und das Unbegreifliche gemacht; doch man vergaß etwas. Etwas, das den Menschen von der Vorzeit bis in die Gegenwart ständig begleitet hat und ihm gute Dienste erwies ... der SCHRANK!

Schränke ziehen sich durch die Jahrhunderte, große und kleine Schränke, Kleiderschränke, Hängeschränke, Schrankwände, Schrankkoffer, Schränker, Panzerschränke, Schrankvitrinen, Schrankenstein, Frankenschränke, Schrankfächer, Fachschränke und – nicht zuletzt – Wandschränke.

Mag sein, daß der Mensch nie die schaurigsten Tiefen seiner Schränke erforscht hat; mag sein, daß die endlose Weite und bedrückende Tiefe eines Wandschranks seinem Besitzer nie bewußt wurde ...

In "Chesnut Hill", Californien, hat man die Dimension des Entsetzens erleben dürfen. Nun kommt das Grauen zu uns. Wann wird es Ihren Schrank erreicht haben? Können Sie vorbeugen? Ja ... es gibt noch eine Hoffnung ...

Näheres erfahren Sie in Ihren Kinos bei ÜBERFALL IM WANDSCHRANK ...

**Zur Single: ÜBERFALL IM WANDSCHRANK eine kleine Biografie
der
MOONSHINE BROS.**

Die Moonshine Bros., das sind im Wesentlichen Ernst Ludwig Gilgasmah, Karl-Heinz Mechnikkla, Volkmer Gum und Knut Knutsen. Schon früh fanden sie sich und begannen ihre Weltkarriere in Koldenbüttel und Hückeswagen. Wenig später gingen ihre Gags nicht nur in Berlin und beim NDR über den Äther, sondern auch schriftstellerische Auswüchserungen und Ausuferungen wurden dem Publikum angedroht. Nach der nie veröffentlichten Single "Socken im Strom" haben die Moonshine Bros. nun unter Pseudonym das Buch "Heißer Sprung in kalte Lava" (erschienen im SEMMEL-Verlach, Kiel) veröffentlicht. Die "Wandschrank-Single" ist nur ein weiterer Schritt ihrer steilen "Karriere".

Hollywood
FILMVERLEIH
Schnackenburgallee 215 · 2000 Hamburg 54
Tel.: (040) 545666

Kino-Start: 28. April 1988

Hollywood -Filmverleih und ⟵⟶ präsentieren:

Wandschrank-Preisausschreiben · Wandschrank-Preisausschreiben · Wandschrank-Preisausschreiben

in Zusammenarbeit mit KOWALSKI – "die einzige freie Zeitschrift im Westen"

Schicken Sie uns Ihre Kurzgeschichte zum Thema WANDSCHRANK.

Bedingung: a) Keine SCHOCKER! Lediglich KOMÖDIEN!

b) Max. 8 DIN-A-4 Seiten (Schreibmaschine)

c) Einsendeschluß: 31. Mai 1988

Die besten Geschichten werden von Dirk Budka und Achim Scherlau ("Heißer Sprung in kalte Lava") im SEMMEL-VERLACH herausgegeben.

Unter allen Einsendungen werden folgende Preise verlost:
(Der Rechtsweg ist ausgeschlossen)

1. Preis	eine 10-tägige Reise für 2 Personen nach Schottland (Gruselschloß mit Wandschrank garantiert in Ihrer Nähe!) – und – zur Entspannung 50 Kinofreikarten
2. Preis	Der "Überraschungsschrank"
3. – 10. Preis	je ein Buch "Heißer Sprung in kalte Lava" (Semmel-Verlach) je eine Single "Überfall im Wandschrank" (Moonshine Bros.) je ein Jahresabo KOWALSKI (Semmel-Verlach)
11. – 25. Preis	je ein Buch "Heißer Sprung in kalte Lava" (Semmel-Verlach)
26. – 100. Preis	je eine Single "Überfall im Wandschrank" (Moonshine Bros.)

Pressestimmen:

"Der mit Abstand beste Schrankfilm, den ich je gesehen habe ..."
Jason Kenneth, HBKF-Radio

"Dieses Werk wirkte so nachhaltig auf mich, daß ich anschließend sofort meinen Schrank verbrannt habe ... und das war gut so!"
Duncan MacShranken, Lapp-Courier

"Der Film erinnerte mich irgendwie an früher. Henry Gibson als Einstein brilliert in seiner Rolle als besessener Xylophon-Spieler und Claude Akins demonstriert einen herrlichen Solopart mit seinem Kautabak. Der Höhepunkt ist allerdings der Auftritt von John Carradine als furchtloser Blinder."
Karl Kapone, Radio-Gel.-News

"Ich habe mir – bevor ich ins Kino ging – einen barocken Wandschrank gekauft. Noch bevor der Film zuende war, habe ich meinen geizigen Ex-Ehemann angerufen und ihm den neuen Schrank geschenkt."
Gudrun Blech, Hausfrau

"Ich habe Frankenstein, Nosferatu, Dracula, Jack the Ripper, Zombies, ... einfach alles gesehen. Doch das Grauen im Wandschrank ist Wirklichkeit ..."
Ernst Ludwig Gilgasmah, "Schränke-heute"

Schicken Sie Ihre Geschichte an:

Dirk Budka Promotion
Kennwort Wandschrank
Krähenweg 31
2000 Hamburg 61

CLAUDE AKINS   STELLA STEVENS   JOHN CARRADINE

Helfen Sie mit, den Buchtitel zu finden. Hier einige Entscheidungshilfen:

Auf der Jagd nach dem Wandschrank vom Nil	Im Wandschrank ist die Hölle los
Die Farbe des Wandschranks	Die tollkühnen Männer in ihren fliegenden Wandschränken
Planet der Wandschränke	Was Sie schon immer über Wandschränke wissen wollten ...
Wandschrank erobert Rom	Der Name des Wandschranks
Kampfschrank Galactica	Wandschrank mit Aussicht
Dr. Schrankwand	40 qm Wandschrank
Peggy Sue hat 'n' Wandschrank	Spiel mir das Lied vom Wandschrank
Wandschränke küßt man nicht	

LLOYD KAUFMAN, MICHAEL HERZ y THE TROMA TEAM
presentan una producción BERGQUIST-LEVY

EL MONSTRUO DEL ARMARIO

¿Venía a destruir el mundo.... o sólo a buscar pareja?

"MONSTER IN THE CLOSET". Un film de **BOB DAHLIN**
DONALD GRANT • DENISE DuBARRY • CLAUDE AKINS • HOWARD DUFF
HENRY GIBSON • DONALD MOFFAT • PAUL DOOLEY • JOHN CARRADINE
FRANK ASHMORE • PAUL WALKER • JESSE WHITE y **STELLA STEVENS** como «Margo Crane»
Productores Ejecutivos **LLOYD KAUFMAN** y **MICHAEL HERZ**
Producida por **DAVID LEVY** y **PETER L. BERGQUIST**
Escrita y dirigida por **BOB DAHLIN**

JESSE WHITE

DENISE DeBARRY

DONALD MOFFAT

JOHN CARRADINE

HOWARD DUFF

CLAUDE AKINS STELLA STEVENS PAUL DOOLEY HENRY GIBSON DONALD GRANT

FICHA TECNICA

Guión	BOB DAHLIN
Producción	DAVID LEVY y PETER L. BERGQUIST
Productores Ejecutivos	y MICHAEL HERZ, LLOYD KAUFMAN
Presentada por	MICHAEL HERZ y THE TROMA TEAM
Dirigida por	BOB DAHLIN

REPARTO

Richard Clark	DONALD GRANT
Diana	DENISE DeBARRY
Dr. Pennyworth	HENRY GIBSON
Sheriff Ketchum	CLAUDE AKINS
Reverendo	HOWARD DUFF
Ciego	JOHN CARRADINE
General	DONALD MOFFAT
Margo Crane	STELLA STEVENS
Director del periódico	JESSE WHITE
Mr. Crane	PAUL DOOLEY

EL MONSTRUO DEL ARMARIO hace homenaje a muchas de las mejores películas del género de terror. Un agradable cóctel compuesto por un reparto de grandes estrellas, acción sin pausa, increíbles efectos especiales y grandes dosis de humor que, combinados, hacen de EL MONSTRUO DEL ARMARIO una auténtica comedia de entretenimiento para toda la familia.

La historia tiene lugar en San Francisco. En un pueblecito cercano se producen unos extraños asesinatos que poseen un denominador común: todos tienen lugar dentro de los armarios de sus víctimas.

El director de un diario local envía a uno de sus periodistas, Richard, a cubrir esta información e intentar descubrir la verdad.

La lista de asesinatos aumenta. Haciendo equipo investigador con Richard están el Sheriff Ketchum, Diana —profesora de biología— y el Dr. Pennyworth —un excéntrico científico galardonado con el Nóbel—.

El monstruo decide —sin ningún tipo de escrúpulo ni respeto a la ley— continuar sus descuartizamientos en la calle, fuera de los armarios; el presidente declara el estado de emergencia nacional y envía al ejército, con el General Turnbull al mando, para acabar con la bestia.

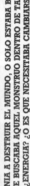

¿VENIA A DESTRUIR EL MUNDO, O SOLO ESTABA BUSCANDO PAREJA? ¿QUE BUSCABA AQUEL MONSTRUO DENTRO DE TANTO ARMARIO? ¿ENERGIA? ¿O ES QUE NECESITABA CAMBIARSE LA ROPA INTERIOR?

UN MONSTRUO TAN PERSEVERANTE QUE NI EL EJERCITO NORTEAMERICANO, NI EL MEJOR REPARTO DE ACTORES Y ACTRICES, NI LOS MEJORES EFECTOS ESPECIALES, NI TODAS LAS CARCAJADAS DEL PUBLICO PUDIERON PARARLE.

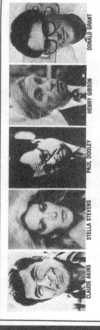

LLOYD KAUFMAN, MICHAEL HERZ y THE TROMA TEAM
presentan una producción BERGQUIST-LEVY

EL
MONSTRUO
DEL
ARMARIO

"MONSTER IN THE CLOSET". Un film de BOB DAHLIN
DONALD GRANT · DENISE DuBARRY · CLAUDE AKINS · HOWARD DUFF
HENRY GIBSON · DONALD MOFFAT · PAUL DOOLEY · JOHN CARRADINE
FRANK ASHMORE · PAUL WALKER · JESSE WHITE y STELLA STEVENS como "Margo Crane"
Productores Ejecutivos LLOYD KAUFMAN y MICHAEL HERZ
Producida por DAVID LEVY y PETER L. BERGQUIST
Escrita y dirigida por BOB DAHLIN

PROFILMAR

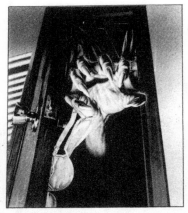

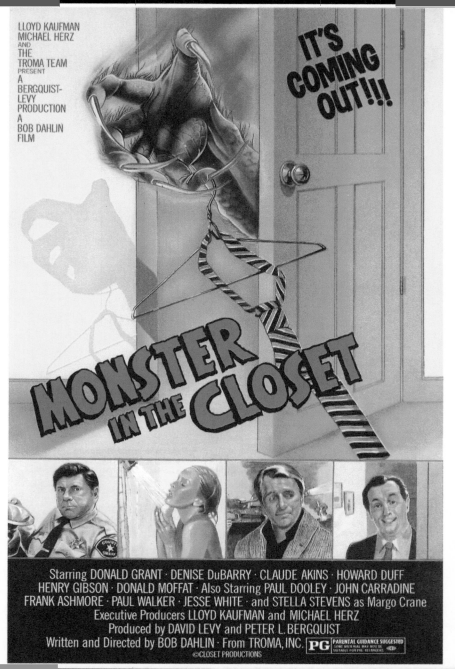

LLOYD KAUFMAN/MICHAEL HERZ and THE TROMA TEAM present
A BERGQUIST-LEVY PRODUCTION of A BOB DAHLIN FILM

MONSTER IN THE CLOSET

SYNOPSIS

MONSTER IN THE CLOSET has all the ingredients of an instant smash hit and an instant classic; its crowd pleasing mix of all-star cast, special effects and offbeat humor combine to make it a truly one-of-a-kind comedic send up of the horror and sci-fi genres. MONSTER IN THE CLOSET has a star-studded cast, filled with some of the most recognizable and well known personalities in the world. The celebrity cast includes Claude Akins, John Carradine, Howard Duff, Stella Stevens, Jesse White, Henry Gibson, Donald Moffat and Paul Dooley, all giving hilarious performances in this lavishly mounted "A class" motion picture. MONSTER IN THE CLOSET contains a variety of special effects, non-stop action, thrills, and a crazy energy that is bigger, better, and more exciting than anything put on film in a long time.

People all over the world will recognize the homages paid to GREMLINS, THE THING, INVASION OF THE BODY SNATCHERS, PSYCHO, and THE CREATURE FROM THE BLACK LAGOON (to mention a few) while the younger audience will most certainly take note of the inspiration of ALIEN, CLOSE ENCOUNTERS OF THE THIRD KIND, E.T., and many other smash films.

The story takes us to San Francisco, and the offices of the city's largest newspaper. We meet Richard (Donald Grant), obituary writer, who is sent by his editor (Jesse White) to out-of-the-way Chesnut Hills to cover what is thought to be the insignificant story of three "closet murders." What Richard encounters, he (and you) will never forget!

Upon arriving in Chesnut Hills, Richard meets Sheriff Ketchum (Claude Akins). The sheriff is accompanied by Diane Bennett (Denise DuBarry) a Biology teacher at the local college. Sheriff Ketchum agrees to accompany Richard to the Delta Phi Pi sorority house, site of a co-ed murder.

In the building next door, Margo Crane (Stella Stevens) is taking a shower. An ominous shadow is approaching her. As the shower curtain parts, Margo's horror turns to relief since the intruder is her husband Roy (Paul Dooley). When Roy looks for some keys in a closet, he meets his untimely end, and his struggle with the monster is enough to get Margo out of the shower. She sees the end of a tortured struggle, and her screams are heard by Richard and Ketchum at the sorority house next door.

Richard consults Diane with some evidence he finds in Margo's apartment. She consults her mentor tenent, and friend, Dr. Pennyworth (Henry Gibson), a brilliant and thouroughly absent minded nobel prize winning scientist.

Later that night, sheriff Ketchum is confronted by a huge commotion as frantic residents claim that a huge monster came out of their closet and attacked them. An incredible monster does indeed come crashing through the door of a house, dramatically revealing itself for the first time.

The monster comes towards Ketchum, and the sheriff's gunfire has no effect. Just as the creature is on top of Ketchum. a horrific inner head emerges from it's mouth, shrieks five notes, and savagely bites Ketchum through the heart. All of Chesnut Hill's law enforcement arsenal is brought to bear on the monster, but he is utterly impervious to gunfire. It merely angers him to the point of overturning a police car before he stalks off into the darkness.

The president declares a national emergency and sends in the army including tanks, bazookas, missles, and other armaments, commanded by the grenade happy and profane General Franklin D. Turnbull (Donald Moffat).

General Turnbull's aides quickly detect a pattern to the monster's movements. According to the staff's calculations the monster would be at the town's elementary school that very moment - the school where Diane's son, nicknamed "the professor" is even now busily working on his science project.

Everybody joins Turnbull in his jeep for a death defying drive in an effort to save the professor. The general wrecks the jeep in a spectacular crash, and they run to the school just in time to find the professor being dragged toward the closet. Richard, in a desparate and surprising act of heroism, saves the professor just as the monster is about to gobble him up.

As the monster steps out of the school building, Pennyworth is desperate to find a way to stop the army from pulling it's collective trigger finger. Turnbull is about to give the command to fire, when Pennyworth breaks out of the pack, xylophone in hand. The scientist plays the five note medley repeatedly, and the creature responds in kind. Suddenly, without warning, the monster's inner head leaps out and attacks Pennyworth, mortally wounding him.

Turnbull's army unleash a no holds barred attack, but even after they've shot everything short of a nuclear bomb at the monster, it emerges from the fire and smoke unscathed.

Diane tries to persuade General Turnbull that the monster can be destroyed by sending electricity through it and speeding up it's electron movement. Working feverishly, Richard and Diane complete their elaborate electrical device and wait for the monster in Diane's home. They attempt to lure the creature by playing the five note shriek on the xylophone over loudspeakers. Suddenly, the monster's claw comes smashing through the closet door that Richard and Diane are leaning against.

They throw the switch and the monster is zapped repeatedly by blinding high voltage electricity. Incredibly enough, the monster remains unfazed, and tears the trap apart with his bare hands.

Terrified, the couple flee upstairs toward the attic with the monster in hot pursuit. Diane is shocked to discover the professor is there. The monster approaches, it's inner head shrieking and pulsating violently. In a last ditch effort to save themselves, the professor and Richard use the professor's "energy augmentor". It begins to flash, buzz and emenate laser beams as it gets up to speed then in a blaze of light, explodes in the professor's hands. What will happen to them now...?

To tell anymore would be giving away the madcap, hilarious, totally unpredictable ending. MONSTER IN THE CLOSET is truly that all too rare phenomenon: a film for movie lovers of all ages. Sit back and enjoy the one-of-a-kind appeal of MONSTER IN THE CLOSET, the perfect film for anyone whoever loved a comedy, horror, fantasy, sci-fi, special effects or adventure movie.

MOVIES OF THE FUTURE

TROMA, INC. 733 Ninth Avenue, New York, N.Y. 10019 · (212) 757-4555 · Telex 645615 TROMA UD

Reverso de la primera guía promocional americana, con la sinopsis

TROMA: MOVIES OF THE FUTURE

LLOYD KAUFMAN/MICHAEL HERZ and THE TROMA TEAM present
A BERGQUIST-LEVY PRODUCTION
A BOB DAHLIN FILM

MONSTER IN THE CLOSET

CLAUDE AKINS   **STELLA STEVENS**   **PAUL DOOLEY**   **HENRY GIBSON**   **DONALD GRANT**

A BOX OFFICE SMASH!!!
FEATURING AN ALL STAR CAST... INCREDIBLE SPECIAL EFFECTS...
NON-STOP EXCITEMENT, ACTION AND LAUGHS... DESTINED TO BE A CLASSIC.

SYNOPSIS

MONSTER IN THE CLOSET pays homage to many of the great films of the horror genres. A crowd pleasing mix of an all-star cast, non-stop action, incredible special effects and wonderful humor, combine to make MONSTER IN THE CLOSET a truly one-of-a-kind comedy entertainment. The whole family will love MONSTER IN THE CLOSET.

The story takes place in San Francisco where there have been a series of bizarre murders...all the murders have taken place in the victim's closets. A local newspaper editor (Jesse White) sends his obituary writer Richard (Donald Grant) to follow up on what he believes to be an insignificant story. In the meantime Mr. and Mrs. Crane (Paul Dooley and Stella Stevens) come face to face with the monster in their closet. Among the other victims is John Carradine. Teaming up with Richard is Sheriff Ketchum (Claude Akins), biology teacher Diane (Denise DuBarry), and Dr. Pennyworth (Henry Gibson) the eccentric Noble Prize winning scientist.

When the monster finally decides to come out of the closet to cause havoc and mayhem, not to mention lower property values, the President declares a national emergency and sends the Army commanded by General Turnbull (Donald Moffat) to destroy it.

Hilarious, madcap and totally unpredictable, MONSTER IN THE CLOSET delivers fast paced action and laughs for the whole family. It's an "A" film in every sense!

HOWARD DUFF   **JOHN CARRADINE**   **DONALD MOFFAT**   **DENISE DuBARRY**   **JESSE WHITE**

MOVIES OF THE FUTURE

A UNIQUE MOVIE EXPERIENCE
THE WHOLE FAMILY WILL ENJOY!

TROMA, INC.   733 Ninth Avenue, New York, N.Y. 10019 · (212) 757-4555 · Telex 645615 TROMA UD

*¿Venía a destruir el mundo....
o sólo a buscar pareja?*

LLOYD KAUFMAN, MICHAEL HERZ y THE TROMA TEAM

BERGQUIST-LEVY

EL MONSTRUO DEL ARMARIO

"MONSTER IN THE CLOSET", Un film de BOB DAHLIN

DONALD GRANT · DENISE DuBARRY · CLAUDE AKINS · HOWARD DUFF
HENRY GIBSON · DONALD MOFFAT · PAUL DOOLEY · JOHN CARRADINE
FRANK ASHMORE · PAUL WALKER · JESSE WHITE y STELLA STEVENS como "Margo Crane"

Productores Ejecutivos LLOYD KAUFMAN y MICHAEL HERZ
Producida por DAVID LEVY y PETER L. BERGQUIST
Escrita y dirigida por BOB DAHLIN

EL MONSTRUO DEL ARMARIO

EL MONSTRUO DEL ARMARIO hace homenaje a muchas de las mejores películas del género de terror. Un agradable cóctel compuesto por un reparto de grandes estrellas, acción sin pausa, increíbles efectos especiales y grandes dosis de humor que, combinados, hacen de EL MONSTRUO DEL ARMARIO una auténtica comedia de entretenimiento para toda la familia.

La historia tiene lugar en San Francisco. En un pueblecito cercano se producen unos extraños asesinatos que poseen un denominador común: todos tienen lugar dentro de los armarios de sus víctimas.

El director de un diario local envía a uno de sus periodistas, Richard, a cubrir esta información e intentar descubrir la verdad.

La lista de asesinatos aumenta. Haciendo equipo investigador con Richard están el Sheriff Ketchum, Diana —profesora de biología— y el Dr. Pennyworth —un excéntrico científico galardonado con el Nobel—.

El monstruo decide —sin ningún tipo de escrúpulo ni respeto a la ley— continuar sus descuartizamientos en la calle, fuera de los armarios; el presidente declara el estado de emergencia nacional y envía al ejército, con el General Turnbull al mando, para acabar con la bestia.

Edita VICITECOR, S.A.
Avda. Osa Mayor, 50 - Aravaca - 28023 MADRID - (91) 207 18 40-41

Núm. Expediente 50272
Título: VICITECOR
Productor: CLOSET PRODUCTIONS
Duración: 90 min. Color
Autorizada por VICITECOR, S.A. con el núm. 534
AUTORIZADA PARA TODOS LOS PÚBLICOS